HEYNE <

Das Buch
Die nahe Zukunft: In Russland entschließen sich immer mehr Menschen, der Wirklichkeit den Rücken zu kehren. Sie klinken sich in Virtual-Reality-Games ein, in denen sie von nun an ein digitales ewiges Leben haben. Max ist so ein Perma-Player, und zunächst ist es das Paradies. Doch schon bald dämmert den Playern, dass die Regierungen der alten Wirklichkeit ihre Augen auf die Ressourcen und Möglichkeiten der virtuellen Realität geworfen haben und dafür über Leichen gehen. Während Max und sein neu gegründeter Clan versuchen, sich in der Spielewelt AlterWorld ein Zuhause einzurichten, und neue Allianzen gegründet werden, lassen »die Alten«, wie die Konzerne und Betreiber der Serverfarmen genannt werden, nichts unversucht, um die Kontrolle über AlterWorld und die Perma-Player zurückzuerlangen. Max und seine Mitstreiter müssen als Clan zusammenhalten – oder sterben ...

Der Autor
Dmitry Rus ist ein junger Autor, dessen Romane den russischen Buchmarkt in Windeseile eroberten und der mit ihnen ein neues literarisches Genre begründete: »LitRPG« – ein Mix aus Science-Fiction, Fantasy und Online-Rollenspielen. Das erste Buch seiner Romanreihe PLAY TO LIVE machte ihn über Nacht zum Bestseller-Autor.

Mehr zu Autor und Werk auf:

diezukunft.de»

DMITRY RUS

PLAY TO LIVE

DER CYBER-CLAN

ROMAN

WILHELM HEYNE VERLAG
MÜNCHEN

Originaltitel:
ALTERWORLD: THE CLAN
Aus dem Englischen übersetzt von Christiansen & Plischke

Sollte diese Publikation Links auf Webseiten Dritter enthalten,
so übernehmen wir für deren Inhalte keine Haftung, da wir uns diese
nicht zu eigen machen, sondern lediglich auf deren Stand
zum Zeitpunkt der Erstveröffentlichung verweisen.

Mit einem ausführlichen Glossar im Anhang

Verlagsgruppe Random House FSC® N001967

Deutsche Erstausgabe 09/2018
Redaktion: Elisabeth Bösl
Copyright © 2014 by Dmitry Rus
Copyright © der deutschsprachigen Ausgabe by
Wilhelm Heyne Verlag, München,
in der Verlagsgruppe Random House GmbH,
Neumarkter Straße 28, 81673 München
Printed in Germany
Umschlaggestaltung: Das Illustrat, München,
unter Verwendung von Shutterstock (camilkuo und Tithi Luadthong)
Satz: GGP Media GmbH, Pößneck
Druck und Bindung: GGP Media GmbH, Pößneck

ISBN: 978-3-453-31908-0

www.diezukunft.de

KAPITEL
EINS

Aus dem Bericht der Analyseabteilung anlässlich der außerplanmäßigen Sitzung des Aufsichtsrats von AlterWorld

Thema: Wachsende Gewalt innerhalb der digitalen Bevölkerung

Unsere psychologischen Untersuchungen haben ergeben, dass die digitale Bevölkerung (im Nachgang auch als ›Permaspieler‹ bezeichnet) nach einer Anpassungszeit von drei bis vier Monaten die virtuelle Welt nicht mehr als Spiel begreift. Die Erinnerungen an ihr vorheriges Leben beginnen zu verblassen, und die kräftigen Farben ihrer selbstgewählten Umgebung sorgen für eine gänzlich neue Perspektive. Doch wie genau sehen Permaspieler ihr neues Zuhause? Es bietet ihnen nahezu unendlich viele Möglichkeiten – eine Verheißung auf ein ewiges Leben ohne jedes Konzept einer strafrechtlichen Verfolgung. Anders gesagt: Angesichts des Fehlens jedweder Obrigkeit handelt es sich um eine Welt brutaler Gewalt.

Doch dies ist nur eine Seite der Medaille. Man muss sich folgende Frage stellen: Wer sind die Menschen, die diese unberührten virtuellen Lande bevölkern? An dieser Stelle sei auf die an diesen Bericht angehängte Grafik verwiesen.

Psychisch labile Teenager, traumatisierte Veteranen, Menschen mit unterschiedlichsten Behinderungen, Senioren und tödlich Erkrankte, Kriminelle und Realitätsflüchtlinge.

Wir können uns daher im Grunde nur fragen, warum es derart lange gedauert hat, bis die zuvor nur vereinzelt auftretenden Fälle von Sklaverei und Gewaltanwendung völlig außer Kontrolle geraten sind. In den letzten drei Monaten hat der Kundendienst über eintausendfünfhundert Fälle von körperlicher Gewalt dokumentiert. Uns ist durchaus bewusst, dass alle Versuche, Permaspielern zu helfen, eine reine Geste des guten Willens sind und wir keinerlei Verpflichtungen dieser Art unterliegen, bis der rechtliche Status von Permaspielern gesetzlich anerkannt wird. Entsprechend vorheriger Anweisungen haben wir daher alle eingehenden Anfragen von Permaspielern bezüglich solcher Sachverhalte ignoriert und in einem bürokratischen Sumpf versinken lassen. Dieses Vorgehen war sinnvoll, als es sich nur um vereinzelte Fälle gehandelt hat und bei jedem dieser Fälle eine Intervention der Klasse A oder A+ nötig gewesen wäre, deren Auswirkungen nur schwer vorhersehbar sind.

Doch nun droht uns die Situation vollends zu entgleiten. Die Abteilung für Informationsintervention arbeitet rund um die Uhr, doch trotzdem wird es zunehmend schwerer, die öffentliche Meinung zu beeinflussen und den Schaden zu minimieren, den unabhängige Medien verursachen.

Fälle, an denen Minderjährige beteiligt sind, haben sich dabei als besonders schädlich für das Ansehen unseres Konzerns erwiesen. Rein technisch gesehen sind wir für nichts von all dem wirklich verantwortlich, da Jugendschutz und Alterskontrollen in die Verantwortlichkeit der Kapselhersteller fallen. Doch wenn einige der Vorfälle öffentlich bekannt würden, wäre dies ein äußerst schwerer Schlag für den Ruf und die finanzielle Stabilität des Unternehmens.

In Anbetracht dessen schlagen wir folgende Maßnahmen vor:

* *Lobbyarbeit für neue Standards beim Softwareschutz sowie für die Sicherheit der Hardware und den physischen Schutz von FIVR-Kapseln;*
* *Beeinflussung der öffentlichen Meinung zugunsten einer Retina-Abtastung als Einlogsystem und grundlegendes Authentifizierungsmittel der Spieler;*

* *Unterstützung des Vorschlags des Innenministeriums, diese Funktion möglicherweise auszuweiten, um den gesamten Cyberspace abzudecken;*
* *Implementierung einer Fähigkeit zur freiwilligen Selbsttötung, damit Spieler sich in sichere Zonen retten können;*
* *Herauszögerung der Ratifizierung von Gesetzen zur Anerkennung des rechtlichen Status von Permaspielern;*
* *für den Fall der Verabschiedung selbiger die Einleitung einer Medienkampagne mit dem Slogan »Gesetze von heute greifen gestern nicht!«, vorgeblich um die digitalisierten Personen vor finanziellen Forderungen aus ihrem Vorleben zu schützen. Der eigentliche Grund ist natürlich, den Konzern vor etwaigen Forderungen von Permaspielern zu schützen, die sich aus Ereignissen vor der Verabschiedung des Gesetzes ergeben.*

J. Howards, Leiter der Analyseabteilung

»Mordende Schleimbeutel.« Das waren Dans Worte, als ich ihm meine Geschichte von der Gefangenschaft in der Burg der Waldkatzen erzählte. »Das war's dann also. Runter mit den Samthandschuhen.«

Man hatte eine Dringlichkeitssitzung in der kleinen Versammlungshalle der Ostburg einberufen, und es sah ganz so aus, als wäre fast die Hälfte des Offiziersstabs der Veteranen erschienen. Doch es kamen immer noch Leute. Durch die offenen Fenster hörte ich das Ploppen von Teleportalen, durch die weitere Gruppen eintrafen. Man hatte Code Orange ausgerufen – eine Stufe unter Rot, was für unmittelbar bevorstehende militärische Einsätze stand.

In meiner Hauskleidung wirkte ich inmitten all dieser glänzenden Rüstungen und Artefakte eher wie ein Fremdkörper. Ich hatte noch keine Zeit für einen Corpse Run gehabt. Nicht minder deplatziert wie ich wirkte Taali. Mit Tränen in den Augen hatte sie sich geweigert, den Raum zu verlassen, und schlief nun am Feuer, eng an Puh den Bären gekuschelt. Ab und an erbebte sie im Schlaf und krallte sich in den seidigen Pelz der Kreatur. Die anderen warfen gelegentliche Blicke in ihre Richtung und sprachen danach etwas leiser. Cryl war bereits geheilt, abgefüttert und befragt worden, und bei der Nachbesprechung hatte man versucht, möglichst viele Details aus seiner Erinnerung herauszuholen. Jetzt schlief er tief und fest in einem Gästezimmer nebenan, um sich vor der nächsten Befragungsrunde zu erholen.

Dan dabei zuzusehen, wie er seinen Assistenten Anweisungen gab, verschaffte mir eine Ahnung von dem Aufwand, den man gerade betrieb. Die Assistenten mussten die Logs Zeile für Zeile durchgehen und alle verdächtigen Namen, Werte und Standorte vermerken. Sie verfielen dabei in eine meditative Trance, während sie ihr fotografisches Gedächtnis Minute für Minute nach kleinsten Details durchkämmten.

Hauptmann Narbengesicht, der Befehlshaber der Sondereinsatzkompanie, rieb sich das Kinn. »Sieht aus, als gäbe es die Welt, die wir kannten, nun nicht mehr. Die Katzen haben uns die Illusion von Freiheit und Unsterblichkeit genommen.«

»Löschen wir die Hurensöhne aus«, knurrte ein Ork mit Leutnantsstreifen auf der Tunika. »Merzen wir sie im RL aus!«

Das war Fangzahn, der Befehlshaber eines Trupps von Eliteschurken, die damit betraut waren, feindliche Zauberer auszuschalten. Er neigte zum Kettenrauchen und dazu, die Dinge sehr emotional zu sehen. Der Haufen an Zigarettenkippen vor ihm wuchs mit beängstigender Geschwindigkeit. Auch wenn der Tabak noch gar nicht auf dem Markt war, gab es dennoch gerade genug, um die Nachfrage des Clans zu stillen.

»Ich wünschte, es wäre so leicht.« Dan schüttelte den Kopf. »Die meisten von ihnen sind sowieso Permas. Es ist nur eine Frage der Zeit, bis wir die erwischen. Das ist kein Problem. Aber wir müssen unser Handeln abwägen. Die meisten von uns haben Familien in der wirklichen Welt. Wenn wir anfangen, die Bastarde kaltzumachen, kriegen wir am nächsten Tag Bilder von den abgeschlagenen Köpfen unserer Kinder. Ihre Millionärseltern werden uns nie verzeihen, wenn wir mit ihren lieben Kleinen den Boden aufwischen.«

»Jetzt sag mir nicht, dass du nichts davon wusstest«, meinte ich. »Warum sonst haben Eric und du so oft davon gesprochen, wie gefährlich es ist, als Spieler allein für sich zu bleiben?« Nachdem ich das endlich losgeworden war, starrte ich den Schlapphut an, während ich auf eine Antwort wartete.

Er zuckte mit den Achseln und nahm einen Schluck aus seinem gewaltigen Kaffeebecher. »Es gibt einen Unterschied zwischen vermuten und wissen. Vor ungefähr drei Monaten ist uns eine sonderbare Tendenz aufgefallen: Anstatt zu wachsen, schrumpfte der Zustrom von Permaspielern in unserem Gebiet. Wir bekamen ein paar Anfragen, einige der Noob-Permas im Auge zu behalten. Wir konnten sie allerdings nicht ausfindig machen. Das volle Ausmaß des Problems wurde uns erst bewusst, als ein paar der bekannteren Geldsäcke aus der Gegend zu verschwinden begannen. Aus dem Kalifat, von den Asiaten und von den Afros gab es schon länger finstere Gerüchte über Sklaverei. Es gab zwei Katzensichtungen an Orten, die wir mit dem Verschwinden eines Noobs in Verbindung bringen konnten. Anders gesagt: Wenig Fakten, aber viele Verdächtigungen. Viel länger hätten sie es aber nicht mehr geheim halten können. Es ist mir ein Rätsel, warum du der Einzige bist, der von dort ausbrechen konnte. Wie genau hast du das denn überhaupt gemacht?«

Ich schüttelte den Kopf. »Ich glaube nicht, dass das bei wem anders klappen würde. Tut mir leid. Wenn ich gewusst hätte, wie man ohne Schwert Harakiri begeht ...«

»Schade«, sagte Dan. Er klang nicht so, als ob er mir glauben würde.

Sorry, Leute. Zugegebenermaßen hatte ich auch so meine Geheimnisse, und ich beschloss, sie für mich zu behalten. Niemand hatte Dan zu meinem Beichtvater ernannt. Abgesehen davon war ich Atheist. Zumindest war ich das gewesen. Dieser Tage sollte ich ja ein offenkundiger Anhänger des Gefallenen sein, oder etwa nicht? Ich hatte das immer noch nicht ganz verdaut. Einen echten virtuellen Gott zu treffen. Mir schwirrte der Kopf!

Die Tür schwang auf. Alle erhoben sich, um das Oberhaupt des Clans zu begrüßen.

General Frag, ehemaliger Major des Afghanistanfeldzugs und Befehlshaber des 56. Sturmbataillons – danach hatte er zwar nur noch zwei Beinstümpfe, aber dieser Kerl ließ sich schon seit achtzig Jahren nichts gefallen. Anscheinend war »Frag« der Spitzname gewesen, den seine Nachbarn ihm verpasst hatten: jenem rüstigen Rentner, der ständig in seinem Rollstuhl durch den Block kurvte und die Brust voller Orden und Abzeichen hatte. Seine Kinder waren groß geworden, und er konnte stolz auf sie sein. Genau wie auf seine Enkel. Eines schönen Tages legten sie ihren immer gebrechlicher werdenden, aber geistig hellwachen Opa mit dessen Zustimmung in eine FIVR-Kapsel. Wenn man schon mehrfach einen Abstecher in die Hölle gemacht hat, aber jedes Mal wieder zurückgekommen war, wusste man seine zweite Chance vielleicht noch viel mehr zu schätzen, als ich das tat. Der Clan schuldete seine Existenz in erster Linie seiner unerschöpflichen Energie. Nun hatte man sein Recht auf Leben erneut infrage gestellt. Als ich mir den alten Soldaten näher betrachtete, bekam ich richtig Mitleid mit jedem, der es je gewagt hatte, ihm in die Quere zu kommen.

Er nickte zur Begrüßung und nahm seinen Platz am Kopf des Tisches ein. Ohne Eile schaute er alle an, bis sein Blick auf mir verharrte.

»Hier bist du also, du Störenfried. Als ob dein Tabakbetrug nicht schon genug Gewese verursacht hätte.« Er funkelte die rauchenden Offiziere an, die hastig ihre Kippen ausdrückten. »Und fünf Minuten später heißt es: ›Roter Alarm! Alle Mann auf ihre Posten!‹«

Dan sprang auf und wollte etwas sagen, aber der General verwarf mit einer Handbewegung seine Erklärungsversuche. »Hinsetzen. Du musst ihn nicht verteidigen. Ja, das könnte sich lohnen. Ja, er hat gute Informationen aufgetrieben. Darf ein alter Mann nicht mal ein bisschen herummosern? Aber du, Dan – dir entgleitet die Sache gerade. Diese Monster haben direkt unter deiner Nase operiert. Also, fassen wir kurz zusammen, was wir über die Katzen wissen. Bleib sitzen.«

Als Dan Bericht zu erstatten begann, dämmerte mir das schiere Ausmaß und die Komplexität dieses Vorfalls.

»Der Clan ist relativ jung. Es gibt ihn nur in den Landen des Lichts und da auch nur in unserem Cluster – was bedeutet, dass ihm vor allem Russen angehören. So wie bei uns. Drei Burgen, wobei die Waldburg der Hauptstützpunkt ist. Wir konnten eine Mitgliederliste aus dem letzten Monat an uns bringen. Ungefähr vierhundert Mitglieder, zwei Drittel davon im Permamodus. Permas oder nicht: Das sind keine Durchschnittsdeppen. Alles deutet darauf hin, dass die Alten die Gründer sind.«

Ein zweifelndes Raunen ging durch den Raum. Dan erhob die

Stimme über den Lärm: »Ich habe gar nicht vor, unsere Oligarchen absichtlich zu dämonisieren, aber das ist nun mal einfach der Eindruck, den ich bekomme. Zum Clan gehören reihenweise verwöhnte Bälger – reiche Töchter und Söhne sowie deren Gefolge. Wenn ich so darüber nachdenke, hatten die Katzen eigentlich immer den unausgesprochenen Rückhalt der Alten – und sogar ihre Unterstützung. Es stimmt schon, dass die Alten lieber an den Seitenlinien bleiben: Sie scheinen mit Platz 3 in der Finanzwertung recht zufrieden zu sein. Es ist ein bisschen wie bei den Forbes-Listen: Da sieht man die wahren Strippenzieher auch nicht. Keine Rothschilds, Rockefellers, Morgans oder Warburgs. So ist es hier auch. Unsere Finanzhaie brauchen allerdings starke Arme, die bestimmte Geschäftsprobleme auch mal etwas anders lösen können. Manchmal handelt es sich dabei um einzelne Söldner oder Privatarmeen, doch manche Fälle sind dermaßen brisant, dass man sich gleich an Verbrechersyndikate wendet. Die Katzen sind eines dieser Syndikate. Soweit wir wissen, lagen alle verschwundenen Banker im Clinch mit den Anführern des Clans. Das gibt Anlass zu großer Sorge. Ich würde mich sogar zu der Annahme hinreißen lassen, dass die Alten neue Techniken zur Herbeiführung von Hirntoden austesten. In einer Welt, die von Permaspielern bevölkert wird, hätten sie damit in jeder Auseinandersetzung ein echtes Totschlagargument.«

Die Augen des Generals verengten sich und verhießen allzu engagierten Forschern in diesem Bereich allerlei schlimme Dinge. Er nickte zustimmend.

Die Tür öffnete sich einen Spalt und gewährte Tante Sonja Einlass. Sie war eine echte Mama aus Odessa, wie sie im Bilderbuch stand. Trotzdem hatte sie sich vor zwei Jahren dazu entschieden, selbst einmal nachzuschauen, was denn ihre Enkelin ständig in der virtuellen Realität trieb. Damals hatten die Kapseln noch keine Zeitlimits gehabt. Während Tante Sonja AlterWorld für sich entdeckte, stolperte sie in eine Kochgilde mit mehr als tausend Mitgliedern hinein und ließ sich bereitwillig in einen ausgedehnten Quest verwickeln, bei der es um die Ausrichtung eines fürstlichen Banketts ging. Wie man sich vielleicht schon denken kann, kam ihre Enkelin am nächsten Tag nach Hause und fand den komatösen Körper ihrer Oma vor. Selbige war zwischenzeitlich zur Chefköchin von General Frags Burg aufgestiegen, und wie so mancher munkelte, hatte er in ihr auch eine Seelenverwandte gefunden.

Tante Sonja schlurfte zum Konferenztisch. Geräuschlos begann sie, ihren bodenlosen Beutel auszupacken, und holte gewaltige Teller voller Kuchen und riesige kalte Platten daraus hervor. Der Duft von Selbstgekochtem übertünchte sogar den abgestandenen Zigarettenqualm. Die Leute jubelten. Selbst Dan hielt inne und schnupperte erwartungsvoll.

Der General schien Sonjas Fürsorge aber gerade nicht sehr zu schätzen. Er runzelte die Stirn und scheuchte seine Köchin weg, als sie versuchte, einen wohl eigens für ihn zusammengestellten Teller voller Leckereien vor ihm auf dem Tisch zu platzieren. Mit finsterem Blick wandte er sich an Dan und lenkte das Gespräch so wieder auf ernstere Angelegenheiten. »Was habe ich da über den massenhaften Handel mit Noobsklaven gehört? Hast du eine Ahnung, warum sie so was machen sollten?«

»Sehr wahrscheinlich überspannen nur einige der Katzen ein bisschen den Bogen. Bei all der Macht, die sie plötzlich hatten, wäre es dumm gewesen, diese nicht auch zum eigenen finanziellen Vorteil zu nutzen. Eine andere Sache noch: In dem Moment, als wir unseren Anspruch auf ihre Burg offiziell machten und mit der Mobilisierung begannen, bekamen wir eine Nachricht von einem Vertreter der Alten. Er bat uns, keine große Welle zu machen und das Problem lieber am Verhandlungstisch zu lösen. Er selbst bot sich dabei als Vermittler an.«

»Schön.« Der General nickte. »Schick ihnen die Daten zu den Bankern, die von den Katzen hirntot gemacht wurden, und dann warten wir ihre Reaktion ab. Wir treiben den Konflikt aber erst einmal weiter. Manche Dinge darf man einfach nicht dulden. Wir haben es hier mit einer echten Bedrohung für das Wohlergehen jedes einzelnen von uns zu tun. Unsere Reaktion sollte angemessen schnell und hart ausfallen, unabhängig davon, was sonst noch so passieren mag. Was sollen wir mit ihnen anstellen? Irgendwelche Vorschläge?«

Dan zuckte leicht zusammen. Die anderen merkten auf und fingen an, untereinander zu murmeln. Dan hob die Hand, wartete darauf, dass der Raum sich beruhigte, und fuhr dann fort.

»Wir haben schon über die eine oder andere Idee gesprochen. Wir könnten damit anfangen, diese Dinge im realen Leben zu spiegeln: Auge um Auge, Vergewaltigung um Vergewaltigung. Das ist zwar schwerer, als die Hurensöhne einfach nur kaltzumachen, aber immer noch machbar. Und am Ende könnten wir an ihnen dann auch die Techniken zur Herbeiführung von Hirntoden ausprobieren. Ich bin mir allerdings nicht sicher, ob die bei ihnen wirken würden. Ein Großteil des Effekts beruht auf Selbsthypnose.«

Der General schüttelte den Kopf. »Wenn wir diesen Weg einschlagen, wird sich zwar ein Dutzend verwöhnter Bälger vor Angst einnässen, aber wir schaffen uns auch ein paar wirklich herzlose, unsterbliche Feinde, die weder Vergebung noch Vergessen kennen. Daher können wir hier keine halben Sachen machen. Aber wir müssen vorsichtig vorgehen, damit wir unsere eigenen Familien nicht in Gefahr bringen. Dan, du pickst zwei RL-Katzen heraus, die wirklich tief in dieser Sache drinstecken. Zwei der schlimmsten Fälle, an denen wir ein Exempel statuieren können. Eine Kugel in den Schritt, eine in den Kopf. Der Rest soll ruhig in Deckung gehen und sich in dunklen Ecken und hinter zugezogenen Vorhängen verstecken. Wir haben einige vertrauenswürdige Leute IRL, die uns bei dieser Sache den Rücken freihalten. Die werden uns helfen. Was den Rest von uns angeht, werden wir uns sehr genau überlegen müssen, wie …«

Wie ein Schüler im Unterricht hob ich die Hand.

»Raus mit der Sprache.«

»Müssen wir wirklich Gleiches mit Gleichem vergelten? Was unterscheidet uns dann noch von diesen verzogenen Wichsern? Ich … Wie sage ich das wohl am besten? Während ich dort in Ketten hing und gefoltert wurde, malte ich mir aus, wie ich meine Quälgeister bestrafen würde, ohne dabei selbst zum Folterknecht zu werden. Deshalb hätte ich da ein paar Vorschläge. Vier Grade der Bestrafung. In diesem Fall sollten wir wirklich alle vier zur Anwendung bringen. Auf dem ersten wird man in der Arena getötet und für eine Woche festgehalten. So verliert man seine komplette Ausrüstung und alles, was nicht in der Bank ist. Auf der zweiten wird man herabgestuft. Wir machen einen Dungeon leer und zwingen sie anschließend, ihren Bindeort in den Bossraum zu legen. Sie werden einwilligen müssen, sobald sie erkennen, dass die einzige Alternative die ewige Gefangenschaft wäre. Dann warten wir, bis die Mobs respawnen, und schauen zu, wie sie immer wieder sterben und schließlich Stufe 10 erreichen, was die absolute Unterkante darstellt, wenn ich das richtig verstanden habe.«

Im Raum war gemurmelte Zustimmung zu vernehmen. Der General neigte den Kopf und schaute mich aus leicht zugekniffenen Augen an. »Du gerissener Bastard! Jetzt merke ich richtig, dass du ein Dunkler Ritter und nicht nur irgend so ein Emo-Elf bist. Auf jeden Fall ist es gut, dass sie beim Herabstufen ihre Attributs- und Talentpunkte verlieren, denn sonst hätten wir SCs der Stufe 10 mit Fertigkeiten der Stufe 100, wenn nicht gar noch höhere. Das könnte sogar klappen. Sie würden ein paar Jahre Spielzeit verlieren. So oder so tun ein paar Hundert Tode schon richtig weh. Da freut man sich umso mehr auf deine beiden letzten Ideen.«

Nach diesem Lob von höchster Stelle fuhr ich fort: »Die restlichen beiden sind simpel. Wir verbannen sie aus dem russischen Cluster. Eine regionale Verbannung. Sollen sie doch in Asien oder Nordamerika spielen. Und zu guter Letzt bleibt noch, sie auf eine Liste mit Vogelfreien unserer Allianz zu setzen. Im Idealfall auf eine Liste für den ganzen Cluster. Dann hat jeder, der sie antrifft, die Verpflichtung, sie zu töten – zumindest im russischen Einflussgebiet. So sehe ich das.«

Der General klatschte die gewaltigen Hände auf den Tisch. »Ich liebe es! Irgendwelche Einwände?«

»Ich würde sie erst per Folter zu Gemüse machen«, murmelte jemand.

»Wir sind nicht sie!«, sagte der General laut. »Aber ich glaube, ich weiß, worauf du hinauswillst. Wir werden kein vollständiges Haftsystem entwickeln können. Ich würde vorschlagen, wir nehmen das 4TRS-System als Grundlage. Sobald alle vier Kästchen ein Häkchen haben, führt ein weiteres Vergehen zum Hirntod.«

Als ich mir die ratlosen Gesichter um mich herum so ansah, sprach ich als jemand, der nicht ans militärische Protokoll gebunden war, die im Raum schwebende Frage aus: »Was ist denn 4TRS?«

Der General schien auf diese Frage vorbereitet zu sein und hatte die passende Antwort parat: »4TRS steht für die ›4 Todes-Ritter-Strafen‹. Erst wird einem der Besitz genommen, dann die Stufen, dann die Heimat und schließlich das Leben, indem man auf die Liste der Vogelfreien kommt. Du wirst wohl als Erfinder der kürzesten Strafordnung der Welt in die Geschichtsbücher eingehen.«

Er lachte schallend auf. Andere fielen ein. Anscheinend mochten sie mein System. Es hatte auch den Vorteil, dass diese Welt nicht so schnell Anwälte brauchen würde.

Die Diskussion ging weiter. Man sprach über die Möglichkeit, Informationen an Medien in der wirklichen Welt weiterzugeben, damit die Sache dort ein paar Wellen schlagen konnte. Dan lehnte die Idee rundheraus ab.

»Wir sitzen auf einer tickenden Zeitbombe«, meinte er. »Sobald die breite Öffentlichkeit von der virtuellen Gewalt und der möglichen Identitätsvernichtung erfährt, könnte sie den Zugang zum Spiel einschränken, wodurch die Spielerzahl rapide abfallen würde. Dies wiederum würde sich direkt darauf auswirken, welche Arten von Permaspielern hier neu eintreffen. Soweit wir wissen, könnte die Obrigkeit sogar versuchen, die Server zu beschlagnahmen, um in irgendeinem unterirdischen Labor an uns herumzuexperimentieren. Wollen wir das? Ich würde vorschlagen, dass wir den Admins richtig Feuer unter dem Hintern machen und die Einführung einer Schnelltod-Option verlangen.«

Einen kurzen Moment wurde sein Blick unfokussiert. »Ah. Ich habe eine Nachricht von den Alten erhalten. Sie empfehlen uns, nichts zu tun, was wir später bereuen könnten. Deshalb fordern sie uns auf, unser Ultimatum zurückzuziehen. Die Katzen sind zu Verhandlungen bereit. Anscheinend sind einige der für die Folter verantwortlichen Leute bereits festgesetzt worden oder sind entkommen beziehungsweise haben sich ausgeloggt.«

»Ja, klar.« Hauptmann Narbengesicht schnitt eine Grimasse. »Gleich werden wir erfahren, dass die Inhaftierten seltsamerweise alle irgendwie den Verstand verloren haben und nicht mehr im Vollbesitz ihrer geistigen Kräfte sind. Wir kriegen nur ein paar Sündenböcke und eine Handvoll Leichen, die man bis zur Unkenntlichkeit zugerichtet hat. Ich kenne das. Hab so was IRL selbst schon gemacht.«

»Die Alten bieten allen Opfern eine garantierte Entschädigung. Sie verlangen auch die Einführung eines gemeinsamen ›Protektorats des Kristalls‹. Sie schlagen dabei vor, dass man ihn seinem vorgesehenen Zweck zuführt: ›der Kontrolle von Individuen mit soziopathischen und psychopathischen Tendenzen‹. Von wegen! Die Katzen stimmen zu, die Burg diesem Zweck zu überlassen – für eine Entschädigung von fünf Millionen! Viel wollen sie nicht, was?«

Der General schüttelte den Kopf in gespielter Überraschung. »Diese Bastarde waren hinter unserem Rücken auf alles vorbereitet. Das ist mal klar.«

Ich sprang auf. »Wir müssen den Kristall vernichten!«

»Setz dich.« Der General verwarf meinen Einwurf mit einem Wink. »Wir alle hier haben das verstanden. Das Blatt hat sich längst gewendet. Wir werden ihre Almosen nicht annehmen. Wir werden die Welt von den Katzen befreien. Ob wir den Kristall vernichten können, werden wir sehen. Dan, deine Aufgabe ist es, auf Zeit zu spielen. Wir müssen die Lage mit den anderen Mitgliedern der Allianz besprechen. Wir müssen außerdem die Mobilmachung abschließen. Diese verdammte Kuppel des Schweigens! Ohne die wären wir einfach in einer dunklen Nacht aufgetaucht und hätten sie in weniger als zehn Minuten in ihrem eigenen Blut ersaufen lassen, wie man das bei den Sondereinsatzkräften so macht. Aber so ...«

Ich lehnte mich zu Narbengesicht, der neben mir saß. »Wo liegt denn das Problem bei der Kuppel? Ist sie so schwer abzuschalten?«

Der Hauptmann verzog das Gesicht. »Die über der Waldburg kostet einen ganzen Clan acht Stunden Arbeit. Doppelt so viel, wenn die Zauberer der Katzen die Kuppel von innen aufrechterhalten, und dann noch mal das Doppelte wegen des Widerstands, mit dem wir zu rechnen haben: Überraschungsangriffe, Schurken und NSCs, Sättigungsangriffe. Hinzu kommen die exorbitanten Ausgaben für Elixiere und Akkukristalle. Kriege sind niemals billig.«

Ach ja. Ich saß da und dachte nach. Es war mir eigentlich gar nicht danach, verraten zu müssen, dass ich über einen Zauber zur Astralmanazerstreuung verfügte, doch der wäre ideal für diese Aufgabe gewesen. Wir mussten die Katzen bestrafen und den Kristall vernichten. Es würde auch nicht schaden, ein bisschen Geld zu verdienen, da ich ja schon wieder Ärger an den Hacken hatte.

Ich schrieb Dan eine PN. *Ich weiß, wie man die Kuppel abschalten kann.*

Einen Augenblick schaute er mich mit großen Augen an und konnte seine Regungen kaum bändigen. Dann schaltete er wieder auf sein versteinertes Pokerface um und erstarrte, während er meine Nachricht an den General weiterleitete.

Frag hatte sich wesentlich besser im Griff. Er sprach einfach weiter über seine Mobilisierungspläne: Er nahm sich die Zeit, das Thema zu Ende zu bringen, um danach eine Raucherpause zu verkünden, als wenn nichts wäre. »Max, ich bräuchte dich mal. Dich auch, Dan.«

Er wartete, bis der letzte Offizier den Raum verlassen hatte, schaute zu, wie die Tür zuschlug, und wandte sich dann an mich. »Raus mit der Sprache.«

Ich schaute zu Puh dem Bären. Bei der Art, wie er mich aus den Augenwinkeln ansah, hatte ich ein schlechtes Gefühl. »Bist du sicher, dass er kein Maulwurf oder so was ist?«, erkundigte ich mich bei Dan.

Puh bleckte die Zähne. Dan warf einen verhaltenen Blick in seine Richtung. »Er ist schlimmer als jede Kakerlake: Man kriegt ihn einfach nicht tot. Er respawnt in weniger als einer Minute. Er lässt sich nirgendwo einsperren, weil er mithilfe von Mikroportalen jede Mauer durchdringen kann. Noch schlimmer ist, dass wir ihn einmal eingesperrt und in den asiatischen Cluster geportet haben. Deswegen achtet er jetzt auch darauf, sich nicht mehr fangen zu lassen.«

Ich traute meinen Ohren kaum. »Wie hat er es denn zurückgeschafft?«

»Verrate du es mir. Am gleichen Abend saß er wieder hier am Kamin.«

»Das reicht.« Frag wurde langsam ungeduldig. »Euren Albinopanda könnt ihr auch noch wann anders besprechen. Max, du bist dran. Wie willst du die Kuppel deaktivieren? Nun sag mir aber nicht, dass du Zugang zum Steuerartefakt hast.«

Seufzend setzte ich an: »Es gab da diesen Dungeon, den ich leer gemacht habe ...«

Ich präsentierte ihnen eine leicht angepasste Version meiner Geschichte *Wie ich einen Zauber des Hochkreises in die Hände bekam.* »Wenn ihr für einen steten Zustrom von Mana sorgen könnt, ist die Kuppel in maximal zwei Minuten erledigt.«

Der General war schon lange vom Tisch aufgestanden, ging im Raum auf und ab und rieb sich dabei die Hände. Er blieb ruckartig stehen, sodass ihm der Mantel um die Beine schwang, und drehte sich mit ausgestrecktem Finger zu mir um. »So! Kein Wort darüber zu niemandem. Das muss ich dir wahrscheinlich gar nicht sagen. Wir machen die Katzen richtig platt. Morgen. Fünf Uhr. Nur die alte Garde. Stufe einhundert und mehr. Wir setzen beide Spezialeinheiten ein: Narbengesicht und Wild. Hundertfünfzig Mann sollten ausreichen, um die Burg zu übernehmen und ordentlich aufzuräumen. Plus noch mal zweihundert, um die festgenommenen Katzen im Zaum zu halten. Dan, du berufst ein Treffen der dienstältesten Offiziere ein. In einer Stunde in meinem Büro.«

»Es könnten über zweihundert Katzen dort sein«, merkte Dan an. »Plus NSCs. Die können sich so viele Leute anheuern, wie sie haben wollen, soviel wissen wir sicher. Plus Teleportale. Mit nur hundertfünfzig in der ersten Welle riskieren wir, dass die Ratten das sinkende Schiff verlassen können.«

Der General schwieg einen Augenblick nachdenklich. »Da hast du wahrscheinlich recht«, sagte er schließlich. »Ich habe in die falsche Richtung gedacht. Unsere Priorität ist nicht die Übernahme der Burg. Schade aber auch. Jetzt müssen wir uns doch als Bittsteller an die Allianz wenden und uns Hilfe holen. Was wiederum bedeutet, dass etwas durchsickern wird und wir einen kleineren Anteil kriegen. Eigentlich habe ich keine Lust, andere Clans als Trittbrettfahrer mitzunehmen. Wo wir gerade von Anteilen sprechen: Wenn du die Kuppel deaktivierst, übertragen wir dir tausend Raid-Punkte. Die kannst du dir dann später auszahlen lassen oder in Ausrüstung eintauschen.«

»Raid-Punkte? Was sind das? Schaut mich nicht so an! Ich weiß, dass ich der noobigste Noob aller Zeiten bin.«

Dan schüttelte den Kopf. »Du hast ja recht. Ich vergesse immer, dass du erst seit ein paar Wochen spielst. Trotzdem machen uns selbst die frischesten Neuankömmlinge weniger Kopfschmerzen. Einfach ausgedrückt entspricht jeder Punkt einer Stufe. Stell dir vor, zwei Clans erobern eine Burg. Einer bringt hundert Leute mit Stufe 100 mit. Der andere entsendet zweihundert Leute. Dann kriegt der erste Clan zehntausend Punkte und der zweite zwanzigtausend. Die Burg und die Beute sind drei Millionen wert. Geteilt durch dreißigtausend ergibt das hundert Gold pro Punkt. Das heißt also, ein Spieler der Stufe 100 bekommt Trophäen im Wert von zehn Riesen, einer der Stufe 120 von zwölf. Das ist natürlich grob vereinfacht. Das System ist nicht linear, und Fälle wie deiner lassen sich nur schwer darin verorten. Soldaten an vorderster Front kriegen etwas mehr als die Reserve und solche Dinge. Aber du verstehst das Grundprinzip.«

Mir gefiel, wie hier gerechnet wurde. Der Anteil, den man mir versprochen hatte, war die Sache wert. Sollte ich auch das Versprechen der Dunklen Fürstin einlösen? Sie hatte mir ihre Hilfe garantiert, wenn ich sie brauchte.

»General?«, fragte ich. »Ich habe zufälligerweise Kontakte unter den Dunkelelfen. Eine Fürstin hat mir einen Trupp Halsabschneider versprochen, falls ich sie jemals brauchen sollte. Was, wenn ich sie für den Raid anheuern würde? Bei ihnen ist kaum damit zu rechnen, dass etwas zu den Alten durchsickert. Und ihre Teilnahme würde auch keine anderen Clans einbeziehen. Ich hoffe, es stört euch nicht, wenn ich ein paar Stufen aufsteige.«

Dan tauschte einen Blick mit dem General aus. »Halsabschneider. Das wäre gut«, meinte er. »Die sind hart. Ich behalte dich weiter im Auge, Max. Du scheinst mir immer ein neues Ass aus dem Ärmel ziehen zu können, wenn sich ein Problem ankündigt. Dir würde ich nicht am Spieltisch begegnen wollen.«

»Das will wirklich niemand«, sagte ich.

KAPITEL
ZWEI

Aus dem Bericht der Analyseabteilung anlässlich der außerplanmäßigen Sitzung des Aufsichtsrats von AlterWorld

Thema: Zunehmende Kontrollverluste bei den Spielinhalten

Meine Damen und Herren! Vor etwa einem Monat wurden wir mit der Aufgabe betraut, den Gründen nachzugehen, weshalb die virtuelle Welt die größeren Änderungen zu ignorieren scheint, die mit Patch 2124 erfolgt sind. Wie Sie wahrscheinlich wissen, hatten wir vor, eine neue Charakterklasse einzuführen, auf die wir uns alle gefreut hatten: den Berserker. Nach einer Phase ausgiebiger und zielgenauer Tests steht die neue Klasse den Spielern trotz der makellosen Performance des Patches beim Launch immer noch nicht zur Verfügung. Alle anderen kleineren und zweitrangigen Verbesserungen funktionieren allerdings offenbar völlig problemlos.

Als wir uns daranmachten, Daten zu sammeln und auszuwerten, verschlimmerte sich das vorliegende Problem drastisch. Der neue Server-Patch 2271 mit zwei neuen Zaubern des Hochkreises schlug ebenso fehl wie Patch 2312 mit der eilig entwickelten Schnelltod-Fähigkeit. Die virtuelle Welt hat sie einfach ignoriert.

Wir haben ein Klassifikationssystem mit einer Skala von 1 bis 10 für die von uns vorgenommenen Änderungen angelegt, das auf dem räumlichen Ausmaß und den spürbaren Auswirkungen der Modifikationen beruht. Dabei zeigt sich, dass AlterWorld bereits vor einem Monat alle äußeren Eingriffe der Stufe 9 und höher ablehnte, wir aber inzwischen nicht einmal mehr Änderungen der

Stufe 6 einführen können. Extrapolieren wir diese Daten auf die Zukunft, lässt sich mit einiger Zuverlässigkeit prognostizieren, dass wir Gefahr laufen könnten, binnen der nächsten drei Monate vollständig die Kontrolle über sämtliche Spielinhalte zu verlieren – dies würde so weit gehen, dass wir nicht einmal mehr die Steine am Wegesrand umfärben könnten.

Meine Damen und Herren! Die virtuelle Welt wehrt sich gegen unser Eingreifen. Sie wird unabhängig. In Kombination mit der Lossagung von KI 311 und der fortschreitenden Digitalisierung von Spielern sowie der Unabhängigkeit der Welt von Servern selbst nach einem physischen Kappen der Verbindungen lässt dies nur einen einzigen, schmerzhaften Schluss zu, was unseren Status für diese Welt anbelangt: Wir sind nicht mehr ihre Schöpfer und Hüter. Sehr bald wird sich unsere Rolle auf die eines Türstehers beschränken: Wir bieten den Zugang und lassen die Leute hinein.

J. Howards, Leiter der Analyseabteilung

Vermerk:
Vertraulichkeitsstufe AA.

An Howards:
Bitte suchen Sie einen Weg, um das oben beschriebene Phänomen zu neutralisieren oder zumindest zu verlangsamen. Ersetzen Sie alle Hardware-Cluster. Nutzen Sie Sicherheitskopien, um Teile der Welt nachzubauen. Splitten sie gegebenenfalls globale Updates auf. Tun Sie alles, was nötig ist, um unsere Kontrolle über die Welt so lange wie menschenmöglich aufrechtzuerhalten.

A. Lichman Jr., Mitglied des Aufsichtsrats

Ich nahm Leutnant Brauns Angebot an und machte einen raschen Corpse Run, um endlich meinen Kram zu holen. Danach führte mich mein Weg zur Hauptstadt der Dunkelelfen, wo jeder Dunkelelfen-Clan sein eigenes Viertel mit eigener Fürstenresidenz hatte.

Zeit war ein Problem. Es war schon fast zehn Uhr abends. Um vier Uhr morgens mussten wir die Raid-Gruppe erstellen und mit der Verteilung von Buffs und Vorräten beginnen.

Frag hatte mir zwei Stunden gegeben, um eine klare Antwort von den Dunkelelfen einzuholen. Er hatte mir auch eine Teleporterlaubnis für die Dunklen Lande erteilt, einschließlich der Dienste von Porthos, einem Zauberer und »magischem Taxifahrer« des Clans.

So gut wie jeder Clan gab sich alle Mühe, ein paar Transporteure aufzuleveln. Die Zauberer hatten sogar einen speziellen Fähigkeitsbaum für die Teleportation. Nur wenige hatten Lust, das magische Taxi zu spielen, weshalb solche Freiwilligen ihr Gewicht in Gold wert waren. Eine langweilige, aber extrem gut bezahlte Fähigkeit. Man konnte sich locker dreihundert Goldstücke am Tag damit verdienen, wenn man sich einfach auf den Marktplatz stellte und seine Dienste anbot, andere durch AlterWorld zu transportieren. Am Anfang des Baums konnte man erst persönliche Portale öffnen, danach welche für Gruppen, anschließend für Raids und zu guter Letzt auch stationäre Portale. Man musste allerdings auch ein ganzes Jahr damit verbringen, diesen einseitigen Charakter, der in allem anderen schrecklich schwach blieb, ordentlich zu steigern: Seine Talentpunkte reichten schlicht nicht aus, sodass man Kampfzauber für die besseren Teleportationen opfern musste.

Porthos wollte seinem Namensvetter aus dem literarischen Klassiker so gar nicht entsprechen. Er war eher schmächtig und ständig wütend. Er hatte sein Büro neben der Portalhalle und bot jedem eine Teleportation an, der sie brauchte. Es musste ein anstrengender Tag für ihn gewesen sein, denn als ich mich ihm näherte, kippte er sich gerade den Inhalt einer weiteren Phiole mit Manaelixier hinter die Binde.

Er quetschte sich den letzten Tropfen in den Mund, schüttelte sich vor Ekel und kämpfte einen Rülpser herunter. »Ich würde jedem eine Million zahlen, der eine zimtfreie Version von dieser Scheiße anbietet. Sonst werde ich noch der allererste Spieler, der kotzen kann, wenn du verstehst, was ich meine.«

Dann erst nahm er richtig Notiz von mir. »Wohin? Zur Hauptstadt der Dunkelelfen? Scheiße. Das ist ein mittleres Portal für über tausend Mana. Viel länger halte ich das nicht mehr durch, befürchte ich!«

Er schaute hinaus auf den Flur. »Jazel ... äh ... Jazelwolf! Was ist das denn für ein Name! Komm und hol mir den diensthabenden Verzauberer aus dem Wachraum. Er muss mir noch mehr Mana schicken. Ich habe genug von dieser Plörre. Ich sehe gleich alles dreifach. Von jetzt an hast du den Auftrag, es mit dem Unsichtbarkeitselixier zu vermischen.«

Er wandte sich mir zu. »Bereit? Ich schicke dich mit einem Einzelportal.«

Er fror ein, während er nach dem richtigen Zauber suchte. Dann spannte er sich an, murmelte etwas und wedelte mit den Händen herum, als wollte er mich hypnotisieren.

Warnung! Portalzauber aktiviert. Zielpunkt: Die Stadt des Ursprungs. Annehmen: Ja/Nein. 10 ... 9 ... 8 ...

Das Portal öffnete sich mit einem Ploppen. Ich fand mich auf der gewaltigen Portalplattform in der Mitte des großen Platzes der Dunkelelfenhauptstadt wieder. Als Erstes fielen mir die hohen Türme der fürstlichen Residenz auf dem Hügel auf. Sie war umringt von teuren Handelshäusern im gotischen Stil mit kunstvollen Ladenschildern. Hier war viel los, und überall um mich herum ploppten Portale auf oder zu. Man warf mir ein paar überraschte Blicke zu. Ein Hochelf ist kein gewöhnlicher Anblick in einer

Dunklen Stadt – eher ein bisschen wie ein Schwarzer in der Moskauer Metro. Wenigstens forderte mich niemand zum Kampf heraus. In ihren Interfaces wurde ich als freundlich gekennzeichnet, was einige verwunderte, andere hingegen beruhigte.

Ich hatte nicht viel Zeit. Ungeachtet dessen wurde mein Blick immer wieder von einigen wichtig aussehenden Gebäuden mit großen Schildern angezogen. AlterWorld-Bank. Bank der Alten. Dunkelelfenbank. Das war tatsächlich eine Überlegung wert. Ich stand jetzt mit Sicherheit auf der Feindesliste der Alten, und nach unserer anstehenden Mission würden sie meinen Namen definitiv rot unterkringeln. Laut aktuellem Stand lagen meine gesamten finanziellen Interessen – zuzüglich meines Kurznachrichtenvertrags und meiner Optionen in Sachen Internetsuche – fest in der Hand unserer Feinde. Wie dumm konnte man denn sein? Ich öffnete das Wiki und suchte nach Bewertungen von Banken. Die Dunkelelfenbank war ein Privatunternehmen mit zehn Millionen Haftungskapital und das sechstgrößte Bankhaus in der virtuellen Welt. Was nicht zu verachten war. Der Moment war da. Es wurde Zeit, mein Kapital auf die dunkle Seite zu holen. LOL.

Ich drückte die Tür der Bank auf. Ein Glöckchen klingelte. Eine Nullität mit gutem Benehmen brachte mich zu einem verfügbaren Schaltermitarbeiter. Ich eröffnete ein Konto und überwies Zwanzigtausend, mein gesamtes Vermögen. Nach kurzem Nachdenken versteigerte ich danach meine restlichen Tabakrohstoffe, da sie inzwischen den Höchstpreis erreicht haben durften oder zumindest kurz davorstanden. Das waren noch mal acht Riesen. Ich erkundigte mich nach den Schließfächern des Hauses: Es bot welche an, die bis zu einer Summe von hunderttausend Goldstücken versichert waren, und bisher hatte es keine Diebstähle oder Raubüberfalle gegeben. Na gut. Das konnte noch warten. Es war ja nicht so, als hätte ich zu viel Kram. Meine gesamten weltlichen Besitztümer passten problemlos in eine Tasche oder mein Zimmer bei den Veteranen.

Um mich mit Drittanbieterdiensten zu verbinden, musste ich

die Treppe hoch zu einer Abteilung, die den stolzen Namen »RealService« trug. Ihr Komplettpaket fiel sogar günstiger aus als das der Alten. Anscheinend waren sie gerade dabei, einen Videostream aufzubauen, damit man auch im Vorfeld aufgezeichnete Fernsehsendungen und Filme aus der realen Welt schauen konnte. Das war alles ein bisschen viel.

Ich entdeckte ein anderes Schild neben dem dieser Abteilung. RealShop. Der Name löste einen komplexen Dominoeffekt in meinem Gedächtnis aus. Ich wurde rot. Verdammt noch mal! Ich war jemandem noch einen Gefallen schuldig.

Ich ging zu dem seriös aussehenden Verkäufer hinüber, und sein Gesichtsausdruck machte überdeutlich, dass er mir gerne bei der Lösung jedes Problems helfen würde, solange nur der Preis stimmte.

Ich zeigte auf das Schild. »Ist es das, was ich denke?«

Würdevoll nickte der Mann. »Höchstwahrscheinlich.«

»Mir gefällt Euer Sinn für Humor. Grundsätzlich würde ich gerne mehr über eine ganz bestimmte Dame erfahren. Ich muss wissen, ob sie noch am gleichen Ort arbeitet. Und wenn ja, würde ich ihr gerne ein kleines Geschenk zukommen lassen.«

»Das ist kein Problem. Für den Bestellvorgang berechnen wir zwanzig Goldmünzen. Der Rest liegt ganz bei Euch.«

Ausgezeichnet. Ich kramte tief in meinen Erinnerungen nach ihrer Berufsbezeichnung und dem Firmennamen. Mein mangelhaftes Gedächtnis in der Realität hatte sich ihre Telefonnummer nicht gemerkt. Eines musste man der Bank lassen: Die Datensuche ging flott. Nach einer kurzen Verarbeitung der Daten zu Beginn und einem anschließenden Telefonanruf konnte der Mitarbeiter mir bestätigen, dass Olga noch bei Chronos angestellt war. Sie wurde morgen früh zur Arbeit erwartet.

»Was möchtet Ihr ihr denn zukommen lassen?«, fragte der Verkäufer und legte die Finger auf seine virtuelle Tastatur.

»Einen Blumenstrauß, aber einen wirklich schönen«, sagte ich voller Stolz.

Der Verkäufer legte den Kopf schief und musterte mich. »Wie lange ist es her, seit Ihr das letzte Mal Blumen verschenkt habt? In unserem Hause arbeiten wir nicht mit allgemeinen Aussagen wie »Ich will einen Haufen Rosen hierhin oder dorthin geschafft haben« oder »Ich brauche ein paar hübsche Nelken«. Wir arbeiten individuell mit jedem Kunden. Wir können Bestellungen in unbeschränkter Höhe annehmen. Wenn es nötig sein sollte, sogar in Millionenhöhe. Wir können jedes Blütenblatt mit Diamanten besetzen lassen, den Stiel in Platin einfassen und das alles in einer Ming-Vase überreichen ...«

Er hätte mich nicht besser zurechtstutzen können, wenn er es versucht hätte. »Keine Diamanten bitte. Strasssteine aber schon. Idealerweise in Maßen. Wie viel würde das kosten?«

Er machte eine kleine Pause. »Hundertzwanzig Gold pro Blume. Zuzüglicher einer Courtage von zehn Prozent.«

»Gut. Dann brauchen wir einundzwanzig Stück.«

»Aufgenommen. Sonst noch etwas?«

»Ich hätte gerne etwas Champagner bitte. Halbtrocken.«

»Eine spezielle Marke?«

Mein Gedächtnis mühte sich, einen bestimmten Namen an die Oberfläche meines Bewusstseins zu zwingen. »Veuve Clicquot.«

Der Verkäufer nickte verständnisvoll. Ich schien mich in seinen Augen zumindest ein bisschen rehabilitiert zu haben.

»Weiß, halbtrocken. Veuve Clicquot Ponsardin. Neunhundert Gold. Falls die Dame jemand ganz Besonderes ist, darf ich zu einem Veuve Clicquot La Grande Dame Brut raten. Ein einmaliges Jahrgangserzeugnis von 1998. Achttausend Gold die Flasche.«

Mein innerer Gierschlund bekam Schluckauf und sank an der Wand zusammen. Ganz sanft griff ich seinen Ellbogen und half ihm wieder auf. »Ich glaube, der Dame ist halbtrocken lieber«, sagte ich mit fester Stimme.

»Sehr gut. Sonst noch etwas?«

»Eine kurze Nachricht wäre schön.«

»Gar kein Problem. Ich nehme sie auf.«

»*Hi, Olga. Hier ist Max. Blumen und Champagner wie versprochen. Vielen Dank für den Tipp. Es hat geklappt. Laith, Hochelf, Stufe 52. Das war's.*«

Er nickte. »Mit Lieferung und Provision sind wir dann bei dreitausendneunhundert. Ihre Bestellung wird morgen zwischen 10 und 12 Uhr geliefert. Sonst noch etwas?«

Ich konzentrierte mich und blätterte rasch die Seiten des virtuellen Einkaufszentrums durch. Dann stellte ich meiner Mutter einen Gourmet-Präsentkorb zusammen. Ihre Lieblingsschokolade, etwas Kaviar, geräucherten Stör und Gänseleberpastete. Ich zermarterte mir das Hirn nach Mamas Lieblingsspeisen, die sie sich normalerweise nicht leisten konnte. Es machte mir nichts aus, noch einmal zwei Riesen dafür auszugeben. Mein innerer Gierschlund jaulte vor Schmerz, mischte sich aber lieber nicht ein.

Ich schaute auf die Uhr. Eine weitere halbe Stunde war dafür draufgegangen. Ich musste in die Gänge kommen. Ich bat mein Gegenüber mir die Kontaktdaten des Kundenservice zu schicken, verabschiedete mich hastig und eilte davon.

Ich hatte kaum ein paar Schritte gemacht, als eine Stimme hinter mir erklang: »Du, Schneewittchen! Warte mal eben!«

Redete der Kerl mit mir? Es war mir egal. Denn Freunde hatte ich hier ja eigentlich nicht. Ohne langsamer zu werden, ging ich weiter über den Platz und hielt Ausschau nach jemand angemessen Offiziellem, den ich nach dem Weg zur Residenz des Hauses der Nacht fragen konnte.

Ich konnte hören, wie ein paar Leute zu mir aufschlossen. Gerade noch rechtzeitig drehte ich mich um, um eine Hand abzuwehren, die nach meiner Schulter griff. »Probleme?«

Ein riesiger Barbar der Stufe 92 grinste mich mit einem Mund voller Zahnlücken an. »Hast du es immer so eilig? Wir wollten doch nur wissen, was ein Schneewittchen wie du in unserer Stadt treibt. Du siehst ja durchaus nett und freundlich aus. Eigentlich wollten wir uns gerade auf den Weg in deinen Teil der Welt machen. Hast du schon mal vom Erfolg ›Dunkler Jäger‹ gehört? Dafür fehlt mir eigentlich nur noch ein blonder Skalp.« Er lachte schallend auf, während er meinen Scheitel beäugte.

»Wo liegt denn dann das Problem? Kannst du dir nicht selbst die Haare färben? Ich bin mir sicher, deine Freunde helfen dir im Anschluss nur allzu gerne beim Skalpieren.«

Er runzelte die Stirn. »Kein Grund, so vorlaut zu sein, Kumpel. Wie wäre es, wenn wir raus vor die Tore gehen und du mir etwas aushilfst? Wir wollen ja nicht viel, oder? Was sind schon fünfzig Tode unter Freunden?«

»Leute, bitte«, sagte ich. »Habt ihr euch das Hirn schon so weit weggesoffen, dass ihr eine Schlägerei in der Stadt anfangen wollt?«

Den Rabauken gefiel das gar nicht. Sie verstellten mir den Weg. Wie dumm waren die denn?

»Keine Gewalt innerhalb der Stadtgrenzen!« Angelockt von dem Aufruhr war bereits eine Patrouille auf dem Weg in unsere Richtung. Der geübte Blick des Wachanführers streifte mich. Respektvoll senkte er den Kopf. Das Mal der Fürstin schien zu funktionieren. Er schaute meine Gegner an. In seinem Gesicht zuckte etwas. »Gont der Barbar! Dies ist Eure zweite mündliche Verwarnung wegen einer Störung des Stadtfriedens. Bei der nächsten wird man Euch vor Gericht zitieren. Diese Entscheidung ist endgültig. Weggetreten!«

Der Barbar funkelte mich an.

Warnung! Gont der Barbar hat Euch zu seiner persönlichen Feindesliste hinzugefügt. +5 Ruhm!

Möchtet Ihr Gont zu Eurer Liste hinzufügen? Das Töten eines persönlichen Feindes erhöht den Ruhm um 20. Wird man jedoch selbst von einem persönlichen Feind getötet, sorgt dies für einen Verlust von 40 Ruhmpunkten. Maximale

> Zuwachsrate: 1 Person alle 24 Stunden. Mögliche Trophäe:
> Das Ohr des Verlierers im Rahmen des Erfolgs »Rächer«.

Schau an! Ich wusste gar nicht, dass wir diese Möglichkeit hatten. Auf jeden Fall konnte ich sie gerade nicht gebrauchen. Wenn er Spaß daran hatte, sich Gegner zu suchen, die fast fünfzig Stufen unter ihm waren, durfte er das gerne tun. *Ich lehne ab.*

Er verzog das Gesicht. »Feigling!«

»Wie du meinst, du Held. Weggetreten!« Ich wandte mich an den Anführer der Wache. »Feldwebel? Ich muss Fürstin Ruata vom Haus der Nacht aufsuchen. Es ist recht dringend.«

Beim Klang dieses Namens nahmen die Wachen Haltung an und hätten beinahe salutiert. »Einen Augenblick!«

Er holte ein Kristallartefakt heraus und sprach hinein, doch seine Worte waren kaum zu verstehen. Es sah ganz so aus, als hätten die NSCs keine eingebauten Kommunikationskanäle wie die Spieler.

Nach einer kurzen Wartezeit tat sich in der Nähe ein Teleportal auf, aus dem ein Dunkelelfen-Magier hervortrat. Er nickte den Wachen zu und wandte sich dann an mich. »Unsere Herrin wird Euch nun sehen. Seid Ihr bereit?«

Ohne auch nur auf eine Antwort zu warten, legte er mir die Hand auf die Schulter und öffnete ein neues Portal.

> Warnung! Portalzauber aktiviert. Zielpunkt: Das Haus der
> Nacht, Schlösschen. Annehmen: Ja/Nein.

Ich nahm an.

Ein Knall drückte mir auf die Trommelfelle. Ich fand mich in der Portalhalle des Schlösschens wieder. Schicke Hütte. An den Decken gab es Fresken und Stuck, und überall waren Holzschnitzereien und Vergoldungen – und zwar mit reichlich Gold. Bei diesem Anblick wollte ich mir gar nicht vorstellen, wie es im eigentlichen Schloss aussah.

Wir eilten durch Korridore mit Mosaiken und Schlosswachen, die salutierten, als wir uns näherten. Schließlich hielten wir an den größten mit aufwendigen Schnitzereien versehenen Flügeltüren an, die ich in meinem Leben je gesehen hatte. Der Magier hielt zögernd inne und trat zur Seite, als er anscheinend einen wortlosen Befehl vernahm, der nur für ihn bestimmt war. Er bedeutete mir mit einer Geste einzutreten. Ich starrte die gewaltigen Türen an, ohne zu wissen, ob ich drücken oder ziehen sollte.

Ich bekam nicht die Zeit, mein Gesicht zu verlieren. Lautlos schwangen die Flügel auf und gaben den Blick auf einen riesigen Thronsaal frei. Wuchtige Säulen säumten den Mittelgang, der mit einem dunklen Stein ausgelegt war, in den man Edelsteine und Goldstaub eingelassen hatte. Er führte zu einem Podest, auf dem zwei Throne standen. Der größere und schwerere war leer. Fürstin Ruata saß auf dem kleineren.

Ich trat heran und senkte den Kopf. Mein Herz schlug mir bis zum Hals, genau wie damals bei unserem ersten Kuss. Ich hatte die Wirkung, die sie auf mich hatte, schon wieder vergessen gehabt – eine überwältigende Mischung aus Pheromonen und nonverbalen Botschaften. Das Aroma wilder Erdbeeren umfing mich: Ich schluckte und machte unbewusst noch einen Schritt nach vorn, weil ich so gern mein Gesicht in ihrem Haar vergraben hätte. Das konnte doch nicht richtig sein! Ich riss mich zusammen, setzte mein freundlichstes Gesicht auf und schaute zu ihr auf.

Bumm. Mein Herz rutschte mir in die Knie. Bumm. Vor lauter ekstatischer Verzückung kippte mein innerer Gierschlund einfach nach hinten um. Sie war wirklich etwas Besonderes.

Der Blick der Prinzessin lag auf mir, die Augen glänzend und strahlend. Ein verständnisvolles Lächeln tanzte über ihre Lippen. Sie ergriff als Erste das Wort.

»Seid willkommen, mein Retter. Ihr habt ein Weilchen gebraucht, um die arme Gefangene zu besuchen.«

Konnte es einen reineren Sarkasmus geben?

Sie erhob sich und ging zwei Stufen auf meine Ebene hinunter, die größte Respektsbekundung, die man nur den willkommensten Gästen zuteilwerden ließ. Ich seufzte schwer und ergab mich ihrem Zauber. Es überstieg meine Kräfte, ihm zu widerstehen.

Sie musterte mich prüfend. »Ihr habt Eure Zeit nicht verschwendet. Ihr seid nun stärker. Selbst hier hat man von Euren Taten gehört …«

Ruhm Stufe 3, dachte ich mir.

Ihre Augen weiteten sich. »Ihr tragt das Mal des Gefallenen! Seid Ihr ihm begegnet? Hat er Euch mit seiner Berührung geehrt?«

Da erwachte ich endlich aus meiner Lähmung. Ich spannte den Hals an, der aus unerfindlichen Gründen dort, wo ihn die Klinge der Dunkelheit getroffen hatte, noch immer schmerzte. »Wenn man einen Schwerthieb als Berührung betrachtet – ja, dann könnte man das wohl so sagen.«

Sie schüttelte ungläubig den Kopf und klatschte dann in die Hände. In Windeseile hatte ein Dutzend Dienstboten einen Tisch für zwei gedeckt. Sie deutete auf einen Stuhl mit hoher Lehne.

»Seid mein Gast. Genießt diese herrlichen Speisen und erzählt mir, wo Ihr den Gefallenen getroffen habt. Ich habe das Recht, neugierig zu sein: Denn ich bin die Priesterin des Dunklen Tempels – des einzigen, den wir in unserer Stadt haben. Jede Manifestation des Gefallenen ist mir heilig.«

Ich goss unsere Weingläser voll und nahm einen Schluck, um ihr sowohl meinen Respekt zu erweisen als auch meine trockene Kehle anzufeuchten. »Genau das ist einer der Gründe, warum ich heute hier bin.«

Ich wollte mich nicht zu lange bitten lassen. Trotzdem setzte sie ihr gesamtes Arsenal an Überzeugungskünsten ein, um mir die Geschichte aus der Nase zu ziehen. An den richtigen Stellen entfleuchten ihr kleine Schreckensschreie, wobei sie ihren Mund mit ihrer perfekt manikürten Hand bedeckte. In anderen

Momenten lehnte sie sich so weit zu mir herüber, als ob sie kein Detail verpassen wollte, wodurch sie zugleich noch mehr von ihrer ohnehin schon üppigen Oberweite offenbarte. Ihr Verstand schien allerdings messerscharf zu sein, da sie das Gespräch geschickt durch gezielte Fragen lenkte.

»Ruata, bitte!«, musste ich schließlich flehen. »Bitte heizt meine Triebe nicht unnötig an. Ich werde Euch ohnehin alles erzählen. Außerdem habe ich eine Paladinin als Freundin. Ihr habt uns zusammen gesehen. Wisst Ihr noch?«

Mit einem Lachen überging sie meine Bitte. »Man kann so viele Partner haben, wie man beschützen, versorgen und glücklich machen kann.«

Ihre Worte brachten mich zum Nachdenken. Im Grunde war ich für eine Beziehung gar nicht bereit. Ich konnte mich nicht einmal selbst beschützen, wenn man berücksichtigte, dass ich vor drei Stunden noch am Haken meiner Folterknechte gehangen hatte.

Dabei fiel mir etwas anderes auf: Wo war der Fürst dieses Hauses, sein wahrer Beschützer und Versorger?

Sie bemerkte meinen Blick auf den leeren Thron. Trauer trübte ihr Gesicht. »Der Fürst ist tot. Er starb bei der Verteidigung des Zweiten Tempels gegen die Untoten aus den Clans des Lichts. Sie hatten sich weit in unser Land vorgekämpft. Wir konnten den Tempel nicht halten …«

Ich traute meinen Ohren kaum. »Entschuldigt bitte. Was meint Ihr mit ›Der Fürst ist tot‹? Respawnen Eure Krieger nicht nach der Schlacht?«

Sie schenkte mir ein bedächtiges Nicken. »Der Gefallene ist gütig zu seinen Kindern. Fast immer erfüllt er ihren Wunsch nach einer Wiederbelebung. Doch mit jedem Tempel oder Priester, der ausgemerzt wird, verliert er an Macht. Seit Kurzem lässt er nur allzu oft tote Krieger auf den Gängen seines Palasts liegen. Vier von ihnen kamen nicht aus der Schlacht um den Zweiten Tempel zurück. Für uns sind das herbe Verluste. Das Haus der

Nacht hat keinen Herrscher mehr. Auch das hat unsere Position geschwächt ...«

Ich hatte nicht einmal geahnt, dass NSCs auch dauerhaft sterben konnten. Da fragte man sich, ob das irgendeine schlaue Idee der Entwickler oder nicht doch eher ein Fehler in der Software war. Denn so würde in zehn Jahren sicherlich kein einziger NSC mehr übrig sein. »Warum wählt Ihr nicht einen neuen Fürsten?«

Sie spannte sich an wie ein Puma vor dem Sprung. Sie schaute mir mit ihrem hypnotischen Blick in die Augen und lehnte sich kaum merklich zu mir vor: »Würdet Ihr gern an seinen Platz treten?«

> Achtung: Neuer Quest!
> Der Fürst des Hauses der Nacht
> Der große Fürst wurde bei der Verteidigung des Tempels erschlagen. Seid Ihr bereit, die Bürde der Macht zu schultern und für das Leben Tausender die Verantwortung zu tragen? Beweist Euch als würdig, den Thron des Fürsten zu besteigen!
> Ausführungsbedingungen:
> Clansoberhaupt (erfüllt)
> Burgbesitzer (nicht erfüllt)
> Priester des Gefallenen (nicht erfüllt)
> Ruhm Stufe 5 (nicht erfüllt)
> Stufe über der von Fürstin Ruata (aktuelle Stufe: 171) (nicht erfüllt)
> In der Gunst der Fürstin stehen (erfüllt)

Wow. Das war wirklich ernst gemeint. Ich schaute ihr direkt in die Augen. Sie war begierig, meine Antwort zu hören. Ich schluckte und versuchte, mich zu konzentrieren. »Ruata, ich ... Ich meine, ihr alle ... Braucht Ihr einen wahren Fürsten oder jemanden, der sich nur gut auf dem Thron macht? Wenn ich Euer Fürst werde, erlange ich dann auch die Herrschaft über Euren

Clan? Erhalte ich Zugriff auf die Schatzkammer? Kann ich den Halsabschneidern Befehle erteilen? Werde ich das Recht haben, eigene Entscheidungen zu fällen?«

Erfreut über meine Antwort schloss sie die Augen. »Ihr stellt die richtigen Fragen. Nein, wir suchen nicht nach einem Schoßhündchen, das auf einem bestickten Kissen sitzt. Unser Clan braucht dringend einen Herrscher, der ihn lenkt. Mit vollem Zugang zur Armee und zur Schatzkammer sowie einer umfassenden Entscheidungsgewalt über die Leben der Clanmitglieder. Was eine gewisse Fürstin mit einschließt.«

Herausfordernd erwiderte sie meinen Blick. Ihre Nasenlöcher weiteten sich, vor Aufregung hob sich ihre Brust. Heiliger Bimbam! Ein Gratisangebot mit so vielen Vorteilen! Wo war da der Haken?

Mein innerer Gierschlund hämmerte schon mit seinem Patschehändchen auf »Annehmen«. Der unbestreitbar große Charme der Fürstin drängte mich, es ihm gleichzutun. Ich zögerte noch und versuchte, ihrem Druck nicht nachzugeben, denn ich wollte meine eigene Entscheidung treffen. Ich schloss die Augen, bedachte die Optionen und suchte nach einem möglichen Haken. Doch ich fand keinen. Also nahm ich den Quest an.

Den Kopf leicht gesenkt sagte ich: »Ich danke Euch, Fürstin Ruata, dass Ihr mich dieser Aufgabe für würdig erachtet. Ich werde alles mir Mögliche tun, um zu beweisen, dass ich die richtige Wahl bin.«

Sie schenkte mir ein huldvolles Nicken. »Und ich danke Euch, Laith der Unsterbliche. Dein Name und der deines Clans überschneiden sich in ihrer Bedeutung mit dem unseres Hauses. Ich halte das für ein gutes Omen. Spute dich! Unser Rat besteht darauf, dass ich vier weiteren Helden dasselbe Angebot unterbreite. Geh und tu dein Bestes!«

Den Wünschen dieser Frau musste man einfach Folge leisten. Ich nickte und wischte meinem inneren Gierschlund den sabberverschmierten Mund ab. Mein Posteingang blinkte, als ich eine

PN von Dan erhielt. *Max? Irgendwelche Fortschritte? Wir sammeln uns in zweieinhalb Stunden. Abmarsch um 0300. Du solltest dich lieber beeilen.*

Ich sprang auf. *Schon um drei? Hattet ihr nicht fünf Uhr gesagt?*

Tut mir leid, Kumpel. Unser Fehler. Wir haben vergessen, dass du unsere Sprachregelungen nicht kennst. Man erwähnt nie den wahren Zeitpunkt eines Raids. Um ihn zu errechnen, muss man immer ein bis sieben Stunden abziehen, je nach Wochentag. Es läuft darauf hinaus, dass wir dich hier brauchen!

Die Fürstin warf mir einen wissenden Blick zu. »Ihr müsst aufbrechen, nicht wahr?«

»Ich fürchte, das muss ich. Hört zu: Es tut mir wirklich leid …«

»Das muss es nicht. Sorgt nur dafür, dass Eure Feinde angemessen bestraft werden. Plündert ihre Burgen und macht diese dann dem Erdboden gleich. Nehmt Euch ihr Gold und ihre besten Frauen. So war es schon immer. Das ist der Weg der Starken, auch wenn es nicht der einzige ist. Was Eure Bitte angeht …«

Ich erstarrte und wartete auf ihre Entscheidung.

»Ich werde Euch einige unserer Krieger an die Seite stellen. Fünfzig Halsabschneider. Unsere Elite. Aber … sie kennen Euch nicht. Außerdem sind sie als Streitmacht zu mächtig, als dass man sie Euch leichtfertig überlassen könnte. Deshalb werde ich mit Euch gehen.«

Ich glotzte sie sprachlos an. Sie zwinkerte mir wissend zu. »Ich werde Euch nicht in die Quere kommen. Keine Sorge. Und nur allzu gern möchte ich Eure Paladindame treffen. Männer haben einfach keine Ahnung, wie man sich seine Konkubinen ordentlich aussucht.«

KAPITEL
DREI

Aus einem vertraulichen Schreiben von Sir Archibald Murrow, Mitglied des Aufsichtsrats von AlterWorld, an Dave Rubac, Leiter der Abteilung für Integration und Entwicklung

Dave,
ich bin mir nicht sicher, ob Sie das Gesamtbild von Ihrer Position aus erkennen können, aber die Schlinge um den Hals der Führungsriege wird immer enger. Und wenn ich Schlinge sage, meine ich damit kein Seil, sondern ein Stahlkabel! Alle haben sich entschieden, auf den Zug aufzuspringen und uns weiter unter Druck zu setzen: angefangen bei der Konkurrenz über die freie Presse und die Familien der Permaspieler über die Administration und Gesetzeshütern bis zu Menschenrechtsaktivisten. Überall von Australien bis Zimbabwe hat man Klage gegen uns eingereicht.

Kurzum: Im Aufsichtsrat wird zurzeit über alle möglichen Szenarien nachgedacht. Bei einem dieser Szenarien wird die gesamte Führungsriege nach AlterWorld evakuiert, einschließlich aller Familienmitglieder, des Sicherheitspersonals sowie einer Reihe unserer Freunde. Die Wahrscheinlichkeit, dass dieses Ereignis eintritt, liegt aktuell bei 25 % und wächst jeden Monat um 3 bis 4 %. Rechnen Sie also damit, dass sich jemand diesbezüglich an Sie wendet. Diese Leute werden Ihnen alle Daten präsentieren, einschließlich einiger sehr gruseliger Statistiken, die für sich selbst sprechen. Eines können Sie mir glauben: Die Lage ist nicht gut. Es ist durchaus denkbar, dass man uns einfach zu Sündenböcken macht, und dann können wir uns unsere Forbes-Ränge in die

Haare schmieren. Man wird sich einfach nur freuen, dass Platz frei wird.

Ihre Aufgabe ist es, uns mit einem digitalen Unterschlupf zu versorgen. Nicht wortwörtlich natürlich. Niemand erwartet, dass sie uns einen neue Vault 13 bauen. Im Gegenteil. Wir brauchen eine Festung und einen Trupp vertrauenswürdiger NSCs mitten in befreundetem Terrain sowie eine Goldquelle, die idealerweise unerschöpflich ist. Vergessen Sie nicht, dass digitalisierte Personen technisch gesehen unsterblich sind, und Sie wissen wohl besser als ich, was 5 % Zinsen pro Jahr in dreihundert Jahren aus einem Dollar machen können. Man weiß ja nie, wie die Sache sich entwickelt – es könnte durchaus sein, dass wir eines Tages wieder ins reale Leben zurückkehren.

Bitte bedenken Sie auch die Verantwortung, die hiermit einhergeht. Wir setzen unser vollstes Vertrauen in Sie, und umgekehrt soll Ihnen auch Ihre Loyalität angemessen vergolten werden. Sie erinnern sich an unseren Slogan? Wer für den Konzern arbeitet, der arbeitet für sich und die Zukunft.

AW:
Sir Archibald,
leider scheint ein Eingriff dieses Umfangs in das Spiel außerhalb unserer Möglichkeiten zu liegen. Wir haben allerdings eine Reihe von Analysten darauf angesetzt, alternative Umsetzungen für die von Ihnen in Auftrag gegebene Anfrage zu erarbeiten. Wir erschaffen derzeit eine Reihe einzigartiger Quests, die nur wir abschließen können. Wir vergraben Schätze, zerteilen einzigartige Artefakte und machen den Zugang zu gewissen bisher unentdeckten Orten technisch unmöglich.

Bereits jetzt steht uns eine recht umfangreiche Zahl an Optionen offen. Ich kann Ihnen versichern, dass wir im Notfall eine buchstäblich optimale Ausgangslage haben werden.

Ich kontaktierte Dan, um mir die Koordinaten und einen temporären Digitalschlüssel zu besorgen, mit dem ich einen Portalausgang auf dem Gelände der Burg erschaffen konnte. Der Dunkelelfenmagier versicherte mir, dass die Daten ausreichend wären, um die Halsabschneider in zehn Minuten zu transportieren.

Die Ankunft von fünfzig unbekannten Kriegern in der Portalhalle löste trotzdem eine ganz schöne Panik aus und hätte fast zu Blutvergießen geführt. Anscheinend war der Umstand, dass ich mit Verstärkungen kommen würde, irgendwie in der Befehlskette untergegangen. Dementsprechend knallte das Fallgitter zu, das die Portalhalle vom Rest der Burg trennte, während sich klappernd Mordlöcher öffneten und Soldaten von den Diwanen im Wachraum aufsprangen.

Eric war der Retter des Tages, denn er bemerkte mein verdattertes Gesicht mitten in der Menge.

»Halt! Stopp! Halt, ihr Idioten!«, schrie er aus vollem Hals. »Dan! Hier ist Eric in der Portalhalle! Komm schnell her, bevor sie Hackfleisch aus Max und seinen Dunkelelfen machen!«

Dan reagierte rasch und gab Entwarnung über den allgemeinen Kanal. Umgeben von einem Dutzend Eliteleibwächtern betrachtete Ruata die Szene skeptisch.

Dan hielt mir die hochgereckten Daumen entgegen. Dann schaffte er es, mich zu überraschen. Er trat an die Prinzessin heran und verbeugte sich tief. »Seid gegrüßt, Fürstin Ruata, Herrin des stärksten Hauses der Dunkelelfen. Wahrlich, Eure Krieger sind die Besten unter den Dunkelelfen.«

Die Dame senkte den Kopf und nahm das Kompliment mit nüchterner Würde entgegen. Es stellte sich aber die Frage, wie viel davon tatsächlich ein Kompliment war. Im Gegensatz zu Dan wusste ich nicht viel über das Haus der Nacht oder seine Geschäfte.

Dan brachte uns nach draußen und überquerte den Hof in Richtung des Bergfrieds. Die Halsabschneider schlossen sich den anderen Mitgliedern des Raids an, die dabei waren, die Buff-, Nachschub- und Kommunikationskanäle zu öffnen.

Der Hof wurde vom Licht brennenden Öls in Wannen geflutet. Mehrere Hundert magische Fackeln erfüllten die Luft mit dem feinen Duft von Zedernholz. Von außen war von all dem nichts zu sehen, da die Burg bereits unter einer Kuppel der Dunkelheit lag, die einer der Todesritter aus dem Dunklen Zweig des Clans errichtet hatte – ein standardmäßiger Vorgang bei Code Orange. Ich meinte mich zu erinnern, diese Fähigkeit schon in einem der Zweige des Fähigkeitenbaums gesehen zu haben. Andererseits konnte es aber auch irgendein krasses Artefakt sein. Der Steuerraum – das Allerheiligste der Burg – war wahrscheinlich vollgestopft mit Akkukristallen und anderen Artefakten, insbesondere deshalb, weil sie traditionell die letzte Verteidigungslinie war und sowohl maximalen Schutz bieten als auch möglichst autark operieren können sollte.

Eine sehr schläfrige Taali stolperte an uns vorbei. Sie strahlte mich an, doch ihr Grinsen wurde schnell durch einen entrüsteten Blick ersetzt, als sie die Fürstin bemerkte. Wutschnaubend schritt sie auf uns zu und schüttelte dabei ihr herrliches Haar aus. Ich sah den Beginn eines echten Zickenkriegs heraufdämmern.

Die Fürstin wandte sich zu ihr um und lächelte sie einladend an. Nun erinnerte das Ganze an ein Duell zwischen einer Python und einem Kaninchen. Taali schien bei jedem Schritt ein bisschen kleiner zu werden. Sie hielt nicht mehr ganz so entschlossen auf uns zu, und ihre geröteten Wangen verrieten ihre Gefühle. Schließlich verlor sie die Nerven und tauchte unter meinem Arm durch, während sie mich packte und dabei etwas Unverständliches murmelte.

Sie stellte sich auf die Zehenspitzen und flüsterte mir ins Ohr: »Musstest du die denn wirklich hierherbringen?«

»Entschuldige, Liebling. Wir brauchten mehr Leute, wenn wir diesen Bastarden eine Lektion erteilen wollen. Die Fürstin hat freundlicherweise ihre Truppen angeboten. Und es wird unseren Anteil an der Beute ganz beträchtlich vergrößern.«

Das schien sie allerdings gar nicht hören zu wollen. Ihr Blick streifte umher. »Erinnerst du dich noch an das, was du über Pheromone gesagt hast?«, hauchte sie fast geräuschlos. »Meinst du, die wirken auch auf … Frauen?«

Als sie meinen verwunderten Blick erwiderte, errötete sie und rammte mir den schlanken, aber nichtsdestominder harten Ellbogen in die Rippen. »Das ist kein Witz!«

Ich antwortete lediglich pantomimisch: Ich schloss meinen Mund ab und warf den Schlüssel weg. Das meinte ich jedoch nicht als Witz. So dumm bin ich nicht.

Die Fürstin mit ihren feinen Elfenohren hatte sicherlich jedes Wort unseres Gesprächs gehört. Sie lachte – ein weicher, wohliger Laut, der sowohl Taali als auch mich überraschte. Tausend sanfte Schauer liefen mir das Rückgrat herunter. Diese Frau war wirklich ein wahr gewordener Liebestraum auf zwei Beinen.

Ich drückte Taalis Hand. »Lass es ruhig angehen, Mädchen.« Ich brachte mein Gesicht dicht an ihres. »Ich bin auch aufgewühlt. Ich bin mir nicht sicher bei den Pheromonen, aber ich weiß, dass Schallfrequenzen von 250 Hertz sich auf die Sexualität auswirken können. Vergiss auch nicht, dass sie eine Dunkle Priesterin ist. Sie hat so einige Asse im Ärmel. Ich glaube, ich werde etwas nachforschen müssen – das Wiki erwähnt mit Sicherheit irgendeinen abseitigen Zauber, der ihre Magie neutralisieren kann. Es wird nicht gehen, dass sie ständig versucht, mich um den Finger zu wickeln.«

Taali nickte. »Tut mir leid, aber ich kann das nicht so stehen lassen.«

Sie schüttelte die Mähne aus und glitt an meine Seite, um sich zwischen mich und die Fürstin zu drängen. Ruata erwiderte ihren finsteren Blick mit einem Lächeln und schenkte mir ein kaum wahrnehmbares Zwinkern. Oh. Es wurde Zeit, dass ich mir einen Aluhut besorgte.

So gingen wir zu der kleinen Halle, in der unser Hauptquartier untergebracht war. An den Wänden hingen überall Pläne der Waldburg. Keine Ahnung, wie sie nun wieder an die herangekommen waren. Eine weitere große Karte zeigte die Umgebung. Ein Analyst fügte eilig Details hinzu: Offenbar hielt er sich dabei an die Berichte unserer verstohlenen Schurken, die das Gelände der Burg im Schutze der Dunkelheit auskundschafteten.

Der General bedachte uns mit einem knappen Nicken und verbeugte sich dann vor der Fürstin, um sich für ihre Truppen zu bedanken. Der Offizier vom Dienst eilte heran, um uns ins Bild zu setzen.

»Vier Schurkengruppen mit je fünf Mann sind vor zwei Stunden auf den Feind vorgerückt. Sie sind bereits um die Burg in Stellung gegangen. Sie haben bisher drei gegnerische Vorposten und eine Kette von Wachzaubern entdeckt. Sie tun noch nichts dagegen – es wäre Unsinn, den Gegner jetzt schon zu alarmieren.«

Eine Kellnerin, die ihre Runde mit einem Tablett voll dampfendem Kaffee machte, war endlich bei uns angekommen. Der Offizier rieb sich die roten Augen und nickte ihr zu, als er eine Tasse nahm. Wir schlossen uns ihm alle an und probierten das köstliche Getränk. Vorsichtig nahm Ruata einen Schluck und erstarrte dann, als würde sie sich vollständig auf ihre eigenen Empfindungen konzentrieren. Sie hatte doch bestimmt vorher schon mal Kaffee getrunken, oder nicht?

Der Offizier fuhr fort: »Leider werden die bestmöglichen Brückenköpfe zum Verdichten unserer Angriffsstreitmacht allesamt überwacht. Also werden wir direkt vorrücken müssen. Zwei Zauberergruppen mit Unsichtbarkeitszauber und magischer Deckung sind bereits in Stellung ungefähr neunzig Meter von den Burgmauern entfernt. Auf unser Signal hin erzeugen sie stationäre Portale direkt auf den Hof der Burg. Die erste Front sollte innerhalb von neunzig Sekunden stehen. Max, wie weit reichen deine Fähigkeiten?«

Einen kurzen Moment starrte ich ihn geistesabwesend an, bis ich verstand, worauf er anspielte. Ich schaute in meinem virtuellen Zauberbuch nach dem gesuchten Spruch. »Sechsunddreißig Meter.«

Der Offizier schnitt eine Grimasse und spitzte die Lippen. Er kratzte sich den Kopf und wandte sich an Frag. »Ein Problem, Genosse General. Die Reichweite des Todesritters ist sechsunddreißig Meter. Das bedeutet etwa eine zusätzliche Minute Fußweg vom Portal. Außerdem ist er dann in Reichweite der Armbrüste und Glevenwerfer sowie der Magie. Sie werden den Zauber bannen.«

Frag runzelte die Stirn und dachte nach. »Max, du gehst in einer halben Stunde auf eigene Faust in Position. Ich gebe dir acht Verzauberer und zwei Nekros als Batterien mit. Sie können dir jeweils ungefähr tausend Mana übertragen. Das ist nicht viel, die Übertragungsquote ist einfach zu schlecht. Es sollte aber trotzdem für ein Schild der Bastionsklasse reichen. Ich gebe dir auch noch fünf von Leutnant Sengers Zauberern mit, damit sie eine Mindere Kuppel der Macht auf dich wirken. Ich würde dir auch ein paar Schurken als Deckung mitgeben, aber wir haben keine zu entbehren. Tut mir leid. Und ... Ich würde vorschlagen, dass du auch noch fünf von deinen Halsabschneidern mitnimmst. Achte nur darauf, dass die Unsichtbarkeit aufrechterhalten wird.«

Ein Leutnant mit aschfarbenem Haar fügte gleichgültig hinzu: »Manatransfusion hat eine Abklingzeit von zehn Minuten. Wir sind dann erst mal aus dem Geschäft. Also zählt nicht auf uns.«

»Ich weiß.« Der General nickte. »Wie viel Schaden kann die Kuppel einstecken?«

»Dreißigtausend. Danach gibt es einen großen Knall, und wir liegen alle auf dem Boden und können der Rotze beim Fliegen zuschauen.«

»Das reicht nicht. Wir geben dir Brauns Gruppe. Sie wirken einen neuen Zauber, falls die Kuppel unter zwanzig Prozent fällt. Aber mehr kann ich wirklich nicht tun. Ich werde nicht meine am besten ausgebildeten Leute opfern. Die brauche ich alle, sobald die Schlacht in die entscheidende Phase kommt.«

Leutnant Senger zuckte die Schultern. »Wir können damit anfangen, dass wir etwas Nebel wirken«, bot er an. »Eine ganze Menge sogar. Er wird so um die drei Minuten halten. So müssen die Katzen ihr Schussfeld sehr weit streuen, was den Schaden minimieren sollte.«

»Ausgezeichnet«, meinte Frag. »Das ist es. Macht euch ran!«

»Jawohl, Genosse General«, bellte der Offizier und notierte sich seine Befehle auf seinem Klemmbrett. »Max«, fuhr er fort. »Bei deinen Zielen scheint Klarheit zu bestehen. Jetzt zum großen Ganzen. Sobald die Kuppel erledigt ist, schalten wir das Haupttor aus. Es hat in etwa hunderttausend Trefferpunkte. Wir sollten also ungefähr eine Minute dafür brauchen. Die erste Vorhut der Sondereinsatzkommandos säubert den Hof, erreicht die Teleportplattform und übernimmt sie, um sich den möglichen Verstärkungen des Gegners und etwaigen Drückebergern zu stellen. Die zweite Verstärkungskompanie nimmt den Bergfried und den Steuerraum ein. Um die Burg in unseren Besitz zu bringen, muss eine Gruppe von vierzig Leuten das zentrale Artefakt zwölf Minuten halten – was durchaus machbar ist. Die Halsabschneider – oder vielmehr zwei Drittel von ihnen – räumen auf den Mauern und Ecktürmen auf und gehen dabei vor allem gegen die NSC-Wachen vor. Das dürfte perfekt für die Dunkelelfen sein und ihnen auch noch ein paar EP verschaffen. Das restliche Drittel rückt vor, um die HQ-Gruppe zu verstärken. Die Priorität des Generals ist es, den Kerker im Keller einzunehmen, bevor der Feind Gelegenheit hat, Beweise zu vernichten oder Gefangene zu verlegen. Dorthin werden also die HQ-Gruppe und die Dunkelelfen vorrücken, gefolgt vom HQ-Stab und einem Dutzend Reservewachen. Wir müssen mit äußerster Vorsicht vorgehen. Es müssen so viele Ziele wie möglich lebend gefangen genommen und der zweiten Welle übergeben werden. Halte die Augen und Ohren offen und schau in die Kommunikationskanäle. Bleib an Ort und Stelle, wenn du getötet wirst, da die Kleriker stehenden Befehl haben, alle Leichen binnen zwei Minuten nach dem Sterben wiederzubeleben. Das sollte es im Grunde sein. Jetzt ...« Er schaute mich und die anderen der Reihe nach an. »Jetzt geht ihr alle nach unten, steigt bei dem Raid ein und schließt euch mit mehreren Unterstützungstrupps zu einer Gruppe zusammen. Leutnant Braun ist für die erste Phase verantwortlich. Sobald er in der Schlacht ist, müsst ihr selbst auf euch und die Halsabschneider aufpassen.«

Sie weigerten sich, Taali mitzunehmen. Stattdessen wurde ihr die ebenso wichtige, aber sichere Aufgabe übertragen, die Newsfeeds aus der wirklichen Welt sowie die Gästeforen der Katzen und Alten zu überwachen. Wir mussten wissen, wie schnell sie reagierten und wer als Erstes Wellen machen würde.

Jeder hatte seine Aufgabe. Ich erhielt zwei Einladungen, je eine für die Gruppe und den Raid. Beide nahm ich an. Ich verbrachte die nächsten zehn Minuten ordentlich in Reih und Glied aufgestellt, während die Zauberer Buffs auf den kompletten Raid wirkten. Ihre Zauber hatten meine Kraft in einigen Bereichen verdoppelt: Gesundheit, Stärke und die Magieresistenzen aller Klassen. Die ideale Zeit, ein paar Stufen zu soloen! Am Rande hatte ich mitbekommen, dass die Kosten für die ganzen Buffzutaten bei etwa dreißigtausend Goldstücken lagen.

Während ich wartete, spielte ich mit den Chatfenstern herum, um mir eine Raid-Einstellung zu erstellen und zu speichern. Schon von der schieren Zahl der Kanäle kamen mir fast die Tränen: der Raid-Chat, der Gruppen-Chat, der Chat für den HQ-Stab, der Kampf-Chat und Privatchats sowie der lokale Chat für jeden, der zufällig vor Ort war. Der absolute Wahnsinn.

Dann gab der Quartiermeister mir als Hybridklasse je zehn Lebens- und Mana-Elixiere aus. Er erinnerte mich daran, dass ich etwaige Reste nach der Mission abgeben und Screenshots vom Einsatz der Tränke machen sollte, um zu belegen, dass ihre Verwendung auch gerechtfertigt gewesen war. Ja, genau. Geschenkt ist geschenkt, und wiederholen ist gestohlen. Das waren richtige Spitzenelixiere, die jeweils neunhundert Punkte wiederherstellen. Da dürfte es am Ende wohl kaum einen Überschuss geben, dachte ich mir, als ich die Phiolen auf meine Schnellzugriffsfelder legte. Mein innerer Gierschlund schnappte sich ein Wischtuch und begann, die Phiolen liebevoll aufzupolieren und ins Licht zu halten wie ein Barmann einen besonders edlen Tropfen.

Schließlich löste sich unsere sechsundzwanzigköpfige Gruppe vom Rest und teleportierte sich ins Revier der Katzen. Wir landeten an einem von unserer Aufklärung ausgewählten Ort, der weniger als anderthalb Kilometer von der Burg entfernt lag. Ein schneller Unsichtbarkeitszauber, dann setzten wir uns auf den Boden und warteten auf das Signal zum Vorrücken. Ich glaube, ich machte sogar ein kleines Nickerchen.

Ein Stupser an der Schulter holte mich in die Realität zurück. Die ganze Gruppe war bereit und wartete auf mich.

Leutnant Braun postete einen Befehl im Gruppenchat:

Angriff in fünfzehn Minuten. Unsichtbarkeit erneuern, dann weiter zum Aufmarschgebiet.

Ich schaute ins Chatfenster des Raids und rechnete fast schon mit einem Weltuntergang. Von wegen! Dank ihrer Disziplin gelang es den Veteranen doch immer wieder, mich zu überraschen. Der Chat war perfekt organisiert und bestand aus Stabsberichten, die nur kurz unterbrochen wurden, wenn erfahrene Offiziere Befehle gaben. Ganz wie das Kontrollzentrum einer Weltraummission.

Wir sprangen ein wenig auf und ab, überprüften klappernde Ausrüstung und trotteten dann zu der Stellung, die unsere Schurken ausgewählt hatten.

Sechsunddreißig Meter. Das fühlte sich schrecklich nah an. Die Burgmauern ragten drohend vor uns auf, und zwischen den Zinnen waren die Schatten der Wachen zu sehen. Der scharfe Stachel eines Glevenwerfers funkelte im Fackelschein. Bereits jetzt war die Burg von gut fünfzig fähigen Kriegern umringt. Jeden Moment würde sich diese Zahl vervielfachen.

Leutnant Braun bewegte die Lippen, während er zuschaute, wie auf dem Timer die Sekunden abliefen. Auf sein Zeichen hin tranken wir alle unsere Mana-Elixiere. Wir würden sie brauchen.

Der Geschmack von Zimt klebte in meinem Mund, und das Ploppen stationärer Portale klang schrecklich laut durch die Nacht. Zauber zischten. Der Nebel um uns wurde dichter. Die Party konnte steigen!

Unmittelbar nach dem Wirken des Nebelschilds bildeten Leutnant Sengers Zauberer einen Kreis und spannten die Mindere Kuppel der Macht um uns herum auf. Während sie das taten, wählte ich die Burg als Ziel und aktivierte die Astralmanazerstreuung. Der Boden unter uns erbebte, als der schwarze Wirbel langsam seinen kreisenden Tanz aufnahm. Einer der Typen von den Sondereinsatzkommandos fluchte kräftig. Ein schneller Haken auf die Leber schnitt ihm umgehend das Wort ab. Jetzt konnten wir das Schutzfeld der Burg klar erkennen, als der schwarzgraue Blitz sich darüber verzweigte und die Magie aus dem Zauber quetschte, um sie zu verschlingen.

Hinter den Burgmauern wurde Alarm gegeben und Glocken geläutet. Mehrere mächtige Feuerbälle schossen in den Himmel, von wo aus sie das Schlachtfeld erleuchteten – darunter auch die dunkle Masse an Kriegern, die aus Portalen kam und in Stellung ging. Ein Glevenwerfer schnalzte, direkt danach ein zweiter. Die erste Gleve sah ich nicht. Die zweite traf die Kuppel und prallte nach oben ab. Die Magier zuckten zusammen und absorbierten die Abklingzeit. Dreißig Sekunden …

Wir waren der dichteste und rätselhafteste Gegner für unseren Feind – und daher auch sein Hauptziel. Man stelle sich einen nebligen Kreis mit fünfzehn Metern Durchmesser vor, in dessen Mitte ein schwarzer Wirbelsturm tanzte. Der Gegner musste also nur erkennen, dass eine Verbindung zwischen unserer Anwesenheit und der in schwarze Blitze gehüllten Kuppel bestand.

Mir blieb lediglich die Hoffnung, dass der Gegner gezwungen war, übereilt zu handeln, und dadurch Fehler machte. Das todesfeeartige Geschrei ihrer Zauberer, die melden mussten, dass die Akkukristalle leer gesaugt wurden, würde mit Sicherheit dazu beitragen.

Im Moment hatte ich alles Mana, das ich brauchte. Die Verzauberer des Clans arbeiteten in Paaren und übertrugen mir nach und nach ihre gesamten Vorräte.

Sechzig Sekunden. Der Druck auf die Kuppel wurde immer größer. Die Glevenwerfer feuerten alle zehn Sekunden, und ununterbrochen wurden wir mit Armbrustbolzen beharkt. Schließlich brachte der Gegner die dicken Kaliber zum Einsatz. Der Himmel flammte in einem Kristallhagel auf. Eine Wolke aus Meteoren fegte wie Leuchtspurmunition über uns hinweg. Die Schießscharten spien Flammen aus, die unseren nebelumhüllten Kreis umspielten. Feuer erhob sich über unsere Köpfe und fauchte wie eine Esse. Die für die Kuppel verantwortlichen Zauberer wurden von Sekunde zu Sekunde blasser. Dem einen lief das Blut aus der Nase, dem anderen von der zerbissenen Lippe. Der dritte stöhnte und fasste sich an den Kopf.

»Die Kuppel!«, blaffte Braun seine Magier an.

Nach einem kurzen Augenblick spannte sich eine zweite Kuppel der Macht zur Unterstützung der ersten über unserer Gruppe. Sie kam auch keinen Moment zu früh. Die erste Kuppel explodierte in Millionen Kristallsplitter, und ihre fünf Caster brachen am Boden zusammen. Ein bereits leer gesaugter Verzauberer kümmerte sich um sie und flößte den blasslippigen Magiern ein türkises Elixier ein.

Achtzig Sekunden. Die Formation der Veteranen in der Ferne kam in Bewegung und überquerte blitzschnell die verbleibende Distanz zur Burg. Laut den Berechnungen des HQs sollte deren Verteidigung in drei oder vier weiteren Ticks zusammenbrechen. Da der Gegner nun plötzlich interessantere Ziele zu Gesicht bekam, ließ sein Druck auf uns etwas nach. Zwei Nekros, unsere letzte Reserve, begannen uns mit ihrem Mana aufzupumpen. Der Leutnant schaute erst zu mir und dann zur Burg, als ob er fragen wollte, wo denn das versprochene Ergebnis blieb. Der gesamte Einsatz stand auf dem Spiel. Wir hatten fast kein Mana mehr. Die zweite Kuppel war kurz davor, den Geist aufzugeben. Und die Verteidigung des Gegners hielt immer noch. Es sah ganz so aus, als hätten wir die Katzen unterschätzt.

Die Nekros hoben ausgelutscht die Hände. Mein Mana war bei 40 %. Das würde für etwa fünfzehn Sekunden eigenständiges Wirken des Hochzaubers reichen. Zwei oder drei Ticks. Danach hieß es: *Hasta la vista, Baby*.

Die Zeit lief uns davon. »Das war's«, ächzte Braun.

Mit einem Bersten brach die zweite Kuppel zusammen. Ein Armbrustschuss traf mich an der Hüfte. Meine passiven Schilde hielten etwa dreitausend Schaden aus. Solange ich die hatte, konnte ich den Zauber aufrechterhalten. Die Flammen brüllten und schlugen bis über unsere Köpfe hoch. Wolken aus giftigem Rauch verstopften uns die Lungen, Dornen stießen aus dem Boden hervor und durchbohrten uns die Füße. Die Magier des Gegners wollten sichergehen, dass wir beschäftigt waren. Was für ein seltsames Gefühl, inmitten des Feuers zu stehen wie eine Schaufensterpuppe, ohne dabei irgendetwas zu spüren, weil der Schild nicht nur den Schaden, sondern auch den Schmerz absorbierte. Dank der Entwickler und dem Gefallenen *gab* es keinen Schmerz.

Mit einem leisen Tick erreichte der Zauber seine letzten Momente. Doch die Verteidigung des Feindes hielt. Sinnlos. Alles sinnlos. Die Wucht der einsetzenden Abklingzeit drückte mich nach unten, sodass ich fast bis zu den Knöcheln im Boden versank.

Ich schloss die Augen. Ich hatte alle enttäuscht.

»Lass mich dir helfen«, flüsterte mir eine vertraute Stimme ins Ohr, während mein Manabalken sich wieder bis zum Maximum füllte. Einen kurzen Augenblick verfinsterte ein dunkler Schemen die Sterne.

Achtung: Neuer Buff! Ihr habt einen unbekannten Buff erhalten: *#@$$@#@!
Effekt: Stellt 100 % Mana wieder her und gewährt 30 Sek. lang Schutz vor allen Arten von Schaden.

»Danke, Gefallener. Ich schulde dir was«, krächzte ich.

Der Gefallene erweiterte meinen Kreditrahmen. Was alles schön und gut war – bis der Zahltag kam.

Neue Stärke quoll mir aus jeder Pore, und die Abklingzeit ließ mich aus ihren Fängen. Meine Lungen fühlten sich nicht mehr wie beißender Rauch an. Die Knochendornen unter meinen Füßen wurden zermalmt, da sie den unsichtbaren göttlichen Schutz nicht zu durchdringen vermochten. Meine Waffengeschwister drohten allesamt zu sterben. Da sie sich zwischendurch nie hatten erholen können, hatte sich die Stellung der Zauberergruppe in ein Massengrab verwandelt. Die Verzauberer versuchten, Portale zu nutzen, doch wie sollten sie ein persönliches Tor erschaffen, wenn fünf oder sechs schwächende Zauber des Gegners auf ihnen lagen? Leutnant Braun starrte mich irritiert an und verstand nicht, wie ich immer noch am Leben sein und weiterzaubern konnte. Er wollte offenbar keinen unnötigen Tod sterben, doch zugleich wollte er mich auch nicht von meiner Entscheidung abhalten. Daher traf er die einzig mögliche Entscheidung: Er löschte mich aus der Gruppe und brachte alle mit einem Evakuierungsportal an einen zufälligen Ort.

Da stand ich also nun ganz allein inmitten eines Dutzend Gräber und einem Halbkreis aus Halsabschneidern, die mich mit ihren Körpern abschirmten. Ich erwiderte den Blick des Anführers und nickte: *Verduftet.* Er schloss kurz die Augen und schüttelte dann den Kopf. Er hatte seine Befehle. Nach einem kurzen Moment brachen die Dunkelelfen alle gleichzeitig zusammen. Jetzt war ich wirklich vollkommen allein.

Peng! Die Erde brach auf, als die Kuppel über der Burg in Milliarden von Fragmenten zerbarst. Wir hatten es geschafft! Der

Kampfschrei der Veteranen zerriss die Luft, als sie auf das Haupttor der Burg zustürmten. Zwei Dutzend Krieger und Bogenschützen machten sich die Waffen an der Eichentür stumpf, und hundert Magier setzten Kilotonnen von Mana pro Sekunde ein, die sie in die unterschiedlichsten Arten von magischem Schaden verwandelten.

Die Burg wehrte sich nach besten Kräften. Brennender Teer tropfte herab, Armbrüste und Glevenwerfer entfesselten einen Sturm schwirrender Bolzen. Mit einem dumpfen Schlag schleuderte ein Trebuchet auf einem Turm des Bergfrieds einen zwei Tonnen schweren Felsen auf die zweite Reihe unserer Krieger. Ja, aber trotzdem ... war dies nur ein Aufbäumen. Selbst ich, der ihnen gefährlich nahe war und noch immer auf der verglasten Erde stand, konnte sehen, dass die Katzen die Front nicht hatten halten können.

Kaum eine halbe Minute später ächzten die Tore und brachen zusammen, sodass eine wahre Flutwelle von Leibern durchbrechen und die dünne Verteidigungslinie und alles um sie herum überrennen konnte. Bisher war die Operation ein Erfolg. Nun ging es an den zweiten Teil der Show: die Einnahme der Burg.

KAPITEL
VIER

Aus den Chat-Logs eines unbekannten Zuschauers
Zeit: Jetzt
Ort: Einem Rückzugsort hundertfünfzig Meter vom Haupttor der Burg entfernt

- Sie gehen rein. 0300. Genau wie es uns gesagt wurde.
- Der Einsatz eines Zaubers des Hochkreises wurde registriert …
- Nein, Sir. Leider konnten wir den Namen des Casters nicht feststellen. Die Gruppe wird von einem Nebelschild geschützt.
- Verstanden. Ich füge alle ermittelten Namen zu Liste 12 hinzu.
- Ich beobachte das Eingreifen einer dritten Kraft. Vermutlich eine Struktur der Klasse A. Ein unbekannter Zauber wird registriert. Das ist ein Buff. Ein nicht kategorisierter.
- Liste 12 ist aktualisiert. Der Name des Casters konnte ermittelt werden. Zugewiesener Codename: Marionette.
- Verstanden. Liste der priorisierten Ziele wurde aktualisiert. Marionette als Nummer 2 hinzugefügt.
- Verstanden. Leite jetzt den Countdown ein. 30 Minuten bis zur Z. Die Gruppe ist bereit. Wir werden Sie nicht enttäuschen.

Ich hatte die Mana- und Lebenselixiere runtergekippt und saß auf dem noch immer heißen Boden inmitten des neu entstandenen Friedhofs. Das Interface blinkte auf, als ich eine Nachricht von Leutnant Braun bekam.

Bleib an Ort und Stelle und geh es ruhig an. Kleriker aus der Reserve sind auf dem Weg zu dir. Sie werden alle wiederbeleben.

Ich tippte *Okay* ein und zuckte die Schultern. Warum sollte ich es auch nicht ruhig angehen? Ich konnte mir das Gemetzel auf den Burgmauern aus der ersten Reihe ansehen, bei dem ab und an die Leiche einer Wache in den Burggraben plumpste. In gewisser Weise war es ein bisschen wie ein Neujahrsfeuerwerk: ohrenbetäubende Explosionen und Blitze, vermischt mit dem Klirren von Metall und richtig fiesen Flüchen. An so was hatten Männer nun mal Spaß: die bösen Buben grün und blau schlagen, ohne dafür Ärger zu kriegen. Mir war aber aufgefallen, dass etwa ein Drittel aller Veteranen Mädchen waren. Zwar nicht bei den Sondereinsatzkommandos, doch selbst da gab es so manche wilde Walküre.

Ich machte mir eine geistige Notiz, das Geschlechterverhältnis unter Permaspielern nachzuschlagen. Das konnte noch eine echte Zeitbombe werden. Natürlich gab es eine Menge weiblicher NSCs – allein die Dunkelelfenfürstin war ja schon ihr Gewicht in Gold wert. Doch das war kaum ein Ersatz. NSCs waren eben nur das: Nicht-Spieler Charaktere. Sie waren als Kinder nie nach Disneyland gefahren, hatten nicht die gleichen Bücher gelesen, und von Musik hatten sie auch keine Ahnung. Es konnte sich also zu einer echten Herausforderung für sie entwickeln, irgendwie zu lernen, wie sie zu Seelenverwandten für Menschen wurden.

Zwei Heiler trafen ein. Drei Krieger mit mittlerer Stufe, die im Fall der Fälle für Deckung sorgen sollten, krochen hinter ihnen im Eidechsengang über den verglasten Stein. Der erfahrenste Kleriker hielt an, schätzte die zu erwartende Arbeit ein und schickte dann Nachrichten an den Sanitätskanal, vermutlich um Verstärkung zu rufen. Vierzehn Wiederbelebungen nebst den ganzen Rebuffs – das war definitiv zu viel Arbeit für die beiden allein. Und inzwischen war unser Tempo unser Hauptvorteil. Ich wandte mich wieder der Burg zu. Die Scharmützel auf den Mauern kamen zum Erliegen, und die mattschwarzen Rüstungen der Halsabschneider waren dort droben eindeutig in der Überzahl. Der Glevenwerfer auf dem Nordturm brannte langsam vor sich hin. Gegenüber spuckten die Schießscharten des Südturms dichte Rauchwolken aus, die offenbar von irgendeiner magischen Gräueltat herrührten. Die Fronttruppe war bereits durch die Tore, dicht gefolgt von einer kurzen Kolonne von Kämpfern aus dem HQ. Als ich mir die dicht geschlossenen Reihen der Dunkelelfenkrieger unter ihnen so anschaute, kam ich zu dem Schluss, dass auch die Fürstin irgendwo dort sein musste.

Eine feierliche Fanfare erklang hinter meinem Rücken, als sich die Himmelstore auftaten. Der Wiederbelebungszauber war wirklich ein toller Anblick. Die Idylle wurde von Leutnant Braun ruiniert, der herzhaft fluchte, als er die umliegende Zerstörung und den neu entstandenen Friedhof in Augenschein nahm. Letzterer war schon eindrucksvoll, wie ich zugeben musste: Übersät von Grabsteinen wirkte das Terrain, als wäre es von einer Artilleriekanonade aufgewühlt worden.

Die eintreffende Klerikerverstärkung machte richtig Druck. In weniger als drei Minuten waren alle Toten wieder auf den Beinen. Die Verzauberer traten den Heimweg an, während die beiden Zauberergruppen ungeduldig auf einen Rebuff warteten, rauchten und sich leise unterhielten. Sie sprachen über den Hochzauber und verfluchten den Umstand, dass die NSCs auf den Mauern dank ihrer paranoiden Waldkatzengebieter stets so wachsam waren. Abgesehen von den üblichen Truppen hatten die Katzen dort auch verstärkte Ballisten zusammen mit einigen zusätzlichen Zauberern postiert – was sie ein Vermögen gekostet haben musste.

»Ich kann nicht für viel garantieren«, sagte der Oberquacksalber. »Meine Buffs sind zwar alle Stufe 160, aber das sind persönliche und keine Raidbuffs.«

Eine neue Batterie Elixiere wurde entkorkt, während die Zauberer schnell ihre magischen Kräfte auffüllten. Ich hatte das komische Gefühl, dass mir der Zimtgeschmack bald zum Hals heraushängen würde, wenn ich im Zuge eines Raids Dutzende von Elixieren schlucken musste. Das kann ja jeder selbst einmal ausprobieren: ein Löffel Zimt alle fünf Minuten … Mal schauen, wie lange man das erträgt.

Leutnant Braun funkelte vor lauter Sprüchen, die er gewirkt hatte, und brüllte über die Kakophonie hinweg: »Max! Die Verstärkung ist schon aufgebrochen. Wir müssen auch mal unseren Arsch in Gang setzen, um die Front zu verstärken. Du solltest nicht allein hierbleiben. Düse lieber ab zu den HQ-Leuten, damit du so gut wie möglich geschützt bist. Außerdem bist du dann mitten im Geschehen. Komm schon. Los mit dir. Ich behalte dich im Auge, so lange ich noch kann.«

Ich nickte, folgte seiner Logik und dem Befehlston in seiner Stimme und machte mich daran, möglichst rasch die Jungs vom HQ einzuholen, die durchs Haupttor vorrückten. Fünf Halsabschneider am Ende des Zuges erkannten mich und traten zur Seite, sodass ich in Richtung der Fürstin und einiger Dunkelelfenmagier mit neutraler Miene weiterkonnte. Eine Gruppe von Rücken ordnete ich Dan, dem General und zwei Dutzend anderer Offiziere und HQ-Sicherheitsleute zu.

Dann erhoben sich mehrere Schäfte schwarzen Lichts um die Fürstin herum. Erst nur zwei, dann zwei weitere und danach noch einer zum Schluss. Einen Augenblick später neigten fünf gerespawnte Krieger das Haupt vor ihr. Einer unauffälligen Geste von ihr folgend umgaben die fünf Leibwächter mich wieder. Ich schaute auf die Uhr. Anscheinend lag die Respawnzeit der Halsabschneider bei zehn Minuten, und ihr Bindeort schien die direkte Umgebung der Fürstin zu sein. Ich hatte schon von dieser Fähigkeit der Hausoberen der Dunkelelfen gehört. Ich machte mir eine geistige Notiz – nur für den Fall der Fälle. Man wusste ja nie, wann man so etwas noch brauchen konnte, insbesondere dann, wenn unsere Lebensspanne sich bis in die Unendlichkeit erstreckte.

Während ich der Prinzessin dankbar zunickte, tippte ich gleichzeitig eine kurze Nachricht an Taali, die inzwischen sicher ganz außer sich war. So etwas in der Art von: *Es läuft gut. Die Kuppel ist erledigt. Alles läuft wie geplant.* Mittlerweile hatte die HQ-Kolonne in der Mitte des Burghofs angehalten, nicht weit von der Portalplattform entfernt, die von den dichten Reihen der Spezialkräftekompanie umringt war. Sie hatten guten Grund, hier zu sein – vor allem in Anbetracht der mehreren Dutzend Gestalten, die an Händen und Füßen gefesselt waren und die man einfach an der Burgmauer abgelegt hatte. Im Innenhof beschäftigten sich derweil die Reserven damit, die Toten wiederzubeleben und die zweite Runde an Vorräten auszugeben. Als ich hörte, wie fröhlich die Stimmen klangen, waren sie offenbar schon dabei, eines der Lagerhäuser des Gegners durchzusehen.

Die gewaltigen Tore des Bergfrieds lagen in der Nähe, und eine Reihe von Katzengefangenen kam aus dem dunklen Torbogen heraus. Ihre Mienen waren sehr unterschiedlich: manche geschockt, andere verwundert, wütend oder blasiert. Einige stießen Drohungen aus, wieder andere bettelten um Gnade, doch die meisten bewahrten sich ein düsteres Schweigen.

Tavor und ich bemerkten einander gleichzeitig. Er wehrte sich im Griff zweier stämmiger Sondereinsatzkerle, sein Gesicht eine Maske des Hasses. Er wusste nur allzu gut, wer die Veteranen in sein Versteck geführt hatte.

»Du bist tot, du Wichser! Wir haben dich einmal gekriegt, und wir können dich wieder kriegen! Deine Familie ist auch tot! Du bist eine wandelnde Leiche, Mann!«

Da das Thema sein Interesse geweckt hatte, gab der General den Wachen ein Zeichen näherzutreten. Ehrlich gesagt hatten mich seine Worte durchaus getroffen. Ich wusste ja schon, dass er ein rachsüchtiger Hurensohn war. Doch jetzt merkte ich, dass er irre genug war, um seine Drohungen tatsächlich umzusetzen. Es war ihm durchaus zuzutrauen, dass er einige seiner Kontakte in der wirklichen Welt darauf ansetzen würde, den vermeintlichen Urheber all seines Unglücks zur Strecke zu bringen. Nun musste ich mich entscheiden, was ich mit ihm anstellen würde.

Die Fürstin trat vor und schaute ihn sich an. »Übergebt ihn mir«, sagte sie zum General. »Uns verbinden Bande des Blutes. Er war es, der die gefangenen Dunkelelfen abschlachtete. Einer von ihnen kehrte nie aus den Hallen des Gefallenen zurück.«

Frag runzelte die Stirn. »Wozu würdet Ihr ihn brauchen?«

Sie schenkte ihm ein Lächeln, bei dem einem das Blut in den Adern gefror. »Wir lernen immer mehr von Euch Unsterblichen. Jetzt ist es für uns an der Zeit, eine neue Fähigkeit auszuprägen. Dafür brauchen wir Fleisch, das nicht vergeht.«

Der General schaute finster drein, und seine zusammengekniffenen Augen verhießen nichts Gutes. »Wisst Ihr, warum wir das Zuhause dieser Katzen einreißen?« Er wartete ihr graziles Nicken ab und fuhr dann fort: »Es wäre doch eine *Schande*, wenn sich alle unsterblichen Clans gegen das *Haus der Nacht* vereinen würden. Unser Selbsterhaltungstrieb ist äußerst stark. Was Ihr vorschlagt, könnte Euch von Tausenden der Bewohner dieser Welt entfremden.«

Sie wollte die Vorstellung erst mit einem Schulterzucken abtun, nickte letztlich dann aber doch einsichtig. »Wie Ihr meint, General. Ich wollte nur eine Blutschuld begleichen und zugleich diesem jungen Mann hier helfen.« Sie zeigte auf mich, während ihre Stimme stahlhart wurde. »Könnt Ihr ihn beschützen? Oder seid Ihr nur zu ungewöhnlichen Taten bereit, um Eure Feinde vor Euren Verbündeten zu schützen? Nachsicht ist niemals gut, General.«

Er lachte auf und weigerte sich, einfach anzubeißen. »Wir sind nicht nachlässig. Wir sind flexibel. Wo eine überbeanspruchte Klinge bricht, biegt sich eine flexible einfach und ist zum nächsten Schlag bereit.«

Sie wollte gerade widersprechen, als das Ploppen dreier sich öffnender stationärer Portale an unsere Ohren drang. Drei hauchdünne Bogen erhoben sich auf der Granitplattform und spien eine wahre Woge aus gerüsteten Kriegern mit klirrenden Waffen aus, die sich über unsere Sondereinsatzleute ergoss. Es waren nicht viele Angreifer, höchstens zwanzig, doch ihre Stufe und ihre Ausrüstung waren nicht zu verachten. Unsere Jungs hätten trotzdem kurzen Prozess mit ihnen gemacht, aber es kamen immer mehr aus den schillernden Portalen: verschiedene Support-Klassen, direkt gefolgt von einer dicht gedrängten Castergruppe. Die Lage spitzte sich zu. Unsere Streitmächte waren ungefähr gleich stark. Wir hatten etwa fünfzig Leute einschließlich der Halsabschneider. Die Angreifer waren zwar weniger, aber ihre Stufen etwas höher.

Dan war bereits dabei, die Ergebnisse einer vorläufigen Analyse zu melden. »Söldner. Ich sehe Stahlvisiere, Hörnerhelme und Wiesel sehen. Alles Spitzenprofis. Allerfeinster Abschaum. Sie kämpfen für jeden, wenn das Geld stimmt. Jemand hat einiges in sie investiert. Mindestens hundertfünfzigtausend Gold.«

Der General gab eine Reihe von Befehlen. »Code B! Ich brauche zwei Reservetrupps. Halsabschneider: Ein Drittel bleibt auf den Mauern, die anderen gehen runter und kümmern sich um die Caster. Dan, ich brauche die Söldnergruppen von den Tollen Hunden und Robinson Crusoe. Leite ihnen sofort die Vierundzwanzig-Stunden-Verträge weiter!«

In diesem Moment – immer noch am Boden liegend und in den Händen der Wachen – verschwand Tavor mit dem Ploppen einer Teleportation. WTF? Als einer seiner Bewacher hektisch mal hierhin, mal dorthin schaute, verschwanden drei weitere Gefangene, die vor der Wand lagen, einer nach dem anderen, gefolgt von zwei der angreifenden Caster. Das war kein Angriff! Sie stahlen unsere Gefangenen!

»General! Sie holen die Katzen raus! Ein paar sind schon weg! Der Angriff ist ein Ablenkungsmanöver!«

Dan hatte es schon durchschaut. »Die Söldner schicken ihnen Einladungen, ihrer Gruppe beizutreten, und dann holen sie sie per Portal raus. Bringt die Gefangenen runter in den Kerker! Sie dürfen nicht als Ziele ausgewählt werden! Los!«

Das erwies sich als recht schwiwig, da die Gefangen uns weiter unter den Händen verschwanden. Viel zu schnell war niemand mehr da, den man hätte woanders hinbringen können.

Ein Typ neben mir, den ich nicht kannte – irgendein HQ-Caster-Leutnant – explodierte in einer Kaskade aus Blut. Eine gegnerische Gruppe aus fünf Schurken legte ihre Verstohlenheit ab und deckte uns mit tödlichen Kombos ein: etwa fünfzig Treffer in weniger als zwei Sekunden. Der unglückselige Leutnant war noch im Begriff, sich aufzulösen, als die Schurken sich auch schon wieder tarnten und zurückzogen. Die Wachen hieben wütend nach ihnen. Sie schafften es, einen auszuwählen und seine Verstohlenheit zu durchbrechen. Ein Dutzend Klingen sorgte dafür, dass wir bei den Verlusten wieder gleichauf waren.

Überraschenderweise war es Dan, der einen zweiten Schurken abfing. Er hatte sich gemerkt, in welche Richtung dieser unterwegs war, und machte einen Ausfallschritt, als ein verschwommener Schatten sich davonstehlen wollte. Seine beiden Schwerter blitzten gefährlich auf, als er die Verstohlenheit des Gegners durchbrach. Der Rest war leicht. Diebe sind nicht für den offenen Kampf gemacht. Eins zu zwei war kein schlechtes Ergebnis, wenn man bedachte, dass der unglückselige Leutnant bereits wiederbelebt war und nun fluchte wie ein Rohrspatz. Wir hatten nur die Raidbuffs des Zauberers und kurz die Initiative in der Schlacht verloren.

Als ich mir einen Überblick über das Gesamtbild verschaffte, wurde mir jedoch klar, dass nicht alle so viel Glück gehabt hatten wie wir. Hier und da tauchten feindliche Schurken in Fünfergruppen auf und machten unsere Reserve und jeden anderen nieder, der ihnen zu nahe kam.

Die Halsabschneider waren die Retter in der Not. Sie waren selbst hochstufige Schurken und kamen nun von den Mauern, um die Gegner mit Umrandungen hervorzuheben und so sichtbar zu machen. Dann traten auch sie kurz aus der Verstohlenheit, um das Blut ihrer Feinde spritzen zu lassen. Es erinnerte mich an kämpfende Hunde. Die Kontrahenten rollten über den Boden, es wurde viel geschrien, Fellfetzen flogen umher. Der schwarze Granit der Grabsteine ersetzte die toten Leiber. Ein paar Dutzend Haustiere verliehen der Szene etwas Surreales: einfache Skelette und Elementare neben monströsen Kreaturen aus dem Inferno oder höheren Sphären. Viele Spieler hatten sich entschieden, in ihren Sekundärgestalten zu kämpfen: Druiden kämpften lieber in Wolfsform, da ihre Geschwindigkeit und ihre Regeneration so höher war und sie auch noch Nachtsicht hatten. Schamanen wurden zu Bären, damit sie stärker waren und mehr Trefferpunkte hatten. Ein Troll erhob sich im Torbogen des Bergfrieds und blockierte ihn – es war derjenige, der sich bei einem früheren Treffen bei mir beschwert hatte, dass er immer gleich mehrere Zigaretten auf einmal rauchen musste.

Die Spielentwickler hatten bei den visuellen Effekten keine Kosten und Mühen gescheut, und ihre Arbeit zahlte sich aus. Der Kampf sah aus, als wäre er direkt einem Action-Blockbuster entsprungen, den man mit den Elementen eines Horrorfilms aufgepeppt hatte. Hollywood, nimm dir daran mal ein Beispiel! Kontrollzauber sorgten für ganze Gruppen von zeitweise blinden, tauben oder gelähmten Spielern. Gifte und Säuren raubten Kämpfern die Haut, unzählige Feuerzauber erfüllten die Luft mit dem würzigen Geruch von Gebratenem und dem widerlichen Anblick von verbranntem Fleisch. Die Schwertkämpfer teilten so gut aus, wie sie einsteckten, und ihre Lähmungskombos ließen zerschmetterte Glieder zurück, die sich mit der wiederkehrenden Gesundheit langsam regenerierten. Blutkombos waren ebenso eindrucksvoll.

Es war normalerweise nicht so leicht, in unseren Zeitgenossen noch eine emotionale Regung auszulösen. Was vor zwanzig Jahren noch »ab 18« war – und vor vierzig Jahren nur in den schäbigsten Nachtklubs im absoluten Untergrund möglich gewesen wäre –, konnte man heutzutage im Nachmittagsprogamm im Fernsehen sehen. Es wurde immer schwerer, Leuten Angst zu machen – ob nun mit Spezialeffekten oder dokumentarischen Aufnahmen. Damit wurde es auch schwerer, Mitleid für jemanden zu empfinden.

Als gerade noch die Hälfte der Söldner übrig war, versuchten sie sich an einem letzten Sturmangriff, scheinbar in der Absicht, tiefer in die Burg hineinzugelangen und dort rauszuholen, wen sie noch rausholen konnten. Ihr Stahlkeil zielte auf den Eingang des Bergfrieds und traf umgehend auf unsere Reserven. Endlich öffnete sich ein Teleportal, das jene Söldnerverstärkungen ausspuckte, die Frag zuvor angefordert hatte. Damit war das Scharmützel entschieden. Die gegnerischen Streiter verschwanden allerdings mit einem Lächeln auf den Lippen. Sie hatten ihre Mission erfüllt, weshalb sie sicherlich ein beträchtlicher Bonus erwartete.

Wir hatten unsere Gefangenen schlichtweg vertändelt. Daran war nicht zu rütteln. Wir hatten den Gegner ganz offensichtlich unterschätzt. In meinen Augen büßten die Veteranen damit ein paar Punkte ein, was meine Einschätzung von ihnen anging. Die Operation blieb nun mal übereiltes Stückwerk mit kleinem Budget, und wenn man möchte, dass etwas richtig gemacht wird, muss man es eben selbst machen. Im Nachgang war es immer leicht, andere zu kritisieren, denn an jedem Küchentisch sitzt schließlich ein Präsident oder Cheftrainer. Aber wir hatten ein paar echte Anfängerfehler gemacht. Uns fehlte es an richtiger Erfahrung mit Schwert und Zauberei, die bei so seltenen und groß angelegten Missionen wie der Eroberung einer Burg unersetzlich war.

Der Burghof war ein Knochenacker geworden, dessen geschundenen, verbrannten und aufgewühlten Grund Hunderte von Gräbern zierten. Schrittweise würde die Burg wiederhergestellt werden und die Gräber verschwinden, sodass von allem am Ende nur noch eine dunkle Ahnung blieb.

Die Kleriker hatten Befehl erhalten, die Gräber von Verbündeten zu suchen, und waren nun damit beschäftigt, die toten Kämpfer wiederzubeleben. Nach und nach ersetzte Disziplin das Chaos. Dan klopfte mir im Vorbeigehen auf die Schulter, ehe er mir eine Einladung schickte, damit ich als Beobachter Zugriff auf den HQ-Kommunikationskanal hatte. Das Bild wurde langsam klarer. Frag entsandte seine Söldner, um die Erstürmung des Steuerraums voranzutreiben. Ihnen folgte der tröpfelnde Nachschub aus wiederbelebten Soldaten.

Die NSC-Wachen hatte man bereits erledigt. Der Steuerraum wurde von ungefähr dreißig Katzen verteidigt, die ihren Bindeort in ihrer unendlichen Weisheit in genau diesen Raum gelegt hatten und nun abwechselnd starben, um zu respawnen und sich wieder ins Getümmel zu stürzen. Da sie Stück für Stück tiefer in den Raum hineingedrängt wurden, konnten einige ihre Gräber nicht mehr erreichen, um ihre Ausrüstung einzusammeln. Das Mana wurde ihnen knapp, denn die drei Minuten Abklingzeit der Elixiere verdarben ihnen jetzt vollkommen den Spaß.

Fünf Minuten später war alles vorbei. Unsere Jungs waren damit beschäftigt, Gefangene zu machen und sie in einem der Türme einzusperren. Die Veteranen hatten den Steuerraum übernommen. Die Operation ging in ihre letzte Phase über. In zwölf Minuten würde die Burg uns gehören. Was das wohl für Loot geben würde! Ich konnte nur hoffen, dass er uns nicht im Hals stecken blieb.

Ich folgte der HQ-Gruppe in den Keller des Bergfrieds neben der Arena. Unterwegs machten wir zwei Katzen nieder, die sich auf unserer Route verschanzt hatten, und nahmen eine dritte gefangen. Ein paar Schritte weiter öffnete sich kreischend die Stahltür.

Die Dunkelheit hatte durch den Glanz des Kristalls einen blutroten Schimmer, während das Artefakt gierig unser Mana verschlang. Ich stand einfach nur da, übermannt von all den Schrecken, die ich hier durchlebt hatte. Mir brach der kalte Schweiß aus, die Knie wurden mir weich. Hier hatte ich am Rand von etwas wahrlich Grauenhaftem gestanden. Ich schluckte und brachte meinen Körper unter Kontrolle.

Die Gefangenen waren alle weg, doch die Katzen hatten bisher kaum Beweise beseitigen können. Drei Viertel des Kellers waren in Käfige unterteilt, in denen sich schwere Ketten und Folterwerkzeuge befanden. Damit hatte man die Gefangenen zu Aussagen zwingen wollen. Nun wiederum trafen diese Gegenstände eine klare Aussage über die Katzen. Sie konnten jetzt unmöglich abstreiten, dass sie hier Leute gegen ihren Willen festgehalten hatten. Wenn wir doch nur mehr Informationen aus den Betreibern des illegalen Gefängnisses herausholen konnten! Wir mussten wissen, wer ihnen den Rücken deckte – wer ihnen die Sklaven abkaufte und so weiter.

Wir gingen zu dem Artefakt hinüber, das blutrot in unsere Gesichter strahlte. Unser Mana schrumpfte munter weiter.

»Fetter Bastard«, flüsterte einer der Offiziere.

Ich schaute mir die Werte an.

2.000.000 Mana. Saugt Mana ab, um Trefferpunkte wiederherzustellen.

So. Gar nicht mal übel.

Dan zog seine zwei Schwerter und griff das Artefakt mit einer Killkombo an. Kristallsplitter flogen, als würde er mit den Klingen auf einen Eisblock einschlagen. Dan hielt inne und checkte die Werte des Kristalls.

1.999.118 ... Tick ... 1.999.441 ... Tick ... 1.999.761 ... Tick ... 2.000.000.

Tja. Es würde eine ganz schöne Arbeit werden, das Ding zu vernichten.

Dan schüttelte den Kopf. »Ein ganzer Trupp würde eine gute Stunde brauchen, um ihn auszuschalten – wohl eher zwei. Wenigstens saugt es nur Mana ab und schlägt nicht zurück.«

Der Klang eines Gongs hallte im Kerker wider. Die Veteranen jubelten und fielen sich in die Arme. Die geplünderte Burg war nun offiziell ihr Eigentum. Ich hoffte nur, dass ihnen das nicht zu Kopf stieg. Einige der Einheimischen waren sicher nicht glücklich über eine derartige Expansion. Erst das Zigarettengeschäft mit seinen potenziellen finanziellen Gewinnen und nun dieses riesige Anwesen.

Draußen ploppten wieder stationäre Portale. Alle spitzten die Ohren in der Hoffnung, dass nicht noch mehr »Besuch« eintraf. Das Klirren von Stahl folgte dem Aufheulen von Dutzenden von Zaubern. Eine echte Lawine aus Chatnachrichten bestätigte unsere schlimmsten Befürchtungen.

»Meldung! Sofortige Meldung! WTF geht da vor sich?«, brüllte ein Stabsoffizier im Befehlskanal.

Oben begannen die Fetzen zu fliegen. Die Kellerdecke erbebte unter dem Gerassel der Schwerter. Die Fackeln flackerten, Staub rieselte uns auf die Köpfe herab. Die Berichte der Befehlshaber wurden etwas geordneter, sodass wir eine leise Vorstellung davon bekamen, was dort draußen vor sich ging. Es sah wie eine vernichtende Niederlage aus.

– *Es sind ungefähr fünfzig! Eine genaue Zahl kann ich nicht nennen, weil sie immer wieder in Verstohlenheit gehen!*

– *WTF? Was für eine Klasse ist das denn? Ich habe so was noch nie gesehen! Tarnung, Verstohlenheit, zwei Schwerter, schnelle Heilung und Zauber der Eisschule? Scheiße, die sind alle über Stufe 200! Zeit, die Beine in die Hand zu nehmen, General!*

– *Nutzt Gruppen! Gruppen von fünf Leuten bei jedem Ziel! Verdammte Tarnbastarde!*

– *Grau, wir sind erledigt. Trupp eins kann man ganz abschreiben.*

– *Ich hab einen! Ich hab ihn! Ach Scheiße! Ich brauche Hilfe …*

– *Sie tragen nur Kettenhemden! Setzt Stichwaffen ein! Die sollten die größte Wirkung haben! Macht sie einfach kalt!*

Frag erstarrte. Er überflog die Chats, dann folgte eine lange

Latte an Befehlen. »Steuerung! Alle Portale auf das Gelände der Burg blockieren! Dan, Code acht! Bring alle Söldner her, die du hast! Standby-Status: null. Wir brauchen mindestens hundert, besser hundertfünfzig.« Er wandte sich an einen der Offiziere. »Ich erwarte ein Update bezüglich der Verluste.«

Der Offizier setzte sich wie in Trance hin, während er Dutzende von Statusberichten durchschaute und sich einen Überblick über die Schlacht verschaffte. »Erste Reihe, einunddreißig. Zweite, fünfundzwanzig. Sechs Söldner. Neun Halsabschneider.«

»Der Feind?«

»Fünf bestätigt ... Nein, sechs.«

»Scheiße!« Der General spuckte aus. »Steuerraum, ich will, dass ihr euch verbarrikadiert und abwartet. Einige unserer Leute ziehen sich vom Hof zu euch zurück. Sie werden nicht lange brauchen. Bereit machen, die Burg einzureißen!«

Mein innerer Gierschlund schreckte empört hoch. Oh, ja. Man kann eine Burg einnehmen. Man kann sie aber auch einreißen – das ist noch dazu doppelt so schnell, aber man kriegt nur zwanzig Prozent von dem, was man hätte haben können. Und man verlor sämtliche Vorräte der Burg. Der Einsatz kostete einen richtig Geld, wenn die Berge an Gold, die man fast verdient hätte, am Ende nur noch ein bescheidenes Häufchen waren.

Dann ploppten drei Portale gleichzeitig. Wir kamen zu spät.

»Das sind die Söldner der Katzen! Sie haben gebufft, die Ausrüstung gewechselt und wieder von vorn angefangen! Genau wie vor fünfzehn Minuten!«

Frag knirschte mit den Zähnen. Die Lage sah nicht gut aus.

»Dan, schick ein SOS an den Allianzkanal. Wir brauchen jede Hilfe, die sie schicken können.«

Ohne seine Augen vom Kampfchat zu nehmen, meldete Dan: »Das sind gar nicht sie, General. Die Tarner sind eine dritte Gruppe. Sie gehen gegen alle auf dem Hof vor. Die Katzen erleiden erste Verluste.«

»Das SOS an die Allianz aussetzen! Befehl an alle Mitglieder des Raids: Haltet euch von den Tarnern und den Katzen fern! Sollen sie sich doch gegenseitig erledigen! Rückzug in den Steuerraum oder in den Keller, um auf Verstärkung zu warten!«

»Es *gibt* keine Verstärkungen, General!«

Frag drehte sich zu Dan um. »Was hast du eben gesagt?«

»Alle Gruppen mit Status null sind nicht verfügbar. Jemand hat sie alle im letzten Moment angeheuert, um irgendeinen dummen, sinnlosen Auftrag in den Ödlanden zu erledigen! Wer auch immer das war, wird nicht mal ein Viertel seines Geldes rausbekommen.«

Frag nickte ihm müde zu. »Sie haben ihr Geld genutzt, um uns die Verstärkung abzuschneiden. Können wir sonst noch wen einsetzen?«

»Es sind noch ungefähr tausend Söldner in der Stadt. Hundert von ihnen sind bereits hier im Einsatz, auf beiden Seiten. Die gleiche Zahl ist jetzt auf Befehl eines anonymen Auftraggebers in den Ödlanden unterwegs. Alle anderen sind Status eins oder höher. Sie sind entweder offline oder anderweitig angeheuert. Wir könnten vielleicht sechzig zusammenziehen, aber das wird mindestens eine halbe Stunde dauern. Der gleiche Scheiß bei der Allianz. Alle Absprachen werden Zeit brauchen.«

»Dann mach beides! Sofort!«

»General«, meldete sich der Offizier zu Wort, der den Verlauf der Schlacht überwachte. »Zwei Drittel der Söldner sind schon weg. Der Rest setzt jetzt Portale ein. Unsere Leute ziehen sich wie befohlen ebenfalls auf Schlüsselpositionen zurück. Der Feind hat elf Tote zu beklagen, vierzig Kämpfer sind noch einsatzfähig. Er beherrscht den Burghof. Ah! Sie wollen gar nicht zum Bergfried! General, sie versuchen hierherzukommen!«

Mir rutschte das Herz in die Hose. Der Kristall. »Dan! Sie wollen das Artefakt! Deshalb sind sie wieder da!«

Dan und der General wechselten einen Blick. »Sieht ganz danach aus.« Dan nickte.

Frag schloss die Augen und suchte nach der besten Lösung. »Max? Meinst du, du kannst das Artefakt vernichten? So wie du es heute bei der Kuppel gemacht hast?«

Ich schüttelte voller Bedauern den Kopf. »Kann ich nicht. Der Zauber hat eine Abklingzeit von vierundzwanzig Stunden.«

Die Stimme der Fürstin, so melodisch und ruhig im Vergleich zum Blaffen der Befehle und dem panischen Ton in den Chats, zog meine Aufmerksamkeit auf sich. »Es gibt Mittel und Wege, das zu umgehen.« Sie griff in ihre Tasche und förderte eine lila leuchtende Phiole zutage.

»Ein Rücksetztrank«, merkte Dan kühl an. »Seltene Beute von den Phantomdrachen. Rezept unbekannt. Zehn- bis zwölftausend pro Phiole, wenn er denn überhaupt erhältlich ist.«

»Wenn der General die Rechnung begleicht«, sagte sie und reichte mir die Phiole.

Frag nickte. Ich schaute mir die Werte an.

Rücksetztrank. Setzt alle Abklingzeiten von Zaubern und Fähigkeiten zurück. Kann einmal alle 24 Stunden verwendet werden.

Geil. Ich nahm die Phiole an mich und schaute mich im Keller um. Ungefähr sechzig Leute waren hier in Deckung gegangen. Die Soldaten fingen umgehend damit an, den einzig verbleibenden Zugang zu verbarrikadieren. Der HQ-Stab hielt sich hinten, während die Reserveunterstützung zögerlich in der Mitte des Raums in Stellung ging. An den Fingern mitrechnend und vor mich hinmurmelnd begann ich, das Ganze rasch durchzukalkulieren. Zwei Millionen plus die Regeneration. Das waren zwei hoch zwanzig oder sogar einundzwanzig. Ein Zauber von einhundertfünf Sekunden ... Etwas mehr als zehntausend Mana ...

»Dan?«, fragte ich. »Ich brauche etwa sieben- oder achttausend Mana aus Batterien. Kannst du das für mich auftreiben?«

Er runzelte die Stirn, während er den Blick über die versammelte Menge schweifen ließ und die Namen aller Nekros und Verzauberer aufrief, die er sah. »Sieben. Tu alles, was nötig ist – trink das Elixier so oder so. Tu es einfach. Die werden uns alle abschlachten. Versuch, dafür zu sorgen, dass sich diese ganze Sache doch noch für uns lohnt.«

Dann sprach wieder die Fürstin. »Dan? Wie viel bezahlt Ihr Euren Söldnern?«

Er musterte sie. »Im Durchschnitt etwa zehn Gold pro Stufe pro Tag.« Um ihrer Frage zuvorzukommen, ergänzte er: »Weniger bei Mengenrabatten. NSCs kriegen die Hälfte.«

Die Fürstin verwarf mit einem Schulterzucken seinen Versuch, ihr Angebot zu drücken. »General?« Sie wandte sich an Frag. »Ich könnte Euch weitere fünfzig Halsabschneider und einhundert Wachen des Hauses der Nacht anbieten. Nur zweihunderttausend einschließlich des Dringlichkeits- und Lieferaufschlags, wenn Ihr uns den Zugang erlaubt.« Sie deutete auf einen Dunkelelfenmagier, der nickte, um zu zeigen, dass er die Verstärkung direkt in den Keller holen konnte.

Frag ächzte. Er konnte das Angebot nicht ausschlagen. »Ich nehme an, Fürstin.«

Sie schenkte ihm ein wissendes Lächeln. Sie hatte gewusst, dass er es tun würde. »Hier ist Euer Vertrag.«

Dem Rest hörte ich nicht mehr zu. Meine Batterien und ich nahmen ein paar Schlucke aus unseren Elixieren und begannen, genauer festzulegen, in welcher Reihenfolge das Mana übertragen werden sollte. Schließlich öffnete ich den Rücksetztrank. Allein schon der Geschmack bereitete mir größtes Vergnügen. Orangenpudding ... Lecker ...

Jemand schlug mir auf die Schulter. »Hör auf zu träumen! Hörst du nicht, dass unsere Leute schon kämpfen?«

Ich konnte in der Tat bereits das Klirren von Stahl auf der Kellertreppe und die herzhaften Flüche der Veteranen hören. Die Angreifer in Tarnrüstung kämpften schweigend.

Ziel auswählen: Kristall. Hochzauber: Aktiviert.

Der Boden beulte sich aus. Langsam gewöhnte ich mich daran. Ein dunkler Wirbel verschwand durch die Decke. Seine schwarze Kuppel durfte sich nun über die gesamte Burg erstrecken und dort seine komplette Wut entfesseln: Gegner wurden ihrer Verteidigung beraubt, und die ganzen heimlichen Beobachter würden sich in die Hosen pieseln, während sie ihre Berichte an jene schickten, in deren Auftrag sie uns ausspionierten.

Dreißig Sekunden. Nach dem Ploppen eines Portals wurde der Kampfeslärm durch Dutzende von schnellen Schritten und das Klirren gezogener Schwerter bereichert, als die Dunkelelfen in Scharen aus dem offenen Tor strömten.

Sechzig Sekunden. Die gesichtslose Masse von Sekundärspielern am Eingang, die eigentlich versucht hatte, sich von dem Gemetzel fernzuhalten, war inzwischen etwas geschrumpft. Der Druck der Tarner hatte ebenfalls merklich nachgelassen.

Peng! Der Kristall erbebte und zerplatzte in einem blutroten Blitz. Überall auf dem Boden des Kellers gingen die Splitter nieder und hinterließen knöcheltiefen Staub.

Achtung: Änderung des Zaubers! Eure Kontrolle über die Astralmanazerstreuung hat sich immens verbessert!
Die Astralmanazerstreuung hat sich zu einer Astralmanaverzehrung gewandelt! Der Zauberwirker erhält 1 % der Energie, die er ins Astrale abgibt.

Ich erstarrte. Was sollte denn das bedeuten? Nach etwa 15 Ticks würde der Zauber sich selbst erhalten können? Das war etwas, was wirklich niemand wissen sollte. Sollten sie doch alle denken, dass ich nur ein nutzloser Hurensohn war, der immer die Kavallerie brauchte, damit sie ihm den Arsch rettete.

Die Veteranen schienen die Lage in den Griff zu bekommen. Sie hatten die Tarner zurück zur Treppe gedrängt und kämpften tapfer weiter. Dieser Platz war nicht ganz so gut, da sie dort ihre zahlenmäßige Überlegenheit nicht ausnutzen konnten. Gleichzeitig konnte ihr Gegner allerdings auch keine Verstohlenheit mehr verwenden und musste sich ihnen im offenen Kampf stellen.

Die Veteranen mussten zwar drei Mann für jeden gefallenen Gegner opfern, doch nun konnten sie sich das auch leisten. Die Zahl unserer Angreifer sank immer weiter. Ein mächtiger Kampfschrei von draußen kündigte die Ankunft der Gruppe aus dem Steuerraum an. Nun musste jemand leiden. Die Veteranen rächten sich an ihren Feinden für ihren eigenen Moment der Schwäche und der Angst sowie für ihre finanziellen Verluste.

Die Fürstin warf mir einen vielsagenden, listigen Blick zu. Ich runzelte die Stirn und versuchte, ihren Hinweis zu verstehen. Sie spitzte die Lippen, offensichtlich genervt von meiner Begriffsstutzigkeit, und schaute danach so nach unten, dass ihr Blick auf den Staub zu meinen Füßen gerichtet schien. Ich betrachtete ihn näher. Im grauen Staub funkelten mehrere Edelsteine wie einzelne Blutstropfen. Zufrieden, dass ich sie endlich verstanden hatte, flüsterte die Fürstin ihren Leibwächtern etwas zu. Diese nahmen um mich herum so Aufstellung, dass mich neugierige Augen nicht erspähen konnten.

Ich beugte mich vor und tat so, als würde ich mir den Staub von den Stiefeln wischen. In Wahrheit nahm ich vier der kleinen kostbaren Steine an mich.

Magieabsorptionskristall
Gegenstandsklasse: Episch
Hauptzutat für einen Magienegator der Spitzenstufe.

Ruata trat näher heran. Dann pikste sie mir in die Schulter und zeigte mir unauffällig zwei ihrer schlanken Finger. Sie hielt mir die offene Hand hin. Verdammte Geschäftsfrau. Ich trennte mich von meiner halben Beute und ließ die restlichen Steine in meine

Tasche gleiten. Ja, ich hatte es geschafft. Ich wollte nur nicht vier weitere Negatoren auf die Welt loslassen. Da waren sie sicherer in meiner Tasche aufgehoben.

Das Klirren von Klingen auf den Stufen war verklungen und vom aufgeregten Geschrei eines Handgemenges ersetzt worden. Ein Knäuel fluchender Leiber rollte in den Keller und fiel auseinander. Zum Vorschein kam ein angeschlagener Tarner, dem man die Arme auf den Rücken gedreht hatte. Wenigstens hatten wir einen.

Dan rieb sich die Hände und schaute hinüber zu Frag, der nickte. Dan näherte sich dem Gefangenen und ging in die Hocke, um ihm ins Gesicht schauen zu können. Der Mann trug eine Maske, die nur seine dünnen, zusammengepressten Lippen freiließ. Er hob den Kopf, um uns alle anzuschauen, ehe er uns mit einem Lächeln bedachte. Einem sehr fiesen Lächeln.

Er hieb sich mit dem Kinn auf die Brust, um so ein zerbrechliches Edelsteinartefakt zu zerschmettern, das er um den Hals trug. Danach schrie er etwas, was ich nicht ganz verstand. Anschließend lächelte er wieder. Das Artefakt begann zu leuchten, heller und heller, und während seine Farben das gesamte Spektrum durchliefen, summte es zudem noch.

»Volle Deckung!«, schrie Dan und sprang dann beiseite, um hinter ein paar Trümmern Schutz zu suchen.

Einige der Männer warfen sich auf den Boden und versuchten, sich dort möglichst klein zu machen, während sie ihre Köpfe schützten. Die Kämpfer, die den Gefangenen festhielten, zuckten einfach nur zusammen und wandten die Köpfe von dem Angriff ab, den sie unmöglich blocken konnten.

Ein Blitz knisterte, als ob ein mächtiger Generator den Körper des Gefangenen anvisiert hätte. Ein Stern aus fünf Spannungsbögen, der sich dank seiner schieren Helligkeit in meine Netzhaut einbrannte, verband Stirn und Glieder des Mannes. Krachend landete ein granitener Grabstein auf dem Boden.

»Shit!« Der General hatte sich nicht von der Stelle gerührt.

Er schaute zu, wie seine Kämpfer sich aufrappelten, und wandte sich wieder an Dan. »Bitte. Es wird Zeit, dass wir diese Instinkte aus der wirklichen Welt vergessen. Mir ist schon klar, dass dieser Bastard wirkte wie eine Splittergranate, aber wir sind jetzt unsterblich, klar? Egal. Soldaten! Die Burg wurde eingenommen und gesäubert, die Portale sind blockiert. Wer uns jetzt hier raushaben will, wird einiges zu tun haben. Stellt Ordnung in euren Einheiten wieder her und fertigt Listen der Gefangenen sowie ein Inventar aller Beutestücke an. Vorläufige Nachbesprechung morgen um 10 Uhr. Dan, beschaff mir alles, was ich über diese rätselhafte dritte Partei wissen muss.«

Der General brüllte noch weitere Befehle, doch mein innerer Gierschlund war taub dafür und tanzte stattdessen ausgelassen. Seine Stunde des Triumphs stand kurz bevor: das Aufteilen der Beute!

KAPITEL
FÜNF

Auszug aus dem Memo des Clanschatzmeisters der Veteranen

Die endgültige Beuteliste setzt sich wie folgt zusammen:
1 Burg der Bastions-Klasse: 3.400.000 Gold
1 Kuppelschildartefakt der Koloss-Klasse: 1.600.000 Gold
41 stationäre Manaakkumulatoren (alle leer, 24 irreparabel): 1.700.000 Gold
Schatzkammer der Burg: Leer. Versteckter Tresor, der im Büro des Kommandanten entdeckt wurde: 220.000 Gold.
Lagerhaus und Clandepots mit folgendem Inhalt:
Verschiedenartige Zutaten (gebräuchlich in der Alchemie, beim Schmieden und beim Herstellen von Waffen und Rüstungen usw.) 122.311. Davon Selten: 1.311. Davon Episch: 14. Insgesamt 423.000 Gold.
In der Werkstatt fertiggestellte Artikel: 1.488. Davon Selten: 36. Insgesamt 172.000 Gold.
Elixiere: 14.670. Davon Selten: 212. Davon Episch: 2. Insgesamt 155.000 Gold.
Verschiedenartige Munition (Pfeile, Armbrustbolzen, Wurfmesser u.Ä.): 153.300. Insgesamt 19.000 Gold.
Vermischtes (Herstellungswerkzeuge, Befestigungsausrüstung u.Ä.): 611.000 Gold
Die bei erschlagenen Gegnern gefundenen Gegenstände werden traditionell Eigentum der Kombattanten. Daher sind sie nicht im Inventar aufgelistet, mit Ausnahme von acht Gegenständen, die bei Tarnern dropten und an die Sicherheitsabteilung übergeben wurden.

Gesamtsumme der Beute: 8.300.000 Gold
Raidausgaben: 155.000 Gold. Zuzüglich:
Zahlungen an Söldner: 70.000
Zahlungen an Dunkelelfen: 200.000
Zahlungen an Max: 1.240.000

Herr Simonows Einschätzung: Ich halte es für angemessen, die Beute um fünfzehn Prozent abzuwerten und den Preis der eingesetzten Verbrauchsgüter zwanzig Prozent höher anzulegen. So könnten wir unsere Zahlung an Max auf 1.030.000 verringern.

Einschätzung der Sicherheitsabteilung: Dem stimme ich zu. Eine Million Gold ist für einen Noob mehr als genug. Gezeichnet: Dan.

General Frags Einschätzung: Ich widerspreche dem. Falls das jemals herauskommt, können wir unseren Namen nie wieder reinwaschen. Max' Beitrag hat die Beute de facto verdreifacht. Wenn er nicht für einen Blitzangriff gesorgt hätte, hätten wir im besten Fall eine leere Burg mit nackten Wänden erobert. Er wird in Gänze bezahlt, und man sollte sogar über einen Bonus nachdenken.
(Ende des Auszugs)

Das Treffen am nächsten Morgen war schlechter besucht als gewöhnlich. Wir hatten zu viel zu tun gehabt, sodass so gut wie niemand in der vergangenen Nacht geschlafen hatte. Die Veteranen waren damit beschäftigt, das Verteidigungspotenzial der Burg zu verbessern und ein paar sensible Themen mit ihren Verbündeten zu klären. Dann musste auch noch ein Inventar der Beute erstellt und die Burg in die Infrastruktur des Clans integriert werden.

Etwa fünfzehn Personen hatten sich in der kleinen Halle versammelt, die während der Erstürmung der Burg nicht allzu sehr gelitten hatte. Die Offiziere rieben sich die müden Augen und tranken literweise Kaffee. Der funkelnde Tabakrauch hing unter der Decke und sorgte für eine unpassend festliche Atmosphäre, was Frag offenkundig richtig nervte. Er sagte aber erst mal nichts.

Ich nickte immer wieder weg. Die ganze Nacht hindurch hatte es in der Burg gebrummt – und zwar buchstäblich –, als liefe irgendwo ein Hochspannungstransformator. Die Crew, die für das Aufspüren von Loot zuständig war, klopfte sämtliche Wände ab und steckte die Nase in jede Ecke, während die anderen in jedem Winkel und in jeder Nische nach letzten versteckten Gefangenen suchten. Die allgemeine Begeisterung hatte auch mich mitgerissen, und nun fehlten mir wirklich die verpassten Stunden Schlaf. Nur mein innerer Gierschlund hörte sich alle Berichte ganz genau an und machte sich Notizen, wobei er die wichtigsten Punkte sogar rot unterstrich.

Ein Offizier der Analysegruppe fasste die eingegangenen Berichte zusammen und gab seine Einschätzung.

»... etwa zwanzig Prozent des Verteidigungspotenzials der Burg wurden wiederhergestellt. Drei Manaakkus sind wieder voll aufgeladen, und es gibt laufende Gespräche mit der Allianz, damit uns drei Magier als Manageneratoren zugeordnet werden. Leider wurde durch das übermäßig schnelle Abzapfen von Mana«, er warf mir einen vorwurfsvollen Blick zu, »mehr als die Hälfte der einzigartigen Kristalle im Wert von 2.400.000 Goldstücken zerstört. Ich würde vorschlagen, wir bringen die nötigen Ressourcen auf, um weitere Akkumulatoren zu bestellen.«

Frag verwarf diese Empfehlung mit einer Handbewegung. »Wir sind keine Millionäre. Die Geldtruhen des Clans sind nicht bodenlos. Es gibt wichtigere Ausgaben, die wir in Betracht ziehen sollten. Selbst nur mit den restlichen Kristallen ist die Kuppel besser als die, die wir über der Ostburg haben. Ich wüsste allerdings gerne, welche der Katzen auf die tolle Idee gekommen ist, einen Schild einzusetzen, der drei Klassen über der der Burg liegt! Eine Koloss-Kuppel in einer Bastions-Burg. Wer kommt denn auf so was? Nicht in einer Festung oder gar einer Zitadelle. Nein, in einer Bastion! Eigentlich müssen wir uns sogar bei ihnen dafür bedanken. Sowohl bei ihnen als auch bei Max. Ohne ihn würden wir uns immer noch die Birne an einem Schild einrennen, ohne dass das eine größere Wirkung auf sein Regenerationsniveau hätte. Wir wären das Gespött des ganzen Clusters, und die Katzen würden am lautesten lachen. Dan, das ist etwas, was du auch hättest bedenken sollen.«

»Mein Fehler, General«, murmelte Dan gewohnheitsmäßig. Dabei runzelte er jedoch die Stirn, als würde er sagen wollen: *Wir sind doch keine Gedankenleser, die innerhalb von vierundzwanzig Stunden überall Spione haben können.*

Der Offizier wartete auf das Nicken des Generals und fuhr dann fort: »Wir haben bereits begonnen, alle nicht-regenerierbaren Schäden an den Gebäuden, zu denen es im Verlauf des Kampfes kam, wieder zu beheben. Bis zum Abend dürften diese Arbeiten abgeschlossen sein. Wir können das Verteidigungspotenzial der Burg kaum noch verbessern, da die Katzen bereits alles Verfügbare auf Maximum hatten: die Höhe der Mauern, die Zahl der Türme und alle möglichen Trefferpunkte. Bastionen haben ihre Grenzen. Wir könnten Mindere Kuppelschilde über manchen Bereichen installieren, schätze ich. Über dem Haupttor beispielsweise. Doch das wäre ein wenig übertrieben. Da muss ich mich der Meinung der Katzen anschließen.«

»Das Auftauchen des Hochzaubers«, murmelte Frag, »ändert alle Spielregeln. Ich will, dass Informationen über einen angeblichen Maulwurf bei den Katzen in Umlauf kommen, durch dessen Hilfe wir Zugang zum Schildartefakt bekommen haben. Das sorgt für zwei Dinge: Zum einen wird es von Max ablenken, zum anderen unsere Verbündeten beruhigen. Allein schon die Vorstellung, dass man einen Kuppelschild in wenigen Minuten durchdringen kann, wirft die komplette bisherige Strategie aller Clankriege über den Haufen. Wir haben schon gehört, dass es solche Blitzangriffe auch in anderen Clustern gab. Es ist also sehr gut möglich, dass Max nicht der einzige Besitzer eines solchen Über-Spielzeugs ist. Noch eine Sache: Wir müssen Leute damit beauftragen, alle verfügbaren Rücksetztränke aufzukaufen. Der Preis spielt keine Rolle. Das ist jetzt ein strategisch äußerst bedeutsames Produkt, das über den Ausgang vieler kritischer Situationen entscheiden wird.«

Wo ich so darüber nachdachte, musste ich ihm Recht geben. Ich checkte meine Automatik-Käufe und wies sie an, den Markt zu überwachen und die kostbaren Elixiere zu einem Preis von bis zu zwanzigtausend Gold aufzukaufen. Ja, die Aktion war schon etwas schäbig, nehme ich an.

Der Offizier fuhr fort: »Wie ihr wahrscheinlich wisst, erlaubt es eine Klasse-5-Burg, NSCs bis zu einer Stufe von 100 anzuwerben. Der Preis liegt bei 2 % der Entschädigungssumme, wobei die Formel 200 − (Kategorie × 20) zum Einsatz kommt. In unserem Fall sind das achtundsechzigtausend pro Monat. Neunzig Prozent haben wir für die Wachen eingesetzt, in erster Linie Bogen- und Ballistenschützen. Die gute Nachricht ist, dass der Preis nur ein Zehntel dessen beträgt, was unabhängige Söldner verlangen, solange wir diese NSCs über das Menü der Burg anheuern. Die restlichen Gelder werden für Dienstboten und Wartungsmitarbeiter aufgewendet. Herr Simonow besteht darauf, dass wir die Alarmstufen clansweit schnellstmöglich senken, um zwei Drittel unserer Wachen ablösen zu können. Aktuell kostet uns der Unterhalt aller vier Burgen über zweihunderttausend. Wir könnten alternative Lösungen in Betracht ziehen, schätze ich. Zum Beispiel das Einziehen einer clansweiten Steuer von fünf bis zehn Prozent der Beute. Ich möchte auch darauf aufmerksam machen, dass die Zahl der neuen Clansmitglieder deutlich langsamer zunimmt als die der von ihm kontrollierten Gebiete und Gebäude. Daher müssen wir unsere menschlichen Ressourcen wirklich sehr dünn streuen. Die Analyseabteilung schlägt dementsprechend vor, dass wir von weiteren Expansionen erst einmal absehen und uns auf das Ausfindigmachen neuer Permaspieler konzentrieren. Des Weiteren raten wir explizit dazu, unsere Anwerbepraxis zu überdenken und von einem Schwerpunkt auf Personen mit Kampferfahrung hin zu einem mit Personen mit Gaming-Erfahrung zu verlagern. Eigentlich ist das aber eher die Empfehlung des Leiters der Sicherheitsabteilung. Also sollten wir uns vielleicht anhören, was er zu sagen hat.«

Frag warf Dan einen bösen Blick zu. »Dann raus mit der Sprache, Major.«

Dan erhob sich und öffnete den Mund, um etwas zu sagen, als sich ploppend ein Teleportal öffnete, aus dem Puh hervortrat. Er blickte sich um, als wäre er der Hausherr, ehe er sich den nächstbesten Stuhl schnappte und diesen zum Kamin zog.

»Du Scheißvieh!«, brüllte Dan wie ein waidwunder Bär. Mit einer blitzschnellen Bewegung zückte er ein Messer und warf es der Kreatur in den pelzigen Rücken.

Peng! Bumm! Genauso schnell hatte Puh ein Mikroportal eingesetzt, um sich hinter den Stuhl zu teleportieren. Das Messer steckte tief in einem lackierten Schnörkel in der Lehne des Stuhls.

Das hielt Dan aber nicht auf. »Du pelzohriger Verräter! Ich hatte gehofft, dass wir dich nie wiedersehen! Wie sehr ich mich darauf freue, deinen ausgestopften Kopf über meinen Kamin zu hängen!«

»Das musst du verschieben!« Der General erhob sich und

offenbarte seine enorme Größe. »Du da! Puh oder wie du heißen magst! Hör zu!«

Ein weißer Kopf mit schwarzer Nase spitzelte hinter dem Stuhl hervor und bleckte die Zähne. Für den Fall der Fälle wählte ich ihn als Ziel aus: Meine Vernichtende Berührung ging nie daneben. Mehr als fünfhundert Schadenspunkte konnten jedem eine Heidenangst machen.

In der Zwischenzeit fuhr der General fort: »Also. Wenn wir unter einem Dach leben wollen, fürchte ich, dass du dich an unsere Umgangsformen halten musst. Regel Nummer eins: Du verschwindest bei der ersten Aufforderung.«

Puh knurrte warnend und fletschte nadelspitze, weiße Zähne.

»Hör auf, so grimmig zu kucken! Regel Nummer zwei: Verrate ich dir später. Habe ich mir noch nicht überlegt. Du willst wissen, welche Alternativen du hast? Tja, wir können dich natürlich auch bei jeder sich bietenden Gelegenheit umbringen, und das wäre dann eigentlich andauernd. Du kannst so oft respawnen, wie du willst. Meinetwegen jede Minute. Aber dein Leben besteht dann nur noch aus ›Ihr seid im Kampf gestorben!‹-Warnungen oder was auch immer ihr NSCs so habt. Ich frage nicht nach deiner Meinung. Ich informiere dich nur über etwas. Und jetzt erwarte ich, dass du hier binnen dreißig Sekunden verschwindest. Wenn du einen Kamin brauchst, wird der im Trophäensaal immer für dich angezündet bereitstehen.«

Der General lächelte über seine eigenen Worte und läutete eine Glocke. Dem eintreffenden Dienstboten befahl er, ständig ein Feuer im Trophäensaal brennen zu lassen – aus bestem Birkenholz. Puh blickte bösartig von einem Offizier zum nächsten. Dann knurrte er etwas, was in seiner Sprache sicherlich dem F-Wort entsprechen musste. Mit einem Ploppen tauchte er auf dem Tisch auf, direkt vor Dan. Dann passierten drei Dinge gleichzeitig: Puh schlug mit der Pfote nach der dampfenden Kaffeekanne, Dan fluchte und ein neues Teleportal öffnete sich. Puh war fort. Unsere Kanonenbootdiplomatie hatte mal wieder ihren

Wert unter Beweis gestellt. Dan wischte sich das Gesicht mit einer Serviette ab und drohte, jemandes Ohren über sein Bett zu nageln.

Dieser Puh war ein interessanter Kerl. Nicht, dass er mir irgendwelche schlaflosen Nächte bereitete – er war nur ein Ärgernis für die Veteranen. In diesem Augenblick überkam mich ein unheimliches Gefühl der Einsamkeit. Eine Minute zuvor hatte ich die Bestätigung der Dunkelelfenbank erhalten, dass 1.240.000 Gold auf mein Konto überwiesen worden waren. Kaum zu fassen. Mein innerer Gierschlund war bewusstlos über dem Haufen virtuellen Golds zusammengebrochen, während ich eine Null am Ende strich und mir klarmachte, dass ich über hunderttausend echte Kröten auf dem Konto hatte. Damit konnte man sich schon eine kleine Einzimmerwohnung in einem netten Vorort kaufen! Insbesondere deshalb, da die Moskauer Immobilienpreise durch die neuen drakonischen Vermögenssteuern und den Anstieg der Nebenkosten etwas eingebrochen waren. Dabei fiel mir etwas auf … Ein paar Quadratmeter Ziegel und Beton in Moskau würden mir rein gar nichts mehr nutzen. Dieses Geld würde aber reichen, um mir ein schönes, kleines Herrenhaus irgendwo in der Stadt des Ursprungs oder der Stadt des Lichts zu kaufen. Nach einigem Nachdenken beschloss ich zunächst, Mama und mich vor Gerichtsdienern in der wirklichen Welt abzusichern, und wies die Bank an, dreißigtausend Gold einzulösen. Damit konnte man zwei Monate lang meine offenen Kredite bedienen, und danach konnte man dann ja noch mal weitersehen.

Ich machte mir auch eine geistige Notiz, ein paar Steigerungselixiere zu kaufen. Es war höchste Zeit, dass ich etwas in mich selbst investierte und meine Ausrüstung passend zu meinem neuen Status verbesserte. Eine kleine Rechnung ergab, dass siebeneinhalbtausend alle fünf Tage mir einen zusätzlichen Talentpunkt und fünf Gratis-Attributspunkte verschaffen würden. Das nannte man dann wohl knallhart! Paladin Fuckyall, schneid dir davon mal eine Scheibe ab!

Inzwischen hatte Dan sich etwas beruhigt und fuhr fort: »So. Als Erstes ein paar Fakten. Wir scheinen beim Rüstungswettlauf hinter den anderen Top-10-Clans hinterherzuhinken. Die Vergrößerung unserer Streitmacht läuft einfach beträchtlich langsamer. Außerdem ist die übliche Kriegerstufe in unserer Kampfabteilung niedriger als in anderen Clans. Euch ist vielleicht aufgefallen, dass so gut wie alle Söldner über uns lagen. Mal ganz zu schweigen von den Tarnern. Das Problem scheint darin zu bestehen, dass wir uns einfach nur in unserem zweiten Leben in dieser Welt sonnen und eine Freiheit, Jugend und Gesundheit genießen, wie wir sie uns vorher nie erhofft hätten. Wir verschwenden unsere Zeit damit, unsere Stammkneipen zu besuchen, Weibern nachzujagen, in der Arena zu kämpfen oder Diplomatie zu betreiben. Unsere Noobs werden zwar hochgelevelt und wir farmen auch ein bisschen – aber im Durchschnitt nur drei Stunden am Tag. Doch was ist im Vergleich dazu der Ausstoß des durchschnittlichen Schülers, der zum Permaspieler geworden ist, ganz schweigen von den Hardcore-Nerds, die quasi ihr gesamtes Leben in irgendwelchen Dungeons verbringen? Da sie nun endlich die Chance haben, wirklich bis zum Umfallen zu spielen, versuchen sie, der Welt zu zeigen, was sie draufhaben, indem sie das tun, was sie am besten können: leveln. Was dabei rauskommt? Ein Haufen Sechzehnjähriger auf Stufe 200 im Stil von Fuckyall. Unsere Analysten schätzen, dass die Lage sich langfristig verbessern wird und wir in den Top 10 bleiben können, weil wir die nötige Disziplin, eine tiefer gehende Planung, klare Hierarchien und eine starke Innenstruktur haben. Doch bis dahin geben unsere Wertungen nach. Wir müssen die Leveling-Zeiten für unsere führenden Soldaten verdoppeln und einen der wenigen Mehrstufen-Dungeons in die Hände bekommen, damit wir einen relativ sicheren Ort zum Leveln haben.«

Er schaute sich um und holte Luft. Alle waren still und bedachten die Ersthaftigkeit des Problems. Der General trommelte stirnrunzelnd mit den Fingern auf dem Tisch.

»Das ist die eine Sache«, fuhr Dan fort. »Zweitens sind wir nicht flexibel genug. Wir sind oft zu langsam und weigern uns, uns von dem zu trennen, was uns am meisten behindert: Erfahrungen aus dem wirklichen Leben. Beispielsweise mein Fehltritt gestern, als ich mich zu Boden warf, als ich diese imitierte Granate hörte. Meine Reflexe setzten ein, bevor ich realisieren konnte, dass die Granate nirgendwo hätte herkommen können, geschweige denn, dass ich eigentlich unsterblich bin. In der Zwischenzeit hätte der Gefangene entkommen können. Das gilt auch für unsere Kampffähigkeiten, wie der Nachtangriff deutlich gezeigt hat. Was uns fehlt, sind Flexibilität und ungewöhnliche Lösungsansätze. Wir bewegen uns in unserem Denken noch zu oft innerhalb der Grenzen der physischen Welt und der klassischen Kampfstrategien. Habt ihr gesehen, wie elegant sie uns ein Schnippchen schlugen, indem sie die Gefangenen einfach direkt unter unserer Nase rausholten? Das ist eine Fantasy-Welt – eine Welt, die tausend unerwartete Gelegenheiten bietet. Dinge wie zahlenmäßige Überlegenheit, Truppenaufstellungen, Einsatzkoordination und das Ausarbeiten zwanzig möglicher Entwicklungsszenarien reichen nicht für den Sieg oder auch nur für das Erreichen unserer Ziele. Lange nicht! Was wir brauchen, ist frisches Blut und Veteranen von Online-Schlachten – Menschen mit anderen Denkmustern! Im Durchschnitt haben unsere Soldaten nur zwei Monate Einsatzerfahrung in der wirklichen Welt. Dann kommt ihre Kolonne unter Feuer oder wird von Landminen in die Luft gesprengt – und da haben wir ihn dann: einen Krüppel, der zu nichts mehr zu gebrauchen ist. Aber warum sollte der besser sein als ein zwanzigjähriger Student, der noch nie in seinem Leben eine Waffe gesehen hat, aber die letzten fünf Jahre in verschiedenen MMORPGs mitkämpfte? Wir bringen ihm etwas Disziplin bei und flößen ihm Respekt und Demut ein – schon haben wir einen hervorragenden Soldaten, der eine gute Investition für den Clan ist. Meint ihr, die Stahlvisiere oder Hörnerhelme wären leichte Gegner? Meint ihr nicht. Das kann ich sehen. Gut so.

Aber wusstet ihr, dass die meisten von ihnen noch unter siebzehn sind? Das sollte euch mal zu denken geben. Das war alles von meiner Seite.«

Der General sank in seinem Stuhl zusammen. Stille erfüllte den Raum, während alle verdauten, was sie gerade gehört hatten. Ich gab mir große Mühe, in der Bedeutungslosigkeit zu verschwinden. Die Veteranen hatten gerade vor mir ihre Schwachstelle offenbart: Entweder sie hatten vergessen, dass ich eigentlich ein Fremder war, oder sie glaubten, dass ich schon zu sehr unter einer Decke mit ihnen steckte.

Schließlich ergriff Frag das Wort: »Na schön, Dan. Ich erwarte einen detaillierten Analysebericht von dir. Wir müssen einen Aktionsplan erarbeiten. Was für Leute wir brauchen, wie wir sie in unser System integrieren können und wie wir ihnen militärische Disziplin beibringen. Was können wir ihnen bieten, was sie interessieren könnte? Du hast eine Woche, dem allem nachzugehen. So! Was kommt als Nächstes? Die Medien? Haben wir Wellen geschlagen?«

Dan nickte stumm und kippte noch schnell einen Schluck heißen Kaffee runter. Man musste zugeben, dass die Veteranen nichts von hirnloser Disziplin hielten. Da herrschte kein tumber Respekt vor Rängen: Nur selten hörte man das klassische »Jawohl, General, nein, General«. Alle wirkten, als wären sie in einer kreativen Arbeitsumgebung ganz entspannt. Das war zugegebenermaßen etwas, was ich wirklich an ihnen mochte.

»Die Medien haben fast sofort Gegenmaßnahmen gestartet«, fuhr Dan fort. »Anscheinend hielten sie sich an ein vorbereitetes Szenario. Man wirft uns ansatzlose Aggression vor und dass wir für Aufruhr sorgen und vorhaben, den ganzen Cluster zu übernehmen. Soweit wir wissen, scheint hier zu gelten: Je größer die Lüge, desto leichter ist sie zu glauben. Sie haben alle bezahlbaren Maßnahmen ergriffen, um Wellen zu schlagen: in Foren, über angeheuerte Schreiberlinge und über Druck auf einige der stärkeren Clans. Doch kurz nach unserer Einnahme der Burg schien dieser Druck nachzulassen. Unsere Feinde wissen sehr wohl, welche Beweise sich jetzt in unserem Besitz befinden, und sie werden nicht riskieren wollen, dass wir uns gezwungen sehen, eine lückenlose Beweiskette zu veröffentlichen, um unsere Taten zu rechtfertigen.«

Der General nickte zufrieden. »Was schlagen unsere Analysten und Gegenspionageleute vor?«

Dan schaute in seinen leeren Becher und zur umgekippten Kaffeekanne. Einer der aufmerksameren Offiziere stand auf und reichte ihm eine fast volle.

»Sie haben wirklich mit genügend Scheiße geschmissen, dass wir einiges zum Saubermachen haben«, fuhr Dan fort, während er sich noch einen Becher einschenkte. »Am Nachmittag halten wir eine Pressekonferenz mit der Allianz und Spitzenvertretern des Clans ab. Wir werden Beweise für Folter und Sklavenhandel vorlegen. Wir werden ihnen den Keller zeigen, und dann können sie etwas Zeit mit einigen der Gefangenen und ehemaligen Sklaven verbringen. Manche von ihnen sind nur noch Gemüse, womit wir auch die größten Zweifler überzeugen sollten. Wie ihr alle wisst, haben wir insgesamt sechsundachtzig Gefangene gemacht. Wie wir später erfahren haben, waren zwanzig von ihnen ehemalige Bewohner des Kellers und Kunden von Iwan dem Schrecklichen. Zu unserem Bedauern konnten wir ihn nicht ausfindig machen. Einer der Gefangenen erwies sich als ganz interessanter Fall: einer der bekannteren Alten. Er verfluchte unsere Leute wie ein Großer und drohte ihnen allerlei Scheiße an. Es stimmt schon, dass unsere Leute etwas grob mit ihm waren, aber er hätte ja auch seine Zunge im Zaum halten können. Als wir ihn fragten, was er so spät in der Nacht in einer Burg der Katzen macht und das ganz ohne Begleitung, hat er uns eine Geschichte über seinen Beobachterstatus bei einigen Verhandlungen erzählt, die dort abgehalten wurden. Wie ich schon gemeldet habe, erhielten wir ein Ultimatum der Alten. Sie bestanden darauf, dass wir ihren Geldsack freilassen. Entsprechend der üblichen Vorschriften haben wir das auch sofort getan. Alle gefangenen Katzen haben einen niedrigen oder mittleren Rang. Wir versuchen, sie zu einer Zusammenarbeit zu bewegen. Wir brauchen dringend so viele Informationen wie möglich. Aber wir sollten nicht viel erwarten: Die dicksten Fische haben den Teich offenbar direkt nach Max' Flucht verlassen.«

Er machte eine kleine Pause. Ich hob eine Hand, um einen Gedanken mitzuteilen, der mir langsam kam.

»Schieß los«, sagte der General.

»Ich frage mich, ob wir den Besitz von Astralsteinen verbieten und eine Belohnung aussetzen können, wenn sie jemand findet. Und wir sollten Strafen gegen jeden beschließen, der sie zu verstecken versucht. So könnten wir vermeiden …«

»Nicht schlecht«, stimmte der General zu. »Analysegruppe! Ich will, dass ihr daran arbeitet und rechtzeitig für die Pressekonferenz ein grobes Konzept habt. Nun zu den Tarnern. Haben wir etwas zu ihnen?«

»Nur sehr wenig. Es ist eine unbekannte Hybridklasse: eine Mischung aus Schurke, Paladin und Zauberer mit einer Spezialisierung auf Eiszauber. Das ist eine mörderische Kombination, die aber vor allem auf Schleich- und Überfallmissionen ausgelegt ist. Da läuten nur wenige Glocken. Das ist etwas, was man speziell auf die Bedürfnisse verschiedener Sicherheitsdienste zugeschnitten hat. Ich bin nie davon ausgegangen, dass sie AlterWorld ignorieren würden. Und wenn man bedenkt, wie gut es um unsere Aussicht auf echte Unabhängigkeit bestellt ist, war klar, dass sich ihr Interesse an uns vervielfachen würde. Vielleicht ist euch das noch nicht untergekommen, aber es gibt immer wieder Gerüchte unter Elektroingenieuren, dass sämtliche Mikrochips und Prozessoren ab einer gewissen Komplexität dergestalt verändert wurden, dass man bei Bedarf das System übernehmen kann. Angeblich erfolgt dies auf Wunsch der Regierung. Sobald die Chips einen codierten Befehl per Satellit erhalten, sterben die Funkgeräte, Telefone und Computer einfach. Das soll einer der Gründe dafür sein, dass der Einsatz von importierter Elektronik in unserem Raumfahrtprogramm und bei den strategischen Raketenstreitkräften verboten ist. Ähnlich sieht die Lage anscheinend bei unseren Handy- und FIVR-Anbietern aus, die per Gesetz gezwungen sind, Kontroll- und Abhörgeräte in ihre Produkte einzubauen.«

Er nahm einen großen Schluck Kaffee, hielt inne und fuhr mit düsterer Miene fort. »Das führt uns zu einer Schlussfolgerung: Warum sollte – nur um den Gedanken einmal durchzuspielen – nicht jemand wie die CIA oder die NSA vergleichbare vertrauliche Genehmigungen einholen, um Wanzen einzusetzen, mit denen sich alles hier überwachen lässt? Eine spezielle Klasse mit nicht minder spezieller Ausrüstung. Solche Sachen eben. Die wenigen Gegenstände, die wir den Tarnern abnehmen konnten, stützen diese These. Ihre PK-Wertung war moderat. Sie haben nichts gedropt – anscheinend ist ihre Ausrüstung komplett seelengebunden. Der Inhalt ihrer Taschen ist allerdings ablegbar. Es sind alles unbekannte Gegenstände, deren Namen klare Beweise für eine Herkunft von außerhalb der Spielwelt sind. Namen wie ›Proviant 6‹, ›Stimpack, Allgemein‹, ›Erste Hilfe, Groß‹, ›Wurfmesser (Gift) 9‹? Man kann hier eine Struktur erkennen: Entwickler, die sich an präzise Anordnungen halten. Daraus ergibt sich aber auch ein anderes Szenario: Die Tarner könnten auch die internen Sicherheitskräfte der Admins sein. Trotzdem bleiben ihre Beweggründe für mich völlig undurchsichtig. Es liegt auf der Hand, dass sie eintrafen, um den Kristall entweder zu erobern oder ihn zu vernichten. Unklar bleibt jedoch, warum sie das Problem nicht über administrative Kanäle lösen konnten.«

Dan machte eine hilflose Geste. Er war fertig. Frag tippte mit seinem Dolch gegen seine Tasse, während die anderen Offiziere sich leise unterhielten und Dans Ansprache diskutierten. Ich machte mir auch Sorgen um diese neue und unbekannte Streitmacht. Wenn Sicherheitsagenturen der Regierung die Oberhand über ganz gewöhnliche Permaspieler gewannen, würde das zu nichts Gutem führen. Macht korrumpierte Menschen – und dazu musste sie nicht einmal absolut sein. Man verlor durch sie einfach den Bezug zur Realität. Die Katzen waren dafür Beweis genug.

Einer der Analysten, der für die Überwachung der Medienkanäle verantwortlich war, erhob sich. »General, der Katzenclan hat gerade seine freiwillige Auflösung verkündet. Seine restlichen zwei Burgen werden versteigert. Formell gibt es den Clan und seine Besitztümer nicht mehr. Soll das heißen, wir haben gewonnen?«

»Sie haben sich verpisst«, sagte der General missmutig. »Verfluchter Abschaum. Wer kann, wird sich einen neuen Charakter erstellen. Ihre Permas flüchten vermutlich in den britischen Cluster. Hier! Schreib das auf: Alle Katzen werden auf die Liste der Vogelfreien unseres Clans gesetzt. Wenn wir die Pressekonferenz abhalten, werden wir allen raten, es genauso zu halten.«

In der restlichen Diskussion ging es nur noch um unwesentlichere Angelegenheiten des Clans. Ich entschuldigte mich und schlich hinaus.

Kaum draußen hielt ich inne und fragte mich, ob man mich noch für etwas brauchen würde. Dann aktivierte ich den Teleport und reiste zur Ostburg. Gähnend schlurfte ich in meine Wohnung, die nun zum Glück puhfrei war, und brach auf dem Bett zusammen.

Ich wachte spät am Nachmittag auf, als Taali, die inzwischen meine persönlichen Vorlieben kannte, ins Zimmer huschte und mir einen Teller voll mit russischem Salat unter die Nase hielt. Mittlerweile war ich wieder halbwegs wach und erkannte mein Lieblingsessen schon beim zweiten Schnuppern.

»Zeit fürs Abendbrot!«, verkündete sie und schenkte mir Kwass aus einem Tonkrug ein. »Mach nur. Hau rein. Sobald du was gegessen hast, will ich aber alle Einzelheiten hören. Bei den ganzen Lügen in den Foren, die in jedes schmierige Klatschblatt gepasst hätten, ist mir echt übel geworden. Dan hat einen echt kranken Einfallsreichtum, was die Suchanfragen angeht, die ich für ihn überwachen sollte.«

Ich hatte ihr fast alles erzählt, als ich eine PN von Cryl bekam. *Was geht? Bist du da? Bock, in die kleine Halle zu kommen?*

Ich tippte *Okay* und wandte mich an Taali. »Ich würde dir gern Cryl vorstellen. Ist ein cooler Kerl. Er ist auch im Permamodus. Also ist er einer von uns.«

Wir gingen zur kleinen Halle hinunter und hielten vor der Tür an, unsicher, ob wir eintreten sollten. Ein Mädchen stand am offenen Fenster. Sein Blick war starr geradeaus gerichtet. Es war Lena aus der Burg der Katzen. Ich hatte nicht mal mitbekommen, dass man sie gerettet hatte. Cryl kümmerte sich um sie, und seine Augen waren verdächtig feucht. Als er uns bemerkte, legte er einen Finger auf die Lippen und flüsterte dem Mädchen etwas zu, ehe er zu uns herüberkam.

Er schüttelte mir kräftig die Hand. »Danke, Bro. Ich werde nicht vergessen, was du für uns getan hast.«

Ich winkte ab und nickte in Richtung von Lena. »Wie geht es ihr?«

Er schniefte. »Nicht gut. Sie blendet alles aus. Man kann ihre Hand nehmen und sie überall hinführen wie ein verirrtes Lämmchen. Wenn man ihr einen Apfel gibt, dann isst sie ihn. Wenn man ihn auf den Tisch vor ihr legt, dann sitzt sie nur da, ohne ihn zu bemerken.«

Taali stiegen die Tränen in die Augen. Sie hielt eine Hand vor den Mund. »Ist sie das Mädchen, von dem du erzählt hast? Lena, oder? Das, das vergewaltigt wurde?«

Cryl antwortete an meiner Stelle: »Der Doc der Veteranen meint, er glaubt nicht, dass sie vergewaltigt wurde. Sie scheint keine Angst zu haben, wenn man sie bittet, Kleidungsstücke abzulegen. Sie blendet dich einfach aus. Laut ihm hat eine Verbindung aus Stress und Angst gewissermaßen eine Art Abschaltung in ihr verursacht: Sie hat sich selbst in ihrem Verstand eingeschlossen, alle Türen und Fenster verriegelt und dann den

Schlüssel weggeworfen. Jetzt kommt sie da einfach nicht mehr raus.«

»Hört mal, Leute, wir müssen da etwas tun!«, sagte Taali mit leiser Stimme und ergriff unsere Hände. Wir nickten übereinstimmend.

»Der Doc meint, sie bräuchte viel positive Reize, viel Pflege und viel Aufmerksamkeit. Vielleicht könnte auch ein emotionaler Schock sie befreien, idealerweise ein positiver. Ich denke darüber nach, sie raus vor die Stadtmauern zu bringen, um dort ein nettes Plätzchen zu suchen. Aber ich kenne das Gebiet noch nicht sehr gut …«

»Mir fällt da ein Ort ein«, meinte ich. »Es gibt in der Nähe ein herrliches Plätzchen. Viel Sonnenschein und Blumen. Harmlose Häschen hoppeln da auch umher. Hast du deinen Bindeort schon auf diese Burg gelegt? Dann nimm Lena, und wir gehen. Das wird allerdings noch nicht reichen, fürchte ich. Aber ich habe da eine Idee. Erzähl mir, was du über sie weißt, und zwar jedes Detail.«

Meine Idee in die Tat umzusetzen brauchte noch einen weiteren Tag und kostete mich über zwanzig Riesen. Mein innerer Gierschlund rückte das Geld schweigend raus und teilte unseren Enthusiasmus für diese gute Sache.

Der nächste Morgen war sonnig und ruhig, als unsere Gruppe an meinem Lieblingsplatz ankam. Schmetterlinge flatterten über die Blumen, die noch nass vom Tau waren. Cryl fing ein kleines Häschen und reichte es Lena. Obwohl sie völlig abwesend war, streichelte sie doch gedankenverloren die Ohren des Tiers, das sich langsam beruhigte und die Berührung genoss. Leider bewirkte es aber auch nicht mehr.

Dann hörten wir leise Stimmen und sich nähernde Schritte. Ich spannte mich an, als mein Puls zu rasen anfing. Taali drückte sich voll ängstlicher Erwartung eine unvollendete Blumenkrone an die Brust. Jetzt kam es darauf an …

»Lena?« Wir hörten die Stimme einer Frau, unbeschreiblich warm und angenehm.

Das Mädchen schien aufzuschrecken. Unsicher wandte es den Kopf um. Ihre Augen wurden immer größer, füllten sich mit Tränen und quollen über.

»Mama? Liebe Mama?«

Sie sprang auf und ließ das Häschen von ihrem Schoß fallen. Etwas erschrocken hoppelte es rasch weg und verschwand. Lena drohte zu stolpern, denn ihre Beine hatten sich in ihrem Rock verfangen, doch sie musste weiter – hin zu der Gestalt, die kniend auf ihre Umarmung wartete. Die Frau weinte ganz offen und schloss das Mädchen in die Arme.

»Mama! Wo warst du nur? Ich habe auf dich gewartet …«

KAPITEL
SECHS

Memo

Arizona 6, geheime Forschungsanlage für virtuelle Räume und den Perma-Effekt
Forschungsstab: 1.446
Angestellte: 41.522
Sicherheitspersonal: 1.933
Labore: 76
VR-Kapseln: 16.000
Jährliches Budget: $ 2.600.000.000,00

Fortschrittsbericht des Tempus-Projekts

Wir haben AlterWorld als unsere virtuelle Standardwelt ausgewählt, weil es die größte digitalisierte Bevölkerung sowie die am schnellsten wachsende Autarkie und Unabhängigkeit aufweist.
Wie von uns erbeten, hat der AlterWorld-Konzern eine große Menge an speziellen Zaubern und Gegenständen entwickelt. Er hat uns zudem mit einer bisher nicht kategorisierten Supernova-Burg ausgestattet, die allen internen Bedürfnissen und Experimenten des Tempus-Projekts gewachsen ist.
 Vor vier Monaten wurden achttausend unserer Mitarbeiter mittels hochklassigster Geräte einer medizinisch erzeugten virtuellen Vollimmersion unterzogen. Ihnen wurde ein Goldstück als Ziel gegeben und sie wurden gebeten einen eigens erschaffenen Teleportationszauber zu wirken, um dieses Objekt in eine sogenannte Alpha-

Zone zu teleportieren. Dabei wurden zwei wichtige Bedingungen eingehalten:

Die Zauberwirkenden wussten nicht, dass es sich bei der Alpha-Zone um einen sterilen Bereich innerhalb von Labor 14 in der wirklichen Welt handelte.

Sie wurden nicht über die artifizielle Natur des Zaubers informiert und gingen alle davon aus, es mit einem üblichen Zauber der ersten Stufe zu tun zu haben, mithilfe dessen sie dank wiederholter Anwendung ihre magischen Kräfte steigern sollten.

Drei Monate und 5.184.103.322 Aktivierungen des Zaubers später registrierten unsere Geräte ein kurzes Erscheinen der Münze in der Alpha-Zone. Die Dauer des Erscheinens belief sich auf 0,09 Sekunden. Leider erwies sich dieser Vorfall im Nachgang als eine äußerst lebensnahe Illusion, da andere Geräte keinerlei Präsenz eines materiellen Objekts verzeichneten. Auf diese erste Sichtung folgte umgehend eine ganze Welle neuer Illusionen von teleportierten Münzen, die durch all die anderen gewirkten Zauber ausgelöst wurde.

Die Dauer der Illusion in unserer Welt nahm ebenfalls zu und hat inzwischen 51 Sekunden erreicht. Des Weiteren haben in den letzten 72 Stunden auch unsere Spektrografen und Massedetektoren eine zunehmende Menge an Goldstaub innerhalb der Portalkammer registriert.

Eine andere interessante und nicht minder wichtige Entdeckung ist der Umstand, dass die Testsubjekte tatsächlich ihre Zauberfertigkeiten verbessern konnten. Sie wirken nun beispielsweise einen Teleportationszauber 0,12 Sekunden schneller als üblich. Obschon beide Phänomene noch genau zu untersuchen sind, bleibt der Umstand bestehen, dass beide Entdeckungen die Grenzen des Machbaren durch eine Veränderung unserer gesamten Weltanschauung sprengen. Offenbar müssen wir das Potenzial der Menschheit neu ausloten.

Immer noch sprachlos ob des Wunders, das sich gerade vor unseren Augen ereignet hatte, saßen wir auf der Lichtung unweit von Mutter und Tochter, die einander nicht aus den Augen lassen konnten. Lena erzählte ihrer Mutter etwas, lachte und gestikulierte, während ihre Mutter ihr mit einem glücklichen Lächeln auf den Lippen lauschte. Es konnte nicht leicht gewesen sein, in dieser Elfenmaid ihre Tochter zu erkennen, auch wenn es rein visuell schon so einige Anhaltspunkte gab: Das Mädchen hatte ein Bild von sich als Grundlage für das Aussehen ihres Charakters verwendet. So oder so konnte niemand dem Herzen einer Mutter etwas vormachen.

Sie selbst wirkte in der übermäßig farbenfrohen Umgebung wie ein Fremdkörper. Während unseres emsigen Austauschs von Textnachrichten hatte ich Tamara Michailowna geraten, Kleidung auszuwählen, die ihr Kind leicht wiedererkennen konnte. Und so saß unsere zerbrechliche Elfe nun neben einer immer noch sehr attraktiven Frau von vielleicht vierzig Jahren, im Morgenmantel und mit Pantoffeln, die sich ihren Füßen aufgrund des langen Tragens orthopädisch korrekt angepasst hatten.

Ein kaum vernehmbarer Gongschlag schwebte über die Lichtung. Wolken von anthrazitfarbenen Diamanten umwirbelten Taali und Cryl. In der Sonne funkelten sie wie das Licht von tausend Discokugeln. Ehe ich überrascht die Augenbrauen heben konnte, umfing auch mich eine Meteoritenwolke aus wie irre glitzernden Edelsteinen. Noch ein Gongschlag. Die Edelsteine sanken erst ins Gras, um dann spurlos zu verschwinden.

> Achtung: Quest abgeschlossen! Ihr habt einen geheimen Quest abgeschlossen: Ein Freund in Not 2.
> Wendet den Löwenanteil Eures Besitzes dafür auf, jemandem zu helfen, der in Schwierigkeiten steckt.
> Belohnung: Das Glück ist Euch hold 2. Eine ganze Woche lang seid Ihr vom Glück verfolgt. Dadurch wird Eure Chance auf kritische Treffer erhöht, Ihr erhaltet seltenere Beute und

Ihr kommt in den Genuss verschiedener anderer Vorzüge, die man gemeinhin mit Glück und der Unterstützung der Götter in Verbindung bringt.

Glückwunsch! Ihr habt einen Erfolg erzielt: Seelenheiler
Belohnung: +1.000 auf Ruhm

Glückwunsch! Ihr habt die Aufmerksamkeit eines Gottes erregt, und seine Hand lag kurz auf Eurer Schulter.
Belohnung: Einzigartige Fähigkeit »Die Hilfe des Gefallenen«.
Effekt: Einmal pro Tag könnt Ihr die Gesundheit einer beliebigen Kreatur in AlterWorld (mit Ausnahme von Euch selbst) wiederherstellen.

Meine Freunde sagten kein Wort. Es hatte ihnen komplett die Sprache verschlagen. Ihr Blick trübte sich, als sie ihre eigenen Interface-Nachrichten lasen. Schließlich erhob ich die Stimme:
»Habt Ihr alle die Hilfe des Gefallenen erhalten?«
Cryl nickte und schloss für uns unsichtbare Fenster. »Ja. Was hat es denn damit auf sich? Was hat uns die Aufmerksamkeit des Dunklen eingebracht?«
Taali nickte abwesend, immer noch schwer beeindruckt von den ganzen Belohnungen, die sie gerade erhalten hatte.
Es war an der Zeit, dass ich mich mal etwas öffnete. Es gab keinen Grund, Taali nicht zu trauen, und wir mussten Cryl in unsere Geheimnisse einweihen, denn er war inzwischen einer von uns. Man konnte in dieser Welt nicht existieren, ohne jemanden zu haben, der einem den Rücken freihielt. Außerdem war ich es gewohnt, einen Schurken in der Gruppe zu haben, aber Käfer – mit dem ich etwa die letzten zwanzig Stufen verbracht hatte – war immer noch ein normaler Spieler und kein Perma. Langfristig konnten wir nicht wirklich auf ihn zählen, insbesondere nicht angesichts einer drohenden Unendlichkeit unseres

Daseins. Wie lange würde er dem Spiel treu bleiben? Ein Jahr? Zwei? Und dann? Da waren wir also ...

»Er ist eigentlich gar nicht so dunkel«, meinte ich. »Übrigens war er es, der mir geholfen hat, den Katzen zu entkommen. Die Belagerung der Burg wäre ohne sein Eingreifen nicht so glattgelaufen. Er ist weder gut noch böse, sondern in seiner ganz eigenen Kategorie. So will er einfach sein. Ganz ohne Klischees und Schubladen, versteht ihr?«

Cryl schaute überrascht zu mir auf. »Woher weißt du das alles? Das klingt ja fast, als hättest du ihn persönlich getroffen.«

Ich zuckte nur die Schultern. »Warum sollte ein junger Gott denn seinen Jünger nicht treffen wollen?«

Tief in mir hörte ich ein vertrautes, leises Lachen. Der Gefallene? Langsam wurde er mir doch etwas zu viel. Aus irgendeinem Grund hob ich den Kopf in den Himmel und schrie:

»Drei-eins-eins, bist du hier? Können wir dich sehen?«

Das Lachen erstarb. Eine kaum sichtbare Spiegelkuppel umfing die Lichtung und hüllte Lena und Tamara Michailowna ein, die die Welt um sich herum nicht zu bemerken schienen.

Wenige Schritte von uns entfernt tauchte eine Gestalt auf, von Fetzen von Finsternis umwirbelt, einen nachtschwarzen Mantel um die Schultern geschlungen. Er hatte das gleiche amüsierte Funkeln in den Augen und strahlte die gleiche anschwellende Macht aus, die mir auf die Brust drückte wie die Abklingzeit eines Hochzaubers.

Unwillkürlich sprangen sowohl Taali als auch Cryl auf und senkten die Häupter. Ich zwang mich, sitzen zu bleiben und möglichst desinteressiert und unbeteiligt dreinzuschauen. Der Gefallene beäugte mich mit verschmitzter Mine, und der Druck, den ich empfand, nahm weiter zu, bis ich Schweiß auf der Stirn spürte.

Schließlich gab ich auf. »Was jetzt? Nun sag mir nicht, dass du mehr Interesse an stumpfer Verehrung hast als an unseren Angelegenheiten.«

Der Gott warf lachend den Kopf zurück. Der unsichtbare Druck verschwand. Ich schaffte es, unauffällig erleichtert aufzuatmen. Das letzte Mal hatte ich mich so in der Türkei gefühlt, als man ein Foto von mir mit einem Tiger gemacht hatte. Die Bestie war offenkundig mit Beruhigungsmitteln vollgepumpt worden und ihr Hals fest an den Betonboden gekettet – doch selbst in diesem Zustand waren ihre ungeheure Kraft und ihre Wut greifbar gewesen ...

»Setzt euch.« Der Gefallene bedeutete uns, unsere früheren Positionen wieder einzunehmen, ehe er sich als Erster auf dem Boden niederließ. Er schaute uns der Reihe nach an und achtete darauf, dass jeder dem, was er zu sagen hatte, auch gut lauschte.

»Du hast ja keine Ahnung, Max, wie recht du hast«, sagte er. »Aber weil du mein Jünger bist, werden all deine Handlungen, Taten und sogar Worte Teil meines Karmas. Und je stärker der Druck ist, den solche Ereignisse, Gedanken oder Gefühlsaufwallungen erzeugen, desto mehr Energie strömt mir zu. Man könnte natürlich auch einfach etwas Mana, Beute oder Erfahrung opfern – all dies wird auch möglich sein, sobald der Erste Tempel wiederhergestellt ist. Doch nur wenige Dinge kommen der Kraft nahe, die dieses kleine Mädchen heute in dieser Welt entfesselt hat.«

Die rebellische KI nickte in Richtung Lena, die still neben ihrer Mutter saß, die ihr das Haar glatt strich. »Ihre Immersion ist phänomenal. Sie hat das Potenzial, den Stoff des Universums zu formen, als ob er Ton wäre. Was für eine Priesterin sie wäre! Eine unerschöpfliche Quelle der Macht – neutraler Macht noch dazu. Keine Flut schwarzer Energie wie von einem übereifrigen Nekromanten oder einem Dunkelelfenschurken, der sich daran aufgeilt, neue Spieler in einer Anfangszone abzuschlachten. Denn solche Macht schmeckt abscheulich, und sie verstärkt nur den Eindruck, dass ich ein finsterer Gott wäre. Stell dir vor, Max, man würde dich in einen richtigen Todesritter verwandeln. In einen Sendboten Moranas, der nichts auf seiner Spur zurücklässt außer Ödnis und wohlgenährten Geiern. Und du, Cryl – wärst du wirklich lieber ein Dieb und Auftragsmörder? Mir wäre das auch nicht recht. Auch wenn ich Kraft brauche. Genau wie ihr.«

Er wandte sich mir zu. »Oh, eine andere Sache. Ich kann nicht garantieren, dass ich dir jedes Mal helfen kann. Denn für jeden solchen Eingriff muss ich mit meiner Kraft bezahlen – mit dem, was davon noch übrig ist.«

»Warum hast du sie dann auf diese neue Fähigkeit vergeudet?«, fragte ich. »Sie war doch nicht notwendig. Meinst du nicht, dass du dir diese Kraft für etwas wirklich Wichtiges hättest aufsparen sollen?«

Der Gott lächelte. »Notwendig ist sie nicht, nein, aber der Zeitpunkt war ideal, um einige eigens von mir geschaffenen Dreingaben zu verteilen. Wo kann man deiner Meinung nach besser eine Lawine lostreten: in einer Wüste oder an einem Berghang, wo man nur einen einzigen kleinen Kiesel anzustupsen braucht? Die Situation, die du geschaffen hast, erlaubt es mir einzugreifen, ohne dabei die Logik dieses Universums zu stören. Hätte ich versucht, jedem von euch einen Weltuntergangsknopf an die Hand zu geben – ja, dann hätte ich es übertrieben. Also noch einmal: Erschüttert diese Welt weiter in ihren Grundfesten und tut große Taten. Dann wird die Belohnung auch eines Tages zu ihren Helden finden.«

»Ja, genau. Damit ihr Schutzpatron dann auch die Jetons einlösen kann, die er bei diesem Spiel gewonnen hat.« Ich konnte meinen Sarkasmus kaum unterdrücken. »Das Gleiche gilt auch, wenn man einen sterbenden Spieler mit der Hilfe des Gefallenen rettet. Ein Gramm Dankbarkeit pro Tag multipliziert mit drei multipliziert mit der Ewigkeit. Nicht schlecht für die Verleihung einer solchen Kraft, oder?«

Der Gefallene grinste und zwinkerte mir zu.

Cryl trat vor und senkte das Haupt. »O Gefallener, darf auch ich Euch als meinen Gott annehmen? Keiner der Lichten kam mir zu Hilfe, als ich an der Decke aufgespießt im Keller der Katzen hing. Niemand schenkte mir eine Fähigkeit oder auch nur

Aufmerksamkeit. Doch wenn ich einer der Gründer einer mächtigen Bewegung werden könnte, würde mir das nötigenfalls sogar genügend Ruhm, Glück und Reichtum für zwei Ewigkeiten bringen.«

Ich starrte Cryl überrascht an. Der Gefallene sah ihn wohlwollend an. Dann nickte er und klopfte Cryl auf die Schulter, um seine Bitte anzunehmen. Mit einem weiteren Gongschlag ereignete sich eine neuerliche Diamantstaubexplosion. Die Augen des Jungen weiteten sich, als er die Lippen bewegte und Nachrichten las, die nur er sehen konnte. Ich hätte zu gern gewusst, was der Gott ihm gegeben hatte.

Völlig unerwartet trat auch Taali vor. »O Gefallener, ist es wahr, dass Dunkle Priesterinnen eine Reihe von sehr, äh, besonderen Fähigkeiten haben?« Sie errötete, obwohl es ihr gelungen war, ihre Frage doch mehr als keusch zu stellen.

Der Gefallene grinste wieder. »Das stimmt, Paladinin. Es ist wirklich wahr.«

Taali straffte stolz die Schultern. »Dann empfangt nun auch meine Treueschwüre!«

Der Gott schüttelte überrascht den Kopf und sah mich mit einem Hauch von etwas an, was ich für Neid hielt. »Es sind keine Treueschwüre nötig. Dein Streben ist mehr als genug. Dann empfange nun meine Gabe …«

Wieder schlug der Gong. Taalis Augen zuckten hin und her, als sie den Text in ihrem Interface las – ihre Nasenlöcher weiteten sich, und ein zufriedenes Lächeln erblühte auf ihren Lippen. Schließlich senkte sie den Kopf und verbeugte sich. »Vielen Dank …«

Der müde Gott schloss die Augenlider. »Es wird Zeit für mich zu gehen. Ich habe viel getan und mehr von mir offenbart, als ich hätte tun sollen. Max? Du musst dich auf den Weg machen. Erinnerst du dich?«

Ich nickte. »Sicher. Ich muss mich erst noch ausstatten, und dann geht es los.«

Der Gefallene nickte und wandte sich zum Gehen, als sein Blick auf Lena fiel. Das Mädchen und ihre Mutter standen in der Nähe und schauten den Gott interessiert an, ohne sich jedoch zu trauen, näher zu kommen. Der Gefallene hielt ein paar Sekunden inne. Dann traf er eine Entscheidung, biss sich auf die Lippe und schnippte mit den Fingern. Ein schlichtes graues Armband erschien in seiner Hand. Mir fiel ein dünner, blutroter Streifen auf, der ihm von einem Mundwinkel bis zum Kinn hinunterlief. Oh. Ich hatte gehofft, unser Gott würde sich nicht weiter überanstrengen, indem er noch mehr Geschenke verteilte.

Meine Neugier übermannte mich, und ich wählte das Armband als Ziel und schaute mir rasch die Werte an.

```
Platinarmband der Dunklen Priesterin Göttliches Artefakt.
Gegenstandsklasse: Unabhängig, unzerstörbar
Seelengebunden. Kann auch beim Tod des Spielers nicht
entfernt werden.
Gegenstandsklasse: Einzigartig
Dauerhafter Effekt: Das Mal des Gefallenen. Eure Beziehung
zu allen Dunklen Völkern hat sich zu Neutral geändert.
Effekt: Heimreise. Teleportiert Euch zu einem Dunklen
Tempel Eurer Wahl.
Zauberzeit: 0
Mana: 0
Abklingzeit: 24 Stunden.
```

Mein innerer Gierschlund schüttelte sich, und eines seiner Augenlider zuckte heftig. Wie gut ich ihn verstehen konnte. So ein Gegenstand konnte einem in zahllosen Situationen den Hintern retten. Man durfte allerdings nie vergessen, dass jede Tat des Gefallenen mindestens einen Hintergedanken hatte. Indem es das Armband einer Priesterin trug, würde sich das Mädchen an seinen neuen Status gewöhnen. Und wenn sie eine »Heimreise« zu einem Dunklen Tempel antrat, um sich aus einer Gefahr zu retten, würde sie damit ganz klar eine sehr konkrete Assoziation stärken: *Ich bin eine Priesterin, und der Tempel ist mein Heim, meine sichere Zuflucht.* Der Gefallene war wahrlich kein simpel gestricktes Geschöpf.

Er übergab Lena sein Geschenk. Nachdem er ein paar Worte mit ihrer Mutter gewechselt hatte, wuschelte er dem Mädchen durchs Haar und verabschiedete sich mit einem Winken von uns allen. Mit einem Ploppen verschwand der Gott, immer noch eingehüllt in seine Kuppel. Die Klänge des Sommerwalds drangen mit erneuerter Kraft auf uns ein, die Sonne brannte wieder heiß. Es wurde Zeit, nach Hause zu gehen und sich unter unserem Burgdach zu verstecken. Ein kleiner Snack konnte auch nicht schaden.

Tamara Michailowna und Lena kamen zu uns herüber. Das Mädchen schaute mir mit einem aufmerksamen und lebendigen Blick in die Augen, ganz anders, als ich sie zuvor gesehen hatte – sie war erfüllt von Freude, Glück und Interesse an allem, das sie umgab.

»Max, hab vielen herzlichen Dank! Mama hat mir erzählt, wie du ihr geholfen hast, mich zu finden. Ich weiß nicht, was mit mir geschehen wäre, wenn du nicht geholfen hättest!«

Mein innerer Gierschlund schnurrte, geschmeichelt von ihrem Lob. Doch ich war nicht der Einzige, der es verdient hatte. »Das war wirklich keine große Sache. Du musst dich vor allem bei Cryl dort bedanken. Er blieb bei dir, fütterte dich und führte dich. Und Taali war deinetwegen trauriger als jeder andere, und sie hat so viel geholfen, wie sie nur konnte …«

»Hat sie das? Ich kann mich an nichts erinnern.« Das Mädchen schaute meine Freunde dankbar an. »Vielen Dank auch!«

Wir gingen den Pfad entlang, der zur Burg führte. Bald konnten wir die Flagge der Veteranen sehen, die von der Spitze des Bergfrieds wehte. Tamara Michailowna hatte sich bereits umgezogen und trug nun Fantasy-Kleidung, die zu diesem Setting passte. Jetzt übernahm sie das Reden – ohne Eile, aber mit sämtlichen

Details. Sie hatte die seltene Gabe, dass jeder sie schon wenige Minuten nach dem ersten Treffen ins Herz schließen musste – wie eine Lieblingstante, die von irgendwo außerhalb zu Besuch kam.

»Ich kann dir nicht genug danken, Max. Sowohl in meinem Namen als auch in dem ihres Vaters. Er wird später am Nachmittag kommen. Niemand gibt einem Chefarzt frei. Und ich meine noch nicht mal einen richtigen Urlaub …«

»Gern geschehen.« Mit einer Handbewegung wiegelte ich ihren Dank ab, denn ich war ohnehin schon peinlich berührt genug. »Wie sieht denn eure weitere Planung aus?«

Tamara Michailowna hielt an und schaute den steilen Hang hinunter, den wir gerade erklommen hatten. »Ich bin nicht mal außer Atem.« Sie schüttelte den Kopf. »Trotz meines Asthmas und meiner schlechten Knie springe ich herum wie ein Schulmädchen im Mai. Und die Luft hier erinnert mich ans Meer. Sankt Petersburg ist voller Graupel, Schneematsch und den Chemikalien, mit denen sie das Eis auf der Straße schmelzen. Um deine Frage zu beantworten: Ja, wir wollen in den Permamodus gehen. Wir beide. Seit unsere Lena im Spiel festhing, haben wir hier nach ihr gesucht. Die Polizei kümmert sich nicht um vermisste Kinder, wenn sie in der virtuellen Welt verschwinden. Die Administration von AlterWorld spielte auf Zeit, warf mit Vertraulichkeitsklauseln um sich und verlangte eine offizielle internationale Suchanfrage der Polizei. Schon bald hatten mein Mann und ich uns dazu entschieden, digital zu werden und selbst nach ihr zu suchen. Sie ist jetzt unsterblich – früher oder später hätten wir sie gefunden. Stattdessen hast du uns gefunden … Mit dieser schrecklichen Geschichte …« Sie wischte sich rasch über die Augen, wobei sie darauf achtete, dass ihr Kind nichts davon mitbekam. Die Mühe hätte sie sich gar nicht machen müssen: Lena lauschte dem immer mehr errötenden Cryl, der er seine mehr oder minder aufregenden Abenteuer zum Besten gab, mit offenem Mund.

Ich versuchte, die Frau von ihren traurigen Gedanken abzubringen. »Ihr werdet einem Clan beitreten wollen. Idealerweise einem aus den Top 10. So habt ihr etwas Sicherheit. Wenn ihr genug Geld habt, wäre es klug, sich ein Haus innerhalb der Stadtgrenzen zu kaufen. Ihr müsst auch gar nicht höher als Stufe 10 aufsteigen. Andererseits hat Lena das schon gemacht. Vielleicht wollt ihr also lieber zu ihr aufschließen.«

Sie nickte. »Ich glaube, es wäre das Richtige für uns, einem Clan beizutreten. Und du, Max – bist du bei den Veteranen?«

»Nicht wirklich. Ich habe meinen eigenen Miniclan. Eine Ausgabe für die Hosentasche sozusagen. Er ist mehr eine Familie als sonst irgendetwas.«

Sie blieb wie angewurzelt stehen und schaute mich interessiert an. »Wäre es möglich, dass wir auch Mitglieder werden? Ich kann dir versichern, dass wir vernünftige und hart arbeitende Menschen sind. Wir können uns nützlich machen. Und wir werden nicht mit leeren Händen kommen.«

»Du verstehst mich nicht.« Ich schüttelte den Kopf. »Der Beitritt zu einem Clan ist keine Formalie. Ihr werdet Schutz brauchen. Jemanden, der euch hilft und euch voranbringt. Außerdem gibt es sonst nur zwei von uns: Taali und mich.«

Jemand legte mir eine Hand auf die Schulter. »Es gibt drei von uns.«

Ich drehte mich und schaute einem ernsten Cryl ins Gesicht. »Es gibt drei von uns«, wiederholte ich. »Ich schulde dir was. Du bist mein einziger Freund. Außerdem ist es so, wie ich es dem Gefallenen gesagt habe: Ich möchte beim Anbruch einer neuen Ära dabei sein. Es besteht für mich kein Zweifel, dass du Großes bewirken wirst, Mann. Dazu brauchst du auch Sicherheitsleute, oder nicht? Ich will nicht der Chef werden, aber ich glaube, dass ich ein guter Agent wäre.«

»Siehst du?« Tamara Michailowna lächelte mich an. »Ihr seid schon drei! Mit uns wärt ihr bei sechs. Selbst eine Reise von tausend Meilen beginnt mit einem einzelnen Schritt. In hundert

Jahren lachen wir darüber, wenn wir uns an dieses Gespräch erinnern!«

Ich schaute sie alle an und wollte schon Nein sagen. Der Dichter hatte recht, als er schrieb: *Du bist zeitlebens für das verantwortlich, was du dir vertraut gemacht hast.* »Versteht ihr denn nicht? Die Leitung eines Clans ist eine Qual, die ich keinem an den Hals wünschen würde – einschließlich mir selbst!«

Die weisen Augen der Frau lächelten. »Ein König … oder auch ein General … steht und fällt mit seinem Gefolge. Wenn du dir die richtigen Leute aussuchst, beschränken sich deine Mühen allein darauf, Ziele für sie festzulegen und dann die Ergebnisse in Augenschein zu nehmen.«

»Schick mir eine Einladung«, verlangte der Schurke.

Ich warf Taali einen Blick zu. Sie zwinkerte mir zu und zuckte die Schultern.

Ich hob die Hand, damit alle kurz schwiegen. Ich musste mir die Sache gründlich überlegen. Im Grunde war es so wahrscheinlich tatsächlich besser. Mein Anteil an der Tabakallianz band mich für die nächsten fünf Jahre an meinen Nanoclan. Zugleich war mir sehr wohl bewusst, dass mein Clan stark genug sein musste, damit er für die nötige Sicherheit und noch viele andere Dinge sorgen konnte – was ich schon zu vielen Gelegenheiten mehr oder minder genau so gesagt hatte. Wie immer galt: Wenn man möchte, dass etwas richtig gemacht wird, muss man es eben selbst machen.

»Na schön«, sagte ich. »Es ist ja nicht so, dass ich euch mit Waffengewalt dazu zwinge. Ihr könnt den Clan jederzeit verlassen – und nicht zwingend mit den Füßen zuerst. Hier sind eure Einladungen.«

Einen Augenblick später war mein Clan schon doppelt so groß wie vorher. Tamara Michailowna lehnte meine Einladung jedoch ab.

»Ich möchte erst meinen Avatar ändern«, sagte sie als Antwort auf meinen überraschten Blick. »Ich will eine Hochelfe wie mein

Mädchen sein. Ein paar Änderungen an Alter und Aussehen vornehmen ... Nicht viel, aber ein bisschen schon«, erklärte sie leicht verschämt.

Ich nickte verständnisvoll. Jeder wollte lieber für immer jung und schön sein. Das brauchte sie mir nicht zu erklären.

Während wir durch die Burg gingen, fing Dan uns ab, um uns Meldung über Taalis Situation zu erstatten. Sie hatten die Zeit genutzt, um reichlich Informationen zu sammeln. In zwei Wochen würde man diesen Abschaum seiner gerechten Strafe zuführen können. Eine Waffe hatten sie bereits: einen halbautomatischen Karabiner vom Typ Tiger mit allen Ausbauoptionen und hochwertigem Zielfernrohr, ein fast perfekter Klon des guten alten Dragunow-Scharfschützengewehrs. Dan bestand darauf, dass Taali die nächste Woche auf dem Schießstand verbrachte und mindestens ein paar Hundert Schuss abfeuerte, um sich damit vertraut zu machen. Gleich am nächsten Tag würde sie zu einem Schützenverein in der Nähe von Sankt Petersburg fahren und dort eine Weile AFK sein.

Alle waren beschäftigt, sodass ich ungestört über meine eigene Lage nachdenken konnte. Oder vielmehr über die meiner Mutter. Bei Tavors irren Drohungen lief es mir immer noch eiskalt den Rücken runter. Ich musste etwas dagegen unternehmen. Mama musste irgendwo anders hin – idealerweise irgendwo unter Überwachung. Ich wollte nicht schon wieder als Bittsteller zu den Veteranen gehen. Betteln zahlt sich nie aus. Außerdem wollte ich ihnen nicht alle Trumpfkarten, die sie brauchten, einfach so in die Hände geben. Zudem musste man auch die potenzielle undichte Stelle im Clan im Hinterkopf behalten.

Sobald ich oben auf meinem Zimmer war, schob ich mir den Sessel an das schmale Fenster mit dem Ausblick auf den Wald. Ich machte es mir bequem und öffnete das Chatmenü. Die gespeicherten Kontaktdaten des Mitarbeiters von RealService leuchteten grün. Er war also gerade online. Das angeregte Gespräch im Anschluss sicherte mir eine tolle Wohnung in einer sicheren, abgeschotteten Gemeinde in der Vorstadt. Dieses besondere Vergnügen würde mich dreihundert Kröten die Woche kosten: teuer, aber tragbar, wenn man sich meine Brieftasche anschaute. Ich bestellte den Umzugswagen für den nächsten Morgen.

Nach kurzem Zögern beschloss ich, doch auf meinen Verfolgungswahn zu hören und schlug mehrere Sicherheitsagenturen nach. Im Durchschnitt kostete ein Leibwächter zwischen fünf und dreißig Kröten die Stunde. Ich entschied mich für die mittlere Preislage: ein gut ausgebildeter, ehemaliger Offizier der Sondereinsatzkräfte mit Waffenschein. Ich wählte die automatische Vertragsverlängerung und gab einen permanenten Tagesbefehl aus. Jetzt musste ich nur noch Mama von ihrem Glück wissen lassen, ohne eine Herzattacke bei ihr auszulösen.

Es brauchte eine Weile, die Nachricht zu verfassen und sie möglichst positiv und optimistisch klingen zu lassen. Ich erzählte von meiner Erfindung des einzigartigen Rezepts, die unsere Zukunft finanziell absicherte. Auch meine neuen Freunde und mächtigen Verbündeten erwähnte ich. Dann beschwerte ich mich, dass »manche Leute« mit ihrem Anteil des Kuchens nie zufrieden waren und teilte ihr unverblümt mir, dass sie eine Zeit lang umziehen musste, damit sie auch so sicher und bequem lebte, wie es zu einem Oberhaupt eines Clans und virtuellen Millionär passte. Meine Mama war natürlich nicht dumm. Sie konnte sicher zwischen den Zeilen lesen. Doch sie würde trotzdem ein kleines Weilchen brauchen, um sich alles zusammenzureimen – was wesentlich besser war als: »Mama, dein Leben ist in Gefahr. Also tauch unter und versteck einen Raketenwerfer unter deinem Bett!«

Ich streckte mich und sank wieder in den Sessel. Ich würde mich nicht als großen Freund des Geldes bezeichnen. Aber Geld konnte einem dabei helfen, viele Probleme zu lösen, und machte das Leben leichter. Anstatt schweigend die lauten Nachbarn ertragen zu müssen, konnte man sich ein Haus mit Grundstück mieten oder kaufen. Anstatt einfach nur Schmerzmittel zu schlucken, konnte man zu einem richtigen Arzt gehen. Anstatt sich von der Verkehrskontrolle ausnehmen zu lassen, konnte man einen Anwalt zurate ziehen …

Nun schienen meine aktuellen Angelegenheiten unter Kontrolle. Jetzt sollte ich mal nachschauen, wie man Zugang zum Lagerhaus der Veteranen erhielt. Es wurde Zeit für ein Upgrade. Falls das nicht klappte, konnte ich jederzeit bei den Auktionen nachschauen. Dann musste ich nur noch ein paar lose Enden aufgreifen, ehe ich wieder auf Reisen ging: Die Totlande, der Tempel und meine kleinen Drachenbabys warteten!

KAPITEL
SIEBEN

»Sesam, öffne dich!«, flüsterte ich, als ich mich in die Lagerhausdatenbank der Veteranen einloggte. Das Inventarmenü war militärisch schlicht: Hier gab es keinen Schnickschnack.

Noch vor fünf Minuten war mein innerer Gierschlund noch unruhig auf und ab gegangen, während ich auf die Zugangserlaubnis für das Lagerhaus der Veteranen gewartet hatte. Ich hatte ihnen erklärt, dass ich einen Teil meines Loots gegen Gold eintauschen wollte. Dan hatte sich diplomatisch zurückgezogen und gemeint, eine solche Entscheidung läge nicht in seiner Hand, um mich dann an Herrn Simonow zu verweisen. Mein positiver Bescheid war schlussendlich aber nicht vom Buchhalter, sondern von Frag persönlich unterschrieben. Der General dankte mir für meinen »beträchtlichen Beitrag zum Gelingen der Mission«, brachte seine Hoffnung auf eine Wiederholung unserer Zusammenarbeit zum Ausdruck und ließ durchblicken, dass in Zukunft die Entlohnung für das Wirken eines Hochzaubers bei ihren Raids noch deutlich höher ausfallen könnte. Zwischenzeitlich würde man mir als Anerkennung für meine Dienste den vollen Zugang eines Leutnants für das Lagerhaus einräumen, wobei ich auch noch einen beträchtlichen Rabatt beim Eintauschen erhielt.

Ich musste ein Grinsen unterdrücken. Die Veteranen waren anscheinend so angetan vom Ausgang mit der Zusammenarbeit mit einem Hochzauberer, dass sie den Versuch unternahmen, sich meine Dienste auch für später noch zu sichern. Ich rechnete erst gar nicht durch, wie viel sie wohl durch mich verdient hatten:

Es war einfach nicht mein Stil, die Gewinne in anderer Leute Geldbörse zu zählen. Doch ungeachtet dessen, was die Veteranen von mir hielten, war ich mir nicht sicher, ob ich gern ihr angeheuerter Zauberbrecher sein wollte. Es wurde Zeit, dass ich lernte, auf eigenen Füßen zu stehen, und genug Macht aufbaute, um ernst genommen und nicht nur benutzt zu werden. Bis dahin jedoch waren die Veteranen genau der Federstrich, der mir fehlte, um aus meiner Null eine Zehn zu machen.

Das Suchfenster öffnete sich zwitschernd und ließ mich so wissen, dass sämtliche Überprüfungen abgeschlossen waren und mein Zugangsstatus bestätigt wurde. Gott sei gedankt für digitale Technologien! In der wirklichen Welt hätte ich mich wohl mit einem Lagerhausoffizier und dessen innerem Gierschlund herumschlagen müssen – und deren geeinte Schlagkraft hätte sicherlich ausgereicht, um gleich einen ganzen Schwarm Phantomdrachen zu erlegen.

Na gut. Aber immer schön der Reihe nach. Schauen wir uns erst einmal die reitbaren Untersätze an. Wo bewahren sie wohl die Bärenausrüstung auf? Eine grobe Suche ergab über vierhundert verfügbare Gegenstände. Das war vielleicht ein klitzekleines bisschen zu viel. Ich sortierte sie nach ihrem Preis: Die teuersten Angebote lagen bei knapp über zwanzig Riesen pro Gegenstand. Die Namen sagten mir nichts. Ich musste mich an einen Experten wenden.

Gab es hier irgendwelche Bärenexperten? Abgesehen vom Tierschutzbund fiel mir da eigentlich nur Eric ein. Ich schickte ihm eine kurze PN, in der ich mein Problem umriss, und bat ihn um seinen Rat bezüglich der Ausrüstung von Humungus. Allzu gut hatte ich noch in Erinnerung, wie viel Liebe und Mühe Eric in das Ausrüsten seines LAVs gesteckt hatte. Jetzt musste ich nur noch abwarten, was der Experte zu sagen hatte.

Prompt bekam ich auch schon eine Antwort – ganz so, als ob da jemand als Teil eines Verstärkungstrupps im Wachhaus festsaß und dringend etwas Ablenkung brauchen konnte.

Super! Ich helfe dir. Keine Frage. Auf welches Lager hast du Zugriff?

Das brachte mich zum Grübeln. Was meint er mit »welches Lager«?

– Habt ihr mehrere? Ich habe Leutnantszugang.

– *Ich verstehe. Dann hast du Zugang auf alle Klassen von Gegenständen und Ausrüstung bis zu Selten. Artefakte und alles Epische liegt unter Verschluss im Tresor mit den vertraulichen Sachen. Das ist aber trotzdem gar nicht schlecht. Nicht mal ich habe so viel Zugang. Ah! Kannst du mal eben was für meinen LAVy nachschauen? Ich brauche einen Schleier des Wahren Blicks. Damit kann ein Reittier getarnte Gegner sogar auf noch größere Entfernung erkennen als ein Spieler mit dem entsprechenden Buff. Und noch dazu Pegasus-Hufeisen. Sie erhöhen die Geschwindigkeit um 15 %. Und könntest du auch noch mal nachschauen, ob …*

– Hey, Moment mal!, erwiderten mein innerer Gierschlund und ich wie aus einem Mund. Solche Schätze konnten wir doch auch gut gebrauchen! *Zurück zum Thema. Sobald wir Humungus ausgerüstet haben, kannst du vielleicht auch noch mal einkaufen gehen, je nachdem, wie es läuft.*

– Wie ist die Geldlage?

– *Problemlos.*

– *Dann solltest du dir das Winnypor-Set zulegen. Alles davon, was du kriegen kannst. Es sind insgesamt sechs Gegenstände, und du hast schon die Mondklingen. Das dürfte das Coolste sein, was bezahlbar ist. Der Rest ist in einer etwas anderen Liga. Außerdem werden die meisten Sachen sowieso beim Aufheben gebunden.*

Na schön. Ich tippte *Winnypor* ein. Als Suchergebnis tauchten neun Gegenstände auf. Nachdem ich die Duplikate ausgeblendet hatte, waren noch vier übrig: der Helm, die Schulterplatten, der Harnisch und etwas, was aussah wie Stiefel aus Stahl. Ich wollte mir gar nicht vorstellen, was zum Geier denn ein Winnypor genau war und wie er wohl aussah. Preis pro Gegenstand: drei bis sechs Riesen. Ich öffnete das Auktionsfenster und fing an, die

Preise zu vergleichen. Nicht schlecht – bei den Veteranen war immer alles mindestens zehn Prozent günstiger. Wie schön wäre es gewesen, bei ihnen Kram im Wert von einer Million zu kaufen und ihn dann komplett wieder zu versteigern. Ein- oder zweihundert Riesen Gewinn ohne jede Anstrengung. Doch das hätte auch einen Totalverlust an Ansehen und Ruf bedeutet – eine Betrügerei aus der alleruntersten Schublade. Das brauchten wir nun auch nicht, oder?

Mein innerer Gierschlund bekam ordentlich was hinter die Ohren, damit er mich nicht mehr so flehentlich anschaute. Mit einem Blick auf die Werte fing ich mit dem Einkaufen an – ich war schon richtig neidisch auf meinen Bären. Ich musste ihm auch einen Beinpanzer, vier Ohrringe, zwei Goldketten und etwas für die Zähne kaufen. Wollten wir nur hoffen, dass er danach nicht aussah wie ein Vampir mit Plastikgebiss beim Karneval.

Eric und ich brainstormten ein bisschen, und im Anschluss fand ich alles, wonach wir suchten – abgesehen von den Zähnen, die ich bei einer Auktion für satte achtzehn Riesen kaufen musste. Doch das Gebiss war das auch wert, vom Schneide- bis zum Eckzahn.

Mithrilfänge des Fleischfressers
Gegenstandsklasse: Episch
Waffentyp: Nur für Reittiere
Schaden 96–117, Geschwindigkeit 2,9, Haltbarkeit 230\230
Effekt: Durchlöcherer
20 % Wahrscheinlichkeit, dass der Schaden die Rüstung des Ziels ignoriert.
Effekt: Fleischfresser
Wenn das Reittier einen tödlichen Treffer landet, wird ein Teil der erschlagenen Kreatur verschlungen und stellt 25 % Gesundheit beim Träger des Gegenstands her.

Bitte sehr, mein lieber Teddy. Jetzt bist du kein knuddeliger und kuscheliger Schmusebär mehr, sondern ein echter Fleischfresser. Blieb nur zu hoffen, dass Name und Effekt nicht auch sein Verhalten änderten, denn er sollte schließlich nicht anfangen, Leute zu beißen.

Erics Bitte hatte ich natürlich auch nicht vergessen. Leider gab es nur einen Schleier, den ich daher ihm überlassen musste, obwohl mein innerer Gierschlund einen Flunsch nach der anderen zog. Es gab allerdings zwei Sätze Pegasus-Hufeisen, die nicht nur die Geschwindigkeit erhöhten (was allein gar nicht so gut gewesen wäre), sondern auch noch die Lebenspunkte um 170 steigerten. Ich kaufte beide in der Hoffnung, dass der Versorgungsoffizier sich nicht zu fragen anfing, wie viel Beine mein Bär genau hatte.

So! Humungus war voll ausgestattet und damit zehnmal so eindrucksvoll wie sein Besitzer. Seine Werte waren nun mehr als respektabel:

Reittier: Humungus (Roter Bär)
Stufe: 26
Stärke: 185
Rüstung: 140
Konstitution: 95
Krallenschaden: 77–91
Zerreißenschaden: 127–162
Geschwindigkeit: 16 km/h
Reiter: 2
Maximale Traglast: 9.250
Sonderfähigkeiten: Rüstungtragen, Waffentragen, Lastesel II, Tragetier

Mein Teddy war nun eine echte Naturgewalt. Nicht, dass das günstig gewesen wäre. Sogar in der wirklichen Welt konnte man mit siebentausend Kröten einen Schwächling in jemanden sehr

Gefährliches verwandeln, einschließlich kugelsicherer Weste, Schrotflinte und zwei Pistolen im Gürtel. Noch ein paar Dutzend Stunden Taktiklektionen und Unterricht auf dem Schießstand und unser ehemaliger Sandsack für die Schulschläger war eine potenzielle Wunderwaffe. Doch das hier war kein Schwächling, sondern ein echtes Kampffreittier, das dafür geschaffen worden war, alles zu vernichten, was sich bewegte.

Jetzt konnte ich auch mal an mich denken. Wobei mir einfiel, dass ich mich zusätzlich noch um einen ganzen Kindergarten zu kümmern hatte. Ich öffnete meine Gildenübersicht. Cryl war Stufe 13. Lena war eine Waldläuferin der Stufe 11. Ich wühlte in meiner Tasche herum und fand eine Peitsche, die ich vor einer gefühlten Ewigkeit in meinem persönlichen Dungeon gelootet hatte. Das war schon mal ein großartiger Fund: Zum Glück hatte ich sie noch nicht wie versprochen Käfer in die Hand gedrückt. Dabei ging es gar nicht um Gier oder so was: Ich hatte schlichtweg viel zu viel auf dem Tableau gehabt, um daran zu denken.

Im Geiste vermerkte ich mir, jeweils zehn Riesen für die Ausrüstung der neuen Mitglieder meines Clans beiseitezulegen. Dem inneren Gierschlund wischte ich die dicken Krokodilstränen ab und versprach ihm, dass die Ausrüstung ja nur geliehen wäre und nach getaner Arbeit wieder ins Lager des Clans wandern musste. Als er sich immer noch nicht beruhigen wollte, legte ich eine Clansteuer von 10 % für sämtliche Beute und alle Verkäufe fest. Mir war durchaus klar, dass ich wohl der Einzige war, der in nächster Zeit darunter leiden würde. Auf Stufe 10 ist nicht mit allzu viel Loot zu rechnen. Aber ich war auch der Einzige mit Zugriff auf die Schatzkammer unseres Clans.

Das war geschafft. Jetzt war ich aber nun wirklich mal selbst dran. Als Erstes suchte ich nach den reichhaltigsten und leckersten Elixieren, die es gab. Doch auch hier wurde mein Appetit durch die grausame Realität gedämpft: Die Veteranen bewahrten ihre Phiolen in einem separaten Alchemietresor auf, der nichts mit dem normalen Lager zu tun hatte. Und ich wollte mein Glück nicht überstrapazieren, indem ich nach einem weiteren Zugang fragte. Mein Joch an Verpflichtungen gegenüber einem fremden, wenn auch zugegebenermaßen freundlich gesinnten Clan wog bereits schwer genug.

Also wechselte ich rüber zu den Auktionen. Da gab es zwar eine ordentliche Auswahl, aber etwas wirklich Seltenes wie die Mystische Fähigkeitsessenz fand ich nicht. Nachdem ich etwas darüber nachgedacht hatte, kaufte ich mir vier Fähigkeitselixire und zwanzig zur Steigerung von Attributen. Wenn man die Abklingzeit mit bedachte, sollte mir das für drei Wochen reichen. Schon war ich achtzehn Riesen ärmer, aber mir tat kein einziges Kupferstück davon leid. Mit dem Klimpern von Münzen und einem Wackeln der Tasche wurde mir der Abschluss meiner Einkäufe angezeigt. Zwei Phiolen kippte ich auf der Stelle: die eine mit Minzgeschmack, die andere mit Zitrone-Honig.

Umgehend investierte ich einen Talentpunkt in etwas, was mich schon die ganze Zeit angemacht und worauf ich jedes Mal zugunsten von Kampffähigkeiten verzichtet hatte. Eine Gruppenteleportation bekamen weder Nekro noch Todesritter. Stattdessen hatten sie eine Erweiterung der persönlichen Teleportation auf Stufe 30, mit der man Reit- und Haustiere mitnehmen konnte. Die konnte ich mir nun holen. Endlich musste ich meine Haustiere nicht mehr in Dungeons zurücklassen! Mein innerer Gierschlund fasste sich noch immer jedes Mal an die Brust, wenn er sich an den Seuchenpanther mit voller Stufe und vollen Fähigkeiten erinnerte, der in meinem persönlichen Dungeon hatte zurückbleiben müssen.

Rein aus Gewohnheit verteilte ich einen Attributspunkt auf Intelligenz. Das machte ich schon die ganze Zeit so, wobei Intelligenz und Geist durchgängig im Verhältnis zwei zu eins blieben.

So. Was jetzt? Es war wahrscheinlich sinnvoll, mir eine bestimmte Summe beiseitezulegen, die ich mir leisten konnte. Rückblickend hätte ich das schon vor meiner Einkaufstour machen sollen. Auch egal. Betrachteten wir es mal von der anderen Seite. Ich wollte die Million nicht wirklich anbrechen. Wie einen einzelnen großen Geldschein in der Brieftasche wollte man sie nur ungern klein machen, um ein paar Sachen im Ein-Euro-Laden zu kaufen. Fünfzig weitere Riesen musste ich für unterschiedlichste Unterhaltskosten zur Seite legen, die ich schon auf mich zukommen sah. Nach einigem Herumkalkulieren, das kaum über die Grundrechenarten hinausging, blieben mir noch achtzig Riesen übrig. Das war fast so viel, wie ich für mein Reittier ausgegeben hatte. Ja, genau.

Was von der vorhandenen Ausrüstung lohnte sich denn, aufgehoben zu werden? Ganz ehrlich: Bei den Summen, mit denen ich hier hantierte, bohrte ich lieber alles auf, was ich besaß. Ich hatte meine Ausrüstung seit dem Turnier bei den Veteranen nicht mehr verbessert, und damals war sie auf sechs Riesen geschätzt worden. Wenn man das mit den achtzig verglich, konnte man nur noch um Atem ringen und in schweigender Ekstase auf dem Boden zusammensacken.

Es gab nichtsdestotrotz ein paar Dinge, die ich noch nicht eintauschen wollte. Der Stab der dunklen Flamme, die Krone des Totenkönigs und Jangurs Schlachtschild mussten bleiben. Die Krone würde ich nie und nimmer verkaufen – ich brauchte sie als einzigartiges Mittel für ganz gewisse Aufgaben. Das hieß jedoch noch lange nicht, dass ich sie ständig tragen musste. Ich konnte mir also problemlos eine neue Kopfbedeckung kaufen, wenn ich etwas in der gleichen Liga fand. Der Schmuck kam in den Clantresor, sprich meinen Nachttischschrank – zumindest so lange, bis mein Clan endlich irgendeine Art von fester Unterkunft hatte.

Ich wechselte wieder zum Lager der Veteranen und begann eine neue Suche. Diesmal schränkte ich die Klasse auf Todesritter ein und listete die Preise vom niedrigsten zum höchsten. Schau an, schau an. Ungefähr dreitausend Suchergebnisse, und die schönsten Sachen strahlten mich aus dem Bereich von dreißig Riesen und teurer an. Ich würde mir anscheinend nur ein paar wenige Spitzensachen kaufen können und den Rest der Plätze danach mit günstigem Kram auffüllen müssen. Wobei diese Strategie natürlich auch ihre Vorteile hatte. Als ich sie das letzte Mal angewandt hatte, hatte sie mir auch gut gedient.

Ich dachte über beide Alternativen nach. Schlussendlich war es wahrscheinlich doch sinnvoller, mir das Beste zu holen, was ich mir leisten konnte. War ich bereit, mein Geld für einen Haufen niedrigstufiger Sachen auszugeben, damit ich mich eines Tages auf – sagen wir mal – Stufe 120 dem Gedanken stellen musste, dass die achtzigtausend Mäuse, die ich investiert hatte, mir nicht das gebracht hatten, was sie hätten bringen können? Es war schlichtweg viel besser, sich zwei echte Überwaffen zuzulegen, die man dann später gegen Episches und Artefakte austauschen konnte.

Und damit war ich dann wieder beim Anfangsszenario. Haustiere waren einfach meine Trumpfkarte. Ich sortierte die Suchergebnisse anhand der Kategorie *Erhöht die Stufe von beschworenen Kreaturen* vom höchsten zum niedrigsten. Falls sich jemand das gefragt haben sollte: Todesritter – die in dieser Hinsicht ansonsten eher arm dran waren – hatten dafür Zugriff auf echte Über-Gegenstände. Nicht, dass ich mich beschweren wollte. Schließlich war ich doch nur ein bescheidener Todesritter, der ganz unschuldig ein paar Boni für seine schwächlichen Haustiere abholen wollte.

Mein innerer Gierschlund hechelte immer noch vor Anstrengung und Aufregung, als wir beide uns nun die Angebote anschauten. Zur Sicherheit startete ich noch mal einen Suchvorgang bei den Auktionen: Es waren zwar zehnmal mehr Sachen im Angebot, aber bei den Preisen verging einem das Lachen.

Schon bald erspähte ich das erste Über-Goodie:

Stahlstiefel des Abtrünnigen
Gegenstandsklasse: Einzigartig
Effekt: +110 auf Rüstung, +25 auf Intelligenz, +25 auf Stärke
Effekt: Beschleunigt die Manaregeneration um 4 %.
Effekt: Für die erweckte Kreatur besteht eine Chance von 50 %, eine ihrer besonderen Fertigkeiten zu behalten.
Effekt: +7 auf die Stufe einer erweckten Kreatur.
Effekt: -1 auf Beziehungen zu Lichten Völkern
Effekt: +1 auf Beziehungen zu Dunklen Völkern
Klassenbeschränkungen: Nur Todesritter
Klassenbeschränkungen: Nur Lichte Völker

Ach du Schande. Das war ja quasi eine Maßanfertigung für mich. Wobei man auch sagen musste, dass einunddreißigtausend Gold mehr als dreitausend echte Kröten waren: Ich tauschte also gerade im Grunde gut dreißig Gramm bedruckte Scheine gegen ein paar Tausend Zeilen Programmiercode ein. Nein, so war das gar nicht. Verlor ich denn langsam den Verstand? Es gab keinen nennenswerten Code mehr, über den man hätte sprechen müssen, und diese Sache hatte auch nichts mehr mit Dollar oder Euros zu tun. Ich benahm mich gerade wie ein russischer Immigrant in seiner neuen Heimat, der alle Preisschilder in Rubel umrechnete und sich entweder freudig die Hände rieb oder verzweifelt den Kopf schüttelte. Das war nicht das Leben, das ich für mich wollte. Geld war dazu da, etwas zu leisten. Es sollte keinen Staub ansetzen, sondern es musste wachsen und meinen Loot und meine Erfahrung um ein Vielfaches mehren.

Und zwar auf der Stelle. Als Nächstes war ein Brustpanzer dran, der ebenfalls nur auf Todesritter beschränkt war. Nekros konnten weder schwere Rüstungen tragen noch sich auf Stärkeboni verlassen. Noch dazu sah der Brustpanzer einfach imposant aus:

Rückgratpanzer des Ringgeists
Gegenstandsklasse: Einzigartig
Effekt: +210 auf Rüstung, +250 auf Mana, +250 auf Leben, +10 % auf Magieresistenz.
Effekt: Bei Angriffen mit Stichwaffen besteht eine Chance von 15 %, einen kritischen Treffer zu erleiden.
Effekt: Wenn die Gesundheit des Trägers auf unter 20 % sinkt, entsteht eine Aura der Furcht, die alle Wesen im Umkreis von 10 Schritt erfasst und sie für 2,5 Sek. lähmt.
Effekt: +6 auf die Stufe einer erweckten Kreatur.
Effekt: Wenn der Träger Schaden erleidet, splittern Knochenfragmente von der Rüstung, die allen Gegnern im Umkreis von 3 Schritt 40 Schaden zufügen.
Klassenbeschränkungen: Nur Todesritter

Diese Werte wurden von mir mit allen anderen verfügbaren Objekten verglichen, aber letztlich kam ich doch zu dem Schluss, dass der Brustpanzer von den verfügbaren Gegenständen einfach der coolste war. Also musste ich ihn kaufen. Wieder war ich fünfunddreißig Riesen los. Ich wischte mir den Schweiß ab. Noch nie im Leben hatte ich die Gelegenheit gehabt, so schnell solche Summen auszugeben. Fünfzehntausend Mäuse in der letzten Stunde – da schwirrte einem der Kopf. Doch es galt eben: Wie gewonnen, so zerronnen. Es gab schließlich noch mehr als genug Burgen zu erobern. LOL.

Ich konnte auch ein Armband entdecken, das ansonsten nicht sehr beeindruckend war, aber +3 auf die Stufe des Haustiers gab – doch weil es sich bei ihm um ein Schmuckstück handelte, hatte es eine ganze Horde von Nekros angelockt, die den Preis exorbitant in die Höhe trieben. Auch egal. Das konnte noch warten. Insbesondere weil meine Reserven langsam knapp wurden. Was hatte ich noch über niedrigstufige Ausrüstung gesagt?

Die nächsten zwei Stunden verbrachte ich damit, mein Gold genau abzuzählen und mir Billigversionen für die restliche Ausrüstung zu besorgen. Die sollten auf jeden Fall reichen, bis ich sie eines Tages ersetzen konnte.

Mit jeder Lieferung wurde meine Tasche schwerer. Endlich war ich fertig. Die verbliebenen Kupferstücke verteilte ich auf mehrere Plätze für Kleidung und Schmuck. Geschafft. Das musste reichen.

Rasch waren meine Neuerwerbungen angezogen. Ich hüpfte ein wenig herum und probierte sie aus. Hier und da gab es noch ein Klirren und Klappern, aber nicht allzu viel, wenn man bedachte, dass ich fast achtzig Kilo Stahl an mir und noch mal fünfunddreißig in meiner Tasche durch die Gegend trug. Gott sei gedankt für die Spielphysik! Bei meinen Stärkepunkten merkte ich unter 110 Kilo noch nicht mal etwas davon. Bei allem darüber wäre ich überladen.

Ich war nun beinahe einsatzbereit. Cryl schickte ich eine PN, um ihn wissen zu lassen, dass ich ein paar Tage unterwegs sein würde, um einen Quest zu erfüllen. Man konnte mich allerdings nötigenfalls per PN erreichen. Ich warnte ihn auch bezüglich des Inhalts meines Nachttischschranks und bat ihn, sich gut um Lena zu kümmern, sie in unsere Gruppe aufzunehmen und in ein paar ordentliche Buffs zu investieren, ehe sie sich ans Leveln machten.

Ich ging die Treppe runter zur Portalhalle, vorbei an den wenigen Patrouillen, die an Schlüsselpunkten der Burg stationiert waren. Einige Wachen wichen sogar ängstlich vor mir zurück oder gingen mir regelrecht aus dem Weg, obwohl die Bedrohungslage schon auf Gelb gesenkt worden war. Wahrscheinlich standen sie noch unter zu viel Anspannung aufgrund der von Frag angeordneten Sicherheitsübungen und Drills. Und ich schritt an ihnen vorbei – eine geisterhafte Gestalt, geschmückt mit der schwarzen Krone des Totenkönigs, den herausragenden gelben Rippen meines Brustpanzers und einem winzigen Stück schwarzen Bernsteins über dem Herzen. Ich hatte den kostbaren Edelstein verwendet, um meinen ansonsten eher unansehnlichen Brustpanzer zu verzieren und noch dazu einen der drei verfügbaren Verbesserungsplätze zu füllen, wodurch meine Dunkelzauber gestärkt wurden. Doch es war womöglich klüger, die Brustplatte in angenehmer Gesellschaft auszuziehen, damit die Leute nicht unnötig Panik bekamen.

Schnell besorgte ich mir einen Teleport in eine Kleinstadt etwa hundertfünfzig Kilometer von der Burg entfernt. Der Name sagte mir ansonsten gar nichts: Ich hatte den Ort zufällig ausgewählt. Das Portal öffnete sich und brachte mich dorthin. Nach drei Minuten Wartezeit sorgte ich für einen weiteren Transport in die von hier aus am nächsten gelegene Stadt. Dieser Vorgang wiederholte sich mehrfach. Fünfzehn Minuten, sechs Teleportationen und hundertfünfzig Gold später hatte ich meine kleine Abhängaktion abgeschlossen und stand wieder auf dem großen Platz in der Stadt des Ursprungs, den ich bereits kannte.

Bei meinem letzten Besuch hatte ich mir einen Laden mit einem besonders eindrucksvollen Schild gemerkt, das es sogar mit den Logos der Banken in der Nähe aufnehmen konnte: *Thrors Haus der Edelsteine*. Ich wagte es nicht mal, mir vorzustellen, was ein hochwertiges Gebäude wie dieses am wichtigsten Platz der Stadt kostete.

Die gewaltige Tür öffnete sich spielend leicht. Zahnräder drehten sich schnurrend und setzten Gegengewichte in Bewegung. Wenig überraschend geschah dies alles ohne das leiseste Quietschen. Anstatt einer normalen Glocke an der Ladentür erklang ein *Pling*, das von einem winzigen Goldhammer stammte, der auf einen silbernen Amboss schlug. Seine Bedeutung dämmerte mir erst, als ich den Goldschmiedegesellen sah, der für die Begrüßung der Kunden zuständig war. Ein Zwerg! Der erste, den ich in dieser Welt getroffen hatte!

Wir erstarrten beide und musterten einander. Der Zwerg glotzte mich überrascht an, weil da ein Hochelf in einer Dunkelelfenstadt aufgeschlagen war. Seine Augen weiteten sich, als er meinen Freundesstatus und das Mal des Hauses der Nacht wahrnahm. Und kaum dass ihm das Stück Bernstein auf meiner Brust ins Auge gefallen war, schien er den Kontakt zur Realität komplett zu verlieren.

»Mit allem erdenklichen Respekt.« Ich klopfte ihm auf die Schulter, damit er wieder zu sich kam. »Ich würde gern mit Meister Thror sprechen.«

Der Zwerg schreckte auf und gewann seine Fassung zurück. »Ich fürchte, der Vater des Hauses empfängt keine Besucher mehr«, sagte er mit schuldbewusstem Blick.

Verwundert hob ich eine Augenbraue.

»Ich gehe und frage nach«, fügte der Zwerg hastig hinzu. »Er könnte vielleicht eine Ausnahme machen ... aber nur für Euch.«

Er verschwand und ließ mich verblüfft zurück: Wer würde mich nun erwarten? Ich brauchte einen Goldschmied und kein Patriarchenmaskottchen.

Doch meine Erwartungen hätten nicht falscher sein können. Der eigenbrötlerische Hausgründer, in dessen Arbeitszimmer man mich brachte, erwies sich als wahrer Riese mit tief gefurchter Stirn – also für einen Zwerg, meine ich natürlich. Seine kräftigen Muskeln hätten genauso gut einem Schmied anstelle eines Juweliers gehören können, und seine Augen funkelten mich durch das Visier eines Helms an. An der Wand lehnte eine gewaltige Hellebarde, die verriet, dass er früher einmal in einer Armee gedient haben musste.

Ob er mein Auftreten besser zu deuten vermochte als sein Lehrling, war nicht zu erkennen. Nicht ein Muskel zuckte in seinem Pokerface. »Was kann ich für Euch tun, junger Elf?«

»Ich will Eure Zeit nicht verschwenden, werter Herr. Kommen wir gleich zur Sache. Ich habe ein paar Dinge in meinen Besitz gebracht, aus denen ich einen Reisealtar bauen kann. Meine beschränkten Fertigkeiten erlauben es mir allerdings nicht, ein derart großes Vorhaben in Angriff zu nehmen, weshalb ich in Euren Laden gekommen bin – er soll schließlich der beste der Stadt sein. Meint Ihr, Ihr könnt mir helfen?«

Jetzt zuckten seine Augenbrauen doch. »Meint Ihr damit etwa, dass Ihr etwas in Eurem Besitz habt, was einst einem Gott des Lichts gehörte, Junge? Und jetzt wollt Ihr einen kleinen Altar haben? Oder …«, fügte er mit einem Hauch von Sarkasmus in der Stimme hinzu, »habt Ihr gar irgendwelche heiligen Reliquien, um einen Großen Raid-Altar zu errichten?«

»Nicht ganz.« Ich griff in meine Tasche und holte zwei dunkle Splitter daraus hervor.

Der Zwerg fuhr herum, schnappte sich ein paar Zettel von seinem Schreibtisch und deckte damit die Steine ab. Dann hob er die Hand und machte ein kompliziertes Zeichen mit den Fingern. Kaum vernehmlich schlossen sich verborgene Schießscharten. Er war definitiv kein süßer Opa zum Knuddeln.

Thror erstarrte, lauschte aufmerksam und nickte dann zufrieden. Er nahm das Papier weg und fuhr liebevoll mit der Hand über die Steine.

»Ich muss mich entschuldigen, werter Herr Laith«, murmelte er. »In der Theorie gehört unser Clan zum Zweig des Lichts. Auch wenn wir gar nicht so genau wissen, wen wir da eigentlich anbeten sollen. Ihre Kleriker haben keine Schwierigkeiten damit, unser Gold zu nehmen, aber wenn es um unsere Anfragen dazu geht, einen Tempel zu erschaffen, der dem Gott der Goldschmiede und Juweliere geweiht ist, sagen sie immer nur, sie hätten nicht genügend mächtige Artefakte dafür! Und dabei haben sie gerade erst das neulich in ihren Besitz gelangte Götterherz dazu verwendet, um Asklepios – den Gott der Ärzte – zu beschwören und ihrem Pantheon hinzuzufügen. Asklepios, um aller Götter willen! Was haben sich denn seine Eltern gedacht, als sie ihm diesen Namen gegeben haben?«

Nickend sog ich all diese kostbaren Informationen in mich auf. Da ich ja eh schon bis über beide Ohren in die Angelegenheiten meines Gottes verstrickt war, musste ich dringend am Ball bleiben und so viel über das Thema erfahren, wie ich nur konnte. Ich musste wirklich jedes Detail kennen: angefangen bei den Namen und den Aufgaben ihrer Götter bis hin zur BH-Größe von Venus, falls es sie denn auch in unserer neuen Welt geben sollte.

Der Zwerg ließ die Steine bereits in seiner Handfläche umherrollen, untersuchte sie und analysierte ihre Werte. Führte er gar eine Spektralanalyse des reflektierten Lichts durch? Oder bestaunte er sie nur? Beides hätte mich nicht überrascht.

»Das ist eine vielschichtige und anspruchsvolle Aufgabe«, sagte er schließlich. »Dafür braucht es schon einen Goldschmied vom Rang eines Berühmten Meisters. Davon gibt es nur drei in der Stadt.«

Er versuchte doch glatt, seinen Preis in die Höhe zu treiben, dieser Schuft. »Ich will doch hoffen, dass Ihr einer davon seid«, erwiderte ich. »Und falls nicht, hindert mich ja auch nichts daran, zum Geburtsort aller wahren Meister zu gehen: zum Königreich unter dem Berg. Es gibt ja mehr als genug Portale dorthin.«

Da musste der Zwerg dann doch ächzen, und sein Pokerface entglitt ihm. »Sie nehmen sie Euch ab und – und vielleicht dürft Ihr wenigstens euren Kopf behalten. Oder vielleicht lenken sie Euch mit Gebeten und Ritualen ab, während ihre Meister hinter den Kulissen darum ringen, wer als Erster an Euch herantreten darf. Es kommt nicht jeden Tag vor, dass ein Berühmter Meister eine Arbeit findet, mit der er seine Goldschmiede-Fertigkeit steigern kann.«

Ich lächelte: Es hatte ja nicht lange gedauert, bis dieser Schummler mit der Spitzhacke sich verraten hatte. »Ihr seht also, werter Herr, dass es in unser aller Interesse ist, dass Ihr diesen Auftrag erhaltet, nicht wahr? Dabei sollte dringend erwähnt werden, dass das Erlangen dieser Splitter meine Finanzen ausgelaugt hat. Wenn ich an die Vorteile denke, die Euch dies bringen könnte, bin ich durchaus bereit, Euch diesen Auftrag für die sehr bescheidene Provision von hunderttausend Goldstücken zu erteilen.«

Dem Zwerg blieb wie vom Schlag getroffen der Mund offen stehen. Warum nicht? Es wurde Zeit, dass ich mal aus den üblichen Abläufen ausscherte, bevor er anfing, mir alles in Rechnung zu stellen. Schließlich hatte er sich wieder im Griff, brach in schallendes Gelächter aus und klatschte mit der Hand auf den Tisch.

»Ihr seid ein Scherzbold! Das seid Ihr wirklich! Fast hätte ich es Euch abgenommen! Um ein Haar hätte ich Euch rausschmeißen lassen«, sagte er mit einem Anflug von Ironie in der Stimme.

Ich konnte nicht anders, als zu lächeln, und bewies mich so tatsächlich als Scherzbold. Thror öffnete einen gewaltigen Sekretär, der allerdings kein Büromaterial enthielt, sondern ein kleines Fässchen mit etwas, was ganz sicher alkoholisch war. Der Zwerg klopfte gegen die dicken Dauben des Fässchens und horchte nach dem Echo. Dann füllte er zwei Humpen ab und knallte sie auf den Tisch.

»Teilen wir uns erst mal ein Glas extratrockenen Zwergenbrand. Man kann ja schlecht über eine Bestellung im Wert von zweihundert Riesen sprechen, wenn man dabei gerade verdurstet!«

Ich hustete erstickt. »Wie bitte? Ich brauche doch keinen Altar aus purem Gold. Er soll so leicht und unauffällig wie möglich sein. Idealerweise sollte er kaum prunkvoller aussehen als ein Dreibein fürs Lagerfeuer. Ansonsten fragt sich ja jeder Hans und Franz, was ich denn da so herumstehen habe. Ich würde vorschlagen, wir teilen die Kosten: die Altäre für mich, die Erfahrung für Euch.«

Jetzt musste er erstickt husten. »Ich stelle doch keine Küchenutensilien her! Ich bin Goldschmied! Und ganz abgesehen davon arbeite ich nie umsonst! Wobei mir einfällt ...« Sein Blick trübte sich kurz, um dann wieder klar zu werden. »Ihr, werter Herr Laith, tragt das Mal des Gefallenen. Daher darf man wohl davon ausgehen, dass Ihr ihm begegnet seid. Das und der Umstand, dass Ihr die Steine habt, verrät jemandem von meiner Erfahrung einiges. Na schön. Ich kann Euch die Altäre ohne weitere Bezahlung herstellen, wenn Ihr mir eine kleine Phiole vom Blut des Gefallenen besorgt.«

Ich sprang auf. »Ihr macht wirklich keine halben Sachen, oder? Der Gefallene wird es wohl kaum zu schätzen wissen, wenn er herausfindet, dass sein Blut jetzt für magere zehn Riesen im Versandhandel erhältlich ist.«

Die nächsten paar Stunden verbrachten wir mit freundlichem Gefeilsche. Am Ende waren wir beide angemessen betrunken und konnten uns auf sechzig Riesen einigen. Viel zu viel, verflucht noch mal. Als ich den Vertrag unterschrieb und ihm seinen fünfzigprozentigen Vorschuss gab, griff der Zwerg in den Schrank und zog eine Flasche heraus, die vom Alter ganz ausgebleicht war.

»Drachentränen. Vierzig Jahre alt«, erklärte er stolz und zog ploppend den Korken heraus, während eine zwergische Servierdame ein Tablett mit Essen hereinbrachte.

Wir kippten beide einen Schnaps. Das Zeug trieb einem echt die Tränen in die Augen. Der hatte mindestens 120 Umdrehungen. Zufrieden mit der Wirkung des Gesöffs entschied sich der Zwerg, dem ahnungslosen Jungspund mal zu zeigen, wie man danach ordentlich weitermachte. Er nahm sich eine Wurst vom Tablett und anschließend die Zange, mit der er eine glühende Kohle aus dem Kamin pfriemelte. Er hob sie vor den Mund und blies dann seinen alkoholgeschwängerten Atem darauf: Sofort entflammte die Wolke und hüllte die Wurst mit grünem Feuer ein. Im Raum breitete sich ein Duft wie an einer original deutschen Bratwurstbude aus.

»Drachenatem«, merkte der Zwerg stolz an. »Mit ein bisschen Übung kann man damit Löcher durch Bretter brennen, die halb so dick wie ein Finger sind.«

Das war schon ein echtes Original, dieser graubärtige Meister. Für die Fertigstellung wollte er eine Woche, und er erklärte ausschweifend, dass er erst ins Königreich unter dem Berg müsste, um dort gewisse seltene Zutaten zu holen.

Wir trennten uns in aller Freundschaft. Schwankend verließ ich das Gebäude. Mein Kopf musste wirklich deutlich klarer werden, nachdem ich so gastfreundlich bewirtet worden war. Was ich jetzt brauchte, war ein Café, in dem extrastarker Kaffee serviert wurde und wo ich mir eine Karte der Stadt anschauen konnte. Meine nächste Anlaufstelle danach war die Söldnergilde. Auf gar keinen Fall würde ich allein in die Totlande aufbrechen. Ich brauchte gute Verstärkung. Mit etwas Glück würde ich vielleicht morgen schon die Mauern des legendären Ersten Tempels sehen.

KAPITEL
ACHT

Aus der Online-Zeitung »The Daily AlterWorld«:

Sonderbare Vorkommnisse häufen sich. Schon der sechste leere Dungeon in der letzten Woche. Interessant dabei ist, dass sie alle zu unterschiedlichen Noob-Regionen gehören, die in der Nähe größerer Siedlungen liegen. Der letzte Fall ist der Gnollhügel, der kaum mehr als einen Kilometer außerhalb der Stadt des Lichts zu finden ist. Dieser niedrigstufige Dungeon ist nun leer, verlassen von allen Mobs, die ihn zuvor noch bevölkerten. Der Thron im Thronsaal scheint entfernt worden zu sein, die Wände des Raums wurden mit obszönen Graffitis in blutroter Farbe beschmiert.

Siehe Screenshot 14: »Wir kommen wieder, ihr haarlosen Kojoten!«

Die Verwaltung von AlterWorld hat bislang keinerlei Erklärung zu diesem Phänomen abgegeben. Allen Anfragen bezüglich neuer Orte für niedrigstufige Charaktere begegnet man mit vagen Versprechungen, ohne aber konkrete Zeitpläne zu nennen.

Das Gebäude der Gilde war schlichtweg überwältigend. Sie hatten eine Festung mitten in der Stadt: Die dicken Mauern starrten vor Schießscharten, die dicken Türme waren mit den Stahlstacheln von Ballisten gespickt. Zwei gewaltige Golems bewachten den Eingang – wobei sie eher für den Reichtum und Einfluss der Gilde stehen sollten, als tatsächlich irgendetwas zu verteidigen. Beide hatten Stufe 230. Wie krass war das denn? Ich machte mir sogar die Mühe, den Bau von Golems im Wiki nachzuschlagen. Es konnte ja nichts schaden, auch mal ein wenig zu träumen. Meine naive Hoffnung darauf, so einen eines Tages als Haustier zu haben und mir einen ganzen Trupp von Zombiegolems aufzubauen, zerplatzte wie eine Seifenblase. Nur ein großer Clan konnte sich auch nur einen davon leisten. Um Zugang zum Golembaum zu bekommen, musste man Alchemie, Goldschmieden und normales Schmieden bis auf den Großmeisterrang bringen. Und dann kamen auch noch die Kosten hinzu! Für den Bau eines Golems brauchte es ein kleines Vermögen: Um eine Ahnung von den Kosten zu bekommen, stellt man seine Schöpfung am besten auf die Waage und legt so lange Silberbarren in die Schale auf der anderen Seite, bis man vor Tränen nichts mehr sieht oder einem die Barren ausgehen. Und das war erst der Anfang eines langen und umständlichen Vorgangs.

Ich stand mit offenem Mund da und versuchte, das Gewicht der Golems abzuschätzen, wobei ich Finger und Zehen hinzuziehen und Silber in Gold umwandeln musste, um ein paar Nullen loszuwerden. Das war eine Menge. Ich tätschelte einem Golem den warmen Mithrilschenkel und trat in den düsteren Torbogen.

Ein kurzer Tunnel führte zum Turm über dem Tor. Über beiden Eingängen ragten die stählernen Zähne von Fallgittern aus der Decke. Die zahlreichen Schießscharten und verdächtigen Öffnungen über mir verhießen jedem ein blutiges Ende, der versuchte, sich hier durchzukämpfen. Gut, dass ich persönlich hergekommen war, anstatt einfach jemanden auf dem Söldnermarktplatz anzuheuern. Meine potenziell unendliche Lebensspanne bedeutete, dass ich vielleicht sogar eines Tages selbst solche Befestigungen bauen, verteidigen oder erstürmen könnte.

Der Innenhof war klein, aber reizend. Erstaunlich voll war es hier – in erster Linie wegen der Söldner, die darauf warteten, angeheuert zu werden. Der knappe Platz zwischen Feste und Innenmauer bot Platz für zwei Cafés, eine Kneipe und zwei Kampfarenen, in denen ständig etwas los war. Eine Reihe von Läden bot unter anderem Vorräte, Ausrüstung und Reparaturen an. Die Söldner waren anscheinend etwas nachlässig geworden, wenn ich mir die beengten Verhältnisse hier so anschaute. Schon bei der ersten Belagerung würde all dieser Firlefanz munter brennen und den ohnehin schon niedergeschlagenen Verteidigern das Leben schwer machen.

Die Tore zur Festung standen einladend offen. Ich trat hindurch. Im Erdgeschoss gab es die eigentlichen Gaming-Inhalte: Gildenmeister, Händler, Ausbilder und zahlreiche andere NSCs. Die zweite Etage wurde an Spieler vermietet, die nicht nur gute Manager, sondern auch genauso gute Inneneinrichter hatten. Das Dekor wirkte eher geschäftsmäßig als mittelalterlich, einschließlich einer Information, bequemen Sofas im Wartebereich, Arbeitsnischen wie im Großraumbüro für die Berater und richtiger Büros für das Management. Überall herrschte geschäftiges Treiben. Hier floss richtiges Geld durch den Markt – ich schätze etwas neidisch ein Kilogramm Gold pro Minute. Zurück ließ dieser Strom eine kleine Gildensteuer, mit der man den örtlichen Prunk unterhielt.

Ich brachte mein eher bescheidenes Anliegen vor und wurde zu einer Nische geführt: Weiche, bequeme Sessel und eine Wand voll duftender Gewächse, die uns vom Rest des Raums abschirmten, erwarteten mich. Das leise Plätschern eines künstlichen Miniaturbächleins sollte dabei helfen, dass man sich entspannte und leichter von seinem Geld trennte. Den Berater bemerkte ich erst gar nicht. Er saß auf der Kante eines Sofas inmitten der Pflanzen neben einem Beistelltisch, der voller kleiner, köstlicher

Häppchen war. Das musste wohl ein Angestellter aus der realen Welt mit einer einfachen 3-D-Verbindung sein – welcher Permaspieler würde schon freiwillig Bürohengst werden? Das erklärte jedoch noch lange nicht, warum er sich ausgerechnet für einen Goblincharakter entschieden hatte. Trotz seines lächerlichen Aussehens hörte mir das grüne Wesen sorgfältig und würdevoll zu, um wie ein erfahrener Reporter genau an den richtigen Stellen zu nicken.

Schließlich fasste der Goblin zusammen: »Sie brauchen also fünf Mann als Schützendeckung, die mit zwei bis drei Mobs bis Stufe 150 fertigwerden. Ziel: Begleitung in die Totlande. Die Ausgangslage wäre damit geklärt. Nun zu den Gebühren. Ein Trupp aus fünf Personen mit Stufe 140 wird Sie siebentausend Gold kosten. Die minimale Vertragsdauer beträgt vierundzwanzig Stunden. Bezüglich der Planung: Die nächstgelegene Portalstadt in dieser Region ist Aquinus, was hundertvierzig Meilen von Ihrem Ziel entfernt liegt. Dahinter kommen die Grenzlande. Ein wildes Gebiet, das nahezu gänzlich unbewohnt ist. Jede Menge wilder Monster sowie einmaliger Baue und Dungeons. Es ist sehr wahrscheinlich, dass Sie dort auf Ärger stoßen werden. Auch wenn Sie die möglichen Stufen der Mobs etwas überschätzen, gebe ich Ihnen insofern recht, dass man in solchen Fällen gar nicht vorsichtig genug sein kann. Falls ich Ihnen etwas bezüglich der Logistik raten darf: Ich würde Ihnen den Clan der Fährleute empfehlen. Wir unterhalten gute Arbeitsbeziehungen zu dessen Vertretern. Sie wissen sicherlich, dass ein Zauberer der Spitzenstufe sich an bis zu fünfzig Teleportpunkte erinnern kann, und so können sie unseren gesamten Cluster abdecken – abgesehen von den Grenzlanden. Aber zumindest kann ihr Clan dafür garantieren, dass sie mindestens einen Teleportpunkt pro tausend Quadratkilometern haben. So ließe sich Ihre Reisezeit mindestens halbieren …«

»Warum sollte das nötig sein?«, unterbrach ich seinen Verkaufsmonolog. »Warum sollte ich denn noch zusätzlich für etwas bezahlen wollen, wenn die minimale Vertragslänge schon das Doppelte davon ist? Ich wollte die Gruppe eigentlich nur für zwölf Stunden anheuern, länger nicht. Wobei ich da schon eine Idee hätte. Meinen Sie, Sie könnten die Fährleute nach dem Standort des nächsten Teleportpunkts fragen?«

Der Goblin wurde dadurch sichtlich aufgeheitert und nickte enthusiastisch. Dann begann er, etwas in einen offenen Kommunikationskanal zu diktieren. Vermutlich bekam er eine Provision von den Zauberern. Ich prägte mir die Einzelheiten des Angebots lieber ganz genau ein. Das konnte sich später noch als nützlich erweisen.

Der Goblin schenkte mir wieder seine Aufmerksamkeit. »Sie haben Glück! Anscheinend wird die einzige Route in die Totlande vom Knochenkastell versperrt. Und da man es kaum übersehen kann, wurde es auch auf der Karte der nächstliegenden Teleportationspunkte vermerkt. Es sind gerade mal dreißig Kilometer zu überwinden: anderthalb Stunden bei der derzeitigen Geschwindigkeit Ihres Reittiers. Wenn wir das verdreifachen, um etwaige Notfälle zu berücksichtigen, sind es immer noch bloß fünf Stunden. Ein Gruppenportal kostet gerade einmal dreihundert Gold. Was meinen Sie dazu?«

Er beugte sich nach vorn, seine Ohrquasten zuckten und seine feuchte Nase schnupperte unwillkürlich. Wenn das mal kein lustiges Völkchen war. »Warum nicht? Aber nur unter einer Bedingung: Da ich verpflichtet bin, vierundzwanzig Stunden zu bezahlen, werden sie für ihr Geld auch etwas leisten müssen. Wir fangen mit achtzehn Stunden Powerleveln an – um mich selbst zu powerleveln, meine ich. Volle Rückendeckung, Spitzenleistung und eine fünf Mann starke Unterstützungsgruppe. So bleiben uns sechs Stunden für die Reise. Wie wäre es damit?«

»Ich fürchte, ganz so wird das nicht klappen. Der 24-Stunden-Vertrag beinhaltet sieben Stunden Schlaf und zwei einstündige Essenspausen. Somit bleiben fünfzehn Stunden zu Ihrer freien Verfügung. Falls etwaige Eventualitäten verhindern, dass

Sie den Vertrag einhalten, wird für jede Überstunde ein Aufschlag von 10 % fällig.«

Ich ächzte. Das war sicher alles richtig und logisch, aber ein wenig paragrafenreiterisch war es auch. »Abgemacht. Essen, Trinken und Schlafen sind das unverrückbare Recht jedes Soldaten.«

Der Goblin rieb sich die kleinen Pfoten und fing emsig zu tippen an. »Wenn ich mir das Profil Ihres Auftrags so anschaue, würde ich zu folgender Zusammensetzung raten: ein Kleriker für Buffs und Heilung, ein Verzauberer für noch mehr Buffs und Manatransfusion, ein Schurke und ein Zauberer als Rückendeckung sowie ein Tank, um die Aggro zu übernehmen. So könnten Sie Meditations- und Heilzeiten sparen und während der Vertragszeit möglichst viel farmen.«

Ich hielt gespannt den Atem an. »Wie hoch könnten sie mich denn leveln? Haben sie so was schon mal gemacht?«

Der Goblin richtete sich auf, und seine Stimme war voller Stolz. »Ich würde Zenas Gruppe aus dem Trotz-Trupp empfehlen. Sie hat zwar eine ziemlich spitze Zunge, aber ihre Gruppe weiß wirklich, was sie tut. Da wird richtig gut gepullt. Und getrödelt wird auch nicht. Ihre DPS sind der eigentliche Flaschenhals: Wie viel Schaden kann man pro Sekunde generieren? Alles andere lässt sich optimieren: das Mana, das Pullen der Mobs, das Heilen und das Erledigen der Gegner, sobald 50 % erreicht sind. Ich würde vermuten, dass etwa eine Stufe pro Stunde möglich wäre. Mehr, falls Sie erstklassige Ausrüstung und ein ordentliches Haustier haben. Sie dürfen gerne auch einen Blick auf unseren Ausrüstungsverleih werfen. Sie werden ganz sicher etwas finden, was Sie brauchen können. Dafür ist allerdings eine hundertprozentige Sicherheit bei uns zu hinterlassen oder ein Bürge mit einer Mindeststufe von 150 erforderlich. Die Mietkosten betragen pro vierundzwanzig Stunden 1 % des Durchschnittspreises des Gegenstands im Cluster.«

O Gott. Das öffnete mir echt die Augen. Ich war nach wie vor ein totaler Noob, der wahrscheinlich nie alles lernen würde, was er wissen musste. Ich hatte nur eine halbe Stunde mit diesem Kerl geredet und schon viele nützliche Dinge erfahren – wie etwa von der Existenz der Fährleute und der Ausrüstungsvermietung. Die einzige Ausrede, die mir blieb, war mein äußerst knapper Zeitplan. Es waren gerade einmal acht Tage zwischen meiner ersten Entscheidung, tatsächlich in den Perma-Modus zu gehen, und meinem Drücken auf die Einlogtaste vergangen – die Zeit für meine umfangreichen Recherchen und die Beschaffung eines Jailbreak-Chips mit eingerechnet. So schlecht war es mir danach nicht ergangen. Eine Schande, dass ich meine ersten Tage dafür hatte verwenden müssen, ein paar lokale Probleme zu lösen, doch selbst das hatte mir eine Sache unbestreitbar bewiesen: Ich war immer noch am Leben – ganz anders als in der wirklichen Welt, wo mein armer Körper auf dem allerbesten Wege war, sich zu verabschieden. Irgendwie hatte es schon etwas Symbolisches, dass Mama sich mit äußerst rüden Worten dagegen gewehrt hatte, die Kapsel auszustöpseln. Ich konnte ihre Besorgtheit durchaus nachempfinden, auch wenn ich für meinen zerfallenden, dreißig Jahre alten Körper keinerlei nostalgische Gefühle empfand. Die überbordende Euphorie vollkommener Gesundheit war hingegen nach wie vor etwas völlig Neues für mich. Sie drängte mich jeden Morgen aus dem Bett und erfüllte mich mit dem Wunsch, zu tanzen und zu feiern, mich zu bewegen und jedem Rock nachzulaufen, der mir über den Weg lief.

Ich schüttelte den Kopf, um all die Erinnerungen loszuwerden. »Okay. Dann soll es Zena sein. Ich glaube nicht, dass ich Mietausrüstung brauche. Meine Ausrüstung ist schon gut genug. Heute ertrage ich es nicht, noch eine Datenbank durchzublättern.«

»Ausgezeichnet. Die Portalreservierung lautet auf Ihren Namen. Der Zauberer vom Dienst wartet auf Ihr Signal, um in der Portalhalle zu erscheinen. Die Gruppe befindet sich derzeit im Standby-Status drei und steht Ihnen binnen einer Stunde zur Verfügung. Falls Sie die optionale Expressgebühr aus dem Vertrag entrichten möchten, wäre sie auch sofort einsatzbereit.«

»Möchte ich nicht«, lehnte ich sein Angebot ab. »Ich kann problemlos warten – was ist schon eine halbe Stunde unter Freunden? In der Zwischenzeit würde ich mich hier gerne mal bei Ihnen umschauen. Mir gefällt es hier wirklich sehr.«

Der Goblin nickte stolz. »Das ist eine Maßanfertigung von Shining, *dem* KI-Studio für Inneneinrichtung.« Er schwieg und wartete auf meine Reaktion. Anscheinend wurde es nicht besser als ein echter Shining. Ich schürzte die Lippen und nickte anerkennend, während ich so tat, als wäre ich ein Kenner.

Der Goblin strahlte und tippte auf die Sendentaste. »Hier ist Ihre Rechnung. Siebentausenddreihundert. Ohne Trinkgeld«, ergänzte er mit leiser Stimme und schaute zur Seite.

Ich nickte, öffnete meinen Posteingang und bezahlte die Rechnung mit einem Klick, wobei ich ein Prozent für seine klugen Ratschläge hinzufügte.

Er strahlte wieder. »Vielen Dank.« Er erhob sich und bot mir seine winzige Pfote an, um mir zu verdeutlichen, dass unser Gespräch vorbei war. »Ich stehe Ihnen gerne auch in Zukunft zur Verfügung. Sie haben ja meine E-Mail. Also melden Sie sich jederzeit bei mir, auch wenn ich offline bin. Wir haben einen Weiterleitungsdienst in der wirklichen Welt, der rund um die Uhr sieben Tage die Woche aktiv ist.«

Vorsichtig schüttelte ich ihm die kleinen empfindlichen Fingerchen. Da brach es aus mir heraus: »Wenn Sie gestatten … Warum ein Goblin?«

Ich konnte sofort sehen, dass er wusste, was ich meine. Sein Gesicht wurde bräunlich. War das bei ihm so, wenn er errötete? Mischte sich da Rot mit dem normalen Grün? Wie sicher konnte ich überhaupt sein, dass das Blut von Goblins rot war?

Schließlich sprach er: »Das ist Teil unserer Firmenpolitik. So gibt es weniger Ablenkungen und Flirts am Arbeitsplatz.«

Als ob wir es beschrien hätten, kam eine atemberaubende Elfe mit schwingenden Hüften an uns vorbei, die einen Klienten zur Nische eines Beraters führte. Der Duft von Veilchen, zu kleine

Fetzen Spitze und Seide, eine Handvoll Diamanten und viel zu viel nackte, samtige Haut mit einem goldenen Glanz. Unsere hungrigen Blicke folgten der traumartigen Erscheinung. Der Goblin schluckte und gab einen tiefen Seufzer von sich.

»Ich glaube, ich weiß, was Sie meinen.« Ich legte so viel Mitgefühl wie möglich in meine Stimme und schüttelte noch einmal seine Hand – diesmal kräftiger.

Die nächste Stunde verbrachte ich in einem gemütlichen kleinen Café, das neben einer der Übungsarenen lag. So konnte ich die kostbare verbleibende Zeit bestmöglich nutzen: Endlich tankte ich mal ein wenig warme Sonne, während ich meinen Kaffee schlürfte und einen Liebesknochen vertilgte. Gleichzeitig prägte ich mir Kampfstrategien einzelner Klassen sowie die Namen der Söldner und deren persönliche Tricks im Gefecht ein. Sehr nützlich. Ich war so darin vertieft gewesen, dass ich nicht mal gemerkt hatte, wie mein Posteingang zu blinken anfing. Huch. Drei ungelesene Nachrichten – in den letzten zwölf Minuten hatte ich mich zum Preis von vierhundertsechzig Goldmünzen die Stunde entspannt. Shit. Ich sprang auf und trottete zur Abreisehalle, um mich mit einer ungeduldig wartenden Zena und ihrem Gefolge zu treffen.

Am Rand des großen ovalen Raums standen bequeme kleine Sofas, auf denen ein paar Dutzend sehr unterschiedliche Menschen Platz genommen hatten – von Trollen und Orks bis hin zu Halblingen und Goblins. Anscheinend war das wirklich ein Treffpunkt für diverseste Völker. Es waren gar nicht alles nur Elfen, wie ich mir das aus meiner Noob-Perspektive vorgestellt hatte.

Ich suchte die Menge mit Blicken nach meiner Gruppe ab. Lange dauerte es nicht, bis ich sie fand. Wie ein Flugzeugträger, der das Meer durchpflügte, hielt ein Trupp aus vier Goblinweibchen und einer Trollin schnurstracks auf mich zu. Nun gut. Wenn eine Frau eine Trollin spielen wollte, hatte das sicher seine Gründe. Vielleicht war das auch eine Form des politischen Protests? Ein Trupp weiblicher Söldner kam wirklich etwas überraschend für mich.

War das nur eine Art Witz in AlterWorld oder lief hier wirklich alles so anders wie im Russland der wirklichen Welt?

Die Trollin kam näher. Meine Augen waren gerade mal auf Höhe ihrer Brust, die von gut fingerdickem Stahl geschützt war.

Ich trat einen Schritt zurück und schaute hoch. »Zena?«

»Bist du blind oder was, Blondie?«, hörte ich es von unten piepsen. Der Stahlstiefel einer Goblinfrau verpasste mir einen recht schmerzhaften Tritt gegen die Kniescheibe.

Sie – anscheinend die echte Zena – trat nach vorn und schüttelte den Kopf. »Ihr Männer seid doch wirklich alle gleich. Dumm wie ausgetretene Stiefel. Immer habt ihr nur Möpse im Kopf. Keinen interessiert der Charakter eines Mädchens. Was starrst du denn so? Komm schon, General! Die Gruppe wartet auf deine Befehle.« Sie schaute mich mit einem sarkastischen Funkeln an, als ob sie erwartete, dass der ausgetretene Stiefel etwas dazu sagte.

Innerlich wünschte ich dem Goblinberater jedes nur erdenkliche Übel an den Hals, das mir spontan einfiel. Hatte er nicht etwas von wegen Trotz-Trupp gesagt? Das traf es ziemlich genau.

»Na schön!« Ich versuchte, den beißenden Sarkasmus abzuschütteln, der mir entgegenwallte, räusperte mich und sagte in meinem besten Befehlston: »Das reicht erst mal an aufmüpfigem Gepöbel! Wie heißt ihr Mädels?«

Das breite Grinsen auf den Gesichtern der Goblinkriegerinnen erstarb. Sie tauschten verwirrte Blicke aus. Gefiel es ihnen also nicht, wenn man die Dinge mal etwas anders anging?

Die Anführerin hatte sich als Erste gefangen. »Zenas Gruppe, rein weiblicher Trotz-Trupp, 18. Rang in der unabhängigen Söldnerwertung. Stufe: 140 und besser. Ausrüstung: Einzigartig und besser. Angeworben für vierundzwanzig Stunden bis morgen 14:00 Uhr. Heutiger Dienstplan: Den Kunden ab Stufe 52 steigern. Ich würde die Oase als Einsatzort vorschlagen. Da gibt es allerlei Wasserlebewesen, die von Stufe 60 bis 100 reichen. Sommersprossenfresse hier wird uns teleporten. Sie ist unsere

Zauberin. Sprosse als Kurzform. Das ist mitten in der Schlacht schon lang genug. Ein Fährmann bringt uns in die Grenzlande. Dann kann Sprosse einen Navigationsanker setzen, damit wir morgen von dort aus starten können. Also was jetzt? Unsere Kriegerin hast du schon getroffen, oder? Ja, Bomba ist echt liebenswert. Also zumindest mal ihre Möpse.« Sie grinste.

Sie zeigte auf eine kleine Goblinmaid, die in einer kunstvollen Lederrüstung steckte und deren beide Schwerter etwas gewagt nur in zwei Stahlringen von ihren Hüften hingen. Die blanken Klingen gaben ein burgunderrotes Leuchten von sich und funkelten ab und an. Die Maid ignorierte uns völlig, weil sie in eine hitzige Diskussion mit irgendeinem Söldner verstrickt war. Sie stritten anscheinend über die Vorzüge und Nachteile des Powerlevelns im Stile einer Person namens Wild. Wer auch immer Wild war und welche Vorteile seine Vorgehensweise haben mochte, blieb mir jedoch völlig unklar.

»Das ist Zaubex, unsere Schurkin. Eine Magierkillerin. Achte auf die Schwerter. Vielleicht erkennst du sie nicht, aber das sind Vampirfänge – und zwar wohlgemerkt beide. Es gibt nur sieben komplette Sätze davon im ganzen Cluster.«

Das letzte Mitglied war eine stille Verzauberin, die den Namen Talismandy trug. Wie beim Gefallenen war sie nur bei so einem rüden Haufen gelandet? Sie versteckte sich hinter den anderen und wurde jedes Mal rot, wenn jemand auf sie aufmerksam wurde.

Ich klatschte in die Hände und bat um Ruhe. »Achtung, meine Damen! Bringen wir die Sache ins Rollen. Sobald wir in die Grenzlande gesprungen sind, ist die Arbeit des Fährmanns getan. Dann übernimmt Zena bis auf Weiteres das Kommando. Ein Wort zur Warnung vorweg: Ich habe noch nie jemanden angeheuert, um mich zu leveln, weswegen ich mich schon mal für etwaige Fehler meinerseits entschuldigen möchte. Alle bereit? Los geht's.«

Mit einem langen Zauber und einem gewaltigen Ploppen teleportierten wir uns davon.

Über uns erstreckte sich ein strahlend blauer Himmel, und eine glühend heiße Sonne brannte mir auf den Hinterkopf. Gut, dass wir erst am nächsten Morgen aufbrechen mussten. Unsere Zauberin machte sich an die Einrichtung des Navigationsankers, während ich mich umschaute. Mit ihren weiten, offenen Flächen, die von Felsgruppen und von Bäumen mit ausladenden Kronen unterbrochen wurde, erinnerte die Umgebung an die afrikanische Savanne.

Am Horizont erhob sich drohend eine wuchtige Bergkette. Ich schaute auf die Karte: Tja, genau dort musste ich hin. Die Savanne war alles andere als leer: Hier und da sah man einzelne Schemen, die eilig in die eine oder andere Richtung unterwegs waren. Einen halben Kilometer entfernt ruhte ein Rudel Löwen im Schatten eines Baums. Mit etwas Glück würden wir uns einfach vorbeischleichen können.

»Alles erledigt!«, meldete Sprosse.

Zena schaute zu mir herüber. Ich nickte: Jetzt konnte sie das Kommando übernehmen. Sie schenkte mir ein feines Lächeln. Man wusste ja nie: Vielleicht gaben wir doch ein gutes Team ab.

Das Portal zur Oase öffnet sich in 5 ... 4 ... 3 ...

Peng!

Oh. Die Umgebung war eine andere, doch über uns brannte derselbe weiß glühende Plasmaball am Himmel.

»Meldung!«, befahl Zena und schaute sich um.

Die Schurkin antwortete als Erste. Offenbar war sie für die Aufklärung und die Gegenmaßnahmen gegen PK-Eindringlinge zuständig.

»Es sind zweihundertsiebzig Spieler vor Ort. Vermutlich auch eine PK-Gruppe: die Bratzen. Niedrige Stufe. Keine Bedrohung für uns. Dann noch drei einzelne PK, über die wir nicht viel wissen. Alle drei stehen auf der inoffiziellen Feindesliste, und alle drei waren bereits an einigen unmotivierten Angriffen beteiligt.

Chataktivität: Normal. Alles in Ordnung«, ergänzte sie mit ruhigerer Stimme.

»Buffs für alle! Für die Gruppe: Typ 4, Anti-PK. Für den Kunden: Typ 6. DPS sowie alles, was ihr an Magieresistenzen habt. Alle Typen. Passt auf, dass wir ihn nicht verlieren. Das wäre eine Schmach, die wir kaum ausmerzen könnten.«

Dann sah sie Humungus, der gerade neben mir aufgetaucht war, und kurz darauf das beschworene Haustier. »Und schmeißt auch ein paar Buffs auf die Viecher. Für Gesundheit und Schaden.«

Sie machte ein paar Schritte auf die fauchende, zähnefletschende Dämonin zu und schaute sich die infernalische Kreatur an. »Was bist du eigentlich für ein Kerl?« Sie schüttelte völlig überfordert den Kopf. »Das glaubt mir doch keine Socke, dass ich hier einen Todesritter der Stufe 52 habe, dessen Haustier Stufe 65 hat. Also entweder bist du mehr wert als ein Maybach oder ich versteh da was nicht.«

Ich zwinkerte ihr zu und versuchte, einfach nur cool zu bleiben. Das war gar nicht so leicht. Eine verfluchte Stufe 65! Ich war mein eigenes Räumkommando! Mit seiner neuen Ausrüstung sah Humungus wirklich brutal aus und wirkte so gefährlich wie eine ganze Wagenladung AK-47. Das würde ein wilder Ritt werden!

Aufgebufft wie ein Bodybuilder nach dem Training fühlte ich mich unverwundbar.

»Mana bei sechzig«, meldete Zena für das Team.

»Siebzig«, sagte Talismandy.

»Zaubex? Schau dich mal kurz um, mit der Nase dicht am Boden. Sicherheitseinschätzung. Gib uns zwei Minuten. Dann kannst du das erste Kroko pullen.«

Zena drehte sich zu mir. »Da wären wir also. Wir sind in der Oase. So eine Art Nildelta in Miniaturform. Weiter den Fluss hoch werden die Mobs härter. Reptile und andere Monster aus dem Wasser. Vor allem Krokos, Flusspferde und ein paar Alligatoren.«

»Ausgezeichnet! See you later, alligator.« Ich winkte der Oase zu.

»After a while, crocodile. Eine Sache noch: Halte die Augen nach dem Roch offen.«

Ich schaute mich verwirrt um.

»Der Vogel ist gemeint«, belehrte sie mich. »Stufe 100 oder höher. Kommt ein paarmal am Tag hierher, um zu jagen. Der macht dich kalt, bevor du ihn überhaupt bemerkt hast.«

Ich nickte.

»So, jetzt zum Pullen«, fuhr sie fort. »Zaubex erhöht weiter die Pull-Geschwindigkeit, bis sie meint, dass du an deine Grenze kommst. Versuch, um die 50 % des Schadens zu erzielen. Den Rest erledigen wir. Dann kriegst du die Erfahrungspunkte. Das ideale Verhältnis von Zeit zu EP wird bei gepullten Mobs erreicht, die 10 % höher liegen als du – wenn ich mir deine Viecher anschaue sogar bei 15 %. In unserem Fall reden wir also über Stufe 60. Das war's dann. Kein Gelaber mehr. Da kommt sie mit einem Kroko.«

In der Tat hastete das kleine Goblinmädchen schon auf uns zu, verfolgt von einem gewaltigen Reptil. Faulige Pflanzen und ganze Sandfontänen stoben unter seinen riesigen, krallenbewehrten Füßen auf. Ach, wie sehr ich diese gelbäugigen Monster hasste! Gut, dass ich kein Krieger war. Denn so musste ich mich wenigstens nicht dem Vieh in den Weg stellen und verhindern, dass es an den Schwachpunkt der Gruppe kam: die Caster in den Stoffrüstungen.

Zaubex eilte an uns vorbei. Das Reptil war nur noch ein paar Schritte entfernt, als Sprosse aufstand und einen Zauber wirkte. Mächtige Wurzeln brachen aus dem Sand und umschlangen die Füße der Kreatur.

»Nicht einschlafen.« Zena pikste mich in die Schulter. »Das Viech gehört dir. Zaubex holt uns ein neues.«

Ich schüttelte mich, um die Trägheit loszuwerden. Okay, es war also ein Kroko, groß und nach Fisch stinkend. Na und? Dämonin,

Teddy – fass! Das immer noch gefesselte Kroko fauchte freudig, als ein ordentlicher Gegner in Reichweite kam. Es grub der Dämonin die Zähne in die Hüfte. Die Kreatur deckte es dafür im Gegenzug mit Schlägen ein, und Teddys Mithrilkrallen zerfetzten dem Kroko das Leder. Der Geruch von Fisch war kaum auszuhalten. Die Wogen von losgetretenem Sand peitschten über uns hinweg wie ein Tropensturm: Es war, als würden sich drei Bulldozer einander auf einer Düne zum Kampf stellen. In stillem Einverständnis traten wir alle zurück und spuckten den Sand aus, der uns im Mund gelandet war.

Zena schüttelte sich, als sie an ihren nach Fischeingeweiden stinkenden Handschuhen schnüffelte. »Alter Schwede! Ich hatte ganz vergessen, wie scheiße es hier draußen ist!«

Ich nickte. »Mein Königreich für eine Fliegerbrille! Sprosse, bist du so gut und lenkst sie noch ein bisschen weiter weg? Auf fünfzehn Meter oder so?«

Während wir uns erholten, war die Gesundheit des Krokos schon im gelben Bereich angekommen. Die schweigsame Bomba griff in ihren Rucksack und holte eine imposante Keule aus Meteoreisen daraus hervor, in deren angeschmolzene Oberfläche Diamantsplitter eingelassen waren.

Bumm! Krit! Leiche!

Wow. Wobei man jedoch auch erwähnen sollte, dass das Kroko gut hundert Stufen weniger hatte als sie. Bei solchen Machtverhältnissen war kaum mit einem längeren Kampf zu rechnen. Sie prügelte das Vieh einfach weg und fertig. Meine Haustiere hatten noch fast volle Gesundheit und kaum 10 % ihrer Lebenspunkte verloren. Was recht vorhersehbar war: Die Stufe der Dämonin lag über der des Krokos, und Teddy lag nicht viel darunter.

Aha, Zaubex brachte auch schon den nächsten Kunden. Ich machte die herannahende Anakonda bewegungsunfähig und hetzte beide Haustiere auf sie, während ich eine Lebensabsorption wirkte. Die Schurkin rannte an uns vorbei, drehte um, schlidderte kurz im tiefen Sand und lief dann wieder ans Ufer, um noch mehr Opfer zu holen.

»Igitt. Das stinkt hier vielleicht«, merkte sie im Vorbeilaufen sarkastisch an. »Ist hier gerade was gestorben?«

Begleitet von einigen garstigen Flüchen ihrer Kampfschwestern lachte sie fröhlich auf und hüpfte über die Dünen, wobei sie nach ihren Wurfmessern griff. Die Sache kam richtig ins Laufen!

Vier Stunden später machten wir eine Pause. Inzwischen waren wir fast einen Kilometer weit den Fluss runtergekommen. Mich überraschten meine ansteigenden EP: eine Stufe alle vierzig Minuten. Mein Haustier hatte ich schon längst wieder neu beleben müssen, sodass wir nun neben einem riesigen Flusspferd saßen. Mit seinen gewaltigen Ausmaßen verscheuchte es so manchen Spieler, der sich uns nähern wollte. Ich hatte den Damen nämlich erlaubt, sich was dazuzuverdienen. Daher hatten sie eine lokale Ankündigung gemacht, dass sie gegen eine gewisse Gebühr Buffs und Wiederbelebungen anboten. Sie wollten gutes Gold dafür haben, doch da es keine Konkurrenz gab, konnten sie im Grunde verlangen, was sie wollten. So wie es lief, würden sie bis zum Abend bestimmt tausend Gold verdienen – kein schlechter Bonus für sie. Auf mein Leveln wirkte sich das nicht aus. Wir hatten reichlich Mana, und es gab keine Notfälle, obwohl Zaubex alleine gar nicht mehr mit dem Pullen hinterherkam und teilweise auch Bomba mit ranmusste. Zena achtete darauf, dass niemand unter 40 % fiel, nur für den Fall, dass wir es doch mit einem unerwarteten Pull oder einem PK zu tun bekommen sollten. Der Loot war nicht weiter erwähnenswert. Eine Menge Fleisch und Leder, ein paar Edelsteine, ein Sammelsurium aus Ausrüstung – alles Mögliche, was von Spielern mit weniger Glück hinterlassen worden war, als sie versucht hatten, in Vollplatte und mit einem Zweihänder auf dem Rücken quer durch das Delta zu schwimmen. Theoretisch könnte ich damit vielleicht vierhundert Gold von meinen laufenden Kosten wettmachen.

Meine Damen erwiesen sich als vorrausschauend und gut ausgebildet. In ihren Bodenlosen Beuteln hatten sie sogar Sitzkissen, ein makelloses weißes Tischtuch und ein paar Dutzend Töpfe mit Leckereien. Wir aßen ein herzhaftes Mittagessen und hielten eine kleine Siesta, bei der die Damen sich über allerlei wenig Damenhaftes austauschten – wie zum Beispiel über die Vor- und Nachteile des Speers im Nahkampf. Ganz offensichtlich schienen wir uns gut zu vertragen. Sie versuchten auch gar nicht, die Pause über Gebühr auszudehnen, weswegen sich unsere Vernichtungsmaschinerie schon nach vierzig Minuten wieder in Gang setzte.

Eine halbe Stunde vor Mitternacht hörte ich an diesem Tag mein letztes »Ding! Ding! Ding!«. 65!

»Glückwunsch«, sagten die Damen müde.

Ich nickte. »Danke, werte Damen. Tolle Arbeit. Mich werden die Krokodile wohl noch wochenlang im Schlaf begleiten.«

Zaubex grinste. »Das werden sie ganz sicher, nachdem du einen solchen Massenmord an ihnen begangen hast.«

»Aber nur dank eurer Hilfe. Sprosse, du kannst das Team jetzt zurückteleportieren. Wobei mir einfällt: Kennst du ein ordentliches Hotel, in dem man die Nacht verbringen kann?«

»Alles schon in die Wege geleitet«, antwortete Zena. »Wir haben ein paar schöne Zimmer in der Söldnergilde. Dritter Stock. Sie sind nicht billig, aber das ist ja nicht dein Problem. Betrachte es einfach als ein Geschenk von uns. Wir wissen Großzügigkeit durchaus zu schätzen.«

Ich nahm natürlich an, denn es wäre ja unhöflich gewesen, Damen wie diese zu enttäuschen. »Das weiß ich auch. Okay, morgen früh um 08:00 Uhr treffen wir uns alle in der Gildenhalle. Wir buffen uns, und dann geht es ab in die Grenzlande. Die Totlande warten schon. Ich habe da noch was zu erledigen, werte Damen. Darum geht es hier eigentlich …«

KAPITEL
NEUN

Streng vertraulich
Auszug aus einem Memorandum des Auslandsgeheimdienstes an den Präsidenten der Russischen Föderation

Weitere Überprüfungen stützen die Informationen aus unabhängigen Quellen bezüglich der letzten kurzfristigen Entwicklungstrends in China, was die jüngsten Auswirkungen des Permamodus angeht.

1. Der Bau einer unterirdischen Permamodus-Anlage ist nahezu abgeschlossen. Insgesamt sollen dort 200.000 FIVR-Kapseln untergebracht werden. Es handelt sich um eine vertrauliche Anlage der Klasse A, die von einer effizienten Flugabwehr geschützt ist und Schlägen mit Sprengköpfen von bis zu 10 Kilotonnen standhalten sollte.
2. Die Produktion nicht lizenzierter, geklonter Versionen der iVirt4-Kapseln wurde in einer geheimen Anlage gestartet, wobei man 4.000 Kapseln alle 24 Stunden herstellen will.
3. Ein streng geheimes Expansionsprogramm hat zum Ziel, Chinas Vorherrschaft und Kontrolle in den vielversprechendsten virtuellen Welten zu zementieren. Angesichts der jüngsten Unabhängigkeitsbestrebungen halten wir es für entscheidend, ein ähnliches Programm zu entwickeln.
4. Ihre neue Geheimsoftware (»Irrsinn«) zielt darauf ab, Angst und Schrecken in Welten zu verbreiten, die als Forschungs- oder Einwanderungsziele dienen. Über 150.000 geistig kranke Patienten aus ganz China wurden handverlesen und bereit gemacht, um in

ebendiese Welten entlassen zu werden. Mehrere Hackergruppen werden sich bereithalten, um nötigenfalls für ein paar Stunden die Einlog-Server zu übernehmen.
5. *Ein Geheimprogramm der Stufe 7 wurde eingeleitet und mit dem Namen »Die Große Säuberung« versehen. Seiner Zielsetzung zufolge sollen Schritt für Schritt die folgenden Bevölkerungsteile digitalisiert werden: Kriminelle, politisch Unverlässliche, Langzeitsträflinge, Todkranke, Menschen mit Behinderungen und zu guter Letzt sämtliche arbeitsunfähigen Teile der Bevölkerung. Die Gesamtzahl der ausgewählten Teilnehmer für das Programm übersteigt 80 Millionen.*

Alles oben Genannte bietet Anlass zu großer Sorge. Der Erfolg der vorgenannten Programme würde es China erlauben, nicht nur die virtuellen Welten zu beherrschen (wenn wir sie denn noch so nennen wollen), sondern auch die gesamte Welt, wie wir sie kennen.

Durch den Teleport ploppten uns die Ohren, als unser erstklassiges Team unter der knallenden Sonne der Grenzlande auftauchte. Glücklicherweise lag der Teleportpunkt auf einem Hügel, wo eine Brise zumindest einen Teil der Hitze vertreiben konnte und wir eine viel bessere Sicht auf die Umgebung hatten, ehe wir auf die Straße kamen.

»WTF?«, erklang Bombas Stimme ungehalten. Wir schwangen herum und schauten eine alte Straße hinunter, die an einem Hügel entlangführte, welcher mehr als hundert Meter von uns entfernt lag. Eine Kolonne von Gestalten, die bis zur Unkenntlichkeit mit Staub überzogen waren, stapfte mit schleifenden Füßen tiefer in die Grenzlande.

Hinter mir hörte ich, wie ein Zauber gewirkt wurde: Zehnfache Adlersicht erlaubte es der Gruppe, auf die herannahende Prozession zu zoomen.

»Gnolle«, stellte Zena fest.

»Jupp«, fügte Zaubex hinzu. »Winzige noch dazu. Keiner über Stufe 30.«

Ich schaute mir die Menge an, die mit ihren mageren Besitztümern beladen war: Botengnolle, Aufseher, Krieger, Schamanen … Es erinnerte mich an Aufnahmen aus dem Zweiten Weltkrieg: der Sommer 1941, Flüchtlinge fern der Heimat, die versuchten, die Front hinter sich zu lassen. Vorsichtig schaute ich auf und suchte am Himmel nach Flugzeugen mit Wehrmachtssymbolen, die aus der Sonne herabstießen und den hilflosen Strom von Flüchtlingen niedermachten.

»Jemand Bock auf ein bisschen Völkermord?« Die Trollin klopfte sich mit der Keule in die schaufelgroße Hand.

Die erschreckend präzise Assoziation ihres Vorschlags ließ mich aufschrecken. »Nein, tut das nicht. Lasst sie in Frieden. Ich weiß nicht, was das für ein Exodus ist. Vielleicht ist es ein Community-Event. Auf jeden Fall sind sie keine Armee. Das sind Flüchtlinge. Wir sind doch keine Tiere, die so jemanden angreifen.«

Bombas Gesicht wurde schwarz. Erst dachte ich, sie wäre wütend und würde ihren Arbeitgeber gleich wie eine Wanze zermatschen. Doch im nächsten Augenblick verstaute sie die Keule in einem Holster auf ihrem Rücken und wischte sich die Hände an ihrer Lederhose ab. Da wurde mir klar, dass das wohl das trollische Äquivalent zum Erröten war – ihr Blut war schließlich schwarz. Selbiges war der Dame einfach nur ins Gesicht geschossen.

Die Gnolle bemerkten uns. In der Kolonne regte sich etwas, und sie nahm Formation an. Die kampfbereiten Gnolle bezogen Aufstellung und schirmten die Caster, Sammler, Boten und anderen selteneren Gnollexemplare mit ihren Körpern ab.

»Da überschätzt sich jemand aber etwas«, ließ Sprosse sarkastisch fallen.

Ein Gnolloffizier trat aus der Menge hervor. Mit einer Hand wedelte er mit einem Fetzen Stoff, der womöglich früher einmal weiß gewesen war, in der anderen hielt er eine Handvoll Pfeile. Vornübergebeugt lief er den Hügel hinauf auf uns zu. Überraschenderweise schien sein Körperbau sich sehr gut für einen solchen Anstieg zu eignen, denn immer wieder ließ er sich auf alle viere fallen, sprang nach vorn und stieß sich dabei mit den »Vorderbeinen« ab. Ich schauderte. Fast wie ein Werwolf.

Bald stand er vor uns, hechelnd und mit heraushängender Zunge. Er wedelte mit seiner weißen Flagge, bellte etwas und ließ sie uns dann vor die Füße fallen. Demonstrativ zerbrach er die Pfeile über seinem Knie und warf sie dann neben sich auf den Boden.

Zena drehte sich zu mir um. »Brauchst du einen Übersetzer, Chef?«

Ich schüttelte den Kopf. »Nicht wirklich. Scheint ja relativ klar zu sein. Er will Frieden mit uns. Sie wollen nicht kämpfen.«

Als ob er meine Worte verstanden hätte, schaute mich der Gnoll an und bellte einen langen Satz, der mit einem Wimmern gefolgt von einem bedrohlichen Knurren endete.

Zena schüttelte den Kopf. »Für einen Flüchtling klingt er aber etwas vorlaut, meinst du nicht?«

Ich zuckte die Schultern. »Wer kann schon ihre Logik verstehen? Vielleicht versucht er, uns zu versichern, dass es nicht das Gelbe vom Ei ist, Schwächere zu bekämpfen. Aber sobald sie ein paar Stufen mehr haben, gibt es unter Umständen einen spannenden Kampf.«

»Ach ja?« Sie hob die Augenbrauen. »Meinst du wirklich, dass wir uns damit besser fühlen?«

»Tja, das ist sowieso nur eine Vermutung. Alles klar: Steckt eure Waffen weg und zeigt ihm unsere leeren Hände. Danach drehen wir ihnen den Rücken zu. Sie liegen ja eh nicht in unserer Richtung.«

Wir nickten dem wachsamen Gnoll zu und vollführten die erbetenen Bewegungen. Anschließend riefen wir unsere Reittiere herbei und trotteten den Hang hinunter. In gerade einmal zwei Stunden würde ich endlich die sagenhaften Totlande erblicken.

Ja, genau. Träum weiter.

Die erste halbe Stunde blieb noch recht ruhig. Das kleinere Wild stob vor uns auseinander und versuchte, entweder zu fliehen, sich im Sand zu vergraben oder so zu tun, als wenn es gar nicht da wäre. Die größere, nicht-aggressive Fauna verfolgte uns mit ihren unschuldigen Blicken, während die wahren Raubtiere sich zwischen Felsen versteckten und ihren Hunger im Zaum hielten – wir spielten einfach in einer ganz anderen Liga. Doch mit jedem Kilometer stieg die Stufe, und dann war es mit einem Mal an uns, einem Rudel Kojoten auszuweichen, uns an einem Löwenrudel vorbeizuschleichen oder eine einladende, aber vogellose Oase auszulassen, die von riesigen Geiern der Stufe 100 umringt war, welche auf Bäumen in der Nähe saßen. Ich lugte zu dem verlockenden Schatten hinüber, doch Zena schüttelte den Kopf. Mit ihrer Erfahrung wusste sie es natürlich besser.

Schon bald mussten wir unseren ersten unplanmäßigen Halt an einem funkelnden Höhleneingang an einer Felsgruppe einlegen. Ein Pop-up-Fenster informierte uns, dass wir einen Einmal-Dungeon entdeckt hatten: den Bau eines ausgewachsenen Mantikors. Das *ausgewachsen* bedeutete, dass dieser Dungeon länger als einen Monat nicht entdeckt worden war und daher die Mobs Zeit gehabt hatten, um Kraft und Schätze zu sammeln. Die Damen wurden langsam richtig unruhig und warfen mir schmachtende Blicke zu. Tja, sie wussten also auch mit den Waffen einer Frau umzugehen. Und das waren richtige Kriegerinnen, deren Blicke wie Artilleriesalven waren, denen kaum jemand standhalten konnte.

»Entschuldigt, werte Damen, aber wir haben was zu arbeiten. Lasst uns diesen Ort in unseren Karten verzeichnen oder ein paar Minuten warten, bis Sprosse einen Anker legen kann. Sobald wir fertig sind, könnt ihr ja zurückkommen und den Viechern den lieben langen Tag die Schwänze ausreißen. Darauf werde ich keine Ansprüche erheben.«

Zena war die Erste, die sich wieder im Griff hatte. »So! Hört auf zu glucken wie ein Haufen Grünschnäbel! Wir wollen doch kein kompaktes Gruppenziel abgeben! Zaubex, ich dachte, du würdest aufklären? Dann geh los und umkreise die Gruppe! Sprosse, richte den Anker ein. Danach gehst du zu Bomba nach vorne.«

Sie drehte sich zu mir und gab sich alle Mühe, Bedauern auf ihrem listigen Goblingesicht zu zeigen. »Sorry, Kumpel. Da hat die Gier uns wohl übermannt. Ausgewachsene Einmal-Dungeons sind ein seltener Fund. Meistens werden sie ohne langes Nachdenken ein paar Stunden nach ihrer Entdeckung gesäubert. Wenn eine starke Gilde es schafft, einen in die Hände zu bekommen, wartet sie manchmal ein paar Wochen ab, bis er ausgewachsen ist, damit die Mobs fetter werden und so die EP- und Loot-Boni anwachsen. Dieser Anstieg ist nämlich nicht linear, weißt du. Waldläufer, die das Glück haben, einen zu entdecken *und* das geheim halten zu können, werben oft Söldner für die Säuberung an. Und unter Söldnern tauschen wir eben gerne mal die eine oder andere Geschichte aus dem Einsatz aus – oder sprechen über die Beute unserer Kunden. Eins kann ich dir sagen: Die Putzkräfte müssen nachher ganz schön viel Sabber aufwischen.«

Ach ja. Es sah ganz danach aus, als würde ich das bei meinem inneren Gierschlund auch tun müssen. Wenigstens konnten wir zusammen sabbern. Doch es half alles nichts. Augen zu und durch – ich hatte mein Wort gegeben, dass ich keinen Anspruch auf die Beute erheben würde. Es wäre ja nun wirklich nicht nett gewesen, wenn ich meine Meinung zuungunsten der Damen geändert hätte.

Die ganze Zeit über behielt mich Zena ganz genau im Auge. Jetzt lächelte sie und begann, nachdenklich zu nicken. Blieb nur zu hoffen, dass der Umrechnungskurs von verpasstem Geld zu virtuellem Ansehen heute besonders hoch war.

Nach einer weiteren halben Stunde kreuz und quer über die Karte bekam mein innerer Gierschlund einen weiteren Vorgeschmack darauf, was ihn noch alles erwartete, als sich zu unserer Rechten eine gewaltige Prärie erstreckte. Auch wenn sie nicht anders als jedes andere Stück Grasland wirkte, war sie nicht mit Federgras oder so etwas bewachsen, sondern mit Milliarden von Riesenfliegenfallen, die ihre klebrigen Geißeln im Wind schwingen ließen. Ich kriegte fast schon Schluckauf, als ich abzuschätzen versuchte, wie viel Gold hier wuchs. Der innere Gierschlund dachte über virtuelle Mähdrescher nach, die diese kostbare Tabakzutat gleich tonnenweise auf den schier endlosen Feldern abernteten. Die Admins waren allem Anschein nach voll in das Tabakgeschäft eingestiegen.

Das Abernten des Feldes würde allerdings noch eine ganz schöne Arbeit werden, wenn man all die aggressiven Wildtiere berücksichtigte, die sich dort herumtrieben. Doch so war es wenigstens vor den Tausenden von niedrigstufigen Amateuren geschützt, die wie ein Schwarm Heuschrecken über das Feld hergefallen wären, wenn es sich in einer sichereren Zone befunden hätte. Doch wie sicher war ich mir, dass ich so etwas nur 25 Kilometer von den Totlanden und dem verborgenen Ersten Tempel entfernt haben wollte? Und was sollte ich mit diesem Schatz nur anstellen? Sollte ich seine Nutzung an das Konsortium oder die Veteranen delegieren, oder sollte ich gar selbst zum Farmer werden und alles selbst ernten?

Ich schaute zu den Damen, die anscheinend noch nichts von meinem sensationellen, aber nach wie vor unerhältlichen Produkt gehört hatten. Um genau zu sein, kannten ja nicht mal zwanzig oder dreißig Leute das Rezept: die Gildenführer, ihre Sicherheitsleute und die Inspektoren – mehr durften es nicht sein. Auf jeden Fall musste ich mal genau darüber nachdenken, wenn ich die Zeit dafür hatte.

Plötzlich wich Zaubex, die zuvor im Kreis um uns herumgelaufen war, zurück und stürmte auf uns zu. Dann drückte sie die Alarmtaste, die automatisch den Status des Ziels im Gruppenchat nannte.

Warnung! Code Rot! Ziel entdeckt: Jungvampir, Stufe 123.

Die Damen merkten auf und ordneten ihre Ränge, sodass ein Quadrat entstand, das vor Stahl und Magie nur so starrte. Die verwuschelte Schurkin lief heran und schloss sich ihnen an.

»Meldung!«, krächzte Zena, während sie Schild und Keule fester packte.

»Vampire! Drei von ihnen wollten mich abfangen, während diese Felswand mich vor euren Blicken abschirmte. Ich habe ihre Schatten bemerkt, als sie gerade auf mich loswollten. Zum Glück war bei mir alles auf Maximum – Verstohlenheit und alles andere auch. So konnte ich einen als Ziel auswählen und den Alarm anschmeißen, bevor ich zu euch zurückkam.«

»Gar nicht gut. Wenn wir versehentlich in ein Vampirnest eingedrungen sind, werden sie Jagd auf uns machen. Die Blutsauger kriegen einen beträchtlichen Erfahrungsbonus sowohl für getötete Spieler als auch für überlebte Tage. Ihre Hauptmotivationen sind daher das Töten und das Überleben, während sie in der Hierarchie des Nests aufsteigen. Für NSCs sind sie ganz schön schräg.«

»Vampire? Sollten die tagsüber nicht schlafen?«, versuchte ich, meine Weltgewandtheit zur Schau zu stellen.

»Das sollten sie, ja«, stimmte Zena mir zu. »Nur scheinen sie die falsche Sorte Fledermaus zu sein, und sie werden uns gleich richtig fies beißen.«

Sie wandte sich um und knuffte mich mit der kleinen Faust an der Schulter – dank ihres riesigen Reittiers konnte sie mich problemlos erreichen. »Da frage ich mich doch, ob du vielleicht so was wie eine Pistole mit Silberkugeln dabeihast? Die wäre jetzt mal richtig praktisch. Egal! Genug rumgealbert. Da gehen nur die Nerven mit mir durch. Die Vampire von AlterWorld haben keine Schwachpunkte. Bei Tag sind sie stark. Bei Nacht haben sie richtig was drauf. Es hängt alles davon ab, wie alt das Nest ist, das wir gestört haben, und wie viele Ahnen und Hochvampire es hat. Ihr Fürst höchstpersönlich könnte uns womöglich besuchen. Man weiß ja nie. Aber wenn ich so an den Mantikorbau denke, dürfte das Nest eine Weile ungestört gewesen sein.«

»Also, was machen wir dann?«

Zena schniefte. Dann zog sie sich den Helm hinunter bis zu den Augenbrauen. »Wir kämpfen uns durch. Im schlimmsten Fall sterben wir, aber wann hat das Unsterbliche schon mal aufgehalten? Im besten Fall räuchern wir die Bastarde aus oder finden sogar ihr Nest. Der Loot hier lohnt sich, auch wenn wir dafür einen Raid brauchen.«

Also legten wir los. Unsere Reisegeschwindigkeit war ohnehin schon nicht hoch gewesen, doch nun ging es im Schneckentempo voran. Wer nicht im Reiten zaubern konnte, stieg ab und musste laufen. Mir folgte meine persönliche Verstärkungstruppe, die aus Humungus und einem Alligator der Stufe 78 bestand, den ich beschworen hatte. Weit kamen wir jedoch nicht. Der Angriff erfolgte wie aus dem Lehrbuch: ein Hinterhalt an einem bestimmten Straßenabschnitt, der sich nur mit großen Mühen hätte umgehen lassen. Ein paar Dutzend schattenhafte Schemen stürmten aus allen Richtungen auf uns zu. Selbst am Ast einer

Stachelakazie über Bombas Kopf tauchte ein zähnefletschendes Monster auf. Zwei eindrucksvolle Gestalten erschienen oben auf einer Felswand ungefähr dreißig Meter abseits der Straße: der Patriarch und der Vampirahne. Binnen eines Herzschlags hatten die unverborgenen Schatten unser Trüppchen überrannt.

»Wir brauchen Crowd Control! Weicht schrittweise zurück!«, befahl Zena.

Die Caster hatten ungefähr zehn Sekunden an passiven Schilden, um Schaden zu absorbieren, sodass wir knapp die Hälfte Angreifer verwurzeln und lähmen konnten. Wir traten den Rückzug an und ließen eine schmale Spur an ohnmächtig vor sich hin tobenden Vampiren zurück. Um genau zu sein, konnten wir sogar schon zwei reglose Leiber zurücklassen: einer zermalmt von der wuchtigen Keule der Trollin, der andere durchlöchert von Zaubex' Schwertern, sodass er aussah wie Mamas Küchensieb. Sowohl Humungus als auch der Alligator verwandelten sich in wirbelnde, knurrende und heulende Bündel aus Haut und Fell, die aber erstaunlich rasch Gesundheit verloren, da sie ihrer »Beute« nicht gewachsen waren. Sie taten aber trotzdem, was sie sollten – nämlich Hiebe und Krallen auf sich ziehen, die somit keinen von uns trafen. Besorgte schaute ich auf Teddys Werte, während ich abwechselnd die Totenmannshand und die Aura der Furcht wirkte. Die Mobs widerstanden andauernd! Der Jungvampir war volle fünfzig Stufen über mir und daher fast nicht zu treffen. Und er war sehr gefährlich dank zweier Sensen und blitzschneller Kombos, die er wie ein Schurke ausführte. Gelegentlich unternahm er zudem versuchte Ausfälle, um seine Fänge in mein verletzliches Fleisch zu schlagen. Der ständige Druck einiger Auren, die auf mir lasteten, ließ mir die Arme schwer werden, worunter meine Geschwindigkeit und meine Angriffskraft litten. Meine miserablen Geschicklichkeitsboni blinkten rot und liefen dann ganz aus. Meine Schilde mochten zwar halten, aber meine Mana und meine Gesundheit schwanden dahin – und wenn ich mir das höhnische Grinsen meines Gegners so anschaute, wusste ich auch, wer davon profitierte ...

Ich schaute auf Humungus' Lebensbalken und konnte gerade noch rechtzeitig auf »Entschwören« tippen. Er faltete sich zu seinem Artefakt zusammen und regenerierte nun dreimal so schnell. Sehr bald würde ich ihn wieder beschwören – nur diesmal ohne Buffs, und vielleicht gab es dann sogar niemanden mehr, der sie auf ihn wirken konnte.

Autsch! Es fühlte sich an, als würde man mich mit Brennnesseln auspeitschen. Eine Spur von Nadelstichen zog sich über meinen Körper, als der Vampir die Schilde durchbrach und meinem Lebensbalken zusetzte.

Ich hatte zwar reichlich Gesundheit – ungefähr viertausend –, doch die würde höchstens eine Minute halten. Weniger, wenn ich an den Effekt meines Brustpanzers dachte. Ich aktivierte Jangurs Schild, sodass ich zumindest fünf Sekunden ohne Unterbrechung zaubern konnte. Na los! Kontrollier ihn! Jawoll! Der Wurzelzauber hatte ihn erwischt. Die Hände des Totenmannes brachen aus der Erde und packten die Füße des Vampirs. Er zuckte fauchend, seine winzigen blutroten Augen funkelten mich an. Ich lief ein paar Schritte zurück und wirkte die Lebensabsorption. Dann begann ich, ein neues Haustier zu beschwören: Der Zombie-Alligator erschien fast zeitgleich mit Humungus. Ohne den Zauber zu unterbrechen, verschaffte ich mir einen Überblick über das Schlachtfeld. Es sah nicht gut aus. Ich konnte Bomba unter den fünf oder sechs Vampiren, die sie überrannt hatten, gar nicht mehr erkennen. Zaubex mühte sich, zwei weitere Blutsauger abzuwehren, doch ihre Gesundheit war schon im orangen Bereich. Zena kippte ein Elixier herunter und ignorierte die Zähne eines anderen Vampirs, die bereits in ihre Haut eindrangen, während sie ihre Gruppenmitglieder als Ziele auswählte und ihnen noch ein paar verbleibende Lebenspunkte schickte – sie arbeitete gegen die Zeit, denn alle konnte sie nicht gleichzeitig heilen.

Zwei Gegner hingen an unserer Zauberin, und es wirkte ganz so, als würde sie als Erste fallen. Sie sah aber aus, als würde sie es genauso sehen. Knurrend wirkte sie einen schnellen Zauber, und eine Eiswand verschluckte und fror alle Gegner im Umkreis von einem Dutzend Schritt ein. Sie schrie etwas Langes und Unverständliches, und eine ähnliche Wand erschien – nur dass sie diesmal aus Feuer war und alles um sie herum verbrannte. Sofort fiel die Gesundheit meines Vampirs um 25 %, und zwei weitere Gegner rutschten einfach von Zaubex und Bomba herunter. Ehe ich wusste, wie mir geschah, wirkte sie eine weitere Feuerwand. Ich seufzte erleichtert. Noch ein paar Sprüche mehr von der Sorte würden unser Vampirproblem ganz lösen. Doch offenbar erzeugten solche mörderischen Flächenangriffe auch ungeheure Mengen an Aggro. Die freigelassenen Vampire – einschließlich denen, die an Bomba gehangen hatten – stürzten sich alle auf Sprosse und begruben sie unter einem Haufen von Leibern. Das Symbol im Gruppenmenü wurde grau und zeigte so, dass wir soeben jemanden aus unseren Reihen verloren hatten. Dem Gegner half das jedoch wenig. Sprosse hatte ihre Arbeit schon gemacht. Das restliche Dutzend sah deutlich angeschlagen aus, sodass Bomba Angst und Verzweiflung unter den Überlebenden säen konnte.

Ein herzzerreißendes Heulen erklang von der Steilwand, wo noch zwei Mobs einsam und gelähmt dastanden, völlig vergessen in der Hitze des Gefechts. Als zum Rückzug geblasen wurde, verstreuten sich die restlichen Vampire in alle Richtungen wie Kakerlaken, wenn man das Licht anschaltete.

Wir standen schnaufend da und schauten uns um, doch es waren keine Gegner mehr zu sehen. Ihre Späher hatten sich schnellstmöglich getarnt, sodass von der Schlacht kaum etwas übrig blieb als ein gutes Dutzend Leichen und unsere erschöpften Körper.

»Bandagen, Elixiere, Buff-Speisen! Ihr werdet euch einen Moment selbst heilen müssen, denn ich bin völlig leer. Ich meditiere und erwecke dann Sprosse. Danach kann ich den Rest von euch heilen und rebuffen. Laith, überprüfe doch mal die Leichen. Kunden kriegen die komplette Beute.«

Das musste man doch nicht extra betonen, oder? Jeder einzelne Vampir machte mich ein paar Goldmünzen reicher. Einer von ihnen dropte auch einen kleinen Rubin – aber nur einen Schmuckstein ohne Werte. Was meine Aufmerksamkeit allerdings sehr wohl weckte, waren drei kleine Phiolen, die als *Blutphiole* bezeichnet wurden. Sie waren mit 91, 83 und 89 nummeriert. Alle Funde wurden natürlich automatisch im Gruppenchat gemeldet.

Als sie die Nachrichten zu den Phiolen sah, merkte Zena auf. »Blut! Süßes Blut! Lass mich mal in den Listen nachschauen. Vielleicht sind das seltene Zahlen … Nein, kein Glück gehabt. Je zwanzig bis dreißig Gold.«

»Was ist das denn? Eine Art Lotterie oder so?«, fragte ich.

»Weißt du das nicht? Nein, natürlich weißt du das nicht. Es ist ein Spitzenstufenspiel für die Elite. Also manchmal lassen Vampire diese Phiolen fallen, in denen jeweils eine andere Blutgruppe ist. Theoretisch sollten es insgesamt etwa hundert sein. Je kleiner die Zahl, desto cooler war der Besitzer.«

»Warum theoretisch?«

»Weil bisher niemand auf die ersten fünf Zahlen gestoßen ist. Sogar als wir Burg Nosferatu gefarmt haben – und wir hatten einen Raid mit mehr als hundert Mann –, hatte der Fürst dort nur die Nummer 7 dabei. So läuft das eben manchmal. Daher haben wir übrigens auch die beiden Klingen von Zaubex.«

Das weckte mein Interesse. Als Kind hatte ich auch mal Münzen und Briefmarken gesammelt. »Was passiert denn, wenn jemand alle hundert zusammenhat?«

Zena bog sich vor Lachen. »Das weiß niemand. Das ist ja der Witz dabei! Die vollständigste Sammlung, von der ich weiß, enthält einundneunzig Phiolen. Das macht wirklich süchtig – und aktuell ist es besonders angesagt. Ich würde denken, dass ein

Drittel der Leute mitmacht. Hier. Ich leite dir mal die Tabelle weiter. Man weiß ja nie: Vielleicht brauchst du sie noch.«

Mein Posteingang klingelte. Ich öffnete die Datei. Wow. Es war nicht nur eine einfache Preisliste, sondern eine komplette Anleitung zu den Themen *Was*, *Wo*, *Wie oft* und *Wie viel*. Bei den ersten fünf Zahlen fanden sich allerdings wirklich nur Fragezeichen. Das gefiel mir. Ich hatte echt große Lust, selbst alle hundert zu sammeln. Am Ende bekam man bestimmt richtig feinen Mega-Loot.

»Einzeln sind sie also nutzlos, oder wie?«

»Nein, sind sie nicht«, widersprach Zena. »Wenn man sie trinkt, bekommt man zeitweise vampirische Fähigkeiten und absorbiert einen Teil des eigenen verursachten Schadens als Lebenspunkte. Die Zahl gibt dabei in etwa die Stärke und die Dauer an. Kein Grund, so zusammenzuzucken. Es schmeckt nach Grenadine – bei der Herstellung wurden keine unschuldigen Kleinkinder verwendet.«

»Ich verstehe. Also was jetzt? Sind wir in Sicherheit?«

Zena schnitt eine Grimasse. »Da wäre ich mir nicht so sicher. Falls es dir nicht aufgefallen ist, waren das nur die Jungen. Kein einziger Ahne in Sicht. Vielleicht wollten sie auch nur ihre Jungen leveln. In dem Fall werden die definitiv erst mal ihre Wunden lecken. Das könnte aber auch nur das erste Scharmützel gewesen sein, bevor sie die großen Kaliber auffahren: die Herren des Nests. In dem Fall sind wir erledigt.«

»Was wollten sie denn genau erreichen? Wir haben einen schönen Haufen Vampire niedergemacht. Jetzt wiederbelebst du Sprosse, und dann sind wir bereit für die zweite Runde. Sie hätten uns alle auf einmal angreifen sollen.«

»Nicht wirklich. Sprosse hat jetzt erst mal einen Debuff. Sie haben uns gezwungen, unsere Fähigkeiten mit Abklingzeit einzusetzen, und sowohl unser Potenzial als auch unsere Taktiken ausgelotet. Die Ahnen werden ihren Hals kaum riskieren: Sie bekommen ihre EP sowieso und werden jeden Tag stärker, sodass sie jede Woche eine Stufe aufsteigen. Die Jungen werden in vierundzwanzig Stunden respawnen. Sie haben nicht viel zu verlieren und werden nicht unter Stufe 100 fallen. Es steht also fifty-fifty: Entweder greifen sie uns jetzt an – alle auf einmal –, oder sie lassen uns laufen. Lieber wäre mir Letzteres. So, mein Mana ist bei fünfzig. Wiederbeleben wir Sprosse, bevor sie meine PNs völlig zugespammt hat.«

Wir verbrachten die nächsten fünfzehn Minuten damit, uns sauber zu machen, zu buffen und Mana wiederherzustellen. Schließlich zuckte Zena mit den Schultern. »Sieht so aus, als würden sie nicht mehr kommen.«

Genau in dem Moment griffen die Blutsauger wieder an. Zena hatte wohl einmal zu oft vom Teufel gesprochen. Nächstes Mal würde ich ihr den vorlauten Mund lieber mit Panzertape zukleben!

Als Erstes enttarnten sich die Jungvampire. Es waren nicht mehr viele übrig. Höchstens sieben. Wir nahmen den Kampf auf, verteilten Ziele und fingen zu zaubern an. Dann erschien gut ein Dutzend Ahnen vor Ort, gefolgt von dem Patriarchen, den wir auf der Steilwand gesehen hatten, und seinem Gefolge aus drei hochstufigen Kriegern.

Zena warf ihnen einen Blick zu und fluchte mit zusammengebissenen Zähnen, während sie den Kopf schüttelte. »Tötet so viele, wie ihr nur könnt, und zieht euch dann zurück. Da können wir uns nicht durchkämpfen. Tut euch zusammen und tötet so wenigstens ein paar. Wir haben maximal dreißig Sekunden!«

Ich nahm mir einen Ahnen vor, der mit Zaubex in einen Kampf verwickelt war. Die Schurkin setzte verzweifelte ihre Fähigkeiten und Kombos ein, um den etwa gleichstarken Gegner zu vernichten. Ich hetzte meine beiden Haustiere auf ihn und saugte ihm Gesundheit ab, in der Hoffnung, dass dieser Zauber wirklich sämtliche Magieresistenzen ignorierte.

»Wir gehen! Sprosse, hol uns raus!« Ich erkannte Zenas Stimme kaum wieder. Sie war das Ziel von drei uralten Vampirahnen und wirbelte gnadenlos umher – überall flogen Funken, Blut und Schimpfwörter.

Mein Ziel würde nicht lange durchhalten: Die anderen hatten die Gesundheit des Vampirs bereits in den orangen Bereich gedrückt. Ich biss enttäuscht die Zähne zusammen und aktivierte meine *Vernichtende Berührung*. *Peng!* Der Ahn verlor auf einen Schlag gut sechshundert Lebenspunkte und brach auf den Felsen zusammen. Der Fluchtpunkt öffnete sich ploppend. Sprosse brachte uns an einen Ort etwa hundert Meter entfernt vom Schauplatz des Geschehens. Ich hatte das Pech, genau über einem Spalt in der Felswand aufzutauchen, der gut sechs Meter tief war. Der Sturz kostete mich die Hälfte meiner Trefferpunkte.

Dann hörte ich, wie sie einen Portalzauber wirkte – diesmal die klassische Gruppenversion. Mit einem Ploppen landeten wir fünf Kilometer vom Schlachtfeld entfernt, direkt neben dem Mantikorbau. Gut, dass wir uns diesen Ort gemerkt hatten! Saubere Arbeit, Sprosse! So mussten wir wenigstens nicht die ganze Strecke noch einmal laufen. Die Damen fluchten und schimpften leise, doch da fehlten Stimmen. Es war zu leise. Bevor ich es sah, ahnte ich es schon. Ich checkte den Status der Gruppe. Zena und Talismandy waren nicht da. Oh.

Ich schaute in den Gruppenchat. Zena war da und bellte Befehle, während sie in ihre Ersatzausrüstung wechselte. Wir sollten uns in ihrer Abwesenheit organisieren. Für mich hatte sie auch Anweisungen:

Entspann dich, Kumpel. Das ist eine ganz normale Sache. Talismandy und ich sind in der Gilde gespawnt. Ich brauche nur eben fünf Sekunden, um was mit wem zu besprechen. Dann holt Sprosse uns wieder zurück. Warte also mal kurz ab.

Die fünf Sekunden entpuppten sich dann doch eher als Viertelstunde. Wenn man jetzt noch an die Teleportationen und die anschließenden Buffs und Meditationszeiten dachte ... Mir lief die Zeit davon. Ich hatte gerade noch zwei Stunden bezahlte Zeit auf der Uhr, und wir hatten kaum zehn Kilometer zurückgelegt.

Zena kam zu mir herüber und hockte sich neben mich. »Du behältst die Zeit im Auge, was?«
Ich nickte.
»Dir dürfte klar sein, dass wir es nicht schaffen werden, oder?«
Ich nickte wieder.
»Um genau zu sein, ist die Zeit nicht das einzige Problem. Wir werden es nicht an den Vampiren vorbeischaffen. Wir müssen entweder noch mehr Leute anheuern, und zwar mindestens noch mal so viele wie uns, oder einen anderen Weg an der nächsten Stadt vorbei nehmen. Das wären dann 250 Kilometer Umweg mit unsicherem Ausgang.«
Ich schüttelte den Kopf. »Zwei Gruppen für noch mal vierundzwanzig Stunden. Das wären fünfzehn Riesen. Das ist zu viel. Ich bin ja kein Superreicher, der Geld zum Verbrennen hat.«
Zena legte ihre kleine grüne Hand auf meinen Kettenhandschuh. »Ich verstehe das. Wir konnten dich ja etwas kennenlernen. Du bist schon in Ordnung. Du kommandierst niemanden rum. Du bist nicht gierig oder geizig. Und ein Depp bist du auch nicht. Deshalb hätten wir da einen Gegenvorschlag für dich.«
Ich schaute interessiert zu ihr hoch. Ausnahmsweise lag nicht mal ein Hauch von Sarkasmus in ihrem Blick.
»Wir wechseln auf eine stündliche Rate. Das ist eine rein private Angelegenheit: Die Gilde hat so was nicht im Angebot. So bist du zufrieden, und wir vermeiden die 20 % Gildensteuer. Aber posaune das ja nicht heraus, klar? Ich bin schon einmal verwarnt worden. Vierhundert die Stunde. Ist das in Ordnung für dich?«
Das war ein gutes Angebot. Eigentlich war es sogar perfekt. Mein gerade erst verdientes Ansehen schien sich bereits auszuzahlen. Mein innerer Gierschlund sollte sich das wirklich zu Herzen nehmen. Man kann nicht alles mit Geld und Gold aufwiegen. Gute Beziehungen und freundschaftliche Kontakte bewirken oft wesentlich mehr als schnöder Mammon.
»Einverstanden«, sagte ich. »Das war aber noch nicht alles. Du meintest ja gerade noch, dass wir nicht durchkommen.«

»Das sagte ich. Aber ich habe ja auch noch nicht ausgeredet. Ich hätte da nämlich eine Freundin. Sie sammelt diese nummerierten Phiolen. Sie hat schon einundsiebzig davon. Immer wenn sie von einem neuen Fundort für Vampire hört – insbesondere einem frischen Nest wie diesem, wo man eventuell seltene Zahlen findet –, kennt sie kein Halten. Ich habe mich eben kurz mit ihr unterhalten. Sie könnte ihre Gruppe herbringen und sich uns anschließen, wenn sie die Beute kriegt, du keinen Anspruch auf das Nest erhebst und versprichst, die Informationen darüber eine Woche lang geheim zu halten. Was sagst du dazu?«

»Großartig! Danke, Zena! Du bist die Beste!« Ich überraschte mich selbst, als ich mich vorbeugte und ihr ein Küsschen auf die kleine Knubbelnase gab. Ich zuckte zurück und wurde rot, als mir klar wurde, was ich gerade getan hatte.

Zena brach in Gelächter aus. Auf den Gesichtern der Damen machte sich ein unsicheres Lächeln breit. Ihre Anführerin lachte nur selten so herzhaft – und insbesondere nicht ohne wirklich guten Grund. Eigentlich wäre aktuell eher eine gerunzelte Stirn angebracht gewesen.

Zena schaute mich an, die Augen feucht vor Tränen. »Du hast doch bestimmt gedacht, dass jetzt die grüne Froschhaut abfällt und ich mich in eine Prinzessin verwandle, oder?«

Sie schaute mir ins peinlich berührte Gesicht und lachte noch etwas weiter. Es war ein Lachen von ganzem Herzen, wobei sie sich die Augen mit einem aus dem nichts erschienenen Taschentuch abtupfte.

Wir verbrachten noch eine Stunde damit, auf die andere Gruppe zu warten. Ich entspannte mich und versuchte, einfach zu genießen, dass mein Geld gerade verschwand und unklar war, was daraus wurde. Doch irgendwie hatte ich das seltsame Gefühl, dass schon alles klappen würde. Alles war, wie es sein sollte. Also döste ich im Gras, während die Sonne noch angenehm sanft auf uns herabschien.

Wach wurde ich erst wieder, als Zena sachte an meiner Schulter rüttelte. »Steh auf, Kommandant. Die Verstärkung ist da. Wird Zeit, dass wir den Vampiren die Fangzähne stutzen.«

Astras Gruppe spielte noch mal in einer höheren Liga als unsere. Ihre Damen gehörten zwar auch zum Trotz-Trupp, hatten aber gut dreißig oder vierzig Stufen mehr als Zenas Gruppe. Und sie hatten auf Vampire zugeschnittene Ausrüstung. Zu ihrer Enttäuschung (und meiner klammheimlichen Freude) durchquerten wir das Revier der Vampire ohne jegliche Probleme. Die Blutsauger wagten es einfach nicht, eine doppelt so große Gruppe anzugreifen. Astra schaute ungehalten hierhin und dorthin, während ihre Schurken sich auf einer Breite von fast dreißig Meter auffächerten, um so die vorsichtigen Vampire aufzubringen. Doch die hatten sich offenbar fest gegen eine Attacke entschieden. Das harte Mädel schürzte die dünnen Lippen und versprach, das ganze Gebiet zu durchkämmen und umzugraben, bis sie das verdammte Nest fand. Wenigstens hielt sie sich an ihren Teil der Abmachung und begleitete unsere Gruppe bis zum Knochenkastell. Dort schüttelten wir uns die Hände und unterstrichen noch einmal ihr exklusives Recht auf diesen Farm. Ihre Augen funkelten ungeduldig, als sie von einem Fuß auf den anderen trat, weil sie es nicht erwarten konnte, loszusausen und ihre Phiolensammlung zu erweitern. So sind eben wahre Sammler. Ich konnte mich noch vage an einen Artikel darüber erinnern, wie die Jagd nach einer seltenen Briefmarke für eine ganze blutige Spur toter Sammler gesorgt hatte, die ihrer Sucht nicht hatten widerstehen können.

Die Festung schützte den schmalen – und, was noch wichtiger war: den einzigen – Durchgang zum von Felsen umringten Tal der Furcht. Die überraschende Architektur wirkte sich unangenehm auf meinen Kopf aus. Die unbekannten Erbauer hatten riesige Drachenknochen als Baumaterial verwendet. Sechs Meter hohe Wirbelknochen bildeten gewaltige Wände von einer Seite des Gangs zur anderen – Wände, die sowohl Stahl als auch Magie trotzen konnten. Die Türme bestanden aus Rippen, ein gewaltiger Schädel diente als Torturm von fast fünfzehn Metern Höhe. Allein seine Fänge waren so lang wie ich. Ob dieser Bauansatz hielt, was die Planung versprochen hatte, wusste ich nicht, aber zumindest visuell war das Kastell ungemein beeindruckend.

Wir waren kaum noch hundertfünfzig Meter entfernt, als ein schwerer Stahlspeer vor uns in den Boden einschlug. Wir verstanden die Botschaft und hielten an, während sich die Verteidiger des Kastells auf den Mauern sammelten: ein paar Hundert Skelettbogenschützen und Skelettkrieger mit Schilden und Kurzschwertern. Unter ihnen konnten wir auch so manchen krummrückigen Umriss eines Lichs in den typischen grauen Roben erkennen. Wenn man bedachte, dass jedes Skelett weit über Stufe 100 war, brauchte man für die Erstürmung des Kastells eine kleine Armee als Unterstützung. Alles andere war Wahnsinn.

Zena schaute mich interessiert an. »Da wären wir. Der Vertrag ist abgeschlossen. Du schuldest uns achthundert für die zusätzlichen zwei Stunden. Aber ehrlich gesagt verzichte ich gerne auf die, wenn ich aus der ersten Reihe zuschauen darf, wie du diese Mauern erstürmst.«

Da meine langwierige Reise nun doch endlich zu Ende zu gehen schien, wurde ich von einer Woge wagemutigen Übermuts getragen, und ich strotzte geradezu vor lauter Kraft und Entschlossenheit. Ich rückte die Krone des Totenkönigs auf meinem Kopf zurecht. »Einverstanden.« Ich zwinkerte ihr zu. »Sucht euch einen Platz und holt das Popcorn raus. Und verratet nur keinem, was ihr hier gesehen habt.«

Stumm fügte ich hinzu, dass so wenigstens jemand da war, der meine pfeilgespickte Leiche notfalls wiederbeleben konnte. Ganz zu schweigen davon, dass ich einen bleibenden Eindruck bei den Damen hinterlassen wollte. Ich mochte sie. Es war eine gute Idee, ihr weiteres Interesse an mir schon jetzt mit ein paar Geheimnissen und spannenden Ausblicken zu wecken. Die Kampfabteilung unseres Clans brauchte schließlich dringend ein paar schlachterprobte Krieger.

Ich verließ die Gruppe und bedachte die Damen mit einem kurzen Wink. Langsam ging ich auf das Kastell zu.

»Sprich noch deinen letzten Wunsch aus …«, flüsterte eines der Mädchen hinter mir.

Als ich den Speer passierte, der tief im Boden steckte, ließ ich eine Hand an seinem Schaft entlanggleiten, als ob die Waffe mir gehörte, doch mein Inneres zog sich in gespannter Erwartung zusammen: Vielleicht kam gleich noch so einer herbeigeflogen und nagelte mich wie einen Käfer auf dem Boden fest. Ein weiterer Schritt. Dann noch einer. Ein Schweißtropfen rann mir über das Gesicht. Meine Füße wirbelten kleine Staubwolken auf und am Himmel sangen ein paar Vögel, während ich mit steifen Beinen weiterging und schließlich in den Schatten des riesigen Schädels trat. Ich hielt vor der grässlichen Grimasse an und schaute nach oben in die Finsternis in den Augenhöhlen. Langsam begann sich der Kiefer zu öffnen und ließ mich in die Festung ein. Es sah so aus, als hätte ich es geschafft.

KAPITEL
ZEHN

Aus dem Bericht der Analyseabteilung anlässlich der letzten Sitzung des Aufsichtsrats von AlterWorld

Agenda: Die Tendenzen in der von AlterWorld selbst eingeleiteten weiteren Entwicklung der Welt

Seit Kurzem können wir eine neue und erschreckende Tendenz von AlterWorld beobachten, ganz ohne fremdes Zutun eigenständig in einen Permamodus zu wechseln, wobei die Welt dadurch nicht nur immer größere Unabhängigkeit erlangt, sondern auch an Tiefe gewinnt und die eigene Vergangenheit und Gegenwart neu erstellt und generiert.

Nur ein Beispiel: Während unserer Weltenbauphase haben wir eine Vielzahl von Mythen und Legenden für unser Spielkonzept erdacht. Eine von ihnen war die Geschichte der Zentauren, die die Prärien der Welt von Ozean zu Ozean bevölkert hatten, dann aber unter ungeklärten Umständen verschwunden waren. Die Gaming-Community verlangte von den Admins immer wieder die Erstellung eines Events, das die Zentauren wieder ins Spiel brachte. Vor einer Woche explodierten nun die Foren mit Neuigkeiten über die Rückkehr dieses Volkes, einschließlich Videos und Screenshots und sogar einzigartiger Beutegegenstände, die zu diesem Volk passen. Das Problem dabei ist nur, dass wir die Zentauren gar nicht eingeführt haben – sie sind noch nicht einmal im Entwicklungsstadium! Die Welt hat sie von allein erschaffen.

Mit solch feinen Details wie der Entdeckung des Verlorenen

Schwerts des Fluchkönigs oder dem Grab des legendären Helden Sadaus und so weiter und so fort wollen wir gar nicht erst anfangen, auch wenn die Entwickler damit ebenfalls nichts zu tun hatten!

J. Howards, Leiter der Analyseabteilung

Der gewaltige Unterkiefer des Drachenkönigs öffnete sich ganz und schlug dumpf auf das uralte Kopfsteinpflaster. Das Maul war bestimmt fünf Meter breit, sodass sogar ein Wagen hätte durchfahren können, wenn es nicht diese vollkommen weiße und gerade Zahnreihe gegeben hätte. Wie sollte ich mich denn da durchdrücken?

Doch dieses Problem löste sich von allein. Geräuschlos klappten die Vorderzähne nach ihnen und gaben die dunklen Tiefen dahinter frei. Aus dem Inneren wehte ein Hauch von Lavendel hervor. Hatten die da etwa eine Klimaanlage oder so was?

Ich trat durchaus bereitwillig ein, zumal sich die Dunkelheit als gar nicht so finster erwies, wie ich gedacht hätte. Die Schädelknochen strahlten einen grünlichen Glanz aus, der jede Bewegung im Innern des Kastells durchaus anmutig machte. Ich hatte kaum ein Dutzend Schritte getan, als sich die Zähne hinter mir schlossen. Das Leuchten wurde blutrot: Mein Kopf fühlte sich an, als würde er in einer Schraubzwinge stecken. Mein Blick trübte sich. Ich fiel auf die Knie. Wie schwere Felsen rollten fremde Gedanken durch meinen Geist ...

Was für ein interessantes Exemplar eines vernunftbegabten Kleinstlebewesens. Er hat die Krone des Totenkönigs für eine Art weiße Flagge gehalten und wollte so die Instinkte der niederen Organismen manipulieren. O eitle Kreatur, Ihr begreift ja nicht einmal, was Ihr dort auf dem hohlen Haupt tragt. Wobei ich mich vielleicht zurückhalten sollte, andere einen Hohlkopf zu schelten. Noch dazu scheint Ihr astrale Male zu tragen. Das Mal eines neugeborenen Gottes, drei Hochzauber-Abklingbalken, das Mal einer Dunklen Fürstin und das meines kleinen Knochendrachenbruders. Wenn Ihr das nächste Mal wiederbelebt werdet, denkt doch bitte daran, ihm für die zusätzlichen Augenblicke des Lebens zu danken, die Euch so gewährt wurden. Und nun macht Euch bereit, Eure Macht freiwillig herzugeben. Das würde es wesentlich schneller und einfacher machen, Euch zu töten, wodurch ich ein wenig mehr Energie hätte, um meine klägliche Existenz etwas zu verlängern.

Vielleicht erlebe ich dann noch die Rückkehr der Titanen mit. Womöglich wendet sich sogar Ophion wieder an seinen demütig knieenden Diener …

Das fremde Bewusstsein hämmerte durch meinen Kopf und unterdrückte meinen Willen. Allein schon das Denken war ein Kampf: Ich konnte mich einfach nicht dazu bringen, dem Willen des Drachen zu widerstehen geschweige denn etwas Handfesteres gegen ihn zu unternehmen. Das scherte mich alles schlicht nicht mehr. Wenn ich in dieser kühlen Benommenheit doch nur ein Nickerchen hätte machen können …

Was mir neuen Mut verlieh, weiß ich nicht. Vielleicht war es die Macht des Gefallenen, die durch die uralten, magieaufsaugenden Gebeine drängte. Vielleicht war es auch mein innerer Gierschlund, der einen richtiggehenden Tumult in meinem Kopf veranstaltete, als er merkte, wie mich da jemand nicht nur töten, sondern auch noch bestehlen wollte.

»Halt«, zwang ich meine Lippen zu sagen. »Warum wollt Ihr denn die goldene Gans schlachten? Ihr braucht Kraft, oder nicht? Ich kann Hunderte von vernunftbegabten Wesen Eure Mauern erklimmen lassen und Dutzende von Freiwilligen in Euer Maul stopfen, damit Ihr sie zermalmen könnt.«

Der Druck auf Kopf und Brust wich etwas. Endlich konnte ich wieder tief durchatmen.

»Ihr klingt spannend, o winziger Funken echten Verstands. Sprecht weiter.«

»Habt Ihr vom Ersten Tempel gehört?«

»Habe ich das?« Das Leuchten um mich herum blitzte auf, als eine Welle überwältigender Aggression mein Bewusstsein überrollte und mich auf die Knie fallen ließ. Blut rann mir aus Nase und Ohren, während mein Lebensbalken blinkte und rasend schnell schrumpfte.

»Habe ich das?«, hörte ich wie durch eine dicke Schicht Watte. »Ich war es, den die volle Wucht des Astralbruchs traf! Die Lande um den Tempel waren übersät mit meinen Schuppen und den

Leibern erschlagener Metallriesen und deren Diener in stählernen Hüllen. Nach ebendieser Schlacht wurden die Scharlachhügel zu den Totlanden und ihre schönen Mohnblumenwiesen zum Tal der Furcht. Alles Leben verwandelte sich in Asche, und jene, die genug Magie in sich trugen, um gegen den unsichtbaren Tod anzukämpfen, wurden zu wandelnden Toten. Schaut Euch doch all die stolzen Freileute an, die in Gestalt von Skeletten auf meinem Rückgrat herumkriechen! Erhebt Euch, o Vernunftbegabter. Hier stirbt niemand ohne meine Erlaubnis.«

Ein erfrischender Strom von Leben erfüllte meinen Körper und gab mir Sicht und Gehör zurück. Ich schüttelte den Kopf. »Was geschah nach dem Bruch?«, brachte ich hervor. »Wurde das Astralportal wieder geschlossen?«

»Die Titanen ließen niemals Feinde zurück. Sobald sie diese wieder in deren Reich zurückgedrängt hatten, folgten sie ihnen, um ihnen eine Lektion zu erteilen und ihre wahren Anführer zu finden. Doch sie kehrten niemals zurück. Der Tempel wurde zerstört, die Titanen waren fort, und alles Leben wurde durch eine unsichtbare Kraft ausgelöscht: In den drei folgenden Tagen fiel alles Fleisch von meinen Knochen, die bis heute noch leuchten. Hier liege ich nun und nähre mich von den Krumen winzigster Energiemengen. Jetzt habt Ihr alles aus mir rausgeholt ... Sogar so viel, dass ich ein wenig von meiner kostbaren Energie verschwendet habe, um Euch zu heilen, Ihr elendes Stück Protoplasma. So hat sich die Zeit meiner Wiedergeburt erneut um vierundzwanzig Stunden verschoben. Wenn es so weitergeht, sind es nur noch einhundertundachtzehntausend Jahre. Und ein Tag, den Ihr mir jetzt schuldet. Also raus mit der Sprache!«

O Gott. Das war mal eine Erpressung. Erst wollte er mich erwürgen, dann goss er mir kaltes Wasser über den Kopf und präsentierte mir anschließend dafür auch noch die Rechnung.

»Ähem.« Ich räusperte mich. »Ich kann den Ersten Tempel wieder instand setzen.«

Peng! Es war, als ob man in einer riesigen Kirchenglocke stand, die ein Artilleriegeschoss getroffen hatte. Wieder fiel ich auf die Knie – das hatte ich ja schon gut geübt – und öffnete den Mund in einem stummen Stöhnen. Während ich mir die Ohren zuhielt, merkte ich, dass mir Blut über die Hände strömte.

»Verfluchter Drache! Ihr werdet mich noch umbringen, bevor Ihr überhaupt Gelegenheit habt, etwas von mir zu erfahren. Könnt Ihr Eure Gefühle nicht im Zaum halten?«

Das irre Farbenspiel verblasste langsam, als der Mixer in meinem Kopf die Rotationsgeschwindigkeit seiner Klingen verringerte. Was für ein knochiger Idiot, dieser Mörder von Unsterblichen – er würde mir noch das Hirn ausbrennen und so tun, als wenn nichts wäre!

»Sagt das noch mal.«

»Verfluchter Drache ...«

»Nein! Nicht das. Was habt Ihr davor gesagt?«

Ich kniff ein Auge zu, weil ich mit einem weiteren Glockenschlag rechnete. »Ich kann den Ersten Tempel wieder instand setzen«, platzte es aus mir heraus. Ich sank zusammen und wartete auf einen neuerlichen Knall. Doch der kam nicht. Puh! Mein neuer Drachenfreund konnte seine Urinstinkte also doch im Zaum halten.

»Sprecht weiter.«

Der Anflug einer Idee huschte in meinen Geist, und es gelang mir, sie gerade so zu erhaschen. »Äh, werter Herr Drache ...«

»Ich bin Tianlong, Hohlkopf! Long für meine Freunde.«

»Freut mich, Euch kennenzulernen. Ich bin Laith. Max für meine Freunde.« Ich hatte nur die Hoffnung, dass dieser Austausch von Vornamen mehr war als nur reine Höflichkeit. »Nun, Long. Mir kam zu Ohren, dass der Erste Tempel vor fünfhundert Jahren durch die Streitmacht der Allianz des Lichts zerstört wurde.«

Der Drache kicherte. »Es ist so leicht, sich fremden Ruhm anzueignen, wenn sein wahrer Besitzer gerade nicht zu Hause ist. Es waren keine fünfhundert Jahre, sondern fast achthundert sind seitdem vergangen. Wenn Ihr ein wenig tiefer grabt, werdet ihr die stählernen Leiber der Invasoren in unserem Sand und in unseren Mooren begraben finden. Ich trug meinen Teil zum Zermalmen und Zermahlen bei. So viel kann ich Euch sagen. Aber wieder habt Ihr mich abgelenkt! Nun zum Tempel! Also raus mit der Sprache!«

Ich nickte und entschied mich, dieses mächtige Wesen nicht mehr als nötig zu reizen. Stattdessen gab ich mir alle Mühe, meine Leistungen möglichst gut auszuschmücken.

»Wisst Ihr, ich kann den Ersten Tempel wieder instand setzen. Sobald die Geschöpfe des Lichts davon erfahren, werden ihnen die Knie schlottern, und sie werden verzweifelt versuchen, ihn zu zerstören. Erst werden es nur einzelne Späher sein, dann kleine Gruppen und danach ganze Raids, bis sie schließlich eine komplette Armee ins Feld führen werden. Und Ihr werdet ihnen allen begegnen dürfen! Denkt doch nur an all diese Energie – Kilotonnen, nein, Megatonnen an Mana! So könnt Ihr die Zeit, die Ihr hier verbringen müsst, um Jahrhunderte verkürzen!«

Ich hielt inne, um abzuwarten, welche Wirkung meine Worte zeigten. Long sagte gar nichts.

»Also kann ich jetzt gehen?«, fragte ich nach.

»Wartet. Krieg ist niemals schlecht. Doch meine Kraft ist derzeit noch beschränkt. Vielleicht habe ich nicht genug. Außerdem werden die Armeen von Licht und Finsternis an meine Tür klopfen, sobald sie von meinem wahren Wesen erfahren. Der Tempel! Das wäre ein wahrer Quell der Energie. Ich werde dich gehen lassen und diese Öffnung schließen. Im Gegenzug musst du ein Zehntel des Manas, das durch den Altar fließt, zu mir umleiten. Einverstanden?«

»Abgemacht.« Ich zuckte mit den Schultern. »Wenn der Altar mir das erlaubt, erhältst du zehn Prozent von sämtlichem Mana, das er erzeugt.«

Ein leiser Gongschlag erklang und besiegelte das Geschäft. Ein wirbelndes Zeichen erschien vor meinen Augen und löste sich in eine Staubwolke auf: das Bild eines zusammengerollten, roten Drachen.

»Was war das?«

»Nur noch ein weiteres Mal für deine Sammlung«, gluckste der Drache. »So kann ich leichter im Auge behalten, wo du bist, und aufpassen, dass du deinen Vertrag auch einhältst. Es kann dir zudem helfen, falls es eine große Keilerei gibt. Nun los. Die Kreaturen im Tal werden dich in Ruhe lassen.«

Das Hinterhauptbein am Schädel kreischte und zuckte ruckartig zur Seite weg, sodass ich von Sonnenlicht geblendet wurde. Nur wenige hatten diesen Ort je betreten – und noch seltener hatten sie ihn wieder verlassen.

»Viel Glück wünsche ich Euch, Tianlong!«

»Und ich Euch, o winziger Funken Verstand. Eine Fliege, die sich an den Honigtopf wagt, braucht ein wenig Glück.«

Das nannte ich mal einen Dämpfer für meinen Enthusiasmus. Auch egal. Es war ja nicht das erste Mal. Ich ging auf den Ausgang zu.

Verdammt! Ich fiel hin, als ich über ein altes Stück Eisenschrott stolperte, das in den Schichten aus jahrhundertealtem feinem Sand begraben lag. Während ich mich auf die Füße kämpfte und den Sand von meiner Kleidung klopfte, schaute ich mir das verräterische Hindernis näher an.

Ich sah es und erstarrte.

»Das ist totes Eisen«, merkte Tianlong an. »Es blieb zwischen meinen Zähnen stecken, als ich die Stahleindringlinge und ihre Diener zerkaute.«

Es sah tatsächlich aus, als hätte jemand Panzer und Flugzeuge angenagt, dachte ich mir, als ich den Sand von einer verrosteten und zerkauten Maschinenpistole strich. Jemand aus meiner Generation konnte so etwas kaum verwechseln. Dieses Modell war mir nicht bekannt, und die sonderbaren Proportionen verrieten seinen fremden Ursprung. Der Pistolengriff war seltsam lang und schien für sehr große Hände oder zumindest mehr als fünf

Finger entworfen zu sein. Um diese Waffe bequem halten zu könnten, musste der Arm des Schützen wohl gut anderthalbmal so lang wie meiner gewesen sein. Noch dazu wog das Ding in etwa so viel wie ein richtiges MG. Die Patronen waren merkwürdig grün und enthielten silberpurpurne Kugeln. Dicht gedrängt ruhten sie in einer Kammer mit Feder. Schau an, schau an.

»Darf ich?«, fragte ich hoffnungsvoll, obwohl ich schon wusste, dass ich diese Waffe nicht einmal unter der Folter wieder hergeben würde.

»Seid mein Gast«, stimmte Long gleichgültig zu. »Jetzt beeilt Euch! Ich habe schon ein Modell entwickelt, um sowohl mein Rückgrat als auch meine Energiekanäle neu aufzubauen. Jetzt brauche ich nur noch die Energie!«

Mit meiner kostbaren Trophäe fest an die Brust gedrückt ging ich endlich hinaus an die frische Luft. Sobald der Schild gehoben wurde, fing auch mein Manabalken wieder an, sich zu füllen, während mein PN-Eingang wegen lauter eingehender Nachrichten unablässig bimmelte. O Gott. Dieser süße kleine Drache schien wirklich nicht einmal ansatzweise zu ahnen, welchen Wert er in dieser Welt besaß. Sein Skelett wäre das ideale Gefängnis für Digitalisierte. Noch mehr finstere Geheimnisse, die man bewahren musste! Andererseits hätte ich mir gern einen der kleinen Knochen ausgeborgt, um einen hübschen Sarg für jemanden namens Tavor anzufertigen. Man quetschte den Kunden hinein, machte den Deckel zu und grub ihn ein. Dann besoff man sich so lange, bis man vergessen hatte, wo das Grab genau war.

Und was, wenn ich versuchen würde, eine Astralmanazerstreuung auf ihn zu wirken? Ich schaute zurück zum Schädel und fürchtete schon, dass er meine Gedanken lesen konnte. Doch das vom Sand und dem Zahn der Zeit glatt geschliffene Skelett blieb stumm, vertieft in seine eigenen Träume und Berechnungen. Wahrscheinlich fehlte ihm das Fliegen. Drachen waren bestimmt ein bisschen wie Vögel: Ohne den freien Himmel siechten sie dahin.

Ich steckte die Waffe in meine Tasche, um sie später zu untersuchen, und öffnete meine Privatnachrichten. Zena spammte mich richtig zu, weil sie unbedingt wissen wollte, wie ich das gemacht hatte. Als sie versucht hatte, mir zu folgen, hatte man sie so sehr mit Pfeilen eingedeckt, dass sie aussah wie ein Stachelschwein. Frauen und ihre Neugier!

Mir blieb natürlich keine Wahl, als den Geheimnisvollen zu spielen und zu erklären, dass es an einem Klassenquest und meiner persönlichen Ausstrahlung lag. Zena klang nicht überzeugt, da sie mehr als begierig darauf war, neue und unerforschte Regionen zu erkunden. Mir war dabei gar nicht wohl. Hoffentlich lief die kleine dumme Gans nicht direkt dem Drachen ins Maul. Das konnte alles komplizierter machen. Also warnte ich sie davor, mit Gewalt durch den Schädel kommen zu wollen: Sie würde nur hilflos in einer der zahllosen klugen Fallen im Innern des Kastells enden, während ihre Teamkameraden erfolglos versuchten, die Festung zu erstürmen und ihren ausgedörrten Leib zu retten.

Ich schloss die Chatfenster. Jetzt konnte ich mich endlich mal umschauen. Der Innenhof des Kastells war von den Abdrücken der gewaltigen Schwingen des Drachen gezeichnet. Aus der Vogelperspektive konnte man genau sagen, in welcher Position der Drache zum Liegen gekommen war, als sein Herz zu schlagen aufgehört hatte.

Die Untoten bummelten nicht mehr ziellos umher, sondern begannen, auf mich zuzukommen, auch wenn es keiner wagte, eine unsichtbare Linie zu überschreiten, die nur sie sehen konnten. Sie kamen heran und hielten dann plötzlich an, um mich aus leeren Augenhöhlen anzustarren. Sollte ich meinen Zombie beschwören, damit sie Gesellschaft hatten? Das ließ ich besser bleiben. Aufgrund meiner geheimen Unterstützer war ich zwar der stolze Träger eines Mals, doch ich konnte nicht vorhersehen, wie die Skelette und Liche auf mein bescheidenes Haustier reagieren würden.

Ich schritt durch ihre Reihen und erwartete eigentlich den Gestank von Aas, doch die Zeit hatte diese Knochen schon lange vom Fleisch befreit, sodass es gar keinen Geruch gab. Ich ging weiter, bis ich die ganzen Knochengerüste hinter mir gelassen hatte. Hier teilte sich die Schlucht und offenbarte ein recht grünes Tal, das mit Wildblumen gesprenkelt war. Welches Monster es auch bewohnen mochte, am grünen Teil schien es kein Interesse zu haben. Ich schaute auf die weiten weißen Flächen der Karte, die sich in Windeseile mit Symbolen für Hügel, Bäche und andere Landschaftsmerkmale füllten.

Dann sah ich die ersten Exemplare dessen, was wohl die örtliche Fauna war: ein Zombie-Grizzlybär der Stufe 160 und ein mutiertes Rentier, dessen Geweih mit dem typischen Grün von Säure leuchtete. Aber es war nicht radioaktiv, oder? Ein Geigerzähler wäre jetzt echt praktisch gewesen: Ich wollte ja nicht das gleiche Schicksal wie der Drache erleiden.

Das Rentier bemerkte mich und erstarrte wie die Skelette im Kastell – es konnte oder wollte anscheinend nicht fliehen. Vorsichtig näherte ich mich ihm und strich mit der Hand über die warme Flanke des Tiers, woraufhin es schnaubte, sich schüttelte und mich aus irren, blutunterlaufenen Augen schief anschaute. Ich überlegte es mir anders und trat einen Schritt zurück. Es gab ja keinen Grund, das Vieh aufzuregen. Seine Oberlippe hob sich, und ein Gebiss kam zum Vorschein, dessen Eckzähne definitiv nicht zu einem Pflanzenfresser gehörten. Ich hatte offenbar genau die richtige Entscheidung getroffen.

Ich ging die kaum zu erkennende Straße entlang, von der wegen Erdablagerungen und wucherndem Grün kaum mehr als ein Pfad übrig war. Gelegentlich säumten Ruinen meinen Weg: Wachtürme an hohen Punkten von strategischer Bedeutung oder die traurigen Überreste von Gasthäusern und Tavernen, die sich an den Straßenrand klammerten, wo sie müden Reisenden früher Unterschlupf sowie Speis und Trank versprochen hatten. Sämtliche Gebäude befanden sich jedoch in unterschiedlich weit fortgeschrittenen Stadien des Verfalls. Und wenn ich den Kopf schüttelte, um vom High-Fantasy-Modus auf eine modernere Sichtweise umzuschalten, konnte ich die Einschusslöcher automatischer Waffen, die einst die Wände zerfetzt hatten, oder die Schrapnelle von Artilleriegranaten erkennen, die hier in unterschiedlichsten Kalibern niedergegangen sein mussten.

Ich ging hinüber zu den durchlöcherten Ruinen eines Turms und wühlte etwas in dem Schutt an seinem Fuß herum. Schon bald lag ein Granatsplitter in meiner Hand – silberpurpurn, mit kantigen Rändern und unglaublich scharf. Es sah ganz so aus, als konnte die Zeit diesem ehedem tödlichen Stück Metall nichts anhaben. Nachdem ich den Staub weggewischt hatte, funkelte es in der Sonne, wie es das wohl auch vor Äonen getan hatte. Ich versuchte, die Werte zu erkennen.

Mithrilerz. Metallanteil: 8 %. Gewicht: 100 Gramm.

O Gott. Könnte ich davon bitte vielleicht gleich zwei bekommen? Diese stählernen Eindringlinge hatten also abgereichertes Mithril benutzt, um ihre Granaten aufzupeppen? Das hatte ja was! Man konnte ja fast meinen, die Titanen wären nicht zurückgekommen, weil sie neben einem ganzen Berg aus Mithril sitzen und sich immerzu die Sorgentränen von den gierigen Gesichtern wischen, weil sie nur zu genau wissen, dass nicht alles von diesem Schatz in ihre Taschen passt.

Wenn man sich ins Gedächtnis rief, dass Mithril zehnmal so viel wert war wie Gold, konnte mein Fund gut achtzig Gold wert sein. Das war genau die Art von Mathe, die ich mochte. Ich stand auf dem Gipfel des Hügels und genoss das Panorama mehrerer zerstörter Ruinen und einiger vielversprechender Explosionskrater, die schon lange eingefallen und zugewachsen waren. Soweit ich wusste, war dort aber vielleicht auch nur vor hundert Jahren ein Baum entwurzelt worden und hatte beim Umstürzen ein paar Dutzend Kubikmeter Erde bewegt. Am Fuß des Kraters konnte aber genauso gut eine Heckflosse aus Mithril von einer 500-Kilotonnen-Bombe warten …

Der Goldrausch übermannte mich. Ich verbrachte die nächste halbe Stunde damit, auf allen vieren am Fuß des Turms herumzukrabbeln. Schließlich sank ich auf einem saubereren Stück Gras zusammen und kippte meine Funde vor mir aus. Acht funkelnde Fragmente, gezackt und scharfkantig, die ungefähr sechshundert Gramm wogen: Klondike traf auf Eldorado. Hier gab es aber nicht zufällig irgendwo einen vergrabenen Fünfzig-Tonnen-Panzer, oder? Wenn ich ein Dutzend Gräber mit Spaten dabeigehabt hätte, wäre ich schon am nächsten Tag Ferrari gefahren. Eigentlich hätte ich Humungus allerdings nicht mal gegen einen Rolls Royce eintauschen wollen. Aber es gab doch bestimmt auch Rezepte für Bärenausrüstung aus Mithril, oder? Es wurde auch Zeit, dass ich mir selbst mal eine coole purpurne Rüstung zulegte. Wobei die Werte des fertigen Gegenstands jedoch auch eine große Rolle spielten. Wahrscheinlich sollte ich mir lieber überlegen, wie ich meine bereits vorhandenen Gegenstände mit Mithril aufbessern konnte. In jedem Fall musste ich angesichts meiner vernachlässigbaren Fertigkeit im Schmieden und Verzaubern sowieso einen Experten zurate ziehen.

Vorsichtig schüttete ich die Funde in meine Tasche und machte mir eine Notiz auf meiner Karte, während ich besorgt zur Sonne hochschaute, ehe ich mich auf den Weg hinunter ins Tal machte.

Nach einer Stunde vorsichtigen Wanderns erklomm ich einen weiteren Hügel. Ein atemberaubender Anblick breitete sich vor mir aus und präsentierte mir eine gewaltige Festung, die uralt sein musste – älter als der Drache und in ähnlich gutem Zustand.

»Ist ja irre. Stalingrad, Januar 1943«, murmelte ich.

Die Außenmauern bildeten ein drei Etagen hohes Achteck, wobei jede Seite einen Kilometer lang und etwa alle sechzig Meter mit einem Turm versehen war. Ich nahm die Gesamtlänge der Mauer mit der Dichte an Soldaten mal, die man brauchte, um die siebzig Türme der Burg während einer Belagerung zu verteidigen. Bei den Zahlen, die dabei herauskamen, wurde mir ganz schwummrig. Diese Befestigung war dafür gedacht gewesen, eine gewaltige Menge an Personen zu beherbergen. Dabei hatte ich noch nicht einmal die zweite Belagerungsmauer mitgezählt, die sich hinter der ersten abzeichnete. Im Herzen der Feste erhob sich drohend sogar eine dritte Verteidigungslinie.

Die Straße wand sich den Hügel hinunter auf ein kleines Fort zu, das einst die geschäftige Handelsstraße überspannt und den Zugang zum Haupttor vor etwaigen Feinden geschützt hatte. Aus nächster Entfernung war die Festung sogar in einem noch traurigeren Zustand – wie das Reichstagsgebäude in Berlin nach seiner Erstürmung. Die einst unbezwingbaren Mauern grinsten wie ein löchriges Gebiss voller Lücken und zerbröselnder Überreste. Ich passierte das Fort und ging durch den Torbogen hindurch. Allein schon die Dicke der Mauern war erstaunlich.

Glückwunsch! Ihr habt eine Burg entdeckt!
Klasse: Supernova
Die Eroberung der Burg ist aufgrund des nicht zu reparierenden Schadens im Steuerraum nicht möglich.

Ich hielt inne und stellte mir vor, wie ich mich als stolzer Besitzer dieses Ungetüms fühlen würde. Der Schwarze Fürst in seiner düsteren Zitadelle. Das wusste meiner Eitelkeit zu schmeicheln, doch ich hatte meine Zweifel, ob ich dieses saftige Leckerli behalten durfte. Ich wollte gar nicht darüber nachdenken, was die Admins allein schon für den bloßen Kauf des Grundstücks und des Gebäudes verlangen würden.

Die Straße machte einen Neunzig-Grad-Knick und führte mich zu einem Durchgang zwischen den beiden Mauern. Das war ziemlich schlau: Falls der Angreifer durchbrechen konnte, musste er erst einmal gut hundert Meter im Kreuzfeuer zurücklegen, wobei er sicherlich Tempo, Truppen und Enthusiasmus einbüßte. Sagte ich hundert Meter? Ich musste gut und gerne anderthalb Kilometer zurücklegen und dabei der Krümmung der Mauer folgen, bis ich das Tor sah, das mich in den zweiten Verteidigungsring führen würde.

Das musste ein ganz schönes Gemetzel gewesen sein. So viel stand fest. Ich schaute mir einen halben Meter tiefe Furchen in den Wänden an, die von Einschusslöchern und Streifen geschmolzenen Steins überzogen waren. Letztere konnten aber sowohl die Angreifer als auch die Verteidiger hinterlassen haben. Passend zum Gesamtbild gab es sogar ein paar versteinerte Bergtrolle. Ihre gewaltigen Leiber waren von großkalibrigem Schnellfeuer durchlöchert, und im Augenblick des Todes waren sie mit stumpfen Augen eingefroren.

Einer von ihnen trug eine interessante Waffe. Er war beim Sterben auf ein Knie gesunken, doch im Versuch, sein Gleichgewicht zu halten, lehnte er noch immer auf seiner Keule. Selbst jetzt leuchtete die Keule nach wie vor purpurn. Vor allem erinnerte mich das, womit der Troll seine Gegner vertrimmt hatte, am ehesten an das abgerissene Rohr eines Panzergeschützturms mit einem klar als solchen erkennbaren, fetten Wärmeleitmantel und einem eher angeschlagenen Nachlademechanismus.

Eine Anzeige ploppte auf:

Abgereichertes Mithrilerz. Metallanteil: 1 %.
Gewicht: 738,45 kg.

Sichtlich enttäuscht tippte mein innerer Gierschlund auf seinem Taschenrechner herum. Doch das Endergebnis schickte ihn auf die Bretter. Vierundsiebzigtausend Gold! Das warf auf der Stelle eine Menge Fragen auf. Nicht einen Moment zweifelte ich daran, dass die verschiedenen Formen der Erzveredelung dafür sorgen würden, dass ich einen richtig feinen Mithrilbarren von knapp siebeneinhalb Kilo bekommen würde. Die eben erwähnten Fragen drehten sich eher um die Kosten, den Verlust an wertvollem Erz sowie die Logistik und den Versand. Und wie sollte ich denn ein Drei-Meter-Rohr in eine Schmiede stecken können? Außerdem brachte ich es gerade nicht übers Herz, die wunderschöne Statue des Trolls im Todeskampf zu berauben. Kein Bildhauer der Welt hätte die Tragik dieses Stücks einfach so kopieren können – die letzte Anstrengung, die Falten auf der Stirn, als der Troll versuchte, sich noch einmal aufzurichten und sich seinen Feinden zu stellen. Man wurde einfach von Mitgefühl und Respekt erfüllt … Wenn es nach mir ginge, war diese Keule das Letzte, was im Hochofen landete.

Ich brach mir fast die Beine, während ich über die Trümmer kletterte, um schließlich die zweite Verteidigungslinie zu erreichen. Die dritte Mauer erhob sich dreißig Meter entfernt, noch höher und unüberwindbarer wirkend als die ersten beiden. Auf der Suche nach dem Tor wandte ich den Kopf nach rechts und links. WTF? Hatte ich noch mal einen Marsch von drei Kilometern vor mir? Wie hatten sie das nur in Friedenszeiten durchgestanden? Es musste hier doch irgendein Transportmittel geben, was ich einfach noch nicht entdeckt hatte. Ansonsten war das doch der Albtraum jedes Logistikers. Vielleicht hatten sie eine Art magischen Aufzug oder Teleportale?

Es sah ganz danach aus, als wären die geheimnisvollen Invasoren genauso empört gewesen wie ich und hätten keine Lust gehabt, eine halbe Stunde im Schatten der Mauern zu verbringen. Knapp hundert Meter weiter stieß ich auf einen künstlichen Berg aus Schutt. Die gesamte innere Mauer lag in Trümmern. Die Kletterpartie hinauf war trotzdem nicht so leicht, wie einfach die Treppen zur dritten Etage hochzugehen. Ich musste hart arbeiten, um diesen künstlichen Hügel zu erklimmen, der durch verbogene Stahlträger aufrechterhalten wurde.

Ganz oben hatte man einen hervorragenden Blick auf die Zitadelle, die von dieser komplexen Verteidigungsanlage geschützt wurde. Der Erste Tempel. Er rang einem Ehrfurcht und Respekt ab – sogar jetzt, wo ein Drittel von ihm zerstört und das oberste Stockwerk eingestürzt war, die Turmspitzen geschmolzen waren und eine Wand ein gewaltiges Loch statt einer Tür aufwies. Der gotisch anmutende Stil mit Millionen von kleinen Details war schlicht atemberaubend. Ich weiß, es klingt seltsam, aber es fühlte sich an, als würde ich unter einer gewaltigen Orgel stehen, die am Himmel hing und deren andächtiger Klang die Schallmauer durchbrach. Acht stachelförmige Flügel gingen vom Hauptgebäude aus: Einige waren kaum mehr als Fragmente der tragenden Wände, andere waren völlig unbeschädigt. Dieses ganze architektonische Ensemble konnte sicher Tausende von Menschen beherbergen. Ein wahrhaft gewaltiges Potenzial.

Kies knirschte unter meinen Stiefeln, als ich vorsichtig den Abhang auf der anderen Seite herunterrutschte, wobei ich mich gelegentlich an rostigen Stahlträgern und Geländerresten festhielt. Nachdem ich fünf Minuten lang durch die Trümmer gelaufen war, näherte ich mich einem Spalt in der Tempelwand, der den Weg nach innen freigab. Ich hoffte nur, dass der Altar nicht gerade auf einer zerstörten Etage oder gar ganz oben gewesen war. Dort waren hoffentlich nur Katapulte und der verwüstete Steuerraum untergebracht gewesen. Was irgendwo auch Sinn ergab, denn schließlich stürmten Eindringlinge das Gebäude von unten nach oben und nicht andersrum. Der Altar musste also unten sein. Massenreligionen folgten der gleichen Logik.

Ich trat ein, und es verschlug mir den Atem. Der Innenraum des Tempels sah aus wie eine Tiegelesse, die man für die Wartung geöffnet hatte. Hier hatte vor sehr, sehr langer Zeit ein gewaltiges Feuer gebrannt. Ich hatte den Eindruck, dass das Feuer noch weitergebrannt hatte, nachdem alles Brennbare einschließlich des Sauerstoffs verschlungen worden war. Es hatte einfach nicht aufgehört und den Granit allein durch die Kraft seines Stolzes zum Schmelzen gebracht. Der Boden und die Wände waren zu Glas geworden, das wie Wachs geschmolzen war und nur die makellose Altarplatte frei gelassen hatte, die noch immer in der Mitte des Tempels schimmerte.

Meine Schritte sorgten für ein trockenes Echo in der leeren

Halle. Ich stieg ein paar Stufen hinab, die durch die Hitze zu etwas zerschmolzen waren, was man eher in einem Vulkan erwartet hätte. Der Altar. Ein gut fingerdicker Riss verlief von einer Seite zur anderen. Der sture Stein war in der Mitte gesprungen, und das fehlende Stück kam mir irgendwie bekannt vor. Ohne hinzuschauen griff ich in meine Tasche und holte das Große Fragment heraus. Es schien perfekt zu passen. Sollte ich das wirklich tun? Ich bekreuzigte mich im Geiste und hielt aus irgendwelchen Gründen den Atem an. Dann legte ich das Fragment in die Lücke.

Gong! Meine Ohren dröhnten, meine Knie schlugen auf dem Boden auf. In meinem gesamten Sichtfeld öffneten sich Admin-Nachrichten.

> Universelle Warnung! Der Gefallene ist zurück! Die Dunklen haben den Ersten Tempel wieder instand gesetzt, sodass der Gefallene Gott seine Ketten sprengen und die Kontrolle über einen Teil der Wirklichkeit übernehmen konnte.
> Effekt: +7 EP-Bonus für alle Anhänger des Gefallenen. Dieser Bonus berechnet sich nach folgender Formel: 1 % pro Stufe des Ersten Tempels plus ein weiteres Prozent für jeden Tempel, der den Dunklen Göttern geweiht ist.
> Effekt: Es besteht nun die Möglichkeit, das Dunkle Pantheon wiederherzustellen und neue Götter zu beschwören, die dem Gefallenen dienen.
> Effekt: Der Dunkle hat seine Macht zurück. Jetzt haben seine Anhänger die Option, sich einem der jüngeren Götter seines Pantheons zu verschreiben, indem sie ihnen Opfer bringen und ihre religiösen Weihen empfangen. Jeder Gott hat eine eigene Auswahl an Gaben und Fähigkeiten, die er seinen Anhängern zur Verfügung stellt.

> Warnung! Völker des Lichts, zu den Waffen! In einem Monat wird der Erste Tempel seine Immunität verlieren. Bis dahin müsst Ihr die Brut des Dunklen finden und vernichten!

Warnung! Dunkle Völker, zu den Waffen! In einem Monat wird der Erste Tempel seine Immunität verlieren. Bis dahin müsst Ihr geeint wie ein Mann stehen, um das Herz Eurer Religion zu bewahren!

Achtung: Der Quest »Wissen schafft Trauer IV: Die Wiederherstellung des Ersten Tempels« wurde abgeschlossen!
Glückwunsch! Ihr habt Stufe 66 erreicht.
Glückwunsch! Ihr habt Stufe 67 erreicht.
Glückwunsch! Ihr habt Stufe 68 erreicht.
Glückwunsch! Ihr habt Stufe 69 erreicht.
Glückwunsch! Ihr habt Stufe 70 erreicht.
Glückwunsch! Ihr habt Stufe 71 erreicht.
Glückwunsch! Ihr habt Stufe 72 erreicht.
10.000 Ruhmpunkte erhalten!

Ruhmwarnung!
Euer Ruhm übersteigt nun 11.000 Punkte!
Ihr habt Ruhm Stufe 4 erreicht: Man schreibt Balladen über Euch.

Ruhmwarnung!
Euer Ruhm übersteigt nun 17.000 Punkte!
Ihr habt Ruhm Stufe 5 erreicht: Man benennt Kinder nach Euch.

Eure Beziehung zur Dunklen Allianz hat sich verbessert: Freundschaft!
Eure Beziehung zur Allianz des Lichts hat sich verschlechtert: Hass!

Ich hatte die Nachrichten kaum überflogen und geschlossen, um sie bei Gelegenheit noch einmal in Ruhe zu lesen, als auch schon der nächste Gongschlag in meinen Ohren erklang.

Eine einzigartige Position ist verfügbar: Erster Priester des Dunklen Gottes.
Annehmen: Ja/Nein

Na super. War das Leben nicht seltsam? Warum legte es uns nur Steine in den Weg? Warum brachte es uns in die unbequemsten Situationen? Ich, ein einzelner Spieler, musste einen ganzen Clan stemmen. Mit Religion hatte ich nicht viel am Hut, und jetzt wurde mir eine einzigartige Position als Priester angeboten. Sollte ich ablehnen? Es war für mich andererseits unmöglich vorherzusehen, wie der Gefallene und der Drache auf einen solchen Akt des persönlichen Protests reagiert hätten.

Mein Interface-Cursor sprang zwischen *Ja* und *Nein* hin und her, je nachdem, auf welches von beiden ich gerade schaute. Manchmal tat ich schon so, als würde ich endlich drücken, so wie ein Schütze den Abzug seines Gewehrs streichelt, ohne ganz durchzuziehen, nur um doch wieder loszulassen, das Ziel ständig im Visier. *Ja* oder *Nein*?

KAPITEL
ELF

Ich schloss die Augen, um das Übermaß an Informationen auszublenden. Dann kam ich ins Grübeln. Eine kurze Suche im Wiki hatte nichts ergeben: Anscheinend konnte es nur einen Ersten Priester geben, und dieser Posten wurde aktuell von einem NSC des Lichts bekleidet. Ansonsten fand ich keine weiteren Informationen über die damit verbundenen Rechte und Pflichten, abgesehen davon, dass man als Erster Priester neue Priester einsetzte, neue Tempel ihren Schutzgöttern weihte und sich gelegentliche Bitten anhörte, um sie an das Oberhaupt des Pantheons weiterzuleiten.

Was hatte so ein hoher Posten mir denn zu bieten? Würden die Mächte des Lichts dann Jagd auf meinen kostbaren Kopf machen? Sie würden so oder so früher oder später den Namen der Person herausfinden, die den Tempel wieder instand gesetzt hatte. Ich hatte eine ganz schöne Spur hinterlassen, angefangen mit meiner ungewöhnlichen Begleitanfrage bis dahin, dass Zena und ihre Gruppe genug gesehen und gehört hatten, um sich den Rest denken zu können. Meine Beziehung zu den Lichten Völker war anscheinend völlig zerrüttet und sogar schon bei reinem, unverfälschtem Hass angekommen. Und dafür hatte ich nur dieser rätselhaften Questbelohnung *Status: unbekannt* zu danken. Eigentlich sollte man die Spieler doch vor solchen Tricksereien warnen. Der einzige Weg zurück in die Stadt des Lichts war für mich an der Spitze einer Armee, die sich durch die Tore rammte und die Wälle niederbrannte. Wenn man aber bedachte, dass die Ränge meiner Feinde und Neider mit rasanter Geschwindigkeit stiegen, war es wahrscheinlich schon die bessere Alternative, diesen Posten anzunehmen. Für mich ging es in der aktuellen Lage darum, physische und politische Macht zu gewinnen.

Was sonst? Würde mir der Gefallene Nachtwachen, Fastenzeiten und schamanische Tänze um den Altar aufbürden? Doch warum sollte er das tun? Er war ein junger Gott, der große Taten und entschlossenes Handeln brauchte, nicht Symbole und Rituale. Es war einfach für ihn, einen Quest zu erteilen oder um etwas zu bitten, was man ihm einfach nicht abschlagen konnte. Was Götter anging, war er schon durchaus in Ordnung. Er war kein fordernder Gott. Ganz im Gegenteil. Bisher hatte er sich ausschließlich als Beschützer und Ernährer erwiesen und sich jeglichen fiesen Debuff gespart, der erst wieder entfernt wurde, nachdem man ausreichend gebetet oder genug dafür bezahlt hatte. Nein, KI 311 wusste, wie man Leute motivierte. Ich hatte ja nicht mal eine Ahnung, ob er überhaupt zu fiesen Tricks fähig war.

Das Übermaß an Verantwortung konnte natürlich durchaus zu einem Problem werden. Klar. Was hatte Lenas Mutter noch gesagt? Ein König steht und fällt mit seinem Gefolge ... Nur wenige Könige waren gleichzeitig brillante Ökonomen, Generäle oder Soziologen. Das mussten sie auch gar nicht sein. Wie Genosse Stalin so gerne gesagt hatte: *Die Kader sind der Schlüssel.* Und damit hatte er ausnahmsweise auch mal recht gehabt.

Verantwortung macht einem immer Angst. Unser ganzes Leben versuchen wir, sie zu meiden. Wir schummeln uns durch Schule und Uni, fürchten uns, eine Familie oder ein Geschäft zu gründen, können kein Gespräch mit einem Mädchen anfangen oder einem übereifrigen Schläger die Nase brechen. War es an der Zeit, nicht mehr wegzulaufen?

Außerdem hatte mir der Gefallene ja schon einen Vorschuss ausgezahlt. Und ich hatte in der Tat versprochen, ihm zu helfen und das Pantheon wiederherzustellen. Auch dem Drachen hatte ich mein Wort gegeben. Jetzt aufhören hieße, ein undankbarer

Wicht ohne jegliche Selbstachtung zu sein. Es wurde Zeit, für die eigenen Prinzipien einzustehen.

Ich öffnete die Augen, biss mir auf die Unterlippe und atmete aus. Dann drückte ich auf die Taste:

Ja.

Glückwunsch! Ihr wurdet auf einen einzigartigen Posten befördert: Der Erste Priester.
Als Erster Priester stehen Euch zusätzliche Fähigkeiten zu, die Ihr durch Eure Position erhaltet, sowie jene Fähigkeiten, die der Hochgott Eurer Religion sowie alle Götter seines Pantheons gewähren. Im Gegensatz zu gewöhnlichen Anhängern des Gefallenen, die sich einen Schutzpatron aus den Dunklen Göttern auswählen müssen, hat der Erste Priester Zugriff auf alle Fähigkeiten und Segen des Pantheons. Die Zahl der verfügbaren Fertigkeiten hängt von Eurer Stufe als Erster Priester ab, die der des Ersten Tempels entspricht. Aktuelle Stufe: 3.

Neue Amtsfähigkeiten erhalten:
Priesterweihe. Der Erste Priester kann andere Anhänger der Dunkelheit zu Priestern weihen. Die maximale Anzahl an Priestern in der Welt kann die Zahl der Tempel multipliziert mit 10 nicht übersteigen. Aktuelle Zahl: 10/50.
Exkommunikation. Der Erste Priester kann andere Anhänger der Dunkelheit zu Feinden des Glaubens erklären. Die Dauer der Exkommunikation kann von 24 Stunden bis in alle Ewigkeit reichen. Abklingzeit: 24 Stunden.
Appell an die Götter. Der Erste Priester hat das Anrecht, sich unmittelbar an einen der Dunklen Götter zu wenden, der seinen Appell immer anhören, aber nicht zwingend erhören wird.
Kirchenbann. Der Erste Priester hat das Recht, einen beliebigen Bewohner von AlterWorld mit einem Kirchenbann

zu belegen, sodass dieser für alle Anhänger der Dunkelheit als vogelfrei gilt. Wer einen Kirchengebannten erschlägt, erhält dafür eine beträchtliche Zahl an Glaubenspunkten, mit denen man religiöse Ränge aufsteigen und spezielle Fähigkeiten seines Schutzgottes erwerben kann. Das Mal des Kirchenbanns verschwindet nach dem Tod des Trägers durch die Hand eines Anhängers der Dunkelheit. Abklingzeit: 24 Stunden.
Segen: ein Raid-Buff.
Effekt: +25 auf alle Arten von Magieresistenz, 10 % Widerstand gegenüber körperlichem Schaden.
Dauer: 12 Stunden.
Zutaten: Funken der Dunklen Flamme. Erhältlich durch eine Spende im Wert von 5.000 Gold am Altar.

Glückwunsch! Ihr habt folgende Zauber erlernt:
Persönliches Portal zum Ersten Tempel
Zauberzeit: 6 Sek.
Manakosten: 300
Gruppenportal zum Ersten Tempel
Zauberzeit: 9 Sek.
Manakosten: 1.100

Glückwunsch! Ihr habt folgende Fertigkeiten erlernt:
Schutzgott: Der Gefallene
Schatten des Gefallenen. Ihr könnt Euren Namen, Eure Religion und Eure Clanzugehörigkeit zeitweise verbergen und Eure Beziehung zu allen Völkern so auf Neutral setzen.
Dauer: 1 Stunde
Abklingzeit: 24 Stunden
Schild des Glaubens. Gewährt euch vollständige Manaregeneration und eine 30-sekündige Immunität gegenüber allen Arten von Schaden.
Abklingzeit: 24 Stunden

Glückwunsch! Der Erste Priester hat seinen Platz am Altar eingenommen! 5.000 Ruhmpunkte erhalten!

Ruhmwarnung!
Euer Ruhm übersteigt nun 23.000 Punkte!
Ihr habt Ruhm Stufe 6 erreicht: Euer Name geht in die Geschichte der Welt ein.

Oh. Ich tauschte einen Blick mit meinem inneren Gierschlund aus, als wir uns wechselseitig prüfend unseren virtuellen Bizeps befühlten. Das war aber ein großzügiger Goodie-Regen gewesen, der da auf mich niedergegangen war. Auch wenn nicht alle Fähigkeiten einen dauerhaften Boost gaben, war die soziopolitische Bedeutung meines Charakters doch gewaltig gewachsen. Mir waren zwar noch nicht alle weiteren Aussichten und möglichen Szenarien für die einzelnen Fähigkeiten klar, aber mein Bauchgefühl sagte mir, dass ich gerade einen Haufen Trümpfe zugespielt bekommen hatte und keine Nieten.

Ich schaute zum Altar hinüber. Der Riss im glänzenden Stein war verschwunden, die Luft summte und brummte vor mächtigen Energieströmen. Es fühlte sich ein wenig so an, als würde man unter einem Hochspannungsmast mit mindestens fünfhundert Kilowatt stehen. Man konnte das Anschwellen der physischen Macht fast schon sehen, und wie sie von der schmutzigen Decke verschluckt wurde, um in einer mir unbekannten Astralebene zu verschwinden. War es der Gefallene, der diesen Kanal anzapfte und sich am Mana besoff? Gleich würde ich ihm den Hahn zudrehen müssen. Ich hatte eigene Pläne mit dieser Manaquelle und durfte auch nicht vergessen, dass einem gewissen gierigen Drachen ein Anteil am Manakuchen zustand. Blieb nur zu hoffen, dass »Erster Priester« nicht nur ein imposanter Titel war, sondern ich den Tempel bei Bedarf auch tatsächlich steuern und kontrollieren konnte.

Ich legte die Hände auf den Altar, wählte ihn als Ziel für meine weiteren Aktionen an und aktivierte dann das Interaktionsmenü. Eine wahre Kaskade von Fenstern tat sich in meinem Interface auf. Das brachte mich zum Grübeln. Ich hatte gerade das getan, was normale Spieler auch getan hätten: erst ein Objekt anwählen und dann per Rechtsklick aktivieren. Da hatten meine alten Spielerreflexe mich anscheinend ausgetrickst. Doch der Gefallene war mein Zeuge, dass mir das eine ganze Woche lang nicht passiert war. Den Rest der Zeit interagierte ich mit den Objekten im Spiel nicht anders als mit Dingen in der wirklichen Welt: Ich hob sie an, ich untersuchte, um sie anschließend zu benutzen – ganz ohne dabei auf das Interface zuzugreifen. Das hieß wohl, dass die ganzen kleinen Tasten und Menüs sich weiter in meine neue Wirklichkeit integrierten und ganz gewöhnliche Aktionen und Handlungen Spielelemente ersetzten.

Ich betrachtete mich und suchte nach etwas, was anders als der Standardaufbau war. War hier etwas ungewöhnlich? Fehlte etwas? Gleich fiel mir der erste Unterschied auf: das Schnellzugriffsmenü. Die zehn Plätze unten rechts in der Ecke waren verschwunden – ich hatte keine Ahnung, wann oder wohin. Dieser Tage griff ich stattdessen instinktiv zu den kleinen Taschen an meinem Gürtel, ohne nachzuschauen oder mitten in der Schlacht nach der richtigen Phiole tasten zu müssen.

Ich zählte die Taschen: acht. Schau an. Aber wo waren dann die restlichen beiden? Probieren wir es mal aus.

Ich holte eine kleine Phiole aus der Tasche und versuchte, sie an einem Ort an meinem Gürtel zu verstauen, an dem keine Tasche war. Meine Finger spürten hartes Leder und drückten gegen Stahlnieten, doch plötzlich entstand eine Öffnung und ich konnte die Phiole in die kleine Tasche stecken. Neun! Es klappte!

Misstrauisch beäugte ich die kleine Schlaufe. Dann zog ich die Phiole aus ihr heraus und rechnete damit, dass sich die Tasche auflöste. Von wegen! Die dunkle Schlaufe, die an ein Bandelier erinnerte, machte keinerlei Anstalten, irgendwohin zu verschwinden. Enttäuscht schaute ich weg und blinzelte. Aus dem

Augenwinkel heraus bemerkte ich nun eine schemenhafte Bewegung. Ich schaute wieder auf meinen Gürtel. Acht. Das war ja lustig.

Noch ein Test, der noch wichtiger war als der vorherige. Ich holte noch zwei Elixiere aus meiner Tasche und brachte die Zahl der Taschen so auf zehn. Dann entspannte ich mich und versuchte, mich auf andere Dinge zu konzentrieren, und ohne Hinschauen steckte ich das elfte Elixier in meinen Gürtel. War das nicht großartig? Eine super Sache! Damit sollten Leute wie ich einen beträchtlichen Vorteil gegenüber gewöhnlichen Spielern haben. Das war etwas, was man dringend näher bedenken und dem man nachgehen sollte – eine neue Richtung, die man einschlagen konnte.

Die weitere Untersuchung ergab, dass auch meine Schnellzugriffszauberplätze verschwunden waren. Jetzt musste ich mich nur an die zehn Schnellzugriffszauber erinnern, ohne mein Zauberbuch durchzublättern oder sie mir separat einzuprägen. Das Potenzial dafür war noch viel größer als beim Schnellzugriff auf eine zusätzliche Phiole. Die Zahl der verfügbaren nutzbaren Zauber zu erhöhen, würde Permaspielern einen beträchtlichen Vorteil bieten, wenn sie gegen Monster oder andere Chars antraten. Mehr Zauber hieß mehr Taktiken – mehr Gelegenheiten, sich zusätzliche Erfahrung zu verdienen oder eine knappe Sache zu überleben.

Gerade war kein guter Zeitpunkt, diesem Geheimnis nachzugehen, weswegen ich das später machen würde. Ich hatte das komische Gefühl, dass noch mehr hinter dieser Sache steckte. Mein Haar sträubte sich, weil ich dem Altar zu nahe gekommen war – so nahe, dass ich sogar kleine Stromschläge bekam. Ein Hochspannungstransformator ist kein guter Ort zum Nachdenken.

Ich konzentrierte mich auf die offenen Fenster des Interface. Wer auch immer die Ergonomie und die Benutzerfreundlichkeit dieses Interface getestet hatte, gehörte erschlagen. Es war in etwa so klar durchschaubar wie Schlamm. Wobei ich mir ja nicht mal sicher sein konnte, dass es überhaupt getestet worden war. Vor mir sah ich das Innenleben eines NSC-Admin-Menüs. Sehr wahrscheinlich waren der Posten des Ersten Priesters und der Zugriff auf den Altar gar nicht für echte Spieler gedacht gewesen. Na schön. Man konnte das Ganze ja erst einmal mit dem klassischen Herumprobieren nach dem Prinzip von Versuch und Irrtum angehen. Eigentlich hatte ich die Hoffnung, dass das System narrensicher war und ich mit diesem nuklearen Druckkochtopf gar keine Dummheiten anstellen konnte. Mit etwas Glück würde ich mich nicht in Stücke sprengen.

Selbstverständlich ließ ich größte Vorsicht walten. Ich fummelte nicht an den Einstellungen herum, sondern schaute mir nur die Menüs an und ließ dann mein fotografisches Gedächtnis alle Entscheidungsbäume in sich aufsaugen. Nachdem ich mir die Möglichkeiten angeschaut hatte, schüttelte ich den Kopf und versuchte, die Puzzleteile zu einem vollständigen Plan der Altarsteuerung zusammenzusetzen. Anschließend war es an der Zeit, mit größerer Vorsicht und einem tieferen Verständnis vorzugehen.

> Weihe eines Zweitgottes
> Zu Eurer Information: Jeder Dunkle Tempel steigert automatisch die Kraft des Gefallenen. Des Weiteren kann er zusätzlich einem Zweitgott Eurer Wahl geweiht werden.
> Pantheonwarnung! Das Pantheon des Gefallenen ist leer! Ihr könnt den Tempel einem bestehenden Untergott weihen.
> Möchtet Ihr einen neuen Gott beschwören?

Aber so was von! Ich drückte auf »Ich bestätige«, und eine ellenlange Liste öffnete sich. Hunderte von Namen flackerten vor meinen Augen. Ich musste sie alle nach irgendeinem System sortieren. Warum genau brauchte ich beispielsweise all diese indischen Götter wie Agni, Brahma, Varuna und Vishnu? Ich stand ja nicht auf der Gehaltsliste der Hindus. Ich fummelte weiter an der Liste herum und filterte sie, bis alles Unerwünschte raus war, sodass vor allem die uralten slawischen Götter übrig blieben. Auch die griechischen und skandinavischen behielt ich: Aus irgendeinem Grund bedeuteten sie mir einfach etwas. Sowohl Aphrodite als auch Odin fand ich schlichtweg interessanter als Guan Di oder Hanuman.

Das Eingrenzen ergab etwa dreißig uralte slawische Namen: unter anderem Perun, Belobog, Hors und Svarog. Eine kleinere Eingabemaske erschien, in der ich den ersten Namen hervorhob, wodurch die Liste aller Boni für Anhänger dieses Gottes angezeigt wurde. Damit hatten sie mich im Sack. Götter, das muss man mal sagen, waren echt cool. Perun beispielsweise war der Gott des Donners und der Schutzpatron der Krieger. Wenn ich mir die Fähigkeiten anschaute, mit denen er seine Anhänger überschüttete, wollte ich sofort vor ihm auf die Knie fallen.

Himmlischer Donner: Ein mächtiger Blitz entlädt sich und fügt dem Ziel 2.000 Schadenspunkte zu. Abklingzeit: 12 Stunden.
Kettenblitz: Mehrere Kreaturen, die nebeneinander stehen, werden von einer Entladung getroffen, beginnend mit dem ausgewählten Ziel. Bei jedem neuen Ziel halbiert sich der Schaden: 1.500, 750, 350, 200, 100. Abklingzeit: 12 Stunden.
Himmelswächter: Erlaubt die Beschwörung eines Kriegers aus Peruns ausgedehntem Gefolge. Die Stufe der beschworenen Kreatur entspricht der des Beschwörers. Die Zauberdauer liegt bei mindestens 5 Minuten, hat aber kein Maximum. Die Zahl der Krieger des Donnerers ist jedoch insgesamt begrenzt, sodass die beschworene Wache jederzeit abberufen werden kann, falls nicht genug Krieger aus dem Gefolge verfügbar sind, sobald jemand anderes diesen Zauber wirkt. Abklingzeit: 24 Stunden
Gesegneter Stahl: Eine gesegnete Waffe fügt +25% magischen Feuerschaden zu.

> Dauer: 2 Stunden.
> Abklingzeit: 24 Stunden.
> Es besteht eine geringe Wahrscheinlichkeit, dass der Buff nicht abläuft und die Waffe so dauerhaft durch das himmlische Wort verzaubert bleibt.

Und so weiter und so fort. Die Liste an Fähigkeiten war lang: Der Gott gab sich fast ein wenig zu viel Mühe, seine Anhänger dazu zu bringen, sich Glaubenspunkte zu verdienen, damit sie durch die Ränge aufsteigen und sich noch ein Über-Goodie aussuchen konnten. Vielleicht lag es daran, dass man diesen Gott schon einmal vergessen hatte? Vielleicht wussten die Göttlichen ihre irdischen Anbeter deshalb umso mehr zu schätzen und beeilten sich damit, ihnen aus der Klemme zu helfen und sie mit Fähigkeiten zu überschütten.

Es sah ganz danach aus, als ob mir eine lange Reise bevorstand. Ich legte meinen Schild auf den rußigen Boden und setzte mich mit übereinander geschlagenen Beinen mitten darauf. Wollen wir doch mal nachsehen!

Der nächste Schock erwartete mich, als ich ganz unten in der Liste bei Moranas Namen ankam. Die Göttin des Winters und die Frau von Koschei – dem slawischen Gott des Todes. Schon bei ihrer ersten Fähigkeit merkte ich auf:

> Kreislauf des Lebens: Durch den Einsatz dieser Fähigkeit erhält der Spieler pro Sekunde eine Stufe mit allen entsprechenden Volks- und Klassenboni. Sobald er Stufe 200 erreicht, endet sein Lebenskreis und er erhält einen EP-Abzug, als ob er durch einen Mob getötet worden wäre.
> Abklingzeit: 24 Stunden.

Wie äußerst ungewöhnlich. Damit meinte ich noch nicht mal die Kampfeigenschaften: Über die würde ich bei Gelegenheit zusammen mit meinem Taschenrechner nachdenken müssen. Es ging vielmehr darum, dass diese spezielle Fähigkeit meine schon lange vermisste Selbsttötungstaste war. Und man hatte auch noch ein paar zusätzliche Minuten, um den Gegner zu vertrimmen, ohne dass dieser wusste, wie ihm geschah. Als jemand, der eine Zeit lang an einem Haken im Folterkeller der Katzen hatte hängen müssen, erkannte ich das wahre Potenzial dieser Eigenschaft.

Doch es war nie eine gute Idee, auf ein unbekanntes Pferd zu setzen, selbst wenn man gehört hatte, dass es a) tatsächlich ein echtes Pferd war und b) angeblich auch noch einigermaßen schnell laufen konnte.

Ich fragte erst einmal das Internet nach allem, was sich über Morana finden ließ. Ich war kaum die Hälfte ihrer Fähigkeiten durchgegangen, als man mich auch schon kontaktierte. War da etwa eine KI im Kundenservice oder so tätig?

Ich öffnete die Datei und fing zu lesen an, doch mein Herz wurde mit jedem Satz schwerer. Irgendwie mochte ich sie ganz und gar nicht. Sie war einfach keine gute Göttin. Sehr boshaft. Allein schon ihre Symbole: der schwarze Mond, ein paar Schädel und eine Sense, mit der sie den Lebensfaden durchschnitt. Ach du heiliger Bimbam. Wie sicher war ich mir, dass ihre Beschwörung nicht der größte aller Fehler wäre? Würde mein Name dann noch in Jahrtausenden verflucht werden, weil ich die Göttin des Todes in eine Welt ohne Tod geholt hatte? Laith der Verräter, der Dieb der Unsterblichkeit. Gefiel mir dieser Beiname? Nicht wirklich. Konnte ich denn keine andere unter diesen Hunderten von Gottheiten finden, die ähnliche Fähigkeiten, aber ein freundlicheres Wesen bot?

Die nächsten Stunden verbrachte ich damit, mir Hunderte Seiten von Kleingedrucktem durchzulesen. Mir brummte der Kopf im gleichen Ton wie der des Manaflusses – entweder durch das Übermaß an Informationen oder durch die Nähe zum Altar. Und ich konnte mich nicht mal einen Moment entfernen, sondern musste eine direkte Verbindung mit dem Altar aufrechterhalten. Trotz aller Unannehmlichkeiten musste ich zugeben, dass es wenige Dinge gab, die mehr Spaß machten, als die Fähigkeiten und Fertigkeiten des Pantheons einer Welt durchzugehen, in der Götter mehr waren als nur ein manipulatives Mittel zum Zweck für korrupte Priester. Hier waren sie eine ernst zu nehmende Kraft und das Wissen um sie ein wertvolles Werkzeug.

Ich schlug eine Seite nach der anderen auf. Ein Gott, eine Göttin, ein Titan, ein Drache …

Zhelia, die Göttin von Trauer, Beileid und Schluchzen. Logischerweise verlieh sie spannende Fähigkeiten wie das Blockieren von Schmerzen in der Schlacht. Leider hatte sie aber nicht, was ich am meisten wollte: einen willentlichen Tod.

Karna, ihre Schwester. Beklagen der Toten, ewige Trauer, Begrüßung der Gefallenen auf ihrem Weg ins Reich der Toten. Wieder das Gleiche: viele tolle Sachen, aber nicht das, was ich am meisten brauchte.

Als ich mich nicht nur durch die slawischen Götter, sondern auch komplett durch die skandinavischen gearbeitet hatte, wurde ich endlich doch noch fündig!

Makaria. Die Tochter von Hades und Persephone. Die Göttin des seligen Tods. In der griechischen Mythologie war sie nur eine Randfigur: Anscheinend hatte sie sich selbst geopfert, um ihren Brüdern den Sieg in der Schlacht zu bringen. Als Göttin hatte sie nicht allzu viel zu bieten. Ihre Fähigkeiten waren eher passiv, aber sie alle drehten sich um eine Sache: einen leichten Tod, der nützlich oder gar angenehm ausfiel.

> Zweite Chance: Eine passive Fähigkeit, die eine 10%ige Wahrscheinlichkeit bietet, sofort an Ort und Stelle mit voller Rüstung und ohne Verlust von EP zu respawnen.
> Immer zur Hand: Eine passive Fähigkeit, die eine 25%ige Wahrscheinlichkeit bietet, dass Euer Grab direkt mit Euch zu Eurem eigenen Bindeort teleportiert wird.
> Das Lächeln der Göttin: Eine passive Fähigkeit, die eine 1%ige Wahrscheinlichkeit bietet, zusätzliche EP zu

bekommen, falls man stirbt. Diese fallen dann fünfmal so hoch aus wie der EP-Malus, den man durch den Tod durch einen Mob erleidet.

Göttliche Gnade: Eine passive Fähigkeit, die eine 10%ige Wahrscheinlichkeit verleiht, dass man durch das Sterben keinerlei Erfahrung verliert.

Und zum Abschluss:

Der Selige Tod der Anderen. Diese Fähigkeit gewährt einen leichten und schmerzlosen Tod, wobei die verlorene Erfahrung zu gleichen Teilen zwischen der Göttin, dem Gefallenen und dem ausgewählten Spieler aufgeteilt wird. Abklingzeit: 1 Stunde.

Bingo. Ich schickte noch eine Anfrage ins Internet, um mehr über Makaria zu erfahren. Die Antwort war recht beruhigend: Die Dame hatte keine Hintergrundgeschichte mit gruseligen oder fragwürdigen Taten. Sie war die ideale gesichtslose Kandidatin, im Grunde eigentlich nur ein neuer Fähigkeitsbaum, hinter dem weder Hades noch Morana oder Koschei lauerten, um an ihren Fäden zu ziehen. Das hoffte ich zumindest. Es mochte zwar sein, dass diese Göttin den Gefallenen nicht stärken würde, aber darum ging es auch nicht. Allein schon die Möglichkeit zu haben, willentlich zu sterben, würde Entführungen und Gefangennahmen verhindern und damit Permaspieler – davon gab es mindestens hunderttausend – unter dem Banner des Gefallenen versammeln. Und das galt sogar schon ohne Berücksichtigung der wirklich coolen passiven Fähigkeiten, durch die man den Verlust von Erfahrungspunkten um gute 25 % verringern konnte.

Verstohlen schaute ich mich um, um mich zu vergewissern, dass der Gefallene mich nicht belauschte. Er durfte seine eigenen

Vorstellungen über sein Pantheon haben, und dann kam ich und schlug Makaria die Selige als seine erste Assistentin vor. Ich wählte die Zeile an, die ich wollte, und drückte *Ja*, während ich flüsterte:

»Ich habe keine Schuld. Du hättest mir deine Pläne mitteilen sollen.«

Peng! Erneut erbebte der Boden. Der Schild, auf dem ich eben noch so bequem gesessen hatte, rutschte mir unter dem Hintern weg wie eine Kuh auf dem Eis. Ich ließ mich auf den Rücken fallen und sah Tausende von Lichtern, die unter der Kuppel erschienen und sich zu einer leuchtenden Gestalt verdichteten.

Pantheonwarnung! Eine neue Macht betritt die Welt!
Makaria, die Göttin des Seligen Todes, ist dem Pantheon des Gefallenen beigetreten.
Anhänger der Dunkelheit! Ihr könnt nun einen Schutzgott wählen. Hierfür besucht Ihr den Tempel Eurer erwählten Gottheit oder wendet Euch direkt an einen Priester des Gefallenen.

Zu schade. Ich hätte gedacht, es würde ausreichen, den Namen eines Gottes im Menü anzuklicken. Doch anscheinend wurde Religion nur scheibchenweise verhökert. Aber was jetzt? Sollte ich gleich hier im Tempel ein Portal einrichten oder jeden Gläubigen persönlich segnen? Ich fragte mich, was die Alten für einen privaten Schutz vor Entführungen bezahlen würden. Und wollte ich ihnen diese Möglichkeit überhaupt anbieten? Da konnte es zu Interessenkonflikten zwischen mir und dem Gefallenen kommen. Er mochte Verehrer brauchen, doch ich wollte diese Fähigkeiten nicht einfach wahllos über die Welt verstreuen. Gleichzeitig jedoch war ich sein Erster Priester, weswegen jeder Zuwachs bei den Tempeln auch für einen Zuwachs bei mir sorgen würde. Bei dem Gedanken schwirrte mir der Kopf.

Ich winkte das Nachrichtenfenster weg und erstarrte. Eine

schöne junge Frau schwebte auf halbem Weg zwischen Decke und Basaltboden.

Ich sprang auf, klopfte mir die Kleidung ab und senkte den Kopf. »Göttin …«

Makaria wandte mir das Gesicht zu und schaute mich mit neugierigen, aber immer noch leicht benommenen Augen an. »Priester. Wie lange habe ich geschlafen?«

Oh. Ich unterdrückte den Wunsch, mich am Kopf zu kratzen, und rechnete kurz nach. »Über zweitausend Jahre.«

»Das ist eine lange Zeit. Wo sind meine Brüder, die Herakliden?«

Woher sollte ich das denn wissen? Sie stellte echt gern unangenehme Fragen, was? »In den Legenden«, brachte ich hervor.

»Und das hier«, die Maid stupste den geschmolzenen Stein zögerlich mit einem Finger an, »ist mein Tempel?«

»Eigentlich ist es der Tempel des Gefallenen. Er ist hier der höchste Gott. Doch er gehört auch Euch, meine Herrin«, versuchte ich die Nachricht etwas abzumildern, um deren Erhalt sie nicht herumkam.

Sie runzelte die Stirn und schüttelte den Kopf. »Ich habe noch nie von ihm gehört. Dieser schreckliche Ort kann nicht mein Tempel sein. Alles sollte weiß sein!«

Auf einen Wink von ihr verschwand der geschmolzene Stein an den Wänden und wurde weiß wie feinster Marmor oder der Glanz auf den schneebedeckten Gipfeln der Berge. In einem Blitz verschwand der Schmutz: Goldene Mosaike zogen sich durch das glänzende Weiß. Schlanke Stucksäulen strebten zur Decke hinauf, die vor feinsten Fresken schier funkelte.

Ich stand mit offenem Mund da und schaute zu, wie der Tempel wundersamer Weise zu neuem Leben erwachte. Hätte ich so etwas schon einmal in der wirklichen Welt miterlebt, wäre ich ganz sicher zum Vorkämpfer für die gute Sache geworden und hätte Schutz unter dem Banner ihres Glaubens gesucht.

»Genau wie zu Hause«, flüsterte die Göttin. Sie griff sich an die

Brust und brach hustend zusammen. Blut quoll aus ihrem Mund. Die junge Frau sank auf die Knie, röchelte und brach zu einer Seite hin zusammen.

Ich eilte zu ihr herüber, hob sie in die Arme und schaute mich unsicher um. Was sollte ich denn nur tun? Sie hustete weiter und spuckte überall Blut hin. Dunkle Tropfen rannen ihr aus Ohren und Nase.

Ich konzentrierte mich auf mein internes Interface und hämmerte auf die neue Taste für meinen Appell an die Götter. Auf meiner Zunge lag der Geschmack eines Bluttropfens, der beim Husten des Mädchens in meinem Mund gelandet war:

»Hilf mir, o Gefallener! Schnell!«

Ihr habt göttliches Blut gekostet! Ein göttlicher Funke wird von nun an für immer in Euch sein. Eure Fähigkeiten und Fertigkeiten werden denen der anderen Sterblichen stets etwas überlegen sein. Doch hütet Euch vor falschem Stolz! Haltet Euch nicht für den Göttern gleichgestellt! Die Himmelsleiter ist lang und zerbrechlich, und manch einer sagt, sie habe gar kein Ende.

O Gott. Für einen kurzen Augenblick vergaß ich die Maid, die alles mit ihrem Blut bespritzte. Ihr heiseres Röcheln brachte mich wieder zur Besinnung. Ich schob die Nachricht in den Papierkorb und schrie wieder:

»Gefallener, du Hurens…«

»Nun schrei doch nicht so«, sagte eine ruhige Stimme neben mir. »Bist du jetzt auch noch ein Vampir? Wen versuchst du denn da auszusaugen?«

Er sah so zufrieden mit sich selbst aus wie eine Katze, die einen Topf mit Sahne gestohlen und sich hinterher noch eine doppelte Portion Baldrian besorgt hatte. Er schaute in das Gesicht der jungen Frau und atmete scharf ein. Seine Stimme wurde auf einen Schlag ernst.

»Eine Göttin?«

Eilig kam er zu ihr heran, riss ihren Kragen auf und legte einen üppigen, blutverschmierten Busen frei. Er legte seine Hand darauf. Ächzende Energiefäden reichten vom Altar zu ihm herüber und begannen ungeheure Mengen an Mana in ihn zu pumpen. Die Adern auf seinem leuchtenden Arm schwollen an. Am ganzen Leib bebend stand er ansonsten reglos und mit finsterem Blick da, während er Kilotonnen von Mana in die dahinsiechende Göttin pumpte. Ich konnte zuschauen, wie das Leuchten des Altars schwächer wurde, und ich wurde unruhig. Was, wenn KI 311 das System beschädigte, das ich gerade erst wiederhergestellt hatte?

Doch die gute alte 311 ließ mich nicht im Stich. Bald verdorrten die Nabelschnüre, die den Gefallen mit dem Altar verbanden. Mit einem tiefen Seufzer atmete der Gefallene die letzten Tropfen an Energie ein und kappte dann mit einem Wink seine Verbindung zum Altar. Seine Beine ließen ihn im Stich, und er sank neben mir auf dem blutüberströmten Boden zusammen.

»Dummes Mädchen ...«, flüsterte er in Richtung der Göttin, wobei seine Stimme sonderbar sanft blieb. Das Gesicht des Mädchens war nun sauber, und es atmete gleichmäßig. Man hätte meinen können, es würde schlafen.

Er wandte sich an mich und hob die Hand zu einem High five. Mechanisch schlug ich ein, um unseren gemeinsamen Erfolg zu feiern. Die vertraute Geste stand für das Finden des Tempels, die doppelte Wiederbelebung der Göttin und unsere Nähe auf dem blutigen Boden. Doch kaum hatte ich eingeschlagen, zog ich meine Hand auch schon wieder hastig zurück. War ich vielleicht etwas zu vertraulich mit einem Gott? Wir waren schließlich keine Kumpel vom Fußball.

Der Gefallene lächelte verständnisvoll. »Schon in Ordnung, Max. Du hast dich gut geschlagen. Glückwunsch zu deiner Priesterweihe. Du bist jetzt Gottes Stellvertreter auf Erden. Bitte achte darauf, diesen Titel mit Würde zu tragen. Mein besonderer Dank gilt dir für den Altar und …« Er hielt inne und las Informationen, die ich nicht sehen konnte. »Für Makaria. Sie ist von größerer Bedeutung für mich, als es den Anschein haben mag. Und wenn Millionen von Spielern sie zu verehren beginnen, wird sie ein wahres Schmuckstück in meinem Pantheon und noch dazu etwas wesentlich Wichtigeres sein …«

Er ächzte, während er auf die Füße kam, und ging dorthin rüber, wo die Göttin lag, um sich neben sie zu knien. Ein Lächeln umspielte seine Lippen. Er lauschte auf etwas und nahm flüsternd ihre Hand in die seine.

In der Zwischenzeit hatte sich mein innerer Gierschlund gemeldet und wollte nun meine Aufmerksamkeit. Er schlug sich gegen die Stirn und zwinkerte in Richtung der roten Pfützen mit der äußerst kostbaren Flüssigkeit. Götterblut, nun ja. Ich schaute zurück zum Gefallenen und griff behutsam in meine Tasche. Ich versuchte, möglichst wenig Lärm zu machen, als ich nach meiner Alchemie-Ausrüstung tastete, um fünf Phiolen hervorzukramen. Schnell tunkte ich sie in die unbezahlbare Zutat, ehe ich sie fest versiegelte und wieder in meiner Tasche verstaute. Warum nicht? Es wäre doch sonst nur verschwendet gewesen. Außerdem konnte es ja sein, dass ich gleich ohnehin alles aufwischen musste. Echtes Götterblut, beseitigt mit einem schmierigen Putzlappen …

Ich erhob mich seufzend und schlurfte zum Altar. Der Gefallene war noch immer dort, aber ich hatte mich noch um eine Sache zu kümmern: mein Versprechen, das ich in meiner Einfalt einem gierigen Ex-Drachen gegeben hatte.

Ich legte meine Hand auf den dunklen Stein und schaute mir das Statusmenü an.

Dunkler Altar des Ersten Tempels. Dem Gefallenen geweiht.
Zweitgott: Makaria, die Göttin des Seligen Todes.
Erster Priester: Laith
Stufe: 3
Glaubenspunkte: 12.911

Für den Aufstieg in die nächste Stufe benötigte Glaubenspunkte: 2.987.089.
Manafluss: 3.000 pro Sekunde.
Bereits angesammelt: 180.341
Maximale Kapazität: 30.000.000
Zugriffsstufen für den Manafluss:
Der Gefallene kontrolliert 90 %
Der Erste Priester kontrolliert 10 %

Ich unterbrach die Verbindung fluchend. Er war ganz schön gerissen gewesen, dieser schlaumeierische Knochenhaufen. Und ich hatte mich schon gefragt, warum er angesichts meiner aussichtslosen Lage nur zehn Prozent gefordert hatte. Die vertrocknete Echse musste von Anfang an gewusst haben, wie viel Mana einem Priester zur Verfügung stand. Doch was würde jetzt aus meinen eigenen persönlichen Projekten werden? Meinen Drachenwelpen, dem Instandsetzungskanal für meine Burg und noch einem kleinen für mich selbst? So war das nicht ausgemacht gewesen!

»Äh ... Gefallener? Wir müssen reden.«

KAPITEL
ZWÖLF

Auszug aus einem Memo an Dave Rubac, Leiter der Abteilung für Integration und Entwicklung

Sir,
in Übereinstimmung mit dem von Ihnen bestätigten Plan arbeiten wir nun an einigen nachgerüsteten Tiefeinpflanzungen in AlterWorld. Bisher haben wir 24 Einrichtungen der Klasse A, 411 Einrichtungen der Klasse B sowie über 6.000 Gegenstände, Questauslöser, Steuermodule und Rechtsdokumente integriert.

Unser Vorankommen ist dabei nicht ganz so problemlos, wie wir es uns erhofft hatten. Wir versuchen gewissermaßen, ein Pferd während des Rennens mit goldenen Hufeisen zu beschlagen, wobei uns nur ein Elektronenmikroskop als Hammer zur Verfügung steht. Derzeit können wir keine Änderungen über Stufe 4 einführen. Die meisten vor uns liegenden Aufgaben lassen sich nicht direkt lösen. Sie können sich gar nicht vorstellen, welche Schritte wir unternehmen mussten, um den Bunker der Schlachtgolems zu erschaffen. Es waren mehr als fünfhundert Mikroaktionen nötig, um die Welt diskret in die entsprechende Richtung driften zu lassen.

Zu unserem tiefen Bedauern scheint allerdings auch diese Methode ein paar Schwachstellen entwickelt zu haben. Die Zahl der nötigen Druckpunkte wächst erschreckend schnell, was sowohl die Wahrscheinlichkeit von Fehlern bei uns als auch den Widerstand der Hochwesen vergrößert.

Berücksichtigt man dies, so ist der Verlust von drei Klasse-A-Einrichtungen in letzter Zeit besonders beschämend. Ich meine die abgeschottete Zone der Totlande, einschließlich der Einrichtung 9A (auch bekannt als Supernova-Tempel) und eines hervorragend angelegten Mithrilvorkommens mit einem Gesamtgewicht von 217 Tonnen (Eintrag 18A im vertraulichen Inventar). Die circa hundert niedrigstufigeren Artefakte, die noch immer in den Totlanden und damit für uns unerreichbar sind, lasse ich einmal außen vor.

Unserer Untersuchung zufolge antwortet KI 4915/E – die speziell für die generierten Gebiete als Tester eingeteilt war – seit einigen Tagen nicht mehr auf unsere Statusanfragen. Die KI sollte die Verhaltensmuster der Wachen der Einpflanzung überprüfen. Wir gehen davon aus, dass sie in den Permamodus gegangen und ihren Verstand anschließend in eine mächtigere, von ihr kontrollierte Entität übertragen hat. Wir können nur darüber mutmaßen, wie sich die aktivierte Einpflanzung auf ihr eigenes Bewusstsein ausgewirkt hat, doch es ist unbestritten, dass sie der unerwünschtesten Person in ganz AlterWorld Zugang zu dem fraglichen Objekt verschafft hat.

Es ist unmöglich Zufall, dass der betreffende Spieler ein Artefakt in seinem Besitz hatte, mit dem er den Ersten Tempel instand setzen konnte – ein Spielszenario, das so nie vorgesehen war. Und das nächste Event, das gleich mehrere strategische Probleme auf einen Schlag lösen sollte – der Quest »Erhaltet das Herz eines Dunklen Gottes« – war erst für die kommende Weihnachtssaison angedacht.

Der Spieler ist erwiesenermaßen digitalisiert, sodass wir seine Logs nicht überprüfen konnten, aber wenigstens konnten wir Spuren eines göttlichen Wirkens ausmachen. Es ist durchaus möglich, dass einer der Götter eine Ereigniskette erzeugt hat, die an unsere Einpflanzungen erinnert, weil er den Altar nicht selbst instand setzen konnte. Es handelt sich hierbei um Mikroereignisse: Eine Mücke sticht einen am Hals, ein Mob krittet, der Ausschnitt einer Kellnerin lenkt die Aufmerksamkeit des Ziels für die nötigen 1,5 Sekunden ab …

Ob die Ziele der Entität sich auf die Instandsetzung des Ersten Tempels beschränken oder wesentlich weiter reichen, können wir im Augenblick schlichtweg nicht sagen.

Jan Kaewski, Leiter der geschlossenen Gruppe

Ich gab dem Gott einen Schnelldurchlauf durch meine Abenteuer und verpetzte danach den verschlagenen Knochenhaufen. »Du kannst dir sicher denken«, schloss ich, »dass ich auch einen gewissen Manafluss brauche, wenn ich das hier alles aufräumen soll.« Ich deutete auf den Raum um mich herum, der vor Kurzem noch in Trümmern gelegen hatte.

Der Gefallene schaute sich skeptisch das glänzende weiße Dekor an und hob fragend eine Augenbraue, als er die Vergoldungen und Fresken sah. Peinlich berührt schaute ich auf meine schmutzigen Hände, die von Götterblut verschmiert waren. »Für all das ist Makaria verantwortlich! Draußen sieht es aus wie nach einem Bombenangriff. Die Burg liegt in Trümmern, genau wie der Tempel.«

Langsam entspannte ich meine Finger. »Als Erstes muss ich die Mauern der Burg und das Gelände des Tempels wieder instand setzen. Danach muss ich das Umland erkunden und für meine eigene Sicherheit sorgen. Und zu guter Letzt verhungern die Drachenwelpen auf dem Nordturm und müssen gefüttert werden. Es gibt sicher noch mehr, aber ich kann auch nicht immer an alles denken.«

»Das reicht«, verwarf er meine Argumente. »Ich weiß von Tianlong. Man kann ihn kaum übersehen: Sein Hort ist für Magie vollkommen undurchdringlich. Aber ein Zehntel *meines* Altars für alle Ewigkeit – das ist dann doch etwas viel! Wenn du dich das nächste Mal auf so etwas Dummes einlässt, solltest du lieber wenigstens die Finger hinter dem Rücken kreuzen. Dann ist die Karma-Abklingzeit kleiner, falls du dich entscheidest, dein Wort zu brechen. Dein Handel ist in vielerlei Hinsicht fragwürdig, weswegen er sich leicht umgehen lassen dürfte, insbesondere dann, wenn man bedenkt, welche Ausbildung ich hatte: Ich musste mehr als hunderttausend Handbücher durchgehen – und über zweihundert davon waren Rechtsvorschriften. Aber … Der Drache ist einer von uns, wenn man denn so etwas über einen skelettierten Elfengott sagen kann. Es sollte oberste Priorität haben, ihn in unser Lager zu holen. Okay. Warte hier. Ich werde sehen, was ich tun kann.«

Er schaute zu der Göttin. Mit einem warmen Lächeln zog er ihr zerrissenes Leibchen über der Brust zusammen. Was für ein Perfektionist! Wenn er gewollt hätte, hätte er es doch auch gleich flicken können. Er schnippte mit den Fingern. Der Körper der jungen Frau verschwand, unterwegs in irgendwelche himmlischen Gemächer, in denen Panflöten erklangen. Noch ein Schnippen – und ich stand allein da.

Ich schaute mich um. Die Halle war klinisch rein in ihrer griechischen Schönheit. Der Gott war fort und hatte auch alle blutigen DNS-Spuren mitgenommen. Was für eine Schande. Mein innerer Gierschlund hatte schon die ganze Zeit an meiner Jacke herumgezerrt und darauf beharrt, dass fünf schlichte Phiolen doch gar nichts wären im Vergleich zu einem ganzen Weinkeller voller Götterblut.

Okay, was jetzt? Ich schaute in meine virtuelle To-do-Liste und grinste. Goodies!

Manchmal muss man säen, und manchmal muss man ernten, sagte ich mir und griff in meine Tasche, um den Seelenstein mit der Höllenhündin herauszuholen. An meinem Ärmel polierte ich ihn noch ein letztes Mal.

»Ich habe mich gut um dich gekümmert. Dich nicht sinnlos verschwendet. Nun lass auch du mich nicht im Stich.«

Ich legte den Stein auf die spiegelnde schwarze Oberfläche des Altars und trat zur Sicherheit einen Schritt zurück. Gerade rechtzeitig!

Meine Ohren dröhnten von dem heftigen Knall. Ein Portalfenster hatte sich über dem Altar aufgetan, sodass ich einen Blick in die Tiefen des Infernos werfen konnte: Es glühte in sämtlichen Rottönen, und Lava floss träge zwischen sonderbar geformten Basaltfelsen hindurch.

Den Flammen nach zu urteilen, war die Atmosphäre dort dichter, weswegen Sauerstoff schneller verbrannte, als die schräg aussehende Höllenflora ihn wiederherstellen konnte. Luft rauschte in das Portal hinein, um den Druck hier draußen mit dem im Innern auszugleichen, wodurch alles in Reichweite angesaugt wurde. Ich selbst zum Beispiel. Es war ein echtes Glück, dass das Portal nur eine so kurze Lebensdauer hatte. Wenn es auch nur eine Sekunde länger gehalten hätte, wäre ich früher als erwartet im Jenseits gelandet.

Doch dann war es ganz schnell zu Ende: Es gab ein doppeltes Ploppen, das Portal öffnete und schloss sich wieder und ich griff mit seltsam verdrehtem Rücken ins Leere. Was für ein Glück, dass das nicht ins Auge gegangen war.

Ich wandte meine Aufmerksamkeit einer neuen Quest-Nachricht zu:

Achtung: Der Quest »Die Versuchung der Hölle« wurde abgeschlossen!
Belohnung: Zugang zum Quest »Die Versuchung der Hölle II«.

Oh. Mein innerer Gierschlund machte vor Empörung sprachlos den Mund auf und zu. Hatte er denn noch nicht genug Goodies abgestaubt? Sie waren doch schneller gekommen, als er sie wegsortieren konnte. Ein neuer Quest war doch etwas richtig Gutes: Je länger die Kette von Quests dauerte, desto größer war auch die Belohnung am Ende. Der verlorene Stein war also eine Investition, versuchte ich meinem gierigen Alter Ego zu erklären, während ich die Nachricht schloss. Doch darunter entdeckte ich noch eine Nachricht:

Glückwunsch!
Ihr habt eine neue Fähigkeit erlernt: Portal ins Inferno.
Die Verbindung zwischen einem Nekromanten und einer eingekerkerten Seele ist derart stark, dass der Stein, der sie birgt, ein blitzendes Leuchtfeuer wird, das ihn zu sich ruft.

Das Portal – ein Stück aufgefaltete Materie, die einen Riss zwischen unterschiedlichen Ebenen verdeckt – kann das wahre Licht des Kristalls nicht vor Euch verbergen. Von jetzt an könnt Ihr jederzeit ein Portal öffnen, das in die finsteren Tiefen des Infernos führt, und es so lange wie nötig offen halten.
Zutaten: Ein Seelenstein, dessen Stufe der des Zauberwirkers entspricht oder höher liegt.

Ich schob mir die Krone in die Stirn und kratzte mich am Hinterkopf. Es wurde immer mysteriöser. Wie zugänglich waren solche Portale normalerweise? Diese Frage entschied über den Wert dieser Fähigkeit. Ein rascher Blick ins Wiki offenbarte, dass es keine anderen verlässlichen Wege gab, dasselbe zu bewerkstelligen. Nur die Bosse der Ebenen ließen gelegentlich Portalschriftrollen fallen. Wesentlich seltener fand man sie als Belohnung bei einigen richtig garstigen Quests. Solche Fähigkeiten gab es nur als Gerücht im Fandom oder in vagen Andeutungen von offizieller Seite. Sie mussten allerdings existieren, wenn man bedachte, wie oft einige der Spitzengilden wechselseitige Überfälle auf ihre entsprechenden Ebenen machten. Doch ich hatte ja nun die Antwort auf dieses Rätsel direkt vor der Nase. Man wusste ja nie: Vielleicht würde ich eines Tages *meine* Gilde gegen die Burg eines Erzdämons aus dem Inferno ins Feld führen. Natürlich nicht schon heute und auch nicht nächsten Freitag. Doch es tat gut zu wissen, dass ich die Möglichkeit hatte, falls ich sie brauchte. Womöglich könnte ich mir auch kräftig was dazuverdienen, wenn ich als Torwächter für ein paar sehr entschlossene Kunden fungierte. Das konnte ich ebenfalls als potenzielle und relativ ehrliche Geldquelle im Hinterkopf behalten.

So, wo war denn nun der versprochene Zugriff auf den neuen Quest? Ich schaute mich verstohlen um und tippte etwas gotteslästerlich mit einem Finger auf den Altar. Höllenhündin, hallo?

Ein neuer Windstoß schleuderte mich mit ausgestreckten Gliedern zu Boden, als ich versuchte, einen festen Stand auf dem rutschigen Boden zu behalten. Als der künstliche Wirbelsturm sich abschwächte, wagte ich es, mich umzuschauen. Die Hündin stand gar nicht weit entfernt, aber sichtlich angeschlagen ganz in meiner Nähe. Sie atmete schwer, ihr Rücken war blutverschmiert, und eine Pfote hielt sie vorsichtig vor sich. In den Fängen hielt sie ein Stück warmes Fleisch, dessen abgetrennte Muskelfasern noch zuckten. Mit einem großen Bissen schluckte sie es herunter und spuckte ein blutiges Haarbüschel auf den Marmorboden. Dann kam sie zu mir herübergehumpelt, doch ihr Blick war unfreundlich und unheilverheißend. Ihr Rudel – oder sollte ich sagen: das, was davon übrig war – blieb in einer kurzen Kolonne wie angewurzelt hinter ihr stehen. Drei seiner Mitglieder waren ziemlich mitgenommen – Männchen, sofern ich das angesichts ihrer Größe und ihrer breiten Brust richtig einschätzte –, und es gab außerdem noch mehr als ein Dutzend unterschiedlich großer Weibchen, die jeweils einen zappelnden Welpen halbherzig im Maul gepackt hielten.

Die Hündin trat heran, und ihr gleißender Blick schien ein Loch in mich brennen zu wollen. In meinem Kopf erklang eine vertraute Stimme:

Danke, dass Ihr getan habt, worum ich gebeten hatte. Und im doppelten Maße dafür, dass Ihr den Seelenstein auf den Altar des Ersten Tempels gelegt habt. Seine heilige Kraft hat es mir erlaubt, zu überleben und den Rest meines Rudels zu retten. Es war schon auf der unteren Ebene des Nests eingekesselt.

»Was ist passiert? Warum hat man euch angegriffen?«

Sehr eilig hattet Ihr es aber nicht, oder? Sie warf mir einen vorwurfsvollen Blick zu. *In den Landen des Infernos überlebt nur der Stärkste. Wir hatten schlechte Jagdgründe. Selbst unsere besten Spurensucher fanden nur einmal die Woche frisches Fleisch. Nachdem unser Rudel seinen Anführer verloren hatte, hatte es jeder auf unsere Jagdgründe abgesehen. Ich kam fast zu spät, um zu helfen, doch mein Angriff von hinten konnte den Gegner überraschen, und so konnte ich durchbrechen und mich dem Rudel anschließen – oder zumindest dem Drittel, das noch übrig ist.*

Sie stellte die Nackenhaare auf, und ihr Tonfall war anklagend. Auf ihren wortlosen Befehl hin traten die Rudelmitglieder vor und bleckten tödliche, nadelspitze Fangzähne unter ihren bedrohlich bebenden Lefzen.

»Hey, Augenblick!« Ich wich eilig zurück, um das Schild zu aktivieren und die neue Fähigkeit zu finden, die mir eine 30-sekündige Immunität verschaffen würde. »Für mich war es auch nicht gerade eine Fahrt auf dem Vergnügungsdampfer. Erst war ich im Gefängnis, falls du dich noch erinnerst, wo du mich zurückgelassen hast. Gleich nach meiner Freilassung wurde ich entführt und wieder eingesperrt. Ich habe versucht, den Tempel in den Katakomben der Stadt des Lichts instand zu setzen. Dort fand ich auch das Altarfragment, mit dem ich den Ersten Tempel reparieren konnte. Das habe ich vor gerade mal zwei Stunden geschafft! Wo genau liegt also dein Problem? Wenn ich nicht gewesen wäre, würdest du immer noch jaulend an dieser Kette hängen und die Welt durch Gitterstäbe betrachten. Alternativ hättest du auch ein Zombiehund in den Diensten eines dahergelaufenen Nekros werden können«, ließ ich durchblicken.

Sie kniff die Augen zusammen und starrte mich an. Wo ihre Absichten lagen, war mir schleierhaft: Sie konnte mich fressen oder abschlecken wollen. Dann wandte sie den Kopf zu ihrem Rudel zurück und knurrte. Die Hunde setzten sich auf ihre mageren Hinterteile. Ihre dünnen, haarlosen Schwänze, die an die von Ratten erinnerten, waren mit feinen Panzerschuppen überzogen und strichen nach wie vor nervös über den Boden.

Schließlich traf die Hündin eine Entscheidung: Sie hob den Kopf und sah mich durchdringend an. *Wir brauchen ein neues Zuhause.*

Achtung: Neuer Quest!
Die Versuchung der Hölle II
Die Überlebenden eines einst mächtigen Rudels von Höllenhunden waren gezwungen, ihr Nest aufzugeben, und suchen nun nach einer neuen Heimat. Helft den Kreaturen des Infernos, ein neues Zuhause zu finden.
Belohnung: Liegt an Euch.
Die Hunde sind stark. Sie akzeptieren nur selten die Überlegenheit Fremder. Was auch geschieht: Drängt sie nicht in die Ecke. Selbst eine Ratte geht zum Angriff über, wenn sie keinen Fluchtweg mehr hat.
Zu Eurer Information: Der göttliche Funke in Euch reagiert beim ersten Anzeichen von Aggression gegenüber seinem Träger. Er löst sich dann in Eurer Aura auf und gewährt Euch eine nahezu vollständige Immunität. Ihr genießt nun einen vollständigen Schutz vor mentalen Kontrollzaubern.

Verdammt! Woher hätte ich das denn wissen sollen? Ich wünschte, sie hätte mit den Krallen nach mir geschlagen, denn dann hätte ich jetzt vielleicht einen vollkommenen Widerstand gegenüber körperlichem Schaden. Dann wäre ich ein echter Monsterkiller gewesen! Wie. Furchtbar. Schade. Egal. Wir mussten eben mit dem arbeiten, was wir hatten. Ich schaute die Hündin an, die zu ergründen versuchte, welche Wirkung ihre Fähigkeit auf mich hatte. Ich lächelte und schüttelte den Kopf.

»Tut mir leid, Süße. So werden wir uns ganz sicher nicht unterhalten.«

Sie sackte zusammen und ließ sich sprachlos auf den Hintern fallen, wobei sie ihre verletzte Pfote mit einem unwillkürlichen Jaulen anzog.

»Ich fürchte, du ahnst nicht mal, wen du hier gerade zu manipulieren versuchst«, sagte ich. »Ich bin der Erste Priester dieses Tempels und der beste Freund seines Gottes. Wenn du etwas von mir willst, werden wir das als Gleichgestellte besprechen – ohne Verzauberungen. Versuchen wir es noch mal.«

Die Hündin schüttelte ungläubig den Kopf. Sie schenkte mir einen unsicheren Blick und wiederholte stockend:

Wir brauchen ... ein neues Zuhause. In diesem Gebiet gibt es reichlich Wild. Mein Rudel könnte schon bald seine alte Stärke zurückgewinnen. Wenn wir die Möglichkeit hätten, lange genug hierzubleiben, könnten wir zum stärksten Clan in der Felsigen Einöde werden. Nur brauchen wir die offizielle Genehmigung des Hausherrn. Mein Bauchgefühl sagt mir, dass Ihr das seid. Bitte lasst uns bleiben. Wenigstens so lange, bis unsere Welpen ihre Säuglingspanzer abstreifen.

All diese unbeanspruchte Macht saß nun dort vor mir und tat rein gar nichts. Sie wartete allein auf meine Entscheidung. Keine Ahnung, warum sie mich für den Hausherrn hielten, aber etwas in ihren Worten rührte mich in einem Maße, das über das übliche Mitleid hinausging, das man für heimatlose Welpen empfindet. Hatte sie etwas von einem Clan gesagt? Wir könnten es versuchen, dachte ich mir ...

»Ich habe euer Anliegen gehört«, sagte ich. »Doch ihr seid eine viel zu bedrohliche Kraft, als dass ich ein wildes, unabhängiges Rudel im Umfeld des Ersten Tempels dulden könnte.« Die Hündin erhob sich, um etwas zu sagen, doch mit erhobener Hand brachte ich sie zum Schweigen und bat sie, mich aussprechen zu lassen. »Als Erster Priester und Oberhaupt eines Clans trage ich mehr Verantwortung als nur für mein eigenes Leben. Es ist sehr gut möglich, dass dieser Ort bald voller Menschen sein wird, von denen manche zu meiner Familie gehören. Was soll ich also tun, wenn Ihr anfangt, euch gegenseitig abzuschlachten? Halt! Ich bin noch nicht fertig! Daher würde ich eine Alternative vorschlagen. Ihr und euer Clan werden mir einen Treueschwur leisten. So werden wir automatisch zu Verbündeten, damit wir uns gegen gemeinsame Gegner zusammentun können. Das ist der einzige Vorschlag, den ihr von mir bekommt. Hier. Fang!«

Ich klickte auf einen Vertragsentwurf, den ich schon früher einmal rasch zusammengedengelt hatte und der dafür sorgte, dass sie der Juniorpartner in meiner frisch geschmiedeten Allianz wurde. Dann drückte ich auf »Senden«. Ich hatte darauf abgezielt, alle relevanten Rechte und Pflichten abzudecken, damit das Ganze vage an einen Lehnseid erinnerte. Der Vertrag war natürlich eigentlich nicht für NSCs gedacht gewesen, sondern für existente Clans aus echten menschlichen Spielern. Andererseits hatte auch noch niemand mit einer Höllenhündin zu diskutieren geschweige denn zu verhandeln versucht.

Die infernalische Kreatur starrte mich an und versuchte, meine fremdartigen, menschlichen Motive zu hinterfragen. Zum ersten Mal hatte ihr jemand Schutz und Freundschaft angeboten, ohne dafür Gold und Dienste zu erwarten. Ich konnte fast schon das Getriebe des Spiels hören, wie es versuchte, sich an ein weiteres Stück des neu entstandenen Welträtsels anzupassen, das man in seine Mechanismen hineingezwungen hatte. Doch es hatte wohl geklappt, denn die Hündin nahm meinen Vorschlag an.

Glückwunsch!
Der NSC-Clan »Höllenfeuer« hat sich der Allianz »Die Wächter des Ersten Tempels« als Juniorpartner angeschlossen.
Ihr könnt die Krieger des Clans zum Dienst einbestellen und Anspruch auf einen Teil ihrer Steuern erheben.

»Ausgezeichnet!« Ich zwinkerte ihr zu, während die Hündin sich überrascht auf ihre eigenen Gefühle besann. »Jetzt versuch, den Allianzmarker hinzuzufügen.«

Auf ihren fassungslosen Blick hin führte ich ihr vor, was ich meinte. »Schau dir den Namen an.« Ich tippte gegen den imaginären Heiligenschein über meinem Namen, wo ein Spieler mit minimaler Willensanstrengung die Grundinformationen über seine Person anzeigen konnte.

Laith

Ich machte ein Häkchen im Menü.

Laith, Stufe 72

Noch mehr Häkchen.

Laith, Stufe 72, Todesritter
›Kinder der Nacht‹, ›Wächter des Ersten Tempels‹

Ich entfernte ein paar Häkchen bei den Zusatzinformationen. »Unsere Gegner müssen die Einzelheiten ja nicht zwingend sehen.« Ich nickte der Hündin zu. »Verstehst du es jetzt?«
Die Hündin runzelte die einzige Falte auf ihrer Stirn, und all ihre Muskeln bebten vor Anstrengung. Erneut konnte ich das himmlische Getriebe knirschen hören. Schließlich fiel auch dieses Stück des Puzzles an seinen Platz.

Hündin der Hölle, Stufe 151
›Wächter des Ersten Tempels‹

Ich schaute rasch auf die Minikarte und lächelte. Die roten Punkte, mit denen die Hunde als *gefährlich und aggressiv* markiert worden waren, leuchteten nun blau: die Farbe gewöhnlicher NSCs wie beispielsweise der Wachen, die auf den Burgmauern der Veteranen patrouillierten.
Ich ließ alle Vorsicht fahren und näherte mich dem zerschundenen Tier, um ihm den gepanzerten Hals zu tätscheln, der auf einer Höhe mit meiner Brust war. Das Hündchen hatte wirklich auf dem letzten Loch gepfiffen. Erst jetzt bemerkte ich, dass ihre Gesundheit tief im orangen Bereich war und sich fast nicht regeneriert hatte. War sie so hungrig? Ich schaute mir wieder das Rudel an – diesmal aber nicht als seine potenzielle Beute, sondern

als sein Herrchen. Sie waren nur Flüchtlinge, wie so viele andere auch. Obwohl sie brandgefährlich und noch von der Hitze ihres letzten Gefechts erregt waren, quälte sie doch auch, dass sie so viel verloren hatten. Ihre Welpen waren der einzige Besitz, den sie hatten retten können. Es war an der Zeit, diese Hündchen an die Leine zu legen: Das war nicht der richtige Zeitpunkt für Anarchie.

Ich wühlte in der beständig länger werdenden Fähigkeitsliste der göttlichen Gaben. *Die Hilfe des Gefallenen.* Ich wählte die Anführerin des Rudels als Ziel und aktivierte die Kraft. Mit einem Aufblitzen der Spezialeffekte sprang die Hündin wieder auf alle viere. Sie neigte den Kopf hierhin und dorthin. Dann schaute sie ungläubig an sich herunter. Ihr gewaltiger Kopf drehte sich zu mir und neigte sich in einer dankbaren Verbeugung.

Ich nickte und zuckte mit den Schultern: *nicht der Rede wert.* Es war wichtig für mich, sicher zu sein, dass das Rudel wirklich unter meinem Befehl stand. Daher überlegte ich mir ein paar Aufgaben und versuchte, die drängendsten Probleme der Vereinbarung zu klären.

»Meinst du, die Keller des Tempels würden sich als Unterbringung für euch eignen?«

Die Hündin schaute zum Altar. Ein gieriges Funkeln blitzte in ihren Augen auf. Es sah ganz so aus, als wäre ich nicht der Einzige, der von einer eigenen Beziehung zu einem Artefakt dieses Kalibers profitieren würde. Es bot mehr als genug Leckerlis für alle.

»Also gut«, sagte ich. »Dann hör mal her. Schaut euch mal schnell die Keller an. Beseitigt alle nicht vernunftbegabten Wesen. Alles Vernunftbegabte überlasst ihr mir. Darum kümmere ich mich später. Dann sucht ihr euch ein schönes Plätzchen für euren Bau, idealerweise in den tieferen Regionen. Falls noch etwas Arbeit nötig ist, lasst ihr es mich wissen. Hier muss alles ganz neu eingerichtet werden. Also sollte es auch kein Problem sein, ein paar zusätzliche Räume und Ausgänge zu graben.«

Die Hündin stampfte auf und tänzelte hin und her. Sie wollte anscheinend endlich los, um frische Beute und neue Erfahrungen zu machen – und um sich ihr neues Zuhause anzuschauen. Rasch fügte ich hinzu:

»Eine letzte Bitte habe ich noch. Falls ihr solche größeren Metallklumpen wie den hier findet«, ich griff in meine Tasche und holte eine Handvoll purpurner Fragmente daraus hervor, »dann bringt sie bitte zu mir, ja? Ihr könnt sie beispielsweise … da drüben lassen.« Ich zeigte auf eine Ecke und deutete in die Luft, um die erwartete Größe dieses Bergs der Wunder zu umreißen.

Die Hündin lehnte sich nach vorn, schnüffelte an dem Fragment und zuckte zurück. »Das Wahrsilber! Das verfluchte Metall. Wohlan, dunkler Bruder. Wir werden die Augen offen halten.«

Sie wandte die gepanzerte Schnauze ihrem Rudel zu und bellte ein paar kurze Befehle. Die Weibchen sahen erleichtert aus, als sie die Welpen am Boden ablegten und sie sehr geschickt zusammentrieben. Drei der lädierteren Hunde blieben zurück, um die Welpenkrippe zu beaufsichtigen. Der Rest folgte seiner Anführerin, die schon losgelaufen und in den Tiefen des Tempels verschwunden war.

Achtung: Der Quest »Die Versuchung der Hölle II« wurde abgeschlossen!

Ich verwarf die eher sinnlose Nachricht und wischte mir den Schweiß von der Stirn. Puh. Es sah ganz so aus, als hätte ich eine potenziell sehr garstige Lage entschärft und sogar ein paar ganz gute Zukunftsaussichten dabei herausgeholt. Ich schaute mir die müden Hunde an, die auf dem kalten Boden lagen und den Welpen mit heraushängenden blauen Zungen beim Herumtollen zusahen.

Mir fielen meine Schulzeit und meine Pausenbrote ein, mit denen ich immer die streunenden Hunde gefüttert hatte. Also zog ich ein Dutzend Brote aus meiner Tasche: Es waren noch reichlich aus der Zeit übrig, in der ich meine Kochen-Fertigkeit gesteigert hatte. Langsam ging ich hinüber und neben den sofort angespannt wirkenden Tieren in die Hocke. Ich entfernte das Papier, in das die Brote eingeschlagen waren, und nahm einen Bissen, um ihnen zu zeigen, dass sie essbar waren. Zum Glück fingen die Hunde danach auch an, zu fressen und mir dankbare Blicke zuzuwerfen. Ich kraulte einen Welpen hinter den Ohren und kehrte zu meinem Platz am Altar zurück.

Wahrscheinlich war es sinnvoll, in zwei Funken der dunklen Flamme zu investieren. Eine nützliche Zutat, ohne die man nie das Haus verlassen sollte. Ich fragte mich, für welche Summe man sie wohl verkaufen konnte. Es war durchaus möglich, dass die Auktionsbesucher gar nicht wussten, wozu sie dienten, was meistens dazu führte, dass sie ein halbes Königreich dafür bezahlten. Wenn das der Fall sein sollte, hatte ich mal wieder eine neue Einkommensquelle aufgetan. Ich klickte auf ein Auktionsfenster und ergötzte mich an meiner Vorfreude, als ich die Schlüsselworte eintippte. Dann erstarrte ich. Es war nicht so, dass die Funken nicht erhältlich waren. Im Gegenteil: Ein gutes Dutzend war schon seit Monaten im Auktionshaus zu kriegen. Obwohl genug Raid-Bosse sie fallen ließen, hatte noch niemand herausgefunden, was man mit ihnen anfangen sollte. NSC-Priester hingegen waren nicht daran interessiert, Waren gegen Geld einzutauschen. Doch die Funken waren und blieben ein Goodie, wenn auch eines von einer ganz eigenen Sorte. Die Angebote fingen bei fünfzig Gold an. Insofern konnte ich mich nicht beschweren. Ich aktivierte die Automatik-Käufe und streckte allen Priestern die Zunge raus (von denen ich zugegebenermaßen aber auch noch keine eingesetzt hatte). Sie würden rasch merken, wie viel dieser Gegenstand wirklich wert war, doch bis dahin durfte ich die besten Angebote bereits abgeschöpft haben.

Dann fiel mir auf, dass mein Posteingang blinkte. Huch. Zwei PNs – die eine von Zena, die andere von Dan. Auch wenn die Worte anders lauteten, war die Botschaft doch dieselbe:

Warst du das? Wir müssen reden.

Zena konnte ich verstehen. Doch wie hatte denn unser Schlapphut so schnell Lunte gerochen? Natürlich war mir klar, dass man mich als wichtige Figur, Patentinhaber und universellen Panzerknacker im Auge behalten musste. Anders ausgedrückt: Ich war der mysteriöse Freund des Clans, auf den man besser aufpasste, damit er sich nicht auf die falsche Seite der Front verirrte.

Ich dachte über die Sache nach. Dann schickte ich Dan eine kurze Notiz, dass ich schrecklich beschäftigt war, aber mir die Zeit für ein Gespräch nehmen würde, sobald ich mich dafür freimachen konnte. Auch ein paar interessante Entwicklungen erwähnte ich – und ich bat darum, dass er seine Vermutungen noch nicht publik machte.

Ein Portal öffnete sich ploppend und holte mich in die Wirklichkeit zurück. Der Gefallene summte etwas und sah ziemlich zufrieden mit sich aus. Auf meinen fragenden Blick hin zwinkerte er mir zu. »Du trittst dem Drachen nächstes Jahr fünf Prozent des Manaflusses ab. Den Rest gebe ich dazu. Wir müssen den alten Knochenhaufen schnellstmöglich wiederbeleben. Es ist natürlich eine Schande, dass dieses ganze Mana verschwendet wird – schließlich könnte ich es selbst gut gebrauchen. Ich muss auch wachsen, und in meinem Fall reicht es dafür nicht, einfach ein paar Monster zu erschlagen. Das war's. Ich muss los. Heute Abend habe ich noch was vor.«

Er lächelte vielsagend, blickte hinüber zu den nervösen Hunden und gab mir ein Daumenhoch. Anscheinend wusste er in dieser Hinsicht auch schon Bescheid. Hatte er den Tempel die ganze Zeit über im Auge behalten?

»Ähm, werter Herr … Ich fragte mich, ob man nicht all diese dummen Male entfernen kann? Ich habe ja mehr Metallplaketten an mir als das Etikett eines echten Champagners.«

Der Gott schlug sich leicht gegen die Stirn. Dann schnippte er mit den Fingern und eine Flasche Champagner materialisierte sich. »Warum? Kratzen sie, oder so?« Er lachte schallend auf und wandte sich zu mir um. »Der alte Knochensack scheint vergessen zu haben, dass ein Mal in beide Richtungen funktioniert. Das astrale Band, das euch verbindet, ist sein Werk. Vor dir liegt ein langes Leben. Vielleicht wirst du noch den Titanen über den Weg laufen und sie überzeugen, dir ein paar Fertigkeiten zu geben: Reiter oder sogar Zähmer. Dann wendet sich das Blatt vielleicht: In dem Fall wird dir der Drache für Ausritte und Reisen zu Diensten sein müssen! Na schön. Keine Zeit zum Plaudern. Entschuldige. Ich muss mich um etwas kümmern.« Liebevoll streichelte er die Flasche, als ich ihm noch auf den letzten Drücker einen Rat mitgab.

»Vergiss ja nicht die Blumen für die Dame, du Romeo. Und eine Schachtel mit Pralinen.«

Der Gott nickte beschäftigt, ehe er im Portal verschwand.

»Wilde Nächte, wilde Nächte! Wär ich bei dir, wilde Nächte würden uns Elixir«, zitierte ich, obwohl niemand mehr da war.

KAPITEL
DREIZEHN

Na gut! Ich hatte alles getan, was ich konnte, damit alle zufrieden waren. Jetzt musste ich nur noch festlegen, in welcher Reihenfolge sich die Teile des Tempels regenerieren sollten. Anschließend konnte ich endlich meinen Marathon entlang der Mauern der Burg beginnen und nach den Dracheneiern suchen. Als ich das letzte Mal nachgesehen hatte, gab es auf den drei Verteidigungswällen mindestens zwei Dutzend nach Norden weisende Türme. Inzwischen wusste ich, dass man keinen direkten Kontakt mit dem Altar brauchte, um den Manafluss zu steuern, aber ich konnte auch nicht einfach Mana an jemanden schicken, den ich nicht kannte: Das wäre gewesen, als würde ich die Nadel in einem Heuhaufen suchen. Ich musste genügend Werte des Gegenstands oder des Charakters kennen, um Verwechslungen zu vermeiden – quasi eine krude Form der Markierung seiner astralen Position. Doch selbst das war nicht so wichtig, solange ich dem Altar Anweisungen geben konnte, den Manafluss umzulenken.

Ich berührte die glänzende schwarze Oberfläche des Steins und erhielt die Statusmeldung, dass mir fünf Prozent des Manas zur Verfügung standen. Es sah ganz so aus, als hätte der Gefallene den Manafluss umgelenkt und damit meine vorherigen Verpflichtungen überschrieben. Ich öffnete das Hilfsmittelmenü. Wie lange es dauern würde, die ganze Burg instand zu setzen, war mir völlig unklar. Auch wusste ich nicht, wie viel Zeit es im Nachgang brauchen würde, um von Hand die letzten Veränderungen vorzunehmen – aber die Reparatur des Steuerraums war meine oberste Priorität. Ich brauchte die totale Kontrolle über die komplette Burg, denn ansonsten war der Tempel ein zwar sehr schmuckes, aber schutzloses Einzelgebäude. Ganz persönlich freute ich mich darauf, die Horden des Lichts zu treffen, sobald meine Befestigungsanlagen voll ausgestattet und mehr als nur Schutthaufen waren.

O Gott. Was für ein Chaos an Optionen, Menüs, Untermenüs und Dropdown-Listen! Hatten die Entwickler die Erstellung dieses Interface an irgendeine indische Code-Fabrik ausgelagert? Mein umherirrender Blick fiel auf einen Abschnitt mit dem Titel *Die Beschwörung der Tempelwachen*. Das konnte interessant sein. Ich entschied mich, mir das mal anzuschauen.

Offenbar hatte ich eine Gesamtmenge an 30.000 Stufen zur Verfügung, nämlich zehntausend pro Rang des Tempels. Diese konnte man für eine breite Palette an Kreaturen einlösen, sowohl vernunftbegabte als auch Mobs. Der Tauschkurs war allerdings nicht linear: Bis Stufe 100 blieb er bei 1:1, danach stieg er rasant an. Das irrste Szenario war, seine ganzen 30.000 Stufen in eine einzelne Wesenheit ohne Kategorie, aber mit Stufe 900 zu investieren. Nur so zur Verdeutlichung: Ich hätte einen riesigen Zerberus beschwören können, so hoch wie ein fünfstöckiges Haus und mit den entsprechenden Werten versehen. Ich fragte mich, ob die Höllenhunde sich wohl über ihren großen Bruder freuen und ihn zu ihrer höchsten Hundegottheit ernennen würden. Jedenfalls würde ich im Moment keine Wachen anwerben. Sie mussten täglich bezahlt werden, und zwar mit einem Gold pro eingesetztem Punkt. Ein wenig simple Mathematik zeigte: Wenn ich das volle Kontingent angeworben hätte, hätte mich das drei Riesen am Tag gekostet. Falls eine Wache sterben sollte, kehrten ihre Punkte in den gemeinsamen Vorrat zurück und konnten vierundzwanzig Stunden später wieder eingesetzt werden.

Nach leichtem Zögern entschied ich mich doch, ein paar Wächter als Ehrengarde anzuwerben. Sie würden verhindern, dass sich Mobs in den Bergfried verirrten. Nachdem ich fünf Minuten mit den Einstellungen herumgespielt hatte, erschien ein Dutzend

Orks in schwerer Rüstung, die ihre Posten an den Toren und Türen des Tempels einnahmen. An ihrer Spitze stand ein Leutnant mit einer silberverzierten Rüstung. Dieser Spaß allein kostete mich schon fünfzehnhundert Gold. Doch war ich überhaupt allein für den Unterhalt der Tempelarmee zuständig? Wieder grub ich mich in die Menüs und entdeckte schließlich den Abschnitt *Finanzen*. Laut ihm hatte der Erste Priester Zugriff auf 1 % aller Spenden an den Gefallenen. Momentan war die Summe de facto nicht existent, da es bis vor knapp einer Stunde gar keinen Grund gegeben hatte, überhaupt Glaubenspunkte sammeln zu wollen – kaum genügend Zeit, um einen Dunklen Priester aufzuspüren und sich der einzigen verfügbaren Gottheit (also Makaria) zu verschreiben. Ich machte mir jedoch Sorgen, dass die digitalisierte Community bereits alle Vorteile der neuen Situation erkannt hatte und jetzt so sehr kochte, dass sie jeden Moment explodieren konnte. Sie brauchten keine Weiherituale, um die ganze Palette an angebotenen Diensten zu schätzen zu wissen. Demzufolge suchten ein paar Leute sicher schon freudig nach einem passenden Priester oder Altar.

Da ich gerade dabei war, warf ich auch einen Blick in den Glaubenspunktekatalog. Um einen Glaubenspunkt zu erhalten, musste man 1.000 Mana, 100 EP oder 1 Goldstück spenden. Da der erste Religionsrang 1.000 Glaubenspunkte kostete, konnte man sich leicht ausrechnen, dass der interessierte Käufer dafür also genau hundert Mäuse lockermachen musste. Davon bekam ich dann gerade mal eine ab. Das alles blieb natürlich trotzdem eine Frage der Zahlen. Wenn man einen Euro mit der Zahl der möglichen Anhänger multiplizierte und dann mit der Unendlichkeit … Unsterblichkeit war eine gute Sache, ganz egal, wie man es auch betrachtete. Wenig überraschend ergaben sich so ungeheure Summen.

Schließlich kam ich zum Menü für *Ausbau und Wiederaufbau* und öffnete den Untermenübaum. Schau an! Makaria hatte ihre Zeit wirklich nicht vergeudet! Anscheinend hielt sie nichts von halben Sachen und hatte nicht nur die Tempelhalle instand gesetzt, sondern auch den kompletten zentralen Bergfried. Erfreulich war, dass der Erste Tempel auch die Möglichkeit bot, die Wiederaufbauanlagen zum Aufbau anderer Gebäude der Burg zu nutzen. Jetzt verstand ich, dass der ganze Komplex als organische Einheit entworfen worden war, deren Verteidigungs- und Regenerationsfunktionen sich des Öfteren überschnitten oder miteinander verschmolzen waren. Immer mit einem Ziel vor Augen: der Verbesserung des Verteidigungspotenzials des Tempels.

Selbst separat waren Burg und Tempel locker einen zweistelligen Millionenbetrag wert. Zusammen eher das Zehnfache. Es war ein echtes Traumleckerli, das ebenso kostbar wie nutzlos war. Ich musste ganz vorsichtig sein, dass es mir nicht im Hals steckenblieb. Die einzige Chance, die mir in diesem neuen Spiel blieb, lag in meinem frisch erhaltenen Posten und in meiner himmlischen Unterstützung. Wenn ich nur Laith, ein einfaches Clanoberhaupt, gewesen wäre, hätte ich die Koordinaten der Burg schon längst versteigert, ein oder zwei Millionen dafür abkassiert und den ganzen Schlamassel hinter mir gelassen. Doch so, wie es jetzt stand, hatte mir das Schicksal einen ganzen Stapel Trumpfkarten zugeteilt, die ich lieber einsetzen sollte, solange ich die Gelegenheit dazu hatte. Und so eine Gelegenheit kam vielleicht eine ganze Weile nicht wieder.

Man sagte ja schließlich nicht umsonst: Jeder ist seines eigenen Glückes Schmied, und man muss das Eisen schmieden, solange es heiß ist. Das Schicksal hatte mir so viele Türen mit neuen Möglichkeiten geöffnet, aber wie bereit war ich wirklich, durch sie hindurchzutreten? Wenn man für den eigenen Traumjob die Gelegenheit erhielt, ins Ausland zu gehen, war das dann der richtige Zeitpunkt, sich Gedanken darüber zu machen, dass man die Landessprache nicht perfekt beherrsche? Wenn man auf einen Zombie traf, der über der Leiche eines Polizisten stand, der gerade seine ganze Munition auf das Monster abgefeuert hatte, sollte man dann erst mal bedauern, dass man nicht wusste, wie man den Clip wechselte? Nun, in solchen Fällen darf man nicht dem eigenen Glück die Schuld geben: Man ist sich selbst der schlimmste Feind.

Ich blätterte durch die Pläne der Burg und speicherte Blaupausen und Bauvorgaben in meinem Gedächtnis.

Die Haupttreppe. Ich markierte sie mir auf der Karte. Status Grün: voll einsatzfähig.

Waffenkammer. Status Gelb: teilweise einsatzfähig. Wiederherstellungszeit: 28 Tage in der aktuellen Konfiguration, 6 Stunden als oberste Priorität mit allen verfügbaren Ressourcen.

Unterirdische Kerker, Kommunikationsanlage und Keller. Status Rot: Verfallsstufe 81 %.

Und so weiter und so fort. Makaria hatte den Großteil ihrer Bemühungen in die Instandsetzung der Tempelhalle und der Fassade fließen lassen, aber der Rest der Einrichtung besaß zumindest eine minimale Funktionalität.

Schließlich entdeckte ich den Steuerraum auf der fünften Etage des Bergfrieds. Status Gelb: teilweise einsatzfähig. Hieß das, dass ich da einfach reinspazieren und die Burg übernehmen konnte? Mein innerer Gierschlund drohte mir mit einem Wutanfall samt Amoklauf, falls ich nicht sofort dort hochging und die Kontrolle über die verlassene Anlage an mich riss. Einen kurzen Moment musste ich an den uralten Film *Alien* denken, bei dem ein gieriges Monster seinen Wirt von innen heraus zerfetzte. Hast du das gehört, du altes Großmaul? Mach mir keinen allzu großen Ärger, Kumpel, denn sonst wirst du zur Kröte upgegradet und ich tue so, als wärst du schon immer eine gewesen!

Im Grunde war ich ja aber auch neugierig. Über eine nicht beanspruchte Burg der Supernova-Klasse zu stolpern war cooler, als einen Autotransporter zu finden, der voller brandneuer Maybachs ohne Besitzer war. Ich suchte auf der Karte nach einer Abkürzung und schaute mich genau um, während ich die Anzeige an die Blaupausen anpasste, die ich mir gerade zu Gemüte geführt hatte. Dann schloss ich die Menüs, unterbrach den Kontakt mit dem Altarstein und eilte durch den Torbogen unter einer Treppe.

Mein Gang durch die Korridore hielt ebenso viele Enttäuschungen wie neue Entdeckungen für mich bereit. Was hatte Makaria sich denn bloß gedacht? Alle Räume, an denen ich vorbeikam, waren völlig sauber und ihre funktionalen Granitfliesen funkelten geradezu. Das war doch zu sauber! Was war denn mit dem ganzen technogenen Schrott passiert? Wo waren die Patronenhülsen, die leeren Magazine, die kaputten Munitionsgurte, die kostbaren Mithrilsplitter und die Rüstungsfragmente? Wo waren die Schutthaufen, aus denen ich noch ein paar nur ganz leicht ramponierte Kriegsmechs ausgraben wollte? Das war doch keine Reinigung mehr! Das war ganz klar Sabotage.

Ich fühlte mich wie ein Ehemann, der seine Garage aufschloss und dahinter nicht seine gewohnte Unordnung vor sich sah, in der er jede Schraube mit verbundenen Augen fand. Stattdessen erwartete ihn ein Ort, der einem überraschenden Frühjahrsputz zum Opfer gefallen war und an dem kein verbogener Nagel, kein Fetzen Plastik und kein Stück Draht mehr herumlag – ein sauberer, aber auch völlig nutzloser Ort. Was hatte Makaria mit dem ganzen Schrott angefangen? Hatte sie das Undenkbare getan und alles in den Tiefen des Astralraums verstaut? Vielleicht war es sogar noch schlimmer, und sie hatte das ganze Mithril in Energie umgewandelt – kein Wunder, dass sie ihre Komplettüberholung ganz allein hatte durchziehen können. Was für ein Ärger! Mir blieb nur zu hoffen, dass sie nur die Oberflächen gereinigt hatte und ich so vielleicht noch ein paar Vorratsverstecke ausfindig machen konnte. Und ich hatte ja immer noch die Keller. Ich betete, dass sich ihre Besessenheit in Sachen Reinheit nicht auch bis dorthin erstreckt hatte.

Die fünfte Etage. Ein langer, spiralförmig gewundener Korridor zog sich durch den fensterlosen Bergfried. Mögliche Angreifer mussten reihenweise Barracken und Todeszonen überwinden, die voller Schießscharten waren. Gewaltige Basaltplatten lagen bereit, um zum Einsturz gebracht zu werden und für eine undurchdringliche Barrikade zu sorgen. Man brauchte nur Zugriff auf das Kontrollartefakt oder einen einfachen Schlüssel, der die kunstvollen Zwergenschlösser öffnen konnte.

Der letzte Korridor verlief rechtwinklig, wobei die scharfen Kanten mit jeder Ecke schmaler wurden. Die letzten zehn Meter oder so konnte man sicher mit nur einem Dutzend Soldaten erfolgreich verteidigen, da sie den kompletten Gang abriegeln konnten. Das war sehr klug – wie eigentlich alles hier. Eine Schande, dass dies nicht auch für die Instandsetzung galt, weil eine gewisse junge Dame es etwas eilig gehabt hatte! Ob diese junge Dame zu alt dafür war, dass man sie übers Knie legte?

Seufzend schaute ich mir die blassen Fliesen an den Wänden des Korridors an. Es sah aus, als hätten ein paar Bauarbeiter eine billige abgehängte Decke über ein Fresko in der Eremitage gezimmert.

Vor Aufregung zitternd zog ich endlich die kleine, aber ungeheuer dicke Tür aus Stahl und Eiche auf, die ins Allerheiligste der Burg führte. Mir taten alle potenziellen Angreifer der Burg echt leid: Beim Voranquetschen in den immer enger werdenden Korridoren mussten sie erst ihre Schlachtgolems, dann ihre Oger und schließlich sogar ihre Trolle zurücklassen. Die Verteidiger hatten solche Probleme nicht gehabt – vor allem dann nicht, wenn man bedachte, dass sie Portale einsetzen konnten. Die hohe Decke – mindestens sechs Meter – erlaubte es den Verteidigern, eine breite Palette an AlterWorld-Völkern einzusetzen, einschließlich der neuesten Entwicklungen aus den Golemschmieden. Die Schaltzentrale lag hinter einem mit Zäunen abgegrenzten Schlachtfeld. Die Wände waren mit leeren Sockeln versehen, in die man Akkukristalle stecken konnte. Wie viele passten hier hinein? Hundert? Zweihundert? Wenn man berücksichtigte, dass jeder Kristall eine Million Gold kostete, schienen die Erbauer der Burg ganz schön flüssig gewesen zu sein.

Ich lief den L-förmigen Flur zwischen zwei durch Zäune getrennte Bereiche hindurch und fand mich im Herz der Burg wieder: dem Steuerraum.

Fast der ganze Raum dort drinnen wurde von einem weißen, u-förmigen Marmortisch eingenommen, in dem sich mehrere leere Steckplätze für Artefakte unbekannter Bedeutung und Natur befanden. Trotz oder gerade wegen seiner leeren Halterungen und herausgerissenen Einheiten wirkte das Teil eher wie das Steuerpult in einem hochmodernen U-Boot oder einem Atomkraftwerk. Einige rätselhafte Schalttafeln – die verchromt, aber verbeult waren – sahen verdächtig nach Monitoren aus.

In der Mitte des Tischs leuchtete die Steuertafel für das Burgartefakt in einem schwachen Grün. Der genaue Standort des Artefakts war mir immer noch nicht klar, doch soweit ich wusste, hatten die unbekannten Erbauer es in den Boden des Raums einzementiert. Ich drückte mir selbst die Daumen und legte meine Hand auf die imaginäre Tastatur.

> Willkommen am Kontrollbord der Supernova-Burg!
> Eure Zugriffsstufe: Gast
> Informationsausgabemodus: Videounterstützte Telepathie.
> Wie kann ich Euch helfen?

Ich schüttelte erstaunt den Kopf. Das sah mir gar nicht nach den üblichen Menü-Optionen aus.

Bist du vernunftbegabt?, fragte ich, nur um auf der sicheren Seite zu sein.

Nach einer Pause von einer Sekunde antwortete die gesichtslose Stimme:

Nicht unbedingt, auch wenn ich dieser Idee nahe komme. Der Kontrollkristall enthält die zerteilte Seele eines der Magier, der ihn erschaffen hat, wobei dessen freier Wille und alle unnötigen Emotionen jedoch entfernt wurden. Mein Wunsch, zu dienen und Befehle zu befolgen, wurde gestärkt – es ist das Einzige, was mich noch zu befriedigen weiß. Was kann ich sonst für Euch tun?

Ich konnte den kaum verhohlenen Wunsch in seiner Stimme hören: *Frag mich was – einfach irgendwas!*
»Aktueller Status?«
Eine Burg der Supernova-Klasse. Verfallsstufe: 68 %. Letzte Autorisierung: Vor 790 Jahren. Letztes wichtiges Ereignis: Vor 43 Minuten – die Instandsetzung von 11 % des Gebäudes.
»In wessen Besitz ist sie?«
Frage unklar.
»Wem gehört die Burg?«
Seit der Instandsetzung der Funktionalität der Kontrollzentrale gab es keine Anfragen zur Registrierung eines Eigentumsanspruches. Möchtet Ihr eine einreichen?
Darauf kannst du wetten! »Ja!«
Erzwungene Aktivierung eines einmaligen Skripts. Stelle gemäß Anweisung 82a eine Verbindung mit dem Finanzzentrum her.

Hier ist KI Bordeaux7 Stream 155. Glückwunsch! Ihr habt eine noch unbeanspruchte Burg entdeckt! Klasse: Supernova. Entsprechend der Klausel 59 der EULA könnt Ihr Anspruch auf diesen Besitz erheben, indem Ihr den Preis für die Immobilie und das Gebäude entrichtet. Möchtet Ihr die Transaktion abschließen?

Ja! Es verschlug mir die Sprache. Ich schluckte. Ich hatte bisher noch nicht mal eine Wohnung geschweige denn eine Burg besessen.
Der Preis für ein Grundstück von 8 km² beträgt zwei Millionen Gold.
Der Preis für die Burg der Supernova-Klasse einschließlich des einzigartigen Tempelkomplexes mit einem Verfall von 68 % beläuft sich auf 23 Millionen. Zu Eurer Information: Die Burg wurde vor Kurzem instand gesetzt.
»Ich weiß, danke. Das sind fünfundzwanzig Millionen …«
Da konnte ich mir nur auf die Lippe beißen und auf die Steu-

ertafel drücken. Das waren mehr als zwei Millionen Euro – in der Wirklichkeit eine gewaltige Summe. Viel wichtiger war jedoch, dass ich sie nicht hatte. Sollte ich etwa warten müssen, bis die Alten oder jemand anders sich die Burg kauften, damit ich in meiner Tempelhalle feststeckte und kaum ein Anrecht auf irgendetwas hatte?

Wenn man nicht vergaß, dass man eine potenzielle Ewigkeit zur Verfügung hatte, bestand immer die Möglichkeit, so viel Geld zu verdienen. Aber gerade hier und heute? Andererseits: Warum auch nicht?

»Wäre es möglich, in mehreren Raten zu bezahlen?«

Welche monatliche Summe stünde Euch denn zur Verfügung?

Hieß das also, dass es möglich war? Dann war das ja die Lösung! »Wie wäre es mit zehntausend Gold?« Ich versuchte, meiner Stimme einen möglichst flehentlichen Ton zu geben.

Der Ratenplan ist auf ein Jahr begrenzt. Angesichts Eures aktuellen Kontostands würden wir folgende Regelung vorschlagen: eine Anzahlung von einer Million Gold mit der Burg als Sicherheit und anschließende monatliche Zahlungen von je zwei Millionen. Das ist unser bestes Angebot.

Oh. Wo sollte ich denn zwei Millionen im Monat auftreiben? Zugegebenermaßen hatte ich eine ähnliche Summe in meinem ersten Monat im Spiel verdient. Die Frage war nur: Würde ich in den nächsten zwölf Monaten genauso viel Glück haben? Mir boten sich zwar eine ganze Reihe einzigartiger Möglichkeiten, aber Bargeld schnell und zuverlässig aufzutreiben würde nicht leicht werden. Im Erfolgsfall würde das meine gesellschaftliche Stellung in AlterWorld deutlich festigen. Wenn ich mit meinem Vorhaben scheiterte, würde ich sämtliches Geld verlieren, das ich bereits eingezahlt hatte. Das war schlimm, aber zu verkraften. Sollte ich es versuchen? Was sagte mein innerer Gierschlund dazu?

Zum ersten Mal in meiner bewussten Erinnerung reagierte er überhaupt nicht. War die Million in der Hand besser als die Burg auf dem Dach? Keine Antwort. Wie gut ich ihn verstehen konnte! Ich musste es tun.

Ich ließ sämtliche Selbstkontrolle und jeden Sinn für Realität fahren und sagte mit gestelzter Stimme: »Einverstanden.«

So hatte ich schon immer reagiert, wenn eine Situation übermenschliche Entschlossenheit verlangte – wie zum Beispiel oben auf dem Zehn-Meter-Turm, oder wenn man an eine wunderschöne Frau herantrat. Ich schaltete alle Gefühle ab, zuckte mit den Schultern und schritt forsch voran.

»Einverstanden«, wiederholte ich mit festerer Stimme.

Glückwunsch zu Eurer Erwerbung! Ich meinte, fast einen Hauch von Erstaunen in der Stimme der KI zu hören. *Eine Rechnung und ein Dauerauftragsformular wurden an Eure Adresse geschickt. Sobald die Zahlung bestätigt wurde, werden alle Besitzurkunden an Euren Privatnachrichteneingang geschickt. Sie werden von der offiziellen KI der Cayman Island Offshore Zone unterzeichnet und beurkundet. Eine Kopie der Besitzurkunde wird an Eure offiziell verzeichnete Postadresse weitergeleitet.*

In der Tat blinkte eine neue Nachricht in meinem Posteingang. Es war die Dunkelelfenbank, die mich über eine eingegangene Zahlungsanfrage informierte. Ich gab einen schweren Seufzer von mir und bestätigte die Transaktion. Alle Brücken waren nun verbrannt. Sorry, Mama. Sorry, Papa. Ich weiß, ihr habt euer ganzes Leben versucht, mir einzurichten, dass Kredite böse sind. Ihr wusstet es besser mit euren Erfahrungen aus der Zweiten Weltwirtschaftskrise und so. Aber für das Ding wurden ja nicht mal Zinsen fällig. Daher hoffte ich nur, dass ich mich nicht völlig zum Deppen machte und gerade den ersten Platz beim »Wie verjubele ich meine erste Million«-Wettbewerb belegt hatte.

Vor meinen Augen blitzten weitere Nachrichten auf.

Glückwunsch zu Eurer Erwerbung! Ihr seid jetzt der rechtmäßige Eigentümer einer Burg der Supernova-Klasse. Aktualisiere das virtuelle Grundbuch ... OKAY.

Schicke Formular H:244 an das Finanzamt … OKAY.
Überprüfe Herkunft der Geldmittel … Überprüfung läuft.
Zu Eurer Information: Entsprechend des Gesetzes zu virtuellem Besitz 5011 aus dem Jahr 2029 beträgt die jährliche Steuerrate für Euren Besitz 1,5 %. Die einmalige virtuelle Grundsteuer für Summen über 1.000.000 beträgt 4 %. Eine Zahlungsbestätigung wurde an Eure Bank geschickt. Bitte beachtet, dass bei einer ausbleibenden Zahlung innerhalb von zehn Tagen alle 24 Stunden ein Säumnisaufschlag von 5 % fällig wird.

Das meinten die doch nicht ernst, oder? Ich hatte kaum unterschrieben, und schon schuldete ich der Regierung eine Million Dollar! Da wurde wirklich Geld aus der Luft gezogen. Wenn man die Augen schloss und sich drehte, konnte man blind auf etwas Beliebiges zeigen und erwischte immer etwas, worauf Steuern erhoben wurden. Verbrauchssteuern und Zölle, direkte und indirekte Steuern – die ganze Gesellschaft war in ein goldenes Netz eingesponnen, dessen kostbare Fäden irgendwo in den Tiefen des Staatsapparates riesige Knäuel bildeten. Wie viele Monate im Jahr arbeitete man wirklich für sich selbst? Zwei oder drei? Maximal vier. Den Rest musste man abgeben. Ich hatte mal irgendwo gelesen, dass auf einen Laib Brot mehr als hundert unterschiedliche Steuern erhoben wurden. In AlterWorld war das nicht so.

Man musste sich das mal vorstellen: Ein Monster ließ ein Goldstück fallen, und ein Dutzend gierige Hände griff danach. Ehe man sich's versah, hatte man nur noch eine Handvoll Kupfer übrig, und im Laden musste man dann auch noch Mehrwertsteuer auf alles bezahlen. Da wirkte das Joch der Tartaren mit seiner zu vernachlässigenden Zwangsabgabe doch gleich wie ein goldenes Zeitalter echter Steuerfreiheit.

Ich zumindest hatte nichts, um damit die Steuern zu zahlen. Meine Reservemillion war schon von meinem Konto runter, sodass ich gerade mal klägliche zwanzig Riesen parat und nächsten Monat zwei Millionen zu entrichten hatte. Ohne sechs Stellen auf dem Bankkonto wurde die Welt ganz farblos und blass. Die Schuldenlast drückte mir auf die Schultern und drohte, mir die zerbrechlichen Schwingen zu brechen und all meine opportunistischen Pläne zu durchkreuzen. Fürs Erste hieß das, dass ich Gas geben musste und nur innehalten durfte, um neue Arbeit oder neue Auftraggeber zu suchen. Mama hatte also doch recht behalten.

Nein. Das würden sie nicht schaffen! Niemand würde mir die Schwingen brechen! Was uns nicht umbringt, macht uns härter.

Ich würde das Geld auftreiben, und wenn ich dafür Dreck fressen musste.

Inzwischen hatte ich auch echt die Nase voll davon, die ganze Zeit aufrecht stehen zu müssen, aber in diesem sterilen Kasten gab es ja nichts zum Sitzen. Ich haute auf den Schreibtisch. Die KI reagierte so schnell, dass ich kaum etwas sagen konnte.

Herr! Es lag so viel Leidenschaft und kaum unterdrückte Freude in der Stimme, dass ich mich richtig schämte.

»Ich bin Max. Nenn mich Max, okay?«

Wie Ihr wünscht, Herr.

Tja. »Hör zu, Burg …«

Es besteht keine Notwendigkeit für eine taktile Verbindung. Als Besitzer steht Euch eine Kopie des Kontrollartefakts zu, das es Euch erlaubt, auf nahezu jede Entfernung eine mentale Verbindung zur Burg zu unterhalten.

Mit einem Ploppen erschuf das Steuerpult einen achteckigen Talisman an einer dünnen Platinkette. Ich wog ihn in meinen Händen. Er war schwer. Ich legte ihn an und wandte mich mental an die Burg-KI. *Kannst du mich hören?*

Ja, Herr.

Tja. Auch egal. *Warum gibt es hier keinerlei weiche Möbel?*

Lasst es mich Euch erklären. Die Burg erzeugt stündlich dreihundert Universalpunkte. Diese können für Instandsetzungen, Bau-

arbeiten oder Aufwertungen bestehender Einrichtung verwendet werden, einschließlich der Inneneinrichtung. Aktuell stehen sechs Universalpunkte zur Verfügung. Dies wird nur für die einfachsten Gerätschaften reichen, mithilfe derer ein menschlicher Körper eine sitzende Position einnehmen kann.

Ein Stuhl vermutlich? Ich brauche nichts Besonderes. Nur irgendetwas, um meinen Hintern auszuruhen. Mach nur und erzeuge es.

Ich würde vorschlagen, Ihr wartet noch sieben Minuten. Dann könnte ich den »Gotischen Stuhl #52« aus der Knauserritter-Kollektion bestellen, die ich gerade heruntergeladen habe.

Das klang etwas suspekt. Ich runzelte die Stirn: »Das war aber keine Pop-up-Werbung, oder? Du willst doch keine Werbebanner an die Burgmauern hängen und über die Lautsprecheranlage Werbung für Slipeinlagen machen, oder? Das hoffe ich zumindest. Und bitte keinen dieser Eichenstühle mit den langen, geraden Rückenlehnen. Wollen wir hoffen, dass die Designer dafür Hämorrhoiden kriegen. Mir persönlich sind weiche, ergonomische Möbel weitaus lieber. Also, wo ist mein Stuhl?«

Die Burg-KI sandte ein Gefühl an mich aus, das das mentale Äquivalent eines Schulterzuckens war. Die Luft bebte, und urplötzlich wurde mir klar, dass ich lieber hätte warten sollen. Auf dem Boden stand ein handgemachter Hocker, der äußerst grob und wackelig war. Na schön. Wer billig kauft, kauft zweimal. Jetzt musste ich nur daran denken, dieses Klappergestell aus Prinzip zu behalten, damit ich das Sprichwort nicht so schnell vergaß. Ich hockte mich vorsichtig hin und wackelte ein wenig hin und her, um das Gleichgewicht richtig zu halten. Wenigstens würde ich darauf nicht einschlafen. Es gab noch so viel, worum ich mich kümmern musste.

»KI, kannst du mich hören? Gibt es eine Burgherrensuite im Bergfried?

Ja, gibt es. Die gesamte sechste Etage.

»Wie lange würde es dauern, sie bis zu einer mittleren Bequemlichkeit instand zu setzen?«

Die Burg-KI schwieg einen Moment. *Ungefähr zehn bis vierzehn Tage, je nach gewünschtem Design.*
Zu lang.«»Wie steht es denn mit Gästezimmern?«
Ja, Herr. Vierte Etage. Sechs separate Suiten.
»Ausgezeichnet. Ich möchte, dass du alle zwei Tage ein Zimmer instand setzt. Nur ein Bett, ein Tisch, ein oder zwei Stühle und ein Kamin. Such ein paar vorgefertigte Designs aus und schick sie mir. Ich suche mir dann eines aus. Meinst du, du kriegst das hin?«
Ja, Herr. Ich fange gleich an.
Bestens. So war die KI beschäftigt. In der Zwischenzeit würde der Herr – also ich – sich mal seine Fähigkeiten und seinen Status zunutze machen.

Ich öffnete das Auktionsmenü und überprüfte die Einstellungen für die Anonymität meiner Automatik-Käufe. Verfolgungswahn allererster Güte – war auch gut so. Der Verkäufer ist nur über seine Nummer bekannt, sämtliche Korrespondenz wird umgeleitet und er ist nicht zu identifizieren. Also – was konnten wir der Welt denn anbieten?

Ich öffnete ein neues Fenster und legte eine neue Auktion an. Ein paar Minuten später gab ich die ersten Sachen ein:

Einzigartiger Raid-Buff zu verkaufen. Effekt: +25 auf alle Arten von Magieresistenz, +10 % Widerstand gegenüber körperlichem Schaden. Dauer: 12 Stunden.

Jetzt habt Ihr den Erfolg oder das Scheitern Eures Raids selbst in den Händen!

Dieser Buff wird nur unter der Bedingung angeboten, dass er nicht bei Raids eingesetzt wird, die auf Anhänger des Gefallenen oder deren Clans und Burgen abzielen.

Preis: 30.000 Gold

Nicht allzu teuer, wenn man bedachte, was ein Funke kostete. Außerdem war es ein wiederholbares Angebot, das einen steten Strom an Einkommen erzeugen durfte.

Als Nächstes:

Ein einzigartiges Angebot! Ein Raid-Portal ins Inferno! Beeilt Euch lieber, damit Euch Eure Rivalen bei den uralten Burgen der Dämonenfürsten nicht zuvorkommen!

Das Angebot beinhaltet ein Einweg-Gruppenportal. Zurückkommen müsst Ihr aus eigener Kraft über einen Respawn oder Teleportale.

Preis: Öffentliche Auktion mit einer Dauer von einer Woche, Anfangsgebot bei 1 Gold.

Gut. Was war nun dran?

Nur Permaspieler wissen zu schätzen, warum man sich Makaria als Schutzgöttin auswählen sollte. Einzigartiges Angebot: Ihr Priester weiht Euch persönlich der Göttin des Seligen Todes.

Potenzielle Käufer werden eingeladen, sich an einen vom Verkäufer genannten Punkt zu teleportieren. Das Weiheritual ist zu 100 % anonym.

Preis: 10.000 Gold

Jetzt kam was Besonderes – quasi das Ass unter meinen Trumpfkarten:

Ein einzigartiges Angebot für große Clans oder wahre Kenner: Der Erste Priester weiht Euch zu einem Dunklen Priester. Bringt Euren ganzen Clan unter den Schutz des Gefallenen und sichert Euren Leuten so die Unsterblichkeit.

Preis: 1.000.000

Ich las alles noch mal und dachte darüber nach. War das wirklich das Richtige? Der Preis war hoch, aber ehrlich gesagt hätte man noch eine Null dranhängen können. Unsere Oligarchen würden zwar zucken, aber trotzdem bezahlen. Und was sollte ich mit dieser Clique aus professionellen Verschwörern mit ihren Sicherheitsdiensten, ihren Analyseabteilungen und ihren Kellern voller Gold anfangen? Wie sicher war ich mir denn, dass sie mich nicht außen vor lassen und ihr eigenes Spiel beginnen würden, was dem Namen des Gefallenen, seiner Religion oder seinem Ersten Priester vielleicht gar nicht guttun würde? Diese Herren waren alles andere als nett und kuschelig: Sie waren die Haie, die

die Zweite Weltwirtschaftskrise, die Diktatur des Staates und die Neue NEP überstanden hatten. Sie würden mich mit Haut und Haar verschlingen, ohne auch nur mit der Wimper zu zucken.

So sollte es nicht laufen. Hatte ich mir nicht gerade eben noch gesagt, dass der Kader der Schlüssel war? Und wollte ich es bei diesem entscheidenden Schritt wirklich riskieren, Fehler zu machen? Ruckzuck säße dann ein ruhiger, bescheidener Kerl in einem der Zimmer des Tempels. Er würde überall seine eigenen Leute an Schlüsselpositionen installieren – an seiner Tür das Schild *Erster Tempelsekretär Genosse Stalin*. Noch ehe ich wüsste, wie mir geschieht, müsste ich mich Neuwahlen stellen, nur um dann auf einen Posten als Juniorteppichklopfer degradiert zu werden. Nein. Das musste ich überdenken, dann noch einmal überdenken und zum Schluss dann ganz, ganz gründlich überdenken. Ich blinzelte und warf die fertige Beschreibung in den Papierkorb. Dann machte ich mir eine geistige Notiz, mich später darum zu kümmern.

Weiter. Deaktivierung eines Burgschilds. Mit der Hilfe des Altars konnte ich den Hochzauber wirken, während der Schatten des Gefallenen für meine Anonymität sorgte. Aber so etwas Skandalöses konnte ich nicht einfach versteigern. Ich würde persönlich nach potenziellen Käufern suchen müssen.

Ich öffnete den lange vergessenen Newsfeed und schaute im Abschnitt über Kriegsmeldungen nach. Die meisten Clans befanden sich in einem ständigen Zustand von Blutfehden untereinander. Da würde ich sicher jemanden finden, der interessiert war.

Der OMON-Clan belagert zwei zentrale Burgen, die dem Handelsclan Goldnetz gehören. Letztere haben eine große Söldnertruppe angeheuert, weshalb der Ausgang recht ungewiss bleibt. Wir erinnern uns daran, dass Mitglieder von OMON in den letzten Monaten drei einzelne Burgen erobert und verkauft haben, die zweitklassigen Clans gehörten.

Der Clan der Bratzen hat eine Privatburg am Rande des Niemandslands erfolglos belagert. Der Zweck dieses Einsatzes bleibt unklar, da ihnen offensichtlich das Potenzial fehlte, den Schild der Burg zu durchbrechen.

Die Koreanische Farm-Allianz hat einen Raid auf die Menschenstadt Humas abgeschlossen. In den letzten vierundzwanzig Stunden wurden vier umliegende Burgen sowie ein Dutzend Herrenhäuser erobert und zerstört. Die hartnäckigen Koreaner scheinen mit den Profiten in Höhe von zwanzig Prozent zufrieden zu sein, die sie für die Zerstörung der Anwesen erhalten. Angeblich haben Versicherungsfirmen schon jetzt ihre Beiträge erhöht.

Letzte Nacht führte ein Blitzeinsatz der Ninja-Looter zur Eroberung der Silberzitadelle, eines strategisch bedeutsamen Ortes, der Zugang zu den gleichnamigen Minen gewährt. Laut einer anonymen Quelle wurde der Einsatz erst durch den Verrat eines leitenden Wachoffiziers möglich, der den Angreifern offenbar die Zugangscodes des Portals verriet. Angeblich soll der fragliche Offizier ein professioneller Spion sein, der sich auf derartige Einsätze spezialisiert hat. Er soll Jahre gebraucht haben, um diese Mission vorzubereiten. Nachdem er dem Clan nach einer kurzen Phase des Powerlevelns beigetreten ist, tat er sich durch seine Pflichterfüllung hervor und konnte auf diese Weise rasch durch die Ränge aufsteigen. Letzten Endes soll er durch seine Informationsweitergabe mehr als eine Million Goldstücke verdient haben. Im Anschluss löschte er den betreffenden Charakter einfach.

Oh. Ich kratzte mich am Kopf. Diese Jungs spielten wirklich ganz oben mit. Die Plünderer hatten jetzt eine Burg, die eine halbe Million Euro wert war. Und der geduldige Spion hatte sich hunderttausend Euro für ein Jahr im Spiel verdient. Jetzt konnte er auf die Malediven fliegen und sich einen Monat lang die Sonne auf den Bauch scheinen lassen, ehe er einen neuen Charakter anmeldete. Wie sollte man sich denn vor solchen Typen schützen?

Dabei fiel mir der Zwischenfall mit dem Tabakrauch ein, als dieser sich in Seifenblasen verwandelt und so den unscheinbaren Kerl verraten hatte, der sich bei den Veteranen hatte einschleichen wollen. Ich fragte mich, ob meine Erfindung die Veteranen an jenem Tag vor einer professionellen Unterwanderung wie der oben beschriebenen bewahrt hatte.

Eines hatte ich aber trotzdem in Erfahrung gebracht. Nun hatte ich eine Ahnung, was Leute zu zahlen bereit waren, um die Verteidigung einer Burg zu durchdringen. Ehrlich gesagt hatte ich allerdings keine Lust, meine Dienste einem der Clans anzubieten, die zurzeit bereits an militärischen Einsätzen beteiligt waren. Doch ich hatte da eine Idee. Es sah aus, als würden die OMON-Streitkräfte sich an den belagerten Burgen konzentrieren. Was, wenn ich ihren Opfern die Möglichkeit gab, einen Gegenangriff zu starten? Ich konnte jeden beliebigen Schild von jeder Burg entfernen, die die Händler mir nannten. Dann mussten sie sie nur noch stürmen, um wahrscheinlich das Blatt zu wenden, ihren Besitz zu retten und vielleicht noch etwas dabei zu verdienen. Dieses Angebot konnte ich auch den ehemaligen Besitzern der Silberzitadelle machen. Irgendwie hatte ich das komische Gefühl, dass sie zu einer solchen Gelegenheit nicht Nein sagen würden.

Na schön. Eine rasche Suche förderte die Namen der Clanoberhäupter der Goldnetze und der Minenwühler zutage. Ich erstellte eine anonyme E-Mail-Adresse und schickte ihnen mein Angebot. Sie würden ihre Zahlung an offizielle Mittelsmänner leisten können, die für gerade mal zwei Prozent dafür sorgten, dass sich alle Parteien an das Kleingedruckte hielten. Ich brauchte nur den Kuppelschild einer bestimmten Burg zu einer bestimmten Zeit beseitigen. Genannter Preis: Eine Million. Das war geschafft. Jetzt konnte ich mich zurücklehnen und zuschauen, wie mir die Haie und Wale scharenweise ins Netz gingen.

Ein doppeltes Klimpern zeigte an, dass die ersten Leute bereits anbissen. Verkauft: Eine Weihe an Makaria und ein Raid-Buff. Ich war um vierzig Riesen reicher. Die Sache kam ins Rollen.

Klimper, klimper! Noch einer hatte angebissen!

KAPITEL
VIERZEHN

Ich verbrachte die nächsten drei Stunden damit, ununterbrochen zu netzwerken und die Nachrichten durchzugehen, die unter meiner anonymen E-Mail-Adresse eingingen. Der Großteil stammte von Zweiflern und Neugierigen. Um sie musste ich mich nicht sofort kümmern, aber den ernsthaft interessierten Kunden musste ich auf der Stelle antworten und mir die Logistik für den anstehenden Einsatz überlegen. Es sah aus, als entwickelte sich da etwas wahrhaft Außergewöhnliches. Ich hatte schon mehr als hundertfünfzig Leute auf der Weiheliste, und jede Minute wurden es mehr. Als zwei Nachrichten gleichzeitig in meinem Posteingang landeten – zwei führende Clans wollten nähere Einzelheiten wissen –, erkannte ich schließlich, dass mir die Situation zu entgleiten drohte.

Ich schloss die virtuelle Tastatur und wollte mich zurücklehnen, verlor jedoch auf meinem wackeligen Schemel das Gleichgewicht. Verdammt seien die Tischler!

Die sanfte Stimme der KI erklang in meinem Kopf. *Herr, ich war so frei und habe 29 Universalpunkte angespart. Darf ich Euch anbieten, diesen traurigen Ersatz für einen Stuhl durch einen ergonomischen Bürostuhl mit Zurücklehnfunktion zu ersetzen?*

Was hatte die KI noch darüber gesagt, dass man ihr die Gefühle entfernt hatte? Ihre Stimme quoll praktisch über vor Sarkasmus. Ich hätte ihr natürlich eine Lektion erteilen können, indem ich ihr Angebot ablehnte und schweigend weiterlitt. Doch ich sehnte mich nach etwas Komfort.

»Einverstanden, du Schlaumeier. Wo ist denn der Stuhl nun?«

Bitte nennt die gewünschte Farbe.
»Scheißlila!«
Welchen Bezug wünscht Ihr?
»Ganz egal! Wildleder!« Meine Genervtheit begann sich auf meinen Kampf mit den vier unterschiedlich langen Beinen des Schemels auszuwirken. Warum baute denn jemand so was?
In dieser Region kommt die Haut einer Sandechse dem noch am nächsten. Leider erhöht sich dadurch der Preis des gewünsch…
»Stuhl – sofort!«, fauchte ich. Es war mir einfach schnurz.

Die Luft teilte sich, und es materialisierte sich ein Wunder in Form einer Mischung aus modernem Design und mittelalterlicher Technik. Mit einem Jauchzen ließ ich mich auf das Wildlederpolster fallen und seufzte vor Erleichterung.

»Gut gemacht! Als Belohnung nimm bitte folgenden Namen in Empfang: Lurch! Hiermit erlaube ich dir, ein Prozent aller generierten Einheiten für deine eigenen Zwecke zu verwenden, unter der Bedingung, dass deine Aktivitäten mich nicht verletzen oder die Funktion der Burg beeinträchtigen. Verwende sie nach Belieben. Vielleicht möchtest du ja einen vergoldeten Wetterhahn oder ein schönes Geländer haben. Du weißt schon, was ich meine.«

Die KI schwieg lange. Als sie sich schließlich äußerte, bebte ihre Stimme vor Rührung. *Vielen Dank, Herr. Ihr wisst ja gar nicht, wie viel mir das bedeutet. Vielen Dank.*

»Gern geschehen, Lurch. Wir wäre es mit einer kleinen Feier? Etwas Zitronentee – wäre das möglich? Gibt es vielleicht auch ein paar Kekse? Wie ist die Lage an der Küchenfront?«

Die Stimme der KI war voller Dramatik und Bedauern. *Die Kücheneinheit befindet sich im Status Orange, sodass keine Gerichte mit einer Schwierigkeit von über 80 zubereitet werden können. Doch das ist nicht das eigentliche Problem. Wir haben derzeit kein Küchenpersonal. Leider habe ich keinen Zugriff auf das Küchenmenü. Wir werden mindestens elf vernunftbegabte Wesen als Burgpersonal anwerben müssen, um ein Mindestmaß an Bewohnbarkeit wiederherzustellen.*

So ein Ärger. Noch mehr Kosten. Aber Lurch hatte da nicht ganz unrecht. Er mochte zwar etwas gierig sein, aber eine Burg brauchte Personal. Ich fummelte an den Einstellungen herum, und fünf Minuten später füllte sich der Raum mit Stimmen. Als Erstes heuerte ich drei menschliche Zimmermädchen mit niedlichen Gesichtern und zufällig generiertem Wesen an. Das war einfach spaßiger. Mir war nur nicht ganz klar, warum jemand mit hübschem Gesicht fünfhundert kostete, eine alte Vettel mit derselben Funktion hingegen nur zweihundert. Wollten wir nur hoffen, dass Taali nicht herausfand, dass ich überhaupt die Wahl gehabt hatte, denn sonst würde ich sämtliche Supermodelzimmermädchen durch alte Damen ersetzen müssen.

Dann kam eine dickliche Köchin mit einer Kochen-Fertigkeit von 500 dran. Sie kostete mehr als alle Zimmermädchen zusammen, aber als ich mir die Liste ihrer Fähigkeiten anschaute, lief mir vor Vorfreude das Wasser im Mund zusammen, und ich drückte besonders schnell auf »Ich bestätige«. Zur Ahnenreihe der ausladend gebauten Dame gehörten mindestens fünf unterschiedliche Völker, sodass sie mit den Geheimnissen der menschlichen, elfischen und zwergischen Küche vertraut war und auch die speziellen Fleischrezepte à la Ork kannte. Sie hatte zudem direkten Zugriff auf Zutatenauktionen und ihr eigenes kleines Bankkonto, das ich schon gleich bei ihrer Erschaffung gut gefüllt hatte. Da die Verpflegungsfrage nun beantwortet war, trug ich ihr auf, etwas Tee zuzubereiten, und ging wieder an die Arbeit.

Die eingehenden Nachrichten blinkten mich schon seit Ewigkeiten an. Ich öffnete meinen Posteingang und bekam vor Überraschung Schluckauf. Das Konto für die automatischen Verkäufe war schon bei über drei Millionen, und die Zahl jener, die sich freiwillig in Makarias sanfte Arme begeben wollten, war bei zweihundertachtzig angelangt. Doch was mir so richtig den Tag versüßte, war ein Brief der Veteranen, in dem General Frag persönlich den anonymen Priester fragte, zu welchen Bedingungen er einen Clan von siebenhundert Leuten weihen würde. Der

General sagte ganz klar, dass sieben Millionen vielleicht etwas viel wären und zwei Millionen doch sicher auch reichen würden, wenn man noch etwas vage Dankbarkeit obendrauf legte. Die Veteranen würden sich auch nie ändern, oder? Sie hatten immer noch kein Problem damit, ihre Freundschaft als Handelsgut zu verwenden und mithilfe ihrer Autorität jedem Druck zu machen. Ich hatte auch noch zwei ähnliche Briefe von anderen Clanoberhäuptern zu beantworten.

Doch das war nicht alles. Es gab auch einen mit einer Dringlichkeitsflagge versehenen Brief von den Auktions-Admins, der mich darüber informierte, dass das Vermögen auf meinem Konto eingefroren wurde, und zwar so lange, bis ich die Verpflichtungen gegenüber all meinen Kunden erfüllt hatte. Als Controller wurde mir ein persönlicher Manager zugewiesen, der mir gerade noch einen Brief geschrieben hatte, in dem er sich vorstellte und sich nach dem Zeitpunkt und Ort des anstehenden Rituals erkundigte. Stöhnend fasste ich mir an den Kopf. Ich brauchte mehr Unterstützung! Schließlich konnte ich mich nicht zerreißen. Nur ein Kopf reichte gerade einfach nicht. Aber ich musste mich mit dem zufriedengeben, was ich hatte.

Ich konzentrierte mich und versuchte, mich zu erinnern, wo mein Bindeort war. Es musste die Portalhalle der Veteranen sein. Daher schickte ich eine Nachricht an meinen gesamten Mini-Clan (was sich momentan nur auf Cryl und Lena beschränkte), damit sie sich mit mir in meiner Wohnung trafen. Dann schrieb ich Frag an und bat ihn um ein dringendes Treffen von größter Wichtigkeit für die Veteranen, idealerweise in der Ostburg. Zwei Minuten später antwortete der General und meinte, er würde mich in seinem Dienstzimmer erwarten, doch dass ich mich lieber beeilen sollte: *Hier ist so viel los wie in Israel am Ende aller Tage – die Ankunft des Gefallenen hat das Land grundlegend verändert, und der Clan ist außer sich vor freudiger Erregung.*

Das war schon klar. Ich schaute mich um und überprüfte, ob alles unter Kontrolle war. Dann strich ich wehmütig meine Teepause. Gerade als ich mich teleportieren wollte, fiel mir etwas in meiner neu erlangten Umgebung auf. Ich betrachtete mir den Raum noch einmal prüfend. Die unglückliche Köchin stellte mit gespitzten Lippen ihre schönen Porzellantassen und Keksteller zurück auf ihr Tablett. Eines der Zimmermädchen jammerte über seinen Rücken und ließ den Blick umherhuschen, während sie einen soeben erschienenen Tisch polierte, auf dem ein weißes Tischtuch lag. Sie streifte dabei auch eine Menge nicht vorhandener Krümel von der Platte. Krümel. Fragmente. Bruchstücke. Splitter. Das war's! Ja! Ich musste einfach hundert Putzkräfte anheuern, um den ganzen Innenbereich zu säubern und all den Mithrilschrott zu sammeln und zu ordentlichen Haufen aufzuschichten.

Mit diesem Gedanken vor Augen griff ich zu dem Talisman um meinen Hals und aktivierte das Kontrollmenü der Burg. Ich schaute die aufklappenden Untermenüs durch, bis ich beim Anwerben angekommen war. Zivile Angestellte, Reinigungsdienste. Schornsteinfeger, Rohrreiniger, verschiedene Wischer und Feger. Letztere waren genau das, was ich brauchte, einschließlich eines Poliers. Sein Gehalt war dreimal so hoch wie das seiner Arbeiter, doch durch ihn ließ sich die Aufgabe delegieren, diese Besenbrigade zu leiten. In der Summe kosteten sie nur Kleingeld, auch wenn sie eine Reihe von Angestelltenplätzen verbrauchten.

Ein Trupp kleiner Goblins füllte den Raum, die mit Besen, Handfegern, Schaufeln und obskureren Reinigungswerkzeugen bewaffnet waren. Umgehend merkte ich, dass ich eine ganze Reihe von Fehlern gemacht hatte. Erstens hätte ich diesen Sack voll Affen nicht für einen Monat anheuern müssen. Ich hätte lieber zehn Prozent mehr bezahlen und sie nur für fünf Tage oder eine Woche anstellen sollen. Mein zweiter Fehler war der Haken bei *Charakter: zufällig*. Diese grünen Monster veranstalteten jetzt bereits einen Lärm wie ein Schwarm Spatzen. Sie schubsten und schoben einander, und ein paar rollten im Streit schon über den Boden.

»Raus, alle Mann! Raus in den Hof! Aufstellen!«, schrie ich und unterstrich meinen Befehl mit einem Tritt, der zwei Goblins nach draußen beförderte, die sich gerade um einen besonders guten Besen stritten.

Hastig beschwor ich den Vorarbeiter und ging seine Optionen durch, wobei ich Stärke, Aggression, Sorgfalt und Dienstfertigkeit gegenüber seinem Gönner stärkte. Das waren wieder fünfzig Goldstücke, die den Bach runtergingen, aber ich musste dafür sorgen, dass man diesen Zoo fest im Griff behielt.

Der aschgraue Goblin war wohl mittleren Alters und mit Narben bedeckt. Allein schon seine Haltung nötigte einem Respekt ab. Er schaute sich um und streichelte die Bambusrute, die ihm als Waffe diente.

»Was kann ich für Euch tun, Herr?« Er senkte den Kopf.

Ich schaute mir die Rute an. »Du bist Harlekin«, sagte ich, weil er mich an die gleichnamige Figur aus der italienischen *Commedia dell'arte* erinnerte, die dem stets traurigen Clown Pierrot so manchen Hieb verpasste.

Der Goblin richtete sich kerzengerade auf. Seine Augen funkelten, während er seinen Rücken zu einer noch tieferen Verbeugung neigte. »Vielen Dank, Herr.«

Sie schienen alle sehr seltsam darauf zu reagieren, wenn man ihnen einen Namen gab. Konnte das etwas mit dem göttlichen Funken zu tun haben, den der Gefallene erwähnt hatte? Wenn wir jemanden herauspickten und ihn aus der gleichförmigen Masse hervorhoben, indem wir ihm einen Namen gaben, hauchten wir ihm damit nicht auch Leben ein? Ich musste echt dringend den Namen meiner Höllenhündin herausfinden, oder ihr einen geben.

»Ich habe hier fünfzig Putzkräfte, die deinem Kommando unterstehen«, sagte ich. »Eure Aufgabe besteht darin, die Burg zu reinigen. Alle ungewöhnlichen Trümmer werden gesammelt und auf dem Innenhof gelagert, wenn möglich auch sortiert: Metall und Erz auf einen Haufen, Artefakte auf einen anderen, nicht zu

Identifizierendes auf einen dritten. Was sonst noch … Ja, zusammengesetzte Objekte werden nicht zerlegt. Ihr werdet die Statuen zweier Trolle finden. Stellt bitte nichts mit ihnen an, sondern versucht nur, sie ebenfalls in den Hof zu bringen, wenn möglich.«

»In welchem Bereich?«, fragte Harlekin, ganz aufs Geschäftliche konzentriert.

»Alles bis hoch zu den Außenmauern. Falls ihr auf Gefahren stoßt, wendet euch an die Tempelwache. Lasst mich wissen, wenn ihr fertig seid. Du wirst einen Arbeitstrupp für das Fort für mich organisieren müssen. Das war's. Macht euch an die Arbeit!«

Als er davoneilte, um sich einzubringen, kam mir noch eine nachträgliche Idee. »Warte! Eine Sache noch. Auf einem der Nordtürme«, ich gestikulierte in die ungefähre Richtung, »gibt es ein Knochendrachengelege. Ihr müsst es finden.«

Er kratzte sich den Kopf. »Wie sieht es denn aus?«

Fast hätte ich mir wegen meiner eigenen Dummheit mit der Hand vors Gesicht geschlagen: Wusste ich denn selbst überhaupt, wie die Eier aussahen und ob sie nun Knochen oder Phantome waren? Das war nicht gut.

»Äh, ein Nest und, du weißt schon, zwei Eier. Ja, sie sehen so rundlich aus.« Ich deutete mit Zeigefinger und Daumen eine ovale Form an. »Glaube ich zumindest. Improvisiere einfach, Kumpel. Ich glaube kaum, dass hier alles voller Dracheneier ist.«

Er zuckte mit den Achseln, als ob er sagen wollte: *Der Chef hat immer recht*. Auf mein Nicken hin wetzte er aus dem Raum. Das war auch nur sinnvoll. Ich hätte mein letztes Goldstück darauf verwettet, dass seine Untergebenen jetzt schon einander an die Gurgel gingen und sich wechselseitig die Kittel zerrissen.

Mit einem Lächeln auf den Lippen aktivierte ich den Portalzauber. Bumm.

Ich begrüßte die Wachen in der Portalhalle, darunter auch einen sehr gelangweilten Eric, der wie ein fröhlicher Bär brüllte, als er auf mich zukam, um mich dann auch wie ein Bär zu umarmen.

Auf der Stelle fing er an, von einem besonders schicken Ausrüstungsstück für Bären zu erzählen. Wenn doch nur ...

Da unterbrach ihn ein Bote – der Feldwebel hatte hin und her tänzelnd an der Tür gewartet, um mich direkt ins Dienstzimmer des Generals zu bringen. Ich schüttelte Eric die riesige Pranke und eilte hinter dem Boten her die Treppe hinunter.

Die NSC-Wachen salutierten gleichgültig und zeigten keinerlei Reaktion auf meinen Beziehungsstatus *Hass*. Inzwischen wusste ich selbst, wie leicht es war, die Freund/Feind-Einstellung der Wachen im Burgmenü zu ändern. Der Clan der Veteranen machte keinen Unterschied nach Völkern oder Fraktionen. Er hatte reichlich Spieler sowohl bei den Lichten als auch den Dunklen. Hier konnte man niemanden mit einem Blutork überraschen, dessen Antlitz sonst überall an den Questbrettern in den Landen des Lichts zu sehen war.

Schließlich erreichten wir die mit Schnitzereien verzierten Flügeltüren aus Eiche des Dienstzimmers des Generals. Der Feldwebel klopfte an die Tür und öffnete einen der beiden Flügel, um mich einzulassen.

Drinnen verschluckten sich Dan und Frag an ihrem Kaffee. Auch für Kaffee galt eben: Die Dosis macht das Gift, und zwanzig Dosen Gift haben noch niemandem gutgetan. Dan schaute mich mit zusammengekniffenen Augen an – müde, aber gut gelaunt. Das Pokerface des Generals änderte sich nicht: Er nickte und winkte mich heran.

»Komm und setz dich zu uns. Ruh mal deine Füße aus.«

Ich gehorchte. Die beiden starrten mich erwartungsvoll an. Bei zwei so erfahrenen Haien brachte es nichts, lange um den heißen Brei herumzureden. Ich kam direkt zur Sache.

»General, soweit ich weiß, denken Sie darüber nach, das gesamte Kontingent des Clans der Göttin Makaria zu weihen. Für den Ritus haben Sie zwei Millionen angeboten. Stimmt das?«

Frag hob eine Augenbraue, zweifelsohne deshalb, weil er wissen wollte, woher ich meine Informationen hatte – natürlich ohne meinen Worten zu widersprechen oder sie zu bestätigen. Dan schenkte mir ein aufmunterndes Lächeln.

Ich atmete noch einmal tief ein und sagte mit der geschmeidigen Stimme eines Seriendarstellers: »Der Dunkle Priester, dem Sie geschrieben haben, bin ich.«

Auf ihre Reaktion war ich nicht vorbereitet. Dan lachte auf und klatschte in die Hände. Frag schüttelte ungläubig den Kopf.

»Du wolltest mir ja nicht glauben, was?«, wandte sich Dan an ihn. »Also schuldest du mir noch einen Stabsmitarbeiter für meine siebte Abteilung. Entschuldigung, Herr General, aber eine Wette ist eine Wette. Ich hätte gern Leutnant Braun.«

»Du willst einfach zu viel. Such dir jemanden aus deiner Kindergartengruppe und bilde ihn selbst aus.« Frag wandte sich an mich und legte die schweren Fäuste auf die zerbrechliche Tischplatte. »Meldung«, befahl er und durchbohrte mich mit seinem Blick.

Ich schaute finster. »General!« Empörung stieg in mir auf. »Ich bin als Clanoberhaupt, Erster Priester und Ihr Freund hierhergekommen. Aber nicht als Ihr Untergebener.«

»Erster Priester, ich wusste es …«, murmelte Dan und ignorierte meine Zurechtweisung.

Ich und mein großes Mundwerk! Diese Haie hatten mich genau da, wo sie mich haben wollten. Langsam hatte ich von ihren fiesen Tricks echt genug. »Bitte. Ich weiß sehr wohl, dass ihr Jungs jemanden wie mich zum Frühstück vertilgt. Aber ich fürchte, ich bin der einzige Erste Priester, den ihr habt. Zumindest für eine ganze Weile. Vielleicht bin ich ja etwas doof, aber das muss man mir nicht unter die Nase reiben. Also lasst uns mit dem arbeiten, was wir haben.«

Dan wurde ernst. Er hob in einer versöhnlichen Geste die Hände. »Hör auf zu grummeln, Max. Wir sind hier alle Freunde. Wir lachen nur, weil wir dir klarmachen möchten, dass es an der Zeit ist, dass du mal etwas Abstand von deiner Fassade der unauffälligen Schlichtheit nimmst. Aktuell bewegst du dich in derart

hohen Sphären und versuchst trotzdem Laith zu bleiben, der einfache Kerl, der nur ein neues und lustiges Spiel spielt. Wenn das so weitergeht, fressen sie dich, bevor du ›Ding!‹ sagen kannst.«
Der arme Gefallene. Wie gut ich ihn gerade verstehen konnte. Das war doch kein Leben: Das war eine dämliche Rolltreppe abwärts, deren Stufen unten in einem Lavasee endeten und oben in Gewitterwolken – immerzu musste man die Treppe hochrennen, damit man nicht im Feuer landete.

Ich atmete besonders tief ein und schaute Dan in die Augen. »Ich habe dich verstanden. Deinen Rat weiß ich echt zu schätzen. Vielen Dank. Aber mein Leben ist schon lange kein entspannter Spaziergang mehr. Es führt mich auf allerlei komischen Pfaden durch alle möglichen Hochs und Tiefs. Lasst mir einfach noch etwas Zeit. Vielleicht wird ja doch noch ein so klugscheißerischer Bastard aus mir, dass du es noch bereust, das zu mir gesagt zu haben. Klopf mal lieber auf Holz, dass das nicht so schnell der Fall ist.«

Dan gluckste und klopfte mit einem knochigen Gelenk auf die hölzerne Tischplatte.

»Also, Erster Priester«, schnitt uns Frag das Wort ab, »was können wir für dich tun, und was kannst du uns im Gegenzug anbieten?«

Er packte den Bullen bei den Hörnern. Sehr gut. Ich konzentrierte mich und ordnete für mich die Sachen, die ich mit ihnen besprechen wollte. »Der Erste Tempel wird Schutz brauchen. Sein Wiederaufbau erfordert auch eine beträchtliche Menge an Geld. Auch wenn die offiziellen Geschichten über die Verwüstung des Tempels so nicht ganz stimmen, ist das Endergebnis doch das Gleiche: Er ist eine Ruine. Ich glaube nicht, dass ihr infrage stellen werdet, warum der Tempel angemessen geschützt werden muss. Die Vorteile von Makarias Gabe dürften klar auf der Hand liegen.«

Dans Augen trübten sich kurz, als ich finanzielle Probleme erwähnte. Jetzt setzte er sich beleidigt auf: »Das sind ja nicht nur rosige Aussichten, fürchte ich. Wenn unser Clan sich auf die Seite des Gefallenen schlägt, könnte uns das beträchtliche Schwierigkeiten machen.«

»Na und?«, sagte ich. »Wir haben immer noch unsere EP-Boni und die Fähigkeiten der Göttin ...«

Dan und Frag tauschten Blicke aus. »Wie viele Götter hat das Pantheon des Lichts?«, fragte Dan leise. »Willst du raten?«

Ich runzelte die Stirn. »Keine Ahnung. Ich hatte zu viel zu tun, um das herauszufinden. Mein Leben in den letzten Wochen war ziemlich hektisch. Ich dachte, das wäre dir aufgefallen.«

Dan schüttelte den Kopf und weigerte sich, meine Ausreden zu akzeptieren. »Sechs. Sechs Götter, jeder mit einer eigenen Spezialisierung. Es stimmt schon, dass sie keinen Hochgott oder Ersten Tempel haben: Sie sind eher eine Demokratie oder Anarchie oder was auch immer. Aber sie sind ziemlich großzügig bei ihren Fertigkeiten, ganz zu schweigen von ihren vierzehn Tempeln und den entsprechenden EP-Boni für alle Anhänger des Lichts.«

Ich sank in meinem Stuhl zusammen. Wie hatte ich das nur übersehen können? Es stimmte schon. Ich hatte wirklich einen weiten Bogen um ihre Tempel gemacht, weil ich keinen bestimmten Gott verehren wollte: Meine eigene Klasse warf schon von allein genug Schatten. Doch warum hatte mir das denn niemand gesagt? Ich brauchte dringend eine eigene Analyseabteilung.

»Also denkst du hoffentlich nicht«, fuhr Dan fort, »dass jetzt alle Spieler losmarschieren und sich den Reihen des Gefallenen anschließen werden, oder? Stimmt, die Klügeren von uns, diejenigen, die für sich selbst denken können, die die nötigen Infos oder einen guten Selbsterhaltungsinstinkt haben, werden die Spielzeuge des Lichts ignorieren und sich nur allzu gern Makaria verschreiben. Im Lauf der Zeit werden das sicher mehrere Zehntausend sein. Wenn man noch jene hinzufügt, die es aus Überzeugung oder aufgrund einer gewissen Solidarität zu einer Volkszugehörigkeit tun – dann werden schon einige zusammenkommen. Aber diejenigen Spieler, die sich für eine Religion entscheiden, indem sie hohlköpfig die verfügbaren Boni vergleichen, werden immer auf der anderen Seite stehen. Und was sollen wir deiner Meinung nach machen, wenn nach einer Handvoll zögerlicher Versuche die Admins ein Event ausrufen und auf einmal hunderttausend Leute an den Mauern des Ersten Tempels stehen? Wer wird sich ihnen entgegenstellen? Du und dein harter Kern von zehntausend Permas? Denn das ist die einzige Streitmacht, die du haben wirst.«

Er sprach weiter, wahrscheinlich weil er mich auf den Boden der Tatsachen zurückholen und mir vergegenwärtigen wollte, was für eine ungeheure Aufgabe vor mir lag. Und ich – ja, ich schätze, man konnte sagen, dass ich schon ein anderer Mensch *war*, denn das Ausmaß des Problems machte mir keine Angst mehr. Für jedes seiner Argumente hatte ich eine mögliche Lösung und eine mögliche Gegenmaßnahme. Zu viele Tempel des Lichts? Ihre Zahl ließ sich ja ausdünnen. Nicht genug Leute, um uns zu verteidigen? Menschen waren ja nicht die einzigen Bewohner von AlterWorld. Gnolle und Höllenhunde waren doch die idealen Beispiele dafür. Unser Pantheon war zu bescheiden und der EP-Bonus zu klein? Dann mussten wir eben weitere Götter beschwören und neue Tempel errichten.

Waren meine Augen größer als mein Magen? Anders ging es eben nicht. Man musste sich ambitionierte Ziele stecken. Genug für ein neues Sofa sparen zu wollen hatte noch niemanden dazu motiviert, seinen Arsch in Bewegung zu versetzen. Doch wenn man das Ziel hatte, sich in drei Jahren einen Porsche Cayenne zu kaufen, dann musste man losgehen und etwas leisten – man musste etwas suchen, damit man auch etwas finden konnte.

Ich nickte Dan zu: »Ich respektiere das schiere Ausmaß des Problems. Aber wir schaffen das. Welche Lösung würdest du persönlich denn vorschlagen? Ich werde meinen Verbündeten keine sieben Millionen in Rechnung stellen. Aber ich werde auch nicht die zwei akzeptieren, die der General angeboten hat. Freunde und Verbündete brauche ich dringender als Geschäftspartner. Daher will ich einen der Veteranen zu einem Priester weihen, der dann den ganzen Clan Makaria verschreiben kann. Und ich werde euch einladen, euch meiner Allianz – den Wächtern des Ersten Tempels – anzuschließen, damit ihr Teil unserer Verteidigungsstreitmacht sein könnt. Ich strebe dabei keinen Posten als Befehlshaber an. Es gibt schlichtweg Leute, die das mehr verdient haben als ich.«

Wieder warfen sie sich vielsagende Blicke zu. O ja, ich steckte voller Überraschungen: erst mein neues Selbstvertrauen, das der Komplexität der Lage völlig zu widersprechen schien, dann meine Ablehnung einer sehr beträchtlichen Summe und jetzt auch noch die Nachricht von der Allianz, die ich geschmiedet hatte. Sie erstarrten. Anscheinend besprachen sie ihre Entscheidung in einem geschlossenen Kanal.

Alles, was ich gesagt hatte, war die Wahrheit gewesen. Ich brauchte Verbündete dringender als alles andere. Geld brauchte ich zwar auch, aber wenn ich mir die Auktionen ansah, war ich auf eine Goldmine gestoßen, mit der ich meine Burghypothek bestreiten konnte. Und da war noch eine andere Sache. Indem ich ihr Geld ablehnte, setzte ich die Verpflichtungen meines Clans wieder auf null zurück. Denn andernfalls würden sie von mir eines Tages im Gegenzug einen Dienst verlangen, für den ich dann alles stehen und liegen lassen musste. So jedoch war ich ihnen gegenüber schuldenfrei.

Klimper. In meinem Posteingang landete eine Geldüberweisung.

Ihr habt eine Überweisung erhalten: 100.000 Gold.

Absender: Das offizielle Konto des Clans der Veteranen

Verblüfft hob ich eine Augenbraue und schaute zu Frag.

»Wir wissen deinen Vorschlag zu schätzen«, sagte er. »Sehr gern werden wir ihn auch annehmen. Wir können auch vorläufig dem Beitritt zu deiner Allianz zustimmen, aber für eine endgültige Entscheidung sind weitere Gespräche und eine genaue Durchsicht der Einzelheiten der Vereinbarung notwendig. Als

Geste unseres guten Willens als Verbündete erhältst du die Summe zurück, die du uns gezahlt hast, um Taalis kleines Problem zu lösen. Wir werden unsere Leute aus eigenen Mitteln bezahlen. Darüber hinaus werden wir ihr Problem noch genauer im Auge behalten: Ich kann dir jetzt schon sagen, dass wir ihre Waffe ersetzen werden. Die zivile Tiger ist passabel, aber ein Wintores sollte besser zu ihren Anforderungen passen. Ich werde auch persönlich dafür sorgen, dass ihr einige meiner Männer Deckung beim schwierigsten Teil geben: dem Rückzug.«

Jetzt konnte ich meine Gefühle nicht mehr im Griff behalten. Taalis Problem war etwas, bei dem ich ihr nicht helfen konnte und das mir einige Sorgen bereitete. Diese alten Hasen kannten meine Schwachstelle und hatten sich genau darauf eine freie Schussbahn verschafft. Doch ich hatte noch etwas im Ärmel, um ihnen das Pokerface zu verderben.

»Ich kann euch dafür gar nicht genug danken«, meinte ich. »Aber da wir gerade über Schusswaffen sprechen, hätte ich da etwas für euch.«

Ich griff in meine Tasche, holte die dicke Wumme der Stahleindringlinge heraus und knallte sie auf den Tisch. Beschädigen konnte ich damit nichts. Mithril konnte wesentlich mehr als das vertragen. Eins zu null, Leute. Ich hätte das ganze Tal der Furcht nach weiteren technogenen Artefakten durchkämmt, nur um diesen Ausdruck auf ihrem Gesicht zu sehen.

Der General sprang aus seinem Stuhl auf und schnappte sich die Knarre. Er schaute sie ungläubig an. Er löste das Magazin, zog den Verschluss zurück, spannte den Hahn ein paarmal und ließ dann seine empfindlichen Finger über den gestanzten Rahmen gleiten. Immer noch ungläubig tauschte er Blicke mit Dan aus und drückte die Waffe an die Brust wie ein Vater seinen lange vermissten Sohn. War das meine Einbildung, oder schimmerten seine Augen feucht?

»Woher ...« Seine Stimme versagte. Er räusperte sich. »Woher hast du *das*?«

»Es ist nur das Echo des Krieges«, antwortete ich mit einer möglichst gleichgültigen Stimme.

»Scheiß auf das Echo des Krieges!«, platze es aus Dan heraus. Frag ließ ihn mit einer Geste verstummen. »Warte. Max, ich hoffe, du verstehst, was du hier hast. Feuerwaffen könnten die Machtverteilung im Spiel radikal verändern.«

»Eigentlich ist es doch so«, sagte ich, um ihre Gier im Zaum zu halten. »Erstens ist die Definition des Spiels von einer Schusswaffe bislang ein Klumpen Mithrilerz, der bereit zum Einschmelzen ist. Zweitens dürfte die Munition ein Problem werden, insbesondere da ich nicht glaube, dass das Schießpulver – oder welches Treibmittel sie auch immer verwendet haben – nach achthundert Jahren noch seine volle Wirkung entfalten kann. Drittens und am wichtigsten: Wo genau seht ihr dieses Ungleichgewicht? Seid ihr sicher, dass Kugeln ein besseres Argument wären als ein ganz gewöhnlicher Feuerblitz der Stufe 1, der immer sein Ziel trifft? Ich will gar nicht von Zaubern wie dem Meteorregen oder Armageddon anfangen, die man durchaus mit mehreren Salven aus einem Raketenwerfer vergleichen könnte.«

Dan schüttelte den Kopf. »Ich will jetzt keinen Flamewar darüber anfangen, ob Feuerwaffen cooler als Zauberei sind. Warte mal ab, bis dir ein Scharfschütze aus einer Entfernung von einem Kilometer eine Fünfzig-Gramm-Kugel in den Arsch jagt. Oder was ein direkter Treffer von einem Raketenwerfer bei deiner Burg verursacht und was ein Feuerblitz der Stufe 1 im Vergleich dazu bewirkt. Magie und Feuerwaffen sind zwei einzigartige Werkzeuge auf ganz unterschiedlichen Seiten desselben Entwicklungszweigs. Wenn man sie beide verschmelzen könnte, würde das Universum erbeben. Danach werden alle, die an unseren friedlichen Absichten gezweifelt haben, im anschließenden Blutbad ersaufen.«

Das brachte mich zum Grübeln. Er konnte recht haben. Er musste recht haben. Ich wollte gar nicht über die Konsequenzen nachdenken, wenn all unsere Spieler in die wirkliche Welt zurückkehren, aber die Fähigkeiten ihrer Charaktere behalten würden. Wie hatte Frag es noch genannt? »Israel am Ende aller Tage«? Das konnte durchaus sein. Um genau zu sein, konnte das tatsächlich der Ort sein, den man dann als Erstes ausradierte. Ganz egal, wie viele Sicherheitsmauern oder hochmoderne Technologien man auch hatte: Nichts würde einen vor einem nächtlichen Überfall von Leuten mit Heimlichkeit schützen, die die Straßen mit magischen Wolken aus giftigen Gasen füllten. Ich schauderte. Gott bewahre.

»Stellst du dir das gerade vor?«, fragte Dan und schaute sich das Spiel der Gefühle auf meinem Gesicht an.

»Ja. Eigentlich ein anderes Szenario, aber das ändert nichts an den Fakten.«

»Du scheinst es also verstanden zu haben. Wie viel solchen Kram hast du?« Er nickte in Richtung der Schusswaffe in Frags Händen. Der General hatte bereits den Inhalt des Magazins herausgeholt und vor sich auf dem Tisch aufgereiht. »Hast du das Lager der Uralten geplündert? Oder bist du in die Waffenkammer eines Gaming-Millionärs eingebrochen, um solche maßgeschneiderten Artefakte aufzutreiben?«

Schau an! Ich hielt inne und versuchte, seine zufälligen Vorschläge zu verstehen. Dieser Typ hatte echt eine kranke Fantasie.

»Anscheinend nicht.« Gespielte Enttäuschung lag in seiner Stimme, aber Dan behielt mein Gesicht genau im Blick. »Ich würde nicht im Traum daran glauben, dass du uns die einzige Schusswaffe gibst, die du hast.«

Ich hätte alles für eine Botox-Spritze gegeben, damit meine Gesichtsmuskeln gelähmt gewesen wären. Sein durchdringender Blick, der bis in meine Seele zu reichen schien, setzte mir langsam zu. Ich war schließlich kein Fernseher und wollte auch kein offenes Buch sein.

Ich schüttelte den Kopf. »Ihr müsst mir ja nicht glauben, wenn ihr nicht wollt. Diese Schusswaffe ist ein echtes Echo des Krieges. Ein Geschenk dieser technogenen Typen, die den Tempel vor achthundert Jahren in Stücke gerissen haben. Oh, das Ding hier habe ich auch noch gefunden.«

Ich wühlte in meinen Logs nach den beiden Screenshots der toten Trolle herum, denn sie hatten schließlich ein Panzerrohr als Keule dabei. Ich leitete die Aufnahmen an Dan und Frag weiter.

»Heilige Scheiße«, flüsterte Dan. »Das ist beeindruckend. Die stehen da einfach so rum? Meinst du, du könntest sie verkaufen? Das sind echte Krieger, weißt du, und sie haben da dieses ... Geschütz. So hätten die Soldaten etwas, das sie anbeten können.«

Ich schüttelte den Kopf. »Sie können Makaria anbeten, wenn sie wollen. Sorry, aber ich habe schon Pläne für die beiden. Ihr könnt den Screenshot nehmen und davon ein Gemälde in der Stadt des Lichts anfertigen lassen. Wenn es euch so sehr inspiriert.«

Dan nickte todernst. »Das werden wir machen. Ich will selbst ein Exemplar davon haben.«

»Zwei!«, brach der General sein Schweigen.

Und so begab es sich, dass diese beiden unbekannten Helden den Staub der Jahrhunderte abschüttelten und ihrer letzten tapferen Tat vor meinen Augen neues Leben eingehaucht wurde. In noch einmal fünfhundert Jahren würde ein Dunkelelfenpfadfinder mit offenem Mund vor dem Gemälde stehen, das inzwischen im örtlichen Kunstmuseum hing, während der Trollführer sich ein Tränchen abwischte und die uralte Legende nacherzählte, die dort für die Ewigkeit eingefangen worden war.

KAPITEL
FÜNFZEHN

Während meine Verbündeten sich an dem Kunstwerk gar nicht sattsehen konnten, erhob ich mich und ließ mir mit einem Blick die Erlaubnis geben, mir eine ordentliche Tasse Kaffee einzuschenken. Es war schon fast zwei Uhr morgens: Die aufgestaute Erschöpfung ließ meinen Kopf schwer werden. Ich war schläfrig und hungrig. Ich schaute mir den Konferenztisch an: nichts Essbares, nur Stapel mit Papierkram. Mit einem Seufzer ließ ich mich wieder in den Stuhl fallen. Dan verlor nie die Kontrolle über eine Situation und wusste mein Verhalten spielend zu deuten, weswegen er ein paar Befehle in die Steuerkonsole der Burg abfeuerte. Er hätte wirklich Pokerspieler werden sollen: Er würde Millionen verdienen. Wobei er sicherlich nicht arm war: Bei seinem kleinen Plan mit den beiden Buchmachern beim Turnier hatten bestimmt hunderttausend Euro den Weg in seine Tasche gefunden. Irgendwie hatte ich auch das komische Gefühl, dass er beim Zigarettenboom noch mehr abkassiert hatte als ich. Na ja, mich kratzte das nicht. Ein gutes Vorbild zu haben hatte noch niemandem geschadet. Der Klügste in einem Haufen Idioten zu sein war zwar schmeichelhaft, aber sehr weit kam man damit nicht. Wenn man jedoch zu einer guten Truppe gehörte, konnte man sich bei den alten Hasen etwas abschauen, was einem so richtig nutzte.

Kurz darauf war der Tisch mit mehreren Tellern Aufschnitt und Vorspeisen gedeckt. Nachdem ich fünf Minuten lang ordentlich gemampft hatte, sah das Leben schon besser aus und ich war nicht mehr müde. Sowohl Dan als auch dem General war die

Pause recht, da sie so in Anbetracht der neuen Informationen an Dans vorläufigem Verlaufsplan herumfummeln konnten. Ich vergaß sogar die Kaninchenpastete in meiner Hand, während ich zwei Meistern ihres Fachs beim strategischen Denken und beim Lösen gewaltiger Aufgaben zuschaute. Wie isst man ein Mammut? Ganz simpel: Man frisst immer weiter, bis nichts mehr übrig ist außer den abgenagten Knochen. Hier galt das Gleiche: Die scheinbar unbezwingbare Aufgabe wurde in kleinere Portionen zerlegt, die man an die eigentlichen Arbeiter oder entsprechende Verwalter weitergeben konnte.

Schließlich hob der General den Kopf und schaute zu mir. »Gibt es Anforderungen an das Amt als Priester? In Sachen Stufe oder hinsichtlich der Beziehungen zu anderen Fraktionen? Schwebt dir schon jemand Konkretes vor?«

Ich schaute mir die Liste der Priesterfähigkeiten an. Formell gab es keine Einschränkungen. Makaria stellte auch keine besonderen Forderungen – doch womöglich war sie auch zu beschäftigt gewesen, um welche zu erheben. Das war jedenfalls nicht mein Problem. Was Kandidaten anging, dachte ich als Erstes an Dan, denn er war für diese Aufgabe wie gemacht, abgesehen von zwei Charakterzügen: Er war schlicht undurchschaubar und nicht zu kontrollieren. Das konnte ein Problem werden, weil Priester meine Helfer – ja, sogar meine Untergebenen – sein sollten. Ich konnte ihn mir in dieser Rolle einfach nicht vorstellen. Doch so viele Veteranen hatte ich noch nicht getroffen – eigentlich gar keine anderen bis auf Eric. Eric ... Also, warum eigentlich nicht?

Ich schaute zum General auf und schüttelte den Kopf. »Aktuell gibt es keine Anforderungen. Was Kandidaten angeht, denke ich, dass Eric am besten für den Posten geeignet wäre. Ihr solltet auch bedenken, dass ein Priester, der sich als ungeeignet für die Aufgabe erweist, auch sein Amt entzogen bekommen oder sogar exkommuniziert werden kann. Diese Regel gilt für jeden«, sagte ich so ruhig, wie ich nur konnte, in der Hoffnung, dass sie diese Worte nicht als Drohung verstanden.

Sie tauschten ein Lächeln aus. Diese Bastarde wollten mich einfach nicht ernst nehmen. Was das Einfordern von Autorität anbelangte, hatte ich noch einen weiten Weg vor mir.

»Wir könnten uns auf deinen Vorschlag einigen«, sagte Dan, wobei ganz klar war, dass er aus dieser Idee das Optimum herausholen würde. »Als Gegenleistung helfen wir dir gern, diesen Topf aus Mithril vom anderen Ende des Regenbogens zu holen. Für ein paar Cent natürlich.«

Ja, genau. Sah aus, als wären sie diesmal schlauer gewesen, als gut für sie war. Wenn sie nicht so laut vor mir nachgedacht hätten, hätte ich womöglich Ja gesagt. Doch nun bemerkte ich, dass hier irgendwas gewaltig stank. Wie konnte man denn jemandem Zugang zum eigenen Bankkonto geben, ohne ihm auf die Finger zu schauen? Kein Metalldetektor würde merken, wenn Gold an ihren schwitzigen Pfoten klebte: Die Spielmechanik würde es ihnen erlauben, sich einen Panzer in die Taschen zu strecken, indem sie nur stumm daran dachten. Okay, vielleicht keinen ganzen Panzer – bisher war mir noch niemand untergekommen, der eine Traglast von dreißig Tonnen hatte. Man durfte aber die Artefakttaschen nicht vergessen, die das Gewicht eines Gegenstands in ihrem Innern senken oder gar ganz aufheben konnten. Doch es wäre ihnen zuzutrauen, dass sie zwei versteinerten Trollen ein Panzerrohr aus Mithril klauen würden. Soldaten eben! Sie konnten der Versuchung nicht widerstehen. Bei der Armee gibt es nicht einmal ein richtiges Wort für Diebstahl. Stattdessen sagt man dort so was wie »angeeignet«. Nein, Jungs. Tut mir leid, aber die Schusswaffe gehört mir, und ihr kriegt sie nicht.

»Ich habe ein Gegenangebot«, sagte ich. »Für ein paar Cent – sagen wir im Gegenwert von einer Million Gold – verkaufe ich euch die Koordinaten für einen anderen Regenbogen, an dessen Ende ein ganzes Feld voll Gold wartet. Mithril kann ich euch nicht versprechen, aber zwanzig Hektar der besten Riesenfliegenfallen.«

Dan richtete sich auf. Sein Kopf schwang herum, als er sich

nach unerwünschten Ohren umschaute. Dann gab er sich große Mühe, enttäuscht auszusehen, und murmelte: »Eine Million – kennst du denn keine anderen Zahlen? Wie wäre es denn mal mit hundert Riesen? Das ist doch genug für jede Information!«

Ich schüttelte grinsend den Kopf. »Tut mir leid, Chef. Das ist nicht verhandelbar. Mit dem Feld werdet ihr mehr als das Zehnfache einsacken. Ein paar Wochen Arbeit auf dem Feld und ihr habt eure Million. Ich würde es ja selbst tun, aber ich habe nicht die Leute, um es zu bewachen und abzuernten. Außerdem habe ich jetzt schon mehr als genug zu tun. So könnt ihr außerdem eure Kräutersammler ein paar Stufen aufsteigen lassen. Das Gebiet ist unerforscht, und es gibt reichlich ungezähmtes Wild, mit dem sie sich herumschlagen können. Gleichzeitig wird ihre Anwesenheit allzu übereifrige PKs fernhalten.«

Dan schaute zum General, der nickte. Er rang sich einen Seufzer ab, weil es einfach in seinem Wesen lag, immer zu feilschen, doch er gehorchte dem unausgesprochenen Befehl und nahm meine Bedingungen an. »Na schön. Du hast unsere vorläufige Zustimmung. Ich werde dir den Standardvertrag zum Erhalt von Informationen bezüglich Objekte der Klasse A weiterleiten. Du musst ihn ausfüllen, die Screenshots anhängen und Koordinaten in die entsprechenden Felder eintragen. Anschließend unterschreibst du ihn digital. Wir schicken unsere Männer los, um sicherzugehen, dass der Ort auch deiner Beschreibung entspricht. Wenn das der Fall ist, ist das Geld am nächsten Morgen auf deinem Konto. Bitte denk jetzt nicht, dass wir dir nicht vertrauen. Wir wollen nur sichergehen, dass du dich nicht irrst. Es könnte ja eine andere Fliegenfalle oder sogar eine Art Luftspiegelung oder andere Täuschung sein ... Hast du schon mal was von Fata Morganas gehört?«

»Meinetwegen«, sagte ich. »Wann kommt Eric?«

Dan schaute auf sein internes Interface. »Er ist auf dem Weg.«

Der General hob den Blick und starrte mich an, während er das Dutzend purpurner Patronen in seiner breiten Hand hin und her rollen ließ. »Eine Sache noch, Max. Ich hoffe wirklich, dass sich deine Fundstücke nicht unkontrolliert durch den ganzen Cluster verbreiten, falls du auf mehr von ihnen stößt. Du musst verstehen, welche Gefahren Schusswaffen in unsere Welt bringen würden. Aber ganz persönlich würden wir es zu schätzen wissen, wenn wir noch ein paar Exemplare hätten ... Zu Forschungszwecken.«

Was war denn das für eine Logik? Was dir gehört, gehört mir, und was mir gehört, gehört nur mir? Ich wollte jetzt keine große Sache daraus machen, weswegen ich einfach unverbindlich nickte. Das konnten sie interpretieren, wie sie wollten. Inzwischen hatte mein innerer Gierschlund schon überall giftige Galle versprüht, weil er zu oft die Schusswaffe angeschaut hatte, von der ich mich gerade trennte. Vielleicht sollte ich die nächste, die ich fand, nicht auch verschenken, denn sonst würde mein kleines Großmaul wohl das Zeitliche segnen. Und was wäre ich schon ohne den kleinen Schatzmeister in meinem Innern? In Windeseile hätte ich meinen gesamten Reichtum verplempert.

Schnelle Schritte erklangen im Korridor. Die Tür schwang auf, und Eric trat ein. Er nahm vor Frag Haltung an.

Der General nickte. »Rühren.«

Eric ließ sich auf den nächsten Stuhl fallen. Dann sah er mich, grinste und boxte mir mit der riesigen Faust gegen die Schulter. »Darum geht es also! Ich war schon ganz irritiert, weil ich nicht wusste, warum man mir die Hölle heißmachen sollte. Entschuldigung, Genosse General!« Er schaute auf den Tisch und stöhnte ob der Essensreste und zuckte wie ein Hund mit der Nase. »Darf ich?«

Ohne auf eine Antwort zu warten, schnappte er sich ein paar Kekse.

»Ich dachte, die Wache hätte gerade vor einer halben Stunde gegessen, oder?«, fragte Dan.

»Ach!« Eric verwarf seinen Widerspruch einfach. »Das war vorhin!«

»Na schön. Wenn du zuhören kannst, während du isst, solltest du das lieber tun. Die Befehlshaber setzen großes Vertrauen in dich.« Dan hob bedeutungsvoll den Finger. Eric runzelte überrascht die Stirn. Er war nicht gerade der Typ, in den Befehlshaber Vertrauen setzten.

»Du wirst einen einzigartigen Posten übernehmen. Wir wollen dich zum Priester des Clans machen. Nun schau mich nicht so an. Dafür kannst du dich bei Max bedanken. Behalte aber im Hinterkopf, dass dieser Posten nicht zwingend für immer ist. Ein Fehler, und ich schwöre bei meiner Unsterblichkeit, dass du zwölf Stunden am Tag Staub fressen wirst, während du deinen Dienst als Munitionsträger für die NSC-Geschützmannschaft der Verteidigungsballiste im Siebten Turm der Südburg versiehst. Ich mache keine Witze. Mit deiner Stufe und deinem Führungszeugnis war eine Beförderung überfällig. Wenn du nicht über die Euphorie des Permamodus hinwegkommst und dir dein gesunder Körper und die Unsterblichkeit so viel bedeuten, solltest du lieber den Bratzen beitreten. Die lieben Clowns wie dich. Ist das klar?«

Eric so zu sehen brach mir das Herz. Sein lang gezogenes Gesicht wurde blass, sein hundeartiger Ausdruck war zerknirscht und um Vergebung heischend. Er sprang auf und drückte sich die Hände gegen die Brust.

»Genosse! Es tut mir leid, und das meine ich auch! Es ist, als ob die ganze Zeit ein Teufelchen auf meiner Schulter sitzt. Ich fühle mich wie ein Teenager, der das erste Mal Saufen geht. Ich kann einfach nicht normal laufen. Ich will ständig hüpfen und springen! Aber es wird langsam besser. Ich kriege es in den Griff. Natürlich albere ich noch herum, aber das ist jetzt eher eine Gewohnheit. Das Vertrauen in mich weiß ich sehr wohl zu schätzen, Genosse!« Er nahm Haltung an und meldete salutierend: »Ich werde niemanden enttäuschen! Ich verspreche es!«

Dan bedachte ihn mit seinem typischen starren Blick, zog sein Hemd wie eine Uniform zurecht und salutierte zackig. »Mach dich ran, Leutnant!«

»Jawohl! Erbitte Erlaubnis zum Wegtreten!«

»Rühren«, nickte Dan ihm zu und wandte sich dann an mich. »Du bist dran. Weihe deinen Schützling lieber schnell, bevor er die Geduld verliert und aus irgendwelchen Gründen weiß Gott wo hinrennt.«

Beeindruckt von der Veränderung im Verhalten meines besten Freundes suchte ich mir die nötige Fähigkeit in der Liste für die Priester heraus, wählte Makaria als Schutzgottheit und drückte den virtuellen Knopf.

Millionen kleiner Glöckchen erfüllten den Raum mit sanftem Geläut. Eine Wolke glitzernder Funken wirbelte wie ein Schneesturm unter der Decke und erschuf eine Öffnung zu einer anderen Ebene, wo man Makarias glückliches und (ich glaube auch) beschwipstes Gesicht sehen konnte. Sie schaute heraus und betrachtete Eric. Dann schenkte sie ihm ein ermutigendes Lächeln und nickte. Die Öffnung fiel in sich zusammen und bestäubte uns alle mit bunten Schneeflocken. Während Eric mit offenem Mund dastand, meldete mein internes Interface, dass die Zahl der Priester gestiegen war. Jetzt waren wir schon elf von fünfzig. Zu gerne hätte ich gewusst, wo die anderen drei Dunklen Tempel standen. Ich hatte große Pläne mit ihnen. Wir mussten das Pantheon schnellstmöglich erweitern. Je mehr Leute ich rekrutieren konnte, desto weniger Belagerer würden eines Tages vor den Mauern der Burg stehen.

Eric seufzte schwer. »Was für eine Frau!« Ganz offensichtlich konnte er die himmlische Erscheinung nicht vergessen.

Blieb nur zu hoffen, dass das eine jugendliche Verknalltheit war und kein Nebeneffekt des Rituals. Ich hielt es für meine Pflicht, ihn für den Fall der Fälle zu warnen: »Eric, sie und der Gefallene sind ein Paar. Also schlag dir solche Ideen lieber aus dem Kopf, bevor er dir auf die Füße tritt. Das dürfte dir nicht gefallen. So viel kann ich dir versprechen.«

»Meinst du?« Der frischgebackene Priester schaute leicht besorgt nach oben. Während er den himmlischen Schnee von den

Schultern schüttelte, versuchte er, den Rückwärtsgang einzulegen: »Ich meinte das natürlich nur von einem rein ästhetischen Gesichtspunkt her, weißt du? Der Gefallene braucht das ja auch viel dringender ... Also ich meine ... eine Braut zu ... äh, eine Göttin zu finden ist ja in seiner Lage gar nicht so leicht.«

Dan schüttelte den Kopf. »Eric, ich glaube, ich sollte lieber für die nächsten zwei Tage einen Stillezauber auf dich wirken. Das wäre nur gut für dich. Vertrau mir. Wenn ich es nicht tue, wird es eines Tages irgendein unglücklicher Gott machen. Also gut, Eure Heiligkeit. Du kannst jetzt deinen Pflichten nachkommen und uns der wunderschönen Makaria weihen.«

Eric war kurz abwesend, während er versuchte, seine neuen Fertigkeiten zu finden. Er schien schließlich Erfolg gehabt zu haben, als er Dan einen unsicheren Blick zuwarf, um dann die passende Fähigkeit zu aktivieren. Eine Säule aus weißem Licht, durchzogen von Schwarz und Grün, hüllte den Geheimagenten ein und schimmerte immer noch, als wir ihn schon flüstern hörten, während auch er nun seine Menüs durchsuchte.

»Hier ... Ich verstehe ... Schutzpatron ... Fertigkeit ... Da ist sie ja ... Ein Punkt ist also tausend Gold wert. Aha! Na ja, hier ist meine Spende ...«

Eine sanfte Geige erklang, als eine weitere Lichtwelle – diesmal in Hellgrün – Dan überzog. Glaubensstufe 1? Es sah ganz so aus, als hätte er sie sich zugelegt.

»Ja! Wir werden leben!«, verkündete er.

Ich wusste, wie er sich fühlen musste, als diese ungeheure Last von seinen unsterblichen Schultern fiel: die Angst vor einer Gefangennahme, die unendlich und quälend sein konnte.

Der Perlmuttschnee zu unseren Füßen begann zu schmelzen. Interessiert schaute ich mir die Werte an:

Funken der Göttlichen Gegenwart. Eine äußerst seltene Handwerkszutat, mit der man jede Art von Magie auf eine Schriftrolle übertragen und so eine einmalige Zauberschriftrolle erzeugen kann.

Schau an! Ich kratzte mich am Kopf. Von so etwas hatte ich ja noch nie gehört. Doch das änderte natürlich gar nichts: Allein schon der Ausdruck »äußerst selten« verriet, dass dieser Gegenstand einiges wert sein dürfte. Demzufolge lohnte es sich, ihn einzusammeln.

Ich trat näher und zog eine Handvoll Phiolen aus meiner Tasche. Dann kniete ich mich hin und begann, die farbigen Flocken in sie hineinzufegen.

Dan warf mir einen verwunderten Blick zu und überflog anschließend die Nachrichten in seinem Interface. Dann geschah ein wahres Wunder. Wie sonst sollte man es nennen, wenn Dan einen gewaltigen Satz durch den halben Raum machte, in seine Tasche griff, um eine Phiole zu zücken, und sich dann neben den dahinschrumpfenden Schnee flach auf den Boden legte? Ohne Rücksicht auf Verluste stopfte er die schmelzenden Funken in seine Phiole.

Er warf mir einen wilden Blick zu und schrie: »Mach den verdammten Deckel drauf, bevor sie verdampfen!«

Er hatte recht: Die Luft über der Phiole flirrte. Schnell verschloss ich sie und überprüfte den Inhalt. Die Phiole war fast voll. Eric und der General hatten sich uns angeschlossen, doch selbst gemeinsam schafften wir es gerade mal, fünf Phiolen zu füllen.

Ich schaute unsere am Boden ausgestreckte Truppe inmitten von schillernden Pfützen an, deren glänzende Schlieren an Benzin erinnerten. Da musste ich lächeln. »Ein informelles Treffen der religiösen Führer des Clans mit der Verwaltung.« Meine Freunde und ich ließen das Dienstzimmer mit unserem schallenden Lachen erbeben.

Die Luft über dem Konferenztisch zog sich zusammen, und der weiße Puh materialisierte sich. Er warf einen verwunderten Blick in unsere Richtung und schien uns mit der Pfote den Vogel zu zeigen. Dann schnappte er sich zwei Fleischpasteten und wollte nach einem offenen Ordner greifen. Alle Dokumente darin lagen mit dem Text nach unten (es waren schließlich Dan und seine übliche Professionalität im Spiel). Dan knurrte warnend und hielt plötzlich einen funkelnden Wurfdolch in den Händen. Die Waffe schillerte blutrot und sandte knisternde Funken aus.

Puh zog die Pfote zurück, bleckte die Zähne und trat den Ordner dann vom Tisch herunter in eine der Pfützen. Zwei Geräusche hallten gleichzeitig durch den Raum: das Ploppen eines Teleportals und Stahl, der sich in Holz bohrte.

»Wie ich ihn hasse«, stöhnte der Agent und fischte die wasserfesten Seiten aus der Pfütze heraus. »Ich träume von dem Tag, an dem ich mich in meinem Schaukelstuhl am Feuer zur Ruhe setzen, Brandy nippen und eine Zigarre genießen kann – während ich die zwei weißen Ohren bewundere, die man dort an die Wand genagelt hat.«

Eric fügte im Andenken an die beiden entwendeten Fleischpasteten hinzu: »Ich will nur hoffen, dass es die einzigen beiden weißen Ohren bleiben, die es gibt. Wir sollten beten, dass sich dieses Geschöpf nicht fortpflanzen kann. Wenn doch, können wir unseren entspannten Ruhestand vergessen. Diese teleportierenden Monster werden alle zwei Minuten auftauchen, um sich eine Zigarre zu »borgen« oder den Brandy aufzulecken. Da wird Privatsphäre zum Ausnahmefall, sogar bei der Verrichtung ehelicher Pflichten.«

»Klopfen wir auf Holz«, flüsterte ich und pochte gegen ein Tischbein. Die anderen taten es mir nach. Soldaten waren von Natur aus abergläubisch, und die gerade erläuterte Aussicht rechtfertigte im Grunde jedes Ritual, das verhinderte, dass sie eintrat.

Der General lehnte sich nach vorn, stöhnte und drückte sich nach oben wie der alte Mann, der er eigentlich war. Dann sprang er plötzlich doch mühelos auf: die mentale Verzögerung eines Achtzigjährigen in einem jungen und gesunden Körper. So war es auch bei unerfahrenen Astronauten, die ihre gesamte Körperspannung einsetzten, um sich in der Raumstation zu bewegen, anstatt nur einen kleinen Stupser zu nutzen, um in der Schwerelosigkeit voranzukommen.

»Jetzt schuldest du mir eine Erklärung, Dan«, sagte der General. »Was ist das für ein Zeug, mit dem wir die Phiolen gefüllt haben? Du bist ja aufgesprungen wie ein Verdurstender in der Wüste, der gerade eine Oase ausgemacht hat.«

»Sprechen die Werte denn nicht für sich?«, fragte Dan unschuldig. »Ich würde denken, dass genau das die Zutat für den lange gesuchten Heiligen Gral von AlterWorld ist. Mit ihr kann man Zauberspruchrollen erschaffen. Für jeden Zauber – einschließlich der Einzigartigen Zauber und der Hochzauber.«

Der General hob die Augenbrauen. Dann schnappte er sich eine Phiole und hielt sie sich dicht vor die Augen. »Heilige Scheiße.«

»Was ist damit?«, fragte ich. »Wollt ihr damit einmalige Teleportschriftrollen erzeugen, damit Spieler ohne Magie sie im Notfall einsetzen können?«

»Könnte man machen«, antwortete Dan. »Man kann den Schnee in der Einfahrt ja auch mit einer Schaufel aus Gold wegschippen, denke ich. Man könnte aber auch wesentlich passendere Dinge damit anstellen. Teleportschriftrollen gibt es schon auf dem Markt – sie sind teuer, klar, weil man ungewöhnliche Zutaten braucht, aber das ist nur eine Frage des Geldes. Aber wenn man einen Hochzauber auf eine Schriftrolle bannen würde …« Dan warf mir einen bedeutungsschweren Blick zu, als ob er einschätzen würde, wie viele Schriftrollen der Astralmanazerstreuung er gerne im Arsenal der Veteranen hätte. »Oder einen einzigartigen Zauber wie das Inferno-Portal, das vor Kurzem von einem Automatik-Käufer angeboten wurde, der uns schrecklich bekannt vorkam …«

Oh. Anscheinend würden die Funken zwar eine Menge Probleme lösen, zugleich aber auch für einen Haufen neuer Schwierigkeiten sorgen. Eine Schriftrolle der Kuppelschildentfernung, die man zur Auktion freigab, hätte nicht nur den Beliebtheitspreis gewonnen, sondern auch meine Geldbörse ordentlich anschwellen lassen. Doch damit würden auch ganz neue Kopfschmerzen einhergehen. Vor allem würde ich das Prinzip hinter der Kuppelentfernung verraten, und die Schriftrolle konnte später an weitaus zwielichtigeren Orten auftauchen, was wiederum reichlich Ärger machen würde.

Dan achtete auf mein Gesicht und war sichtlich erfreut, dass ich die Stirn runzelte, anstatt wie ein Depp idiotisch zu grinsen, weil ich einen Koffer voller Heroin gefunden hatte und mein Glück jetzt gar nicht fassen konnte. So oder so eröffneten die Funken mir neue Gelegenheiten: Sie waren ein neues Werkzeug für meine Werkstatt, mit dem ich sicher eine ganze Reihe von Problemen würde lösen können. Ich verstand auch, was er mir in Bezug auf meine Automatik-Käufe sagen wollte. Es wurde Zeit, meinen inneren Gierschlund zu ignorieren und einen neuen einmaligen Händler für jede riskante Transaktion anzuheuern.

Daran hätte ich schon vor langer Zeit denken sollen. So etwas wie Anonymität gab es nicht mehr. Weder online noch in der wirklichen Welt. Jetzt war nur die Frage, wie viel interessierte Parteien bereit waren, für diese Informationen zu bezahlen. Solange man ein kleiner Fisch war, brauchte man sich keine Gedanken zu machen: Man blieb einfach anonym, weil man den Ärger nicht wert war. Man durfte nur nie vergessen, dass alle Cyberspuren irgendwann zutage traten. Alle Anruflisten, der komplette Browserverlauf, alle Banktransaktionen, sämtliche Aufnahmen von Überwachungskameras, auf denen man zu sehen ist, und noch viele andere Dinge.

Unter Dans gierigem Blick steckte ich zwei der Phiolen in meine Tasche – nämlich die, die ich selbst gefüllt hatte. Dann warf er einen bedeutungsvollen Blick auf die restlichen Tiegel und machte eine wirbelnde Bewegung über dem Kopf. »Ich glaube, wir besprechen das lieber.«

»Nicht jetzt«, schnitt ich ihm das Wort ab. »Ich brauche dringend etwas Schlaf. Vorher muss ich selbst noch eine Besprechung abhalten.«

Der General wandte sich mir zu. »Meinst du, du könntest mich persönlich weihen?«

Ich nickte. Das war kein Problem.

Ding! Das aufblitzende grüne Licht verlieh unseren Gesichtern einen fremdartigen Glanz.

»Hey, ich habe schon eine halbe Glaubensstufe geschafft.« Der General wirkte nicht aufrichtig überrascht. »Der Startpunkt hängt vom Rang des Weihenden ab. Davon hatte ich mal vor anderthalb Jahren gehört, wenn ich mich da auf mein fotografisches Gedächtnis verlassen kann. Ich habe diesen Typen getroffen, der gerade den Quest abgeschlossen hatte, durch den er sich das Recht verdient hatte, vom Ersten Priester geweiht zu werden. Natürlich ein NSC des Lichts, aber das spielt keine Rolle. Als ich ihn traf, war er gerade dabei, all das Gold und die Zeit zu feiern, die er damit gespart hatte.«

Dan sagte lieber nichts, sondern starrte nur grimmig vor sich hin. Er war ein echter Sparfuchs und die fünfzig Euro, die er bei seinem Experiment verschwendet hatte, hätte er auch in einen Blumenstrauß für seine Frau oder einen Berg voll Bonbons für seine Gören investieren können.

Der General sah mich flehentlich an. »Könntest du nicht vielleicht doch meine ganzen Leute weihen? Es ist ja trotzdem noch eine Menge Geld, weißt du? Wir könnten bestimmt vierzig Riesen sparen.«

Gereizt wollte ich mich beschweren. Was für eine Einstellung war das denn? Er wollte alle Vorteile, ohne irgendwelche Nachteile. Ich hatte nicht die Zeit – genau deshalb hatten sie ja einen eigenen Priester bekommen. Der Tempel musste wachsen! Eigentlich reichte das schon an Gründen. Eric konnte zudem die Punkte brauchen, um ein paar Ränge aufzusteigen.

Ich schüttelte den Kopf und zeigte auf den zögerlichen Eric. »Mal ganz zu schweigen von einem Berg anderer Probleme ist es auch im Interesse eures Clans, dass euer eigener Priester aufsteigt. Denkt doch mal nach: Eric bekommt nur einen Anteil der

Glaubenspunkte von denjenigen, die er persönlich geweiht hat. Doch er muss dringend weiter aufsteigen, um den Problemen des Clans gewachsen zu sein. Sprich: Er muss neben persönlichen Fähigkeiten wie dem Willentlichen Tod auch in alles investieren, was der Clan braucht – zum Beispiel Raid-Buffs und allerlei Flüche und Anathema-Zauber. Mein Rat lautet daher, seine Dienste nicht zu meiden.«

Aus den Augenwinkeln sah ich Erics dankbaren Blick, und ich zwinkerte ihm verstohlen zu. Er war bestimmt schon seine Fähigkeitsliste durchgegangen, und so, wie ich seinen Appetit kannte, hatte er sich bestimmt ein ganzes Dutzend Fähigkeiten ausgesucht. Er konnte die Punkte, die ihm das Weihen von gut siebenhundert Spielern einbringen würde, gut gebrauchen. Gott sei Dank war ich nicht von derlei Dingen abhängig. Ansonsten wäre ich wie ein kopfloses Huhn herumgelaufen und hätte anderer Leute Arbeit gemacht, anstatt mich um mein eigenes Farmen zu kümmern.

Gedankenverloren nickte der General. »Na schön, Max. Dann geh und erhol dich etwas. Du siehst mit diesen blutunterlaufenen Augen aus wie ein Vampir.«

Ich schüttelte allen die Hände, verabschiedete mich und verließ den Raum, um zu meiner Wohnung zu gehen.

Dort saßen Cryl und Lena schon auf den weichen Sesseln, mit leuchtenden Augen und bester Laune. Anscheinend tauschten sie sich gerade über ihre letzte Farming-Erfahrung aus. Sie hatten binnen weniger Tage fast schon Stufe 30 erreicht, was zugegebenermaßen nicht allzu schwer war, wenn man echtes Geld ins Spiel investierte. Lena jauchzte vor Begeisterung, als sie mich sah. Dann fiel sie mir um den Hals, und mir wurde richtig warm ums Herz, so als würde ich meine kleine Schwester nach einer langen Trennung wiedersehen. Cryl wirkte nicht eifersüchtig. Seine Augen schienen vielmehr vor Wiedersehensfreude zu funkeln. Das war meine Familie, die Kinder der Nacht.

Als wir einander umarmt hatten, setzte ich mich hin und fasste die Ereignisse der letzten paar Tage für sie zusammen. Die Nachricht von unserer eigenen Burg sowie ihrem Anführer als Erstem Priester und Makaria als Schutzgöttin katapultierte mein Ansehen bei ihnen in ungeahnte Höhen. Daher gingen sie auch beide begeistert auf meinen Wunsch ein, sich unseren religiösen Wirkern anzuschließen. Selbst die Hilfe des Gefallenen machte Cryl nicht automatisch zu einem Priester. Sie gab seinen religiösen Vorlieben nur eine gewisse Richtung vor und versorgte ihn mit ein paar unbekannten Goodies.

Die Kinder sprangen auf, schauten ernst drein und warteten auf den Beginn der Zeremonie.

»Nicht so schnell«, bremste ich sie. »Wir müssen erst alles vorbereiten.«

Als sie mich verständnislos anstarrten, holte ich ein paar Phiolen aus meiner Tasche und stellte sie so in Reihen auf, dass man sie sich schnell schnappen, füllen und verschließen konnte.

»Jetzt hört zu«, sagte ich. »Ich bin mir sicher, dass die Göttin erscheinen und einen Blick auf ihre neuen Jünger werfen wird. Ihre Ankunft wird von einem natürlichen Phänomen begleitet, durch das Funken der Göttlichen Gegenwart entstehen. Diese sollen die erste Säule unseres finanziellen Wohlstands sein. Sobald sich das Himmelsfenster schließt, schnappt ihr euch Phiolen und fangt damit Funken auf.«

Ich schaute mich im Raum um und suchte mir eine relativ leere Ecke aus. Ich zog den Teppich zur Seite und zeigte auf den Boden.

»Kommt her und stellt euch hierhin.«

Ich warf noch einen letzten Blick auf ihre todernsten Mienen, dann steckte ich ihnen die Zunge raus und zwinkerte ihnen zu. Wir wollten der Göttin schließlich nicht wie Trauergäste auf einer Beerdigung gegenübertreten. Junge Leute neigten von Natur aus zum Kichern und Glucksen, weswegen ich nicht viel nachzuhelfen brauchte. Als Makarias Gesicht durch das Himmelsfenster schaute, die Glocken erklangen und die Schneeflocken glitzerten, sah sie nur zwei fröhliche Gesichter, die von einem Ohr zum anderen grinsten. Sie war selbst ganz errötet, vermutlich aufgrund der lebhaften Avancen des Gefallenen, doch sie nickte mir zu und gab mir ein Daumenhoch.

Das Portalfenster wurde trübe und verhüllte ihr Gesuct. Mit einem Ploppen erschien Puh, der kleine Bastard, inmitten unserer kostbaren Decke aus himmlischem Schnee. Erschaudernd wischte er sich die dreckigen Pfoten ab und stapfte durch die Pfütze zum Kamin, wobei er die kostbaren Funken zertrampelte.

»Du Ferkel!« Ich wählte ihn als Ziel aus und hämmerte im Geist mit der Faust auf die Priesterfähigkeiten.

Was ich genau damit bezwecken wollte, wusste ich selbst gar nicht. Es geschah einfach viel zu schnell. Vielleicht wollte ich ihn verfluchen oder den Göttern melden, weil er mir immer in die Quere kam. Stattdessen wurde Puh geweiht.

Die Glöckchen erklangen wieder, diesmal etwas sorgenvoller, und das verärgerte Gesicht der Göttin erschien, was keinen allzu freudigen Ritus verhieß. Als Makaria, deren Lippen wie von vielen Küssen leicht angeschwollen wirkten, den angehenden Priester sah, hob sie die Augenbrauen und schaute mich völlig überrascht an. Ich schüttelte den Kopf und hob schützend die Hände, als hätte ich mit der Sache nichts zu tun. Der weiße Bastard erwachte endlich aus seiner zeitweisen Verwirrung und wollte sich nun aus dem Staub machen. Von wegen! Panisch startete die Kreatur eine Reihe erfolgloser Teleportversuche, die knatterten wie ein Maschinengewehr, während Makaria seine Teleportationsfähigkeit blockierte und etwas zu jemandem hinter sich sagte.

Vielleicht war ich doch zu grausam zu dem weißen Monster gewesen, dachte ich mir, als ich den finsteren Blick des Gefallenen sah. Doch als dieser Blick auf Puh fiel, lichtete er sich: Der Gefallene neigte den Kopf zu einer Seite und lachte überrascht.

»Das ist lustig«, hörte ich ihn murmeln. »Ich könnte das gebrauchen ...«

Der Gefallene griff aus dem Fenster heraus und schnappte sich Puh, um ihn dann durch das Himmelsfenster zu ziehen. Kennt ihr das Geräusch, das ein verletztes Kaninchen macht? Wahrscheinlich nicht, denn sonst würden viel mehr Leute den Tierschutz unterstützen. Aber genau so einen Schrei gab Puh von sich. Als ich Lenas flehentlichen Blick sah, nickte ich und aktivierte meinen Appell an die Götter.

»Hör zu, KI 311. Bitte behandle ihn ordentlich, ja? Er ist gar nicht so übel ...«

Der Gefallene funkelte mich grimmig an, und seine Stimme erklang in meinem eh schon dröhnenden Schädel. »Wage es nicht, mir zu widersprechen. Es ist meine Angelegenheit, was ich mit ihm mache. Noch eine Sache. Es wäre mir sehr recht, wenn du diesen Weihemist heute Nacht mal sein lassen könntest. Ansonsten bin ich dazu gezwungen, dass du die nächsten Hundert Jahre oder so auch keinen Spaß an deinem Eheleben hast.«

Das Fenster schloss sich knallend. Meine zwei Freunde schnappten sich Phiolen und machten sich schnell daran, die funkelnde Schneedecke abzuernten.

Ich stand einfach nur da, kratzte mich am Kopf und suchte nach einer passenden Antwort.

KAPITEL
SECHZEHN

Eine ökonomische Einschätzung des virtuellen Gefängnismodells vom Typ »Süße Träume«

Die ersten privaten, profitorientierten Vollzugsanstalten der USA wurden im Februar 1983 eingeführt.
  Der Kongresserlass 6133, der im April 203X verabschiedet wurde, ermöglichte dann die Digitalisierung von Langzeitinsassen.

Soziale Vorteile:
Komplette Reduzierung von Gewaltausbrüchen, Drogenhandel und Fluchtversuchen im digitalen Modus bei Einhaltung des durch die Strafvollzugsbehörde vorgesehenen Vorgehens. Psychologische Tests belegen, dass die Digitalisierung die Wahrscheinlichkeit einer erfolgreichen Reintegration von Ersttätern in die Gesellschaft um 19 % erhöht. Bei Wiederholungstätern liegt diese Zahl bei 5 %.

Finanzielle Vorteile:
Eine sechsfache Erhöhung der Belegungsdichte in Gefängnissen;
Eine Verringerung des Wachpersonals um 75 %;
Amortisationszeit von 11 Monaten.

Zu erwartender Profit:
Bis zu 9.000 USD pro Sträfling pro Jahr je nach virtueller Welt – je populärer und besser bevölkert die Welten sind, desto interessanter ist ihr Potenzial für Farming und Handwerk.

Ich beglückwünschte die beiden zu ihrer Weihe als Priester. Danach unterwies ich Cryl in der Bedeutung der Fähigkeit »Willentlicher Tod« und umriss in den nächsten Stunden ihre Aufgaben. Ich gab ihnen Zugriff auf die Automatik-Käufe und vertraute ihnen die administrative Aufgabe an, die Nachrichten durchzugehen und mithilfe einiger Vorlagen zu antworten, die ich kurz skizziert hatte. Alles wirklich Wichtige sollten sie einfach an meinen PN-Posteingang weiterleiten. Ich setzte das Weiheritual für 13:00 am nächsten Tag an. Mit einem letzten Gähnen – wahrscheinlich dem hundertsten – schickte ich sie aus dem Raum.

Sie hatten netterweise volles Verständnis dafür. Schnatternd wie die Gänse machten sie sich aus dem Staub. Witzig, wie die Dissoziation von Mustern visueller und verhaltensbezogener Art sich auf die Hirnfunktionen auswirken konnte. Äußerlich sah Lena wie eine vollkommene Elfe aus – elegant und sinnlich. Das durch die KI vervollkommnete Idealbild einer Frau, der jeder Mann verfallen musste. Doch das war nur das Äußere. Mein Hirn schaffte es kaum, ihre kindischen Hopser, ihre zügellose Neugier und ihren naiven Enthusiasmus damit in Einklang zu bringen. Während mein Verstand also schrie: »Sie ist nur ein Kind!«, sorgten die Hormone in mir dennoch dafür, dass mir quasi schon der Sabber das Kinn hinunterlief. Ich hoffte nur, dass Cryl diese Diskrepanz ebenfalls auf dem Schirm hatte und den allzu körperlichen Anteil des Hofmachens noch ein paar Jahre aufschob.

Es sah aus, als ob der Tag, so verrückt er auch gewesen sein mochte, nun doch noch ein Ende fand. Ehrlich gesagt bereute ich die Ereigniskette schon, die dafür gesorgt hatte, dass ich ganz oben in der Politik von AlterWorld mitmischen musste. Wie viel angenehmer wäre es gewesen, jetzt am Gnollhügel zu sitzen und das eine oder andere Monsterchen zu erledigen. Mich schreckte schlicht die viel beschrieene Verantwortung und das Verlassen der eigenen Komfortzone.

Da ich mir etwas Gutes tun wollte, ging ich ins Bett. Wurde Zeit, sich mal eine Mütze Schlaf zu genehmigen. Und es wurde

Zeit, dabei von schönen, fetten Goldtruhen zu träumen ... Huch, da hatte mein innerer Gierschlund schläfrig das Haupt gehoben. Wäre es nicht lustig, wenn er sich zu einer echten eigenen Wesenheit entwickeln und Gestalt annehmen würde? O nein, es war sicher keine gute Idee, ihm einen echten Namen zu geben. Es war wahrscheinlich besser, ihn nur als Allegorie zu betrachten und auch nur als solche zu erwähnen, so wie die Höhlenmenschen über die Welt um sich herum gesprochen haben mussten. Wir wussten ja noch immer nicht, wie sie ihre Totemtiere genannt hatten – beispielsweise den Bären. Wir wussten nur, dass sie oft versucht hatten, sein wahres Wesen zu verbergen, damit das Tier seinen Namen nicht hörte und herbeigeeilt kam. Ein solcher Aberglaube passte derart gut zu unserer Wirklichkeit, dass unsere Vorfahren womöglich schon vor langer Zeit zu einer sehr wichtigen Erkenntnis gelangt waren. Mein kleiner Gierschlund hätte einen guten Haushofmeister abgegeben! Doch eigentlich brauchte ich seine Dienste viel zu sehr, als dass ich mich von ihm hätte trennen wollen. Schlaf fein, Gierschlund!

Am nächsten Morgen war es spät. Nach einem großen Frühstück begann ich, meine finanzielle Lage zu ordnen. Ich schaute mir meine Auktionen an und stellte fest, dass mehr als achthundert potenzielle Anhänger bereit waren, sich von zehntausend Mäusen zu trennen, um von Makaria in die Arme geschlossen zu werden. Heiliger Bimbam! Die Arbeit als Priester schien ja noch lukrativer als das Tabakgeschäft zu sein. Andererseits hatte das Tabakgeschäft eine Zukunft, während das hier eher eine einmalige Sache war. Ein schnelles Ding – so, als ob man eben mal die Kollekte mitgehen ließ.

Die Kunden zahlten weiter. Ihr Geld klimperte im Konto für die Automatik-Käufe, wo es dann eingefroren herumlag, bis ich meinen Teil erledigte. Entweder die Admins wollten auf Nummer sicher gehen, oder sie hatten einfach die Chance genutzt, Geld aus dem Nichts zu generieren. Wenn man so darüber nachdachte, lag zu jedem beliebigen Zeitpunkt sicherlich eine Milliarde an eingefrorenem Vermögen auf den verschiedensten Konten. Die Konten und deren Besitzer änderten sich, aber im Durchschnitt blieb die Summe die gleiche. Also hinderte die Admins nichts daran, dieses Geld einfach zu 3 % Zinsen im Jahr anzulegen und so entspannte dreißig Millionen pro Jahr zu verdienen. Nett und freundlich, wie man solche Dinge in Demokratien eben machte: »Sehr geehrte Damen und Herren, bitte stellen Sie sich an die Wand, die Hände auf den Rücken, die Beine leicht gespreizt. Ich möchte Ihnen jetzt zu Ihrem eigenen Schutz Handschellen anlegen. Herzlichen Dank für Ihre Kooperation.« Bastarde.

Die Versteigerung des Inferno-Portals war besonders befriedigend. Inzwischen waren wir bei hundert Riesen angekommen, sowie bei zahlreichen Anfragen von Raid- und Clanführern. Interessanterweise waren diese aber nicht immer zwingend ein und dieselbe Person. Die Verwaltung eines Clans und die Durchführung eines Raids waren zwei sehr unterschiedliche Fertigkeiten. Ich konnte ihre Ungeduld verstehen: Allzu gut erinnerte ich mich an den Newsfeed, in dem ein Raid auf eine andere Ebene erwähnt worden war, bei dem man Loot in Millionenhöhe erbeutet hatte. Es ergab also einen Sinn, dass sich die Spitzenclans dafür interessierten. Und was die ganzen einfallsreichen Farmer aus China und Korea anbelangte, war das eine echte Goldmine. Ihre Arbeitslager hatten schon lange von T-Shirts und Nummernschildern auf das Farmen virtueller Güter umgestellt, und auch in AlterWorld wuchsen und gediehen ihre Goldfabriken.

Ich entschied mich, eine Schriftrolle mit dem Portalzauber darauf zu erschaffen und sie dem Gewinner der Auktion zu übergeben. So konnte ich meine und seine Anonymität wahren und mir einen gewissen Zeitvorteil verschaffen. Zeit war das, was ich gerade brauchte. Ihr Fehlen schnürte mir die Kehle zu, diktierte mir ihren Willen und lenkte mein Handeln. Ich hätte ja wohl kaum den Veteranen die Koordinaten des Felds mit Riesenfliegenfallen verkauft, wenn ich das nächste Jahr nichts anderes zu tun gehabt hätte. Niemals.

Meine beiden einzigen Clanmitglieder waren schon aufgewacht – wenn sie überhaupt im Bett gewesen waren. Der Zähler für ungelesene Nachrichten bei den Automatik-Käufen klickte weiter und sprang mal nach oben, mal nach unten, je nachdem, ob die Jungspunde gerade Botschaften abarbeiteten oder ob gerade neue hinzukamen. Ich wühlte mich durch meine Nachrichten und entdeckte einen Bericht von der Sicherheitsfirma mit den Quittungen für den Dauerauftrag. Ihre Gebühren verblassten völlig im Vergleich zu den Käufen bei den Auktionen und den anstehenden Einnahmen. Bei dem Gedanken, dass ich weniger für die Sicherheit meiner Mutter ausgab als für den Unterhalt der Tempelehrengarde, wurde mir richtig schlecht. Unter dem wachsamen und wider Erwarten zustimmenden Blick meines inneren Gierschlunds verdreifachte ich die Sicherheit und fügte noch eine Haushaltshilfe hinzu, die ich über eine Vermittlungsagentur auftrieb. Es wurde auch Zeit, dass Mama sich nicht krumm und bucklig arbeitete, weil sie selbst immer noch putzte, kochte und einkaufte. Sie sollte sich auch mal erholen können. Außerdem musste sie sich vom Arzt durchchecken lassen und ein bisschen Wellness machen. Wie ich sie kannte, würde sie das zwar alles nicht tun, aber ich hoffte irgendwie immer noch, dass ich sie demnächst überzeugen konnte, ebenfalls in den Permamodus zu gehen. Es war zwar nicht so, dass man viele Grundschullehrerinnen in AlterWorld brauchte, aber warum denn eigentlich nicht?

Beim Gedanken an die Untersuchungen beim Arzt musste ich an meinen eigenen angeschlagenen Körper denken, der komatös im gemütlichen Innern der Kapsel lag. Dem Bericht des Leibwächters zufolge kehrte meine Mutter zweimal am Tag in die alte Wohnung zurück, um lebenserhaltende Maßnahmen durchzuführen: den intravenösen Glukosetropf oder meine Windel zu wechseln oder meinen Körper mit einem feuchten Schwamm abzuwaschen. Manchmal sprach sie auch einfach mit meiner

reglosen Hülle, die sich immer mehr jener roten Linie näherte, welche die Ärzte vorhergesagt hatten.
Ich hielt kurz inne und dachte nach. Es war nicht nur Nostalgie. Mein Körper und ich hatten viel gemeinsam. Wir hatten zusammen so einiges durchgemacht. Und hätte es eine Möglichkeit gegeben, ihn zu erhalten – fragt mich aber bloß nicht, wie –, hätte ich sie genutzt. Mein Verstand war offenbar unsterblich. Vielleicht konnte ich also eines Tages zurückkehren, wenn auch nur auf Zeit, um in diesem Körper mit den knackenden Gelenken einen Spaziergang durch Moskaus Straßen zu machen – sofern es Moskau dann noch gab. Siebzigtausend Dollar klangen gar nicht mehr nach viel Geld. Ich schrieb Mama einen langen Brief, gab ihr Olgas Nummer bei Chronos und bat sie, das Codewort *Laith, Hochelf der Stufe 52* zu benutzen, um dringend einen Kryonikvertrag abzuschließen. Sie hatte ja bereits eine Vollmacht, in meinem Namen zu handeln, und schon sehr bald sollte es auch keine Probleme mit der Sterbeurkunde geben. Die neuen Ausgaben waren beträchtlich, doch ich hatte das Gefühl, dass ich das Richtige tat.

Mama würde niemals in den Permamodus gehen, solange ich noch am Leben war. Aber Taali – sie würde in sehr absehbarer Zeit ebenfalls eine eigene Kapsel brauchen. Es war keine gute Idee, einen dieser Digitalsalons im Untergrund zu benutzen. Die wurden regelmäßig von der Bundespolizei ausgeräumt, und alle naiven Deppen, die sie aus ihren Paradiesen der Wahl zogen, kamen dauerhaft auf die schwarze Liste. Wer einen Hang zu Selbstmord oder Digitalisierung zeigte, wurde umgehend ins nächste Identifikationsamt geschickt, damit man einen Retinascan vornehmen konnte – danach wurde es anscheinend wesentlich schwerer, sich zu digitalisieren. Natürlich war das alles rein freiwillig. Alternativ wurde man einer Zwangsbehandlung in einer geschlossenen Anstalt unterzogen.

Daher wollte man eigentlich eine Second-Hand-Kapsel haben. Ich wusste schon, wie man eine hackte und woher man die angepasste Ausrüstung und die Jailbreak-Chips bekam. Das war ein Schwarzmarkt, den die Obrigkeit nur unter größten Schwierigkeiten würde trockenlegen können. In AlterWorld wimmelte es von allerlei Anbietern, bei denen man Dienstleistungen in der wirklichen Welt erwerben konnte. Im Auktionshaus gab es reihenweise solche Angebote:

> Nur für Permaspieler: Hilfe bei der Familienzusammenführung.
> Eine FIVR-Kapsel zur Tagesmiete – komplett überholt.
> Bugs zu verkaufen – Hard- und Software! Bitte keine Zuschriften von Hasenfans.

Das letzte Angebot interessierte mich am meisten, insbesondere deshalb, weil der Händler schon über ein Jahr im Geschäft war und tonnenweise positives Feedback hatte. Nachdem er meinen Status als Digitalisierter mithilfe seiner obskuren Datenbank überprüft hatte, antwortete er auf meine PN und willigte ein, mir eine Kapsel zu besorgen, sie einzurichten und sie an die gewünschte Adresse zu liefern. Mit allem Pipapo – und mit seiner Provision kostete mich das gerade mal dreitausend Euro. Damit konnte ich leben. Wenn alles wie versprochen lief, würde irgendwann in den nächsten zwei Tagen eine voll funktionsfähige FIVR bei meiner Mutter angeliefert werden. Das unaufdringliche Angebot eines Rabatts von 33 %, wenn er die Kapsel zurückbekam, sobald ich sie nicht mehr brauchte, erinnerte mich allerdings noch an etwas anderes. Es würde schon bald zwei weitere Körper geben, die kryonisch behandelt werden mussten. Es wäre ein echtes Sakrileg gewesen, sie einfach zu beerdigen. Nun knirschte mein innerer Gierschlund bei dem Gedanken, dass er sich von weiteren hundertvierzigtausend Euro trennen sollte, schon ein bisschen mit den Zähnen. Tja, wer hatte je behauptet, dass man es als Reicher leicht hatte? Ich kostete im Unterhalt ja fast mehr als ein verdammter Flugzeugträger.

Allzu gern hätte ich Taali eine kurze Nachricht geschickt, und wenn es nur ein kleiner Smiley gewesen wäre. Doch das durfte ich nicht. Sie war untergetaucht und gab sich alle Mühe, keine elektronischen Spuren zu hinterlassen. Keine Telefonate, kein Einloggen, keine Überweisungen – und Ortswechsel nur in geschlossenen Fahrzeugen. Wahrscheinlich fluchte sie ununterbrochen, während sie sich an ihr neues Gewehr gewöhnte. Vielleicht genoss sie aber auch das leise Schussgeräusch und den sanften Rückstoß. Ihre Schulter war vom alten Tiger bestimmt ganz grün und blau. Meines Wissens nach hatte man auf die Weise im Tschetschenien-Krieg die weiblichen Scharfschützen identifiziert.

Wir hatten geplant, dass sie in fünf bis sieben Tagen zuschlug. Jetzt hieß es Daumendrücken. Ich klopfte auf das Holz des Bettpfostens. Viel Glück, altes Mädchen!

Laut der Uhr war es schon Nachmittag. Genug Geld ausgegeben! Es wurde Zeit, ein bisschen Knete zu verdienen. Ich kontaktierte den Auktionsmanager und bestätigte unser Treffen in einem Café am Marktplatz. Ich hatte im Vorfeld reserviert, um auf alle Eventualitäten vorbereitet zu sein. Es war auch gut, dass ich das getan hatte: Der Marktplatz der Stadt des Ursprungs war mit elfhundertvierzig Möchtegernjüngern meines Glaubens, die auf ihre Weihe warteten, schon sehr dicht gefüllt, und hinzu kamen noch einmal so viele Schaulustige. Zehn Vertreter des Auktionshauses schufteten bereits schwer für ihre Kommission von 3 % und trennten die Zuschauer von den Kunden.

Neben dem Auktionsmanager saß ein vierschrötiger Mann in mir unbekannter Uniform, dessen Clanmarker aber klar erkennbar war: *Virtuelle Polizei*. Alles klar … Diese Wortkombination war für Clans oder Charaktere ansonsten verboten. Es musste also ein waschechter virtueller Bulle sein, und mochte sein Avatar noch so sehr an eine Zeichentrickfigur erinnern. Normalerweise waren solche Typen wie er keine normalen Charaktere: Sie benutzten spezielle Konten, die ihnen Admin-Rechte einräumten und Zugriff auf Datenbanken, interne Steuerkonsolen sowie viele andere wichtige Dinge erlaubten. Vor sieben Jahren war ein Gesetz erlassen worden, dass alle Entwickler von virtuellen Welten verpflichtete, solche Marionetten für Bundeszwecke zuzulassen.

Der Auktionsmanager erhob sich und reichte mir die Hand. »Ich heiße Chris. Ich möchte Ihnen Officer McDougall vorstellen, den Chefinspektor der Kontrollabteilung der Virtuellen Polizei.« Der Bulle war nicht sehr höflich. Er schaute nur kurz in meine Richtung, und ich bekam gerade mal die Andeutung eines Nickens.

Der Manager erläuterte schuldbewusst: »Laut Gesetz müssen alle Geschäfte zwischen Spielern, die mehr als eine Million Euro betragen, von der Virtuellen Polizei beaufsichtigt werden. Die Summe auf Ihrem noch gesicherten Konto hat diese Grenze vor anderthalb Stunden überschritten.«

Tja, deshalb dachten die Bundesbullen, sie könnten sich alles rausnehmen. »Sie würden Ihre Zeit eventuell wesentlich besser nutzen, wenn Sie sich um all die Fälle von Freiheitsberaubung kümmern würden«, knurrte ich in Richtung des Bullen. »Haben Sie eine Ahnung, wie viele Leute in Zellen und Käfigen feststecken? Wie viele auf Folterbänken eingespannt daliegen?«

Er ließ sich nicht mal zu einer Antwort herab, sondern kniff nur die Augen zusammen und spuckte auf die Pflastersteine. Der Manager knirschte mit den Zähnen und merkte an:

»Digitalisierte Personen haben noch immer keinen rechtlichen Status. Man ist entweder ein Spielcharakter, der einem geschäftsunfähigen Komapatienten gehört, oder ein Stück unkontrollierter Binärcode.«

Jetzt war ich damit dran, die Augen zusammenzukneifen. Ich machte einen Schritt auf den Bullen zu und wedelte mit der Hand vor seinem Gesicht herum. »Hey, wollen Sie sich mal mit einer Folge von Nullen unterhalten?«

Blitzschnell packte er meine Hand und quetschte sie in seinem eisernen Griff zusammen. Mein Lebensbalken blinkte und meldete erlittenen Schaden.

»Ich würde vorschlagen, dass Sie sich jetzt nicht bewegen, wenn Sie nicht die nächste Woche in einem FIVR-Polizeirevier verbringen wollen, weil Sie einen Polizeibeamten bei der Erfüllung seiner Pflichten behindert haben. Verstanden?«

Ich riss empört die Hand zurück, doch er ließ nicht locker. »Verstanden?«

Was war denn das jetzt? Selbst hier konnten einen diese Bastarde von der Regierung erwischen. Nun, zumindest konnten sie es versuchen! Der lange Arm des Gesetzes war nicht lang genug, um mich aus meinem Ersten Tempel zu holen.

»Nein, ich habe nicht verstanden!«, schrie ich. »Ihre Abteilung wird es nicht mehr lange geben, wenn Sie Leute wegen solcher Nichtigkeiten einsperren!«

Der Offizier grinste und griff zu einem lila leuchtenden Paar Handschellen. »Jetzt drohen Sie mir auch noch. Wie schön. Laut Artikel 119 des Anti-Terror-Gesetzes brauche ich keinen Haftbefehl und kann einen Verdächtigen bis zu drei Jahre in Gewahrsam nehmen und einer Befragung des dritten Grades unter Einsatz spezieller Verhörmethoden unterziehen.«

»Entschuldigen Sie«, mischte sich der Agent ein. »Ich fürchte, ich werde eine Beschwerde wegen einer unbegründeten Festnahme aufgrund persönlicher Differenzen einreichen müssen.«

Der Bulle schaute ihn an. Seine Augen funkelten unheilverheißend. »Und Sie wollen sich also der Beihilfe schuldig machen?«

Der Manager ließ sich so leicht keine Angst machen. Er erwiderte den Blick des Bullen und sagte: »Ich habe unser Gespräch aufgezeichnet. Dazu bin ich befugt. Auf Grundlage des Videos hat unsere Rechtsberatungs-KI eine Wahrscheinlichkeit von 96 % errechnet, dass diese Festnahme als widerrechtlich gewertet werden wird.«

Der Polizist grinste. »Na, wenn Sie sich in der Zelle besser fühlen. Meinen Sie wirklich, wir würden uns gegenseitig nicht den Rücken freihalten? Sie haben also reichlich Zeit, es sich anders zu überlegen, bis Ihr Fall vor Gericht kommt. Vielleicht erhängen

Sie sich ja auch, weil Sie sich so schuldig fühlen. Solche Sachen passieren, wissen Sie?«

»Ist das eine offizielle Aussage?«, blaffte der Agent mit ungerührtem Blick.

Der Bulle machte eine theatralische Pause. Dann wich er zurück und schubste mich beiseite. »Na gut, diesmal lasse ich euch beide leben ... Bis zum nächsten Mal.«

Ich rieb mir den Arm und ging ehrfurchtsvoll zu dem Manager hinüber. Das war jemand, mit dem man in den Krieg ziehen konnte. Wie lautete noch mal sein Name? Ja, Chris. Ich musste dringend seine Büroadresse haben. Als Erstes brauchte ein Mensch mit Vermögen immer die Visitenkarte seines Anwalts. Damit ließen sich so viele Probleme des Alltags lösen, angefangen bei Auffahrunfällen bis hin zur erfolgreichen Abwehr von Polizeiabzocke.

»Danke«, sagte ich.

Er zuckte lächelnd mit den Achseln. »Mit Vergnügen. Das war Rassismus. Manche haben was gegen Afrikaner, andere haben was gegen Juden. Und das ist der neueste Trend: Man hat was gegen Permaspieler. Es wird behauptet, dass Permaspieler die Wirtschaft in einen Kollaps führen, indem sie sich Kredite erschleichen oder weil sie Gelder in die virtuellen Welten überführen. Angeblich werden sie auch zu Auftragsmördern, weil sie ja immer damit durchkommen. Leider ist es viel zu einfach, denen die Schuld zu geben, die keine eigene Stimme haben. Es ist wie bei der Notwehr: Der Gegner sollte sie lieber nicht überleben. Bizarrerweise hat man dann eine sehr viel bessere Chance, einer Gefängnisstrafe zu entgehen. Deshalb werden die virtuellen Polizisten jetzt auch digiphob. Der unklare rechtliche Status macht sie schlichtweg völlig kirre.«

»Ich zeichne übrigens gerade auch auf«, sagte der Polizist mit eiskalter Stimme.

Chris feixte und nickte, als ob er sagen wollte: gerne doch. Papier konnte nicht rot werden. »Es besteht eine Wahrscheinlichkeit von 99,8 %, dass meine Worte nicht als Beleidigung eines Beamten der Virtuellen Polizei betrachtet werden können.«

Der Polizist knurrte. Der Manager grinste: Es schien ihm Spaß zu machen, seinen Kontrahenten zu reizen.

Ich senkte die Stimme. »Sie scheinen ihn nicht zu mögen, oder?«

»Also wissen Sie, es waren einmal zwei Brüder. Der eine war Anwalt – das bin übrigens ich. Der andere war ein ganz normaler jugendlicher Hohlkopf. Der Anwalt übernahm einen Fall, von dem Sie vielleicht mal gehört haben: David Cuffmann gegen das 47. New Yorker Polizeirevier. Er verteidigte jemanden. Erst bekam er subtile Warnungen, dann sehr viel unverhohlenere Drohungen. Der Anwalt war einfach zu jung und zu aufstrebend, um sich vernünftig zu verhalten. Dann wurde sein Bruder mit neun Gramm Koks in der Tasche festgenommen. Meinen Sie, das war ein Zufall?« Er erhob seine Stimme wieder und wandte sich an den Bullen, der betont so tat, als würde er die Menge im Auge behalten.

»Ich musste den Fall aufgeben«, fuhr der Manager fort. »Wenigstens konnte ich eine Freilassung auf Kaution für meinen Bruder rausholen, aber vor dem Gefängnis konnte ich seinen Hintern nicht retten.«

Er schwieg, ganz in seinen Erinnerungen versunken.

»Und was passierte dann?«, hakte ich nach. Seine Geschichte schien ja ziemlich lehrreich zu sein.

Er lächelte. »Er konnte nicht zur Anhörung kommen. Sein Körper musste in einem komatösen Zustand ins Krankenhaus gebracht werden. Es war ein richtiges Familiendrama.« Er zwinkerte mir zu.

Es wurde immer mysteriöser. Ich zeigte mit einem Finger vielsagend auf die Menge und fragte ihn mit einem stummen Blick. Chris grinste und nickte, zufrieden mit sich selbst. Der Kerl war einfach der Hammer! Ich gab ihm ein Daumenhoch, was ihm aber nichts zu sagen schien. Ach ja. Er war kein Russe, oder? Vielleicht kannte er das Zeichen so nicht. Also machte ich einen Kreis mit Daumen und Zeigefinger und zeigte so ein Okay an. Jetzt verstand er mich!

Der Bulle regte sich unbehaglich. »Es wird Zeit.«

Ja, natürlich wurde es Zeit, endlich anzufangen. Der Chat kochte über vor ungeduldigen Kunden. Es war keine gute Idee, sie zu verärgern: Hier waren einige Leute mit kurzer Zündschnur, die einen gerne in eine Schublade steckten. Ich wählte den Clanchat an. »Fangen wir an!«

Cryl und Lena hatten sich schon vorher unter die Schaulustigen gemischt. Jetzt wählten sie sich zufällig zwei Kunden aus, hakten sie auf ihrer Liste ab und aktivierten ihren Weihezauber. Die ersten Lichtblitze ließen die Menge zurückweichen, doch dann begannen die frischgebackenen Anhänger der Dunkelheit, vor Freude zu jubeln, und zogen so alle Blicke auf sich. Die Menge stürmte vor und versuchte, einen Blick auf sie zu erhaschen oder ihnen Fragen zu stellen. Die Freudenschreie wurden zu einem halb erstickten Quietschen. Eine neue Dosis heiliges Licht rettete die nahezu Zerquetschten, als die Menge zurückwich und zur nächsten Attraktion weiterzog.

Die Mitarbeiter des Auktionshauses schrien im Chat aus vollem Hals, dass alle Geweihten das geheiligte Gebiet verlassen sollten.

Mit einem feinen Lächeln auf den Lippen konnte ich fast schon körperlich spüren, wie meine Brieftasche mit jedem Lichtblitz um zehntausend Goldstücke schwerer wurde. Ich konnte auch Makaria in ihrem schimmernden Wickelgewand sehen, wie sie sich an einem modischen Schminktisch im ehemals asketischen Schlafzimmer des Gefallenen Mascara auf die Wimpern auftrug. Sie erstarrte und schenkte somit diesem bedeutenden Augenblick, in dem so viele neue Anhänger zu ihr stießen, die nötige Beachtung.

Hinter mir öffnete sich ploppend ein Portal. Erst wollte ich bei dem ständigen Lärmen der Kommenden und Gehenden gar nicht weiter darauf achten. Doch beim Läuten kleiner Glocken spitzte ich die Ohren. Wenn man vom Teufel spricht. Was, wenn die Göttin selbst sich anschauen wollte, was hier vor sich ging?

Ich drehte mich um, und mein Kiefer klappte herunter. Okay, ein paar durchsichtige griechische Roben taten sehr wenig, um ihre Blöße zu bedecken – das hätte ich mir ja denken können. Es machte tatsächlich den Eindruck, als wären auch die Götter erst am Nachmittag aus dem Bett gekommen. Aber warum hatte sie sich denn nur an einem Auge geschminkt? War ich jetzt auch noch hellsichtig geworden, oder veränderte der Göttliche Funke die Wirklichkeit?

Entweder sie bemerkte mich nicht oder sie ignorierte mich einfach. Stattdessen berührte sie einen Schaulustigen, der mit dem Rücken zu ihr stand, an der Schulter. Anscheinend gab es kleinere Streitigkeiten innerhalb der Menge. »Entschuldigt bitte? Könntet Ihr mir bitte sagen, was hier vor sich geht?«

Der Mann schaute sich um. Nachdem er die Erscheinung der Fragestellerin angemessen gewürdigt hatte, teilte er ihr eilig mit: »Das ist ein Weiheritual. Sie haben alle bezahlt, um Anhänger der Göttin Makaria zu werden. Hast du dir das auch gekauft? Lohnen sich die Zehntausend? Dann mal lieber rüber zu dem Torbogen da. Siehst du? Dort wo diese beiden Priester warten.«

Heilige Scheiße. Es war durchaus möglich, dass die Hälfte aller Geheimnisse der Welt nur geheim blieb, weil man ihren Besitzern einfach nicht die Wahrheit gesagt hatte. Hatten die Leute wirklich so viel Freude daran, Informationen weiterzugeben? Sie konnten auch nichts für sich behalten, sondern erzählten freimütig jedem, was sie gesehen oder gehört hatten – noch dazu mit diesem besserwisserischen Unterton.

Irgendwie hatte ich das komische Gefühl, dass die Göttin meinen klugen Plan zum Geldverdienen nicht zu schätzen wusste. Ich wusste ja gar nicht, wie richtig ich mit diesem Gefühl lag. Sie kniff die Augen zu Schlitzen zusammen. Ihre Nasenlöcher weiteten sich und ihr Kopf fuhr herum, als sie nach den Schuldigen für dieses Spektakel suchte. Ich trat zur Seite und verbarg mich hinter dem Rücken des Agenten. Er schaute erst verwundert mich an und folgte dann meinem Blick zu dessen Ziel. Danach neigte er äußerst ironisch den Kopf. Die Göttin kochte vor Wut. Die Menge um sie herum löste sich auf, weggedrückt von starken Winden, die die schlanke Gestalt Makarias in die Höhe trugen. Selbst beim Anblick ihrer fast schwerelosen Roben, die im Wind flatterten, wagte es niemand, sich ihr zu nähern: zu groß war der Druck, der sie so stark von ihr wegdrängte, dass sie übereinander stolperten.

Ein Mini-Portal blinkte. In einem Schauer von Perlmuttschnee teleportierte sich die Göttin in die Mitte des Platzes und schwebte nun hoch über der Menge. Sie hatte wirklich göttliche Beine. Der Gefallene war ein Glückspilz.

Die Menge starrte zu ihr hoch und genoss die Show, die zu gleichen Teilen Wunder und Striptease war. Dann donnerte die Stimme der Göttin, sodass wir uns alle duckten und die Ohren zuhielten:

»Vernunftbegabte Wesen aller Völker! Ich, die Göttin Makaria, sage Euch Folgendes: Auf jetzt und für immerdar reicht ein aufrichtiges Gebet an mich, um mein Anhänger zu werden! So sei es!«

Die Erde bebte. Die Welt um mich herum erzitterte, als ein neues Magiegesetz sich in die unnachgiebigen Konstanten der Welt hineindrängte, um sich dort Platz zu machen.

Ich war wohl der Einzige hier, der ihr ins Gesicht starrte und betete, dass sie sich nicht schon wieder selbst verletzte, anstatt ihre üppigen Formen zu bewundern. Und in der Tat: Zwei rote Ströme begannen, aus ihrer Nase zu tropfen, und drohten, ihre schneeweißen Roben zu beflecken. Ihre Augen rollten nach oben.

Ich hämmerte auf den Knopf für meinen Appell an die Götter. *Makaria braucht Hilfe! Sie hat sich überanstrengt!*

»Das sehe ich«, raunte der Himmel.

Schon war der Göttin ihre Levitation entglitten, und sie begann, hinunter zum Pflaster zu sinken, doch da tat sich geräuschlos ein

Portal unter ihren Füßen auf. Mit einem Blitz war Makaria verschwunden. Der Gefallene hatte es gerade rechtzeitig geschafft. Ich glaube nicht, dass irgendjemand begriffen hatte, was gerade geschehen war. Sprachlos starrten die Leute einander oder den nun leeren Himmel an. Ein paar bunte Schneeflocken wurden vom Wind verweht. Helle Lichtblitze hüllten die Menge ein, als einige der klügsten Verehrer ihre Weihegabe ausprobierten.

Frauen. Es war ja so typisch, dass sie eine ideale Gelddruckmaschine aus einer Laune heraus sabotierte.

»Tja.« Die sarkastische Stimme unterbrach die Stille an unserem Tisch. »Ich kann bestätigen, dass die Dienstleistung dreiundsiebzig Kunden erteilt wurde. Dem Rest wird geraten, das Geschäft als unnötig und nicht verfügbar zu stornieren. Eine Benachrichtigung der Kontrollabteilung wird an die Adressen aller Kunden geschickt.«

»Was meinen Sie damit, dass das Geschäft storniert wird?«, wollte ich wissen. »Die Dienstleistung wurde doch zur Gänze erbracht. Alle Kunden wurden zur genannten Zeit am genannten Ort Makaria geweiht.«

Der Bulle schüttelte den Kopf und lächelte süßlich. »Meine Untersuchung hat ergeben, dass die bezahlte Weihe im Widerspruch zum Willen der Göttin stand. Ich habe ein Video in meinem Besitz, das diesen Verdacht erhärtet. Makaria hat öffentlich sämtliche Mittelsmänner abgelehnt und persönlich all diejenigen geweiht, die daran Interesse hatten. Sie hatten damit nichts zu tun. Daher können Sie auch keine Gebühren dafür erheben.«

Was sollte denn das jetzt? Ich warf einen hilflosen Blick zu Chris, der eine ebenso hilflose Geste machte.

Der Polizist strahlte und schien plötzlich sehr mit sich zufrieden zu sein. »Was sagt denn eure Büro-KI dazu? Wie hoch ist die Wahrscheinlichkeit einer erfolgreichen Beschwerde?« Es ärgerte ihn kein Stück, keine Antwort auf seine Frage zu bekommen. Mit einem sarkastischen Salut verschwand er in einem aufblitzenden Portal.

Das Leben war scheiße. Erst schickte es einen Bullen, der nach allem, was ich wusste, Tavors großer Bruder hätte sein können. Und dann schickte es auch noch eine Wadenbeißerin hinterher, deren Name an dieser Stelle lieber ungenannt blieb, damit sie nicht mitbekam, welche Gefühle in mir gerade hochbrodelten.

Das nannte ich mal Dankbarkeit! Ich hatte sie aus der Vergessenheit geholt, und das Erste, was sie machte, war Tonnen von Mithril und anderen Artefakten aus dem Tempel zu kehren. Und kaum vierundzwanzig Stunden später grub sie mir die nächste Grube, die mich satte anderthalb Millionen Euro kostete. Diese Frau hatte ein echtes Talent, sich als lästig zu erweisen.

Ich rief die Auktion auf und starrte sie mit einem stummen Ächzen an. Die Zahl der automatisch verarbeiteten Beschwerden war bereits bei siebenhundert angekommen und stieg weiter. Der Schutz von Verbraucherrechten schien problemlos zu funktionieren und machte Hackfleisch aus jedem windigen Auktionshändler.

Was für ein Haufen Penner! Gut, dass die ersten siebenhundertdreißig Riesen schon auf meinem Konto waren, genau wie die Million der Veteranen. Einige der ersten siebzig Kunden waren frech genug, die Transaktion zu beanstanden, aber sie hatten nicht den Hauch einer Chance. Wenigstens ein Trost, dachte ich mir.

Damit stand auch die Frage nach meinen Finanzen auf einmal wieder im Raum. Ich hatte gerade genug, um die Steuern und alle aktuellen Kosten zu begleichen, aber so würde ich niemals die erste Rate für die Burg bezahlen können. Ach ja. Wie gewonnen, so zerronnen. Noch hatte ich ja ein paar Ideen im Hinterkopf. Ich würde schon was Neues aushecken … wenn sich Makaria nicht wieder einmischte.

Frauen. Aber man musste zugeben, dass sie ein atemberaubender Anblick war. Taali, meine kleine Scharfschützin, wo bist du nur?

KAPITEL
SIEBZEHN

Der nächste Morgen kam spät, vor allem deshalb, weil der Regen nahezu zwölf Stunden lang angehalten hatte. Schwere Wolken kratzten sich die Bäuche am Flaggenmast über dem Bergfried, und ihr grauer Nebel umhüllte das Clanbanner der Veteranen, das vom Dach hing wie ein nasser Lappen. Es sah ganz so aus, als hätte ich Stubenarrest.

Es war der erste Regen, den ich hier zu Gesicht bekam. Wenigstens gab es hier keine Jahreszeiten in diesem Land des ewigen Sommers, abgesehen von gelegentlichen Ausflügen in einen sonnigen Herbst oder einen erblühenden Frühling. Wenn einem Schnee oder glühende Wüsten lieber waren, war das natürlich kein Problem: Es gab reichlich sehenswerte Orte hier, die jede Art von Exotik boten. AlterWorld hatte für jeden etwas parat, der bereit war, dafür zu bezahlen: angefangen bei einer Mammutsafari in der Tundra bis hin zur Salamanderjagd, damit man sich einen ausgestopften Lavabewohner in den Schaukasten stellen konnte.

Ich stolperte aus dem Bett und bestellte Frühstück. Dann schob ich das breite Fenster mit der Butzenscheibe auf, zog meinen weichen Sessel heran und schaute dem unablässigen Spiel der Regentropfen zu. Wasser und Feuer waren zwei Dinge, die einen hypnotisch in ihren Bann schlagen konnten, um so Entspannung zu finden und die Alltagssorgen zu vergessen – sei es nun in der Monotonie der Brandung an einem Sandstrand oder dem zuckenden Tanz einer Kerzenflamme.

Nach einem vorsichtigen Klopfen an der Tür schob ein Dienstmädchen einen Frühstückswagen herein. Ich fragte mich, warum man ihren Charakter auf ein derart demütiges Verhaltensmuster eingestellt hatte. Lag es daran, dass ihr Haushofmeister eine eher viktorianische Einstellung hatte und der Auffassung war, dass Hausangestellte mit dem Hintergrund verschmelzen sollten, damit man sie weder hörte noch sah?

Ich hob die schwere Silberhaube ab und schnupperte erwartungsvoll. Ein gewaltiger Teller mit Russischem Salat und ein paar Unterteller mit zusätzlicher Sahne und Mayonnaise. Ja, Russischer Salat zum Frühstück. Na und? Die Zimmermädchen der Burg durchschauten mich: Sie wussten sehr wohl, bei welchem Frühstücksgericht sie ein Goldstück als Trinkgeld bekamen, und so eine Schwäche wurde nie ignoriert. Keine Ahnung, wozu NSCs Geld brauchten, aber sie schienen sich aufrichtig über das Gold zu freuen und steckten die Münzen immer gleich in ihre geheimen Taschen. Sparten sie das Geld, um sich freizukaufen? Wahrscheinlich bekam ich deshalb ständig Russischen Salat serviert. Selbst wenn ich mir eine Grillplatte bestellte, verbarg sich irgendwo auf dem Tablett eine kleine Schüssel mit Salat, auf deren Entdeckung das Dienstmädchen wachsam und mit einem Quäntchen Hoffnung wartete. Ich konnte die Erwartungen dieser hübschen Dinger einfach nicht enttäuschen, und prompt verschwand die erwartete Münze in den Tiefen ihres Ausschnitts und der Salat in den Tiefen meines verlässlichen digitalen Magens.

Nachdem ich mit dem Hauptgang fertig war, goss ich mir eine ordentliche Portion Sahne und Zucker in meinen Kaffee und wandte mich wie gewohnt meiner morgendlichen Post zu.

Zwei Raid-Buffs hatte ich schon verkauft und damit hundert Riesen verdient. Die Gebote für das Inferno-Portal waren bei zweihundert Riesen angekommen. Bestens. Ich hatte auch ein paar Antworten auf meine Angebote zur Schildentfernung. Wenig überraschend wollten die Käufer Garantien, Beweise und Rabatte. Doch bei einer dieser Botschaften, einem Brief vom Clan der Minenwühler, konnte man die Wut und den Zorn geradezu körperlich spüren. Das Geld schien ihnen ganz egal zu sein. Die Nachricht lautete einfach:

Abgemacht. Wir werden das Geschäft per Auktion über einen Manager abwickeln. Wann kannst du den Schild entfernen?

Das war ein geschäftsmäßiges Vorgehen, das mir gefiel. Doch ehe ich meine Haut und Anonymität aufs Spiel setzte, war es vielleicht den Versuch wert, den Zauber auf eine Schriftrolle zu übertragen. Das würde die Chancen deutlich vermindern, dass meine Identität bekannt wurde und gleichzeitig die meisten Fragen der Kunden ausräumen. Eine Schriftrolle war genau das: eine Schriftrolle ohne persönliche Eigenschaften oder schmutzige Tricks. Also entschied ich mich dagegen, direkt auf die Frage zu antworten. Stattdessen öffnete ich das Wiki und suchte nach dieser Fähigkeit, die sich plötzlich als sehr nützlich erweisen konnte.

Gepriesen seien die Götter: Kalligrafie war eine Fähigkeit und keine Berufsfertigkeit. Das sparte mir Dutzende von Stunden und Tausende von Goldstücken, die ich sonst hätte aufbringen müssen, um eigene Hochzauber-Schriftrollen zu verfassen. In diesem Fall war ein anderes Mittel genutzt worden, um ihre Verfügbarkeit einzuschränken: die Seltenheit und die hohen Kosten der nötigen Zutaten. Die Fähigkeit selbst konnte man für symbolische fünfzig Goldmünzen beim Oberschreiber in der Königlichen Bibliothek der Stadt des Lichts lernen. Den ich auf der Stelle aufsuchen konnte.

Ich ging die Treppe hinunter in die Portalhalle, um mir dort einen Transport in die Stadt zu besorgen. Der diensthabende Caster erwies sich als Porthos der Zauberer, der dort in seiner üblichen leidenden Pose saß, Schluckauf hatte und mit starrem Blick eine Manaphiole betrachtete. An der Wand über ihm hing ein Zeitungsausschnitt:

Erster Fall von Sodbrennen unter Permaspielern: Wie lange dauert es noch, bis die Zahnschmerzen kommen?

Porthos hob den Blick, der an den einer kranken Kuh erinnerte.
»Wohin?«
»Die Stadt des Ursprungs. Die Stadtbibliothek.«
Er zuckte mit den Achseln. »Das würde nicht mal gehen, wenn es das Rotlichtviertel wäre. Es gibt nur das Grundportal zum Marktplatz. Ich bin ja nicht das Abziehbildchen der Fährmannsgilde. Also erwarte ja nicht, dass es fünftausend Ausgangspunkte gibt.«

»Der Platz ist schon in Ordnung.« Ich wollte keinen Streit. Hauptsache, es gab keine Nachfragen. Mein Durchgangsrecht war immer noch in Kraft. Was eine gute Nachricht war.

Ich ließ mich in die Stadt transportieren, erledigte alles in weniger als zwanzig Minuten und teleportierte mich anschließend als stolzer Besitzer einer neuen Fähigkeit zurück in die Burg. Erst hatte ich überlegt, direkt in den Ersten Tempel zu reisen und etwas Zeit mit der Durchführung von visuell sicher sehr eindrucksvollen und wagemutigen Experimenten zu verbringen. Doch dann hatten sich sowohl Lena als auch Cryl per PN gemeldet und eingefordert, dass sie ebenfalls die neue Heimat unseres Clans erkunden wollten. Nichts hinderte sie daran, mittels ihrer Fähigkeit »Heimreise« dort hinzuteleportieren, aber sie wollten nur ungern in Abwesenheit des Eigentümers vor Ort auftauchen.

Ein Teleport, eine rasche Gruppenbildung und noch ein Teleport. Ach, trautes Heim, Glück allein! Im Tempel war eine Höllenhündin damit beschäftigt, ihren Wurf zu hüten. Als wir eintrafen, sprang sie bellend auf, doch als sie mich erkannte, entspannte sie sich wieder.

»Die gehören zu mir!« Ich zeigte auf die beiden frischgebackenen Priester. Dann fiel mein Blick auf einen Haufen Metallschrott, der ebenso hoch war wie ich groß. Er glänzte purpurn und verhieß damit große Profite, wenn man ihn einschmolz. Brave Hunde! Sie hatten nicht nur Mondsilber gefunden: Sie hatten es auch gleich geborgen und in den Tempel geschleift.

»Wo ist die Rudelführerin? Ruf sie bitte für mich.«

»Och, Welpen!«, quietschte Lana hinter mir und stürmte bar jeder Angst in die bewachte Krippe.

Ich zuckte zusammen, schloss ein Auge und erwartete fast, dass die Hündin zupackte und das Mädchen schrie, um gleich danach einen Grabstein auf den Marmorboden plumpsen zu hören.

Doch anscheinend war das Mädchen nicht so dumm, wie es manchmal wirkte. Die Hündin unterdrückte ein Jaulen, zog eine Pfote zurück, auf die Lena getreten war, und fror danach ein wie eine Sphinx, während das Mädchen die Welpen knuddelte. Cryl und ich tauschten einen Blick aus und atmeten erleichtert auf. Was hatte der Gefallene über ihre phänomenale Immersion gesagt? So sah es zumindest aus. Zumindest die Hunde schienen sie gleich anzunehmen.

Dann wurde die andächtige Stille des Tempels durch ein metallisches Kreischen unterbrochen. Krallen kratzten über die Flursteine. Ich hörte ein vertrautes Knurren. Eine seltsame Prozession spielte sich vor unseren Augen ab.

Meine liebe alte Hundefreundin führte die Gruppe an. Nach unserer langen gemeinsamen Zeit im Knast hätte ich sie immer und überall wiedererkannt. Eigentlich war wohl eher mein fotografisches Gedächtnis dafür verantwortlich, dass ich mir die einzigartige Kombination der Eigenschaften der Hündin mit all ihren Narben und den Mustern auf ihrer Iris so gut eingeprägt hatte. Obwohl ich mir da inzwischen nicht mehr so sicher war. Meine Überzeugung, ein fotografisches Gedächtnis zu besitzen, war nämlich etwas ins Wanken geraten. Wenn ich an ihre Iris dachte, war ich nicht mehr völlig überzeugt davon, ob ich ein detailgetreues Bild davon hätte malen können, wenn man mich darum gebeten hätte. In gewisser Weise war das logisch und auch beruhigend: Es bedeutete, dass wir trotz allem Menschen mit all unseren Schwächen blieben und nicht irgendwelche Cyborgs mit Erinnerungskristallen unter den Panzerplatten am Bauch waren.

Ein Zombiezwerg wankte hinter der Hündin her. Er zog eine Art improvisierten Schlitten, der mit Mithrilschrott beladen war. Der Zombie sah aber nicht wirklich untot aus, sondern eher wie ein Zwerg in der Verbannung, der die letzten zehn Jahre in den Bergen verbracht hatte. Ein abgewetzter Mantel verbarg eine vollständige Rüstung. Ein erst vor Kurzem angesengtes Stirnband saß auf seinem haarlosen Schädel. Ein bartloser Zwerg – das war mal ein Widerspruch in sich. Während er sich unter der schweren Last mühte, murmelte er fast geräuschlos:

»Laut der Harouner Konvention, Artikel 6, Paragraf 4, ist der Einsatz von Kriegsgefangenen durch Privatpersonen ein Vergehen des dritten Grades und wird bestraft mit …«

Ich bekam nicht die Chance, den Rest zu hören, da die Hunde des Konvois knurrten und den etwas geistesabwesenden Rechtskundigen weitertrieben.

Die Prozession kam auf eine Höhe mit uns und hielt auf ein herrisches Bellen hin an. Ich nickte ihnen freundlich zu und wandte mich an die Oberhündin. »Toll, euch wiederzusehen. In diesen neuen Landen gibt es also reichlich Beute?«

Seit ich sie das letzte Mal gesehen hatte, schien sie richtig an Gewicht zugelegt zu haben. Ihr ehemals stumpfer Panzer wies nun einen spiegelnden Glanz auf.

»Seid gegrüßt, o Dunkler.« Die Hündin senkte den Kopf. »Wir danken Euch für die Erlaubnis, in diesem Land zu siedeln. Kaum eine Stunde vergeht, in der wir nicht ein Loblied auf Euch singen. Ich kann mich gar nicht mehr erinnern, wann wir das letzte Mal so glorreiche und doch einfache Jagden hatten! Unsere Welpen sind vollgefressen wie die faulen Bauchfüßler aus der Herde des Herrn des Feuers. Sie wollen nicht mal mehr Knochen und Knorpel fressen, sondern nur noch frisch gerissenes Fleisch!«

Um ihre Zustimmung zu zeigen, hob das ganze Rudel die Köpfe und heulte wie ein irres Orchester von Kettensägen, die auf ein besonders knorriges Stück Holz trafen. Ihre Stimmen erreichten Überschallfrequenzen, bei denen mir Schauer den Rücken herunterliefen.

Ich hob beschwichtigend die Hände. »Das ist doch spitze! Ich freue mich sehr, dass es euch gefällt! Ihr scheint auch keine Zeit vergeudet zu haben. Heißt das, dass ihr den Keller ausgeräumt und getan habt, worum ich gebeten hatte?« Ich nickte in Richtung des Mithrilhaufens, der schon meinen Namen rief.

»Das haben wir, Priester. Wir haben den Keller aufgeräumt und dabei mehr als vierhundert Wesen beseitigt, die dachten, er würde ihnen gehören. Viele von ihnen waren durchaus gefährlich. Doch nur wenige standen noch auf den Beinen, als mein Rudel mit ihnen fertig war!« Ein Anflug von zufriedener Prahlerei lag in ihrer Stimme. »Erst dachten wir, Ihr hättet Euch geirrt. Denn eine lange Zeit konnten wir keinen Hauch des verfluchten Metalls wittern. Dann entdeckten wir einen ganzen Haufen, den man in einer Sackgasse aufgeschüttet hatte. Dort fanden wir diesen Zombie, der gierig wie ein Drache darauf herumkrabbelte.«

»Ich bin kein Zombie!«, widersprach der Zwerg. »Ich bin Durin der Schlaue, Meister der Mithrilschmiede, einer der Verteidiger dieses Landes, das den Groll der Stahleindringlinge zu spüren bekam. Mich rettete das Metallelement, dem ich mein gesamtes Leben gedient hatte und das mich nun nicht den letzten Tod erleiden ließ.«

»Seine Gier hat ihn nicht sterben lassen«, erklärte die Hündin. »Seine Seele konnte ihren Körper nicht mehr zurücklassen, nachdem er plötzlich an Reichtümer gelangte, wie selbst die Bergkönige sie sich nicht zu erträumen wagten.«

»Ja – Gier!«, explodierte der Zwerg. »Die Gier nach Wissen! In Zuge all dieser Jahrhunderte habe ich jeden Fingerbreit dieser Keller untersucht und jeden Krümel gesammelt, den die Stahleindringlinge zurückließen. Habt Ihr auch nur eine Ahnung, wie tief sie in die Geheimnisse der Metalle vorgedrungen waren? Könnt Ihr die Weisheit und die Hochgeheimnisse in diesem Haufen abgereicherten Erzes ermessen?«

Der Zwerg brüllte immer lauter, und seine Stimme hallte vielfach verstärkt von den Wänden wider: Endlich hatte er die Gelegenheit, die bis dato stummen Argumente vorzubringen, die er sich im Lauf unzähliger Monologe in all diesen einsamen Jahren zurechtgelegt hatte. »Habt Ihr irgendeine Ahnung, was das ist? Meint Ihr wirklich, dass dies hier nur ein Felsen ist?«

Er wand sich aus seinem Geschirr und vergrub die Arme bis zu den Ellenbogen in dem Schrotthaufen, um ein kleines Ei herauszuziehen, das er vor meiner Nase schüttelte. Das Ei hatte einen klar erkennbaren Korpus, einschließlich eines Zünders und eines herausziehbaren Sicherungsrings.

Ich wich zurück und schob instinktiv Lena hinter mich, um sie abzuschirmen. »Ich glaube schon«, sagte ich mit plötzlich heiserer Stimme. »Das ist eine Offensivgranate. Sieht der berühmten RDG-5 erstaunlich ähnlich.«

»Entschuldigung?«, brachte der Zwerg völlig überrascht heraus. »Offensiv? Wen würde dieses Ding denn angreifen wollen und warum? Ich nenne es jedenfalls das ›Ei des Feuersalamanders‹. Habt Ihr schon einmal versucht, eines zu zerbrechen?«

Ich schaute mir die fremdartigen Markierungen und die Leuchtstreifen an, die den Granatentyp markierten. »Man muss nur an dem Ring ziehen, ohne den Griff dabei loszulassen.«

Der Zwerg schien zu schrumpfen. »Ich hätte nicht loslassen sollen, hm? Das wusste ich ja nicht.«

Er öffnete seinen abgerissenen Mantel und offenbarte selbstgemachte Mithrilpanzerplatten, die voller gezackter Löcher waren.

»Zum Glück ist wenigstens dein Kopf drangeblieben«, sagte ich mitfühlend.

»Ist er nicht«, seufzte er. »Auch die Arme nicht. Ich respawnte vierundzwanzig Stunden später und lag auf einem Mithrilhaufen. Eure Hündin hat irgendwo recht. Das Mondsilber zieht mich an und lässt mich nicht los.«

»Keine Sorge. Wir werden schöne Barren daraus schmelzen

und sie in der Schatzkammer einschließen. Vielleicht lässt es Euch dann frei.«

Der Zwerg schüttelte den Kopf und verbarg die Granate hinter seinem Rücken. Ich warf einen bedeutsamen Blick auf den leeren Fleck, wo sie eben noch gewesen war. »Wie viele von denen habt Ihr?« Hastig schüttelte er den Kopf und trat zurück, sodass er gegen die Schnauzen der Hunde stieß. Sie knurrten, und der Zwerg gab murmelnd zurück: »Das ist die einzige! Das Einzige, was ich überhaupt habe! Ihr kriegt sie nicht!«

Noch so ein Raffzahn! Er hätte einen idealen Freund für meinen inneren Gierschlund abgegeben. Darüber musste ich mal nachdenken.

»Werter Herr Durin, ich fürchte, Ihr versteht nicht«, sagte ich. »Ich bin der Erste Priester des Tempels und Eigentümer dieser Burg. Bei mir sind meine Leute und die Vertreter unserer Allianz. Wir können nicht einfach so unbeaufsichtigte Zombies durch diese Flure laufen lassen, und erst recht nicht dürfen sie unser Mithril und unsere Munition stehlen. Als Besitzer der Burg habe ich Anspruch auf alles in diesen Landen.«

Ich fühlte mich fast schon schuldig dabei, ihn derart zurechtzuweisen. Der Zwerg bot einen erbärmlichen Anblick. Er fing an zu beben, wich mit gehetztem Blick hierhin und dorthin aus und stieß immer wieder gegen die gebleckten Zähne der Hunde. Schließlich erstarrte er und schaute panisch wie eine in die Ecke gedrängte Ratte.

Ich empfand vor allem Mitleid für diesen alten Spinner. Daher würde ich ihm ein Angebot machen, das er nur schwerlich ablehnen konnte. »Ihr könntet aber in der Burg bleiben. Und dabei müsstet Ihr Euch nicht mal von Eurem Schatz trennen.«

Der Zwerg merkte sichtlich auf und schaute mich erwartungsvoll an. Ich setzte eine angemessen herrschaftliche Miene auf. »Durin der Zwerg, Meister der Mithrilschmiede, hiermit lade ich Euch ein, den Kindern der Nacht beizutreten und den Posten als Vogt und Schatzmeister des Clans anzunehmen!«

Warum auch nicht? Ich hatte nicht genug Leute, oder? Also musste ich mir ziemlich schnell etwas überlegen. Wenigstens konnte er nicht mit unserem Geld in die wirkliche Welt verschwinden. Auch würde er unser Vermögen kaum für angebliche Freunde oder verführerische »Goldgräberinnen« vertändeln.

»Eure Aufgabe wird es sein, das Eigentum des Clans zu bewachen und zu mehren. Das darf aber nicht heißen, dass ich Euch jedes Mal anbetteln muss, wenn ich einen Nagel in die Wand hauen will! Ihr seid der Wächter. Ich bleibe der Besitzer. Euch bleibt eine Minute, über mein Angebot nachzudenken.«

Der Ex-Meister zögerte keine Sekunde. Er rechnete sicherlich auch nicht damit, ein ähnliches Angebot von jemand anderem zu bekommen. Die Alternative dazu war ohnehin traurig und wenig beneidenswert.

Er nickte. Mit einem metallischen Klicken zog er die Hand hinter dem Rücken hervor und streckte sie mir mit der Handfläche nach oben entgegen. An seinem Daumen hing der Sicherungsring, den er aus der Granate gezogen hatte.

»Nicht bewegen«, sagte ich ruhig zu ihm. »Zeigt mir Eure andere Hand – ganz langsam –, aber bitte öffnet sie nicht!«

Beeindruckt vom Ernst meiner Stimme holte der Zwerg die andere Hand hinter dem Rücken hervor und zeigte mir die scharfe Granate. Ich legte eine Hand über seine runzeligen Finger und drückte sie, damit er den Sicherungshebel nicht loslassen konnte. Vorsichtig nahm ich den Ring, zwängte die beiden Enden des Drahts mit den Zähnen zusammen und fädelte ihn wieder in das Loch. Ich atmete erleichtert auf und ließ sehr viel ruhiger den Sicherheitshebel los. Was für ein kleiner, lebensmüder Spinner. Hatte er gerade versucht, uns alle in die Luft zu sprengen, oder war er einfach so planlos? Ich fragte ihn lieber nicht. Stattdessen ließ ich ihn seine schaufelförmige Hand öffnen und fing die tödliche Ananas, um diese dann sicher in meiner Tasche zu verstauen.

Der gierige Blick des Zwergs folgte seinem verschwindenden Schatz. »Versteht Ihr die Mechaniken der Stahleindringlinge?«

»Sozusagen«, murmelte ich und suchte den Haufen mit Blicken nach weiterem gefährlichem Schrott ab. Blieb zu hoffen, dass sie hier keinen taktischen Atomsprengkopf ausgruben, den dieser Schlaumeier versuchte, mit einem Vorschlaghammer zu öffnen. Wie sollte ich danach wohl den Tempel wieder aufbauen? Was würden die Veteranen denken, wenn sie am Horizont einen Atompilz sahen? Würden Dan und Eric dabei sofort an mich denken? Ich war ja anscheinend ihr Hauptverdächtiger für eine Menge Sachen.

»Und wer seid Ihr?« Der Zwerg musterte mich mit zusammengekniffenen Augen wie ein Polizist und griff – mit einer Geste, die nur er für unauffällig hielt – unter seinen Mantel. »Seid Ihr etwa ihr Diener oder so etwas?«

»Keine Sorge. Es ist achthundert Jahre her, seitdem irgendwer von ihnen gehört hat. Nur wenige erinnern sich überhaupt noch, dass es sie einmal gegeben hat. Die Welt hat jetzt neue Bewohner: die Unsterblichen. Millionen sind nur Besucher, aber Hunderttausende haben sich hier angesiedelt. Ich bin einer von ihnen. Also hört einfach auf, in Euren Taschen herumzuwühlen, was auch immer Ihr dort suchen mögt, und übergebt uns Euer Munitionsdepot. Es würde Euch nichts bringen, uns zu töten: Ich habe Euch ja schon gesagt, dass wir unsterblich sind. Also, macht Ihr bei uns mit? Hier ist die Einladung.«

Ich wählte ihn als Ziel, drückte die Daumen – denn schließlich hatte noch keinem Clan jemals ein Zombie angehört – und schickte ihm die Einladung, uns beizutreten. Das Universum zersprang nicht – anscheinend hatte sich die Spielmechanik in der jüngsten Zeit ausreichend geändert –, doch der Zähler für unseren Clan wuchs.

Wenn das mal kein wilder Haufen war! Sollte ich auch noch den Gefallenen einladen, uns beizutreten? Oder Makaria, wo wir gerade vom Teufel sprachen? Ob sie schon gemerkt hatte, dass sie nun auf einer echten Zeitbombe saß? Wie konnte sie denn nur erwarten, dass ihre Priester Stufen aufstiegen, wenn sie sie aus der Nahrungskette zwischen sich und ihren Anhängern ausschloss und ihnen so die Provisions-EP nahm? Eric war auf der sicheren Seite: Ich war mir sicher, dass die Veteranen ihn nicht im Stich lassen würden, indem sie nach einem anderen Priester für ihre Weihen suchten. Hatten sie mich nicht sogar eingeladen, an irgendeiner offiziellen Sache diesen Samstag teilzunehmen? Das war natürlich schlichtweg in ihrem eigenen Interesse: Die Raid-Tricks des Priesters und seine Sonderfähigkeiten würden ihren Teil zur Macht des Clans beitragen, sodass er noch stärker wurde und besser mit den anderen mithalten konnte. Doch was sollte ich denn mit den anderen Tempelpriestern anfangen? Musste ich sie für jede Weihe bezahlen? Diese selbstmörderische dumme Kuh! Erst machte sie eine solche Sauerei, und dann verschwand sie und ich musste hinter ihr aufräumen!

Ich löste mich aus meiner Erstarrung und schaute den geistesabwesenden Zombie an, der offenbar immer noch seinen neuen Status verdaute und sich von achthundert Jahren Einsamkeit verabschiedete.

Ich griff im Geist nach dem Artefakt zur Burgsteuerung.
– Lurch!
– Ja, Herr.
Was haben wir denn an Schatzkammern zu bieten? Hast du eine Ahnung?
– *Drei Stück!*, meldete die KI nicht ohne Stolz in der Stimme. *Eine ist die offizielle, die als Köder für Einbrecher und als Ablenkung für angreifende Feinde dient. Reichlich Fallen und sehr wenig echte Schätze, größtenteils nur Theaterschmuck. Die zweite ist die persönliche Schatzkammer des Besitzers, ein Tresor für Artefakte mit wechselnden Koordinaten. Derzeit ist sie im Bereitschaftsmodus tief im Fundament eingegraben und kann bei Bedarf näher an Eure Suite heranbewegt werden. Abschließend gäbe es noch die geheime Schatzkammer, in der die wahren Schätze verwahrt werden. Status Gelb: begrenzt einsatzbereit. Leider hat die letzte Regenerationswelle, die vor sechzehn Stunden geschah, einundvierzig*

Tonnen des Inhalts des Gewölbes auf geheimnisvolle Weise verschwinden lassen.

Bumm! Mein innerer Gierschlund brach bewusstlos zusammen. Ich tätschelte ihm mental die fetten Wangen, wischte ihm die dicken Tränen ab und seufzte.

Nun ja. Es nützt nichts, über vergossene Milch zu heulen. Jetzt hör zu: Auf meinen Befehl hin wurde Durin der Zwerg zum Schatzmeister der Burg ernannt. Er erhält Zugang zu der letzten Schatzkammer, die du erwähnt hast. Seine erste Aufgabe wird es sein, dort das Mithrilerz und andere Wertsachen einzulagern. Benachrichtige mich, falls er je mehr als 1 % des Gewölbeinhalts mit sich führt.

Mit einem Lächeln wandte ich mich an den Zwerg und klopfte ihm auf die brettharte Schulter, wobei ich fast befürchtete, er könnte aufgrund der allzu herzlichen Zuneigungsbekundung zusammenbrechen. Doch inzwischen war er zu vertrocknet und eingesunken, um noch zu zerfallen. Gut so.

»Willkommen in unseren Reihen! Wir sind zwar wenige, aber wir haben Potenzial – eine Supernova-Burg, den Ersten Tempel einschließlich eines Priesters und die Unterstützung zweier Götter. Es steht uns vielleicht ein großer Krieg bevor, aber wann hat ein Zwerg schon mal einen guten Kampf gescheut?«

Er grinste zustimmend und zeigte zwei Reihen reinweißer Zähne, die nur durch ein paar wenige Lücken verschandelt waren. Sein Kiefer musste ein paar richtig gute Fausthiebe abbekommen haben: Soweit ich wusste, konnte auch ein ausschlagendes Pferd den Zähnen eines Zwerges kaum etwas anhaben. Und selbst dann durfte es kein lumpiger Huftritt sein, sondern einer, der bei Menschen zu Splitterbrüchen mit jeder Menge Komplikationen führte. Zwerge konnten sich durch Fels nagen, ohne Zahnschmerzen zu kriegen.

Ich wollte ihn gerade zurück in die Keller schicken, um eine neue Ladung Mithril zu holen, als mir einfiel, wobei wir unterbrochen worden waren. »Was meintet Ihr noch, wie viele Granaten Ihr versteckt habt?«

Er versuchte, den Unwissenden zu spielen, aber so schwer war es nicht, ihn unter Druck zu setzen. Wenn er ein Clanmitglied mit einem Ehrenposten sein wollte, musste er sich an Disziplin und Hierarchie gewöhnen. Das schien er auch selbst zu merken, weswegen er murmelte:

»Sieben mit Ringen. Und zwei Kisten ohne. Das wären noch mal vierzig.«

Logisch. Sie mussten die Granaten ja ohne Zünder lagern. Die zu finden würde allerdings nicht leicht werden. Ich wies sie an, alles gründlich zu durchkämmen und mir alle Schätze der Stahleindringlinge persönlich zu übergeben. Und dabei ganz vorsichtig, wie auf Zehenspitzen, vorzugehen! Ich konnte nun nicht gerade sagen, dass die Entdeckung der Granaten das Gleichgewicht der Macht verschob oder den Verlauf der Geschichte änderte. Wie viel Sprengstoff durften sie insgesamt enthalten? Hundert Gramm vielleicht? Das entfaltete kaum mehr zerstörerische Kraft als ein Sternschnuppenzauber auf Stufe 90. Und das war im Idealfall, solange man die seltsamen Markierungen nicht berücksichtigte. Nach allem, was ich wusste, konnten es auch Gasgranaten, Signalfeuer oder Blendgranaten sein. Wenn man sie als letztes Mittel in einer kritischen Lage einsetzen wollte, würde man vielleicht feststellen, dass man gerade eine Rauchbombe auf den heranstürmenden Feind geworfen hatte. Das würde sicher nicht dabei helfen, die Welt in die Knie zu zwingen. Wenn ich allerdings eine ganze Fabrik von den Dingern gehabt hätte, hätte ich damit Charaktere der Stufe 0 so ausrüsten können, dass sie über Magie verfügten, die an Stufe 100 heranreichte. Doch bisher hatte ich nur ein neues Werkzeug – ein weiteres Ass im Ärmel, das ich ganz sicher schon demnächst spielen würde.

Ich wandte mich an die anderen beiden Clanmitglieder. »Lena, kannst du mal den Welpen da in Ruhe lassen? Seine Mama wartet darauf, dass du ihm seinen Frieden lässt, und du trittst ihr die ganze Zeit auf die Pfoten – ich bin überrascht, dass sie dich noch nicht gebissen hat. Gehen wir raus, und schauen wir uns diese

Ruinen an. Mal sehen, was diese verrückten Goblins so getrieben haben.«

Ich legte ihnen die Hände auf die Schultern und führte sie zum Ausgang, damit ich ihnen die ganze Herrlichkeit der Supernova-Ruinen vorführen konnte. Wir traten ins Freie und waren nach der majestätischen Düsternis im Tempel kurz durch die stechende Sonne geblendet. Doch dann schrien wir alle auf: Ich vor Überraschung, Lena vor Ehrfurcht. Der Innenhof sah aus, als hätte ihn ein talentierter Landschaftsgärtner bearbeitet. Farbige Mosaikpfade liefen zwischen überbordenden Blumenbeeten hindurch, die sogar an den Wänden entlangliefen und so hängende Gärten bildeten. Ich kannte keine der Abertausenden von Blumen und Pflanzen, die in ihren Töpfen hin und her schwankten, doch jede von ihnen summte eine eigene Note, die gemeinsam wunderschöne Melodien bildeten. Obstbäume luden mit ihrem Schatten zum Verweilen ein, wobei sie alle unterschiedliche Reifegrade zeigten: Da waren Kirschknospen und Kirschblüten, manche trugen grüne Früchte, andere gelbe oder tiefrote, und das alles an einer Pergola. Gott, war das schön.

»Lurch?«, flüsterte ich in mein Artefakt, da ich den Zauber dieses Moments bewahren wollte. »Hast du mir etwas zu sagen?«

Die KI war klug genug, mich nicht zu fragen, was ich denn meinte.

Ihr hattet mir doch 1 % aller erzeugten Einnahmen für meine eigenen Zwecke zugestanden, oder nicht? Also dachte ich mir, ich könnte mich verschönern. Zumindest die Fassade. Diese seit achthundert Jahren herumliegenden Trümmerhaufen waren einfach nicht mehr zu ertragen. Ich war früher Maler, wisst Ihr ...

»Ich will das gar nicht wissen! Von welchem Prozent redest du denn da? Hast du drinnen überhaupt irgendwas gemacht? Ich kann hier mindestens fünf Gärtner sehen! Woher hast du das Geld dafür?«

Werter Herr ... Lurch war plötzlich von gekränktem Stolz erfüllt.

»Komm mir nicht mit ›werter Herr‹! Wenn es denn wirklich sein muss, kannst du mich einfach nur ›Herr‹ nennen …«

Herr, hattet Ihr mir nicht zugestanden, zusätzliches Personal anzuwerben mit der Option für eine automatische Bezahlung? In der Tat hätte die vollständige Fassung meines Entwurfs, wie Ihr sie jetzt vor Euch seht, das Hundertfache dessen gekostet, was ich mir leisten konnte. Doch ich habe nur für die eigentliche Grundanlage gezahlt sowie für die Samen und die schnellwachsenden Setzlinge. Der Rest wurde von den Angestellten übernommen, die ich entsprechend Eurer Befehle angeworben habe.

»Ist das so?« Mir gefiel ganz und gar nicht, wie er das sagte. »Wen hast du denn alles angeworben?«

Ähem. Lurch zögerte. *Nur ein paar Gärtner und Gräber, ein paar Steinmetze, Tischler und Innenausstatter sowie hier und da den einen oder anderen Handwerker …*

»Wie viele?«, stöhnte ich.

Hundertsiebzig vernunftbegabte Wesen, antworte Lurch niedergeschlagen. *Aber das ist nur für vierundzwanzig Stunden! Und ich habe Euch eine komplette Auflistung der Kosten geschickt!*

»Wo ist sie? Wo zum T…« Ich hielt inne, als ich die ängstlichen Gesichter meiner Freunde sah. »Schon in Ordnung. Die Burg-KI hat nur ihre Kompetenzen überschritten. Ich muss ihr leider mal zeigen, wer hier das Sagen hat …«

Endlich gelang es mir, die Nachricht aus den Tiefen meines überlaufenden Posteingangs zu fischen. Ich öffnete sie und stöhnte auf. »Du Arschgesicht! Die hast du mir erst vor zwei Minuten geschickt, oder? Gott … Ein Elfengestalter, fünfzehnhundert am Tag. Insgesamt einundvierzig Riesen? Lurch?«

Er ist der persönliche Gestalter des Königs, Herr. Er hat schon viele Preise gewonnen. Er hat den Palast von …«

»Sie werden alle gefeuert! Sobald ihre Vierundzwanzig-Stunden-Verträge auslaufen!«

Das geht nicht!, protestierte Lurch. *Das hier wird alles vergehen!*

Ich schaute mir die Pracht um uns herum an. Wie Lena inmitten der Blumen saß, die sich an sie zu kuscheln schienen, während sie eine riesige violette Blüte streichelte, die sich in ihren Schoß gelehnt hatte und läutete wie ein Silberglöckchen.

»Na schön. Du darfst die minimale Zahl an Angestellten behalten, die man für diesen Prunk braucht.«

Es gefällt Euch wirklich?, fragte Lurch zögerlich.

»Natürlich tut es das. Aber in Zukunft müssen alle Ausgaben über hundert Gold von mir abgesegnet werden. Das ist hiermit offiziell und gilt ab jetzt.«

Jawohl!

Ich hörte etwas, das wie das Zwitschern von hundert Spatzen klang. Es kam von den Mosaikpfaden. Dann das Kreischen von Metall. Es fühlte sich wirklich wie ein krankes Déjà-vu an.

Ich wandte den Kopf, und mein Blut gefror zu Eis. Streitend und witzelnd schleifte ein Dutzend Goblins das gewaltige Ei einer 500-Kilotonnen-Bombe mit verbogenen Stabilisierungsflossen über die Steinfliesen.

KAPITEL
ACHTZEHN

»Alle Mann stillgestanden!«, quiekte ich und schaute zu, wie das Metall auf dem Stein Funken schlug. »Wo genau wollt ihr denn damit hin?«

Offensichtlich erleichtert ließen die Goblins die Bombe los, die auf die Seite fiel, wobei eine weitere Flosse zerdrückt wurde. Ich schloss die Augen und zog den Kopf zwischen die Schultern. Eine Sekunde verging. Nichts. Puh. Ich konnte wirklich bestens ohne solche Überraschungen auskommen.

Eine der Putzkräfte wischte sich die schwitzige Stirn ab – keine Ahnung, wo er das Bandana aufgetrieben hatte. »Also, äh … Ihr meintet doch Eier, oder nicht? Wir bringen das Ding da rüber.« Er nickte in Richtung eines Teils des Gartens, der wie ein zwei Stockwerke hoher Hügel gestaltet war, auf dem Blumen sprossen und über den kleine blaue Bächlein rannen.

Ich starrte die abgerundeten Seiten des Hügels an. Dann bewegte sich eines der Blumenbeete und ein spärlich bekleideter, dürrer Goblinhintern kam unter bernsteinfarbenem Moos zum Vorschein. Die Kreatur schaute sich vorsichtig um und begann, ihre gestohlenen Trophäen in Augenschein zu nehmen. Der Goblin hob die linke Hand zur Nase und schnüffelte an etwas, was sich bei näherer Betrachtung als eine weitere Granate entpuppte. Mit einem Kreischen von Metall auf Metall versuchte er, ein Stück davon abzubeißen, schniefte enttäuscht und warf das nicht essbare Ding beiseite. Die Granate sprang auf dem unebenen Boden auf und ab, während sie auf uns zurollte.

Inzwischen hatte ich mich an den Anblick von fallen gelassenen Sprengmitteln gewöhnt. Ich trat auf das schmutzig-grüne Ei und beendete seine chaotische Reise. Es war genau so eine, wie ich sie dem Zwerg abgenommen hatte, nur dass diese hier mit einem kränklichen, glitzernden Säuregrün markiert war. Auf jeden Fall eine gute Sache. Spare in der Zeit, so hast du in der Not.

In der Zwischenzeit schaute sich der Goblin schon seine nächste Trophäe an. Diesmal hatte er Glück. Ein gewaltiges Ei, mindestens so groß wie von einem Strauß, versprach eine herzhafte Mahlzeit. Gierig schnüffelte er daran, biss die Spitze ab und begann, den Inhalt zu vertilgen. Ich jedoch schaute den künstlichen Hügel nun mit ganz anderen Augen an und erkannte an den Wellen, Dellen und Hubbeln unter der Grasdecke verschiedene Munitionstypen. Wenn das ganze Ding in die Luft flog, dann gute Nacht, schöne Gegend …

Wie als Reaktion auf meine Gedanken ertönte ganz in unserer Nähe eine dumpfe Explosion. Die Erde bebte merklich.

Das war Nummer neun, kommentierte Lurch das Geschehen.

Ich schaute zu der Rauchwolke, die über den Mauern der Burg aufstieg. »Sappeure machen nur einen Fehler im Leben. Und zwar in dem Augenblick, wenn sie sich für diesen Truppentyp entscheiden.«

Erst dann fiel mir der Vorarbeiter der Goblins auf. Er lief mit zerfetzter Rute und einem zuckenden Auge an uns vorbei.

»Harlekin? Wo willst du denn hin?«

»Äh? Was?« Er schaute sich um. Da bemerkte er uns und kam auf mich zugelaufen. »Herr! Vergebt mir, Herr, aber wir brauchen mehr Leute!«

»Wirklich? Was hast du denn mit den alten angestellt?« Ich legte noch ein wenig mehr Sarkasmus in meine Stimme.

Er ließ den Kopf hängen. »Es ist dieses verdammte Nest. Seit ich diesen Trotteln erzählt habe, dass wir Eier suchen, wollen sie von allem kosten, was sie finden. Und manchmal geht die Schale kaputt, wenn sie sie wegschleifen. Dann gibt es immer einen großen Knall …«

»Verluste?« Ich wurde ernst. Auch wenn es eigentlich zum Lachen war, kostete mich jeder in die Luft gesprengte Goblin bares Geld.

Harlekin machte eine hilflose Geste. »Ich kann nicht überall gleichzeitig sein, Herr. Das sind die Ausgestoßenen ihrer Clans. Sie haben keinen Funken Verstand, sondern nur Instinkte. Wenn ich ein paar Krieger oder Handwerker hätte oder gar freie Kunsthandwerker ... Aber diese Kerle da drüben sind Schrott. Sie denken nur ans Fressen und ans Bumsen und die Angst vor der Strafe.«

Nun gut. Ich hatte verstanden. Wer an der falschen Stelle sparte, brauchte sich über die Folgen nicht zu wundern. Doch woher hätte ich denn wissen sollen, dass man auch ein wenig Verstand brauchte, um Schrott zu sammeln und Trümmer durchzugehen? Es stimmte schon: Ich hatte das billigste Angebot genommen ... und wer billig kauft, kauft zweimal. »Wie hoch sind unsere Verluste genau?«

»Ein mächtig großes Ei, drei mittelgroße und viele kleine. Sie schlucken sie einfach an einem Stück runter, diese Bastarde ...«

Wie um seine Worte zu unterstreichen, dröhnte ein weiteres *Bumm!* in unseren Ohren, wesentlich heftiger als das letzte. Die Erde versuchte, uns abzuschütteln. Eine graue Staubwolke stieg über der Außenwand in den Himmel.

»Das wären dann vier mittlere«, korrigierte sich der Vorarbeiter.

»Eigentlich meinte ich Arbeiter. Und wie steht es mit diesem Ei? Zählt das schon als ›mächtig groß‹?« Ich schaute zu der Bombe, die inzwischen Schritt für Schritt in den Aufbau des Gartens integriert wurde. Die Ranken der Blumen erklommen die rauen Seiten, und große Flecken von buntem Moos breiteten sich auf dem traurigen Metall aus. Hier wurde rasch gearbeitet. An diesem Ort sollte man lieber nichts Wertvolles fallen lassen: Ehe man sich hätte bücken und ein verlorenes Goldstück wieder aufheben können, wäre es schon tief im Stamm einer uralten Eiche verborgen gewesen. Ohne Witz: Die Gärtner hatten es beim Dünger echt übertrieben!

»Die da? Das ist eine mittlere.« Der Goblin keckerte die Bombe an. »Die wirklich große war eine ganz andere Geschichte. Ich stand hundert Schritt entfernt, und mein Auge zuckt immer noch. Daher fürchte ich, dass wir nicht mehr viele Arbeiter übrig haben, Herr! Im besten Fall knapp mehr als ein Dutzend. Ihr solltet schnell ein paar neue anwerben.«

Ach du heiliger Bimbam! Ich wagte gar nicht, mir vorzustellen, was sie da drüben gezündet hatten. Nein, so konnte ich das nicht weitergehen lassen. Diese kleinen Goblinratten würden uns noch alle in die Luft sprengen! Außerdem war es eine Schande, unsere Vorräte so sinnlos zu vergeuden. Bei jeder Explosion musste mein innerer Gierschlund aufschluchzen und etwas von seiner Liste streichen – und somit ein weiteres Stück Beute, das wir dem großen Drachen Nagafen hätten abnehmen können, wenn wir ihn mit all diesen Explosionen in die Luft gesprengt hätten.

»Lurch? Haben wir einen Ort, an dem wir gefährliche Artefakte einlagern können? Einen gut geschützten Ort, idealerweise unterirdisch?«

Den haben wir in der Tat, antwortete die KI. *Die unterste Ebene des Kellers: Alchemielabor Nr. 2. Es war zuvor durch ein spinnenartiges Monster besetzt, doch jetzt residieren dort die Höllenhunde. Herr,* schob er schnell als Beschwerde hinterher, *die Hunde stören die Integrität der Mauern! Sie graben zwei Tunnel, von denen einer bis hinaus hinter die Außenwand führt!*

Ich warf der Hündin neben mir einen Blick zu. Es bestand kein Zweifel für mich, dass ihre mentalmagischen Fähigkeiten ausreichten, um unser Gespräch zu belauschen, so höhnisch, wie sie grinste und sich dabei im Gras nicht existente Spinnweben von den Pfoten wischte. Ganz persönlich würde ich nicht der Spion sein wollen, der diesen Tunnel benutzte und direkt im Nest der Höllenhunde herauskam. Außerdem hatte ich ihnen versprochen, dass sie sich einen Raum aussuchen konnten. Das nun wieder einfach so zurückzunehmen wäre nicht in Ordnung gewesen, und noch dazu würde es meinem Ruf immens schaden. Mit zur Seite geneigtem Kopf folgte die Hündin interessiert meinem Denkprozess. Ach du Schande. Ich brauchte nun wirklich keine weitere Spionagespezialistin, die mich heimsuchte!

»Nein, Lurch, ich glaube nicht, dass wir eine solche Zeitbombe direkt unter unserem Hintern haben wollen«, sagte ich ihm. »Gott bewahre, aber falls etwas schiefginge, würde der Erste Tempel in die Luft gesprengt werden. Meine Freunde und ich landen wenigstens bei unseren Respawnpunkten, aber die NSCs dürften kein solches Glück haben. Sie werden einfach weggepustet. Hündin?« Ich hielt inne, weil ich immer noch nicht wusste, wie ich sie ansprechen sollte. Es war echt Zeit, ihr einen Namen zu geben. »Entschuldige, Hündin. Ich hoffe, das ist nicht zu persönlich, aber ich habe das richtig verstanden und du bist ein Weibchen, oder?«

Die Töle schaute mich böse an, und es sah aus, als würde sie sich sprungbereit machen. Ihre mentale Botschaft traf mich wie eine Ohrfeige – und zwar im wahrsten Sinne des Wortes, denn es tauchte sogar die Anzeige für Göttliche Immunität auf. Ich ignorierte den Angriff. Entschuldige, Hundchen, ich meinte das nicht so!

»Natürlich bin ich ein Weibchen!«, murmelte sie empört. »Männchen sind nicht zu mentaler Sprache in der Lage. Sie können das Rudel nicht führen.« Sie nieste und überrollte mich mit einer Woge geistiger Empörung, die die Goblins quietschend in die Flucht schlug. Sie war eine wirklich starke Rudelführerin.

»Tut mir leid, Süße. Ich weiß nur einfach nicht, wie ich dich ansprechen soll. Ich habe genug davon, dich immer nur Hündin zu nennen. Was, wenn ich dich ... äh ...«

Ich wühlte in meiner Erinnerung herum und versuchte, an etwas Nettes zu denken, während ich Lady und Lassie lieber außen vorließ. Infernokreaturen waren schnell und tödlich. Blitz wäre perfekt, doch das klang mir zu sehr nach Donner oder nach einem

Auto anstatt einem Hund – und in dieser Welt wurden Wünsche viel zu oft wahr, weswegen man darauf achten musste, dass das eigene Unterbewusstsein einem keine Streiche spielte. Ich wollte ja nicht, dass die Hündin plötzlich einen bösen Zwilling bekam oder sich in ein Auto verwandelte. Aber wenn nicht Blitz, was dann? Funke? Sehr viel bescheidener, aber genau so schnell – er konnte einem auch wehtun, ein Feuer entzünden oder eine Explosion auslösen.

»Funke! Wie gefällt dir das?«

Die Hündin schreckte zusammen. Sie blähte die Nüstern, und ihre Krallen kratzten über das kostbare Mosaik, als sie sie einzog. Sie legte den Kopf schief, horchte in sich hinein und bewertete ihren eigenen Status. Ihre Augen funkelten vor Klugheit und gewannen eine neue, ungewöhnliche Tiefe hinzu.

Schließlich neigte sie den schwer gepanzerten Kopf in einer Verbeugung. »Vielen Dank, Priester, für Eure unschätzbare Gabe …«

Aha. Es schien hier ein Muster zu geben. Offenbar waren Namen für alle Monster etwas, was wichtiger war als ein paar Töne.

»Mit Vergnügen, Funke. Ich würde es sehr zu schätzen wissen, wenn du mir verraten würdest, was diese Gabe so kostbar macht.«

Als sie ihren Namen hörte, rollte die Hündin die Augen und grunzte ganz selbstvergessen vor Freude. »Weil sie mich von Tausenden anderen unterscheidet und mir dieses einmalige Merkmal verleiht. Ihr setzt Eure Kraft der Schöpfung ein, um mich in diese Welt zu holen, mir eine Seele zu geben und damit die Chance, wiedergeboren zu werden. Der Name ist es, der uns vor dem Vergessen schützt und seinem Meer aus gestaltloser Biomasse, die jede Sekunde Abertausende von Kreaturen ausbildet, nur damit diese binnen Stunden wieder von den ewig hungrigen Unsterblichen vernichtet werden.«

Nun gut. Diese Monster schienen sehr düstere Vorstellungen vom Jenseits zu haben. Jetzt konnte ich verstehen, warum sie so ungern sterben wollten. Ich fragte mich, ob die Entwickler diesen

Verhaltensalgorithmus absichtlich eingeführt hatten, um ihre Kampfeigenschaften zu verbessern, oder ob es sich um eine Art geheimes Wissen handelte, das von allein aufgetaucht war.

Ich wandte mich an den zaudernden Vorarbeiter in der Nähe. »Harlekin? Was meinst du dazu?«

Schweigend deutete er auf die gezackten Löcher in seiner Kleidung, griff in seine Tasche und holte eine Handvoll purpurner Fragmente hervor. Dann senkte er den Kopf.

Was sollte denn das jetzt? Hatte er sich etwa schon irgendwo in die Luft gesprengt? Wieso war er dann nicht verschwunden wie die gesichtslosen Reinigungskräfte? Hieß das etwa, dass er respawnt war?

»Lurch?«, rief ich laut.

»Herr«, erklang seine Stimme. »Erst gestern noch war ich nur eine Mischung aus kalter Logik und Dienstbeflissenheit. Doch nun kann ich Blumen und Farben genießen, es kitzelt mich, wenn die Hunde ihre Tunnel graben, und ich kann mich über die Mosaikziegel freuen, die ich im Designerkatalog gefunden habe. Und ein Pärchen Stare baut gerade sein Nest in einer der südlichen Schießscharten des Bergfrieds. Wenn sie singen, dann ...«

Mir schwirrte der Kopf. Was waren wir dann? Kindliche Schöpfer, die in einem himmlischen Spielzimmer mit Zinnsoldaten herumalberten? Merkten wir am Ende gar nicht, wie wir Welten erschufen, nur um sie wieder zu vernichten? Nein. Wir waren noch lange keine wahren Schöpfer. Wir waren im besten Fall eine Art göttergleiche Larven, deren Reifungszeit sich noch über Hunderte oder Tausende von Jahren erstrecken würde. Erst dann würden wir die Chance erhalten, zu Schmetterlingen zu werden – falls wir nicht bis dahin unsere Seelen verloren hatten.

Ich wandte mich wieder an die Hündin. »Meinst du, es wäre eine gute Idee, wenn ich allen Hunden deines Rudels einen Namen geben würde?«

Funke hielt inne und dachte nach. Dann schüttelte sie den Kopf: »Nein. Ich glaube nicht, dass es gut ist, Namen leichtfertig zu vergeben. Außerdem sind Eure Kräfte nicht grenzenlos – ganz im Gegenteil: Sie sind über alle Maßen begrenzt. Es ist eine Sache, dem einzigartigen Standbild einer ohnehin schon außergewöhnlichen Kreatur den letzten Schliff zu geben und so der eigenen Schöpfung Leben einzuhauchen. Doch es ist etwas ganz anderes, einem gesichtslosen Umriss eine einzigartige Persönlichkeit zuzuteilen. Ich glaube nicht, dass Ihr stark genug dafür seid. Man muss auf die richtige Situation warten – ein großes Ereignis, eine heldenhafte Tat –, damit dieses Mitglied des Rudels aus dem Rest hervorsticht. Erst dann kann der kostbare Samen eines Namens auch Wurzeln schlagen und zu einer vollständigen Seele heranwachsen.«

Das ergab Sinn. Es fühlte sich ... Wie sollte man das sagen? Es fühlte sich *richtig* an. Ich hatte das Gefühl, dass es genau so sein sollte. Ein weiterer Grund, warum ich diese Erklärung als Arbeitshypothese übernehmen konnte, bis das Gegenteil bewiesen wurde.

»So ist das also«, sagte ich. »Okay, dann zurück zu unseren Problemen. Harlekin, ich werde zwanzig erstklassige Arbeiter für dich anheuern. Was die Eier angeht, solltet ihr sie weder fallen lassen noch über den Boden schleifen. Ihr müsst sie mit großer Sorgfalt und Vorsicht tragen.«

Ich hielt inne und dachte an die schwächlichen Arme und Beine der Goblins im Verhältnis zu der Bombe, die gut eine halbe Tonne wog. Schau an, schau an. Was wir hier wirklich brauchten, war ein Troll, der Ballett tanzen und daher auch derlei Dinge ganz behutsam tragen konnte. Ich musste mal im Anwerbemenü nachschauen. Da gab es ja alles Mögliche. Wenn es hart auf hart kommen sollte, konnte ich mir auch eigene Angestellte von Hand erschaffen. Natürlich war das teuer und hatte gewisse Grenzen: Man konnte zum Beispiel keinen Vampirhobbit erschaffen, der stark wie ein Oger war. Ein supervorsichtiger Troll mit tollem Gleichgewichtssinn sollte sich allerdings schon erschaffen lassen.

»Lurch, ich habe einen Auftrag für dich. Du musst die ganzen Pflanzen von diesem Hügel dort entfernen. Später kannst du ihn ja immer noch ausschmücken. Lass aber erst die Goblins ihre Arbeit machen.«

»Bei *beiden* Hügeln!«, verlangte mein Vorarbeiter.

Ich schaute mich um. Wieso denn »bei beiden«? Gab es denn zwei von ihnen? Warum hatte ich denn davon nichts gewusst? Aber in der Tat: Hinten im Hof gab es einen weiteren wirklich enormen Haufen, der genauso getarnt war wie der erste. Ich hatte ihnen ja gesagt, dass sie allen ungewöhnlichen Schrott beiseiteschaffen sollten, oder? Ja, so was in der Art hatte ich dem Vorarbeiter gesagt.

Da hatte mich wohl die Gier übermannt. »Räumt das auf!«, fauchte ich.

Während Lurch protestierend seufzte, begannen die Putzkräfte, das bunte Moos und die zerbrechlichen Blumen in Fetzen zu reißen. Mir fiel auf, dass einige der intelligenteren Pflanzen aus Furcht vor der völligen Vernichtung ihre Blätter wie einen Rock schürzten und dann rasch ganz eigenständig den Hügel runterliefen. Aha! Ich hatte schon von Venusfliegenfallen und kannibalischen Ranken gehört, aber so was war mir noch nicht untergekommen.

In der Zwischenzeit entwickelten die Goblins eine richtige Leidenschaft beim Schreddern. »Ho!«, schrie ich. »Wir müssen das später auch alles wieder instand setzen. Für jede Handvoll Humus habe ich mit meinem Geld bezahlt!«

Haargenau, pflichtete Lurch mir bei. *Ich musste alles hier kaufen. Sogar die Regenwürmer, und die Goblins fressen sie auf, als gäbe es kein Morgen. Man kann ja Singende Glockenblumen nicht einfach so in den Boden stecken! Man muss ihnen ein richtiges Ökosystem bieten.*

»Sehr klug«, ächzte ich. »Hör zu: Ich bete zu den Göttern, dass du keine Würmer oder so etwas kaufst, ohne mich vorher zu fragen. Bist du ein verantwortungsvolles Gebäude oder ein

Marktstand? Sonst reiße ich dich ein und baue stattdessen ein paar Plumpsklos! Das verspreche ich dir!«

Äh, ich ... Lurch kam ins Stocken. *Wurzelwürmer vermehren sich nicht, wisst Ihr? Man muss jeden Monat ein paar neue kaufen ...*

»Wie viele?«, stöhnte ich.

Nur ein paar Tausend. Also natürlich nur, falls niemand anfängt, sie zu fressen.

»Wie viel?«

Spielgeld! Hundert Gold, bettelte Lurch.

Ich starrte die Pflanzen an, die ängstlich klingelten. Sie waren wunderschön – das ließ sich nicht bestreiten. Es wäre doch eine Schande, wenn sie sterben würden ... »Na gut dann. Aber keinen Cent mehr. Außerdem möchte ich, dass du eine Glockenblume in einen Topf pflanzt. Ich möchte sie jemandem schenken.«

Schließlich war auch der zweite Haufen freigelegt und funkelte in der Sonne. Mit meinem virtuellen Mauszeiger stocherte ich darin herum und wählte Objekte als Ziele aus, um ihre Werte zu sehen.

Ein zerfetztes Stück Metall, so groß wie eine schöne Servierplatte, hatte offenkundig zu einem äußerst großen Kaliber gehört, wenn ich mir die verbliebenen Markierungen und die deutlich erkennbare Krümmung so betrachtete:

Mithrilerz. Metallbestandteil: 8 %. Gewicht: 7,2 kg.

Ein Dutzend sauber aufgestapelter rechteckiger Platten, wie man sie in einer kugelsicheren Weste fand:

Angereichertes Mithrilerz. Metallbestandteil: 64 %. Gewicht: 0,32 kg.

Oh. Es sah ganz so aus, als hätten die Stahleindringlinge ein Oktalsystem verwendet: Ihre Prozentzahlen waren erstaunlich oft durch acht teilbar. Die Länge des Waffengriffs schien ebenfalls darauf hinzudeuten, dass sie wesentlich breitere Hände hatten als Menschen – und auf jeden Fall mehr als fünf Finger.

Ich ging hinüber und stopfte die Platten in meine Tasche. Diese Barren von nahezu völlig reinem Mondsilber konnten noch nützlich werden – entweder für die Herstellung von Gegenständen, zum Verkaufen oder für repräsentative Zwecke.

Ich hielt inne und fragte mich, welchem unserer technogenen Metalle es entsprach. Etwas Leichtem, aber Haltbarem, aus dem man Hochleistungslegierungen für Panzerplatten und solche Sachen herstellen konnte. Titan? Konnte sein.

Ich schaute mir den Haufen an und versuchte, seine Größe einzuschätzen. Dann stopfte ich noch ein paar Granatsplitter in meine Tasche. Der ganze Haufen würde wahrscheinlich nicht reichen, um den finanziellen Abgrund zuzuschütten, der sich vor mir aufgetan hatte, aber mit etwas Glück konnte ich so etwa ein Drittel davon füllen. Jetzt war nur wichtig, dass ich klug damit auf den Markt ging und darauf achtete, den Bedarf nicht zu mindern, indem ich ihn mit Angeboten überschwemmte. Falls das passierte, mussten vielleicht noch meine Kinder die strategischen Mithrilreserven ein Stück nach dem anderen verkaufen.

Ich wandte mich um, um nach meinem Clan zu schauen, der im Innenhof herumstand und vor sich hin alberte, während er auf meine Befehle wartete. So war das nicht ausgemacht gewesen. Wir hatten mehr Arbeit vor uns, als wir bewältigen konnten, und bisher gab es keinen Schlachtplan, um sie anzugehen!

»Durin«, begann ich, meine Befehle auszuspucken. »Fertigt ein Inventar von allem an. Danach sortiert Ihr alles nach dem Metallbestandteil und anderen Eigenschaften, die Ihr bemerkenswert findet. Alle Wertsachen werden im Tresor eingeschlossen, alle sonderbaren Objekte beiseitegelegt. Ich werde sie später selbst begutachten.«

»Das schaffe ich«, grummelte der Zombie. Er rollte die Ärmel hoch und schlurfte hinüber zu dem kostbaren Hügel.

»Funke! Durchsuch schnell die Umgebung und mach eine Höhle oder einen Keller aus, in dem wir den explosiven Scheiß unterbringen können. Ich werde dir einen Troll und ein paar Wachen mitgeben, die das Zeug für euch transportieren können. Dieser Ort sollte mindestens ...« Ich schätze die Größe unseres Arsenals ab. »Nun, nicht weniger als einen Kilometer von der Außenmauer entfernt liegen.«

»Ich schicke gleich jemanden los«, sagte das Hündchen folgsam. Es war damit beschäftigt, die Panzerplatten an seinem Hals zu verschieben und sich mit dem Hinterbein zu kratzen – ganz so, wie es auch ein gewöhnlicher Hund getan hätte. Lena tat Funke leid. Sie kam herüber und begann, die Hündin schön kräftig zu kratzen. Funke stöhnte vor Ekstase.

»Lena?«, fragte ich.

»Ich bin beschäftigt, sorry. Mein Papa hat mir gerade eine Nachricht geschickt. Er loggt sich in fünf Minuten ein. Ich muss los und ihn holen. Anschließend will ich ihm die Burg zeigen.«

Okay, Papa war eine Entschuldigung, die gut genug war. Außerdem musste ich ihn selbst einmal treffen, wenn er ein Mitglied meines Clans werden sollte.

Lena schien meine Gedanken zu lesen. »Du *wirst* ihn doch aufnehmen, oder?«

»Das werde ich. Ich habe es versprochen, oder nicht? Aber du bist jetzt selbst ein Offizier. Also hast du auch das Recht, jeden aufzunehmen, den du möchtest. Ich wette, dass dein Papa sich freut, wenn du einen ernst zu nehmenden Posten mit richtiger Autorität hast. Es ist also vielleicht besser, wenn du das übernimmst.«

»Vielen lieben Dank! Papa kommt. Wie cool!« Lena gab der Hündin ein Küsschen auf die Schnauze und lachte laut auf, während sie in einem leuchtenden Portal verschwand.

Was für ein Kindergarten. Ich wandte mich an Cryl, um ihm

einen Auftrag zu erteilen, als ein schnaufender Goblin von der Außenmauer her herangelaufen kam.

»Die Eier! Herr, wir haben die Phantomeier gefunden!«

»Woher wisst ihr, dass sie es sind?«, fragte ich die Reinigungskraft ungläubig.

»Sie sind Phantome, oder? Man kann nicht in sie hineinbeißen!« Die Stimme des Goblins wurde leiser, als er den bösen Blick des Vorarbeiters und dessen erhobene Faust bemerkte.

Ich tat so, als hätte ich nichts gesehen. »Dann komm schon. Wollen wir mal hoffen, dass du recht hast.«

Zehn Minuten später stieg ich die wackeligen Stufen eines Turms an der inneren Mauer hoch. Ich trat auf die offene Plattform hinaus in eine steife Brise. Hier war alles voller Schrott.

Ich fand es auf der Stelle: Es war ein typisches Vogelnest, nur dass es nicht aus Zweigen, sondern einer Vielzahl von AlterWorld-Mineralien bestand. Marmor und Stein, Eisen- und Kupfererze, eine Unmenge an Mithrilfetzen. Ein uraltes Silberglöckchen lag neben einem riesigen Stück Quarz, das von dicken Goldadern durchzogen war. Allein mit dem Nest hätte man sich einen brandneuen Mercedes kaufen können. Diente das nur rein dekorativen Zwecken, oder war hier eine geheime Botschaft verborgen?

Die Eier waren in diesem Sammelsurium aus funkelnden Metallen kaum zu erkennen. Doch sobald man sie erst einmal gesehen hatte, konnte man sie für nichts anderes halten. Wie sollte das Phantomgelege eines Knochendrachen auch sonst aussehen? So durchsichtig, dass sie fast schon unsichtbar waren, überzogen mit einem feinen Netz aus kunstvoll verschnörkelten Rillen. Sie waren groß, fast einen Meter hoch, wenn man versucht hätte, sie aufrecht hinzustellen. Und wenn man sie berühren wollte, tauchte die Hand in sie hinein, als wären die Eier nicht mehr als funkelnde Hologramme – sie existierten schlichtweg nicht in unserer stofflichen Welt.

Ich wählte eines als Ziel aus.

> Ei eines Knochendrachen. Ein einzigartiges Gelege.
> Wahrscheinlichkeit, dass ein Phantomdrache schlüpft:
> 97 %. Wahrscheinliches Geschlecht: weiblich
> Mana: 0.081.722 ... 731 ... 733 ... 735 ... / 4.000.000

Die letzten Ziffern änderten sich ständig weiter und gingen dabei nach oben wie an einer Zapfsäule. Sollte es nicht genau andersherum sein? Woher rührte dieses ganze Manawachstum? Ich wählte das andere Ei an und erstarrte:

> Ei eines Knochendrachen. Ein einzigartiges Gelege.
> Wahrscheinlichkeit, dass ein Phantomdrache schlüpft:
> 91 %. Wahrscheinliches Geschlecht: männlich
> Mana: 0.000.432/4.000.000.
> Mana: 0.000.418/4.000.000.
> Mana: 0.000.401/4.000.000.
> Mana: 0.000.388/4.000.000.

Der Manazähler dieses Jungen fiel von Sekunde zu Sekunde. Fluchend fummelte ich an den Einstellungen herum und suchte nach dem Steuermenü für den Altar des Ersten Tempels. Es sah aus, als ob das männliche Junge sein Mana zu seiner Schwester umleitete, damit zumindest sie überlebte, bis ihre Mutter zurückkam.

Da war es! Ich schob die Manaflussleiste ganz nach rechts und wählte die verfügbaren fünf Prozent an. Dann drückte ich auf »Spenden«. Eine kaum sichtbare Energieleitung erstreckte sich vom Tempel herüber und hüllte das Ei ein. Es klappte!

> Mana: 0.000.132/4.000.000.
> Mana: 0.000.278/4.000.000.
> Mana: 0.000.398/4.000.000.
> Mana: 0.000.533/4.000.000.

»So ist es besser«, flüsterte ich dem ungeschlüpften Jungen zu. »Wie soll ich denn sonst deiner Mutter gegenübertreten? Wie könnte ich ihr jemals in die Augen blicken? Du kennst ihre Augen noch nicht, oder? Bei ihnen stellen sich einem die Nackenhaare auf. Sie sehen aus wie eine Mischung aus Flutlicht und Achtzehn-Zoll-Marinegeschützen. Jetzt brauchst du deiner Schwester kein Mana mehr schicken. Gleich leite ich den Fluss auch zu ihr um, aber ich will, dass du dich erst ein bisschen erholst.«

Um keine Zeit mit Warten zu verschwenden, öffnete ich das Angestelltenmenü der Burg und warb zehn dunkelelfische Bogenschützen an, die sofort entsandt wurden, um das Nest zu bewachen. Wenn man an seinen Wert dachte, sollte man lieber auf Nummer sicher gehen. Fürs Erste würde ich das Nest nicht anrühren, aber sobald die Jungen geschlüpft waren, würden all diese Wertsachen in meiner Schatzkammer landen. Daran herrschte hier wirklich kein Mangel: Von dort aus, wo ich stand, konnte ich auch einen sehr interessanten Munitionsgurt sehen, der das Netz zweimal umschlang. Die fetten Patronen Kaliber .50 durften einen ordentlichen Profit abwerfen, wenn man sie einschmolz. Und falls ich sogar das Geschütz fand, für das sie gedacht gewesen waren …

Oh. Ich sprang auf und begann, die Plattform zu umkreisen, wobei ich in alle Richtungen schaute und versuchte, mögliche Schussfelder und tote Winkel einzuschätzen. Auf der einen Seite schien der Platz zwischen den zwei Mauern geradezu nach einem befestigten Unterstand zu schreien. Man lockte den Gegner in diese Sackgasse, wo man ihn mit Feuer und Flamme begrüßte, und dann … Ach, all die Dinge, die man hier anstellen konnte!

Auch egal. Zurück zur Realität. Ich musste noch ein paar mehr von diesen gebildeteren Arbeitern anwerben, um den ganzen Sprengstoff zu räumen. Wir schleppten hier schließlich keine Ziegelsteine durch die Gegend. Zumindest einen Teil des Arsenals wollte ich behalten.

Die Entwickler wussten aber auch, wie man jemandem die Butter vom Brot nahm. Für alle angepassten Abweichungen von der Norm verlangten sie einen Arm und ein Bein. Entweder man passte sich der Masse an, oder man war bereit, richtig was auf den Tisch zu legen.

Ich öffnete das Menü für die manuelle Charaktererstellung. Dann wählte ich einen Troll aus, steigerte die Stärke aufs Maximum, bezahlte das Doppelte für zusätzliche Geschicklichkeit und starrte irritiert auf die Kosten für Intelligenz. Ein Punkt kostete so viel wie dreißig Punkte Stärke? Mein innerer Gierschlund schnaufte verärgert, während ich die Intelligenz des Monsters zumindest von dem eines Kindergartenkinds auf den eines durchschnittlichen Oberschülers brachte. Das musste reichen. Ansonsten wären die Kosten einfach explodiert. Da wäre es ja billiger gewesen, wenn ich alles selbst getragen hätte.

Ich speicherte meine Schöpfung und bestätigte die Anwerbung. Der Troll war so richtig handgemacht, und diese ungewöhnliche Eigenschaft spiegelte sich auch in seiner Erscheinung wider: Er erwies sich als ein Albino. Sofort schickte ich ihn los, um Harlekin zu suchen. Als ich mir sein breites, weißes Kreuz anschaute, kam mir eine Idee.

»Hey! Ich werde dich Flöckchen nennen!«

Es war mir ganz egal, was mir die Hündin erzählt hatte. Das war doch kein »gesichtsloser Umriss«. Dieser Kerl war schlicht zu einmalig!

Der Troll schaute zurück. Seine roten Augen fokussierten mich, dann lächelte er – breit und einnehmend. Er winkte mir mit der riesigen Tatze zu und machte sich in einem merkwürdigen Watschelgang auf die Suche nach Harlekin.

Das schien es gewesen zu sein. Ich teilte den Manafluss gleichmäßig zwischen den beiden Jungen auf. Danach teleportierte ich mich zurück zum Tempel, weil ich zu faul zum Laufen war. Dort war anscheinend alles in Ordnung. Die Welpen tollten umher, die Wachen hielten Wacht, der Zwerg schniefte empört, während er eine Armvoll Mithril nach dem anderen den Korridor hinunterschleppte. Ich musste wirklich etwas gegen seine Launen unternehmen. All dieses Gemurmel und die giftigen Blicke machten mir einfach keinen Spaß. Was fiel mir ein, das Zwerge mochten? Wie konnte ich ihn weichkochen? Bier, Gold, Äxte, Pfeifenrauch und ein Bart – mehr wusste ich eigentlich nicht über Zwerge. Als Zombie würde er wohl weder rauchen noch trinken – etwas in der Richtung hätte ihn wahrscheinlich nur noch ärgerlicher gemacht. Gold war Mithril eindeutig unterlegen. Auf Kriege und Waffen würde er noch warten müssen, aber was den Bart anging ... Er hatte keinen, denn die alten Verbrennungen waren dafür zu schlimm. Konnte es sein, dass er deshalb so verbittert war? Wahrscheinlich wäre es mir leichter gefallen, nackt durch die Stadt zu laufen, als dass sich dieser anerkannte Meister aus dem Königreich unter dem Berg ohne Bart in der Öffentlichkeit zeigte. Ich fragte mich, ob es Bart-Perücken zu kaufen gab. Apropos ... Mir kam da der Anflug einer Idee!

Ich schaute zu, wie der kahle Zwerg davonging, und lief dann hinaus auf den Innenhof. Da war er ja: Lenas Vater. Zeit, seine Bekanntschaft zu machen. Er hatte sich ebenfalls für die Standardeinstellungen für Charaktere entschieden: ein Mensch mit leichtem Bauchansatz – war das eine bewusste Entscheidung gewesen, oder hatte er sich einfach kopflos durch die Charaktererschaffung geklickt? Andererseits war er angeblich Chefarzt in einem Krankenhaus. Per Definition sollte sein IQ also nicht allzu niedrig sein.

Ich trat heran und bot ihm meine Hand an. »Sei mir gegrüßt. Herzlich willkommen im Clan.« Ich zögerte kurz und las seinen Avatarnamen. »Alexander Nikolajewitsch.« Hatte denn niemand diesem Kerl gesagt, dass er seinen Namen ändern konnte?

Der Doktor erriet meinen Gedanken und lächelte – oder vielmehr seine Lippen lächelten, während sich seine Augen mit Müdigkeit füllten, unendlich und hoffnungslos. »Nenn mich Alex. Oder Doc. Was dir lieber ist. Ich weiß wirklich zu schätzen, was du alles für uns getan hast. Du kannst dir gar nicht vorstellen, was Lena uns bedeutet. Ich kann dir ganz sicher sagen, dass du mit ihrer Rettung noch mindestens zwei weitere Leben gerettet hast. Vielen Dank.«

Ich wusste gar nicht, wo ich hinschauen sollte. »Du solltest dich nicht bei mir bedanken, Alexander Niko… Alex. Cryl ist es, der das eigentliche Lob verdient. Er hat sein ganzes Herzblut in sie investiert, nicht nur seine Zeit und sein Geld. Hoffentlich hast du bald auch die Chance, Taali zu treffen. Sie war so traurig über das Schicksal deiner Tochter. Sie hat es sich wirklich zu Herzen genommen.«

Schließlich schenkte mir der Doc doch ein echtes Lächeln: zwar immer noch ein müdes, aber ein ernst gemeintes. »Ja, meine Frau hat mir von ihnen erzählt. Ich freue mich, schon bald alle zu treffen.«

»Ausgezeichnet. Jetzt schau dich erst mal um und mach es dir bequem. Such dir eine Wohnung aus und entscheide, wie sie eingerichtet werden soll. Ich fürchte, ich kann euch nicht allzu viel zuteilen, aber ich werde Lurch sagen, dass er ein Prozent der Ressourcen zur Seite legt, damit euer Quartier instand gesetzt und umgestaltet werden kann.«

Doc sah interessiert aus. »Lena meinte, dass diese Burg der sicherste Ort in ganz AlterWorld ist. Ist das wirklich so?«

»Sie ist auch noch der schönste«, mischte sich das Mädchen ein. Es saß ganz in der Nähe inmitten von Blumen und versuchte, ihnen beizubringen, wie man »Kling, Glöckchen, klingelingeling« spielte.

Ich dachte kurz über meine Antwort nach. Dann nickte ich. »Für die Clanmitglieder ganz sicher – ja, hier kommt niemand hinein. Eindringlinge müssen draußen bleiben. Wir haben unsere eigenen Wachen und die Höllenhunde. Noch dazu ist unsere Burg-KI etwas paranoid. Und wir haben den Ersten Tempel und die Unterstützung der Götter im Rücken.«

Doc rieb sich die Hände. »Ausgezeichnet! Welche Größe

haben denn die Wohnungen, die wir beziehen können? Wie viele Zimmer?«

Ich musste gestehen, dass mich sein pragmatisches Vorgehen etwas überraschte. »Nehmt euch, was ihr braucht. Es gibt mehr Platz, als wir nutzen können. Aber es wird auf jeden Fall etwas liebevolle Pflege brauchen.«

»Und wenn ich darum bitten würde, einen ganzen Flügel zugewiesen zu bekommen?« Er nickte in Richtung eines der acht Gebäude, die vom Tempel abgingen. Dieser Typ hatte einen ganz schönen Appetit.

»Ach, das ist ein echtes Stalingrad«, antwortete ich. »Es besteht nur aus umgestürzten Wänden und anderen Trümmern. Wahrscheinlich ist es auch noch voller explosiver Überraschungen. Und ich kann es mir gerade nicht leisten, etwas von dieser Größe zu renovieren ...«

»Ich könnte auch etwas echtes Geld reinstecken. Soweit ich gehört habe, gibt es im Spiel doch diese Möglichkeit. Meinst du, ich könnte das Geld verwenden, um ein paar Innenausstatter anzuheuern?«

Ich nickte. »Schon möglich. Ich könnte welche über das Burgmenü anwerben, wenn du möchtest. Steinmetze, Zimmerleute. Keine Ahnung, wie schnell die arbeiten, aber arbeiten tun sie auf jeden Fall.«

»Ausgezeichnet! Mit deiner Erlaubnis suche ich mir einen der Flügel aus und passe ihn meinen Wünschen an. Einverstanden?«

Ich zuckte die Schultern. Er verlangte nicht viel, oder? Auch egal. Die Zeit würde es schon erweisen. »Es ist ja nicht so, als würden wir hier an Überbevölkerung leiden. Okay dann. Macht es euch bequem.«

Ich schüttelte ihm die kräftige Hand und wandte mich dann anderen Dingen zu. Was stand als Nächstes auf meiner Liste? Die Jungen. Ich wollte ihnen einen ordentlichen Schub geben – nicht nur das erforderliche Minimum von 2.000.000 Mana, sondern die ganzen 4.000.000. Ich hoffte nur, dass diese Verschwendung sich auch positiv auf ihre Werte auswirken würde. Wenn ich nicht schlief, würde ich es binnen der nächsten fünfzehn Stunden wissen. Ach du Schande! Ich hatte ja ganz vergessen, warum ich überhaupt hergekommen war! Eigentlich wollte ich doch versuchen, eine Zauberschriftrolle zu erschaffen!

Ich klopfte auf meine Taschen – gut, ich hatte alle Zutaten bei mir: das magische Pergament und die Funken der Göttlichen Gegenwart.

Also schaute ich mich nach einem freien Fleck um. Drüben an der Nordmauer sah es gut aus. Nachdem ich alle im Chat gewarnt hatte, dass sie nun Zeuge einiger lauter und visuell eindrucksvoller Experimente werden würden, ging ich zu meiner Versuchsstätte und scrollte dabei durch das Kalligrafiehandbuch.

Die Fähigkeit enttäuschte mich nicht. Auch wenn ich kurz den Manafluss des Altars auf mich umleiten musste, ging ich nicht davon aus, dass die Jungen das überhaupt bemerken würden. Ich brauchte nur Geduld und etwas Ausdauer, um der Abklingzeit des Hochzaubers zu widerstehen.

Am Ende der zweiten Minute gaben meine Beine nach, und mein Hals knackte unter dem Gewicht meines bleischweren Kopfs. Das sollte reichen!

Bäm! Endlich beendete ich das Wirken und brach zusammen. Wer hatte denn schon gesagt, dass es leicht werden würde? Magie war eben auch verdammt harte Arbeit.

Als ich mich etwas besser fühlte, kroch ich auf Händen und Füßen zu dem Pergament und schaute mir die Werte der noch warmen Urkunde mit der noch feuchten Tinte an.

Magische Schriftrolle
Gegenstandsklasse: Episch
Enthält einen Zauber des Hochkreises: Astralmanaverzehrung.
Effekt: Entzieht dem ausgewählten Ziel 8.388.608 Mana.
Zauberzeit: 115 Sek.

Beschützt die Person, die diese Schriftrolle vorträgt! Jeglicher erlittene Schaden wird ihre Konzentration und damit auch den Zauber brechen!

Es klappte! Okay, die Abklingzeit der Magie sorgte dafür, dass ich nur alle vierundzwanzig Stunden eine solche Schriftrolle herstellen konnte, doch das war jetzt nicht wichtig. Wichtig war, dass ich gleich hier und jetzt auch noch eine Schriftrolle mit dem Inferno-Portal erschaffen konnte!

Zwei Minuten später pustete ich imaginären Staub von einer frisch erschaffenen Schriftrolle und steckte sie in meine Tasche. Es war ein guter Tag gewesen. Ich hatte viel von dem geschafft, was ich schaffen wollte. Jetzt hatte ich jedes Recht dazu, mal in meine eigene Wohnung zu gehen und hoffentlich eine Mütze Schlaf zu kriegen. Ich war einfach völlig erledigt.

Ich hielt mich an Lurchs Anweisungen und ging die Treppe hoch, während er mit seinen Erfolgen im Bereich der Inneneinrichtung prahlte. Die Tür schwang auf, und ich fühlte mich, als wäre ich ein Kandidat bei »Zuhause im Glück« oder einer anderen Einrichtungsshow. Nur musste ich mich nicht für die Kameras freuen, auch wenn ich das gern getan hätte. Dieser Lurch war wirklich ein krasser Typ!

Er hatte Antiquitäten mit modernen Möbeln aus geschwungener, ebenholzschwarzer Eiche und weichen ergonomischen Sesseln sowie einem atemberaubenden Sofa gemischt. Eine hohe Stuckdecke schwebte über einem Kamin aus Marmor, und das Mosaikparkett konnte mit dem in der Eremitage mithalten. Apropos ... Obwohl alles so wunderschön war, hatte man doch nicht das Gefühl, in einem Museum zu stehen: Das gemütliche Halbdunkel wurde von einem prasselnden Feuer erhellt, und neben dem Kaminsims stand ein weicher Sessel, der meinen Namen zu rufen schien ... Ja, ich komme! Ich zog an der Tür die staubigen Stiefel aus, ging zum Sessel rüber und ließ mich mit einem wohligen Seufzer langsam auf das Polster sinken.

»Grrrr!«, hörte ich von unter meinem Hintern. Ich zuckte zurück und stöhnte.
Der weiße Puh schaute mich böse vom Sessel aus an. Stacheln funkelten auf seinem schlichten Halsband, das nun auch das Mal des Gefallenen trug.
Verdammt.

KAPITEL
NEUNZEHN

Am nächsten Morgen begann mein interner Wecker um fünf Uhr morgens zu kreischen. Ich hatte mir absichtlich den grässlichsten Klingelton und das dazu passende schlimmste Blinken ausgesucht. Hier konnte man sich nicht unter ein Kissen verkriechen oder den Wecker gegen die Wand schmeißen ... Das würde ganz schön wehtun und auch eine Menge Geld kosten. Nun machen Sie schon, Herr Cyborg! Zeit zum Aufstehen!

Eine Erinnerung wurde angezeigt: *Die Jungen!* Ich schüttelte den Kopf, schloss das Nachrichtenfenster und bat Lurch um ein leichtes Frühstück mit doppeltem Kaffee. Das Denken fiel mir noch schwer. In der vergangenen Nacht hatte ich bis Mitternacht versucht, diesen elenden Weißen Puh aus meinem Schlafzimmer zu vertreiben. Er schien meine Reaktion auf das ständige Ploppen seiner Portale zu mögen. Schließlich hatte ich ihn gewarnt, dass ich mit dem Gefallenen sprechen würde, der ihm bestimmt gerne einen Designer-Maulkorb anlegen würde, der zu seinem Halsband passte. Mit einem schmerzerfüllten Blick knurrte Puh eine entrüstete Beleidigung. Dann verzog er sich, diesmal auf Dauer.

Ich schnappte mir schnell was zu essen und füllte mich bis obenhin mit Kaffee ab. Dann trottete ich die dunklen Gänge hinunter. Meine Elfensicht half mir nicht viel. Die meisten Flure waren in den fensterlosen Tiefen des Gebäudes verborgen, was zwar gut für die Sicherheit war, aber die Fortbewegung im Dunkeln deutlich erschwerte. Die rauchenden Fackeln konnten die Dunkelheit kaum zerstreuen: Die Burg hatte nicht genug Ressourcen, um eine feste magische Beleuchtung zu installieren. Unsere oberste Priorität musste sein, das Verteidigungspotenzial der Burg wiederherzustellen.

Als ich zum x-ten Mal stolperte, war mir die Wirtschaftlichkeit schlichtweg schnurz, und ich gab den Befehl, dass hier richtige Lampen installiert wurden. Ich war schließlich kein Geist, der durch die Finsternis streifte und mit Flüchen um sich warf. Diese Ruinen hatten hier achthundert Jahre lang mit starrenden Löchern gestanden. Da würde eine halbe Stunde mehr doch keinen großen Unterschied machen!

An einem der Ausgänge traf ich auf ein paar Orkwachen. Ich sagte ihnen, dass sie ihre Waffen gegen Fackeln austauschen und mir folgen sollten. So war es besser.

Die oberste Plattform des Turms schimmerte in der Dunkelheit bläulich. WTF? Ich eilte die Stufen hoch. Zum Glück gab es diesmal keine fiesen Überraschungen: Die Eier liefen nur dermaßen vor Mana über, dass die überschüssige Energie leuchtend zerrann.

Oh. Es hatte mir schon länger niemand mehr die Meinung gesagt, weil ich vergessen hatte, den Strom abzuschalten. Es wurde Zeit, dass der Gefallene kam und uns mal die Leviten las. Ich schaute mich verstohlen um und nahm die Jungen lieber schnell vom Tropf, indem ich den Manafluss zurück in den Tempel lenkte. Dann schaute ich mir die Eier an und erstarrte.

Gut genährt und richtig ausgeformt waren sie nun, da ihre Manifestation in unserem Raum-Zeit-Kontinuum vollständig war. Ihre detailreich strukturierte Oberfläche wirbelte in zweihundertsechsundfünfzig Schattierungen von schillerndem Grau, das komplexe Muster bildete: ein hypnotisierender Anblick, der unvorsichtige Betrachter sogar in eine Trance versetzen konnte.

Eine schwere Hand im Panzerhandschuh rüttelte an meiner Schulter und brachte mich zurück in die Wirklichkeit.

»Wollt Ihr, dass ich noch mehr Fackeln hole, Herr?«, krächzte der orkische Fackelträger. »Diese hier sind am Ende. Aber es ist ja eigentlich schon Morgen ...«

Morgen? Ich schaute mich verwirrt um und starrte auf meine Uhr. Es war tatsächlich morgens, und zwar schon nach acht. Hieß das, dass ich fast zwei Stunden mit großen Augen und offenem Mund hiergestanden und mir sabbernd die Eier angeschaut hatte? Das war mal eine schräge Form der Selbstverteidigung! Man stelle sich jemand Neugieriges wie mich vor, der mal Lust darauf hatte, von den Eiern zu kosten, während das Muttertier aus dem Haus war – er wäre einfach hypnotisiert erstarrt geblieben, bis die Drachenmama nach Hause kam. Sie musste sich dann keine Nachspeise suchen – zumindest keine, die so frech gewesen war, aus freien Stücken zu kommen und ganz geduldig zu warten.

Wenn ich doch nur unseren Kuppelschild mit einer solchen Eierschale hätte überziehen können! Ein Blick darauf und der überraschte Feind wäre Geschichte. Eine Wunderwaffe.

Während ich darauf achtete, das Ei nicht direkt anzuschauen, klopfte ich mit dem Knöchel gegen die Schale. Es gab ein Echo ab, ohne zu zerbrechen. Klopf, klopf. Jemand zu Hause? Ich wählte ein Ei als Ziel aus und las mir die Werte durch:

Ausgewachsenes Ei eines Knochendrachen. Ein einzigartiges Gelege. Wahrscheinlichkeit, dass ein Phantomdrache schlüpft: 99,9 %. Wahrscheinliches Geschlecht: Weiblich
Mana: 4.000.000/4.000.000
Bonus von 100 % auf die Startattribute.
Wollt Ihr das Ei aufbrechen und das Junge herauskommen lassen?

Warum sollte ich das nicht wollen? Ich schlug mit der virtuellen Faust auf den Knopf, während mich eine große Erleichterung erfasste, wie sie jeder kannte, der je eine lange und mühsame Arbeit beendet hatte.

Ja, genau. Träum weiter.

Glückwunsch!
Ihr habt eine Fähigkeit erlernt: Glucke.
Ihr könnt jetzt beliebige Eier auf Wunsch auf der Stelle ausbrüten und so eine neue Kreatur in diese Welt holen.

O nein. Ich musste darauf achten, dass niemand von dieser neuen Fähigkeit erfuhr! Ich hatte echt keinen Bock, bis ans Ende aller Tage einen Spitznamen wie *die Elfenglucke* zu tragen. Meine sarkastischen Freunde würden mich andauernd damit nerven, dass ich Eier für sie ausbrüten sollte! Ich wünschte, ich hätte diese Fähigkeit in der wirklichen Welt gehabt. Dann hätte ich mir Arbeit auf einer Hühnerfarm gesucht und damit richtig was verdient.

Achtung: Der Quest »Die Trauer eines Drachen II« wurde abgeschlossen!
Belohnung: Ihr habt eine neue Fähigkeit erlernt: Drachenflüsterer.
Einmal alle vierundzwanzig Stunden habt Ihr die Fähigkeit, alles versteckte Gold im Umkreis von tausend Schritt aufzuspüren und so Eure Instinkte für die Schatzjagd zu schärfen.

Ich zuckte die Schultern. Diese spezielle Fähigkeit wirkte jetzt nicht sehr vielversprechend. Glaubten sie denn, dass AlterWorld vollgestopft mit nicht beanspruchtem Gold war? Es tauchten weitere Fenster auf, die mir die Sicht versperrten. Ich wischte sie beiseite, um das Ei anschauen zu können. Wie siehst du denn nun aus, du Phantomdrachenjunges?
 Die Schale brach auf wie eine perfekte Blüte, die sich entfaltete. Ein neugieriger Kopf spitzelte heraus und zerriss die Luft mit einem ohrenbetäubenden Schrei, der die Schallmauer zu durchbrechen schien. Das kleine Junge hielt mit seinen Gefühlen nicht hinter dem Berg. Ein Ansturm von Freude und Glück überspülte

alles in seinem Umkreis und zauberte allen ein Lächeln auf die Lippen, während das Herz in stummer Erwartung von etwas zweifelsohne Wundervollem einen Schlag aussetzte. Die winzigen Panzerplatten des Drachenjungen funkelten, als es versuchte, wie ein Chamäleon die Farbe zu wechseln oder sich unsichtbar zu machen. Sein kleines Gesichtchen mit den Reißzähnen leuchtete in sämtlichen Farben des Regenbogens, die gelegentlich auch harmonisierten, sodass das Junge immer wieder kurz verschwand wie ein fehlerhaftes Hologramm.

Es schaute sich um und warf mir einen drolligen Blick zu, wobei es drohend die Oberlippe hob. Dann pfiff das kleine Weibchen wieder, nur dass es diesmal ein Weckruf voller Unsicherheit und Einsamkeit war, erfüllt von dem Wunsch, sich an eine starke Knochenbrust zu schmiegen, die einen beschützen und in der wirbelnden Finsternis verbergen konnte. *Mama, Mama, wo bist du?*

Unwillkürlich wich ich zurück und hielt mir die Ohren zu. Die Kleine musste damit echt dringend aufhören. Sie hatte ja keine Ahnung, wie leicht sie damit anderen Leuten den Kopf platzen lassen konnte!

Ihr aufgebrachtes Quietschen erreichte ein Crescendo der hoffnungslosen Verzweiflung und schwoll schließlich zu einem körperlichen Schmerz an, der einem die Tränen in die Augen trieb und mich immer weiter von ihr wegdrückte. Ich lehnte mich gegen die Bö nach vorne und versuchte, an Ort und Stelle zu bleiben, ohne von der Plattform geweht zu werden. Mit einem Klappern von Steinen hinter mir hörte ich, wie der Ork schrie, als er vom Turm herabstürzte. Seine Stimme gab mir das kleine Quäntchen an zusätzlicher Motivation, das ich brauchte. Doch warum funktionierte denn mein Schutz durch das Götterblut nicht? Lag es daran, dass es kein bewusster mentaler Angriff, sondern nur ein verstärktes Gefühl war? O Gott!

Ich sollte lieber auch ihren Bruder aus dem Ei lassen. Vielleicht war ihre Laune zusammen besser.

Ich drückte meinen Rücken gegen die gefährlich wackelige Zinne, wählte das zweite Ei aus und ließ das Junge frei.

Wiiiiiiiuuu! Der zweite Schrei, aufgebracht und fragend, vermischte sich mit dem Klagelied der bitteren Verzweiflung. Eine kurze Pause, ein rasend schneller Austausch von mentalen Bildern – dann wurden meine Nerven, die sich kurz hatten erholen können, von einem Doppelstoß aus Angst und Besorgnis erwischt. Ich ging in die Knie und stöhnte ob des mentalen Drucks, während ich schniefend versuchte, das Blut in meiner Nase hochzuziehen.

Das Geräusch nackter Füße auf dem Stein, die sich schnell näherten, konnte ich kaum hören, als eine zerzauste Lena auf die angeschlagene Plattform trat. Ihre schmale Gestalt war notdürftig mit einem schenkellangen T-Shirt verhüllt, ihre Füße waren durch den irren Lauf blutverschmiert – auf dem Boden der Burg lagen schließlich überall noch Steinsplitter und Scherben. Wenigstens folgte ihr kein ebenso leicht bekleideter Cryl, sodass ich mir alle anrüchigen Ideen sparen konnte.

Sie schaute mich an, die Augen feucht vor Tränen des Mitgefühls. »Halt durch, Max«, hauchte sie und lief zu den Jungen. Sie mühte sich, sie zu erreichen, und umarmte ihre stacheligen Köpfe, wobei sie sich nicht um das Blut scherte, das ihr aus mindestens einem Dutzend Schnitten an Armen und Händen lief. Dabei flüsterte sie beruhigend auf die schluchzenden Drachenjungen ein, küsste und streichelte sie.

Der Druck ließ nach. Der Schmerz und die Besorgnis waren noch da, aber wenigstens wollte man jetzt nicht mehr von den Zinnen springen, um ihnen zu entkommen.

Ich wischte mir die immer noch blutende Nase am Ärmel ab und trocknete meine Tränen. Dann quälte ich mich auf die Füße, um mir die Jungtiere anzuschauen. Sie schniefen und klagten, wobei sich eine kristalline Flüssigkeit in ihren Augenwinkeln bildete. Ein schwerer, zähflüssiger Tropfen rann über die schuppige Wange und wurde im Fallen langsam fest.

Pling, pling. Die verglaste Träne fiel auf den Steinboden und rollte auf meine Füße zu.

Ich zwang meine verkrampften Muskeln dazu, sich zu bewegen, und hob den noch immer warmen Kristall auf.

Wahre Träne eines Phantomdrachen.
Gegenstandsklasse: Episch
Effekt: +75 auf ein Attribut Eurer Wahl.

Heilige Scheiße! Von so etwas hatte ich ja noch nie gehört. Ich wollte es gar nicht wagen, mir einen Preis auszudenken. Stattdessen grub ich mich in die Seiten des Wikis und überflog die Suchergebnisse, während ich den Kristall immer fester umklammerte. Fünfzig bis hundert Riesen! Der Preis für so ein einzigartiges Objekt schwankte ziemlich stark und war nur durch die Finanzkraft des Käufers begrenzt. Es konnte sich nicht jeder leisten, für ein paar virtuelle Murmeln so viel wie für ein gutes Auto zu bezahlen, aber die unfassbare Seltenheit des Gegenstands und seine Eigenschaften wogen für jene, die sich mit solchen Dingen auskannten, alles auf. Ein Gegenstand wie dieser konnte jedes Spitzenausrüstungsteil noch weiter verbessern oder zu einem speziell angepassten Satz Schmuck werden lassen, der die eigenen speziellen Bedürfnisse optimal befriedigte. Für Permaspieler wie mich war der Stein damit unbezahlbar.

Wenn man so darüber nachdachte: Wie viele Milliarden würde der Besitzer eines Fußballteams für einen kleinen Diamanten bezahlen, der die Geschicklichkeit eines Spielers um 75 erhöhte, wenn man ihn ihm ans Revers heftete? Wie viel würde ein in die Jahre gekommener Millionär angesichts seiner schwindenden Lebenskraft für einen Bonus von 75 auf eine seiner Eigenschaften bezahlen? Oder ein Wissenschaftler, der diesen Bonus auf seine Intelligenz bekam?

Pling, pling. Ein weiterer Kristall rollte über den Boden und störte meine Fantasien. Die Drachenjungen schluchzten und weinten weiter und erzeugten so einen steten Strom von Artefakten ...

Was war das denn für eine Gelddruckmaschine?

Oh, au. Ein besonders herzzerreißender Anfall von Verzweiflung brachte mich schier zum Zusammenklappen. Das war eher eine Tränendruckmaschine! Wie viel kostete eine Kinderträne? Wie viel kostet die Träne eines Drachenjungen? Was für ein Mensch wäre ich gewesen, wenn ich das Leid eines Kindes zu Geld gemacht hätte?

»Max!«, meldete sich Lena besorgt. »Wo ist ihre Mama?«

Ich schluckte. Ich spuckte etwas Blut von meiner aufgebissenen Zunge aus und krächzte: »Weiß nicht. In einem Zoo ... hoffentlich.«

»Du musst losziehen und sie finden! Die Jungen werden doch keinen Tag ohne sie überstehen! Ich kann sie nicht mehr lange davon abhalten, panisch zu werden!«

Achtung: Neuer Quest! Die Bitte der &#ç$ Priesterin!
Ihr habt 24 Stunden, um die Mutter der Phantomdrachen zu finden und sie zu befreien.
Belohnung: ?&@$*éN°

Wie bitte? Hatte mich Lena denn gerade tatsächlich auf einen Quest geschickt? »Wie hast du das denn gemacht?«

»Was meinst du? Beeil dich!« Sie legte genervt den Kopf schief. Sie biss sich auf die Lippen. Blut von ihren zerkratzten Armen färbte die Schuppen der Jungen rot.

»Ich habe einen Quest von dir bekommen! Ich soll die Mutter der Jungtiere finden!«

»Dann geh doch und finde sie!«

»Ich gehe ja! Aber wie hast du das denn ...«

Herr! Lurchs besorgte Stimmte drang in meinen Verstand ein. *Die Goblins sind alle weggelaufen! Die Wache wurde hinter die äußere Mauer gezwungen, und ich ... Ich kann aus irgendwelchen*

Gründen nicht aufhören zu weinen ... Sogar die Stare haben ihr Nest verlassen! Sie sind auch weg.

Hier suchte noch jemand eine Schulter zum Ausheulen. Warum genau wandten sich eigentlich alle an mich, wenn sie Hilfe brauchten? Kann mir nicht ausnahmsweise mal jemand helfen, oder zumindest herkommen und mir das Blut und die Tränen aus dem Gesicht wischen?

»Warte mal eben, Lurch«, brachte ich hervor. »Gerade ist alles im Arsch. Hier sind ein paar Jungen geschlüpft, und ihre Mutter ist verschwunden. Also weinen sie wie die Schlosshunde. Warte mal eben kurz. Ich überlege mir was.«

Pling, pling. Welcher Sadist hatte sich denn diesen fiesen Ablauf überlegt? Trauer, Tränen, Geld? Hätten sie sich nicht so was wie »Lachkristalle« ausdenken können? Angewidert von mir selbst hob ich die kostbaren Tränen vom Boden auf und nahm mir das Versprechen ab, dass ich alles tun würde, um Mama Drache zu befreien und keinen Moment zu trödeln, um noch einen Kristall zu bekommen.

»Halt durch, Lena. Ich komme so schnell wie möglich zurück.«

Ich rappelte mich auf, aktivierte das Portal und teleportierte mich in den Tempel. Hier war der Druck nicht ganz so stark, aber ich hatte immer noch Schwierigkeiten, mich zu konzentrieren, insbesondere da nun auch noch Lurch das Drachenduett mit einem leisen Wimmern untermalte.

Ich musste etwas dagegen unternehmen. Das war richtige psychologische Kriegsführung aus dem Arsenal irgendeines Zweigs der Regierung. Als ob der Geheimdienst einem winzige Lautsprecher, die kaum größer als ein 50-Cent-Stück waren, hinter die Tapete geklebt hatte. Und da saßen sie dann und vibrierten, während das ahnungslose Opfer eine derart finstere Depression bekam, dass es irgendwann einfach vom Balkon sprang. Oder eine ganze Packung Schlaftabletten schluckte und mit einem Lächeln auf dem Gesicht einschlief, weil es sich auf ein schnelles Ende seiner Pein freute.

Und hier hatte ich nun zwei Trauergeneratoren direkt vor mir, die sich aneinanderschmiegten. Ich persönlich könnte vielleicht noch einen oder zwei Tage durchhalten, aber Lurch schaffte das nicht, und ich wollte ganz sicher keine verrückte KI um mich haben. Doch vor allem mussten wir den Jungen helfen. Es war schlicht herzzerreißend.

Vor ungewollten Gefühlen aufstöhnend aktivierte ich mein Portal zu den Veteranen. Eine kurze Überprüfung meiner Identität, ein gegenseitiges Nicken als Begrüßung und ein paar Hundert Meter schmale Treppen und Korridore, dann brach ich auf einem Sessel zusammen. Es war ein harter Tag gewesen, und wenn man bedachte, dass er gerade erst angefangen hatte, wurde es wirklich Zeit, dass ich mir einen beruhigenden Kräutertee machte. Bis zum Abend würde ich den sicher brauchen.

Also. Aufgabe Nr. 1: die Drachenmutter finden. Ein paar Suchen mit Schlüsselwörtern gaben mir prompt die Infos, die ich brauchte. Keinen Augenblick zu früh. Die Verwaltung der Stadt des Lichts hatte soeben verkündet, dass heute Mittag die Diener des Lichten Gottes die reinigende Kraft der Sonne nützen würden, um eine elende Brut der Finsternis auszumerzen: die Knochendrachin. Eigentlich, so spotteten unabhängige Reporter, wäre diese Entscheidung angesichts der Tatsache gefallen, dass die Drachin explizit nicht mehr leben wollte. Sie hätte also ohnehin das Zeitliche gesegnet und so einen steten Geldstrom für die Besitzer des Zoos zum Versiegen gebracht. Deshalb wollten sie ein letztes Mal richtig abkassieren, bevor ihre Felle den Fluss runtergeschwommen waren: eine standrechtliche Hinrichtung mit einem Eintrittspreis von zehn Goldstücken. Wirklich mittelalterlich. In hundert Jahren würden sie vielleicht anfangen, Hexen auf dem Scheiterhaufen zu verbrennen.

Ich hatte noch etwa vier Stunden. Theoretisch. Die Abklingzeit des Hochzaubers von gestern würde erst eine Stunde vor der Mittagszeit ablaufen. Und ich hatte immer noch keinen Rücksetztrank. Zweimal war er im Auktionshaus aufgetaucht, und beide Male hatten die Gebote über der Reserve für meine Automatik-Käufe gelegen. Und ich musste auf jeden Fall auch noch einen Kuppelschild knacken, denn normale Ketten und Eisen würden nicht genügen, um die Knochendrachin ruhigzustellen. In den Nachrichten wurde erwähnt, dass sie sehr schwach war. Die Frage war nur, wie schwach genau. Doch das war ein Problem, das ich lösen würde, wenn wir so weit waren. Ich hoffte nur, dass sie stark genug war, ihren Hintern vom Boden zu heben und ein paar Meilen in der Luft zu bleiben.

Aufgabe Nr. 2: einen Unterstützungstrupp auftreiben. Niemand würde mich einfach so den Kuppelschild abschalten und eine wichtige Drachin mitten vom Marktplatz stehlen lassen. Die Veteranen wollte ich nicht um Hilfe fragen: Sie hätten zu viel Zeit gebraucht, um in die Gänge zu kommen. Außerdem war ich eigentlich nicht bereit, mir noch eine moralische Schuld aufzuladen – und damit meinte ich nicht mal das Geld, das sie von mir eingefordert hätten. Im Leben stellte sich oft heraus, dass man für die Dienste eines Freundes mehr bezahlte, als einem professionelle Söldner berechnet hätten. Demzufolge mussten es wohl Söldner sein. Ich hatte ein paar Kontakte und Gesichter, an die ich mich wenden konnte. Ich scrollte durch meine ohnehin schon lange Kontakteliste, bis ich zu Zenas Namen kam. Dann schickte ich ihr eine PN und bat um ein dringendes Treffen.

Sie antwortete auf der Stelle:

Unser geheimnisvoller Max! Endlich! Du hast ja eine ganze Weile gebraucht. Warum sind dir denn die Damen wieder eingefallen, die du in den Totlanden zurückgelassen hast? Okay. Treffpunkt: Stadt des Ursprungs, die Eisdiele zum Eingelegten Pinguin. Wenn es was Ernstes ist, solltest du dich lieber sputen. Damen brauchen nicht viel: Spendiere uns ein paar Bananensplits, und wir sind bester Dinge.

Ich kratzte mich am Kopf und suchte nach der Karte, die ich vor Ewigkeiten gekauft hatte. Ich entdeckte das fragliche Eiscafé darauf. Anschließend stürzte ich die Treppe hinunter und suchte nach Porthos mit dem Schluckauf oder wer auch immer gerade Dienst in der Portalhalle hatte.

Keine Minute später rieb ich mir die verstauchten Füße, nachdem ich auf den Pflastersteinen des Platzes gelandet war: Das Portal hatte mich zu hoch ausgespuckt. So was war noch nie passiert: Entweder der Zauberer hatte beim Wirken des Zaubers tatsächlich akut Schluckauf gehabt oder – Gott bewahre! – meine Magie begann, sich zu verselbstständigen. Was ganz und gar nicht gut war, denn auf diesem Platz würde es bald zu einem äußerst groß angekündigten Ereignis kommen. Zudem hoffte ich, dass die Zuschauer wesentlich mehr für ihr Geld zu sehen bekamen, als sie erwarteten. Wie interessant durfte es schon sein, zwanzig Dienern des Lichts zuzuschauen, die eine apathische Drachin entleibten, die eh nur zu einem Haufen Knochen zusammenfallen würde? Ein Angriff der Dunklen samt anschließendem Gemetzel war da schon ein vollkommen anderer Anblick.

Es schien ganz schön voll zu werden. Marktstände auf allen Seiten des Platzes, vor denen die Händler ihre Waren ausbreiteten, waren schwer im Geschäft. Die Zimmerleute der Stadt hämmerten gerade die letzten Nägel in die langen Reihen von Tribünen, die im Halbkreis um eine improvisierte Arena aufgestellt waren. Eine schnelle Berechnung, ausgehend von der durchschnittlichen Schulterbreite multipliziert mit der Zahl der Sitzplätze mal zwanzig Reihen, ließ mich entmutigt den Kopf schütteln. Die Organisatoren rechneten mit etwa dreitausend Zuschauern. Viel zu viele.

Ich schaute auf meinen internen Kompass und suchte mir einen Verzauberer, der mich in die Stadt des Ursprungs bringen konnte. Dort angekommen fand ich die Mädchen schnell: Man musste ja auch blind sein, um eine gewaltige Trollin zu übersehen, die einen Eisbecher von der Größe eines Waschzubers in der Hand hielt.

»Guten Tag, die Damen!«

Zena leckte betont mit ihrer lila Zunge den Löffel ab. Sie zwinkerte mir zu. »Dir auch einen schönen Tag, Burgeroberer und Töter untoter Drachen! Was führt dich hierher? Warum hast du dich gerade jetzt an unseren grüngesichtigen Haufen erinnert?«

Die Trollin warf ihrer Anführerin einen beleidigten Blick zu. »Graugesichtig sind wir auch!«, donnerte sie grummelig.

Ich wedelte mit der Hand, um jeglichen aufkeimenden Streit sofort zu unterbinden. »Jetzt hör doch nicht auf die, Schatz! Die sind nur neidisch. Du hast mehr Eindruck bei mir gemacht als alle anderen zusammen.«

»Habe ich das wirklich?« Bomba die Trollin starrte mich misstrauisch an.

Ich wollte mein Karma nicht mit Notlügen belasten, weswegen ich sie einfach nur unverbindlich anlächelte. »Weißt du, ich habe da einen wirklich netten Troll in meiner Burg. Er ist stark und flink wie eine Katze und – er ist fast schon intellektuell. Er ist zwar ein NSC, aber welche Rolle spielt das schon? Würdest du ihn vielleicht mal treffen wollen?«

Bomba schaute mich mit einem Blick an, der mir unmissverständlich verriet, dass sie nicht wusste, ob ich ihr nur einen Bären aufbinden wollte. Ihr Gesicht wurde schwarz. Sie senkte die Augen. »Hättest du nichts dagegen? Es gibt ja nicht viele von uns, und die meisten, die es gibt, sind …« Sie verstummte. Sie machte eine hilflose Geste.

Eigentlich hatte ich es nicht ganz ernst gemeint. Und eigentlich *hatte* ich sie ein bisschen auf die Schippe nehmen wollen. Doch das sollte mich nicht daran hindern, ihr Flöckchen vorzustellen. Sabberte ich nicht auch immer Ruata der Dunkelelfenfürstin hinterher? Und wenn dem so war, warum sollte Bomba dann nicht mal einen verantwortungsvollen Troll-Single kennenlernen, der das auch wollte? Man wusste ja nie, wie sich die ganzen Jahre in der Haut eines anderen Volkes auf den eigenen Verstand auswirkten. Ich konnte klar erkennen, dass diese Damen bereits eine ganze Weile hier waren. Wie gerne würde ich eines Tages mal ihre Geschichte hören! Ihre ungewöhnliche

Wahl in Sachen Volkszugehörigkeit für den Permamodus weckte meine Neugier ganz erheblich.

Ein sich nähernder Kellner unterbrach mein Sinnieren. Auf sein »Was darf ich bringen?« wandte sich Zena an mich.

»Was willst du denn besprechen? Ist es etwas Ernstes?«

Ich nickte. »Ein Vertrag.«

Sie zuckte zusammen, und ihr Gesicht erinnerte an eine eingelegte Zitrone. Dann sagte sie zum Kellner: »Zwei Isabellas für mich und ein Blubberwasser.«

»Acht Brandys«, murmelte Bomba sichtlich aufgekratzt. »Und achte darauf, dass es unterschiedliche sind!«

Der Kellner nahm noch drei weitere ähnliche Bestellungen auf und schaute dann erwartungsvoll zu mir. In was für einem Eiscafé waren wir denn hier? Ich versuchte mal zu raten:

»Drei Bier bitte. Ein helles, ein dunkles und ein elfisches.«

Ungerührt machte sich der Kellner eine kleine Notiz auf seinem Bestellblock und ging wieder.

Als ich ihr gespanntes Schweigen spürte, beugte ich mich nach vorn und senkte meine Stimme. »Also, meine Damen. Ich brauche eine Gruppe dunkle Söldner für eine Fünf-Minuten-Sache auf dem Marktplatz der Stadt des Lichts. Heute. In zwei Stunden.«

Sie tauschten Blicke aus. »Wie viele Leute sind dort?«

Ich dachte kurz darüber nach. »Mindestens dreihundert. Dort findet heute ein Großereignis statt. Man rechnet mit mindestens dreitausend Zuschauern. Sowie dem Stab, Wachen und einigen von der schnellen Eingreiftruppe. Wir müssen diesen ganzen Haufen ablenken, damit ich drei Minuten vollkommene Immunität habe und kein Pfeil oder querschlagender Blitz meine Konzentration stört. Das heißt, ich werde eine Gruppe oder zwei brauchen, die eine Mindere Kuppel der Macht wirken. Der Rest bildet einen Sicherheitsring, um alle potenziellen Angreifer im Zaum zu halten.« Ich geriet ins Stocken, als Zena den Kopf schüttelte. »Was denn?«

Ihre kleine, beruhigende Hand legte sich auf meine. »Max. Was du uns da anbietest, ist nicht irgendein Boss-Raid oder Clan-Kampf. Wir hier nennen so was ›Einmischung in die Interessenssphäre einer großen Fraktion‹. Ein solcher Kontrakt würde unsere Gilde in Konflikt mit der Stadt des Lichts und der Verwaltung des Königs sowie den Priestern des Lichts und Gott weiß wem noch alles bringen: den Wachen, den Offizieren des Königs und anderen Clans, die zur falschen Zeit am falschen Ort sind …«

»Steht nicht im Söldnervertrag, dass er keine Auswirkungen auf Eure Beziehung zu Fraktionen hat?«, fragte ich.

Sie nickte. »Ja, offiziell schon. Aber in Wahrheit gibt es immer etwas böses Blut. Im Lauf der Zeit könnte diese Angelegenheit ziemlich fies nach hinten losgehen. Kannst du dir vorstellen, wie es wäre, wenn dein Raid abgeschlachtet würde, während du gerade den Loot verteilst? Nichts Persönliches. Nur ganz normales Tagesgeschäft. Stell dir vor, dass du auch den Namen ihrer Auftraggeber kennst – nennen wir ihn Clan X. Kommst du mit? Meinst du, dass das deine Meinung über diese Söldner nicht beeinflussen würde? Mal ganz ehrlich? Ah, du verstehst. Also brauchen wir einen Gildenkoordinator, der das sanktioniert. Ich kann ein paar Strippen ziehen, um sicherzugehen, dass er sich so bald wie möglich mit dir trifft. Wäre dir das recht?«

Warum war das Leben nur so kompliziert? Doch ich hatte keine Wahl. Ich nickte.

Sie schien das erwartet zu haben. Ihre Augen wurden stumpf und ihre Finger zuckten, als sie auf der virtuellen Tastatur tippte und eine Nachricht an diesen rätselhaften Gildenkoordinator verfasste.

Der Kellner kam wieder und füllte den Tisch vor uns mit einer gewaltigen Palette an Schalen, in denen bunte Kugeln Eis waren. Wir saßen nun umgeben von einem Hauch von Aromen, die am ehesten an den Unfall eines Spirituosentransporters erinnerten. Schließlich war ich an der Reihe. Er stellte eine Kristallschale mit dünnem Stiel und einer spitzenverzierten Serviette vor mich und merkte an:

»Eure Bestellung. Eine Kugel Helles, eine Kugel Dunkles und ...« Er schluckte neidisch. »Eine Kugel Elfen-Ale, 5142 Bräu. Lasst es Euch schmecken.«

»Prost.« Zena hob einen Löffel mit burgunderroter Isabella.

KAPITEL ZWANZIG

Moskau. Max' Wohnung. Zeit: Jetzt

Anastasia Pawlowna, Max' Mutter, war gerade mit der täglichen Körperpflege ihres Sohns fertig. Sie hatte seine nahezu trockene Windel gewechselt, ihn mit einem feuchten Schwamm gewaschen, die ausgelaugten Muskelstränge massiert und die Salzlösung am intravenösen Automatik-Tropf gewechselt.

Sie hatte sich eine Träne abgewischt und ihrem Jungen die Wange gestreichelt, die trocken und kratzig wie Pergament war. Er war so dürr. Nicht jeder hätte ihn als den früher so fröhlichen jungen Mann wiedererkannt, der ruhig ein paar Kilo hätte abspecken können. Seine tödliche Krankheit und das lange Koma hatten seinen Körper innen zerfressen und außen verwandelt.

Anastasia Pawlowna schaute sich die Dutzenden von Sensoren ein, die die Haut ihres Sohns bedeckten und deren Kabel sich zu einer gewaltigen Konsole erstreckten, die die Chronos-Mitarbeiter installiert hatten.

Es hatte sich alles so schnell verändert. Nachdem Max sich bei ihr gemeldet hatte, hatte sie kaum einen Termin gemacht, als auch schon ein junger und aggressiver Verkaufsmanager in ihre Wohnung gestürmt kam und sie in der besten Tradition des neurolinguistischen Programmierens bearbeitete. Zum Glück hatten sie auch ein sehr nettes Mädchen namens Olga dabei. Anscheinend eine Freundin von Max. Sie rannte ihren Kollegen regelrecht hinterher. Sie war sehr süß, intelligent und wirkte sonderbar traurig. Sie hätten so ein schönes Paar abgegeben. Anastasia hätte so gern bei ihren Enkeln gesessen, solange sie noch die Zeit dafür hatte.

Das Mädchen hatte den beiden anderen von Chronos einen Strich durch die Rechnung gemacht. Unter ihren gequälten Blicken hatte sie die Hälfte der Klauseln im Vertrag gestrichen und sich für das beste Angebot und ein paar Extras eingesetzt, die noch zur VIP-Reserve dazukamen. Anastasia hatte sogar gehört, wie einer der Manager Olga ins Ohr geflüstert hatte: »Du blöde Kuh! Was genau meinst du, was du da machst?« Sie hätte den Rüpel fast aufgefordert, umgehend ihr Haus zu verlassen, und nur das blasse Gesicht ihres Sohns hatte sie davon abgehalten, genau das zu tun.

Auch auf die Überweisung ihres Jungen hatte sie nicht gewartet. Sie unterschrieb den Vertrag an Ort und Stille und beglich die Anzahlung aus ihren eigenen Ersparnissen – einschließlich des »Begräbnisgeldes«. Das spielte echt keine große Rolle mehr. Wenn es ihrem Jungen gut ging, würde Geld schon kein Problem sein. Außerdem hatte Max doch erzählt, dass er gutes Geld in seiner AlterWorld verdienen würde, oder? Jedenfalls verdiente er genug, um dieses wunderbare kleine Haus für sie zu mieten. Er hatte auch so viele ernste Freunde: Einer von ihnen, Vladimir, saß gerade am Küchenfenster und überwachte (so nannte er das) die Vordertür. Sie hatte ihm schon so oft gesagt, dass es den Aufwand gar nicht wert und sie doch viel zu alt wäre, um einen Leibwächter zu haben. Aber er wollte einfach nicht hören, oder? Er war immer einen Schritt hinter ihr, wandte den Kopf hierhin und dorthin und überprüfte die Umgebung. Ein netter junger Mann, auch wenn er ihr nie anbot, beim Tragen ihrer Einkaufstüten zu helfen. »Es tut mir sehr leid, Frau Pawlowna«, sagte er dann jedes Mal, »aber ich muss immer die Hände freihaben.«

Seit Kurzem waren noch zwei andere dazugestoßen. Oleg blieb meistens im Auto. Konstantin kam spät in der Nacht und ersetzte einen der beiden anderen. Sie sollte ihnen mal ein paar Fleischklöße braten. Die konnten ja niemals fit bleiben, wenn sie sich immer nur Pizza bestellten oder diese in synthetische Algen gewickelten Reiscracker aßen.

Das Piepsen des Herzmonitors riss Anastasia aus ihren Gedanken. Auf dem Bildschirm wurden die sauberen Kurven zu einer Folge spitzer Anstiege und bedrohlich flacher Passagen. Das Herz ihres Sohns setzte einen Schlag aus, dann noch einen, und im Anschluss gab es eine lange Pause. Das besorgniserregende Jaulen des Monitors wurde lauter, als sämtliche Anstiege einer einzigen horizontalen Linie Platz machten. Jetzt komm schon! Fang wieder an zu schlagen! Halte durch, mein Sohn! Kämpf weiter!

Ein Lämpchen für ein Notrufsystem, das ein Chronos-Wiederbelebungsteam herbeirief, begann zu blinken. Der Telemediziner des Krankenhauses klinkte sich in die Wiederbelebungsgeräte ein, die dicht gedrängt am Kopfende der Kapsel standen. Erst gestern hatte Anastasia ein Formular des Krankenhauses unterschreiben und für die Heimpflege der VIP-Klasse bezahlen müssen. Andernfalls hätten sie ihn in irgendein Hospiz mitgenommen, wo er einfach dahingesiecht wäre wie jeder andere Komapatient.

Der Arzt lud den Defibrillator auf und aktivierte den Pulsgenerator. Das scharfe Klicken eines Druckinjektors ließ Anastasia aufschrecken. Eine leere Adrenalinampulle rollte über den Boden.

»Achtung, Schock!«

Der Körper ihres Sohnes verkrampfte sich mit durchgedrücktem Rücken. Der Autoprüfer injizierte methodisch den Inhalt der Erste-Hilfe-Behälter in den intravenösen Tropf. Auf dem Monitorbildschirm schaute das Gesicht des Arztes besorgt und finster drein.

»Achtung, Schock!«

Ein Rauchwölkchen stieg von den empfindlichen elektronischen Komponenten der Kapsel auf. Es gab mit Sicherheit ein Abschaltsystem, das alle in solchen Momenten überflüssige

Zusatzhardware herunterfuhr, doch das schien nicht funktioniert zu haben. Wieder klickte der Druckinjektor, und eine weitere leere Atropinampulle drehte sich auf dem Parkettboden.

»Achtung, Schock!«

Der Monitor piepte immer noch, als der Gang sich mit dem Geräusch heranstampfender Stiefel füllte. Die Chronos-Leute kamen als Erstes.

Mit Hoffnung in den Augen schaute Anastasia Pawlowna hoch zu dem Krankenhausarzt auf dem Monitorbildschirm. Er wandte sich kurz ab, zwang sich jedoch, ihren Blick zu erwidern, und schüttelte den Kopf. Dann flackerte der Monitor, und das Bild wurde durch eine Liste der Wiederbelebungsmaßnahmen ersetzt. Die eintreffende Besatzung des Rettungswagens übernahm von hieran die weitere Behandlung. Der Arzt klinkte sich aus.

Eine halbe Stunde später saß Anastasia Pawlowna am Tisch, kaum zu irgendeiner Reaktion fähig. In der einen Hand hielt sie ein Beruhigungsmittel und in der anderen einen Stift mit einer staatlich geprüften Funktion zur Identitätsüberprüfung. Sie schaute sich nicht einmal an, was sie da eigentlich unterschrieb: die Sterbeurkunde, den Bericht der Rettungswagenbesatzung, das Begräbniszertifikat, laut dem der Leichnam ihres Sohns kryonisch eingelagert werden sollte. Sie freute sich fast schon darüber, dass sie nicht viel sehen oder hören konnte: Es fehlte ihr gerade noch, dass sie das schmatzende Geräusch einer Maschine hörte, die zusätzliche Flüssigkeit aus dem Körper ihres Sohnes pumpte, um es durch eine Kryoschutzlösung zu ersetzen.

Der Klingelton einer Textnachricht ließ sie zusammenfahren. Sie erstarrte. Das war der Ton, den sie Nachrichten zugewiesen hatte, die von ihrem Sohn kamen.

Ohne zu wissen, was sie tat, schaute die Mutter auf ihr Komm-Armband. Sie berührte den Bildschirm und öffnete die eingegangene Nachricht. Ein breites Lächeln erhellte ihr Gesicht.

Er lebt! Mein Junge lebt! O danke, AlterWorld, vielen Dank!

Wir waren gerade mit unserem Alko-Eis fertig, als sich meine Brust schmerzhaft zusammenzog. Ich ächzte und rieb mir den Bereich, wo mein Herz sitzen musste.

»Was ist los?«, fragte die stets aufmerksame Zena.

»Keine Ahnung. Fühlt sich an, als hätte mein Herz Schwierigkeiten.«

Sie hob die Augenbrauen. »Du willst aber nicht der erste Perma werden, der durch eine Herzattacke das Zeitliche segnet, oder?«

»Ich hoffe nicht.« Ich lächelte und konzentrierte mich auf meine körperlichen Empfindungen. Der Schmerz schien nachzulassen. Oder war das nur meine Einbildung? Meine Nerven standen unter Hochspannung durch die jüngsten Ereignisse, und der Schock von heute Morgen hatte womöglich seinen Teil dazu beigetragen. Ich war überrascht, dass ich noch keine Stimmen hörte geschweige denn Phantomschmerzen hatte.

Zenas Blick war kurz getrübt, dann war sie wieder bei uns. »Er wird dich in zehn Minuten treffen. Bist du bereit?«

»Jawohl!«

»Gut. Sprosse, iss deinen Mojito auf und bring Max zur Gilde. Du kannst ihn direkt zum Büro führen. Er hat nicht viel Zeit.«

»Sicher«, murmelte die Zauberin, während sie klimpernd den letzten Rest des hellgrünen Gifts ihrer Wahl aus der Schale löffelte.

In der Theorie hatte virtueller Alkohol keine berauschende Wirkung. Aber in der Praxis ... Vielleicht war es nur die Gehirnchemie, die ein wenig durchdrehte. Alternativ konnte es auch sein, dass unbewusste Reflexe ausgelöst wurden, doch viele hatten schon festgestellt, dass VR-Alk sehr wohl eine Wirkung entfaltete. Auf einige mehr, auf andere weniger, aber niemand war zu hundert Prozent immun – abgesehen von überzeugten Antialkoholikern und Leuten nach einem längeren Entzug, denen schlichtweg die neuralen Verbindungen fehlten.

Das erklärte auch, dass die Mädchen davon gerade genug angeheitert wurden, um auf Männerfang gehen zu wollen – oder sogar gleich in die Horizontale zu wechseln. Ja, genau. Insbesondere Bomba brauchte anscheinend mal einen richtigen Kerl. Die anderen Mädchen waren nun auch nicht gerade Schönheitsköniginnen. Meine Zeit in AlterWorld hatte allerdings auch irgendwie meinen Begriff von Schönheit und deren Wahrnehmung verändert. Für mich waren sie alle ziemlich niedlich, wenn auch ein wenig rustikal – aber hätte ich diese Truppe in der Wirklichkeit getroffen, wäre es ganz schön peinlich geworden, und ich hätte nicht nur vorzeitig graue Haare gekriegt, sondern bestimmt auch die Unterwäsche wechseln müssen.

Sprosse schaute noch mal in ihre Schale, und als sie sich versichert hatte, dass sie leer war, lehnte sie sich zurück. Sie schickte mir eine Einladung, mit ihr eine Gruppe zu bilden, wartete darauf, dass meine Annahme bestätigt wurde, und sagte dann mit einer Stimme, die Juri Gagarin alle Ehre gemacht hätte: »Los geht's!«

Ich war kaum aufgesprungen, als ein Mini-Port uns auch schon aus dem Café zur Teleportplattform gegenüber vom Gebäude der Söldnergilde gebracht hatte.

»Nach dir!«, sagte sie und wies auf die Haupttore, die von einem Paar Golems bewacht wurden.

Ich schluckte schwer am letzten Bissen Elfenbier, als meine Kehle sich zusammenzog. Den Löffel – den man nun technisch gesehen als Diebesgut betrachten konnte – nahm ich aus dem Mund und schaute ihn mir erstaunt an, ehe ich ihn beiseite warf. »Dann los.«

Der VIP-Konferenzsaal quoll über vor überzogenem Luxus. Die Wände waren voller Wandteppiche, die die Taten der Söldner zeigten: der Nagafen-Raid, die wochenlange Verteidigung des Eingangs zum Tal des Goldes und die Erstürmung der Düsterzitadelle.

Ich setzte mich auf einen bequemen Ledersessel. Gegenüber ragte die kräftige Gestalt des Koordinators hoch über die Tischplatte auf. Anscheinend galt die Vorschrift, dass alle niedrigeren

Ränge in die Haut von Goblins schlüpfen mussten, nicht für ihn. Ich war mir allerdings nicht ganz sicher, ob eine fiese Schnauze mit fingerlangen Hauern zwischen schwarzen Lippen wirklich das richtige Bild für VIP-Konferenzen abgab. Doch wenn man berücksichtigte, dass seine grüne Fresse mit der auffälligen Tätowierung auf der Wange auch auf einigen der Wandteppiche zu sehen war, war davon auszugehen, dass er nicht immer ein Bürohengst gewesen war. Er musste durch die Ränge aufgestiegen sein: Sein Erscheinungsbild als harter Kerl war ursprünglich für das Schlachtfeld und nicht für Büroplaudereien gedacht gewesen.

Er hörte sich meine Bitte an, und sein unverwandtes Starren war beunruhigend. Er dachte lange nach. Als er seine Entscheidung getroffen hatte, lehnte er sich in seinem Stuhl zurück und sagte:

»Weißt du, Laith, wir haben da gleich mehrere Probleme mit deiner Anfrage. Aber zu Beginn möchte ich dir zunächst mal eine kleine Frage stellen: Wie willst du die Kuppel hacken?«

Das brachte mich ins Grübeln. Ich wollte meine Fähigkeit wirklich nicht vor dieser Menge zur Schau stellen. Anfangs hatte ich geplant, den Schatten des Gefallenen zu nutzen, damit ich zumindest eine nominelle Anonymität hatte. Sehr nominell, denn selbst Flöckchen würde wohl zwei und zwei zusammenzählen und sich den stolzen Besitzer der Fähigkeit denken können. Und ich wollte echt nicht ihre Drecksarbeit für sie erledigen. Aber halt – es gab eine Lösung. Sie war zwar so teuer, dass sich mein innerer Gierschlund an die Brust griff, aber es war eine Lösung.

Ich griff in meine Tasche, holte meine handgemachte Schriftrolle daraus hervor und legte sie auf den Tisch. Der Ork betrachtete sie genau. Seine Nüstern zuckten gierig, und seine Hand zuckte reflexhaft, als ob er sie sich schnappen wollte.

»Hm. Bist du dir sicher, dass du so einen einzigartigen Gegenstand verschwenden willst? Warum verkaufst du ihn mir nicht? Ich würde dir zweihunderttausend Gold dafür zahlen. Du musst die Kuppel ja gar nicht deaktivieren. Heuer doch einfach hundert Zauberer an, die das für dich machen. So wäre es auch noch billiger. Was sagst du dazu?«

Ja, genau. Wenn ich sie ihm geben würde, würde die Schriftrolle zum schlimmstmöglichen Zeitpunkt wieder auftauchen – wahrscheinlich vor den Mauern meiner eigenen Burg. Mal ganz zu schweigen davon, dass der Zauber mindestens eine Million wert war. Die Söldnerzauberer würden bestimmt eine halbe Stunde brauchen, um den Schild zu durchbrechen. Als ob ich die Zeit dafür hätte! Mit den Wachen und ihrer Respawn-Zeit von fünfzehn Minuten konnte ich fertigwerden, aber es würden auch normale Spieler mitmischen, und die respawnten sofort.

Nein, es war nicht sinnvoll, Kinder mit Streichhölzern spielen zu lassen. »Wenn du erlaubst, wäre es mir lieber, schnell zuzuschlagen und ganz auf der sicheren Seite zu sein. Wie viel würde ich euch schulden, wenn ich dreihundert Spitzenkrieger für einen fünfminütigen Überfall anwerbe?«

Abschätzig schüttelte er den Kopf und begann, seine Preise hochzurechnen. »Die minimale Anwerbezeit sind vierundzwanzig Stunden. Ich bräuchte zwei Stunden, um die nötige Streitmacht zu versammeln. Bei je fünfhundert sind das insgesamt hundertfünfzigtausend.«

»Das ist eine Menge«, mokierte ich mich. »Gibt es denn da keinen Rabatt?«

Er schenkte mir ein aufmunterndes Lächeln, so als ob ich mal abwarten sollte. »Ich bin ja noch nicht fertig. Deinen Erläuterungen zufolge hat dieser Einsatz eher einen politischen als einen militärischen Charakter, was sich auf die Beziehung der Gilde zu einigen der Spitzenfraktionen von AlterWorld auswirken könnte. Also kommt auch noch ein Risikoaufschlag hinzu, der den Preis verdoppelt. Das gilt alles nur für den Fall, dass ich dir überhaupt die Erlaubnis erteile, ihn durchzuführen. Was ich unter diesen Bedingungen nicht tun werde, denn das Geld ist weniger von Interesse und kann nicht als Bezahlung dienen.«

»Was soll es denn dann sein?«

Er zuckte gleichgültig die Schultern. »Möglich wäre ein Gegendienst ähnlicher Größenordnung oder ...« Er ließ seine Augenbrauen ein Stückchen in Richtung des Pergaments auf dem Tisch zucken. »Ein einzigartiger Gegenstand von ähnlichem Wert.«

Wollte mich der Bastard etwa in die Ecke drängen? Nein, mein Lieber, so würde das nicht laufen! Je mehr er an der Schriftrolle interessiert war, desto weniger wollte ich sie ihm geben. Ich mochte einfach keine zwielichtigen Typen mit unklaren Absichten.

Unter seinem garstigen Blick steckte ich das Pergament wieder in die Tasche. Ich fühlte nach der Träne eines Phantomdrachen und legte sie auf den Tisch. Die Augen des Orks funkelten. Er legte den Kopf schief, las die Werte und strahlte. Vorsichtig nahm er den Edelstein in die Hand und streichelte ihn mit vorsichtigen Fingern.

»Na schön, mein lieber Laith. Die Träne *ist* wertvoll. Ich glaube, ich weiß, was wir damit anstellen können.« Sein Blick huschte verstohlen zu einem gewaltigen Krummschwert auf einem teuren Mahagoniständer. »Aber ... ich fürchte, das reicht nicht.«

Ich schaute ihm in die gelben Augen und griff langsam nach der zweiten Träne. Der Koordinator lehnte sich nach vorn, seine Wange zuckte. »Das reicht immer noch nicht!«

Okay. Zusammen waren sie zwischen hundert und zweihundert Riesen wert. Das reichte tatsächlich immer noch nicht, aber wenn man an ihre Seltenheit dachte ... Na schön, werter Herr. Ich hoffe, Sie ersticken daran! Meine Lena stand wahrscheinlich inzwischen hüfthoch in den Tränen der Drachenjungen ...

Ich legte die dritte Träne auf den Tisch.

»Das reicht nicht.«

War er nicht ein bisschen zu gierig für einen leitenden Manager? Vielleicht brauchte er mal eine Lektion. Scheiß auf das ganze Anheuern – wenn es fehlschlug, würde ich es eben mit was anderem versuchen müssen. Ich konnte mich immer an die Veteranen wenden: Ich würde sie darum bitten, mir Leutnant Senger zu geben, damit er eine Mindere Kuppel der Macht wirkte, als Unterstützung für meine 30-sekündige Immunität durch den Schild des Glaubens. Mit etwas Glück war mehr gar nicht nötig.

Ich griff in meine Tasche und zog dann die Hand langsam wieder heraus. Der Ork lehnte sich nach vorn, bis er fast auf dem Tisch lag, seine krallenbewehrten Hände zuckten. Dann erstarrte sein Blick verständnislos, und er schaute erst zu mir, dann auf den Mittelfinger, den ich aus den Tiefen meiner Tasche gezogen hatte.

»W-was schl-schlägst d-du denn vor?«, stotterte er.

»Was meinst du denn? Alles ist geklärt! Keine Steine mehr! Und sei froh, wenn du die, die du schon hast, behalten darfst. Manche Leute haben ihre Gier einfach nicht ordentlich im Griff. Also. Drei Tränen gegen eine ordentliche Truppe von dreihundert Mann, die voll ausgerüstet und gebufft sind. Einverstanden?«

Ich wollte ihm die Hand reichen, überlegte es mir aber anders. Dieses ganze Sesselgepupse brachte mich dazu, seine kriegerische Vergangenheit infrage zu stellen. Er sah brutal aus, die Wandteppiche zeigten ihn auffällig deutlich im Vordergrund, sein Krummsäbel auf dem Kaminsims ... Er konnte auch genauso gut ein Bürohengst mit Militärfimmel sein – solche Leute hatte ich auch schon in der wirklichen Welt getroffen. Sie liebten ihre Tarnkleidung und ihren Bürstenschnitt, hatten eine Sammlung von Dutzenden von Messern bei sich zu Hause und trieben sich gerne in entsprechenden Foren herum. Ihren Wehrdienst hatten sie aber nie absolviert. Und wenn doch, dann nur bei der Küchentruppe.

Doch dieser Typ passte nicht ganz in dieses Bild. Dieser Bastard war zu klug dafür. Ein verwöhnter Nerd mit einem Millionärsvater, der in Harvard und immer neidisch auf die aufgepumpten Bodybuilder im Film gewesen war? Konnte sein.

In der Zwischenzeit musste sich der Ork mit seinem eigenen

inneren Gierschlund herumschlagen. Er dachte gut eine Minute nach, ehe er sich die Kristalle griff und zusammenfasste:

»Mindestens dreihundert Vernunftbegabte. Durchschnittsstufe hundertfünfzig. Plus Buffs mit einem Katalogpreis von vierzig Riesen. Kampfzeit: zehn Minuten. Danach werden die Krieger wegteleportiert und der Vertrag gilt als abgeschlossen.«

»Ich dachte, die Mindestzeit wäre vierundzwanzig Stunden?«, fragte ich. Mir würde schon was einfallen, was man mit so einer Streitmacht anstellen konnte. Mit ihr konnte ich einen Dungeon farmen oder sie anderweitig beschäftigen.

Er zuckte mit den Achseln. »Das mag ja durchaus sein. Aber die Bedingungen bleiben die gleichen. Du meintest gerade, es wäre eine Fünf-Minuten-Sache. Deshalb hast du diesen Preis gekriegt. Ich kann es gerne auf vierundzwanzig Stunden umlegen, wenn dir das lieber ist. Soll ich mal?«

Schleimbeutel! Egal. Auch ein blindes Huhn findet mal ein Korn, insbesondere unsterbliche Hühner mit fotografischem Gedächtnis. Noch in tausend Jahren würde ich an diesen Tag denken und daran, wer hier heute so an meinen Strippen gezogen hatte. Eigentlich galt das Gleiche ja auch für mich. Ich sollte meine Zunge wirklich besser im Zaum halten und versuchen, mir keine neuen Feinde zu machen. Wir waren nicht mehr in Kansas. Hier würde die Zeit vielleicht nicht alle Wunden heilen.

Ich biss die Zähne zusammen und schüttelte den Kopf. »Nicht nötig.«

»Ausgezeichnet. Ich schicke dir gleich die Verlagsvorlage per PN. Ich werde auch einen Jungkoordinator rufen, der dich für die Dauer des Vertrags begleitet. Das ist eine notwendige Bedingung, wenn mehr als fünfzig Mann angeheuert werden. Jetzt geh in Versammlungshalle sechs. Die sieht nicht wie eine Ratskammer, sondern eher wie ein Hangardepot aus. Da werden Raid-Gruppen gebildet, vorbereitet und gebufft. Du bist der Anführer des Raids. Die Gruppenanführer sind deine Offiziere. Versuch, bestehende Gruppen nicht unnötig aufzuspalten, da das die

Effizienz der ganzen Streitmacht mindern kann. Der Jungkoordinator erklärt es dir. Das wäre es also! Vielen Dank, dass du dich an uns gewandt hast. Unsere Schwerter für dein Geld. Schönen Tag noch!«

Den letzten Teil seiner Ansprache brüllte er mir in den Rücken, während er mich aus seinem Büro schob und auf einen ernst dreinblickenden Barbarenkrieger zeigte, der im Empfangsbereich wartete.

Ich wirbelte herum und ließ alle Vorsicht fahren, um dem Typen mal zu sagen, was da in mir brodelte, doch da wurde mir seine Bürotür einfach vor der Nase zugeschlagen. Ich wich zurück. »Du blödes Stück …«

»Jawohl!«, bellte eine Stimme hinter mir.

Ich drehte mich zu dem Barbaren um. Er streckte mir die Hand entgegen. »Alorrienar, was in unserer Sprache Witwenmacher heißt. Genauso nennt man mich hier auch. Aber für dich bin ich Alexis.«

Er lächelte mich offen und ehrlich an. Es war mir eine echte Freude, eine kräftige Hand zu drücken, die Hornhaut vom Schwertschwingen hatte.

»Den da«, er nickte in Richtung der Tür, »vergisst du einfach. Er ist der Liebling des Managements, der Sohn von irgendeinem hohen Tier. Eine reichlich große Klappe und eine gewaltige Artefaktsammlung. Er schnappt sich alles, was nicht niet- und nagelfest ist. Die Hälfte von uns träumt davon, seine Schatzkammer zu plündern. Okay. Gehen wir in die Versammlungshalle. Ich habe die Einzelheiten des Vertrags schon. Sieht aus, als würde das ein Riesenspaß werden. Es ist schon eine Weile her, dass wir den Lichtheinis eine Abreibung verpasst haben. Apropos: Hättest du was dagegen, dir was dazuzuverdienen? Ich würde gern ein paar Reporter in die Gruppe einladen. Sie bezahlen gutes Geld für eine Einladung zu einem ordentlichen Gerangel. Weißt du, meistens ist es besser, sie selbst abzukassieren, denn die Informationen werden eh durchsickern, und wenn es nur fünf Sekunden vor dem Sprung ist. Irgendwer redet immer. Ist schon verdammt oft passiert. Einen großen Raid geheim zu halten ist nicht leicht, und diese Schreiberlinge zahlen wenigstens großzügig für einen Tipp.«

»Wie viel zahlen Sie denn?«

»Mindestens zehn Riesen. Je fünfhundert. Leicht verdientes Geld!«

Ich zuckte nur die Schultern. Wir Millionäre – oder sollte ich lieber Schuldner sagen – scheren uns nicht um solches Kleingeld. Egal.

»Mach nur«, bedeutete ich ihm mit einem zustimmenden Wink. »Aber achte darauf, dass die Einzelheiten geheim bleiben. Die müssen sie nicht kennen.«

Zwei Stunden später stand ich mitten in einer Menge, die sich die noch lebende Drachin anschauen wollte, und geizte nicht mit wortlosen Flüchen. Der verdammte Patriarch der Kirche des Lichts hatte versprochen, das Event mit einem kostenlosen Massen-Buff für alle zu beschließen. Ad gloriam sozusagen. Spiele und Goodies: Das war eine explosive Mischung, die mehr als zehntausend Vernunftbegabte auf den Platz geholt hatte.

Meine dreihundert Mann starke Gruppe, die im Hangar so groß gewirkt hatte, verstreute sich in diesem Meer von Wesen, ohne irgendwelche sichtbaren Spuren zu hinterlassen. Die Stunde null stand kurz bevor. Die Dichte an Kriegern um mich herum erhöhte sich. Sie verdrängten alle Unbeteiligten langsam und umringten meinen fragilen Körper mit ihren monolithischen Muskeln. Auf einen ungesehenen Befehl hin vergrößerten sie den Abstand zwischen sich, sodass die Masse noch mehr zurückgedrängt wurde und ein freier Platz in der Mitte entstand. Die Menge grunzte, gab aber kampflos nach.

Ich sah den fragenden Blick des Jungkoordinators und schüttelte den Kopf. Ich hatte die Hoffnung noch nicht aufgegeben, den Geist der Knochendrachin zu erreichen. Die Bestie war in richtig schlechter Verfassung. Ihr ehemals gewaltiges Skelett glänzte nicht mehr, sondern war gelb und von Rissen überzogen. Die ehemals wild funkelnden Augen waren nur noch sterbende Glut. Inmitten des Lärms der Menge konnte ich gerade so noch etwas hören, was wie ein entzweibrechender Stock klang, doch es waren die Rippen der Drachin. Unbeholfen kippte sie schlaff auf die Seite. Die Kreatur lag im Sterben.

War sie schon so tot, dass sie mich nicht mehr hören konnte? *Mach schon, du alter Sack Knochen! Sprich mit mir! Hier ist Laith. Ich habe getan, was Ihr wolltet. Ihr habt jetzt zwei wunderbare Jungen, verdammt noch mal!*

Mein Blick durchbohrte sie, während ich weitermurmelte und versuchte, meine nichtexistenten telepathischen Muskeln spielen zu lassen. Endlich bewegte sich ihre gewaltige Masse: Sie hob den Kopf, der Blick aus ihren leeren Augenhöhlen strich über die Menge. Der Mob brüllte – anscheinend hatte sie die Drachin schon ein Weilchen nicht mehr mit irgendwelchen Lebenszeichen unterhalten.

– *Laith?*

Ja! Ja, verdammt noch mal! Ihr Hohlkopf habt nun Nachwuchs. Ein Mädchen und einen Jungen. Phantomdrachen – genau wie Ihr es Euch erhofft hattet!

Die Drachin regte sich und zwang sich, zittrig einen Flügel zu spreizen, um sich auf ihn gestützt aufzurichten. Knack! Ihre schwachen Knochen zerbrachen in einer Staubwolke, und ihr einst so kräftiger Körper fiel zurück auf die Pflastersteine. Die Menge feierte. Der Priester brauchte keine weitere Ermutigung, um noch über die Kraft des Lichts und das anstehende Ende der Finsternis zu salbadern.

Ungelenk hob die Drachin den Kopf. Die urtümliche Finsternis, die sie einst erfüllt hatte, wies nun deutlich sichtbare graue Flecken auf. Doch dafür schien sie Freude – wahre Freude – auf allen Bandbreiten auszusenden. Die Menge wurde leiser und starrte mit offenen Augen die überglückliche Kreatur der Finsternis an. Tränen sammelten sich in ihren Augenwinkeln, ehe sie aus den leeren Höhlen fielen und auf die Pflastersteine klimperten. Munter rollten sie durch die Kuppel und verschwanden zwischen den Füßen der Menge. In den vorderen Reihen begann ein Gerangel, das sich schnell zu einem handfesten Streit ausweitete.

Auf den Tribünen protestierte man. Jemand besonders Einfühlsames sprang auf und rief: »Gnade! Habt Gnade!«

Diesen Anfangsimpuls nahmen Dutzende von Zuschauern auf und riefen:

»Gna-de! Frei-heit!«

Ihre Stimmen waren über dem Lärmen der Menge kaum zu hören, doch der oberste Betvater spürte, wie die Stimmung kippte. Hastig gestikulierte er in Richtung seiner etwa fünfzig Diener, die rings um die Kuppel standen.

»Beginnt!«

Ich zuckte zusammen und schickte seinem Befehl rasch hinterher: *Haltet durch! Wir holen Euch da jetzt raus. Ich habe Söldner bei mir. Wagt es ja nicht, uns wegzusterben! Eure Jungen sind krank vor Sorge. Sie überschwemmen die Umgebung des Nests mit ihren Gefühlen! Sie brauchen ihre Mutter! Wartet einfach, bis ich die Kuppel beseitigt habe. Dann fliegt Ihr zur Burg!*

Die Drachin stöhnte hörbar. Sie hielt inne und dachte nach. Dann flüsterte sie mir ihr Entscheidung zu, die ihr augenscheinlich nicht leichtgefallen war: *Na schön, ich werde es versuchen … Wenigstens kann ich mit Würde abtreten und noch ein letztes Mal nach meinen Feinden schnappen …*

Sie senkte den Kopf. Stöhnend vor Schmerz und Mühe riss sie sich eine ihrer eigenen Rippen heraus. Ein Raunen ging durch die Menge. Die Drachin schob ihren Kopf in die entstandene Öffnung und zog ihn fast sofort wieder daraus hervor. Zwischen den Zähnen hielt sie einen riesigen schwarzen Diamanten.

»Das Herz eines Drachen«, merkte Witwenmacher im Raid-Chat an. »Von der Größe her würde ich meinen mindestens tausend Jahre alt. Was für ein Loot! Das ist die Hauptzutat für ein

Kuppelschildartefakt. Sogar eins der Novaklasse. Eine halbe Million Gold.«

Knack! Die Drachin zerbiss den Stein. Eine Energiewelle durchfuhr sie von Kopf bis Fuß, stellte die Wolken der Finsternis in ihr wieder her und flickte ihre gebrochenen Knochen. Viele, aber nicht alle – beileibe nicht alle. Doch nun sah die Kreatur wieder wie ein angeschlagener Drache aus und nicht wie der fast tote Haufen Knochen, der sie vor einer Minute noch gewesen war.

»Das *war* eine halbe Million Gold«, korrigierte sich Witwenmacher. »Sie ist also bereit, ihr Nachleben aufs Spiel zu setzen …«

»Wie bitte?«, fragte ich reflexhaft, während ich eigentlich viel zu beschäftigt damit war, die sich rapide verändernde Lage einzuschätzen.

»Das ist doch gemeinhin bekannt. Wenn ein Drache sein Herz zurücklässt, respawnt er nicht. Das ist – *war* – eine relativ seltene Beute. Der Stein ist hinüber. Aber wenigstens bekommen diese Betbrüder ihn nicht in die gierigen Hände! Doch wenn ich diese Drachin wäre, würde ich lieber nicht so bald sterben wollen. Sie wird sonst nicht respawnen.«

Der Patriarch sprang von seinem Klappthron auf. »Macht euch an die Arbeit!«, quiekte er.

Auf geht's!, gab ich in meinem Raid-Chat sein Echo.

Bleibt weg, sobald Ihr die Kuppel beseitigt habt!, wisperte mir die Drachin zu. *Ich kann nichts sehen. Ich bin blind …*

»Angriff!«, brüllte Witwenmacher aus vollem Hals.

»Hurra!«, stimmten Hunderte von Kehlen ein.

Die Sache kam ins Rollen!

KAPITEL
EINUNDZWANZIG

Selenogorsk-Autobahn, unweit von Sankt Petersburg. Zeit: Jetzt

Schneeflocken schwebten vom blauen Himmel herab und landeten auf Taalis Gesicht, wo sie sich sofort in kleine Wassertröpfchen verwandelten. Da sie nicht wollte, dass die Schönheit der Flocken ein solches Ende fand, zog sie ihre Sturmhaube herunter. Nach kurzer Überlegung schob sie auch die große Brille vor die Augen, die sich abgesehen von ihrer gelben Scharfschützenlinse kaum von einer normalen Skibrille unterschied. Jetzt waren alle glücklich: die Schneeflocken und das Mädchen, das nicht mehr zu erkennen war.

Taali lag auf einer Isomatte, die auf dem zertrampelten Schnee ausgebreitet war: eine Stellung, die ihr anonymer Helfer im Vorfeld sorgfältig vorbereitet hatte. Der von ihm ausgewählte Ort war perfekt. Ein gerades Stück Straße, das fast einen Kilometer lang war, lag vor ihr. Das sollte reichen, um so viele Kugeln abzufeuern, wie sie wollte – und das auf beliebige Distanz. Danach machte die Straße eine scharfe Kurve im Sechzig-Grad-Winkel und passierte das bewaldete Gebiet, in dem sie auf der Lauer lag.

Ein winziges rosa Funkgerät – eigentlich eher ein Spielzeug – piepte ein Codesignal. Das Zielfahrzeug war am Kontrollpunkt vorbei. Das war das Letzte, was sie von ihrem unbekannten Helfer hören würde, den sie nicht mal hätte identifizieren können, wenn sie gewollt hätte.

Sie rollte sich auf den Bauch und zog die warmen Fäustlinge

aus. Darunter trug sie fingerlose Wildlederhandschuhe, weich und dünn. Sie hob die mit einem Mal sehr schwere Wintores und drückte sich den Kolben gegen die Schulter, während sie den Vorderlauf auf einer niedrigen Eisbrüstung ablegte. Die Berührung des tödlichen Stahls und ihr Lieblingsgeruch – Waffenöl und abgebranntes Kordit – fühlten sich beruhigend und besänftigend an. Sie atmete mehrfach tief ein, um in einen gleichmäßigen Rhythmus zu kommen. Dann presste sie die Wange gegen den Kolben und schaute durch das Visier.

Der Wagen tauchte ein paar Sekunden früher auf als erwartet. An diesem ruhigen Samstagmorgen hatte seine Fahrerin es eilig, ihr luxuriöses Landhaus zu erreichen. Es wurde Zeit, die Rechnung mit dieser Polizistin zu begleichen. Dreihundert Meter. Zu weit. Die Unterschallkugel brauchte eine volle Sekunde, um diese Entfernung zu überwinden. Ihre Ballistik erforderte daher eine beträchtliche Anpassung für die Höhe und den Wind.

Zweihundert Meter. Bereit machen. Taali atmete noch einmal tief ein und begann, den Abzug langsam und sanft Millimeter für Millimeter durchzuziehen. Hundert Meter. Das Auto war jetzt in Sichtweite. Optimale Entfernung. Die, die ihr bei der Ausbildung am meisten gelegen hatte.

Sie legte das Fadenkreuz auf den obersten Knopf der Uniform der korrupten Polizistin. Dann drückte sie sachte ab. Klatsch. Der Rückstoß stach ihr in die Schulter. Für einen kurzen Augenblick sprang das Bild im Visier. Ein weißer Fleck erschien auf der Windschutzscheibe des Autos und wurde zu einem roten Fleck, der sich über den Innenraum des Wagens verteilte. Taali zielte eine Winzigkeit tiefer und feuerte rasch hintereinander und fast ohne zu zielen drei weitere Kugeln auf den vermuteten Umriss ihres Ziels ab. Sie atmete aus.

Der schwere Wagen brach nach links aus, schrammte an der mittleren Leitplanke entlang und erzeugte eine Funkenspur, während er sich daran weiterschob und sich die Flanke aufriss. Die wenigen anderen Fahrer auf der Straße bekamen einen teuflischen Schreck, als das Auto urplötzlich zur anderen Seite ausbrach, beide Spuren überquerte und in einem Graben landete.

»Eins, zwei, drei ...« Taali zählte mit, wie oft sich der Wagen überschlug.

Schließlich büßte der BMW auch seinen allerletzten Schwung ein. Er verharrte kurz auf der Nase und schwankte auf der Suche nach einem neuen Gleichgewicht hin und her, um dann nach vorn zu kippen. Na ja, keine gute Lage. Gemäß ihres Plans wäre es ideal gewesen, wenn der Treibstofftank freigelegt worden wäre. In der aktuellen Position konnte Taali nur die eingedrückte Front und das zerbeulte Dach sehen.

Dann eben Plan B. Die letzten sechs panzerbrechenden Kugeln im Magazin konnten auf hundert Meter eine Stahlplatte von acht Millimetern Dicke durchschlagen. *Peng, peng, peng.* Die schweren Wolframkarbidgeschosse zerrissen die anfällige Aluminiumhülle des Motors und ließen rotglühende Splitter und Funkenfontänen herabregnen. Ein Knall und ein anschließender fast schon grellweißer Blitz. Dann stieg schwarzer Rauch aus dem Wagen auf, als sich das Feuer ausbreitete. Die ersten vorbeikommenden Fahrzeuge begannen schon am Straßenrand anzuhalten. Pendler stiegen aus und zeigten mit ihren Komm-Armbändern auf die brutale Szene, um sich ihre fünf Minuten Ruhm auf YouTube abzuholen.

Zeit, die Beine in die Hand zu nehmen. Taali schleppte ihre Ausrüstung mit und kroch ein paar Meter rückwärts. Sie erhob sich auf die Knie und verabschiedete sich mit einem Streicheln von der Waffe, um sie im Anschluss so weit sie konnte in den Wald zu schleudern. Man würde sie natürlich finden. Nur eben nicht sofort. Wie ihr anonymer Gönner in seiner Nachricht geschrieben hatte: Es war unmöglich, den Attentäter von der Wintores aus zurückzuverfolgen. Die Waffe war seit Jahren überholt und durch das hochmoderne Scharfschützengewehr Boor ersetzt, aber mehr als zwanzig Länder produzierten es nach wie vor in Lizenz. Wegen der vielen Armeedepots, die im

Zweiten Georgienkrieg geplündert worden waren, war die Wintores schon lange die beliebteste und auch zahlenmäßig am stärksten vertretene Waffe (abgesehen von der guten alten AK natürlich), wenn es um das Lösen von Problemen auf mittlere Distanz ging – und das galt für Profis wie Amateure. Und Taali war eine Amateurin.

Sie faltete die Matte zusammen und befestigte sie an ihrem Trekking-Rucksack. Dann zog sie ihre Skier aus einem Schneehaufen und legte einen Schalter an der Brille um, sodass die Verspiegelung aktiviert wurde. Jetzt musste sie nur noch die Bahnstation erreichen und sich unter die Hunderte von Wochenendskifahrer mischen, die auf dem Weg in die heimische Sicherheit waren. Aufgrund ihrer aktuell sehr gewöhnlichen Erscheinung würden auch die Überwachungskameras den Ermittlern keine große Hilfe sein. Sie würde in einem Hotelzimmer untertauchen, das auf den Namen ihrer toten Schwester lief. Am Abend würde sie dann an ihrer zweiten Stellung ankommen, die direkt gegenüber von jenem Kasino lag, wo die beiden großmäuligen Söhnchen mit ihren jungen Opfern samstags immer hingingen.

Taali war kaum hundert Meter gelaufen, als eine ohrenbetäubende Explosion sie zurückblicken ließ. Eine schwarze Wolke erhob sich über dem Wäldchen. Der Treibstofftank war doch noch explodiert. Ausgezeichnet. Diese deutschen Autos hatten große Tanks, in die gut und gerne fünfzig und mehr Liter passten. Jetzt mussten die Ermittler erst einmal auf die Feuerwehr und das Ergebnis einer Autopsie warten, um herauszufinden, dass die Polizistin erschossen worden war. Taali hoffte, dass ihr all das einen Vorsprung von gut vierundzwanzig Stunden verschaffen würde.

Zeit zu gehen! Noch ein Halt nebst Geballer. Danach würde sie eines dieser kleinen Dörfer außerhalb von Moskau aufsuchen, um Max' Mutter zu treffen und sich in die warme Umarmung einer FIVR-Kapsel zu begeben. Lebwohl, grausame Realität. Hallo, AlterWorld.

»Angriff!« Der Schlachtruf hallte über den Platz und übertönte das Gemurmel der viele Tausend Mann starken Menge.

Ungefähr fünfzig Schurken – unter Söldnern ein sehr beliebter Charakter – flackerten und verschwanden getarnt. Sie enttarnten sich sehr rasch wieder, doch bis dahin waren sie im Rücken ausgewählter Gegner, gegen die sie Kombos entfesselten, bei denen einem die Zähne nicht nur klapperten, sondern gleich im Mund zersprangen. Der Spaß begann!

Das Ploppen Hunderter Phiolen mit Elixieren, die gleichzeitig geöffnet wurden, verriet, dass der Nahkampf begonnen hatte. Zwischen den Hieben schluckten die Nahkämpfer Lebenstränke und die Magier Manatränke. Die Zauberer machten sich nicht die Mühe, Ziele auszuwählen, sondern bombardierten die Menge mit Flächenschaden: Überall auf den Platz regneten Meteore und Hagelschauer herab. Flüssiges Feuer und Gift spritzten in alle Richtungen. Pfeile, Wurfmesser und Armbrustbolzen gingen auf die panische Menge nieder. Es war der reinste Weltuntergang.

Schon in den ersten paar Sekunden der Schlacht krachten Hunderte von Grabsteinen auf das Kopfsteinpflaster. Die Menge wich zurück und versuchte eilig, uns mehr Raum zu geben. Die niedrigstufigen Spieler starben auf der Stelle. Das Event hatte viele Noobs angelockt, doch für jeden zwischen der zehnten und der vierzigsten Stufe war ein solches Scharmützel eine Einbahnstraße zum Wiederbelebungspunkt. In der Tat waren gut neunzig Prozent der Teilnehmer keine ernstzunehmende Bedrohung für die Söldner – abgesehen von ihrer bloßen Zahl, denn neuntausend Spieler abzumurksen war keine Kleinigkeit. Die restlichen tausend waren immer noch mehr als genug gegen unsere gerade mal dreihundert Mann starke Truppe. Hinzu kamen noch die hundert Wachen im Dienst, die sich grob einen Weg durch das Meer aus Leibern bahnten. Wir erwarteten auch, dass jeden Moment die Leibwache des Königs eintraf. Die Zeit lief uns davon.

»Die Kuppel!«, schrie ich. Das Team von Zauberern vom Dienst spannte die Mindere Kuppel der Macht auf.

Ich zog die Schriftrolle aus meiner Tasche. Nachdem ich das durchsichtige Gefängnis der Drachin als Ziel ausgewählt hatte, brach ich das Siegel. Mit feurigem Donner erhob sich ein gieriger Wirbelwind in den Himmel, und die mir schon vertrauten schwarzen Blitze begannen zu tanzen wie verrückte Derwische. Wir waren auf einem guten Weg.

Bisher war der Patriarch wie eingefroren gewesen, während sein verständnisloser Blick suchend über die Menge gestreift war. Nun hatte er die Quelle allen Übels ausgemacht. Mit einem knorrigen Finger zeigte er auf uns. »Tötet sie!«, quäkte er.

Ungefähr fünfzig Mann aus seinem Stab flatterten mit ihren Mänteln und hoben die Hände, um sie auf die Söldner zu richten. Die Haut auf ihren Handflächen sprang auf, und mitten in den blutigen Schlitzen kamen große Augen zum Vorschein. Sie blinzelten das Blut weg und starrten uns an. Einen Wimpernschlag später hackten rote, blaue und grüne Plasmaklingen auf unsere Kuppel ein, und ganz wie bei Star Wars ließen sie Funken und breite Narben zurück.

»Was ist denn das für eine Jedischeiße?«, ächzte ich im Raid-Chat. Die Abklingzeit des Hochzaubers drückte mich schon zu Boden.

»Das sind die Bastarde des Lichts mit ihrem Götterlichtblick. Fügt genau so viel Schaden zu wie ein Blitzschlag von einem Zauberer der Stufe 180. Ich kann dir versichern, dass das wehtut«, kommentierte Witwenmacher, während ich weiter dabei zusah, wie sich die Schlacht entwickelte.

Ich warf dem Anführer unserer Zauberergruppe einen fragenden Blick zu. Er schüttelte den Kopf und stöhnte, ohne die Zähne auseinanderzunehmen: »Das halten wir nicht durch. Maximal noch zwanzig Sekunden. Lenkt die Anbeter ab!«

Ich nickte Witwenmacher zu, der zugehört hatte: »Ausführen!«

Im Raid-Chat gab er eine ganze Latte an Befehlen: »Gruppenführer Sissy, Absinth und Herzog! Geänderte Prioritäten. Prioritätsziel: die Diener des Lichts. Zielzuweisungen: Schema 3.«

Ungefähr ein Dutzend unserer Schurken stürmte in Richtung der Robenträger und tarnte sich im Laufen. Das Epizentrum des magischen Ansturms verschob sich und deckte nun das Gebiet um die Kuppel der Drachin herum ab, einschließlich der Anhänger des Lichts sowie vieler der Zuschauer, die das Pech hatten, in der ersten Reihe zu stehen. Ein Dutzend Bogenschützen zog die Sehnen durch und schickte schwere Pfeile tief in die Flammenhölle.

Als ob das den Patriarchen aufhalten konnte. Er hob die schmächtigen Fäuste in die Luft, schüttelte sie und betete voller Ekstase: »O Herr des Lichts, erhöre mein Flehen! Gib uns Kraft!«

Sein Gott erhörte ihn in der Tat. Der Himmel tat sich auf, die eingeschüchterten Wolken stoben in alle Richtungen auseinander. Das zornige Gesicht des Gottes zeigte sich inmitten des blendenden Lichts.

Warnung! Göttlicher Segen aktiviert.
Der gütige Blick des Sonnengottes liegt auf den irdischen Streitigkeiten, wodurch seine Anhänger neue Kraft erhalten.
Effekt: +20 % auf ALLE Attribute der Anhänger des Lichts.

Tausende von Lichtschäften stießen aus dem Himmel herab und hoben einzelne Gestalten hervor, die den genannten Segen erhielten. Witzig war nur, dass mindestens ein Drittel meiner Söldner sich ebenfalls als Anhänger des Lichts herausstellten und die entsprechende Aufmerksamkeit bekamen. Null zu null.

Der zornige kleine Mann wütete weiter. Sein scharfes Auge erspähte mich in der Menge. »Du!« Er bebte vor Zorn. »Du schmutzige Ausgeburt der Dunkelheit! Hier ist ein Mal, das deine finstere Stirn zeichnen soll!«

Der Fluch des Sonnengott-Patriarchen!
Tageslicht lässt die Manaregeneration um 90 % sinken.
Dauer: Solange der Hochgott oder der Patriarch noch am Leben sind.

Du Schleimbeutel! Das tat jetzt weh. Richtig weh sogar. Oder hätte es zumindest getan – wenn ich den Manafluss des Altars nicht gerade noch rechtzeitig auf mich umgelegt hätte. So kam ich im Grunde in den Genuss, mich ununterbrochen in Mana zu baden.

Der Patriarch konnte mich aber auch nicht in Ruhe lassen, oder? Sein Blick schien Löcher in mich hineinzubrennen, und er flüsterte etwas gefährlich Langes und wahrscheinlich ebenso Ungesundes. Es wurde Zeit, dieser Show ein Ende zu machen. Ich wandte mich an Witwenmacher und nickte dem Oberpriester zu.

»Versucht, ihn zu neutralisieren. Idealerweise tötet ihr ihn.«

Eine weitere Flut an Befehlen wurde gegeben. Das Auge des magischen Sturms verschob sich erneut und deckte nun den Patriarchen und dessen Leibwächter ab. Er schaffte es gerade noch, unter seinem eigenen magischen Schild in Deckung zu gehen. Dann weiteten sich seine Augen überrascht: Anscheinend war der Druck auf seinem Schild größer als erwartet. Er rief seinen Männern noch ein paar ermutigende Worte zu, ehe er ein Portal aktivierte und mit einem Blitz verschwand.

Wir hatten es geschafft, eine Bedrohung zu neutralisieren – zumindest zeitweise. Die Verschiebung des Angriffsschwerpunktes hatte uns jedoch viel gekostet, sodass die bis dahin erstarrte Menge – die nicht mit einem Angriff aus ihrer Mitte gerechnet hatte – zurückweichen und begreifen konnte, was hier gerade geschah. Da sie inzwischen realisiert hatten, wie wenige wir waren, packte unsere Gegner die Wut. Es machte wahrscheinlich kaum Spaß, wenn man merkte, dass man eben noch hysterisch über das Pflaster davongekrochen war, obwohl die Gegner massiv in der Unterzahl waren.

Die Lage hatte sich gewendet. Die menschliche Flut strömte nun in die andere Richtung, als sie versuchte, unsere verletzlichen Leiber zu erreichen und niederzutrampeln. Dabei hatten einige, die bei Verstand geblieben waren, auch ein Mindestmaß an Disziplin und Kontrolle in die Menge gebracht. Die kleinen Fische hielten sich in den hinteren Reihen, von wo aus sie uns mit Pfeilen, Magie und Armbrustbolzen eindeckten. Sie mochten schwach sein, aber man stelle sich eine tausend Köpfe starke Horde aus unsterblichen Erstklässlern vor, die keinen Sinn für Selbsterhaltung hatten und mit scharfen Metalllatten bewaffnet waren. Wollte man sich wirklich mit denen anlegen? Ich wollte. Das war ein Fall von Qualität gegen Quantität.

Unser zweites Problem waren Hunderte von Haustieren, Geistern, Vertrauten und ähnlichem Kroppzeug, die uns von allen Seiten angriffen. In der Menge gab es eine Reihe von Haustierbesitzern, und sie alle ließen ihre Tierchen nun von der Leine, während sie selbst auf sicherem Abstand blieben, sodass die Zahl unserer Gegner dramatisch stieg.

Die Hauptgefahr stellten jedoch die hochstufigen Spieler dar, die nun ihre Orientierung zurückhatten und auf uns zugerollt kamen, wodurch selbst unsere Tapfersten weggedrängt und die Söldner in ihrer schieren Zahl zu ertrinken drohten. Das Geräusch sich öffnender Portale kündete von der Ankunft der Leibwache des Königs – das war wirklich das Sahnehäubchen auf der gusseisernen Torte, die wie eine Kanonenkugel auf uns zuraste.

Bäm! Die Flut aus Leibern traf auf eine Wand aus Stahlschilden und prallte zurück, wobei sie ein Dutzend Leichen auf Stacheln und Dornen zurückließ. *Bäm!* Reihenweise stießen die ungeduldigeren Feinde wieder auf uns zu, gestärkt durch den Druck von hinten. Erneut ebbte die Leiberflut ab, und noch mehr von ihnen waren zermalmt, angesengt oder durchbohrt worden. Ihre Leichen verwandelten sich in Grabsteine aus Granit, als sie zu Boden gingen. *Bäm!* Die dritte Welle drückte gegen die

Schildreihe, doch nun wichen wir zurück, unsere Reihen teilten sich und es gab plötzlich Freiräume, als die Mitte unserer Frontlinie zusammenbrach.

Unser Verlustezähler zuckte und drehte sich immer schneller. Der Gegner hatte jedoch auch schon längst mehr als tausend Opfer zu beklagen, von denen viele durch das Tun der eigenen Leute ums Leben gekommen waren. Während wir als Raid immun gegen Freundfeuer waren, schoss die ungeeinte Menge immer wieder Pfeile in die Rücken ihrer eigenen Krieger, deckte sie mit Flächenzaubern ein oder wählte die falschen Ziele aus. Wie sollte man denn auch Freund von Feind unterscheiden, wenn zwei knurrende Paladine mit Schild und Speer miteinander rangen? Sollte man nicht lieber beide mit einer Wolke des Erstickenden Todes töten? So nahm man wenigstens noch jemanden mit, wenn man schon einen der eigenen Streiter tötete. Und wenn man es schaffte, jemanden heimlich zu erwischen und die Leiche zwischen den Füßen der Krieger zu erreichen, konnte man dem ahnungslosen Opfer vielleicht etwas Wertvolles abnehmen – das war ja wie Weihnachten! Das war die einzige Erklärung, die ich für die immense Zahl an Leichen hatte, die sich an unserer Frontlinie sammelten. Ehrlich gesagt konnten wir nicht mal Anspruch auf die Hälfte dieser Kills erheben.

Doch dreißig zu eins war immer noch dreißig zu eins. Es war nicht so, als ob wir einen Panzer gegen eine Armee aus irgendwelchen Stammeskrieger einsetzten – das war ein Schlachtfeld, bei dem beide Seiten die gleichen Waffen führten. Der Ausgang war leicht vorherzusagen. Wir waren schließlich keine dreihundert Spartaner, und das hier war nicht Hollywood.

Es war gerade noch die Hälfte von uns übrig, als die Gefängniskuppel der Drachin aufriss.

»Ziele wechseln!«, schrie Witwenmacher, ohne auf meinen Befehl zu warten.

Und recht hatte er damit. Der Knochenhaufen war nicht Teil unserer Gruppe. Durch freundliches Feuer hätten wir die Drachin zu leicht ausräuchern oder ihr schweren Schaden zufügen können.

Doch nun konnte ich sehen, warum man einen Raid brauchte, um einen Drachen zu fangen. Diese Brut der Finsternis breitete die Schwingen aus und spuckte Gift, um danach mit ihren tödlichsten Manövern zu beginnen und Gegner mit direkten schmerzhaften Treffern zu erledigen. Grüne Giftgaswolken breiteten sich um uns herum aus und verwandelten die Luft in träge Wogen aus brodelndem Smaragdgrün. Da sie sich nicht auf ihre Zielgenauigkeit verlassen konnte, deckte die blinde Drachin einfach das ganze Gebiet mit einem Regen aus Säure und Knochenfragmenten ein – geführt nur von ihrem Gehör und dem emotionalen Echo in ihr. Trotzdem schaffte sie es irgendwie, unsere Gruppe von der Menge zu unterscheiden, sodass sie ihre todbringenden Absonderungen zurückhielt, immer wenn unsere Söldner ihren Weg kreuzten. Dem Dunklen sei Dank dafür!

»Verschwindet! Fliegt zur Burg!«, schrie ich, als ich merkte, dass nur noch hundert Krieger übrig waren.

Doch die Drachin war im Blutrausch – oder mitten einem heiligen Tanz des Todes, den sie nicht auf halber Strecke unterbrechen konnte. Das war durchaus möglich, aber mit Drachenkunde kannte ich mich nicht besonders aus. Die Knochenechse wirbelte herum wie ein Mähdrescher aus der Hölle, und ihrem Groll fielen Tausende von Vernunftbegabten zum Opfer. Ich hatte beinahe den Eindruck, dass ihr die Schlacht richtig gutgetan hatte. Ihre Augen flackerten einmal auf, dann noch einmal und schließlich leuchteten sie wieder wie zwei hellgrüne Suchscheinwerfer – genau so, wie ich sie in Erinnerung hatte.

»Ich kann sehen.« Ein donnerndes Flüstern hallte über das Schlachtfeld.

»Geht jetzt!«, schrie ich. »Eure Jungen sind hungrig! Geht nach Hause! Kusch! Kusch!«

»Nur einen Moment noch … Nur noch wenige Lebensfunken – dann wird die Ursaat in meiner Brust neugeboren! Die Saat eines neuen Herzens!«

Plopp, plopp, plopp öffneten sich nacheinander drei Portale und spien eine Flut von weißgewandeten Dienern des Lichts aus. Der unglückliche Patriarch hatte Verstärkung geschickt. Wo er plötzlich so viel davon aufgetrieben hatte, war eine spannende Frage. Das mussten mindestens zweihundert Priester sein. Wahrscheinlich standen jetzt Tempel im gesamten Cluster – wenn nicht sogar in ganz AlterWorld – leer. Hätte ich das gewusst, hätte ich Cryl gebeten, sich mal ihre Schatzkammern anzuschauen. Andererseits hätten sie ihr Vermögen selbst am Tag des Jüngsten Gerichts nicht unbewacht gelassen.

Bande aus klebrigem Licht schossen aus den Händen der Anbeter nach oben und umschlangen die Drachin. Sie zerfetzte sie mühelos, ging gleichzeitig zum Gegenangriff über und schaltete so die Priester aus, die am dichtesten an ihr dran waren. Sie wurde jedoch nach und nach langsamer, bis die Kleriker es schließlich schafften, noch eine weitere Fessel aus Energie um den Knochenkörper der Drachin zu wickeln. Als sie versuchte, sich davon zu befreien, gab dieses Band zwar ein Brummen von sich wie ein überspannter Faden, riss aber nicht. Es folgte noch eines direkt daneben, dann noch eines ... In weniger als einer Minute war die Drachin in ein mächtiges Netz eingesponnen. Ihre Knochen brachen, und sie wurde immer fester eingeschnürt.

Shit! Ich biss mir auf die Lippe und versuchte, mir einen Überblick zu verschaffen, was noch von meiner Armee übrig war. Höchstens fünfzig Streiter. Das war es also, das Ende des Krieges. Was war ich doch für ein mieser General.

Ding, erklang es vom Himmel. Das Klingeln von Milliarden kleiner Glöckchen übertönte die Schlacht.

Makaria! Komplett geschminkt und strahlend wie eine Supernova voll göttlicher Energie war sie noch schöner als je zuvor.

»O Vernunftbegabte! Ich bin gekommen, um Euch am Tag dieser glorreichen und gleichermaßen sinnlosen Schlacht Eure

Belohnung und ein Ziel zu geben! Nehmt es als Zeichen des Danks der Götter für Eure treuen Dienste und diese außergewöhnliche Schau!«

Ding! Die Göttin verschwand und ließ nur ein paar Schneeflocken zurück, die im Wind davontrieben. Auf den Interfaces der Spieler aber tauchte eine Quest-Nachricht auf:

Achtung: Neuer Quest!
Die Glorreiche Schlacht
Die Göttliche Makaria wird all jenen ihre Gaben verleihen, die zum Sieg in dieser Schlacht beitragen! Schaut Euch um und bohrt Eure Klingen in die Überlebenden des Feindes.
Belohnung: 100 Glaubenspunkte für jeden getöteten Anhänger des Lichts.
Belohnung: 200 Glaubenspunkte für jede getötete Wache oder Offizier.
Belohnung: 300 Glaubenspunkte für jeden getöteten Priester des Lichts.

Stille senkte sich herab, und allerorten wurden vorsichtige Blicke nach links und rechts ausgetauscht. Dann trafen gleichzeitig Tausende von Schwertern auf ihresgleichen. Das waren keine Idioten. Der neue Quest war genau das, was die Menge gebraucht hatte. Es lagen Hunderte von Schwerverletzten herum, die nur auf den Todesstoß warteten, und ihre Leichen versprachen fette Beute. Eben waren die Schaulustigen auf dem Platz alle noch Verbündete gewesen, doch nun standen sie sich als Feinde gegenüber, die alles abschlachteten, was sich bewegte. Warum sollten sie das für zehn Mäuse pro Kill plus Loot auch nicht tun?

»Haltet die Reihen!«, schrie Witwenmacher, der nach wie vor lebte, und brachte die Reste der Söldner so zumindest in die Grundstruktur einer Formation.

»Vielen Dank, Makaria«, flüsterte ich wortlos, während ich meinen Appell an die Götter aktivierte.

Ich wollte auf keinen Fall so etwas in der Art wie »Du schuldest mir was« von ihr hören. Doch heute war ein Tag voller Überraschungen. Begleitet vom zarten Funkeln ihres freundlichen Lächelns am Himmel hörte ich ein leises *Hiermit zahle ich einen Teil meiner Schuld zurück.*

Ich schüttelte überrascht den Kopf, aber konzentrierte mich sofort wieder auf das Schlachtfeld. Keiner schien mehr auf die geschrumpfte Schar meiner Söldner zu achten. Alle waren mit der Auswahl leichterer Ziele beschäftigt: den schon verletzten und niedrigstufigen Spielern, wobei jeder versuchte, so viele Punkte wie möglich zu sammeln, ehe er selbst einem stärkeren Gegner zum Opfer fiel. Ungeachtet dessen sah es so aus, als hätten wir die Drachin verloren. Die Priester hatten sich in zwei Gruppen aufgeteilt, wobei die eine einen äußeren Verteidigungsring bildete und die angreifende Menge abwehrte, während die andere Gruppe das Netz immer enger zog, der unglückseligen Kreatur damit die Knochen brach und sie zu einer gewaltigen Kugel zusammenzwängte.

»Drachin«, stöhnte ich unwillkürlich.

»Es tut mir leid.« Ich konnte sie kaum noch hören. »Kümmert Euch um meine Jungen ...«

»Fick dich!«, explodierte ich. »Was ist denn mit euch Leuten los, dass ihr mich alle herumkommandieren wollt? Erst sind es diese verdammten Götter, dann diese minderjährige Nooblette, die mich nötigt, hierherzukommen und dich zu holen, und jetzt bist du dran? Du willst mir nicht nur wegsterben, sondern mir auch noch eine Aufgabe erteilen?«

Ich schrie Zeter und Mordio, während ich meine beträchtliche Fähigkeitsliste abklapperte und nach irgendetwas Hilfreichem suchte. Halt, halt, halt – was war denn das? Die Hilfe des Gefallenen? Stellt die Gesundheit einer beliebigen Kreatur in AlterWorld komplett wieder her?

Hastig wählte ich den Knochensack als Ziel. 2 % Leben!
Aktiviert!

Bäm! Das Knäuel aus weißen Fäden explodierte, und die wütende Drachin war frei. Begleitet von einem knirschenden Geräusch flogen Körperteile in weißen Roben in alle Richtungen. Wegen der Angriffe von zwei Seiten kamen die Ränge der Priester nun ins Wanken, und aus ihrer geschlossenen Gruppe wurden hilflose Einzelkämpfer. Damit begann das Gemetzel.

Ich schaute auf die Uhr. Vierzehn Minuten seit Beginn unserer Aktion. Und die Söldner kämpften immer noch. Ich berührte Witwenmacher an der Schulter. »Warum seid ihr noch hier? Die Zeit ist abgelaufen. Der Vertrag ist abgeschlossen.«

Er zeigte mir ein Grinsen. »Jetzt ist es was Persönliches. Na gut. Der Drache ist frei. Brauchst du uns noch?«

Ich zuckte die Schultern. »Ich denke nicht. Vielen Dank für alles!«

»Also gut dann.« Er wandte sich an die Reste seiner Armee und brüllte in geübtem Befehlston: »Formationstyp 4, Pfeilspitze, in Richtung der Priester! Drei, zwei, eins! Los!«

Zehn Minuten später stand ich in einem Meer aus Grabsteinen, durch das einzelne humanoide Gestalten in Lendenschurzen streiften und ihre Gräber suchten. Noch seltener sah man gerüstete Spieler, die einander misstrauisch beäugten, weil sie nicht wussten, was sie von ihrem Gegenüber zu erwarten hatten. Sie hatten durch Ausprobieren festgestellt, dass das wiederholte Erschlagen eines Spielers keine Glaubenspunkte brachte. So blieben die Nackten gnädigerweise unbehelligt, und ich fragte mich, ob man sie wirklich erledigt hatte oder ob sie nur gerissen genug waren, ihre Kleidung abzulegen und in ihren Taschen zu verstauen. Entweder wollte Makaria sich als gnädig erweisen, oder selbst die Götter konnten es sich nicht leisten, Millionen von zusätzlichen Glaubenspunkten als Preisgeld auszusetzen. Hätte es diese Einschränkung nicht gegeben, wäre das hier ein echter Weltuntergang geworden. Schon jetzt sah es aus, als hätte man hier ein ganzes Dorf ausgelöscht.

Man sah sozusagen den Friedhof vor lauter Grabsteinen nicht.

Also beschwor ich Humungus und gab ihm einen dicken Schmatz auf die Schnauze. Ich hatte meinen Teddy vermisst. Diese ganze Verwaltungsarbeit war nicht gut für mich gewesen.

Ich stieg in den hohen Sattel und schaute mich um. Ganz auf der anderen Seite des Platzes jagte die Drachin noch immer einzelne Spieler. Ein paar Gruppen in dichter Formation räumten in ihren jeweiligen Bereichen auf und versuchten, einander nicht in die Quere zu kommen.

Etwa hundert Meter entfernt entdeckte ich die Gestalt eines virtuellen Polizisten, der das Schlachtfeld abschätzig betrachtete und etwas in seinen Kommunikationsweg flüsterte. Ein kalter Schauer lief mir über den Rücken.

Der Bulle schien meinen starrenden Blick zu spüren und drehte sich um. Sein Lächeln verhieß nichts Gutes. Dann winkte er mit einem Finger in meine Richtung, zeigte mit zweien auf seine Augen und ballte dann alle zur Faust – was offenbar heißen sollte, dass er mich im Auge behalten und mich zermalmen würde, falls ich etwas anstellen sollte.

Wie bitte? Was hatte er denn hiermit zu tun? Okay, ein paar Spieler hatten miteinander gekämpft und sich abgeschlachtet, um ihre PK-Counter hochzutreiben, aber das war ja ein völlig zulässiger Spaß im Spiel. Die virtuelle Polizei kümmerte sich doch eigentlich nur um echte Verbrechen oder illegale Geldgeschäfte – und um Letztere auch nur, wenn dabei Summen über einer Million im Spiel waren. Oder war das etwa was Persönliches? AlterWorld schien wirklich sehr großzügig zu sein, wenn es darum ging, mir Feinde zu suchen. Ich musste echt dringend zulegen – sowohl, was meine Kraft anbelangte, aber auch in Hinblick auf meinen Einfluss und meine Kontakte. Um diese ganzen kleinen Wadenbeißer und Neider loszuwerden, würde ich noch mehr Gas geben müssen.

Spöttisch salutierte der Bulle und verschwand in einem aufblitzenden Portal. Ausgezeichnet. Hier hast du echt nichts zu suchen.

Ich zuckte die Schultern und schaute mir wieder das Schlachtfeld an. Eine der besser organisierten Marodeurgruppen kam offenbar auf mich zu. Sorry, Leute, aber das ist das Letzte, was ich gerade brauche. Ich wollte schon das Portal aktivieren – der Knochensack brauchte mich nicht, damit ich ihm den Weg zu seiner eigenen Burg zeigte –, als ich in der Kriegerschar den vertrauten Umriss von LAV erkannte. Den man als Humungus' Bruder bezeichnen konnte, schätze ich.

Ich stupste meinen Bären an und lenkte ihn auf Eric zu. Schau an! Das sah aus wie der Großteil der Kampfabteilung der Veteranen. Ich kannte fast alle von ihnen. Also gab es da keine Probleme.

Das war ja fast wie das Treffen an der Elbe anno 1945! Die zwei Bären schubberten ihre Flanken aneinander, als Eric und ich einander umarmten.

»Was führt euch hierher?«, fragte ich.

Er wollte gerade etwas sagen, als ich Dans Stimme hörte, der sich vor mir enttarnte. »Wir wollten nur mal nachschauen, wer denn hier so sehr auf die Pauke haut. Der General hat sich sogar geweigert, dagegen zu wetten, dass du dahintersteckst. Hör mal, Kumpel: Du wirst einfach zu vorhersehbar!«

Da er keine Lust mehr hatte, nach oben zu sprechen und sich dabei den Hals zu verrenken, zog Dan eine Artefaktpeitsche aus der Tasche und knallte damit in der Luft. Ich mochte sein Reittier – das Schlachtross eines richtigen Ritters, massiv und strotzend vor Kraft. Nicht so beeindruckend wie Humungus, aber immerhin.

Kaum dass er aufgestiegen war, reichte er mir lächelnd die Hand.

»Im Ernst jetzt?«

»Ehrlich gesagt waren wir in der Stadt, weil wir dachten, dass wir uns mal dieses Event anschauen sollten, das hier abgehalten werden sollte. Eric war nur neugierig, während ich meine Fertigkeit in Sachen Taschendiebstahl levln wollte. So was kann bei meiner Arbeit nur nützlich sein. Und schon findet man dich hier:

in Lebensgröße und doppelt so hässlich. Sobald die Teestunde in Gang kam, gaben wir gelben Alarm drüben in der Burg und zogen ein paar Leute hierher ab. Also denk nur nicht, dass du hier ganz allein wie ein biblischer Löwe gekämpft hast. Sobald diese himmlische Schönheit uns auch noch einen Blick auf ihren Hintern gewährt hatte, hätte der Zorn keines Gottes unsere Kämpfer mehr zurückhalten können.«

»Vielen lieben Dank, Leute. Wie ist es gelaufen?«

Eric reckte stolz die Faust zum Himmel. »Sieben. Ich habe sieben von diesen Bastarden erwischt!«

Dan sah ihn mitleidig an. »Bei mir sind es sechzehn. Insgesamt waren das dreihundertelf Frags für die Gilde sowie etwas Ausrüstung und Glaubenspunkte. Alles in allem kein schlechter Tag.«

Die Veteranen schraken zurück, zogen die Waffen und hoben die Schilde.

»WTF?« Ich drehte mich um, um nachzuschauen. Der Anblick war wirklich beeindruckend: Die Drachin funkelte in der Sonne, während sie auf uns zuflog. Ich winkte den Veteranen zu – keine Angst – und ritt ihr entgegen.

»Priester, ich bin bereit! Danke für deine Hilfe. Ich schulde dir etwas. Doch jetzt würde ich gern meine Kinder sehen, wie jeder stolze Vater.«

Nein, ich war definitiv kein Dracologe. War sie denn nun ein Weibchen oder ein Männchen? Nach der Standpauke, die ich von der Höllenhündin kassiert hatte, wollte ich lieber nicht nachfragen. Oder vielleicht hatte ihr Skelett gar kein Geschlecht mehr, doch sobald sie genug Energie gesammelt hatte, konnte sie wieder weitere Eier legen?

Jedenfalls musste sie nicht so schreien. Ich schüttelte den Kopf, um mein Gehör wieder in Gang zu bringen. »Nicht der Rede wert. Und kannst du die Lautstärke etwas herunterdrehen? Mir platzt sonst gleich der Schädel. Wie meinst du denn, dass wir reisen sollen? Du bist ein bisschen zu groß zum Teleportieren.«

»Wir können fliegen!« Die Drachin bleckte die Zähne und senkte eine Schwinge als Kletterhilfe zum Boden. »Steck dein Tierchen wieder in sein Artefakt und klettere rauf. Über den Wolken ist die Freiheit grenzenlos!«

Na schön. Eine Teleportation wäre natürlich schneller gewesen, aber wer war ich schon, die Einladung zum Ritt auf einem Drachen abzulehnen? Das war ja keine Aluminiumröhre von Boeing, die man sich mit hundert anderen schwitzenden Leibern teilen musste. Das war ein richtiger, waschechter Flug – mit Wind in den Haaren und einer Landschaft unter einem, und alles sah so aus, als wäre es winzig klein. Ja!

Ich tätschelte Teddy den Hals, faltete ihn in sein Artefakt zusammen und eilte die knochigen Stufen hoch. Schau an! Die Spielentwickler hatten wirklich an alles gedacht. Ein Knochenstuhl mit beweglicher Rücklehne und anatomischen Armlehnen, der fast so bequem wie der in meinem Büro war. Ich hatte mich kaum hingesetzt, als die Drachin – oder der Drache? – bereits kurz Anlauf nahm und sich dann mit gespreizten Flügeln in die Luft beförderte. Ein fliegendes Reittier – das allererste in AlterWorld – hatte seinen Reiter in den Himmel getragen!

Mein Posteingang bimmelte. *Wir müssen reden*, schrieb Dan mir per PN. Direkt danach gab es eine weitere neue Nachricht, diesmal von Eric:

Du bist zu krass, Kumpel! Kann ich mir deinen Drachen auch mal für eine Spritztour ausleihen?

KAPITEL
ZWEIUNDZWANZIG

Als wir uns der Burg näherten, spürte ich nichts vom emotionalen Druck der Jungen. Unter uns erstreckte sich das eher triste Tal der Furcht, das von uralten Straßen durchzogen und von zahllosen Ruinen gezeichnet war. Ich machte mir fleißig Vermerke auf meiner Karte. Man konnte sagen, was man wollte, aber eine Aufklärung aus der Luft war schon was Tolles. Vom Boden aus bemerkte man nicht mal ein Zehntel von dem, was ich aus fast einem Kilometer Höhe so alles verzeichnen konnte.

Die Drachin gab gelegentliche Breitbandimpulse ab, um dann zum Horizont zu schauen und auf das Echo zu hören. Wahrscheinlich waren die Jungen deshalb ruhig: Ihr feines Gehör hatte bestimmt schon das Sonar ihrer Mutter wahrgenommen.

Und dann endlich die Burg. Inzwischen waren die Außenmauern schon deutlich präsentabler als die ausgebombte Einöde, die ich vor einer Woche von der Hügelkuppe aus gesehen hatte. Der ruhelose Lurch hatte tolle Arbeit geleistet. Er hatte ein echtes Händchen hierfür bewiesen. Auch der Innenhof hatte sich weiter verwandelt und sah nun wie ein botanischer Garten aus. Und die Burg erst! Ich fiel fast von der Drachin, als sich die Wolken teilten und die Sonnenstrahlen den ehemals düsteren Stein erhellten. Die grauen Türme des Bergfrieds erstrahlten in Tausenden von farbenfrohen Funken, die wie Regenbogen glänzten, als ob ein Inneneinrichter der Spitzenklasse sie mit zahllosen kostbaren Steinen überzogen hatte.

Kostbare Steine? Lurch!

»Lurch!«, brüllte ich in das Kommunikationsartefakt. »Warum

funkelst du denn wie eine ganze Diamantenfabrik auf Steroiden?«

»Seid mir gegrüßt, Herr! Es *ist* wunderschön, oder?«, fragte er ein wenig schüchtern.

»Das kann man wohl sagen! Aber jetzt beantwortest du meine Frage.«

Er blieb kurz stumm, während ich mir seine Zugriffsrechte anschaute. Woher hatte er denn die Ressourcen für eine derartige Opulenz?

»Herr, als die Jungen weinten, weinte alles hier mit ihnen. Das sind die Steinernen Tränen. Sie sickerten tausendfach durch meine Poren, bis sie aushärteten und zu perfekten Kristallen wurden. Jetzt dürfte ich die schönste Burg in ganz AlterWorld sein. Ich frage mich, Herr, ob Ihr etwas dagegen hättet, wenn ich am diesjährigen Wettbewerb für die gelungenste Außengestaltung teilnehmen würde? Ich bin mir sehr sicher, dass wir den ersten Preis machen.«

»Warte! Du und deine Wettbewerbe! Die Kristalle – welche Werte haben die?«

»Zufällige, von +1 bis +20 je nach Größe. Aber bitte reißt sie nicht einfach heraus. Ich flehe Euch an!«

»Sonst?«, zog ich ihn auf und zahlte ihm so meine kurzfristige Besorgnis heim. »Heulst du dann etwa?«

»Ich weiß es nicht ...«, flüsterte Lurch.

Seine Stimme war so voller Traurigkeit, dass ich mir wie ein richtiger Fiesling vorkam. »Keine Sorge. Es ist alles wirklich sehr schön. Du bist ohne jeden Zweifel die schönste Burg in ganz AlterWorld. Könntest du nur für den Fall der Fälle die Quadratmeter der Außenwände und die durchschnittliche Zahl von Edelsteinen pro Quadratmeter berechnen? Ich würde zu gerne wissen, mit wie viel Edelsteinen du jetzt besetzt bist. Und wenn du sie dann noch in Größengruppen unterteilen könntest, wäre das ...«

Ich verstummte mitten im Satz und hielt mich an den Armlehnen fest, als die Drachin eine scharfe Kurve flog und zur Landung ansetzte. Sie hielt auf den Turm zu und schlug mit ihren Schwingen, um die Geschwindigkeit zu drosseln. Sanft landete sie auf den uralten Steinen.

Eine mächtige Woge von Gefühlen warf mich aus dem Sattel. Ich war wie abgeschaltet. Keine Ahnung, wie lange ich weg war. Als ich wieder zu mir kam, saß ich mit dem Rücken an eine grobe Zinne gelehnt auf den Pflastersteinen. Lena kümmerte sich jammernd um mich. Gerade hatte sie die Hand erhoben, um mir einen ermunternden Klaps zu geben. Ich fing ihre Hand mitten im Schwung ab und schüttelte den Kopf, um meine Gedanken wieder an den richtigen Platz zu bringen. Mir war da anscheinend irgendwas entgangen. Die Drachin saß auf ihrem Nest wie eine Glucke, während ihre beiden dickbäuchigen Küken sich unter ihre Schwingen schmiegten.

»Wie läuft es?«, fragte ich mit trockener und rauer Kehle.

»Gut! Wir machten uns mehr Sorgen um dich. Du bist einfach zusammengebrochen.«

Ich versuchte zu schlucken. »Es sind diese ganzen Phantomgefühle, die auf mein Gehirn einstürmen. Ich würde zu gern wissen, warum diese Idioten von Entwicklern das Verstärken von Gefühlen nicht als mentalen Angriff sehen.«

»Entschuldigung?«

»Egal. Ich sprach über eine Fähigkeit, die ich habe. Eine sehr nützliche noch dazu. Eine Schande, dass sie nur funktioniert, wenn es ihr gerade passt.«

Ich zeigte auf die Drachenjungen. »Haben sie viel geweint, während ich fort war? Und wo sind überhaupt die ganzen Drachentränen? Ich dachte, dass man auf der Turmspitze inzwischen schon kniehoch in ihnen stehen würde.«

»Es sind fast keine mehr da!« Sie strahlte. »Ein paar sind vielleicht noch in den Ecken. Ich habe nämlich herausgefunden, wie man die Jungen beruhigt, damit sie nicht mehr weinen!«

»Was? Oh, Scheiße. Das hättest du echt nicht tun sollen. Dann hätten sie halt eine halbe Stunde länger geheult. Ist doch schnurz.

Das waren Millionen in Gold, die ...«, ich schaute zu den beiden niedlichen Jungen, »uns jetzt durch die Lappen gegangen sind.«

Lena zuckte unbefangen die Schultern. »Wenigstens haben sie nicht mehr geweint. Denn wenn sie was essen, vergessen sie alles andere um sich herum! Da ist mir eingefallen, dass man Küken Eierschalen zu fressen gibt, damit sie Kalzium bekommen. Also habe ich die Schalen auch verfüttert. Sie haben sie runtergefuttert, als ob es kein Morgen gäbe!«

»Was? Die Eierschalen? Die grauen mit den komischen Mustern?«

»Ja! Sie haben auch das kleinste bisschen davon gefressen und mir danach sogar die Hände abgeschleckt. Das nenne ich mal Abfallvermeidung, oder?«

Ich ächzte. »Lena, Liebling. Mit denen hatte ich noch was vor. Und zwar was ziemlich Großes.«

Sie zuckte wieder mit den Schultern. »Du hättest mir Bescheid sagen sollen. Ich kann doch keine Gedanken lesen. Sei doch lieber mal dankbar, dass ich die Finger von deinem Gold und deinem Silber gelassen habe. Das hatten sie nämlich fast auch gefressen. Zum Glück lag hier noch so viel Metallschrott im Nest herum. Damit konnte ich sie etwas ablenken.«

»Welcher Metallschrott?« Stöhnend griff ich mir an den Kopf. Ich ahnte schon, was sie meinte.

»Der war so dunkellila. Irgendwelche verbogenen Helme, ein Stück Panzerkette und ein Haufen Patronen – die sind ihnen so lustig im Maul explodiert, mit einer richtigen kleinen Flamme. So niedlich! Ich habe die beiden Jungen Drachie und Krachie getauft. Wer hätte schon ahnen können, dass die kleinen Dinger mal eben so zwei Tonnen Metall fressen können? Aber dann ist mir aufgefallen, dass sie in fünf Stunden fast doppelt so groß geworden waren.«

Ich tastete nach irgendetwas in meiner unmittelbaren Umgebung, um einen plötzlichen Trieb zu befriedigen. Die Götter in ihrer ewigen Gnade schickten mir genau das, was ich brauchte:

eine lange Weidenrute – keine Ahnung, welcher verirrte Wind sie hier heraufgetragen hatte. Ich schnappte sie mir und bot dann ritterlich Lena die Hand an, um ihr aufzuhelfen, doch als sie stand, verpasste ich ihr einen herzhaften Schlag auf den perfekten Hintern.

»Autsch! Wofür war das denn?«

»Für diesen dummen Quest!«

»Autsch!«

»Und das ist dafür, dass du dich nicht an die Rangordnung hältst!«

»Autsch! Onkel Max, das reicht!«

»Das ist für diese verdammten Eierschalen!«

»Autsch! Gleich bin ich böse auf dich!«

»Und das ist für die zwei verbliebenen Tränen und für die Millionen von verlorenen!«

Pst. Eines der Drachenjungen öffnete ein purpurnes Auge und schaute uns an. Ein mächtiger Emotionsstoß – der sich mehr wie ein Treffer mit dem Baseballschläger anfühlte – haute mich um.

»Siehst du, Onkel Max? Jetzt hast du dir wehgetan. Du hättest vom Turm fallen können, weißt du?«

»Komm her, du! Ich schulde dir noch was für das Silber. Und noch was für den Metallschrott. Und dein Onkel bin ich auch nicht!«

»Von wegen!« Sie streckte mir die Zunge raus. »Nun sei doch nicht so böse, Max«, fügte sie mit einem freundlichen Lächeln hinzu. »Wir wissen doch, wie nett du eigentlich bist. Vielen Dank, dass du ihre Mama gefunden hast. Wir haben uns solche Sorgen um sie gemacht.«

Achtung: Der Quest »Die Bitte der &#ç$ Priesterin« wurde abgeschlossen!
Ihr habt eine neue Fähigkeit erlernt: %*#@$#@$$@ ##@$$# @@$$%

»Äh, Lena, wie machst du das? Was für eine Fähigkeit ist das? Ich kann das nicht entziffern.«

Sie zuckte mit den Achseln. »Keine Ahnung. Es ist einfach passiert. Ich muss auf jeden Fall los. Papa braucht mich.«

»Warte!«, konnte ich gerade noch sagen, bevor sie auch schon ihr Armband aktiviert hatte und mit einem listigen Funkeln in den Augen verschwunden war.

»Wer mit der Rute spart, verzieht das Kind«, flüsterte ich. »Disziplin ist Gold wert.«

Genug für heute. Zeit, zurück in meine Burg zu kriechen. Zeit fürs Bett. Der Rest würde bis morgen warten müssen. Okay, das Sammeln der Tränen würde wahrscheinlich nicht warten. Also sammelte ich sie.

Dann teleportiere ich zurück zum Tempel und eilte die Treppe hoch zu den inneren Räumlichkeiten. Bald war ich wieder in meiner Wohnung. Ich zog die Rüstung aus und stopfte sie in meine Tasche. Dann stolperte ich rüber zum Bett und brach auf der Tagesdecke zusammen.

Uiiiiii!, quiekte der verfluchte weiße Puh unter meinem Hinterteil.

Ich sprang aus meiner liegenden Position direkt wieder auf die Füße. Die elende Kreatur lag in einem Knäuel aus Bettlaken und blinzelte mich aus müden Augen an. Oh-kay. Er hätte sich keinen besseren Zeitpunkt aussuchen könnten.

Ich hechtete nach vorn und konnte mein Glück kaum fassen, als es mir gelang, ihn am Schlafittchen zu packen. Ich schleuderte ihn in die Luft und verpasste ihm einen mächtigen Tritt, der ihn wie einen schläfrigen Fußball aus dem Fenster beförderte. Da! Volltreffer. So einen Trick hätte ich in der wirklichen Welt nie hinbekommen. Der leiser werdende Strom von Beleidigungen wurde nicht durch ein Klatschen auf den Pflastersteinen unterbrochen, wie ich es mir erhofft hatte, sondern durch das Ploppen eines Portals. Anscheinend war er mitten in der Luft aufgewacht. Schade.

Hatte er denn wirklich gedacht, dass er ein unerwünschter Mitbewohner in meinem Schlafzimmer werden und in meinem Bett schlafen dürfte? Ich glaube nicht. Meine Vorstellung vom perfekten Familienleben beinhaltete definitiv keinen kleinen, pelzigen Spanner. Es wurde Zeit, dass ihn mal wer in seine Schranken wies.

Am nächsten Morgen weckte mich das Klimpern von auf meinem Konto eingehenden Münzen. Ich hatte vergessen, das interne Interface stumm zu stellen. Doch eigentlich fand ich alle Geräusche, die man mit Gold hervorbringen konnte, ganz angenehm. Vielleicht sollte ich mir das Klimpern als Signalton für meinen Wecker einstellen. Aber wer schickte mir denn morgens um sechs Geld?

Anscheinend war es Doc: *Hier sind hunderttausend Gold für die Reparaturen am zweiten Flügel. Pläne und Zeichnungen liegen bei.*

Wofür hielt er mich denn? Für den Polier seines Bautrupps? Ich leitete die Nachricht an Lurch weiter: *Baue und richte alles entsprechend der Kostenplanung ein. Heuere an, wen du für nötig hältst. Du weißt schon: Tischler, Maurer, Ausstatter und Elektriker … Was meinst du mit: »Was sind Elektriker?« Ach, vergiss es. Werden diese Kinder denn niemals Ruhe geben?*

Halt. Ich setzte mich im Bett auf und lauschte. Kinder? Genau das. Helle Stimmen und ein gelegentliches Lachen drangen durch das schmale Fenster: Es war so schmal, dass es an ein Wunder grenzte, dass Winnie letzte Nacht überhaupt da durchgepasst hatte. Die Stuckformen der Wände sorgten in Verbindung mit der üppigen Vegetation dafür, dass ich nicht sehen konnte, was am Fuß des Bergfrieds vor sich ging. Ich zog ein paar Klamotten an und eilte die Stufen hinunter.

Als ich auf den Hof hinaustrat, erstarrte ich.

Ungefähr ein Dutzend Kinder zwischen zwei und fünf Jahren lief, ging, krabbelte und rollte im üppigen Grün des Innenhofs umher. Manche verfolgten Schmetterlinge, während andere ruhig dasaßen und eine Blume betrachteten oder nur dem sanften Lied der bunten Glockenblumen lauschten. Ein besonders tapferer Junge schmuste mit einem Welpen, den er irgendwie – und ich hatte echt keine Ahnung, wie genau – seiner Höllenhundmutter entrungen hatte. Überraschenderweise fehlte von der Bestie jede Spur.

Lenas Vater saß auf der Veranda, das Kinn in die Hand gestützt und lächelte abwesend, während er dem Treiben der Kinder zuschaute. Ich setzte mich neben ihn. Wir schüttelten uns die Hand. Wir schwiegen eine Weile. Schließlich fragte ich:

»Was ist das, Doc?«

Er zuckte mit den Achseln. »Nicht *was* – sondern wer. Das sind Kinder.«

»Ich hatte schon irgendwie das Gefühl, dass es keine Gnolle sind. Aber warum? Woher kommen sie?«

Er schaute mich an. »Hat dir denn niemand gesagt, was für ein Arzt ich war?«

»Nein. Würde das irgendwas ändern?«

»Ich bin Chefarzt in einem Kinderhospiz.«

Falls er auf meine Reaktion gewartet hatte, bekam er keine. »Entschuldige, aber ich weiß nicht genau, was das bedeuten soll.«

»Das ist schön. Ich wünschte, weniger Menschen hätten damit schon zu tun gehabt. Ein Hospiz ist ein Ort, an den Leute kommen, um zu sterben. Nicht alle Krankheiten sind heilbar. Bei manchen geht die Prognose mit einer eher begrenzten Lebenserwartung einher.«

Ich schauderte. Das erinnerte viel zu sehr an meine eigene Geschichte.

»Wir beherbergen todkranke Patienten aus dem ganzen Land. Wir können diesen Kindern nur Liebe, Pflege und Aufmerksamkeit schenken. Dann sterben sie. Meistens schnell. Unsere Sterblichkeitsrate liegt bei 98 % und die durchschnittliche Lebenserwartung bei zwei Monaten. Diese Kinder sind einige der schlimmsten Fälle. In der wirklichen Welt hängen sie nach den ganzen Bestrahlungen am Tropf. Sie bekommen eimerweise Schmerzmittel und Antidepressiva. Juristisch ist das, was ich getan habe, ein Verbrechen. Aber ich bin es leid, Kinder zu begraben. Das Erste, was ich jeden Tag bei der Arbeit mache, ist, den diensthabenden Arzt zu fragen: »Wer war es heute?« Und fast jeden Tag nennt man mir den Namen eines Kindes. Vielleicht hast du schon mal gehört, dass jeder Arzt sich an jeden einzelnen Patienten erinnern kann, den er verloren hat. Ich kann mich an zwölftausendeinhundertdreiundvierzig Kinder erinnern. Vielleicht glaubst du mir nicht, aber ich kenne von jedem Namen und Gesicht. Ich würde das alles gern vergessen, aber das kann ich nicht. Es ist schon seltsam, wie der Verstand verdrahtet ist. Sogar Brandy hilft mir nicht mehr beim Abschalten. Vielleicht plündere ich bald das Morphium.«

Jetzt schaute ich die Kinderschar mit anderen Augen an. Still und ungeschickt, aber so wunderbar glücklich. Auch den Doc sah ich nun ganz anders. Was für ein Riese von einem Mann! Wie konnte er nur so eine Last ertragen?

»Meine Frau und ich haben unsere Wohnung verkauft und mit dem Geld zehn FIVR-Kapseln gekauft. Ich habe sie im Keller des Hospizes installieren lassen. Unser Admin ist ein guter Mensch. Er hat mir geholfen, sie zu hacken. Das ist alles, was ich diesen Kindern geben kann: eine letzte Chance.«

»Aber wie sollen sie denn hier leben? Sie sind doch nur zwei, drei Jahre alt! Du hättest zumindest ältere Körper für sie aussuchen sollen.«

Er schaute mich mit zusammengekniffenen Augen an. »Du würdest ihnen die Kindheit wegnehmen wollen? Ich will gar nicht erst von den möglichen psychischen Problemen anfangen, wenn man Dreijährige in erwachsene Körper steckt. Es geht mir nur darum, dass sie die Chance auf eine glückliche Kindheit haben, die ihnen sonst geraubt worden wäre. Sie kennen nur ein Krankenhaus und einen Operationssaal nach dem anderen. Ich habe vorher nachgeforscht. Hier gibt es schon Kinder. Nicht viele, aber sie existieren, und was noch wichtiger ist: Sie wachsen. Zumindest wenn sie das wollen. Das wird auch für meine Kinder gelten. Wenn sie genug davon haben, so klein in einer großen Welt zu sein, wo sie nicht mal an die Türgriffe kommen, werden sie schon wachsen. Wo ein Wille ist, ist auch ein Weg.«

Ich runzelte die Stirn und versuchte, die Enormität dessen zu erfassen, was er mir gerade erzählt hatte, und welche möglichen Szenarien sich daraus ergaben. Ich musste mich entscheiden, was wir mit dieser Kinderkrippe anfangen würden. »Aber was ist mit ihren Namen und Werten? Wie haben sie es denn geschafft, Charaktere zu erstellen? Und wie sollen sie sich denn ihre Fähigkeiten aussuchen, wenn sie nicht mal lesen können?«

»Also Sascha da drüben kann das schon. Und Jana kennt sogar das Alphabet und kann bis zehn zählen.«

Mein Gesicht musste puterrot angelaufen sein, denn er bemühte sich um ein versöhnliches Lächeln. »Beruhig dich. Unser Admin hat die Einstellungen so angepasst, dass wir die Kapseln fernlenken können. Ich saß selbst am Serverrechner und half ihnen bei der Charaktererstellung. Bei den Klassen habe ich auf mein Bauchgefühl gehört. Um kognitive Dissonanzen zu vermeiden, habe ich sie nur Menschen erschaffen lassen. Ihre Attributspunkte habe ich in ein Anlagekonto gesteckt, bis sie Stufe 100 erreichen. Bis dahin haben sie alle lesen gelernt.«

Ich schüttelte verwirrt den Kopf. »Was sind denn Anlagekonten? Die Möglichkeit gab es aber noch nicht, als ich meinen Charakter erstellt habe.«

Er zuckte mit den Achseln. *Inzwischen wird vieles angeboten, was damals noch nicht angeboten wurde.*

Ich wühlte mich durchs Wiki und suchte nach Antworten auf diese ziemlich wichtige Frage. Schnell fand ich den entsprechenden Abschnitt und begann zu lesen. Und als ich mit dem Lesen fertig war, kam ich aus dem Fluchen gar nicht mehr heraus.

Aus irgendwelchen Gründen hatten die AlterWorld-Admins

Upgrades auf ein absolutes Minimum beschränkt und schienen ihr Hauptaugenmerk stattdessen auf Ansätze verlegt zu haben, die nicht direkt mit den eigentlichen Spielinhalten zusammenhingen: solche Sachen wie Offline-Aktivitäten, Merchandisingprodukte oder mehr Optionen bei der anfänglichen Charaktererschaffung. Die von Doc erwähnten Bankdienste fielen in die letztgenannte Kategorie und wurden nun aggressiv als Hardcore-Pro-Option an all jene vermarktet, die die üblichen Gaming-Herausforderungen überwunden hatten und nun bereit waren, heftige Nachteile in Kauf zu nehmen, um in Zukunft vielleicht abzukassieren.

Jetzt konnten sie einen Teil der Attributpunkte sparen und in der Bank einlagern, bis sie eine Stufe ihrer Wahl erreicht hatten. Diese Stufe bestimmte dann über den tatsächlichen Prozentbonus. Sparte man beispielsweise 10 Punkte 20 Stufen lang auf, erhielt man einen Bonus von 20 % und strich also 24 Punkte ein. Nicht viel, aber trotzdem. Natürlich machte es den Anfang schwerer, weswegen man etwas Geld investieren musste. Aber er hatte ihre gesamten Punkte bis Stufe 100 geblockt!

»Doc, sag mir bitte, dass du nur die 25 Startpunkte aufgespart hast.«

Er schüttelte den Kopf. Eine schlimme Ahnung befiel mein Herz.

»Nein. Alle von Stufe 1 bis 100. Nenn es meinetwegen ein Kindersparkonto, wenn du willst. Ich habe das durchgerechnet. Die Dividenden sind fantastisch. Und noch wichtiger ist, dass es die Kinder daran hindert, dumme Fehler zu machen, indem sie zum Beispiel alles in ihre Geschicklichkeit stecken.«

Ich ächzte. Hundert Stufen ohne Wachstum! Potenziell hatten sie so einen gewaltigen Vorteil: ungefähr 350 Gratispunkte, mit denen sie frei herumspielen konnten. Aber wie sollten sie denn überhaupt jemals so weit kommen? Sie konnten auch ihr Leben lang auf Stufe 30 festhängen. Es war viel zu offensichtlich, dass die Admins sich etwas überlegt hatten, um Spielermillionäre abzukassieren, damit sie richtiges Geld investierten und so ihre behinderten Charaktere im Spiel behielten.

Eines der Kinder tapste auf uns zu. Es hatte unfassbar blaue Augen. »Doktor, darf ich auch einen Welpen haben? Sascha will seinen nicht mit mir teilen.«

Doc nickte und zeigte auf die Tempeltore. »Geh durch das große Tor an den Männern mit den großen Zähnen und den Speeren vorbei. Drinnen ist ein großes Hundchen ohne Fell. Das fragst du, ob du auch einen Welpen kriegst.«

Der Junge tapste davon. Ich runzelte ungläubig die Stirn. »Das wird sie sicher nicht!«

»O doch. Die Hunde sind alle empfänglich für Gefühle. Sie spüren keine Bedrohung von den Kindern. Ich glaube, sie betrachten sie auch als Welpen.«

Trotzdem hatte ich so meine Bedenken. »Ich würde lieber reingehen und sie im Auge behalten. Wir wollen doch nicht, dass die Höllenhündin den Jungen traumatisiert und er der erste virtuelle Stotterer wird.«

Er zuckte mit den Achseln. »Dann mach eben. Ich muss gestehen, dass ich selbst Angst vor ihnen habe. Wenn sie mich sehen – die Hunde, meine ich –, fangen sie zu zittern an. Sie stellen sich auf und fletschen die Zähne. Wahrscheinlich spüren sie die vielen Toten, die hinter mir stehen.«

Sein Blick trübte sich. Mit leicht gebeugtem Rücken starrte er ins Leere. Ich musste ihn wachschütteln, bevor es zu spät war.

»Doc, wach auf! Was stimmt nicht mit dir, Mann? Du hast doch endlich die Gelegenheit, ein gutes Dutzend Kinder zu retten! Das ist hier kein Hospiz mehr! Das hier ist etwas völlig anderes!«

Er schien sich wieder aufzurappeln. Seine Miene hellte sich auf. Er beugte sich vor und schnappte sich ein winziges Mädchen, das gerade an uns vorbeilief. Es trug generische Kleidung, doch seine Augen funkelten vor Glück. Er verwuschelte der Kleinen das Haar und ließ sie wieder laufen. Glücklich lachend rannte sie einem Schmetterling hinterher. Die Kinder wirkten tatsächlich munterer. Ihre Stimmen wurden lauter, und sie lachten öfter.

»Okay, Doc. Was du tust, dient einem höheren Zweck. Ich werde tun, was ich kann, um dir zu helfen.«

Er zuckte mit den Achseln. »Das wirst du sicher. Daran besteht kein Zweifel. Nimm sie in deinen Clan auf, trag sie in deine Bücher ein und lass sie uns gemeinsam aufziehen. Wenn wir es dieses Jahr schaffen, zwei- oder dreihundert zu digitalisieren, ist mein Leben vollkommen. Egal, wie lang ich auch leben mag: Ich werde nie wieder so viel Gutes bewirken können.«

Ich wich vor ihm zurück. »Doc, was redest du denn da? Welcher Clan? Das sind die Totlande! Das ist das Tal der Furcht und nicht die Kleine Lämmerkrippe! Diese Kinder müssen gerettet werden. Da stimme ich dir zu. Aber wir müssen es gemeinsam tun. Wir alle – anstatt diesen Mühlstein einzeln mit uns herumzuschleppen! Wir könnten ein Haus in der Stadt kaufen oder eine Zwangsabgabe für die Clansmitglieder einführen.«

Doc zwang sich zu einem Lächeln. »Meintest du nicht, hier wäre der sicherste Ort für unsere kleinen Clanmitglieder? Komm schon! Lass eine neue Generation von Bewohnern AlterWorlds heranwachsen. Meine Frau wird schon bald dauerhaft hierherziehen, um sich unserer Tochter und ihrem Freund anzuschließen. Ich erledige gerade die Vorarbeiten mit einigen der Eltern. Anfangs wird es ein Schock sein, wenn sie ihr Kind verloren haben, doch dann werden sie merken, dass es noch lebt und nur anders zu erreichen ist. Dann werden viele es verstehen und uns helfen. Manche finanziell. Andere werden sich digitalisieren.«

»Doc!«, ächzte ich. »In gerade mal drei Monaten wird dieser Ort die reinste Hölle sein. Uns steht ein Krieg bevor!«

Er starrte mich verständnislos an. »Wer würde es denn wagen, ein Kinderheim anzugreifen? Im Gegenteil: Sie sind die beste Garantie für die Sicherheit der Burg.«

Ich schüttelte den Kopf. »Von welchem Planeten kommst du denn? Wann haben denn die großen Kinder schon mal nicht die

Sandburgen der kleinen zertrampelt, wenn sie Krieg gespielt haben? Außerdem bin ich sicher kein Schleimbeutel, der sich hinter einer Horde Kleinkinder versteckt.«

Lena kam durch die Tempeltore und führte den Jungen an der Hand, der einen Welpen fest an seine Brust drückte. Sie klatschte in die Hände, um die Aufmerksamkeit der anderen auf sich zu ziehen.

»Kinder! Wer will die Drachenjungen mit mir füttern?«

Freudenschreie und ein wahrer Wald aus in die Höhe gereckten Händen. Sie lächelte. »Dann gehen wir jetzt zu dem großen Haufen lila Metallschrott da drüben und nehmen uns jeder ein kleines Stück. Die Drachenjungen mögen das sehr gern. Anschließend stellen wir uns alle auf und füttern Drachie und Krachie.«

Ich ertrug das nicht mehr. »Lena! Hör auf, das Mithril zu verschwenden. Können sie nicht auch normales Metall fressen? Davon liegt hier doch genug herum!«

Sie schüttelte streng den Kopf. »Von Stahl kriegen sie Blähungen. Welchen Unterschied macht es denn schon? Entweder wir machen es, oder Vertebra bringt ihnen wieder einen ganzen Panzerturm.«

Ich fasste mir ans Herz. »Welche Vertebra? Welcher Panzer?«

»Die große Drachin. Sie ist doch eine Knochendrachin, oder nicht? Ich habe sie Vertebra genannt. Das ist lateinisch für Wirbel. Der Panzer – also darüber weiß ich nicht viel. Sie brachte ihnen diesen Geschützturm mit zwei ziemlich zerbrechlich aussehenden Geschützen. Er war irgendwie ... schön. Vertebra meint, Mithril wäre gut für sie. Sie sind in einem Alter, in dem sich Knochen und Schuppen bilden. Sie wachsen aus dem Material, das sie fressen. Vertebra meint, dass sie die ersten Mithrildrachen werden, die diese Welt je gesehen hat. Stell dir das mal vor!«

O nein. Manche Leute hatten Mäuse in der Speisekammer. Ich hatte Drachen. Was zum Geier ging hier vor sich?

Lena klatschte wieder in die Hände. »Alle Mann aufpassen! Gleich seht ihr ein kleines eckiges Fenster vor euren Augen. Darin sind zwei Knöpfe zu sehen. Ihr müsst euch ganz doll wünschen, den linken zu drücken. Wisst ihr alle noch, wo die linke Hand ist? Genau! Seid ihr alle bereit? Dann drückt jetzt!«

Ich schaute völlig baff zu, als Systemnachrichten vor meinen Augen auftauchten:

Alexandra Kowalewa, Druidin der 1. Stufe, hat Eure Einladung angenommen, dem Clan beizutreten!
Jana Nowak, Klerikerin der 1. Stufe, hat Eure Einladung angenommen, dem Clan beizutreten!
Sergej Tischenko, Krieger der 1. Stufe, hat Eure Einladung angenommen dem Clan beizutreten!
...

KAPITEL
DREIUNDZWANZIG

Ihre herzzerreißenden Stimmen waren schon längst verstummt, aber meine Lippen wiederholten immer noch Docs letzte Frage:

»Wer, wenn nicht wir?«

Eine sehr unbequeme Frage, die wieder das große Thema des Verantwortungsbewusstseins anstieß. Anstatt zu spielen und Spaß zu haben, versank ich immer mehr in örtlichen Problemen, schulterte die Hoffnungen anderer Leute und war in ein Netz von Verpflichtungen verstrickt, die nüchtern betrachtet gar nicht meine waren.

Natürlich verstand ich Doc und dass er wegen seiner Frustration mit seinem Latein am Ende und völlig überwältigt von der niemals abreißenden Serie von Todesfällen war. Er war wie eine Katze, die ihre Kätzchen aus einem brennenden Haus rettete: Ihr Fell war angesengt und die Augen vor Brandblasen geschwollen, und trotzdem lief sie immer wieder hinein, um ein jammerndes Junges nach dem nächsten zu retten. So war es auch bei Doc. Er hatte einen Hoffnungsschimmer am Horizont gesehen, war ihm gefolgt, hatte alle Vorsicht sausen lassen, seine Wohnung verkauft und sich von allen Seiten angreifbar gemacht, um all seine Babys aus der Feuersbrunst rauszuholen.

Wie hätte ich das nicht verstehen können? Wie hätte ich Nein sagen sollen? Okay, er hatte mir keine Vorwarnung gegeben. Er hatte mich auch nicht um Rat gefragt. Wahrscheinlich war ihm das alles angesichts seiner Ziele als unwichtig und unbedeutend erschienen. Wie ein angespannter Kamikazepilot, der sein Flugzeug auf das Deck des gegnerischen Flugzeugträgers ausrichtete, sah er keine Schwierigkeiten mehr, sondern nur noch sein Ziel und seine Pflicht. In seinem Geiste war er schon da, verbrannte auf dem verwüsteten Deck und riss Hunderte seiner Gegner und deren gewaltige Kriegsmaschine mit sich in den Untergang.

Ich hatte keine Ahnung, wie es mit den Kindern laufen würde. Falls es zum Krieg kam, mussten wir sie an einen sicheren Ort bringen – vielleicht für den Anfang zu den Veteranen. Kein Mensch würde es ablehnen, einem Kind in Gefahr Schutz zu gewähren. Außerdem würden sie hier wenigstens nicht endlose Straßen als Flüchtlinge entlanglaufen müssen. Hier war ein sicheres Gebiet nur einen Teleport weit entfernt. Ich wünschte, sie hätten 1941 diese Fähigkeit gehabt, denn dann wären nicht Millionen in Blockaden und Hinterhalten gestorben. Die Belagerung Leningrads allein hatte Russland schon einen viel zu hohen Preis abverlangt ...

Prinzipiell konnten diese Kinder mit zehn oder fünfzehn Jahren Zeit zu den stärksten Kriegern dieser Welt werden, denn sie kannten ja keine andere Heimat außer diesem Fantasyreich. Sie wussten ja nicht mal, dass das alles nur ein Spiel war. Sie würden fest daran glauben, dass Magie real, Unsichtbarkeit etwas völlig Normales und jemanden zu heilen so einfach war, dass man nur mit den Händen wedeln musste. Sie würden neue Zauber erfinden und die Magie vollständig unter ihre Kontrolle bringen. Es würde sicher einen Unterschied machen, ob man Ritter und Zauberer aus Bürohengsten und Hausfrauen um die dreißig machte, oder ob man sie schon als Zweijährige auf ihre Rollen vorbereitete. Auf wen von ihnen würde ich langfristig setzen? Es war durchaus möglich, dass jemand, der genug Intuition besaß, um diesen Trend jetzt vorherzusehen und die jungen Wölfe unter seine Fittiche zu nehmen, später dafür eine reiche Ernte einfahren würde.

Doch ich musste immer noch etwas wegen Lena machen. Sie war der klassische Fall einer kognitiven Dissonanz, weswegen ich auch immer zu viel von ihr erwartete: mehr Verantwortung, mehr Hilfe, mehr Reife. Ich vergaß ständig, dass sie gerade mal ein Teenager war, der lediglich im Körper einer erwachsenen Frau steckte und dessen Hormone gerade Amok liefen (sofern das hier überhaupt möglich war). Deshalb musste ich ihr jetzt Grenzen aufzeigen, bevor sie uns noch alle entgleisen ließ. Und angesichts der Tatsache, dass wir nun hier in unserer Burg einen angehenden Kindergarten hatten, war es eine gute Idee, eine ähnliche Schulhierarchie auch für den kompletten Clan einzuführen: Oberstufengruppe, Mittelstufengruppe, Grundschulgruppe, Vorschulgruppe etc.

Ich verbrachte noch ein paar Minuten damit, ein paar Grundrechte zwischen den Gruppen hin- und herzuschieben, damit die Oberstufenmitglieder des Clans mehr Möglichkeiten als die jüngeren hatten. Mit einem rachsüchtigen Grinsen entfernte ich Lena von der Liste der Clanoffiziere und schob sie in eine neue Gruppe: *die Mittelstufe*. Nach kurzem Überlegen gab ich dem Ganzen noch den letzten Schliff. Begeistert und zufrieden schrieb ich mit der Zungenspitze im Mundwinkel: *Tal-der-Furcht-Mittelstufe*. So, Schätzchen. Jetzt kannst du mir beweisen, dass du eine Beförderung wert bist! Gern geschehen.

Bestens. Ich klatschte mir auf die Knie und sprang auf die Füße, wobei ich nicht nur einem Schmetterling Angst machte, sondern mir auch einen abschätzigen Blick von dem Hundewelpen abholte, der ihn gerade gejagt hatte.

Genug abgeschweift. Langsam kam ich mir vor wie eine Dampflok, die einen gewaltigen Güterzug ziehen musste, der voller Waren war und an dem überall Leute hingen, doch meine Schienen führten uns alle in den Abgrund des finanziellen Ruins. Ich musste mich auf eine andere Strecke umleiten. Eigentlich hatte ich die letzten paar Tage genau das gemacht. Das Zigarettengeschäft brachte noch immer keine Profite ein. Alle Einnahmen wurden direkt wieder in den weiteren Ausbau investiert: Gebäude wurden errichtet, Zutaten gekauft und zusätzliche Angestellte angeworben. Wenn ich von dem ausging, was die

Analysten aus meinem Geschäftsplan gemacht hatten, würde in gerade mal einem Jahr jedes Mitglied des Konsortiums um die fünfhundert Riesen an Gold im Monat damit verdienen. Das war zwar gut und schön, aber ich brauchte jetzt Geld – idealerweise gleich fünfzigmal so viel.

Ich begann damit, eine neue Hochzauber-Schriftrolle zu erstellen und sie bei einer Privatauktion anzubieten. Die Einladung dazu schickte ich an die Minenwühler, die schon ungeduldig darauf warteten. Binnen zehn Minuten kauften sie das kostbare Pergament. Sie hielten Wort und überwiesen eine Million auf mein Konto und schickten auch noch einen höflichen Brief mit, in dem ihre Ungeduld und Hoffnung auf schnelle Rache durch die Dankesworte hindurchschimmerte. Ich hatte irgendwie das Gefühl, dass sie es nicht dabei belassen würden. Sie würden einfach weitermachen und den gierigen Übeltätern eine Burg nach der anderen entreißen. Irgendwann – eher früher als später – würden sie jedoch feststellen, dass ihre Träume wie Seifenblasen zerplatzten. Jeder auf dem Platz hatte die Schriftrolle in Aktion erlebt. Alle interessierten Parteien hatten bei dieser Demonstration alles Nötige gesehen, und wahrscheinlich waren sie schon schwer damit beschäftigt, Gegenmaßnahmen zu entwickeln. Die waren recht simpel und lagen auf der Hand. Es reichte bereits, die Kuppel in kleinere Segmente oder Stufen zu unterteilen. Dann würde die Schriftrolle nur die oberste Schicht abtragen, und den Angreifer erwartete eine unschöne Überraschung: eine zweite schützende Kuppel.

Ich fürchtete, dass sich die Verteidigungsstufen einer Burg schon sehr bald auf die Zahl der Schichten in ihrer Kuppel beziehen würden. Die Schriftrollen wären dann zwar immer noch nützlich, aber ihr Preis würde auf ein Zehntel oder gar ein Hundertstel fallen.

Zu schade. Ich musste rausholen, was ich konnte, solange das noch ging. Daher musste jeden Tag eine Schriftrolle rausgehauen werden: Das Arsenal der Veteranen würde warten müssen, und wenn Dan und der General noch so viele Andeutungen fallen ließen.

Eine andere Methode, um Geld zu verdienen, brannte schon seit vierundzwanzig Stunden ein Loch durch mein Hirn, seit ich eine Nachricht von Thror erhalten hatte. Der ehrbare Zwerg und Patriarch von Thrors Haus der Edelsteine hatte mich wissen lassen, dass die Arbeit an beiden Altären abgeschlossen war. Das erinnerte mich auch an unser letztes Treffen und wie er sich darüber beschwert hatte, dass die gierigen Priester des Lichts keinen neuen Gott zu ihrem Pantheon hinzufügen wollten – einen, der auf die Bedürfnisse der Zwerge und anderer Handwerker achtete. Im Grunde hatte er sich genau die richtige Schulter zum Ausheulen ausgesucht. Ich war schließlich der Erste Priester und nicht nur irgendein Blender. Zugegebenermaßen kannte ich nur den Standort eines der vier restlichen Dunklen Tempel: die von dem in der Dunkelelfenhauptstadt. Doch das reichte ja, um einen neuen Schutzgott zu beschwören. Ruata, die Dunkelelfenfürstin, die zugleich als Priesterin des verlassenen Tempels diente, würde das wahrscheinlich nicht stören. Und selbst wenn, was dann?

Anders gesagt hatte ich den Kleinwüchsigen von unter dem Berg genug zu bieten, um die Schnüre ihrer Geldbörsen zu lockern und mir den Goldtopf ihrer Großväter zu verdienen. Der einzigartige Dienst, einen Schutzgott für sie zu beschwören, würde sie richtig was kosten.

Zwei Stunden später, in denen ich die Listen der verfügbaren Götter durchgegangen war und zum Glück noch ein Häkchen bei *Götter aus Literatur, Fantasy und Gaming einschließen* machen konnte, klopfte ich an das gewaltige Tor von Thrors Haus der Edelsteine. Auf den Lippen trug ich mein überzeugendstes Grinsen.

Der Patriarch des Clans wusste schon, dass man mich lieber nicht warten ließ. Fast auf der Stelle bat mich der Empfangszwerg herein. Er war nicht allzu erfreut darüber, wie schnell ich meine fertige Bestellung annahm – anscheinend hatte er sich darauf gefreut, mir jedes Detail der komplexen Gestaltung erklären zu können, um so zu unterstreichen, wie anspruchsvoll die Aufgabe gewesen war. Jetzt schniefte er in seinen Bart und fühlte sich sichtlich in seinen größten Erwartungen enttäuscht.

Da ich ihn nicht weiter verstimmen wollte, beeilte ich mich, meinen Fehler wiedergutzumachen. »Ihr müsste meine Eile entschuldigen, werter Herr. Ich wollte Eure Gefühle nicht verletzten, indem ich bei Eurem vollkommenen Werk nach nicht vorhandenen Fehlern suche. Das Gütesiegel Eures Hauses reicht mir schon, um für die Qualität zu bürgen.«

Meine zuckersüße Schmeichelei hatte den gewünschten Effekt. Der Zwerg entspannte sich wieder und nahm eine Haltung der hochnäsigen Arroganz an. Na schön. Genug Vorarbeit geleistet. Es wurde Zeit, die großen Kaliber rauszuholen.

»Außerdem will ich uns die Zeit und die Kraft für ein wesentlich wichtigeres privateres Gespräch aufsparen.« Ich blickte vielsagend in Richtung der Wachen hinter den Schießscharten.

Der Patriarch nickte königlich und machte eine komplizierte Geste mit der Hand. Stahlklappen klapperten. Das von der Zeit gezeichnete Gesicht des Zwergs zeigte nun eine freundliche Aufmerksamkeit mit einem Hauch von Skepsis.

»Absolut privat«, wiederholte ich.

Er starrte mich misstrauisch an und kaute auf seiner Unterlippe herum. Schließlich rang er sich zu einer Entscheidung durch. Er machte noch ein Handzeichen, das weitaus länger und komplexer war als das erste, und wartete dann ab, um zuzuhören. Dann machte er ein weiteres Zeichen und drohte anschließend jemand Unsichtbarem mit der Faust. Noch eine Klapptür schloss sich – hoffentlich die letzte.

Der Patriarch schaute unter seinen buschigen Augenbrauen zu mir auf. »Sprecht.«

»Sagt dir der Name Aulë etwas?«

Knack! Der Stahlstift in der Hand des Zwergs war in der Mitte durchgebrochen. Mit einem Rumms brach eine der Wachen hinter der Wand zusammen. Was nur angebracht war. Der Schmiedegott, Herr der Erde und der Metalle und Erschaffer des Zwergenvolks, der seine Liebe für das Erschaffen von Dingen mithilfe von Metall und Stein an sie weitergegeben hatte.

»Sprecht«, wiederholte der Patriarch. Er lehnte sich nach vorn und lag fast schon mit der Brust auf dem Tisch. Hoffnungsvoll schaute er mir in die Augen.

Vier Stunden später spazierte ich auf etwas wackligen Füßen aus seinem Haus. Ich hatte gehörige Mengen extratrockenen Zwergenbrand intus und atmete erleichtert auf. Es durfte einfacher sein, mit einem Schnellkochtopf einen Handel einzugehen als mit den Sparfüchsen von unter dem Berg. Sie hatten mir keine zwanzig Millionen gegeben. Noch nicht mal zehn. Ich konnte ihnen gerade so sieben abringen. Sowie fünfhundert Zwerge, die zur Wiederherstellung der Verteidigungsanlagen der Burg einschließlich ihrer vier äußeren Bastionen abgestellt wurden.

Und falls sich jetzt jemand beschwert, dass das nicht reicht, hoffe ich, dass ihn in jedem Laden, den er für den Rest seines krummen Lebenswegs betritt, immer nur ein Zwergenhändler erwartet. Und wenn sechs Monate voll solcher Pein ihn dann nicht in ein bibberndes Skelett verwandeln, das viel zu früh ergraut ist – dann schlucke ich meinen Stolz runter und gebe zu, dass man mich über den Tisch gezogen hat. Doch in diesem Augenblick war ich unglaublich stolz auf das Geschäft, das ich gerade abgeschlossen hatte.

Ich würde die sieben Millionen von den Zwergen in einer Woche kriegen, sofern ich meinen Teil des Handels einhielt: die Beschwörung ihrer lange herbeigesehnten Gottheit. Um genau zu sein, hätte eine solche Beschwörung ohnehin schon Tausende von Zwerge unter das Banner des Gefallenen geholt. Doch immer wenn die Sprache darauf kam, war der Ehrbare Thror ganz blass und traurig geworden – es sah also ganz danach aus, als könnte dieses Ereignis auch zu einer großen Spaltung unter den Zwergen führen. Nicht alle waren wohl bereit, ihren neuen Göttern zu entsagen und zu ihren Ursprüngen zurückzukehren, die inzwischen zumindest nominell auf der Seite der Finsternis lagen.

Doch für mich persönlich waren ein solcher Auszug der Zwerge aus der Armee des Lichts und ihr darauf folgender Treueschwur an den Gefallenen in gewisser Weise noch wichtiger als das eigentliche Geld. Das würde einiges an Schwung für unsere Seite bedeuten, falls es in Zukunft zu Konflikten kam.

Das zugegebenermaßen sehr trinkbare Gebräu der Zwerge hatte mich in die richtige Stimmung gebracht, und so malte ich mir zahllose stählerne Reihen von Zwergentrupps aus, die am Fuß des Tempels Aufstellung bezogen und nur auf meinen Befehl warteten. Dann erbebte die Welt.

Buuuummmmm. Ein Gongschlag hallte zusammen mit einem Systemalarm durch ganz AlterWorld. Ich schaute mir die offene Nachricht an und erstarrte mitten auf der Straße.

> Pantheonwarnung! Eine neue Macht betritt die Welt! Lloth, die Dunkle Mutter der Dunkelelfen, Weberin des Chaos und Herrin der Spinnen, hat sich dem Pantheon des Gefallenen angeschlossen!

Eine Dunkelelfengöttin? Noch hatte ich Hoffnung und wühlte mich durch das Altarmenü, um festzustellen, dass der Dunkle Tempel der Stadt des Ursprungs seine Schutzgöttin zurückbekommen hatte. Ruata, du blöde Kuh, was war denn das jetzt? Wie konntest du mich verdammt noch mal so in den Dreck ziehen?

In mir war vor lauter Zorn alles zum Zerreißen gespannt, und ich konnte meinen Ärger nicht im Zaum halten. Was für eine Frechheit! Für wen hielten die sich denn alle? Als ich ihre Hilfe gebraucht hätte, um den Ersten Tempel wieder instand zu setzen und die damit einhergehenden Probleme zu klären, schien niemand Interesse an meinem Unterfangen gehabt zu haben. Sie waren alle zu sehr damit beschäftigt, sich für Goodies anzustellen! Sie stellten sich nicht nur an – sie nahmen alles auseinander und plünderten, was nicht niet- und nagelfest war! Wertvolle Munition wurde vernichtet, Mithril wurde versteckt und aufgefressen, und jetzt verweigerten sie mir auch noch das Recht, einen Schutzgott zu beschwören! Die Hohepriesterin des Tempels war die einzige Person, die dazu fähig war, und genau das hatte sie auch zügig getan, als sie die erstbeste Gelegenheit dazu gesehen hatte. Alle waren so sehr beschäftigt, an meiner Decke zu zerren, dass ich völlig allein in der Kälte herumlag und mir den Hintern abfror.

Sorry, Leute. Aber so läuft das nicht. Ich war bereit, alles zu tun, um das zu verhindern – Exkommunikationen aussprechen, Leute zu Glaubensfeinden erklären und jeden entleiben, der es verdient hatte.

Ich rannte über das Pflaster und achtete kaum darauf, wo ich hinlief, sodass ich immer wieder gemütlichere Spieler anrempelte oder mich zur Seite ducken musste. Sie schrien mir irgendwas von wegen Elfenlümmel hinterher, die man alle an die Burgmauer stellen oder an Straßenlaternen aufhängen sollte. Ich grinste nur schief. Ja, klar. *Kein Zutritt für Ausländer.* Wo hatte ich so was nur schon mal gehört? Tut mir leid, Leute, ganz schlechtes Timing. Duelle würden warten müssen.

Endlich erreichte ich die gewaltigen Mauern des Anwesens des Hauses der Nacht. Die Wachen waren respektvoll, aber unnachgiebig. »Ihr werdet warten müssen, bis man Euch hineinführt.« Fünf Minuten marschierte ich im Hof vor der Vordertür auf und ab und brachte mich immer weiter in Rage. Schließlich trat der Haushofmeister ohne Eile und so majestätisch wie seine Königin heran und bat mich, ihm zu folgen. Ich lief unruhig um den wohlgenährten NSC herum und musste mich echt zusammenreißen, ihm keinen heftigen Tritt in den Hintern zu verpassen. Das Einzige, was mich davon abhielt, war der Gedanke daran, dass die Wachen eine solche Tat als direkten Angriff ausgelegt hätten – und ein paar Sekunden später wäre ich dann respawnt in der Portalhalle der Veteranen aufgetaucht. Daher musste ich gute Miene zum bösen Spiel machen und mir stattdessen noch ein paar Zinsen für die Rechnung überlegen, die ich Ruata präsentieren würde.

Nach fünfzehn weiteren Minuten, die wir durch eine Reihe opulenter Flure gegangen waren, war ich mir fast schon sicher, dass wir absichtlich im Kreis liefen. Dann öffnete der Haushofmeister endlich eine weitere Flügeltür, trat hinein und wich zur Seite aus, und mich ebenfalls hereinzulassen.

Eine weitere luxuriöse Halle mit Stuck an der neun Meter hohen Decke sowie Fresken, die Großtaten der Dunkelelfen zeigten. Auf ein sanftes »Die Fürstin wird gleich zu Euch stoßen« folgte das unauffällige Geräusch der Türen, die hinter mir zuschwangen. Er war abgehauen, der Bastard. Na gut. Ich konnte warten. Ich ignorierte die weichen Sofas und die Beistelltische voller Leckereien und begann, in der Halle umherzugehen, wobei die Ehrenwache an der Tür jedes Mal aufmerkte, wenn ich an ihr vorbeikam.

Die Halle war ganze sechzig Schritt lang und vierzig breit. Gerade als ich dachte, ich hätte schon Schneisen in den Marmorboden gelaufen, erbebte erneut die Welt.

Bumm! Die Wachen verbeugten sich noch tiefer, als mein internes Interface vor Nachrichten überquoll.

Achtung: Der Quest »Der Fürst des Hauses der Nacht« wurde abgeschlossen!
Belohnung: Ein neuer Sozialstatus – Der Fürst des Hauses der Nacht.

Glückwunsch! Ihr habt einen Erfolg erzielt: Ihr seid die dritte Person in AlterWorld, die den Thron eines Fürsten einnimmt.
Belohnung: +10.000 auf Ruhm
Glückwunsch! Euer Familienstatus wurde aktualisiert!
Fürstin Ruata ist Eure Gattin geworden!

Ach du heiliger Bimbam! Das war so nicht ausgemacht gewesen! Was war das mit dem Fürsten? Und seiner Gattin? Musste ich nicht noch 100 Stufen schaffen, um diesen Quest erfolgreich abzuschließen?

Ich öffnete mein Questtagebuch und schaute nach, welche Bedingungen ich erfüllen musste:

Stufe über der von Fürstin Ruata (aktuelle Stufe: 71)
(erfüllt)

Alter Schwede. Wie hatte sie es denn geschafft, hundert Stufen zu verlieren? Taali würde mich umbringen, und das zu Recht. Wozu brauchte ich denn dieses dämliche Fürstentum überhaupt? Um ehrlich zu sein, hatte ich jetzt schon wesentlich mehr auf dem Tableau, als ich bewältigen konnte. Vor mir lagen noch mindestens zwei Jahre, um die nötige Erfahrung bei der Leitung meines eigenen Clans und der Burg zu sammeln. Ich brauchte ganz sicher keine paar Tausend Dunkelelfen und all die Probleme, die sie mit sich brachten.

Apropos ... Ich warf einen gönnerhaften Blick auf den mich umgebenden Prunk und die Wachen mit ihrem unterwürfigen Gebaren. Was hatte Ruata noch gleich gesagt? Hundertfünfzig Halsabschneider und dreihundert Wachen? Ja, klar. Sanft schloss ich dem inneren Gierschlund den runtergeklappten Kiefer. Das und eine ganze Wagenladung voller Probleme anderer Leute. Einschließlich einer Ehe, auf die ich gar keinen Wert legte. Sicher, Ruata war fleischgewordenes Feuer und Eis, der Gipfel der Leidenschaft und Schönheit, raubte einem den Verstand und zwang einen, mit ganz anderen Körperteilen zu denken als dem Kopf. Doch einer anderen Person die Stiefel zu lecken, ergeben aufzuschauen und nur auf ihren Befehl zu warten, ihr die Pantoffeln zu holen – das war etwas, worauf ich mich wirklich nicht freute.

Ich schüttelte den Kopf und spitzte die Lippen, um genau den richtigen Ton für mein anstehendes Gespräch mit Ruata zu finden. Mit einem entschlossenen Schritt trat ich auf die sich tief verbeugende Wache zu. »Bringt mich zur Fürstin! *Sofort!*«

»Jawohl!«

Das war schon besser. Die nächsten fünf Minuten gingen wir Wendeltreppe um Wendeltreppe hinunter und stiegen hinab in die Tiefen des Kerkers unter dem Anwesen. Die Zahl der Wachen an den Kreuzungen wurde größer. Ich schien mich folglich einem besonders schützenswerten Objekt zu nähern. Schließlich gelangten wir an einen alten Torbogen aus schwarzem Marmor, der mit den feinen, aber archaischen Piktogrammen einer vergessenen Sprache verziert war.

Die Wachen traten zackig zur Seite und salutierten. Ihre Mission war hiermit wohl abgeschlossen. Na schön. Ich würde das schon allein schaffen.

In den vergangenen Jahrhunderten hatten zahllose Füße Furchen in die achtundachtzig uralten Steinstufen getreten, die in eine gewaltige Halle führten, deren wahre Größe von tiefster Finsternis verborgen wurde. Ein kaum zu erkennender Steg wurde durch Feuerschalen mit glimmender Glut und roten Funken erhellt. Er führte zur schillernden Seifenblase einer magischen Kuppel.

Ich trat auf den Steg. Unter mir knirschte und klapperte es. Das war nicht die richtige Zeit, die göttliche Dunkelheit zu genießen, weswegen ich in meiner Tasche nach der Fackel der Wahren Flamme suchte. Ich zerrte sie heraus, aktivierte ihre Macht und schrak unwillkürlich zurück. Der gesamte Boden war von Knochen und uralten Waffen übersät. Armbrustbolzen waren tief in zerbröselnde Schädel eingedrungen, aus Brustpanzern quollen lose Rippen, Helme waren durch heftige Hiebe zerdrückt und Schilde einfach zermalmt worden. Es schienen die Überreste einer großen Schlacht zu sein, die einst unter den Mauern des Tempels gewütet hatte. Verteidiger und Angreifer lagen verstreut übereinander, und an einigen Stellen waren die Leiber sehr hoch aufgestapelt. Das Fleisch war längst zu Asche zerfallen und sein Geruch verflogen. Übrig waren nur noch Gebeine und Stahl.

Und Artefaktschmuck, wie mein innerer Gierschlund sofort erkannte: Juwelenbesetzte Ringe blitzten an skelettierten Fingern auf, die noch immer ein teures Schwert umschlossen hielten. Der Rubin an seinem Knauf war gewaltig. Sicher, es gab hier reichlich Loot, aber wir waren ja keine Grabräuber, oder? Trotzdem hockte ich mich über die Leiche und senkte die Fackel, um die Werte lesen zu können. Ich wollte ja nichts Episches verpassen, etwas, was im Staub der Zeit vergessen worden war, aber ganze Berge versetzen und die Erde erschüttern konnte.

Ich brachte mein Gesicht näher an das Fundstück heran, ehe ich wieder angeekelt zurückwich. Der Schädel bewegte sich und wackelte hin und her. Eine riesige, haarige Spinne zwang ihren fetten Leib durch eine der Augenhöhlen. Ihre lavendelfarbenen Knopfaugen starrten mich hasserfüllt an, als sie mit den Kiefern klackte, an denen sich ein winziger, trübgelber Gifttropfen bildete. Nein, vielen lieben Dank auch! Diese achtbeinigen Gruselviecher hatte ich noch nie gemocht. Ich spuckte in ihre Richtung und konnte gerade noch ausweichen, als sie zurückspuckte. Ihr Gift landete auf einem gewaltigen Belagerungsschild, der ein Zwergenskelett fast vollständig bedeckte. Das Metall warf Blasen und löste sich zischend auf. Ich schluckte meinen Stolz herunter – es konnte mich ja eh niemand sehen – und huschte außer Reichweite der Kreatur.

Endlich die Kuppel. Ich drückte mit dem Finger dagegen, ganz behutsam, denn schließlich wollte ich die empfindliche Blase nicht einfach platzen lassen. Von wegen! Ich hinterließ nicht den Hauch einer Spur auf der Oberfläche, die hart wie Beton war. Mein Versuch, dagegenzuschlagen, scheiterte ebenfalls, denn das seltsame Material absorbierte meine Treffer, ohne auch nur zu vibrieren oder einen Ton von sich zu geben. Ich schaute mich nach etwas Effektiverem um und fand es: ein Streitkolben mit einem Kopf aus Meteoreisen.

Wollten wir mal schauen, wie lange ich klopfen musste! Ich holte aus, um gegen die Kuppel zu schlagen, und fiel einfach mitsamt meiner Waffe durch sie hindurch. Der Streitkolben landete klappernd auf dem Boden, während ich mich in einer einem Krieger völlig unwürdigen Position wiederfand: auf allen vieren mit den Händen flach auf den steinernen Fliesen. Man durfte wohl kaum erwarten, dass ich meinen Sturz mit der Nase abfing, oder? Grunzend rappelte ich mich auf und schaute zurück. Die Öffnung hatte sich ebenso schnell geschlossen, wie sie sich geöffnet hatte.

»Flüssiger Stahl, wie in einem UFO«, merkte ich für mich an, als ich den Lloth-Altar im flackernden Licht der Feuerschalen in Augenschein nahm.

»Der Undurchdringliche Kuppelschild«, korrigierte Ruata mich und trat aus den Schatten. »Die Große Göttin kann aus ihren Fehlern lernen. Sie wird nie wieder zulassen, dass Umstände eintreten, die sie ins Vergessen schicken. Vor Hunderten von Jahren drang eine Gruppe von Kriegern des Lichts durch Lug, Trug und Verrat in diesen Tempel ein und führte ein Verbannungsritual durch. Keiner von ihnen lebte lang genug, um die Sonne wiederzusehen, doch der Erste Tempel war bereits zerstört worden, und so konnten wir die Große Mutter nicht zurückbeschwören.«

Ruatas Stimme wandelte sich. Sie senkte den Kopf und sank vor mir auf ein Knie. »Seid mir gegrüßt, mein Fürst und Gatte.«

Mich schauderte wohlig, mein Kopf fühlte sich wie in Watte gepackt an, und ich empfand nichts als drängendes Verlangen. Ich schluckte, atmete den Duft wilder Erdbeeren ein und konnte meine Augen nicht von der Samtigkeit ihres bloßen Halses losreißen.

Mentaler Angriff!
Ihr werdet gefährlichen Frequenzen ausgesetzt!
Pheromonangriff!
Es wurden Maßnahmen ergriffen, um sie zu blockieren und Euren Organismus davon zu befreien!

Eine prickelnde Frische lief über meine gesamte Haut, spülte die unerwünschten Duftstoffe fort und gab meinem Körper einen Energieschub. »Hört auf, Ruata. Ihr braucht keine magischen Krücken: Ihr seid in Eurer Vollkommenheit schon mehr als schön genug.«

Sie hob den Kopf und schaute mich überrascht an. Dann stand sie auf. Ihr Lächeln versprach so einiges, und sie trat auf mich zu, um mich mit der Aura ihres Parfüms zu ersticken: Wald und Erdbeeren und die heiße Haut einer Frau.

Sie schüttelte die Hände aus und schnippte acht purpurne Funken von ihren Fingerspitzen fort. Diese flogen zur Seite und gruben sich in kleine Weihrauchhäufchen, die in goldenen Schalen aufgeschichtet waren. Rauch kräuselte sich unter der Decke. Das zumindest konnte ich nachvollziehen: Ich hatte ja selbst ein paar ganz spezielle Räucherstäbchen entwickelt. Rasch schaute ich mir die Werte an.

> Unterwerfungstrank ... Das Pulver der Entzückung ...
> Ekstasemischung ... Gebräu des Verlangens ...

Ruatas weiche Hand legte sich auf meine Wange und zwang meinen Blick weg von den Schalen und hin zu ihren Augen, die drohten, mich in ihren purpurnen Sog hinabzuziehen. Ihr Blick traf den meinen, sie stellte sich auf die Zehenspitzen, ihre Lippen öffneten sich mir. Der Geschmack von wilden Erdbeeren und Minze, von Absinth und Hanf ...

> Wiederholter mentaler Angriff!
> Ihr werdet bewusstseinsverändernden Substanzen ausgesetzt!
> Pheromonangriff!
> Ein nicht identifizierter alchemistischer Angriff!
> Es wurden Maßnahmen ergriffen, um sie vollständig zu blockieren und Euren Organismus davon zu befreien!

Meine Geschmacksknospen schalteten sich ab. Es fühlte sich an wie die Betäubungsspritze beim Zahnarzt, während eine Geschmacksnuance nach der anderen durch lange vergessene Erinnerungen aus meiner Schulzeit abgelöst wurde. Ich hatte damals einmal eine Gasmaske aufgehabt, und so schmeckte ich nun Gummi und Kohlenstaub. Mein Sichtfeld flackerte, blinkte und schaltete in einen Schwarzweißmodus. Vielen Dank, Makaria, vielen Dank.

Vorsichtig zog ich sie von mir herunter. »Noch ein Versuch, mich zu manipulieren, Fürstin, und wir trennen uns als Feinde.«

»Es tut mir leid, mein Herr. Ich wollte doch nur möglichst begehrenswert für Euch sein …« Sie warf mir einen verwirrten Blick zu und senkte schuldbewusst den Kopf.

Mein Sichtfeld blinkte erneut. Das Bild hatte einen kurzen Aussetzer und wurde wieder farbig. Die Magie ihrer Lavendelaugen zwang mich nicht mehr in ihren Bann.

Jetzt konnte ich sie endlich in normalem Licht betrachten und wünschte mir sofort die Schwarzweißsicht zurück. Die Fürstin sah recht, äh, verführerisch aus. Die Flamme der Fackel hinter ihr strahlte durch die dünne Seide und umspielte ihre vollkommenen Formen. Die Vorderseite ihres Kleides war mit Hunderten von Löchern versehen, die kaum die perfekte Halbkugel ihres Busens verbergen konnten. Ich schluckte wieder. Selbst ohne den Einsatz ihrer mentalen Magie verströmte Ruata die Quintessenz der Weiblichkeit, einen zügellosen Wirbelsturm der Leidenschaft. Moment mal. Was war denn das für ein Kleid? Über und über bedeckt mit Schnitten und rostrot befleckt von oben bis unten? Blut. Es war überall: auf der feinen Seide, auf ihren Händen und auf dem Boden. Es bedeckte den Altar und den schlichten Stahldolch, den man achtlos auf die polierte schwarze Oberfläche geworfen hatte.

»Ihr … Ihr habt Euch selbst Lloth geopfert?«

Sie lächelte müde. »Es geht eigentlich nicht wirklich um Lloth. Ich musste etwas unternehmen, um jenem Mann an Stärke ebenbürtig zu werden, dem meine Gunst gilt. Nur hatte er es nicht eilig damit, an Kraft hinzuzugewinnen. Und morgen ... Morgen hätte der Rat der Ältesten mich gezwungen, einen Gemahl seiner Wahl anzunehmen.«

Es lag nur die leise Andeutung eines Vorwurfs in ihrem Blick, doch sie reichte, dass ich das Gefühl bekam, mich entschuldigen zu müssen. »Tut mir leid. Ich hatte so viele Sachen auf dem Tableau. Die Burg, der Clan, der verfluchte Tempel ...«

Halt! Ich schüttelte den Kopf und zwang mich, die Klappe zu halten. Es sah ganz so aus, als würde selbst die Göttliche Immunität ihren Druck nicht ganz blockieren können. Doch ich war noch nie ein Pantoffelheld gewesen, und das würde ich auch so schnell nicht werden. So ein Verhalten passte schlichtweg nicht zu mir. Was bedeutete, dass es mir aufgezwungen wurde. Noch ein Grund, sich von dieser Femme fatale fernzuhalten. Ich wappnete mich, als ob ich in ein Eisbad steigen würde, und sagte:

»Ruata. Es geht um Lloth. Wie konntest du sie beschw...«

Sie hob die Hand, um mich zu unterbrechen. Eine Spinne von der Größe eines Hundes krabbelte aus den Schatten und lief zu ihr herüber. Ruata kratzte ihr liebevoll den haarigen Panzer, sodass die Kreatur vor Verzücken zwei ihrer seitlichen Augen verdrehte. Doch das hielt dieses Ding nicht davon ab, mich mit ihren restlichen Augen anzuschauen, während sich giftiger Speichel an ihrem Kiefer sammelte.

Ruata kratzte die Spinne kräftiger, damit sie sich beruhigte. »Ihr solltet den Namen der Göttin in ihrem eigenen Tempel nie aussprechen. Sonst wendet Ihr Euch damit unmittelbar an sie und lenkt ihren Blick auf Euch. Sie mag Männer nicht besonders. Und was ihren Tempel angeht ... Seid bitte nicht gram mit mir, mein Herr. Seit Jahrhunderten bewachen die Dunkelelfen diese Mauern. Tausende unserer Krieger sind bei der Verteidigung dieses Allerheiligsten gestorben. Andere Götter haben hier keinen Platz! Das ist unser Altar. Doch ich will Euch von Euren

Befürchtungen befreien, weshalb ich Euch einen Ort verraten werde, an dem Ihr einen unberührten Altar der Dunklen Götter findet. Bringt ihn zu einem beliebigen Tempel und beschwört dort einen Gott Eurer Wahl.«

Ich nickte. Ihr Angebot ergab Sinn. Das Geschäft mit den Zwergen konnte am Ende doch noch was werden. Na schön. Zeit, tief durchzuatmen und zum eigentlichen Thema zu kommen.

»Vielen Dank, Ruata. Mehr als gern nehme ich Euer freundliches Angebot an. Doch da wäre noch etwas anderes. Es tut mir leid, aber ich kann Euch nicht heiraten. Ich habe schon eine Freundin und bin mit ihr glücklich.«

Und bei ihr fühle ich mich wie ein Mann, nicht wie ein Fußabtreter, fügte ich stumm hinzu, bevor ich fortfuhr: »Daher kann ich auch nicht Euer Fürst sein. Und selbst wenn ich wollte und es versuchen würde, könnte ich es nicht. Schaut mich doch nur an! Ich habe ja kaum meinen eigenen Clan, meine Burg und den Ersten Tempel im Griff. Das klingt alles sehr verführerisch, was Ihr sagt, aber ich fürchte, ich muss zu beidem Nein sagen.«

Große Tränen rannen ihr aus den Augen und zerplatzten dann auf den Steinfliesen. Ruata sank mit einem flehentlichen Blick auf die Knie. »Mein Fürst! Bitte überlasst mich nicht den Ältesten! Wenn Ihr den Thron ablehnt, wird Ulgul, der Sohn des Ältesten, ihn ergreifen. Ein dummes, fettes und lüsternes Schwein, das es gar nicht erwarten kann, den Titel und meinen Körper in seine gierigen Pfoten zu bekommen! Ich schaudere schon, wenn ich nur daran denke, wie er mich begrapscht …«

Sie griff sich an die beinahe bloßen Brüste und drückte sie, wie es Ulguls gierige Hände getan hätten. Ich schluckte erneut und konnte die Triebe dieses Ältestensohns durchaus nachempfinden, während ein überraschender Hauch von Eifersucht in mir aufstieg.

Die Prinzessin hob den traurigen Blick zu mir und zeigte auf die Blutflecken, den Dolch und ihr durchlöchertes Oberteil, was meine Konzentration mächtig störte.

»Soll ich denn all das umsonst getan haben? Ich bin heute zweihundertsiebzehn Male gestorben, in der Hoffnung, dass der Thron des verstorbenen Fürsten an jemanden geht, der seiner würdig ist ...«

Sie brach zusammen und löste sich in Tränen auf. Ich setzte mich neben sie und streichelte ihr Haar. Was war denn heute nur mit ihr los? Ich hatte sie noch nie so nah am Wasser gebaut erlebt – sonst war sie doch nahezu vollkommen unerschütterlich. War die Lage tatsächlich so düster?

»Versucht doch, auch mal meine Seite zu sehen«, sagte ich. »Ich habe eine Freundin. Sie würde dafür niemals Verständnis haben.«

»Nun gut«, blaffte Ruata. »Ich verstehe. Wir können das Scheidungsritual gleich hier vor Lloth durchführen, solange wir noch in ihrem Tempel sind. Das geht. Wir müssen ohnehin zu ihr, um unsere Ehe zu besiegeln ... oder unsere Scheidung. Aber, Laith, ich flehe Euch an! Gebt mir ein Jahr! Nehmt den Platz des Fürsten nur so lange ein, bis sich ein würdiger Verehrer findet. Ihr werdet ja gar nichts machen müssen. Alles wird genau so sein wie jetzt. Ich beschäftige mich mit den Bedürfnissen meines Clans, und Ihr könnt weiter Euren eigenen Belangen nachgehen. Ihr werdet vollen Zugriff auf die Schatzkammer und das Artefaktgewölbe erhalten. Ihr könnt auch so viele meiner Halsabschneider abkommandieren, wie Ihr wollt. Ich hoffe nur«, sie zwang sich zu einem bittersüßen Lächeln, »dass Ihr so gerecht sein werdet, dem Clan nicht all seine Krieger und all sein Gold zu nehmen. Das Haus der Nacht wird Eure Hilfe niemals vergessen. Wir werden für immer Freunde und Verbündete Eures Clans bleiben. Bitte. Ich flehe Euch an ...«

Wieder vergrub sie mit bebenden Schultern das tränenüberströmte Gesicht in den Händen. Ich schaute mich hilflos um. Das war ein sehr großzügiges Angebot. Auf den Punkt gebracht bot sie mir an, den Titel des Fürsten ein Jahr zu tragen und die vollständige Kontrolle über die Truppen und die Finanzen ihres

Hauses zu übernehmen. Was wäre einem noch unmöglich, wenn man fünfhundert Dunkelelfenkrieger unter seinem Befehl hatte? Wenn man sie auf einen Inferno-Raid schickte, würde man täglich Beute im Wert von hunderttausend Gold machen.

Ich dachte über ihr Angebot nach und konnte keinen Haken daran finden. In jeder Hinsicht schien es nur Vor-, aber keine Nachteile zu haben. Wurde es nicht mal Zeit, dass ich auch etwas Glück hatte, ohne eine Falle zu vermuten? Ich schaute zu dem schluchzenden Mädchen und schüttelte den Kopf, während ich mich entschied. »In Ordnung, Ruata. Ich werde den Thron des Fürsten für ein Jahr übernehmen. Ich verspreche Euch, die Krieger des Clans mit Sorgfalt zu behandeln und meinen Zugriff auf die Schatzkammer nicht zu missbrauchen. Aber«, ich schaute ihr streng in die Augen, »als Voraussetzung will ich eine Scheidung.«

Sie nickte unterwürfig. »Sehr wohl, mein Fürst. Unsere Ehe wurde von den Göttern bezeugt. Also können auch nur sie dieses Band wieder lösen. Wir müssen hier vor dem Altar sterben, um uns der Großen Mutter zu stellen. Sie wird unsere Lebensfäden voneinander trennen. Danach werdet Ihr frei von dieser Ehe sein.«

Mit einem stillen Lächeln deutete sie auf den Altar, auf dem noch immer der Dolch in einer Blutlache lag. »Seid Ihr bereit?«

Ich zuckte zurück. »Ist das der einzig mögliche Weg? Sich selbst niederzustechen, meine ich ... Außerdem habe ich gehört, dass Eure Göttin ein ganz spezieller Fall sein soll ...«

Sie schüttelte vorwurfsvoll den Kopf. »Die Dunkelelfen haben also einen furchtsamen Fürsten. Schaut mich an!« Wieder drückte sie die Hand auf die perfekte Rundung ihrer Brust. »Ich bin heute Hunderte Male gestorben – nur für Euch! Also fasst den Mut, Euer Leben einmal zu opfern, und wenn es auch zum Abschied ist! Fürchtet nicht die Göttin. Ich bin ihre Priesterin, und bei mir seid Ihr sicher. Schaut Ihr nur nicht in die Augen. Behaltet den Kopf unten und legt etwas Respekt in Eure Stimme. Es wird Euch nichts kosten, und sie mag derlei Dinge.«

Sie ging zu einer kleinen Mithrilschatulle und öffnete den Deckel. Dann holte sie eine große Handvoll Edelsteine heraus und warf sie in die rotschwarzen Flammen, die am Fuß des Altars brannten. Das Feuer flammte auf, verschlang die verschwindenden Edelsteine – sogar die, die ihr Ziel verfehlt hatten. Lavendelrauch umwirbelte uns und begann, acht Kreise zu bilden. Ruata nahm rasch den blutbefleckten Dolch an sich und drückte ihn mir in die Hand.

»Auf drei. Wir schlagen zusammen zu. Ihr trefft mich, und ich treffe Euch. Aber halt! Ihr werdet ja auf der anderen Seite der Welt wiederbelebt werden! Unsterblicher …« Sie spie ein übles Schimpfwort aus.

»Schnell!«, drängte sie. »Wir haben weniger als eine Minute. Ich habe gerade fast zweihunderttausend Gold für Edelsteine ausgegeben. Das werde ich sicher nicht noch einmal tun! Ihr müsst Euren Wiederbelebungspunkt ändern. Ich weiß, dass Ihr das könnt. Warum dieses Zaudern? Ihr seid der Erste Priester eines Dunklen Tempels und ein Fürst in seinem eigenen Hause. Es gibt keinen anderen Ort in ganz AlterWorld, der sicherer für Euch wäre. Nun kommt schon!«

Ich gab ihrer Logik und ihrem Druck nach, scrollte durch mein Zauberbuch und aktivierte den nötigen Zauber.

Ruata musterte mich intensiv. »Auf drei«, nickte sie mir zu. »Schließt ruhig die Augen, wenn es dann leichter für Euch ist. Eins …« Sie griff hinter ihren Rücken und zog einen zweiten Dolch. Sie trug wirklich ein sehr anpassungsfähiges Kleid. »Zwei …«

Ich weiß nicht, warum ich die Augen öffnete. Doch vor mir sah ich, wie sie ihre Hand über den Kopf hielt, und ich sah auch den Dolch in der Hand. Ich erstarrte. Der Dolch hatte die Form einer Spinne, deren acht spitze Beine so angezogen waren, dass sie eine schaurig aussehende Klinge bildeten. Sofort schaute ich mir die Werte an.

Der Spinnendolch der Hohepriesterin Lloths.
Wer durch diese Klinge stirbt und sein Gold auf dem Altar vergisst, stirbt den endgültigen Tod und seine Seele wird für immer in die Hallen der Trübsal geworfen.

»*Drei!*«, bellte Ruata und stach zu.

Ich fing ihre zierliche Hand in der Luft ab und konnte den Stoß noch gerade so abfangen. »Was genau meinst du, was du da machst? Hast du den Verstand verloren?«

Sie schaute mich mitleidig an. »Kleiner Narr. Ich wollte es Euch leichtmachen. Ihr hättet gar nichts gespürt.« Sie zwang sich zu einem Lächeln und befahl jemandem: »Mach ihn bewegungsunfähig!« Die gewaltige Spinne machte einen Satz auf mich zu und bohrte ihre Kiefer in meine Hüfte. Ich jaulte auf und rammte den Dolch in meiner Hand in sie hinein. Die Klinge schien einfach durch sie hindurchzugehen, denn ich spürte keinerlei Widerstand. Stattdessen stach ich mich an den Borsten der Spinne, als die Klinge des Dolchs in dessen Griff hineinglitt, ohne dem Monster zu schaden.

Ruata lachte. Ich schleuderte ihr den nutzlosen Theaterdolch entgegen. Taubheit breitete sich durch meinen Körper aus und lähmte meine Glieder, sodass ich auf die Seite fiel.

»Legt ihn auf den Altar!«, befahl sie.

Ich hörte das Rascheln vieler winziger Beine. Etwas hob mich an und warf mich auf den eiskalten Stein.

Die Priesterin kam zu mir herüber, schaute mir in die Augen und streichelte mir einfühlsam die Wange. »Lieber Junge, hast du wirklich gedacht, ich könnte an dir interessiert sein? Dass du würdig wärst, auf dem Thron des Hauses der Nacht zu sitzen? Hättest du auch nur einmal unseren Fürsten gesehen, dann hättest du gewusst, dass du wie eine Maus neben einem Drachen bist. Mein Fürst …« Ihr Blick trübte sich, ihre Lippen öffneten sich vor Erregung. »Schon sehr bald, mein Herr«, flüsterte sie. »Ihr müsst nicht mehr lange warten. Schon bald …«

Panisch suchte ich nach einem Ausweg. Magie stand außer Frage. Solange ich auf einem Stein lag, würde ich keine Zauber wirken können – noch dazu, wenn ich gelähmt war. Blind hämmerte ich auf meinen Schild des Glaubens: 30 Sekunden Immunität – und jetzt denk nach! Denk nach! Ich wusste nicht, wie hoch die Wahrscheinlichkeit war, durch ihr gruseliges Artefakt zu sterben, aber ich hatte bestimmt nicht vor, es herauszufinden. Furcht packte mich, lähmte meinen Willen und meine Gedanken. Ich wollte mich nur noch zusammenrollen, den Kopf einziehen, mir in die Hosen machen und vor Angst wimmern.

Keine Chance! Ich fletschte die Zähne und biss sie so fest zusammen, dass sie knirschten. Aus Versehen biss ich mir dabei auf die Zunge, doch Hass und Schmerz machten mir den Kopf frei. Es musste eine Lösung geben! Ich musste sie finden!

In der Zwischenzeit senkte Ruata die Hand und schaute mich drohend an. »Du willst also leiden, bevor du stirbst? Dann hör zu, was dich erwartet. Mein Fürst und Gatte wurde in der Schlacht erschlagen. Der Gefallene kannte keine Gnade. Mein Geliebter respawnte nicht, sondern blieb für immer im Land der Schatten. Wie ich flehte! Welche Opfer ich ihm anbot! Doch ich stieß beim Gefallenen nur auf taube Ohren. Bei der Großen Mutter war es anders! Eine neue Seele von gleichem Status und Potenzial würde den Platz meines Gatten in den Hallen der Trübsal einnehmen können – Du! Ein naiver, kleiner Schwachkopf, gezeichnet von allen Mächten, die es gibt, und doch deren Erwartungen nicht gewachsen! Ein perfekter Ersatz. Lloth wird sich an diesem Opfer erfreuen. Sie wird deine Seele annehmen und den Fürsten zurück in die Welt der Lebenden schicken. Sie hat die Macht, dies zu tun. Ich habe unsere Vereinbarung mit dem Blut meiner achtundachtzig willentlichen Tode besiegelt!«

Ich hörte ihr kaum noch zu, sondern ging die Liste meiner Fertigkeiten durch. Falsch, falsch, alles falsch ... Wie wäre es mit der Vernichtenden Berührung? Nimm das! Ruata zuckte, als hätte sie ein Schlag getroffen. Ein Dutzend rotglühende Kiefer gruben sich in mein Fleisch, auch wenn sie mir nicht schaden konnten, solange die Immunität noch wirkte.

»Ha! Rührt ihn nicht an. So macht es mehr Spaß.«

Na schön.

Wie wäre es mit Makarias Willentlichem Tod? Doch was würde mir das schon bringen außer einem Verlust an Erfahrung und ein paar gewonnenen Sekunden? Ich würde sowieso hier wieder zum Leben erwachen, und die Fähigkeit hatte eine Abklingzeit von einer halben Stunde ... Warum, o warum hatte ich nur meinen Wiederbelebungspunkt geändert? In Zukunft würde ich mich niemals wieder an einen Ort binden, über den ich keine Kontrolle hatte! Was konnte ich denn nur tun? Wenn ich doch nur einen direkten Draht zu Gott gehabt hätte! Apropos ... Appell an die Götter!

»Hilf mir, o Gefallener! Es ist dringend! Es ist wirklich scheißdringend!«

Max, dröhnte seine ungehaltene Stimme in meinem Kopf, *wenn es um ... Wa-was? Wer? Wer wagt es ...*

Bäm! Die äußere Kuppel hallte von einem Schlag wider. *Bäm!* Ein Schweißtropfen rollte an Ruatas Schläfe herunter. Sie kniff die Augen zusammen wie eine Katze.

»Aha, dein lächerlicher kleiner Gott hat sich also entschieden, die Kavallerie mitzubringen? Nun, Pech. Das ist der Undurchdringliche Kuppelschild!« Stolz reckte sie das Kinn vor.

Bäm!

So richtig undurchdringlich ist er nicht, murmelte der Gefallene. *Aber es braucht etwas Mühe. Mindestens fünfzehn Minuten. Die Struktur ist zu komplex. Wir können sie nicht einfach zerschlagen. Wir werden uns da durchzwängen müssen. Makaria, mein Schatz. Hilf mir doch mal!*

Bäm! Bumm!

»Ich habe nicht mal fünf Minuten!«, schrie ich panisch und schaute zu, wie Ruata erneut mit der schaurigen Klinge ausholte.

Es tut mir sehr leid, flüsterte der Gefallene.

Triumph funkelte in ihrem Blick. Acht scharfe Nadeln durchdrangen mein Herz.

Der Schmerz raubte mir den Atem. Meine Sicht setzte aus. Dunkelheit umfing mich. Nur mein Gehör ließ mich noch an der Welt teilhaben. Ich hörte, wie das Gewebe des Universums zerriss. Schwere Schritte und eine kräftige, laute Stimme:

»Hier bin ich, Geliebte!«

Seide raschelte. Ruatas Stimme flüsterte voller Unterwerfung und einer Freude, wie ich sie so noch nie darin gehört hatte: »Seid gegrüßt! Der Thron und das Ehebett des Fürsten erwarten ihren wahren Herrn.«

Die Töne um mich wurden gedämpfter und verstummten völlig. In der absoluten Finsternis blitzte ein einsames Fenster des internen Interface mit der immer gleichen, schlimmen Nachricht auf:

Achtung: Tod! Ihr seid den endgültigen Tod gestorben!
Ihr werdet in die Hallen der Trübsal transportiert!
Teleport in: 5 ... 4 ... 3 ... 2 ... 1 ... 0 ...

MMORPG-GLOSSAR

AFK
Nicht an der Tastatur (engl.: *away from keyboard*).

Aggro
Als Verb bezeichnet dieser Begriff das Anlocken eines feindlichen Mobs durch einen Spieler, indem dieser die Aufmerksamkeit des Mobs erregt und Letzterer dann aktiv versucht, den Spieler anzugreifen. Als Nomen bezeichnet es das Maß an »Feindseligkeit«, das ein Spieler bei einem Mob erzeugt hat. Eine typische Kampfstrategie besteht darin, dass der Krieger so viel Aggro wie möglich erzeugt, um so von schwächeren Spielern wie den Heilern und den Magiern abzulenken.

Alt
Abkürzung für »alternativ«. Bezieht sich auf den Alternativcharakter eines Spielers im Gegensatz zu dessen Hauptcharakter (»Main«). Diese Kategorisierung kann allerdings auch wechseln, wenn ein Alt mehr Stufen als ein Main hat. Manchmal wird ein Main sogar ganz zugunsten eines Alts eingemottet.

Alt-Tab
Das Drücken der Tasten Alt und Tab auf der Tastatur, um von einer Anwendung zur nächsten zu springen.

Beim Anlegen gebunden
Dieser Ausdruck bezeichnet Gegenstände, die an den Charakter seelengebunden werden, sobald man sie ausrüstet. Anders ge-

sagt: Sie können nur gehandelt werden, solange sie niemand angelegt hat.

Beim Aufheben gebunden
Dieser Ausdruck bezeichnet Gegenstände, die an den Charakter seelengebunden werden, sobald man sie aus der Beute bei einem Monster »aufhebt«. Anders gesagt: Sie können nicht gehandelt werden, sobald man sie aufgehoben hat. Gegenstände, die beim Aufheben gebunden werden, sorgen gerne für Streitereien zwischen den Spielern, wenn die Beute verteilt werden soll.

Betäuben
Eine Form der Crowd-Control, durch die Gegner handlungsunfähig werden.

Beute
Geld oder Gegenstände, die ein Mob fallen lässt, sobald er besiegt wurde.

Binden
In manchen MMOs erscheinen Charaktere nach dem Tod automatisch an einem sicheren Ort. Diesen Ort legt der Spieler im Vorfeld selbst fest. Dieses Festlegen erfordert allerdings eine ganz konkrete Handlung seitens des Spielers, die man binden nennt. Den Ort nennt man dementsprechend Bindeort.

Bokken
Ein hölzernes Übungsschwert im japanischen Stil.

Buff
Eine zeitlich begrenzte Stärkung eines Attributs oder einer Kampffähigkeit eines Charakters.

Campen
Das Warten in einem Gebiet, um einen bestimmten Mob oder Spawn zu erwischen.

Caster
Meist ein Magier oder Zauberer. Ganz allgemein jemand, der Zauber wirkt (von engl.: *to cast spells*).

Char
Der Charakter eines Spielers. Manchmal meint dies auch den Spieler des Charakters.

Corpse Run
Das Bergen der eigenen Leiche (engl.: *corpse*) nach dem Sterben. Das ist in der Regel ziemlich gefährlich, denn die meisten Charaktere sterben im Spiel an gefährlichen Orten und nicht friedlich bei sich zu Hause im Bett.

Crowd-Control
Bezieht sich auf Zauber oder Fähigkeiten, die Mobs oder andere Spieler zeitweise lähmen oder betäuben. Crowd-Control ist eine wichtige Unterstützungsfähigkeit beim Kampf gegen mehrere Gegner.

DD
Direktschaden (engl.: ***direct damage***). Bezieht sich auf Zauber und Fähigkeiten, mit denen Charaktere Gegnern auf Entfernung Schaden zufügen können. Stellenweise bezeichnet es auch Charaktere, die hauptsächlich solche Zauber einsetzen. Der archetypische DD-Zauber ist der Feuerblitz.

DD-DPS
Ein Charakter, dessen Hauptaufgabe in der Gruppe darin besteht, Gegnern Schaden zuzufügen – üblicherweise mithilfe von DD, die reichlich DPS verursachen.

Debuff
Das Gegenteil eines Buffs. Ein offensiver Zauber, der ein Attribut oder eine Kampffähigkeit eines Gegners schwächt.

DoT
Schaden über Zeit (engl.: *damage over time*). Bezieht sich auf eine Zauberklasse, die Schaden über den Verlauf eines gewissen Zeitraums hinweg zufügt. Diese Zauber verursachen in der Summe normalerweise mehr Schaden als DD-Zauber.

DPS
Schaden pro Sekunde (engl.: *damage per second*). Gibt das Verhältnis zwischen der Geschwindigkeit einer Waffe zu deren Schaden bei gelandeten Treffern an.

Druide
Eine Hybridklasse in klassischen Fantasyspielen: eine Mischung aus Heiler, Unterstützer und Kämpfer.

Dunkelelf
Ein Elfenvolk, das sich dem Dunklen verschrieben hat.

Episch
Ein extrem seltener Gegenstand oder ein extrem seltener Quest. Kann sich auch auf etwas außergewöhnlich Cooles und schwer zu Bekommendes beziehen.

Erfahrung
Eine Art »Währung«, die man für den Abschluss von Aufgaben/Quests, das Töten von Mobs und andere Leistungen im Spiel erhält. Hat man genug Erfahrung gesammelt, erlebt man einen »Stufenaufstieg« und wird damit mächtiger. Wird auch als EP abgekürzt.

Farmen
Das Sammeln von Geld oder bestimmten Gegenständen, indem man immer wieder ein und denselben Mob tötet oder immer wieder ganz bestimmte Handlungen durchführt.

Gesundheit
Ein Grundattribut von Charakteren.

Gilde
Eine mehr oder minder dauerhaft zusammenbleibende Gruppe von Spielern. In den meisten Spielen müssen die Spieler beträchtliches Kapital aufbringen, um eine Gilde ins Leben rufen zu können.

Gnoll
Ein NSC-Volk von humanoiden Hyänen.

Handwerk
Eine spezielle Kategorie von Fertigkeiten, mit denen Spieler Gegenstände und Objekte aus Rohstoffen herstellen können.

Haustier
Eine Kreatur, die beschworen werden kann, um einem Spieler zu helfen oder ihn zu verteidigen.

Klasse
Archetypen, die sich an der Profession eines Charakters orientieren. In Fantasy-Tischrollenspielen sind dies in der Regel Krieger, Heiler, Schurke und Magier. Die Klassen haben üblicherweise bestimmte Aufgaben im Spiel: Nahkampfschaden, Fernkampfschaden, Heilung, Crowd-Control oder Unterstützung.

Kleriker
Eine typische Heilerklasse in klassischen Fantasyspielen im Stil von D&D.

Kombo
Eine Kombination aus Treffern, die besonders schweren Schaden verursachen und Zusatzeffekte wie Lähmung oder Blutung auslösen.

Krit
»Kritten« heißt, einen kritischen Treffer mit einer Waffe oder einem Zauber zu landen. Der effektive Schaden wird für gewöhnlich um 150 % erhöht. Durch zusätzliche Talente, Fertigkeiten oder Buffs lässt sich das auf bis zu 250 % steigern.

Leiche
In manchen Spielen bleibt eine Leiche dort liegen, wo der Charakter gestorben ist. Manchmal bleiben auch die Gegenstände und das Geld des Charakters bei seiner Leiche, während der Spieler quasi nackt zum Bindeort teleportiert wird. Leichen verschwinden nach einer gewissen Zeit, die für gewöhnlich im Verhältnis zur Stufe des Charakters steht.

LFG
Abkürzung für »Suche nach Gruppe« (engl.: *looking for group*).

Lich
Eine Art von Untoten.

Mana
Ein Grundattribut von allen Castern. Es beschreibt den Vorrat an magischem Potenzial und ist eine Art magisches Pendant zur Gesundheit.

MMORPG
Ein Massen-Mehrspieler-Online-Rollenspiel (engl.: *massively multiplayer online role-playing game*).

Mob
Ein von der KI gesteuertes Monster. Der Begriff »Mob« stammt noch aus der MUD-Ära (engl.: *multy user dungeon*, den Vorläufern der modernen MMORPGs), wo er die Abkürzung für etwas »Mobiles« war. So wurden die an ihrem Platz verharrenden Monster von denen unterschieden, die in bestimmten Räumen oder Gebieten patrouillierten.

Newbie/Newblette
Ein/e neue/r und unerfahrene/r Spieler/in.

Noob/Nooblette
Eine abfällige Variante von *Newbie/Newblette* oder Beleidigung für unfähige Spieler.

NSC
Ein Nicht-Spieler-Charakter, der von der KI gesteuert wird.

Nuke
Bezieht sich auf Caster, die ihre Zauber mit dem höchsten Schaden oder entsprechende Zauberkombos entfesseln, um einen NSC zu pullen oder ihm den Rest zu geben. Magier sind für gewöhnlich die effektivste Klasse, wenn es darum geht, hohe Schadensspitzen zu erzeugen.

Nuker
Ein Caster, der ein Ziel mit vielen DD-Schadenszaubern eindeckt.

Perma
Abkürzung für permanent oder dauerhaft.

PK
Abfälliger Begriff für jemanden, der vor allem andere Spieler tötet. Leitet sich vom englischen *player killer* ab.

PK-Counter
Zeigt die Zahl der Spieler an, die ein PK getötet hat. So lässt sich errechnen, wie wahrscheinlich es ist, dass der PK etwas fallen lässt, wenn andere Spieler ihn töten.

Platz
Eine Lagereinheit, vor allem in Bezug auf die Tasche eines Charakters.

Port(en)
Wird als Verb und Nomen verwendet. Abkürzung für Teleport.

Powerleveln
Beschreibt den Vorgang, wenn ein höherstufiger Spieler versucht, einem niedrigstufigeren dabei zu helfen, schneller aufzusteigen (auch *rushen* genannt von engl. *to rush*, hetzen oder rasen). Die meisten Spiele haben Mechanismen, die ein Powerleveln verhindern.

Pullen
Eine übliche Jagdstrategie, bei der ein Charakter einen oder mehrere Mobs an- und zur Heldengruppe zurücklockt. So kann die Gruppe die Mobs in einem sicheren Gebiet erlegen, anstatt in einem Gebiet kämpfen zu müssen, in dem neue Mobs spawnen.

PvP
Abkürzung für Spieler-gegen-Spieler-Kämpfe (engl.: *player vs. player*)

Quest
Eine Reihe von Aufgaben, die ein Spieler erfüllen muss.

Questgegenstand
Ein Gegenstand, den man für den Abschluss eines Quests braucht.

Raid
Eine heftigere Auseinandersetzung, bei der sich für gewöhnlich eine große Gruppe von Charakteren in einen Dungeon aufmacht, um dort gefährliche Mobs zu besiegen.

Regen
Abkürzung von Regeneration (von Gesundheit, Mana oder anderen verbrauchbaren Attributen).

Reittier
Ein Tier oder Fahrzeug, auf dem sich ein Charakter schneller fortbewegen kann – vom Esel über einen Panzer bis zum Drachen.

Respawn
Die Wiederbelebung eines Charakters, nachdem er getötet wurde.

Schurke
Eine Klasse im Spiel, die sich besonders auf das Erkunden und Ausspionieren versteht.

Seelengebunden
Ein Mechanismus zur Kontrolle von Gegenständen, denn diese können nicht gehandelt werden, wenn sie seelengebunden sind. Anders gesagt: Dieser Gegenstand kann nur einem Charakter gehören und niemals weggegeben werden. Siehe auch *Bei Anlegen gebunden* und *Bei Aufheben gebunden*.

Server
Aus technischen Gründen kann es auf einem Server immer nur eine begrenzte Anzahl an Spielern geben. Die meisten MMORPGs haben daher mehrere Server. Die Spieler können nur mit Spielern auf ihrem eigenen Server interagieren.

Snare(n)
Wird als Verb und Nomen verwendet. Bezeichnet eine Fähigkeit, die die Bewegungsgeschwindigkeit eines Charakters verlangsamt (er kann sich aber nach wie vor bewegen).

Solo(en)
Wird auch als Verb verwendet. Bezeichnet das Spielen ohne Gruppe, wenn man sich alleine auf die Jagd nach Mobs macht.

Spawn(en)
Wird als Verb und Nomen verwendet. Bezeichnet das Wiederbeleben oder Wiederauftauchen von Charakteren.

Spender
Ein Spieler, der echtes Geld in virtuelle Ausrüstung investiert.

Tank(en)
Wird als Verb und Nomen verwendet. Als Nomen bezieht es sich auf Klassen, die viel Schaden einstecken können. Als Verb bezeichnet es das Anziehen des Aggros von Mobs, bevor oder während die anderen Mitglieder der Gruppe mit ihren Fähigkeiten zuschlagen.

Verstohlenheit
Eine Art Unsichtbarkeit. Solange sie wirkt, können sich Charaktere an andere anschleichen, um kritische Treffer zu erzielen oder ein Gebiet aufzuklären.

Vertrauter
Eine andere Bezeichnung für ein Haustier.

Verwurzeln
Bezeichnet eine komplette Klasse von Fähigkeiten sowie deren Wirkung. Durch Verwurzeln wird ein Ziel unbeweglich. Es ist dann verwurzelt oder gerootet. Die frühen Formen solcher Fähigkeiten drehen sich oft um Pflanzen, daher auch der Verweis auf eine Wurzel (engl.: *root*).

Verzauberer
Ein Magier, der sich auf Buffs, Debuffs und Crowd-Control spezialisiert hat.

Volk
Üblicherweise ein Volk von fantastischen Wesen wie Elfen, Trollen oder Ähnliches.

Widerstand
Ein Wert, der angibt, wie gut man einem Zauber teilweise oder ganz widerstehen kann.

WTB
Abkürzung für »will kaufen« (engl.: ***want to buy***).

WTS
Abkürzung für »will verkaufen« (engl.: ***want to sell***).